» LA GAJA SCIENZA «

VOLUME 1485

IL MAESTRO DEI SOGNI

Romanzo di
MARCO DE FRANCHI

LONGANESI

Gruppo editoriale Mauri Spagnol

www.longanesi.it

ISBN 978-88-304-6144-4

IL MAESTRO DEI SOGNI

A mio fratello, Gabriele, che c'è sempre stato.

« Il delirio è la teoria di uno solo,
la teoria è il delirio di molti. »
François Roustang

PROLOGO

L'uomo che hai ucciso è davanti a te. Ti fissa con aria interrogativa, incredula. La sua calotta cranica è integra, eppure sai benissimo che il colpo della tua calibro 9 gliel'ha fatta saltare via. Lo spruzzo di sangue e i brandelli di cervello sono ancora il frammento di un film che continua a girare nella tua mente.

« Non sei reale, sei un'allucinazione » mormori e, per un istante, respiri. È così che ti hanno detto di reagire: devi contrastare le allucinazioni con la ragione. Se è necessario, con la memoria.

Ed è proprio la memoria a dirti che niente di quello che ti sta accadendo è possibile.

Quest'uomo è morto da quasi due anni. Lo hai ammazzato tu, quindi non può essere davanti ai tuoi occhi, dentro la sua carne, vivente. Non è reale l'espressione confusa sulla sua faccia. Non è vera l'ombra che si allunga alle sue spalle.

Ma la tua razionalità vacilla. Il pensiero trema.

Quest'uomo è il demone che hai creduto di aver strappato dalla faccia della terra. Tu gli hai sparato. Non solo per salvare la vita di un amico ma perché volevi cancellare quel sorriso brutale dal suo volto. Ucciderlo ti ha reso felice, ma ti ha anche fatto scoprire il lato nero della tua natura.

Eppure, adesso, come se nulla fosse accaduto, lui è davanti a te, immobile, sotto le volte dello stesso edificio che aveva nascosto i suoi peccati.

È vivo. Non è un'allucinazione, è la tua nuova realtà.

Non sei più l'agente di polizia Gabriele Piovesan, adesso. Sei solo un assassino che china la testa davanti al carnefice.

« Tu non puoi giudicarmi » gli dici, senza guardarlo negli occhi. « Tu eri il male. E con il male non si scende mai a patti. Lo si cancella. Come ho fatto io con te. »

Lui non risponde. Sembra riflettere sulle tue parole.

« Avanti » lo inciti. « Fallo. Mi hai portato qui per questo. Perché io adesso sono diventato proprio come te. »

L'altro sembra risvegliarsi da una sorta di torpore. Si avvicina, solleva la mano destra. Impugna una pistola, nera come il buio che ora vi circonda. Appoggia la canna contro il tuo occhio destro. « Hai ragione » dice. « E adesso muori, finalmente. »

E preme il grilletto.

PARTE I
FANTASMI

« Non abbiate paura di quelli che uccidono il corpo. Temete piuttosto colui che ha il potere di far perire sia l'anima che il corpo nella Geenna. »

Matteo, 10:28

1

L'inverno si era attardato a Scheveningen. Il colpo di coda del maltempo si stava concentrando sulla lingua di spiaggia grigia dove le onde del mare del Nord s'infrangevano sotto forma di furie d'acqua e salsedine. Il fragore della tempesta, insieme agli spruzzi gelidi e alle raffiche taglienti del maestrale, arrivava sino al punto in cui l'uomo s'era nascosto. Solo un paio di chilometri all'interno, nel centro ordinato e tranquillo di Den Haag, il clima era clemente, quasi sereno. L'uomo lo sapeva perché era partito dalla sede dell'Europol che, per un'inquietante coincidenza, era a poca distanza dal luogo in cui si trovava ora.

Si chiamava Carlos Gimenez e la sua funzione originaria all'interno della squadra dell'Europol guidata da François Castaldi era quella di profiler. Fino a quel momento si era occupato di analisi, stando al caldo e al sicuro davanti a un computer. Ma quel giorno l'italiana lo aveva voluto sul campo. « Se vuoi comprendere davvero la natura di quelli a cui diamo la caccia, devi sentire la loro vicinanza sulla pelle, devi vederli con i tuoi occhi. Insomma, Carlos, ti devi sporcare un po'. »

E Gimenez, in fondo, aveva voglia di uscire allo scoperto. Era l'occasione per giocare un ruolo decisivo, nonostante la stanchezza e la tensione, anzi, forse proprio per quello.

Controllò ancora una volta l'orologio: erano passate nove ore da quando s'era rannicchiato in quel casotto da spiaggia, a respirare sabbia e a infradiciarsi fino alle ossa. E ne avrebbe potute trascorrere altre nove. E altre nove ancora. Qualunque fosse stato il sacrificio necessario, non si sarebbe mosso.

In qualche modo sentiva di doverlo proprio a lei, alla poliziotta italiana. Anche gli altri colleghi la pensavano allo stesso modo. A volte, fra di loro, commentavano la vicenda che l'aveva condotta sin là. La sofferenza a cui era stata sottoposta non traspariva mai, né dai suoi gesti né dalle sue parole. E ci volevano dignità e coraggio per lasciarsi alle spalle una storia come la sua.

Gimenez tornò a concentrarsi sull'entrata dell'hotel, alternando la visione panoramica a occhio nudo allo studio dei dettagli con il binocolo Zeiss. Ogni tanto qualcuno, più nervoso di altri, con un movimento brusco faceva crepitare le ricetrasmittenti. E non erano passati più di venti minuti da quando Castaldi, che dirigeva le operazioni, gli aveva domandato se ci fossero novità. Gimenez capiva la ragione di quella tensione. Ma non era la prima volta che il gruppo spendeva tante energie e tante speranze, per quanto in quell'occasione le informazioni fossero promettenti. Forse proprio perché venivano da lei, dalla poliziotta italiana.

Il risultato era quel dispiegamento di forze a Scheveningen, intorno all'Hotel Alhambra, organizzato al volo e senza troppe coperture, in base alla convinzione che in quell'edificio avrebbero trovato le persone che cercavano.

Ci voleva soltanto ancora molta pazienza, forse troppa per qualcuno. Per cui Gimenez aveva risposto con un laconico «Nulla da riferire» alla domanda di Castaldi, prima di tornare all'osservazione.

L'hotel era in visibile decadimento, eppure conservava intatto il fascino dei vecchi alberghi dei primi del Novecento con le grandi vetrate policrome, i balconi affacciati sul mare, le torrette pretenziose dalle quali era possibile contemplare la linea dell'orizzonte. Soltanto le tende tirate facevano ritenere che la struttura fosse disabitata, ma era comunque un inganno. Quel mastodonte di pietra e di legno non era morto. Dietro gli occhi ciechi delle finestre persisteva un male che aspettava soltanto il momento del risveglio. Ecco perché la loro squadra era lì: per impedire che la bestia riprendesse a divorare vittime, per provare a salvare tutte quelle che potevano.

L'ultimo raggio di sole si rifletté in quell'istante sulla facciata imbiancata dal tempo e dalla salsedine e si trasformò in un lampo di movimento sulla vetrata del grande ingresso.

Qualcuno aveva aperto la porta. Qualcuno stava uscendo.

Gimenez regolò la focale dello Zeiss e tenne salda la presa.

Un uomo. Un giaccone che arrivava fino alle ginocchia. Capelli biondi e lunghi agitati dal vento.

Gimenez controllò il telefono, giusto per sicurezza, scorrendo per l'ennesima volta le foto dei sospettati che stavano cercando da mesi. Era uno di loro, si chiamava Robert Jacobs.

Erano nel posto giusto.

Gimenez stava per sussurrare la conferma alla radio, quando vide il portone chiudersi dietro le spalle dell'uomo. Gli parve quasi di sentirne il rimbombo negli ambienti vuoti dell'Alhambra mescolarsi alle grida del mare. Jacobs puntò lo sguardo in direzione della spiaggia spoglia e restò immobile per qualche secondo. Forse un minuto. All'interno della cabina di legno che ospitava attrezzi da spiaggia, Gimenez era certo di non poter essere scorto. Eppure, ebbe la sensazione che Jacobs si fosse accorto della sua presenza. Che lo avesse *fiutato.*

Lo so che ci sei. Lo so. Ti sento.

Ma Jacobs doveva avere altri pensieri per la testa perché, come se si fosse di colpo riscosso, si allontanò lungo la strada che costeggiava la spiaggia.

Era il momento. Gimenez informò i colleghi via radio.

La prima a reagire fu la poliziotta italiana. Si chiamava Valentina Medici e, per quanto ne sapeva Gimenez, il male che si nascondeva in quell'albergo lei l'aveva conosciuto molto bene. Ne era stata sommersa. Ma da quel vortice era riaffiorata.

2

Robert Jacobs aveva trentatré anni ed era ricercato per sequestro di persona e omicidio. La sua ultima vittima era stata una ragazzina che aveva rapito alla periferia di Londra, aveva tenuto segregata per due mesi, aveva ripetutamente seviziato e alla fine ucciso strangolandola. Era da considerare armato e pericoloso. Secondo le loro fonti faceva parte di un'organizzazione occulta che si celava dietro molti nomi e nessun nome, ma che una volta qualcuno aveva detto fosse sorta proprio nella Geenna, nel luogo biblico in cui il Moloch divorava gli innocenti.

Il vicequestore Valentina Medici aveva studiato a memoria il dossier di quell'uomo. Jacobs non si sarebbe fatto catturare con facilità. Ma se lo avessero preso avrebbero avuto tra le mani una fonte preziosa di informazioni, la prima traccia utile da molto tempo. Dovevano fare tutto il possibile perché le cose andassero nel modo giusto.

La segnalazione era scaturita due giorni prima dall'arresto di un cittadino turco nel corso di un'operazione antidroga. Avevano bloccato due corrieri che trasportavano venti chili di cocaina pura verso l'Europa del Sud a bordo di un tir. Uno di loro aveva subito richiesto un accordo. Aveva parlato di ragazze rapite e di un traffico di esseri umani gestito proprio lì, a Den Haag. Il turco aveva raccontato che non trasportava solo droga ma anche ogni tipo di merce illecita. Il carico precedente riguardava proprio delle ragazze. Ragazze belle, ragazze molto giovani. Non sapeva quale fosse il loro destino ma aveva l'impressione che avessero poco tempo a disposizione.

Appena la notizia era stata trasmessa all'Europol, in virtù della competenza dell'ufficio transnazionale nel campo dello *Human Smuggling*, Valentina aveva preteso di condurre il primo interrogatorio e Castaldi l'aveva accontentata.

Prima di entrare nella sala in cui il turco si trovava in stato di fermo, Valentina si era rivolta ai colleghi presenti. « Potete disattivare le telecamere di sicurezza? »

I tre agenti di guardia l'avevano osservata perplessi. Non era una richiesta regolare. Ma sapevano che quella collega aveva un mandato eccezionale. Uno di loro aveva preso l'iniziativa e disattivato il sistema di videosorveglianza. « È tutto suo. »

L'ultima immagine che i poliziotti avevano avuto davanti agli occhi era quella del grosso turco ammanettato al tavolo che guardava la poliziotta italiana con una luce maliziosa negli occhi. « Una donna? » aveva detto, divertito. « Ancora meglio. »

« Concordo » aveva ribattuto lei, gelida, prima di chiudersi la porta alle spalle.

Nessuno aveva assistito all'interrogatorio. Meno di dieci minuti dopo, Valentina Medici era uscita dalla stanza e tutti avevano pensato che avesse fallito.

« Ho quello che ci serve. È tutto vostro » aveva detto invece lei.

Il turco non aveva segni sul viso, all'apparenza non era stato maltrattato, eppure le sue mani tremavano come foglie e la luce nei suoi occhi ora pareva spenta. Quando lo andarono a prelevare, sollevò un braccio, spaventato, come per proteggersi. Sembrava essersi risvegliato da un incubo.

Nessuno le aveva domandato come avesse fatto e Valentina Medici si era guardata bene dal raccontarlo.

E adesso tutta la squadra era esattamente nel luogo in cui, secondo il turco, erano prigioniere le ragazze sequestrate.

Valentina aveva aspettato il segnale con pazienza. Sarebbe toccato a lei il privilegio di dare il via all'irruzione nell'Hotel Alhambra. Aveva atteso in silenzio, concentrata, seduta nel retro del vecchio Ford Transit che avevano trasportato in zona la notte prima e lasciato lì, al margine della spiaggia, né troppo vicino né troppo lontano dall'hotel, come fosse abbandonato. Con sé, all'interno del furgone, Valentina non aveva voluto nessun altro. Il primo equipaggio pronto a intervenire era a cento metri di distanza. Valentina sapeva che un solo movimento sbagliato, un riflesso imprevisto, uno sportello sbattuto troppo presto avrebbero messo in allarme chiunque si nascondesse nell'albergo.

Magari una donna chiamata Hannie Janssen.

Quando Gimenez, l'agente in osservazione più vicino all'entrata dell'Alhambra, segnalò la presenza di Jacobs, Valentina s'impose il controllo di tutte le emozioni che aveva sentito scatenarsi nel cuore e nello stomaco. Si fidava di Carlos.

A quel segnale, Valentina fece silenzio anche dentro di sé. Cancellò quasi due anni di sofferenze e vicoli ciechi per concentrarsi su quel solo, inafferrabile momento. Poi chiese al collega di darle un tempo, come in una partitura da rispettare. Un tempo del movimento di Robert Jacobs. Un tempo per calcolare l'istante esatto in cui sarebbe passato vicino al furgone in cui lei stava trattenendo il respiro. Bisognava impedire in ogni modo che Jacobs informasse della loro presenza chi era rimasto nell'albergo. Sarebbe bastato un rumore di troppo e qualcuno, dietro la facciata liberty dell'hotel, sarebbe stato ucciso. Forse più d'uno. Perché così facevano quelli a cui davano la caccia: non lasciavano superstiti.

E così Gimenez scandì il tempo. « Si muove ora. » E poi, dopo pochi secondi, una battuta in quattro quarti sullo spartito che stavano interpretando, la voce incrinata dalla tensione: « È lì davanti ».

Valentina controllò il feed video trasmesso dalla microtelecamera posizionata all'esterno del Transit. Aveva una visuale parziale perché non avevano osato avvicinarsi più di tanto. La telecamera inquadrava l'ultimo segmento di strada, appena oltre il cofano del furgone. Ma sarebbe bastato. Calcolò il momento in cui Jacobs sarebbe passato davanti a lei.

Poi lo vide, illuminato dall'occhio invisibile dell'obiettivo e ingigantito dal grandangolo.

Aveva lo sguardo vigile. Nessun'altra espressione sul viso, se non ferocia e attenzione.

Valentina si preparò a uscire. La sua arma, una Sig Sauer P365 SAS, era carica e pronta all'uso. Contò mentalmente. Uno... due...

Le urla inaspettate le fecero stringere i denti. Poi gli spari lacerarono il freddo silenzio della mattina di Scheveningen.

Valentina aprì lo sportello posteriore di colpo, senza pensarci. Una delle ante sbatté con violenza contro il fianco del furgone e rimbalzò indietro col rischio di colpirla. Ma lei era già a terra, il volto schiaffeggiato dalle raffiche di pioggia, un ginocchio sul cemento, in posizione, le mani che sorreggevano la pistola automatica. Nell'aria, carica di ozono, si mescolava già l'odore della cordite.

Ebbe solo un attimo per rendersi conto di ciò che era accaduto.

La pattuglia in appostamento cento metri più in giù, lungo la strada che costeggiava la spiaggia, non aveva atteso il segnale ed era entrata in azione subito dopo la comunicazione di Gimenez. Troppo presto.

Uno dei due agenti che avevano anticipato il suo ordine si ostinava a non mollare la pistola ma barcollava e si premeva lo stomaco con la mano libera. L'altro era a terra, immobile.

Robert Jacobs le sembrò molto più giovane della sua età. Forse per i lunghi capelli biondi che il vento agitava intorno al suo volto glabro. Forse per gli occhi adesso grandi e luminosi in cui si rifletteva ancora il bagliore dello scontro. Forse per la smorfia di trionfo e paura sulle sue labbra che aveva distrutto l'espressione grigia inquadrata dalla telecamera solo due secondi prima. Sembrava un adolescente colto di sorpresa nel suo sacrosanto atto di ribellione. Fiero di quello che avrebbe potuto ancora fare. E letale. I due agenti lo avevano capito troppo tardi.

Quando si accorse di lei, Jacobs ruotò rapido mantenendo l'arma – una semiautomatica Beretta – in asse davanti a sé, le braccia tese, e gliela puntò contro, pronto a uccidere, senza nascondere il piacere che stava provando.

Valentina non aveva mai sparato a nessuno. Ma l'ultimo periodo della sua vita era stato colmo di profondi cambiamenti. Sapeva che un momento simile sarebbe potuto arrivare. Si era preparata a uccidere. O a morire.

I morti non hanno niente da perdere.

Non ebbe tempo di scegliere. Jacobs intuì la sua esitazione. Spostò l'arma velocemente e la puntò contro il poliziotto che continuava a gemere, rannicchiato sull'asfalto. Il sangue tra le dita che teneva sullo stomaco era scuro.

« Lo uccido » disse Jacobs, con la voce ferma, quasi pacifica. « Lo uccido adesso, davanti a te. »

Valentina annuì. Non erano accettabili altre vittime. Non per causa sua. Non perse tempo a riflettere, perché non poteva permetterselo. Abbassò l'arma, la appoggiò a terra. Jacobs sorrise.

I morti non hanno niente da perdere.

E io sono già morta.

L'urlo alle sue spalle la fece sobbalzare, e colse di sprovvista anche Jacobs che sollevò lo sguardo, sempre puntando l'arma contro l'agente ai suoi piedi.

Carlos Gimenez lo teneva a sua volta sotto tiro. Valentina scorse di sfuggita gli occhi sbarrati dello spagnolo, il respiro affannato dopo la corsa attraverso la spiaggia, le mani che tremavano mentre volgeva l'arma contro Jacobs.

No! Non così!

Gimenez non aveva alcuna possibilità contro quell'assassino privo di scrupoli.

«Dottoressa Medici» urlò il profiler. «È ferita?» Gli tremava anche la voce.

Valentina vide Jacobs sollevare le sopracciglia, come colto di sorpresa. Negli occhi dell'assassino passò un'ombra, rapida ma definitiva. Valentina colse il dubbio nel suo sguardo. E scorse anche qualcos'altro, che non capì. Un pensiero ineffabile che l'avrebbe perseguitata a lungo.

Robert Jacobs la guardò. Le sorrise. Rivolse l'arma verso se stesso, appoggiò la canna alla tempia, sparò.

3

La voce di François Castaldi negli auricolari era come il vento gelido che le faceva socchiudere gli occhi e le agitava i capelli sul volto: non vi badava, come se non la riguardasse. C'erano soltanto il corpo di Jacobs disteso sull'arenile, il sorriso dell'assassino – visibile nonostante lo scempio della calibro 9 – e l'odore persistente della polvere da sparo nell'aria. Ma c'era anche un'immagine nella sua mente: una donna che osservava la scena da una delle finestre dell'albergo e sorrideva, con lo stesso sorriso di Jacobs. Nemmeno lei aveva paura di Valentina. Anzi, la stava aspettando.

Guardò ancora: le tende erano tirate, la donna alla finestra non c'era più. O non c'era mai stata.

Avvertì alle spalle il resto della squadra che si stava avvicinando. Qualcuno urlava di occuparsi dei due feriti. Lei continuava a fissare la facciata dell'Alhambra come se potesse scorgere ancora quella donna, e potesse sfidarla col solo sguardo.

Davanti a lei Carlos Gimenez era immobile, la mano con l'arma rilasciata lungo la gamba. Il suo sguardo andava dal cadavere a lei. Valentina si domandava se anche lui avesse colto la strana espressione di Jacobs un istante prima dello sparo.

Forse l'ho solo immaginata.

«Valentina, rispondi!»

Castaldi, alla radio, era esasperato.

« Sì, François, ci sono » disse infine lei premendo il pulsante del microfono sul bavero della giacca.

« So cos'è successo » disse lui, rapidamente. « Non è tutto perduto. »

« Dobbiamo entrare subito o sarà troppo tardi. »

Sapeva che Castaldi, rimasto alla centrale, stava osservando la scena tramite le bodycam di alcuni agenti. « Vai, allora » le disse.

La sua fiducia la rinfrancò, come sempre. In silenzio, si mosse.

4

Valentina aveva incontrato Castaldi la prima volta a Roma, al bar della Direzione Anticrimine, quasi due anni prima.

François si era fatto strada tra decine di colleghi e colleghe che affollavano la grande sala benessere per allontanarsi qualche minuto dalle scartoffie. Le si era avvicinato con il sorriso sfrontato che avrebbe imparato a conoscere molto bene.

« Mi scusi, lei è Valentina Medici, la celebre funzionaria di polizia che ha contribuito a scoprire e neutralizzare uno dei più feroci serial killer europei? »

Usò proprio il termine « neutralizzare », come se « uccidere », « ammazzare », « eliminare » fossero vocaboli dalla connotazione troppo violenta per un uomo dai modi tanto gentili.

Valentina rispose bruscamente.

« Non so chi sei e come ti venga in mente di definire 'celebre' una poliziotta che per *neutralizzare* un assassino forse ha perso tutto, vita, lavoro, prospettive... ma a parte questo, sì, sono Valentina Medici e no, non mi interessa qualunque cosa tu voglia vendermi. »

Castaldi, sorprendendola, si mise a ridere, tanto che il ciuffo di capelli più chiari sulla fronte prese a ballonzolare come animato da vita propria.

« In effetti, sì » disse allegramente. « Io vendo qualcosa. »

Lei lo fissò con freddezza. L'istinto le stava consigliando di mandarlo a quel paese, strappandogli quell'espressione di cortesia dal volto. Ma si limitò a dargli le spalle e ad allontanarsi senza una parola.

Castaldi, avrebbe scoperto, era un uomo tenace. La seguì fino al tavolino dove lei progettava di prendere un caffè in solitaria, si sedette non invitato e, suo malgrado, le causò la più intensa scossa di adrenalina da quando era stata rapita da un gruppo di psicopatici assassini.

Posò qualcosa sul tavolo, davanti a lei, coprendolo con la mano. Poi, abbandonando finalmente il sorriso, disse: « Tu sai chi è. Ed è tua, se lo vuoi ».

Sollevò la mano e rivelò un vecchio fotosegnalamento in bianco e nero. Il volto di una donna ancora giovane, i capelli corti e chiari, lo sguardo privo di luce e il mento spinto leggermente in avanti, come per sfidare anche chi, nel futuro, l'avrebbe guardata in quella foto.

Il cuore e la testa di Valentina furono accecati per pochi secondi. Fu come mettere il piede su una carica esplosiva sepolta nel suo passato. L'impatto la travolse con tale forza che per un momento pensò di avere gridato. Ancora una volta tutto tornò in superficie. Le ferite, il dolore, il compiacimento di quella donna per le sue urla.

« Sì, la conosco. »

Castaldi guardò per un attimo la foto, come per sincerarsi di averle mostrato l'immagine giusta. Poi tornò a osservare Valentina, fissando le sue labbra. Lei sapeva che le stavano tremando, ma non poteva farci niente.

« La conosci come Hannie Janssen, ma ha altri nomi » proseguì Castaldi. « Non sappiamo esattamente chi è. Ma sappiamo cosa fa. Sappiamo cosa ha fatto a *te*. E io ho il compito di trovarla e assicurarla alla giustizia. »

Continuava a fissarla come lei continuava a fissare quell'immagine sul tavolo. Poi Castaldi se la riprese, infilandola in una tasca della giacca. Valentina ebbe un sussulto. Era stato come se le avesse tolto il respiro.

Castaldi s'alzò e indossò di nuovo il suo sorriso, forse un poco più dimesso.

« Ecco cosa ti vendo: giustizia. O, se preferisci, vendetta. Non m'importa. Ho bisogno di te. »

Fu allora che Valentina lo osservò con più attenzione. E gli chiese: « Ma tu chi cazzo sei? »

Castaldi glielo spiegò. E ribadì la sua offerta.

Gli disse no, quella prima volta. Non volle neanche pensarci. Non *poteva* pensarci. Non in quel momento. E quando lui provò a insistere gli disse nuovamente no. E ancora no.

Ma non finì lì. Qualcuno la aiutò a cambiare idea. Perché in fondo era vero che i sogni di Valentina erano intessuti di odio. Castaldi le offriva la possibilità di placare quel sentimento.

Hannie Janssen doveva morire.

Un mese dopo, Valentina lasciò il Servizio centrale operativo e si imbarcò su un volo per l'Aja, per raggiungere la sede principale dell'Europol e iniziare la sua nuova caccia.

5

Fece irruzione nell'Hotel Alhambra con un nero presentimento. E con la convinzione che tutti gli agenti che la stavano seguendo, nessuno escluso, condividessero quell'oppressione nel cuore. Ci sarebbe stato tempo per recriminare, per capire dove avessero sbagliato. Ora bisognava cercare di salvare più vite possibili. Il fragore del conflitto a fuoco sulla spiaggia aveva di certo messo in allarme i complici di Jacobs nascosti sotto gli ampi soffitti dell'Alhambra.

Gli agenti si aspettavano di trovare una mattanza. Valentina per prima.

Il piano terra del grande edificio le sembrò invece un proscenio abbandonato. Uno spazio enorme, in cui lunghi tendaggi una volta bianchi pendevano dalle alte finestre e si agitavano come fluidi spettri che tentavano di sottrarsi alle luci delle torce. Le grida che Valentina udiva non erano le urla dei condannati ma le proteste del vento che s'insinuava lungo i corridoi a partire dal salone centrale.

« Cristo, credevo fossero bambini che piangevano! » esclamò un poliziotto al suo fianco. Valentina comprese. Era quello che si aspettavano, in fondo. Donne e bambini rapiti, torturati, uccisi.

Qualcuno urlò degli ordini, gli agenti si disposero per salire ai piani superiori. Nel salone ingombro di tavoli, sedie e suppellettili non c'era altro che il passato dell'albergo, quando ancora non era stato scelto da una progenie sanguinaria come teatro delle proprie nefandezze.

Il posto è giusto, si ripeté Valentina. *È qui che lei si nasconde.*

E salì con gli altri.

6

Quanto il pianterreno appariva abbandonato e infestato da fantasmi, tanto al primo piano si percepiva la presenza di una forma di vita, sia pure prudente, nascosta. L'odore era cambiato. C'era un vago sentore di bruciato che si mescolava a un profumo più sottile. Sudore, attesa, paura. Qualcuno aveva abitato quelle stanze. Qualcuno che forse era ancora lì.

Dopo lo scontro a fuoco con Jacobs, Valentina si aspettava di incontrare resistenza all'interno dell'edificio. Ma nessuno si scagliò contro gli agenti che, in tenuta antisommossa, penetravano nelle stanze deserte, perlustravano corridoi e ballatoi, illuminavano man mano l'oscurità che aveva regnato per mesi sotto i lampadari di cristallo ricoperti di polvere.

Si convinsero presto che, a parte Jacobs, nessuno al momento infestava l'Alhambra. Erano arrivati tardi.

Mentre la maggior parte dei poliziotti iniziava a rilassarsi, Valentina manteneva salda la pistola nelle mani. E soprattutto manteneva salda la concentrazione. Non era finita. Non glielo dicevano solo l'esperienza e le migliaia di documenti che aveva analizzato negli ultimi mesi. Glielo diceva una voce familiare dentro il suo cuore.

Hannie Janssen era lì, da qualche parte. L'aspettava.

Continuò a esplorare gli ambienti dell'edificio. Le restava da controllare un'ultima stanza, in fondo a un corridoio lungo il quale, dalle pareti, sporgevano piccole braccia di ferro battuto che sorreggevano vecchi lumi, molti ormai in frantumi. La corrente elettrica era ancora allacciata e qualcuno aveva acceso le luci su tutto il piano, tanto che adesso quella teoria di minuscole mani che si protendevano in avanti, animate dal riverbero tremolante delle poche lampadine ancora intatte, le fece pensare che l'edificio si stesse risvegliando. Protestava per l'intrusione e si preparava a espellerli con tutta la furia di cui era capace.

Due agenti uscirono dall'ultima stanza, le mitragliette MCX a canna corta rivolte verso il basso, la postura rilassata. La videro e le fecero un cenno col capo. *Qui dentro nulla.*

Valentina si fermò, incerta. Da sopra e da sotto di lei le voci dei colleghi salivano di tono. Un po' di delusione nelle loro battute, ma anche un inevitabile sollievo. Si aspettavano di trovare l'inferno, ma non c'era nulla. Forse Jacobs era stato l'unico a nascondersi in quel vecchio albergo.

Castaldi tornò a parlarle nell'auricolare. « Valentina, aggiornami. »

« L'albergo sembra vuoto. Forse siamo arrivati tardi... o forse abbiamo sbagliato tutto. »

Le scariche elettriche del collegamento si sovrapposero alla voce di lui, ma le parole giunsero chiare.

« Non è quello che pensi, vero? »

No. Non lo era. Ma quanto pesava la sua cocciutaggine in quella convinzione?

« Jacobs » disse. « Jacobs è uscito da qui. Ma non abbiamo trovato ancora un segno della sua presenza... un letto, qualcosa di suo... »

L'ultimo sguardo di quell'uomo era rimasto impresso nei suoi occhi. La sua esitazione. La scintilla che aveva preannunciato il suicidio. Sembrava stesse seguendo un pensiero preciso. Sembrava che l'avesse riconosciuta.

Gli agenti che Valentina aveva incrociato scesero al piano terreno. La porta della stanza che avevano perquisito restò aperta. Oltre lo stipite, un buio denso, quasi palpabile.

Valentina entrò.

7

All'inizio non vide nulla. Nel cono della sua attenzione, che si focalizzava tra la tacca di mira e il mirino della pistola e che veniva illuminato dal fascio della sua torcia, esplorò rapida l'ambiente facendo apparire una dopo l'altra, come per sortilegio, le poche suppellettili presenti. Un divano. Due poltrone. Una lampada a piantana che assomigliava a un albero morto. Un armadio. Un trumeau su cui giganteggiava una vecchia radio a transistor che le fece pensare di aver travalicato il tempo e di essere tornata indietro di almeno un secolo.

Il battito nel petto si calmò. Aveva avuto una sensazione sbagliata. La stanza era veramente « libera ». Ma il fascio della Mag Lite continuò a scandagliare il buio, quasi che le mani di Valentina fossero autonome rispetto alla sua volontà. Finché la torcia inquadrò un rettangolo più chiaro del pavimento, vicino all'armadio, dove il parquet non s'era scurito come nel resto della sala. Come se il grosso mobile fosse stato spostato di recente.

Valentina si avvicinò, con la certezza di aver già vissuto quella scena. In un'altra vita. Con altri compagni di viaggio.

Appoggiò l'orecchio all'anta dell'armadio. Sentì solo l'amplificazione del proprio cuore che aveva ripreso a pompare con furia. Poi si spostò e diresse il raggio della torcia fra il muro e l'angolo del mobile. Fu come se la luce venisse assorbita dalla sottile fessura tra le due superfici. Come se qualcosa la attirasse e la ingoiasse. Valentina abbassò la testa, avvicinò la bocca al bavero della giacca e azionò il pulsante che attivava il microfono della ricetrasmittente agganciata alla cintura.

« Ultima stanza in fondo al corridoio del primo piano » sussurrò. « C'è qualcosa. »

Poi iniziò a tremare. Si sentì sparire, come se anche lei, insieme alla luce della torcia, venisse risucchiata nel gorgo di tenebre al di là dell'armadio.

Dietro il mobile c'era una porta in metallo, uguale a tante altre. Come quella che tempo prima s'era aperta e richiusa dietro di lei, imprigionandola. E dietro quella porta c'era qualcosa o qualcuno che l'attendeva.

Valentina cadde indietro nel tempo. E finì proprio dove non voleva andare.

Dove non voleva tornare.

8

Conversazioni con il soggetto A – Registrazione del 12.02.2020, ore 13.15 – Frammento nr. 2020/143/A.15. Progressivo 7

– Come si sente oggi?

(*Il soggetto resta in silenzio.*)

– Se preferisce rimandiamo la seduta...

– No.

– Bene. Possiamo continuare?

– Non è quello che facciamo sempre?

– Lei però spesso non risponde alle mie sollecitazioni.

(*Il soggetto mantiene il silenzio.*)

– Non crede che io possa aiutarla?

(*Il soggetto resta in silenzio.*)

– Le farò qualche domanda precisa su quello che le è accaduto. Se si sente di rispondere, lo farà. È pronta?

– No. Ma procediamo.

– Ricorda per quanti giorni è rimasta prigioniera?

– No. Non lo ricordo. Non c'era un tempo, non c'era notte né giorno. So quanto sono rimasta prigioniera, ma solo perché poi me l'hanno detto. Dieci giorni.

– Dieci giorni. Mi dica il primo ricordo che le viene in mente. La prima cosa che le è accaduta quando si è risvegliata...

(*Il soggetto chiude gli occhi e resta in silenzio.*)

– Dottoressa Medici...

(*Il soggetto resta in silenzio.*)

– Valentina...

(*Il soggetto apre gli occhi.*)

– Valentina? Sta bene? Può rispondere alla mia domanda?

– Non ne sono sicura. Confondo i ricordi con i sogni.

– Sogna quello che le è successo?

(*Il soggetto resta in silenzio.*)

– Vuole dirmi cosa sogna?

– No.

– No? Perché?

– Non sono pronta. O forse non è pronto lei. Odio i sogni perché mi fanno ricordare tutto, dottore. Ogni maledetto momento. E soprattutto ricordo lei.

– Lei?

– La donna. Lo sa che c'era una donna con me, vero?

– Ho letto le carte. Sa dirmi il nome di quella donna?

– No. Non voglio pronunciarlo.

– Nominare le cose che ci spaventano permette di circoscrivere la paura.

– Non è questo che mi aiuterebbe.

– E cosa l'aiuterebbe, allora?

– Trovare quella donna, dottore. E ucciderla.

9

Gli agenti spostarono l'armadio, portando allo scoperto la porta blindata. Valentina osservava la superficie di metallo brunito come se il suo sguardo potesse oltrepassarla. Aveva smesso di tremare. Voleva solo entrare, e mettere fine a quella storia.

Ci vollero altri dieci minuti perché riuscissero a scardinarla con una fiamma ossidrica. Per tutto quel tempo Valentina fissò la soglia che presto si sarebbe spalancata. La sentiva. Era là dietro e attendeva soltanto lei. Erano passati poco più di due anni da quando l'aveva incontrata, ma adesso erano di nuovo lì, una vicina all'altra. Stranamente non provò più nulla. Nessun salto nel tempo. Solo l'attesa.

Quando la porta alla fine fu spostata, la luce fredda e ostile di un neon li investì. Nella stanza segreta c'erano solo due letti. Uno dei due era occupato.

Lei li osservava senza emozione. Né paura né sorpresa.

Valentina la fissò.

Non doveva avere più di quindici anni.

La ragazzina ricambiò il suo sguardo.

10

Lo sparo echeggiò lontano. Troppo lontano perché qualcuno si allarmasse. Non da quelle parti. E poi poteva essere stato un petardo. Nulla che indicasse un pericolo per gli uomini e le donne che dormivano nella grande villa.

Per sicurezza, Loris Manna fece un giro veloce dei monitor. C'erano dodici telecamere installate fuori e dentro l'edificio, quasi tutte puntate sugli ingressi e lungo il perimetro dell'abitazione. Tre però riprendevano gli interni e Loris si concentrò su quelle. Aveva una visione notturna del grande salone, in cui gli sfarzosi stucchi dorati apparivano come stalattiti verde marcio, della cucina e di due corridoi. Nessun movimento. Nessuno si era svegliato per quel solitario colpo di pistola che forse non era di pistola. Ma bisognava sbrigarsi.

L'uomo accanto a lui gli lanciò un'occhiata spaurita. Loris scosse la testa. «L'effetto sorpresa c'è ancora, dottore. Ma io mi darei da fare... l'alba è vicina.»

L'altro annuì. Era un giovane funzionario di Roma. E quella era la sua prima operazione importante.

Loris tornò alle telecamere. Sullo schermo del laptop aveva disposto in un mosaico numerato tutte le inquadrature, e godeva pertanto di una perfetta visione dell'insieme. Chi aveva fatto installare la videosorveglianza non voleva farsi trovare impreparato, né dagli sbirri né da qualche famiglia ostile. La paranoia dei padroni di casa era amplificata dal fatto che, come ritenevano i poliziotti, almeno un latitante di peso si nascondesse, al momento, nella grande villa. Il punto debole di quel sofisticato e costoso allestimento consisteva proprio nella sua complessità. L'intero sistema era wireless e per Loris Manna, ispettore tecnico dello SCO e genio dell'informatica, era stato facile inserirsi da remoto nel controllo di tutte le telecamere. Aveva però dovuto avvicinarsi molto al raggio d'azione dell'antenna principale. In quel momento era incastrato nel retro di un furgone apparentemente adibito al trasporto di frutta e verdura (e puzzava effettivamente di frutta e verdura avariata), a meno di cinquanta metri dal perimetro della casa-fortezza. Il funzionario accanto a lui sudava abbondantemente, rendendo l'aria ancor meno respirabile. Loris lo capiva e per questo sopportava stoicamente. Davano la caccia a quei pezzi di merda da mesi. Un passo falso e addio sorpresa.

Tutto intorno a loro si difendeva Scampia, periferia di Napoli, con le strade interrotte da improvvisati blocchi di cemento per evitare incursioni notturne e con le ronde dei clan locali che pattugliavano la zona metro per metro, pronte a cacciare chiunque dal loro feudo urbano.

Erano ore che aspettavano. Il funzionario alla fine si decise. « Cominciamo. » Mandò un messaggio con il cellulare. Niente radio durante l'operazione, troppo facilmente captabili.

Loris digitò una serie di comandi sul portatile e interruppe il segnale originale inviato dalle telecamere al sistema operativo, inserendo la registrazione dell'ultima ora di riprese. Chiunque avesse controllato adesso uno dei monitor presenti in casa, avrebbe visto soltanto le immagini in *loop* di stanze, scale e di un giardino deserti. Se invece si fosse affacciato alla finestra, avrebbe forse notato decine di ombre nere scavalcare le mura, scivolare all'interno, infestare il castello del capoclan della zona come uno sciame di insetti.

Il funzionario scese dal furgone e si unì agli agenti che facevano irruzione.

Loris Manna invece si rilassò. Aveva fatto il suo lavoro. Brillantemente, come suo solito. Avrebbe lasciato volentieri agli altri l'azione. *Ho già dato*, era il suo mantra ufficiale.

Il suo cellulare inaspettatamente vibrò. Guardò il display, perplesso e irritato. Un numero sconosciuto. Non certo una telefonata relativa all'operazione in corso. Ma chi cazzo lo chiamava a quell'ora della mattina? Sfiorò il tasto per rifiutare la chiamata. Poi, colto da un presentimento, decise di rispondere.

La voce all'altro capo era quasi irriconoscibile. Distorta dal tempo, dalla distanza e da un'emozione vibrante. Ma lui la riconobbe. La voragine che si aprì nel suo cuore e che lo risucchiò dentro spedì Loris Manna in un passato che aveva sperato di dimenticare.

11

Loris conosceva l'ospedale Santa Chiara di Trento: due anni prima aveva ospitato un suo amico e le sue ferite. Che non erano solo quelle inferte al corpo. Attraversare un'altra volta quei corridoi chiari e puliti, cercando la stanza giusta, informandosi sottovoce da medici e infermieri, gli causò un doloroso *déjà vu*. Anzi, no. Era qualcosa di molto diverso. Era un autentico salto indietro nel tempo. Avvertiva in bocca lo stesso sapore metallico di sangue e paura. Sulla pelle la patina untuosa dell'aspettativa di una morte violenta.

Quando la ragazza gli venne incontro, Loris notò il rossore nei suoi occhi e la piega instabile delle labbra che indicavano un pianto represso. La riconobbe appena – l'aveva vista solo un paio di volte –, ma fu certo che l'angoscia per il fratello l'avesse trasformata. Marta Piovesan, la sorella di Gabriele, lo abbracciò e sfogò contro la sua spalla tutte le lacrime che aveva trattenuto.

Dopo che ebbe finito di singhiozzare e Loris l'ebbe fatta sedere, Marta lo fissò, forse con un po' di vergogna per aver cercato conforto nel suo abbraccio.

«Lo vuoi vedere?» gli domandò.

«È possibile? Mi hai detto che è incosciente...»

Lei annuì, e un po' di muco le colò dal naso, sporcando il labbro superiore. Se lo pulì distrattamente, con la manica del maglione, come se lo avesse fatto mille altre volte. Quanti anni aveva Marta? Gli sembrava così giovane, in quel momento. Come d'altronde gli era parso giovane Gabriele Piovesan quando lo aveva conosciuto e lo avevano arruolato nella caccia a un terrificante assassino seriale. Il ragazzo era ancora in prova alla Squadra mobile di Padova e loro l'avevano costretto a confrontarsi con una delle indagini più difficili e cruente che chiunque avesse mai affrontato. E dalla quale, infatti, era uscito traumatizzato.

« Vieni » decise lei. E mentre lo conduceva verso la stanza in cui era ricoverato il fratello, si voltò senza fermarsi e sussurrò un rapido « grazie » che gli strinse il cuore.

Poco dopo erano davanti a un vetro opaco che divideva la zona destinata ai vivi da quella che non impropriamente gli sbirri definiscono l'unico, vero « trattamento di fine servizio ». È uno spazio fisico che prima o poi quasi ogni poliziotto visita nel corso della sua professione. A volte da una parte, a volte dall'altra di quel vetro. Adesso, in un letto all'apparenza troppo vasto per il suo corpo magro, Piovesan dormiva un sonno senza sogni. Le cannule che aderivano al suo volto bendato come parassiti alieni di plastica e silicone e i monitor che lo circondavano e ne registravano le attività fisiologiche lo rendevano diverso, distante. Non c'era nulla in quel corpo che ricordasse il sorriso ingenuo ma sincero di Gabriele. Il suo entusiasmo quasi spaventato. Eppure era tutto lì.

« Ci sono novità? Cosa dicono i medici? »

Marta gli spiegò che il proiettile era entrato sotto l'orbita dell'occhio destro ma non era uscito. Era rimasto là dentro, a un paio di millimetri dal cervello. Poi aprì la borsetta che portava a tracolla e gli diede un foglio. Era l'ultimo referto. Parlava della ritenzione del proiettile « nei tessuti molli sotto il compartimento superiore dell'articolazione temporo-mandibolare destra ». Non era morto per una casualità più unica che rara.

« Il rischio di emorragie o infezioni è ancora altissimo » disse Marta. « E il proiettile potrebbe spostarsi da un momento all'altro. Un piccolo movimento e sarebbe tutto finito. »

Gabriele viaggiava verso una probabile morte cerebrale. I medici non le avevano ancora tolto le speranze, ma lei non voleva sentire messaggi positivi. Illudersi inutilmente l'avrebbe devastata.

Restarono in silenzio per un po'. E poi Marta espresse quello che Loris aveva macinato dentro la testa da quando aveva appreso la notizia.

« Perché è tornato in quel luogo infernale? » gli domandò. « Perché si è sparato? Tu puoi dirmelo? »

Come tante altre volte nella sua vita, Loris non aveva neanche l'ombra di una risposta.

12

Il bar dell'ospedale di Trento era affollato. Medici, infermieri, visitatori e pazienti costeggiavano il banco come naufraghi intorno a una scialuppa, producendo con il loro brusio un rumore di sottofondo che contrastava i silenzi opprimenti dei lunghi corridoi e delle sale d'attesa appena al di là della porta. Loris e Marta s'erano ritagliati uno spazio a un piccolo tavolino incastrato in un angolo. Avevano ordinato entrambi un caffè che adesso sorseggiavano in minuscoli bicchieri di plastica. Lei in realtà non lo aveva nemmeno toccato. Osservava le volute di fumo che pian piano scomparivano mentre la bevanda si raffreddava.

Su sollecitazione di Loris, stava imbastendo un racconto un po' confuso di quanto era successo. S'interrompeva spesso con improvvisi silenzi, quasi avesse bisogno di sincerarsi che i ricordi fossero corretti. Ascoltandola, Loris avvertiva sempre più spietati i morsi del senso di colpa. Tutti, lui compreso, avevano abbandonato Gabriele al suo destino.

« Dopo le indagini a Padova, mio fratello era stato rimandato al suo ufficio presso la segreteria della questura. Ne sembrava rassicurato e io con lui. Laggiù, alla sua scrivania, non poteva arrivare neanche l'eco di quello che aveva passato. Però qualcosa continuava ad agitarsi in lui... »

Loris annuì, con un'altra stretta al cuore. Poteva immaginarlo. Il ragazzo aveva fatto e visto cose che pochi poliziotti avevano sperimentato in un'intera carriera. E non aveva neanche sei mesi di servizio.

« Cosa è successo, Marta? » le domandò ancora una volta.

« Tante cose » rispose lei, fissandolo negli occhi con quello che gli sembrò un lampo di accusa. « Un giorno mi ha confessato che il suo lavoro, il suo *vero* lavoro non era ancora terminato. Mi ha fatto quasi arrabbiare. *Ma di cosa parli?* gli ho chiesto. *Sono tutti morti!* » Rabbrividì. Il ricordo di quel dialogo doveva essere straziante anche per lei. « Non mi ha neanche ascoltato. Continuava a ripetere che in realtà quella storia non era affatto finita. Che c'erano ancora misteri da svelare. Oscurità da diradare. Ha usato proprio queste parole. Io gli ho detto che non era compito suo, che c'erano altri poliziotti più preparati a compiere certe indagini, che lui aveva già fatto tanto. L'ho implorato di lasciar perdere, ma non è servito a niente. I colleghi con cui si era confidato lo avevano compatito, mi ha detto. Poi isolato. Ma lui non avrebbe mollato. Anzi il suo isolamento lo faceva sentire più forte. Diceva che toccava a lui dato che non c'era nessun altro. »

Sembrò ricordarsi del caffè, ormai gelido. Guardò il bicchierino, lo afferrò. Poi lo riappoggiò sul tavolo, senza aver bevuto.

« A quel punto ho iniziato a preoccuparmi davvero » continuò. « Credo che Gabriele si fosse messo a condurre ricerche personali nel tempo libero. Ogni tanto mi accennava qualcosa, ma io non ci capivo nulla. S'era preso una lunga licenza e a volte scompariva per giorni. Mi diceva che aveva trovato contatti, piste interessanti. Non so dove andasse, cosa cercasse. Non so neanche perché me ne parlasse. Forse aveva solo bisogno di essere confortato. O forse voleva che lo fermassi, che lo sollevassi da quel... fardello... cosa che non ho saputo fare. »

Il pianto tornò ad affacciarsi nei suoi occhi e sulle labbra ormai esangui.

« Non è colpa tua » disse Loris, ma avvertì subito quanto fossero vane quelle parole di conforto. Dette da lui, poi, che aveva molto da farsi perdonare. « Non sai che tipo di ricerche stava facendo? »

Marta si asciugò per l'ennesima volta le lacrime, con quel gesto infantile che Loris trovò molto appropriato, il palmo aperto che scivolava sugli occhi e sulle gote. « Non saprei. Diceva che tutto girava intorno al vero motivo per cui gli omicidi su cui avevate indagato erano stati compiuti, che tutto aveva a che fare con ciò che aveva spinto gli assassini ad agire e alle coperture di cui avevano goduto. Parlava di un progetto, un piano terribile messo in atto da gente cattiva. Persone completamente diverse da tutte le altre, anche se non all'apparenza. Creature nascoste a tutti, così intrise di male che la comprensione della loro natura era quasi impossibile. Una sorta di rete sotterranea e potente che si cibava del dolore altrui. Una follia... »

Sì, una vera follia. Ma un suono interno, improvviso e spiacevole, iniziò a tormentare Loris, già preda dell'inevitabile senso di colpa. Era il rumore di un ricordo.

Gabriele Piovesan lo aveva chiamato, l'anno prima, dopo un po' di tempo che non si sentivano. Tornato a Roma dopo i fatti di Padova, Loris aveva cercato di dimenticare ogni cosa. Gabriele compreso, nonostante gli avesse promesso che sarebbero rimasti in contatto. La fragile amicizia nata quando avevano condiviso quella terribile avventura s'era sfilacciata molto presto, e solo per colpa sua. Loris era tornato al suo posto al Servizio centrale operativo, scaraventato nel vortice di continue missioni fuori sede che lo sballottavano da una parte all'altra del Paese. Il rapporto con Gabriele s'era assottigliato in qualche telefonata di circostanza e in messaggi vocali sempre più radi. In qualche modo Loris aveva voluto che andasse così. Come tutti, preferiva le cicatrici alle ferite aperte. Pensava fosse l'unica strada per uscire da quell'incubo.

Ma un giorno il ragazzo lo aveva chiamato. Era stato diretto, quasi brusco. Aveva detto qualcosa delle sue ricerche. « Volevo parlarne con te... e magari anche con il dottor Costa. Lui saprebbe cosa fare, come comportarsi. »

« Fabio non è più in polizia » lo aveva informato Loris. Aveva avvertito all'altro capo del telefono lo sgomento di Gabriele Piovesan.

« Come? Non ne sapevo nulla. »

« È stata in parte una sua scelta. L'indagine di Padova è stata la sua ultima fatica. E comunque di che stai parlando? Non sei più un agente investigativo. »

Piovesan s'era preso qualche secondo. « Il fatto è che non è finita, Loris. » E poi, prima che Loris chiedesse di cosa stesse parlando, aveva detto: « Ce ne sono altri. Sono pericolosi ».

Loris non aveva capito granché, ma aveva spiegato a Gabriele che non era più loro compito indagare su quella faccenda. Era giusto, anzi, *sacrosanto* lasciar perdere.

« Devi superare questa cosa » gli aveva detto. « È l'unico consiglio che ti posso dare. Ogni buon poliziotto che sa di aver esaurito il suo ruolo in un'indagine deve lasciare a chi di dovere il compito di proseguire. Se hai informazioni che ritieni importanti devi passarle alla Squadra mobile. Torna a goderti la vita, Gabriele. Ne hai il dovere. Sei così... giovane... »

Poi però aveva aggiunto una frase, di getto. Senza avere il tempo di pentirsene.

« Io penso che tu abbia bisogno di cure, amico mio. Devi farti aiutare... »

Erano state le ultime parole che gli aveva detto.

Ricordava adesso il silenzio improvviso all'altro capo del telefono. Piovesan aveva chiuso la comunicazione, di colpo, e lui non l'aveva mai più sentito. Non l'aveva richiamato, nemmeno per scusarsi, come avrebbe dovuto fare un buon amico.

« È vero, è stato abbandonato » commentò Loris, e pensava a quell'ultima telefonata.

« No, non del tutto » lo rassicurò debolmente Marta. « In realtà ci fu uno psicologo della polizia, uno venuto direttamente da Roma, il dottor Mercuri. Uno bravo. Ce l'ha messa tutta per fargli superare il trauma... »

Loris ricordava quel nome, Carlo Mercuri, anche se non lo aveva mai incontrato. Era lo stesso psicologo che aveva assistito Valentina dopo la sua liberazione.

« Quella dell'aiuto di uno psicoterapeuta è una procedura standard, in effetti » le disse. « Anche se non sempre funziona. »

« Con Gabriele all'inizio sembrava di sì. Dopo ogni seduta con Mercuri si sentiva meglio... si sentiva accolto... almeno, così diceva. » Fece una pausa. « Mentiva. »

« Mentiva? »

« Sì. Per un po' la situazione sembrava davvero migliorata. Non pareva più così ossessionato da quella storia. O forse aveva imparato a fingere. A fine ottobre scorso però ha avuto l'incidente. »

« Quale incidente? »

« Non lo sapevi? »

Loris scosse la testa. Erano tante le cose che non sapeva. Troppe.

« Un incidente d'auto, di notte, lungo uno dei tornanti che scendono dai Colli Euganei. Non ho mai capito come sia successo, né che cosa ci facesse lassù a quell'ora. Hanno detto che era ubriaco. Proprio lui, che non beve quasi mai. È andato a schiantarsi contro un albero. Ha sbattuto la testa e si è rotto un paio di costole. Non è mai stato in pericolo di vita, ma ha passato un sacco di tempo in ospedale. E ne era uscito intero, almeno in apparenza. »

« Perché in apparenza? »

« Perché poi abbiamo scoperto che la lesione alla testa era più grave di quello che i medici avevano pensato all'inizio. Gli hanno trovato una frattura del lobo parietale destro... l'ho imparato a memoria. È la parte del cervello che mette insieme percezioni e senso della realtà. Il dottore a quel punto è stato chiaro: Gabriele avrebbe potuto uscirne indenne, senza alcun problema. Ma avrebbero potuto anche esserci delle conseguenze. »

Si portò una mano alla fronte. Loris notò le sue dita, bianche e piccole, le unghie cortissime. Sembrava davvero una bambina sperduta.

« E a quel punto sono arrivati i guai? » le domandò.

Marta annuì, come se dovesse ammettere a se stessa una verità scomoda. « Sì. È stato allora, dopo l'incidente, che tutto è precipitato. È stato allora che ha iniziato a vederlo. »

« Chi? » ripeté Loris, ma a quel punto lo sapeva già.

« L'uomo. Gabriele ha iniziato a vedere l'uomo che aveva ucciso. »

13

Allucinazioni. Gabriele aveva iniziato a vedere persone che non potevano esistere, a sentire parole che nessuno pronunciava. Ma non era esatta nemmeno questa descrizione. Gabriele vedeva e sentiva soltanto una persona: l'uomo che aveva ucciso. Durante la loro indagine, Gabriele era stato costretto a spararg li per salvare un collega. Era il motivo per cui tutto quel calvario aveva avuto inizio.

« Gabriele sapeva bene che quell'uomo era ormai carne decomposta, non c'era, non esisteva più » osservò Loris.

« Eppure lo ha riconosciuto nel medico che lo aveva visitato » disse Marta. La voce le tremò ancora mentre cercava di spiegarglielo. « Sembrava consapevole che era impossibile, ma diceva addirittura che quel finto dottore gli aveva pure sorriso mentre tentava di ingannarlo dietro un travestimento banale. E poi ha cominciato a vederlo in chiunque. Nel familiare di un altro paziente ricoverato, nell'infermiere che gli misurava la temperatura; è arrivato persino a pensarlo nelle fattezze di un amico d'infanzia che era venuto a trovarlo! Lo ha accolto con affetto e ci ha parlato a lungo, ma poi quando è uscito si è rivolto a me e mi ha fatto l'occhiolino e mi ha detto che quello non lo aveva certo ingannato. Mi disse che era come uno specchio d'acqua che s'increspi all'improvviso e faccia intravedere quello che c'è sotto, e lui aveva capito chi era davvero l'uomo in piedi davanti al suo letto e aveva solo fatto finta di assecondarlo... » La voce a quel punto le s'incrinò definitivamente. Riprese a piangere silenziosa ma nessuno intorno a loro sembrò farci caso. La sofferenza era così frequente lì dentro che sembrava parte integrante dell'edificio, come le pareti pastello o l'odore di disinfettante.

Quando riprese a parlare, Marta spiegò che Gabriele s'era convinto che quell'uomo lo stesse perseguitando. A volte si svegliava gridando nel letto d'ospedale, convinto di essere ancora a Molveno, nelle stanze del Sanatorio di Sant'Andrea.

I medici non sapevano chiarire la genesi dell'ossessione di Gabriele. Ma erano le parole che avevano cominciato a usare che atterrivano. Malattia mentale. Demenza. Pazzia.

Lo psicologo inviato dal dipartimento di polizia, che per primo aveva rilevato quella nuova allucinazione e il manifestarsi della psicosi, aveva concordato con i dottori del reparto di igiene mentale in cui Gabriele era stato trasferito sull'opportunità di una terapia personalizzata e di un lungo decorso. Mercuri lo aveva convinto a farsi ricoverare in una clinica specializzata, e Gabriele non aveva fatto obiezioni. Era come se una parte di lui sapesse che la sua mente aveva bisogno di aiuto.

Dopo tre mesi di degenza era tornato a casa apparentemente ristabilito. Aveva smesso di vedere l'uomo che lo perseguitava. O non ne parlava. La sorella s'era illusa ancora una volta. Ma s'era sbagliata. Per questo non si perdonava di non avere capito che il disagio di Gabriele era insanabile. Per questo si tormentava per quella ricaduta, per quel tentato suicidio.

Eppure non era tutto lì. C'era qualcosa in quella storia che Loris non riusciva a inquadrare. Qualcosa lo disturbava. E c'era solo un luogo in cui trovare una spiegazione.

14

Tornare a Molveno, al teatro in cui i crimini su cui avevano indagato avevano trovato la loro drammatica conclusione, fu meno difficile di quanto avesse pensato. Vedere Gabriele in quel letto d'ospedale a Trento lo aveva come svuotato. Ascoltare il racconto di Marta aveva aumentato il suo tormento. Eppure non aveva paura dei fantasmi che avrebbe trovato fra quelle montagne.

Mentre l'auto percorreva i tornanti che costeggiavano il lago, una lingua nera in fondo a una valle profonda e stretta, e le pareti dolomitiche sembravano voler dare la scalata al cielo stesso sopra la sua testa, Loris rifletté che, nonostante il poco tempo trascorso da quando era stato lì, il paesaggio gli sembrava cambiato. Forse era a causa della scarsa neve caduta quell'inverno, mentre i ghiacciai si scioglievano più rapidamente di un tempo, o forse era per il diverso stato d'animo con cui affrontava quelle strade, ma per un breve momento Loris Manna dimenticò il motivo del suo viaggio. Non stava tornando all'inferno, come aveva detto a Marta. Non gli sembrava, come allora, che ogni ombra fosse una minaccia. Non c'erano più demoni da sfidare. Soltanto lui e quello scenario maestoso.

Poi vide il cartello turistico, lucido e immacolato, che indicava la svolta per l'ex Sanatorio di Sant'Andrea, al termine di una salita fatta di tornanti, alla sua destra, e il cuore perse alcuni colpi. Mentre imboccava con cautela la strada, fu certo che il cartello fosse recente. Non c'era, all'epoca del loro lungo viaggio verso la notte. E gli sembrò assurdo. Tutto il mondo sapeva cosa avevano trovato in quell'edificio nascosto tra le montagne del Brenta. Non era sano che qualcuno avesse pensato di mettere la bandierina turistica sul luogo di uno scempio. Immaginò frotte di turisti morbosi che andavano a visitare il museo degli orrori o quello che ne era rimasto e in quel momento gli parve che il male avesse vinto, alla resa dei conti, dimostrando quanto l'umanità fosse immeritevole di salvezza.

Poi quando l'ex sanatorio troneggiò su di lui, scoprì invece d'essere solo. E che alla fine l'orrore vero non possiede alcuna attrazione. Nessun turista avrebbe seguito quell'indicazione stradale. Nessuno voleva scattarsi una foto davanti al monolito di pietra che si ergeva davanti ai suoi occhi.

Fermò l'auto di fronte all'ingresso principale, abbastanza vicina da poterla riprendere al volo in caso di necessità. Anche la poca neve che continuava a sciogliersi dava l'impressione di volersi ritrarre davanti alle mura color antracite. Il sole scelse quel momento per oscurarsi. Ma Loris non credeva nei presagi e scese dalla macchina.

Assi nere inchiodavano il portone d'ingresso, forse per impedire che cose oscure uscissero dall'edificio abbandonato. Impigliato nell'angolo di un'asse, un lembo di nastro bianco e rosso svolazzava nel vento gelido. Era ciò che restava dei sopralluoghi della polizia.

Girò intorno all'edificio, cercando di non scivolare sulle pietre levigate dal tempo e sempre bagnate. Se ricordava bene, c'erano delle grandi vetrate a destra e a sinistra della struttura. Giardini d'inverno resi aridi da decenni senza calore. Trovò presto una finestra rotta e finì di allargare l'apertura, colpendo il vetro con il gomito protetto dal cappotto. Da dentro fuoriuscì un suono come di risucchio. Sant'Andrea tratteneva il fiato, in attesa.

Loris inspirò a fondo ed entrò.

15

Gli echi dei suoi passi, sotto le volte e attraverso gli spazi vuoti, sembravano poter risvegliare gli spettri rinchiusi lì dentro. La stessa sensazione di quando vi era entrato la prima volta. La percezione che qualcosa di malvagio si annidasse fra quelle mura e che da un momento all'altro potesse ridestarsi. All'epoca, quel pensiero era stato messo a tacere dalle scariche di adrenalina. Lui e gli altri agenti stavano cercando di salvare delle vite e non potevano indugiare. Adesso, invece, Loris aveva tutto il tempo di analizzare quella paura irrazionale. Forse anche il tempo di farsene sopraffare.

Imboccò le scale che portavano ai sotterranei, una volta adibiti a sale benessere per gli ospiti del sanatorio. Da quello che aveva capito era proprio laggiù, in fondo a quei gradini, che era stato trovato Gabriele, un lago di sangue che si allargava ancora sotto di lui.

La sera in cui Gabriele si era recato a Sant'Andrea, Marta lo aspettava per cena. Un rito che ripetevano almeno una volta a settimana, soprattutto dopo il suo ritorno dalla clinica. Il fratello non era mai mancato. Quando non lo aveva visto arrivare, Marta s'era rivolta ad alcuni colleghi del ragazzo e, grazie alla sua insistenza, il piano per la scomparsa delle persone a rischio di vita era stato subito avviato. Il cellulare di Gabriele era stato localizzato, ma il segnale era apparso subito preoccupante. Gli agenti di Padova conoscevano bene la cella agganciata. Era situata nell'area intorno al lago di Molveno, non distante dal vecchio sanatorio. Avevano allertato la polizia di Trento che aveva inviato una pattuglia sul posto. L'auto di Gabriele era parcheggiata davanti a Sant'Andrea, le chiavi inserite nel quadro come se non avesse avuto il tempo di sfilarle. O non gliene fosse importato niente. Lo avevano trovato nel punto in cui, adesso, Loris s'era fermato: nei sotterranei, all'abbrivio del dedalo che anni prima era stato adibito a museo dell'orrore.

Di quella vicenda non restava più nulla di tangibile. Svettavano ancora le colonne che come sentinelle gigantesche ma esauste si perdevano nel buio. All'epoca dell'indagine vi erano appesi i volti dei personaggi dei quadri di Caravaggio che balzavano in avanti, come affamati d'aria e di vita. Adesso le pareti erano spoglie, alcune ancora segnate dalle tracce lasciate dalla Scientifica che aveva esaminato il luogo, centimetro per centimetro.

Loris non ebbe il coraggio di proseguire. Non aveva paura dei fantasmi. Ma non si sarebbe comunque avventurato oltre in quel labirinto buio e troppo silenzioso. Si limitò a scattare qualche foto con il cellulare. Il flash illuminò la teoria di colonne che si perdevano nell'oscurità. Si aspettava da un momento all'altro che volti bianchi si affacciassero oltre gli angoli di quelle pareti per vedere chi stesse disturbando il loro riposo. E magari si avventassero su di lui.

Poi, colto dalla fretta di andare via, inquadrò anche la macchia scura che indicava il punto in cui Piovesan si era sparato. A terra, alcuni guanti in lattice lasciati dai soccorritori. Alla luce del telefonino gli sembrarono intenti a graffiare il pavimento.

Un pensiero lo accarezzò. Una sciocchezza, un alito di idea, ma era la causa di quel prurito che aveva avvertito parlando con Marta, la sensazione che qualcosa fosse stato tralasciato.

Loris corse su per le scale, odiando il fatto di dover dare le spalle a tutto quel buio, attraversò ancora corridoi e ampi saloni. Il rumore dei suoi passi adesso non risvegliava più mostri assopiti, ma sollecitava risposte.

Quando fu all'aperto, investito dalla luce di una luna particolarmente grande, scoprì che soltanto in quel momento aveva ripreso a respirare. Era stato in apnea per tutto il tempo. Inspirò a fondo l'aria gelida e pulita delle montagne. Poi telefonò a Marta.

« Dove sei? » domandò lei, con un tono di sincera apprensione.

« Il cellulare di Gabriele ce l'hai tu? »

Marta esitò. Poi, con cautela: « No... »

« E dov'è? »

« Non lo so. Cioè, non c'era il cellulare quando lo hanno ritrovato. Non lo aveva con sé... »

Loris tacque. Ecco il piccolo dettaglio fuori posto.

Gabriele Piovesan era andato via da casa portando con sé la pistola d'ordinanza e il cellulare. Su questo non c'erano dubbi, perché con la sua pistola s'era sparato e grazie al cellulare era stato rintracciato e salvato. L'arma era stata ritrovata.

Ma dov'era finito il telefonino?

PARTE II
DEI SUPPLIZI E DI ALTRE PENE

« La carne è cotta. Girala e mangiami. »
Sant'Ambrogio, *De officiis ministrorum*

1

Sopra di te poche stelle e tanto catrame. La luna piena s'incastra in una fessura nel cielo e all'improvviso scompare, ingoiata da una nuvola più densa delle altre. Non piove e non fa freddo. Ma dai margini di quel buco nel firmamento cola qualcosa che gocciola in terra e produce un suono ritmico e ossessivo, come un leggero rintocco di campana. L'umidità o i residui di un temporale di cui non conservi memoria.

Una goccia. Forse il sangue del tuo martirio.

Un'altra.

Comincia a far male, ti dici.

Sì. Fa davvero male.

Volti gli occhi a destra e poi a sinistra e ancora a destra. Solo nidi di oscurità e macerie e disegni sui muri anneriti e, da qualche parte, lui. Non riesci a vederlo ma lo senti così vicino.

Adesso le gocce cadono più numerose.

Il dolore diventa insopportabile. Ne sei felice, sì. Ma ti preoccupa. Una parte di te, ancora aggrappata a un brandello di ragione, ti suggerisce che presto la sofferenza arriverà a un livello indicibile. Ti aspettano lunghi momenti di tormento che ti strapperanno dentro e ti lacereranno e ti consumeranno fuori e forse non sarai in grado di resistere. E lo deluderai.

No. Non è questo che vuoi. In fondo, c'è un motivo per cui sei qui. È per la gloria del Signore. Per la tua anima indegna. Per tutti i peccati del mondo. Sei qui per accogliere con amore e umile rassegnazione il dono che lui ti fa... Non puoi tradirlo. Non puoi perdere la santità che hai guadagnato, giorno dopo giorno.

L'urlo che si avvita fino a quel cielo coperto e che interrompe i tuoi pensieri nasce come un lamento incerto e poi esplode in tutta la sua potenza. Ne resti sconcertato e nello stesso istante capisci. Sei stato tu a produrre quel suono orribile e questo vuol dire una sola cosa: la tua carne non sosterrà la prova a cui Dio ti ha chiamato. Quella carne che adesso inizia a bruciare e che ti imprigiona in un sudario di atroce sofferenza.

Il ferro della graticola su cui sei disteso e immobilizzato s'è fatto incandescente e puoi sentire brani della tua pelle sfrigolare e staccarsi, cadere nel fuoco e sollevare le dense volute di fumo grasso che iniziano a saturare il luogo. L'odore è terribile e allo stesso tempo inebriante.

Sia. Gloria. A. Dio.

In un ultimo impeto di ormai vacua coscienza, ruoti la testa sottoponendo i tendini del collo a un'atroce tensione, e finalmente lo vedi. È immobile nel grumo di oscurità in fondo alla stanza. Ti guarda senza espressione. Non giudica. Non esulta. Attende e osserva. Non è Dio ma il Suo messaggero. Nei suoi occhi trovi la salvezza. In quella presenza silenziosa ma attenta mondi i tuoi peccati e l'amore che provi travalica il dolore.

«Grazie...» riesci a mormorare con labbra ormai avvizzite dalle fiamme. «Sia lodato il Signore...» E sorridi. O almeno senti di farlo. Ma forse non ti riesce bene come speri. Il calore ha già abbrustolito parte del tuo volto, e non hai più labbra da distendere.

Un ultimo urlo invade la notte. E la spegne.

2

L'ispettore capo di polizia Gaja Giannini provava una strana sensazione nel trovarsi laggiù. Verso sud si stagliavano i resti dell'acquedotto romano, denti cariati e arcate abrase dal tempo, mentre a ovest si profilava il Grande Raccordo Anulare, l'unico segno visibile di modernità. Da un campo rom a qualche chilometro di distanza salivano al cielo colonne di fumo nero. Tutto in quel panorama la disturbava. Perché sapeva che, oltre l'aspetto di quella campagna senza asprezze, si celavano misfatti terribili. Da quelle parti la mala romana seppelliva le vittime della sua ferocia. Il male aveva germogliato più volte da quella terra sconfinata. E ora s'era fatto carne. Carne bruciata.

L'edificio non era niente di più di quattro mura, metà di un tetto, finestre come ferite e interni pieni di una sporcizia nera e maleodorante. Una volta forse era un casino di caccia, adesso era solo un buon nascondiglio per tossicodipendenti e prostitute.

Il luogo ideale per quello scempio.

Quando la volante di zona, inviata a seguito della telefonata di un paio di ragazzi intenti a fare motocross tra le sterpaglie, aveva informato il commissariato e di conseguenza lei, come ispettore di turno, Gaja si stava preparando all'ennesima giornata di scartoffie. Da quando era stata trasferita dalla Squadra mobile all'Ottavo distretto, commissariato Tor Carbone, le indagini attive erano diventate un ricordo e il suo lavoro si era tramutato in una serie infinita di denunce di furto e di liti condominiali, con qualche puntata domenicale nello splendido mondo dell'ordine pubblico allo stadio. Aveva presto dimenticato cosa si prova a trovarsi sulla scena di un crimine. Soprattutto di un crimine come quello.

Quando vide lo spettacolo allestito tra le mura dei ruderi fatiscenti, l'orrore che l'assalì cancellò ogni altra emozione. In quindici anni di carriera non aveva mai visto niente di simile.

L'uomo, quel che ne restava, era al centro della scena, illuminato dai flash della Scientifica, circondato dal nastro bianco e rosso della Squadra Sopralluoghi, oggetto di attenzione da parte dei tre colleghi in tuta bianca che gli giravano intorno. Le venne in mente la scena di *2001: Odissea nello spazio*, quando gli scienziati circondano il monolite alieno, tributandogli una sorta di ammirata devozione. O erano le scimmie?

Al cadavere erano state asportate gambe e braccia, che altri poliziotti stavano cercando nei dintorni. Il torso e la testa erano intatti, abbrustoliti e anneriti come un grosso tizzone di carbone. Il medico legale aveva già espresso la sua opinione, che naturalmente aveva bisogno delle conferme dell'autopsia: il poveraccio era stato bruciato vivo. Se era stato fortunato, lo shock ipovolemico conseguente alla rapida disidratazione del sangue gli aveva causato l'arresto del cuore in pochi minuti. Ma non si poteva dire. Anche per sapere se il taglio e l'asportazione di gambe e braccia fossero stati effettuati *post mortem* avrebbero dovuto aspettare ulteriori accertamenti, perché le fiamme avevano cauterizzato i monconi e impedito il regolare sanguinamento.

Per l'esecuzione era stata costruita con perizia una graticola delle dimensioni e della struttura giusta per reggere il corpo della vittima che, da vivo, doveva pesare un'ottantina di chili.

Era stato legato alla struttura in ferro non con corde, che si sarebbero consumate sotto le fiamme, ma con robuste catene. La testa era rovesciata all'indietro, il collo teso nel disperato tentativo di sfuggire al fuoco.

Sotto la grata era stato allestito un falò alimentato con legna e carbonella e circondato da mattoni di cemento, per evitare la dispersione del calore. Un lavoro a regola d'arte.

Nonostante il tetto semidistrutto e l'assenza di porte e infissi alle finestre, nell'aria permaneva l'odore di carne bruciata. Si mescolava ai miasmi di catrame e di sterco, della miseria e della disperazione che prosperavano tra quelle mura anche prima che quell'uomo venisse straziato.

Lungo le mura in parte annerite spiccavano decine di scritte. Invocazioni a qualche dio distratto. Bestemmie e promesse di sesso a buon mercato. Celebrazioni di amori malati.

Gaja prese il cellulare e iniziò a fotografare le pareti, i cumuli di rifiuti negli angoli, i preservativi usati e le siringhe conficcate nella terra. Un agente della Scientifica si fermò a guardarla. « Ci abbiamo già pensato noi, ispettore. »

Lei gli sorrise e si strinse nelle spalle. « Per la mia relazione. Così faccio prima. »

L'uomo in tuta bianca non sembrò convinto, ma tornò al suo lavoro.

Dopo qualche minuto là dentro, Gaja sentì crescere la nausea. Non per la vista in sé né per l'odore. Era tutta quella concentrazione di dolore e cattiveria che le premeva sulla pelle e si insinuava fin dentro le ossa.

Fuori le cose non migliorarono. Ma se non altro c'era un sole pallido a riscaldare i suoi pensieri.

Le due auto che arrivarono in quel momento non potevano che appartenere al suo ex ufficio. La Squadra mobile veniva a prendere ufficialmente in consegna il caso.

3

« Fentanyl » disse il più alto in grado, un commissario che Gaja aveva conosciuto quando lavorava alla questura in via San Vitale. Si chiamava Festa e mai un cognome era stato meno azzeccato. Nessuno lo aveva mai visto sorridere e vestiva sempre di scuro.

Lei lo fissò. « Fentanyl? Non mi sembra una morte per overdose, francamente. »

Festa neanche la degnò di uno sguardo. « Molto spiritosa. Intendevo dire che è con quella roba che si fanno. E poi riescono a commettere una cosa come questa. » Accennò col mento al busto annerito.

« Quindi avete già un'idea di chi possa essere stato? »

Festa annuì distrattamente. Intanto, un collega della Mobile li raggiunse. Aveva parlottato fino a quel momento con il responsabile della Squadra Sopralluoghi. Sorrideva, nonostante la situazione.

« Sono loro, al novanta per cento » disse. Festa annuì ancora.

« Allora avete dei sospettati » insistette Gaja.

Il collega appena arrivato la squadrò come se l'avesse notata solo in quel momento. Eppure non passava inosservata, con i capelli nerissimi e corti, ma con la frangia che le arrivava quasi sugli occhi, e quella cicatrice che le attraversava la guancia destra come un tatuaggio dal significato misterioso. « Gaja Giannini! Tu che ci fai qui? »

« Sono stata assegnata al commissariato di zona. Ero qui prima di voi... »

« Non sapevo che avessi lasciato la Mobile. » Non era vero. Tutti sapevano che aveva lasciato la Mobile. E tutti ne conoscevano il motivo. Il funzionario a cui aveva mollato un pugno se lo ricordava di certo. « Comunque non so se il dottor Festa te l'ha già detto. Siamo dietro a questi balordi da sei mesi. Anche se questo è il primo omicidio... in questo modo, poi! »

« Tipico » sentenziò Festa.

« Sì, è vero, tipico » si affrettò a confermare il nuovo venuto. Ma cosa c'era di tipico in quello strazio?

« Si può sapere chi sono? Se non sono indiscreta. »

Festa si strinse nelle spalle e il collega si sentì autorizzato a parlare.

« Skinheads » disse. « Una banda di Roma Sud. Organizzati e feroci. Anche se non s'erano mai spinti fino a questo punto. »

« Skinheads? » Gaja tornò a guardare il cadavere. La graticola ancora fumante. Non le sembrava una cosa da skinheads. In realtà non le sembrava una cosa possibile per nessuno. C'era qualcosa in quell'esecuzione che andava oltre le logiche criminali delle bande di spacciatori violenti che imperversavano a Roma. Oltre il male senza fantasia che animava le loro rappresaglie. Là, davanti a lei, s'era consumata una violenza che aveva radici diverse.

« Va bene, vediamo se riusciamo a scoprire l'identità della vittima prima che faccia notte » li scosse Festa. « E magari prima che arrivi il pm di turno. È quel rompicoglioni di Pietroiusti! »

Il collega della Mobile tornò rapidamente verso il gruppo della Scientifica che si apprestava a terminare il sopralluogo. Gaja si allontanò in silenzio. L'aria del crepuscolo iniziava a farsi sentire. Trasportava l'odore dell'erba tagliata. In parte riusciva a farle tollerare la puzza che veniva dalle rovine fumanti.

Fece il giro della struttura, ma tenendosi distante.

Compì una perlustrazione completa, guardando non verso la casa diroccata, ma verso l'esterno. L'orizzonte dei campi che s'incendiava del sole che andava a morire. Quel filo di fumo dal campo nomadi. La vegetazione piegata dal passaggio di qualche mezzo pesante.

Una doppia striscia ancora s'intravedeva nel manto verde che aveva davanti agli occhi. Un binario perfetto. Che tracciava un sentiero dai boschi fino al retro della casupola. Si avvicinò. L'erba schiacciata già iniziava a decolorarsi. Dopo la notte quella traccia sarebbe scomparsa del tutto. Ma in quel momento indicava qualcosa di preciso. Un solo mezzo. Forse un fuoristrada, le cui tracce arrivavano sin sotto le mura decrepite di quel luogo di morte.

Un solo mezzo. Non una banda di bastardi neonazisti, quelli si muovevano in branco.

No, quella era opera di un solo assassino.

4

Conversazioni con il soggetto A – Registrazione del 14.02.2020, ore 15.15 – Frammento nr. 2020/143/A.15. Progressivo 8

– Vogliamo riprovare?

(*Mantiene il silenzio.*)

– Lo sa, non è mia intenzione forzarla. Ma qualche progresso lo abbiamo fatto.

– Dice? Non starò mai meglio. Mai.

– Perché lo pensa?

– Me lo dica lei, dottore.

– Io credo che lei abbia ancora paura. Dobbiamo però capire se questa paura è legata solo all'episodio che l'ha condotta qui o se invece...

– Episodio? È così che lo chiama? Mi hanno... mi hanno...

(*Il soggetto resta in silenzio.*)

– Può dirlo, può farcela.

– Perché secondo lei se lo dico ad alta voce passa tutto, vero? Non funziona così! Non passerà mai.

– Perché dice questo? Può provare a immaginare una vita senza incubi o paure?

– No.

– Perché pensa di non potere?

– Perché laggiù, in quell'inferno, io sono morta.

– Valentina, lei è qui, davanti a me. Integra. Forte.

– Sono resuscitata, dottore. Sono morta e sono risorta. E non so se sia stato un bene.

– Avrebbe preferito davvero essere morta?

– Non avrei più avuto niente da perdere. I morti non hanno più paura proprio per questo. E poi non avrei sentito il peso della sconfitta.

– Sconfitta? Lei è ferita, certo. Ma non sconfitta.

– Dice? Sa esattamente quello che è accaduto laggiù?

– Ho letto i rapporti.

– I rapporti? I rapporti non spiegano neanche lontanamente...

– Mi dia la possibilità di capire, allora. Mi porti con sé dove tutto è accaduto.

– È sicuro di volerlo fare?

– Certo, Valentina. Sono qui per questo.

– E allora si prepari. Non sarà un bel viaggio.

PARTE III
NELLA VALLE DI HINNOM

« Forse ho visto troppe immagini in vita mia per poter dormire tranquillo. »

Helmut Newton

1

Oltre alla ragazza, nella stanza segreta dell'Alhambra avevano trovato qualcos'altro. Su uno dei due letti sfatti c'era un portatile collegato a un cellulare. Chiunque lo stesse usando stava scaricando qualcosa e probabilmente non aveva fatto in tempo a terminare a causa dell'arrivo dei poliziotti.

Adesso, Valentina aveva davanti a sé una foto contenuta in quel telefonino. Una sola fotografia, scattata sulla porta di una camera da letto. Non era una stanza dell'Alhambra. Sullo sfondo s'intravedeva lo scorcio di una finestra aperta. Lo spigolo di un vecchio comò. Una parete ingrigita dalla muffa. Avrebbero analizzato ogni dettaglio. Avrebbero persino capito su quale panorama si affacciava quella finestra.

Ma Valentina era concentrata sul soggetto di quell'immagine.

Una donna abbracciava la ragazzina e guardava dentro l'obiettivo. Era Hannie Janssen, e sorrideva, come fosse la cosa più naturale del mondo.

Valentina osservava quella foto senza riuscire a staccarsene. Risaliva a non molto tempo prima, visto che l'aspetto della ragazzina corrispondeva a quello attuale. Anche la camicia e i lisi pantaloni con cui l'avevano trovata erano gli stessi che apparivano nella foto.

Il medico che l'aveva visitata aveva misurato la lunghezza delle ossa e aveva ipotizzato che avesse tredici, forse quattordici anni. Poco più che una bambina. E la donna che la stringeva amorevolmente a sé, in quella foto, era una psicopatica assassina. Una creatura senza coscienza né anima, di certo incapace di provare l'empatia che un abbraccio avrebbe dovuto implicare. Eppure, quasi nessuno avrebbe visto nulla di male o di sconvolgente in quello scatto.

A parte Valentina.

Sorrideva. Sorrideva sempre, mentre mi torturava. Era l'unica occasione in cui sorrideva.

Valentina dava la caccia a quella donna da più di un anno, inseguendone sistematicamente le tracce attraverso l'Europa. La cattura di Hannie Janssen avrebbe rappresentato il sigillo a una crepa nel mondo da cui era fuoriuscito un male incomprensibile e furioso.

Con l'operazione all'Alhambra era stata a un solo passo dal catturarla. Non aveva prove, ma qualcosa le diceva che Hannie era stata lì, in quell'albergo, fino a pochi attimi prima della loro irruzione.

Avrebbe potuto prenderla. Avrebbe *dovuto* farlo.

Il pensiero risvegliò artigli nei suoi ricordi. Dita fatte di buio, umido e soffocante, che le stringevano il cuore e la gola. Che aderivano al suo volto, le impedivano di respirare. Il luogo in cui era stata rinchiusa, come una reliquia da mantenere in vita e torturare. E la donna dal sorriso incomprensibile e dai capelli color della cenere. Il mostro che non l'aveva uccisa perché le aveva riservato una fine più atroce.

Aria. Mancava l'aria. L'apnea improvvisa la costrinse ad abbandonare la foto che stava esaminando. Il rettangolo di carta su cui era stata stampata, sovrastato dalla scritta EUROPOL e dall'immagine del cerchio di stelle dell'Unione europea, scivolò via, tra la sponda del letto e la scrivania ingombra di documenti. Valentina Medici si portò le mani al volto. Cercò di calmare l'attacco di anossia come aveva imparato a fare, allontanando la tentazione del panico. Un secondo alla volta. Inspirando. Espirando. Contando il tempo. Facendo il vuoto dentro di sé.

Lentamente il respiro tornò a farsi regolare.

Si alzò, barcollò verso il bagnetto e fece scorrere l'acqua nel lavandino. Quando pensò che fosse abbastanza fredda, si lavò il viso. Mescolò l'acqua alle lacrime che aveva sentito scivolare lungo le gote. Poi si guardò. La maglietta si era abbassata leggermente sulla spalla destra. Intravedeva il marchio, ancora rosso nei suoi ricordi, adesso in realtà niente più che una linea scura che partiva dalla spalla e arrivava al fianco. Un segno del male.

Quando si sentì nuovamente stabile, tornò in camera, recuperò la foto e riprese a esaminarla. Il sorriso della Janssen le parve meno esplicito, più freddo. Si concentrò allora sulla ragazzina. Nella foto manteneva una strana inespressività. Forse aveva paura della donna che era con lei. L'unica cosa che erano riusciti a sapere era che si chiamava Suzanne. Era una delle poche parole che aveva pronunciato, oltre a « ho freddo », « ho fame » e frasi simili, in un inglese corretto ma elementare. Era come se concedesse loro soltanto le informazioni necessarie alla sua sopravvivenza. Forse era l'unico modo di comunicare che conosceva.

Il nome Suzanne, però, era anche tatuato sul suo polso sinistro. Caratteri svolazzanti ed esili. Leziosi come quelli che avrebbe preteso una ragazzina. L'unico segno della sua identità, se quella era davvero la sua identità. Il resto per il momento apparteneva al mistero.

Valentina si animò. C'era ancora tanto da fare.

Non c'era soltanto la foto di Suzanne con Hannie Janssen. Nel computer trovato nella stanza d'albergo c'erano molti file cancellati, quasi un terabyte di dati che gli esperti dell'Europol stavano cercando di recuperare. Una sola cartella sembrava intatta, come se chi aveva voluto far scomparire ogni traccia avesse esitato a distruggerla. Conteneva una serie di video, numerati ma discontinui, tanto da far pensare che non fosse una raccolta completa. Si passava da 1 a 3, e poi c'erano il 5, il 6, il 7, e di nuovo un salto all'11 e al 12. Contenevano molte ore di registrazione. Quando gli agenti li avevano aperti per una prima occhiata, s'erano trovati davanti a una specie di lungo filmetto di famiglia con la nascita e la crescita di Suzanne. Una specie di diario quotidiano. Ma senza la gioia che di solito contraddistingue la vita di un bambino. I filmati erano grigi, del tutto anonimi e a tratti incomprensibili. Non comunicavano serenità ma un'infinita inquietudine.

La numerazione dei file pareva indicare un periodo specifico della vita di Suzanne. La bambina a un anno e a tre anni. E poi a cinque, a sei, a sette e così via. Gli anni che mancavano erano probabilmente contenuti nei file cancellati. Nelle sequenze rimaste non c'erano genitori. Non c'erano parenti che la circondassero di premure e affetto. Non c'erano amici che la festeggiassero. Non c'era altro che lei, anno dopo anno, e squallide pareti, pavimenti anonimi, angoli di case che cambiavano di volta in volta ma che restavano impersonali, forse per impedire che si potesse risalire a un luogo o a un tempo specifici. Suzanne gattonava su un tappeto senza colori. Suzanne faceva i suoi primi passi lungo un corridoio con porte chiuse. Suzanne correva sempre più forte in un cortile deserto. E soprattutto Suzanne non sorrideva. Mai.

Quei file avevano soltanto un puro valore documentale. Forse erano la registrazione di un esperimento. Ma quale? A quale scopo?

L'ipotesi degli investigatori era che Suzanne fosse stata rapita o venduta dai propri genitori, probabilmente già nel primo anno di vita. I suoi tratti somatici facevano pensare a un Paese d'origine del Nord Europa, ma non c'erano altri riscontri. Le ricerche erano estese e difficili, anche in considerazione dell'altissimo numero di bambini che ogni anno scompaiono nel mondo. E per adesso non avevano prodotto alcun risultato.

L'errore, Valentina lo sapeva, si cela sempre nelle pieghe più impensabili delle nostre azioni. Quei video dovevano contenere la chiave della loro lettura. Le ore di registrazione erano decine e un gruppo di analisti dell'Europol stava già riavvolgendo quell'inquietante testimonianza della crescita della bambina, alla ricerca di un elemento che la potesse identificare. E soprattutto potesse far capire il motivo per cui Suzanne era stata nelle mani dell'organizzazione per tutto quel tempo. E perché esistesse una documentazione di quel genere.

Valentina, più degli altri, sentiva di dover dare una risposta a quelle domande. La Janssen era sfuggita alla cattura, nonostante lei ne avesse percepito la presenza in quell'albergo funesto. Erano stati tutti concordi nel ritenere che l'operazione potesse considerarsi positiva. Eppure Valentina continuava a pensare che la fiducia che François Castaldi riponeva in lei fosse frutto di una valutazione sbagliata. Le toccava dimostrare il contrario.

Continuò a osservare la foto in cui Hannie Janssen abbracciava la bambina. Il mistero si insinuava nelle pieghe di quel contatto. Suzanne era l'ultima vittima di quella donna. Ma in cosa consisteva quel sacrificio? Chi stava piangendo per la scomparsa della piccola? Qual era il modo in cui Hannie si nutriva della sofferenza altrui?

2

La sede dell'Europol si trovava a Statenkwartier, un quartiere residenziale dell'Aja caratterizzato dalla presenza di uffici governativi legati all'Unione europea. Per Valentina continuava a essere indistinguibile dalle altre zone della città, tutte allo stesso modo ordinate e pulite. Forse perché, da quando era arrivata, l'unica sua attività era quella che svolgeva all'interno della grande struttura in cemento, vetro e acciaio. L'unica vita che conosceva era quella che scorreva tra i corridoi asettici e le stanze illuminate dal pallido sole olandese. Non c'era altro per lei se non il lavoro. E il compito a cui le avevano dato l'opportunità di dedicarsi.

Anche l'appartamento in cui dormiva (non avrebbe usato il termine « viveva ») era a meno di un isolato da Eisenhowerlaan, la grande strada alberata dove sorgeva la cittadella della giustizia. Impiegava cinque minuti a raggiungere l'ufficio. A piedi, perché le biciclette, così presenti nella città, non le aveva mai sopportate.

François Castaldi, il capo della sua squadra, l'attendeva nella sala riunioni che utilizzavano per il briefing mattutino. Con il tempo Valentina aveva imparato a conoscerlo bene. Era un italo-francese che proveniva dalla polizia nazionale, l'ex Sûreté di Parigi, un cinquantenne con una grande esperienza investigativa che si era fatto le ossa proprio nel campo delle indagini su alcuni assassini seriali. In Francia era considerato una specie di superpoliziotto. Era stato François a scegliere uno a uno i membri della squadra, segno che la considerazione da parte dei vertici dell'Unione europea nei suoi confronti era decisamente alta. L'incontro con Castaldi, per Valentina, aveva segnato l'inizio di una nuova esistenza.

La squadra occupava poche stanze all'ultimo piano del palazzo governativo. La zona in cui si muovevano, peraltro, era top secret per la maggior parte degli altri funzionari dell'Europol. Valentina trovò François nel suo ufficio, come sempre, impegnato in una delle centinaia di conversazioni telefoniche che costellavano le sue giornate lavorative. Le fece cenno di sedersi accanto a lui, al grande tavolo rotondo utilizzato per le riunioni operative, poi congedò il suo interlocutore.

« Buongiorno, Valentina » disse, nel suo perfetto italiano aggraziato dall'accento parigino, spostandosi il ciuffo di capelli grigi dalla fronte.

Valentina era stata colpita da subito dal fascino un po' anarchico di François. E ne era stata conquistata quando aveva conosciuto la storia che lo aveva portato alla ribalta e condotto, passo dopo passo, a diventare uno dei poliziotti di punta dell'Europol.

Anni prima, Castaldi aveva risolto un caso che aveva scosso l'intera Francia. Nel giardino di una villetta alla periferia di Parigi erano stati rinvenuti sei corpi sepolti, in parte cannibalizzati. Appartenevano a giovani donne scomparse in circostanze diverse nei due anni precedenti. Il ritrovamento era stato in parte il frutto di una semplice quanto bizzarra casualità. Un temporale e un'improvvisa bomba d'acqua avevano alluvionato quel quartiere e uno smottamento aveva fatto emergere dal terreno attorno alla villetta i resti umani. Dei bambini che giocavano nel fango avevano trovato quello che era risultato un femore umano.

Castaldi era intervenuto per competenza territoriale e aveva subito fatto arrestare l'autore di quegli omicidi: un grigio e solerte impiegato municipale che viveva con la madre nella linda villetta con le tende di cinz alle finestre e un grande barbecue artigianale nel giardino sul retro. Ma il nome di François era assurto alle cronache nere della Francia e del mondo intero per aver scoperto ben altro. Era stato infatti l'unico a cui l'assassino, dopo lunghi e segreti colloqui in carcere, aveva confessato dove aveva seppellito altre dieci vittime, uccise e in parte mangiate, prima che lui e la madre si trasferissero nella villetta in cui era stato arrestato. Grazie alle sue indicazioni e al lavoro di Castaldi, trovarono i resti in altre due abitazioni, dotate di un piccolo giardino e di un barbecue professionale.

Il processo a carico del Divoratore non era stato però celebrato perché l'imputato s'era suicidato in carcere.

François era diventato un eroe nazionale e, quando l'Europol aveva avviato un programma per la ricerca di serial killer, era sembrato il perfetto candidato per guidare le indagini.

« I miei complimenti per l'operazione Alhambra » le stava dicendo. « Brava, hai salvato quella ragazza. »

Valentina lo osservò per capire se fosse sincero. Lei non riusciva a ritenere quell'operazione un successo. Un uomo s'era inspiegabilmente ucciso davanti ai loro occhi, dopo aver ferito gravemente due agenti. Hannie Janssen, se pure era stata lì, era riuscita a fuggire. E con lei chiunque si fosse nascosto in quel covo.

«Qualcuno direbbe il contrario» replicò lei.

«Chi?»

Valentina si strinse nelle spalle.

«Tu?»

Lei annuì.

«Non abbiamo forse salvato quella ragazza?»

«Ci sono due colleghi feriti.»

«Si salveranno, e comunque non è stata colpa tua. Fa parte del nostro lavoro, purtroppo.»

«C'erano altre ragazze da salvare e non siamo arrivati in tempo.»

Castaldi scosse la testa. «Non è così. Nonostante quello che ti ha detto il corriere, abbiamo trovato solo le tracce lasciate da Suzanne.»

«Lì era nascosta anche Hannie Janssen, lo sai.»

«Forse. E allora? La prenderemo comunque. Ci vuole tempo. E pazienza. Ma, ripeto, hai salvato Suzanne.»

Le vibrò in testa quella foto. Hannie Janssen che abbracciava la ragazzina terrorizzata.

Castaldi, in fondo, aveva ragione. Stavano facendo il possibile per identificare la bambina. Impronte digitali, foto, dati biometrici. Tutti elementi trasmessi ai Paesi membri oltre che all'Interpol e agli Stati Uniti. Per adesso la ragazza aveva solo quell'identità: Suzanne, non ancora identificata.

«Dobbiamo capire cosa le è successo» disse Valentina, soprappensiero.

«Non è semplice. I nostri psicologi non stanno ottenendo risultati, per ora» rifletté Castaldi, e Valentina lo fulminò con lo sguardo. Qualcuno aveva già parlato con Suzanne e lei non era stata avvertita? Provò una sorta di gelosia. Stupida, perché faceva comunque parte di una squadra e ognuno aveva il proprio compito. E lei non aveva certo le competenze adeguate per avvicinare un minore che aveva subito traumi. Eppure si sentiva attratta da quella ragazza e dal suo mistero, forse perché anche lei era stata oggetto delle attenzioni di Hannie.

Castaldi intercettò il suo sguardo di disapprovazione. « Ho ricevuto pressioni. Ieri sera mi hanno mandato una psichiatra da Bruxelles. Le ho dovuto consentire di parlare con la ragazza. »

« Certo. Hai fatto bene. » Ma non gli concesse altro. « E il risultato? »

« Nulla che non sapessimo già. » Consultò degli appunti. « Suzanne dice il suo nome e poco altro. Parla bene in inglese, per quello che s'è capito, senza particolari inflessioni. Per via di alcuni schemi linguistici utilizzati, potrebbe essere tedesca. O comunque di lingua germanica. Secondo la psichiatra è stata vittima di abusi. »

Valentina trattenne un brivido. « Avevo capito che gli esami medici... »

« Non sessuali » la interruppe Castaldi. Sollevò gli occhi dalle carte e la guardò. Valentina sostenne lo sguardo.

No, niente violenza sessuale. Non ce n'era bisogno. Loro non agivano sempre così. Sapevano fare molto peggio.

Suzanne era stata nelle mani di Hannie Janssen e dei suoi accoliti per molto tempo. Anzi, stando ai filmati, aveva trascorso con loro l'intera vita. Cosa potevano averle inflitto? Quello che avevano fatto a lei?

La stretta che avvertì nello stomaco le fece sperare di no.

Castaldi la distolse dalla piega pericolosa dei suoi pensieri. L'aria aveva già cominciato a mancarle.

« Suzanne non è l'unico mistero che dobbiamo risolvere » annunciò il francese. « E adesso ti dimostrerò che l'operazione dell'altro giorno non è stata fallimentare. Anzi. »

3

Il settore in cui Castaldi e Valentina si stavano spostando si trovava nei sotterranei dell'edificio, nel cuore pulsante dell'intera struttura di Europol. Era caratterizzato dalla presenza delle bianche *clear rooms* dove, in un clima attentamente controllato per non danneggiare i sofisticati sistemi digitali, gli analisti trascorrevano le giornate e spesso le nottate davanti agli schermi dei computer. Ogni dato, immagine o informazione inviata dalle polizie dei Paesi aderenti e dalle agenzie investigative d'oltreoceano veniva passato nel server che gestiva tutto, e poi dissezionato, collegato ad altre notizie, esaminato in tutti i suoi aspetti. I settori in cui si muoveva l'Europol erano legati alla lotta al traffico di esseri umani, alla pedopornografia e al traffico di sostanze illecite. Ogni connessione utile tra soggetti e fatti che riguardassero questi ambiti criminali veniva poi comunicata alla nazione che avrebbe potuto interessarsene al fine di avviare eventuali indagini. Quel luogo, in cui vibrava l'attività d'intelligence di mezzo mondo, produceva progetti specifici sui quali lavoravano le varie squadre interne, i cosiddetti AWF: Analysis Working Files. Quello di cui si occupava la squadra di Castaldi era denominato «Hinnom Valley» ed era appena stato aggiornato col materiale trovato nel blitz all'Hotel Alhambra.

Si fermarono davanti a un paio di grandi schermi e all'uomo chino sulla sua tastiera. Valentina lo conosceva. Da quando avevano recuperato il computer in quella stanza d'albergo, e lei continuava a pensare che appartenesse a Hannie, stava lavorando ininterrottamente per recuperare quanto non era stato cancellato dalla formattazione. S'erano domandati perché il computer non fosse stato portato via durante la fuga. La risposta era che di certo c'era molto altro materiale compromettente da far scomparire in quella stanza nascosta, probabilmente altri computer, e il portatile non conteneva nulla di davvero interessante, o forse era stato abbandonato soltanto per mancanza di tempo o di spazio. L'avevano formattato, una procedura più rapida e più sicura che non tentare di ridurlo in frantumi.

L'uomo alla tastiera si alzò immediatamente quando li vide arrivare. Aveva un sorriso contagioso e occhi che brillavano. Valentina lo apprezzava molto.

«Buongiorno, Carlos» lo salutò in italiano.

Il ragazzo rispose nella stessa lingua. «Buongiorno, dottoressa Medici.» Sembrava sempre felice di vederla. Valentina sapeva che Carlos Gimenez era un'altra delle scoperte di Castaldi. Lo aveva scovato durante le sue ricerche tra le polizie di mezza Europa per costituire la « sua » squadra. Lo spagnolo era allora inserito nei Mossos d'Esquadra catalani, dove svolgeva per lo più attività su strada, ma aveva un master in criminologia e stava studiando analisi comportamentale all'università di Barcellona. Era brillante anche se timido, e François le aveva raccontato che gli era molto affezionato. Aveva accennato a una specie di salvataggio che aveva operato nei confronti del ragazzo, ma nessuno dei due era stato più preciso. Fatto sta che il francese e lo spagnolo erano molto legati, anche oltre il rapporto gerarchico. E indipendentemente da quello che ne pensava Castaldi, Valentina aveva apprezzato Gimenez da subito, tanto che lo aveva voluto su quella spiaggia, a Scheveningen, perché ne conosceva la dedizione e l'attenzione ai dettagli. E poi era in gamba anche dal punto di vista operativo.

Era stato lui, tra l'altro, quando Valentina aveva varcato per la prima volta la soglia dell'Europol, ad accoglierla e a darle una prima infarinatura sul loro lavoro.

« Lo sa » le aveva detto allora, mentre la accompagnava lungo i luminosi corridoi, « che il progetto a cui stiamo lavorando è nato proprio dopo le indagini che lei ha condotto in Italia? »

Valentina non aveva replicato. Non amava parlare di *quel* passato, anche se *quel* passato era strettamente legato al suo presente.

« Il progetto si chiama Hinnom Valley perché il nostro obiettivo è proprio la Geenna... »

All'epoca si sapeva molto poco della Geenna, a parte il suo legame con alcuni crimini di sangue avvenuti in varie parti del mondo e in particolare in Italia. Il nome biblico era emerso a volte dalle nebbie del dark web ma anche in altre circostanze.

« Non sappiamo ancora in cosa consista questa organizzazione, ma di certo non è una leggenda della rete. François, tra l'altro, ci ha sempre creduto. Un anno fa » spiegò Gimenez, « un'operazione congiunta delle polizie di Francia e Germania ha permesso di scoprire il server di una società canadese chiamata Sky Genesys. Una cosa legale solo in apparenza. Il compito della compagnia, in realtà, era offrire ai propri clienti un sistema di comunicazioni criptate inaccessibile alle forze dell'ordine e a qualunque tecnologia d'intercettazione. All'interno del server sono state trovate le conversazioni di più di duecentomila utenti sparsi in tutto il mondo che avevano utilizzato quel sistema per scopi criminali. Europol ha avuto l'incarico di analizzare i dati acquisiti, e così abbiamo messo le mani su migliaia di messaggi di mafiosi, narcotrafficanti, terroristi. E assassini.»

Guardò Valentina come per sincerarsi della sua reazione. Poi proseguì: «Ogni conversazione è stata archiviata e ordinata secondo la nazionalità degli utilizzatori, e i diversi blocchi d'informazioni sono stati inviati alle procure e alle polizie dei Paesi interessati. Sono state condotte e concluse centinaia di indagini, con l'arresto di migliaia di criminali in ogni nazione. È stato un bel successo...»

Si fermarono davanti a una porta. Non c'erano targhette o insegne. Ma Valentina sospettò fosse la loro destinazione. Il regno di François Castaldi.

«E noi cosa c'entriamo con tutto questo?» domandò Valentina.

Carlos allargò il suo sorriso ma lo condì con una smorfia di inquietudine.

«Fra tutte le conversazioni intercettate, ce n'era una piccola parte che ha creato qualche perplessità» disse. «Erano solo pochi frammenti in realtà. Messaggi tra utenti che si nascondevano dietro pseudonimi legati a utenze o a login protetti che è risultato impossibile identificare. Ma la natura di quelle conversazioni ha suscitato il nostro interesse. Questi tizi usavano perifrasi o linguaggi metaforici, ma descrivevano fatti di sangue che non si erano ancora verificati.»

«E che poi...»

«Sono accaduti. Quei messaggi annunciavano omicidi che poi venivano messi invariabilmente in atto.»

«Prevedevano quelle morti o le causavano?» Ma la domanda era retorica, e lei già lo sapeva.

«Noi pensiamo le provocassero.»

4

Valentina stava osservando Carlos Gimenez che si era rimesso a sedere. Sullo schermo del suo computer comparivano i dati recuperati dal portatile trovato all'Alhambra.

Castaldi interpretò la domanda inespressa di Valentina. « Come vedi non tutto è stato cancellato. »

Una serie di codici alfanumerici scorreva in quel momento sul monitor. Numerosi spazi indicavano i bug della decrittazione in corso. Alcuni andavano riempiendosi pian piano. In effetti qualcosa stava ancora saltando fuori.

« Che cos'è? » domandò Valentina.

« Il computer che abbiamo recuperato ci sta parlando. Un poco alla volta » disse Castaldi.

« Sembrano... dialoghi... »

« Sì » confermò Gimenez. « Frammenti di chat. E annotazioni su fatti di sangue. A volte interi paragrafi di analisi scambiate via web. »

« Carlos, vuoi illustrare a Valentina le informazioni che stiamo acquisendo grazie alla sua decisione di fare irruzione all'Alhambra? »

Gimenez si girò verso di lei, con aria stanca ma trionfante.

« Finalmente iniziamo a capire qualcosa di più sui reali obiettivi della Geenna. » Mentre parlava continuava a far scorrere i file di testo sullo schermo. « Stanno monitorando fatti, avvenimenti, cronache provenienti da ogni nazione, relativi a omicidi, fatti di sangue, sparizioni e morti violente all'apparenza immotivate. E poi abbiamo una serie di conversazioni... molto frammentarie in verità ma sufficientemente chiare... tra uno o più appartenenti al gruppo e utenti del dark web pescati in varie chat criptate. A volte sono commenti a fatti cruenti avvenuti in varie parti del mondo. Sai, come in quei gruppi sui social in cui amano scrivere di serial killer e roba del genere. Ma a volte si tratta di dialoghi riguardanti progetti di omicidi ancora non avvenuti. Incubi da realizzare. Probabilmente la maggior parte di questa roba resta solo nelle intenzioni... il mondo è pieno di frustrati che sognano di ammazzare il capo ufficio o la moglie. Ma alcune... »

« Alcune chat sono molto più esplicite e circostanziate » concluse Castaldi.

« Sì » confermò lo spagnolo. Poi guardò il superiore come per avere il permesso di continuare. Il francese sorrise.

« Credo che la Geenna voglia identificare potenziali serial killer. Sottopone a una sorta di test psicologico i soggetti che utilizzano internet per esternare le proprie psicosi. Una sorta di *profiling* al contrario. Se il soggetto dimostra buone possibilità di passare dalla fantasia all'azione, i reclutatori della Geenna lo attirano nel livello più inaccessibile. Il contatto si fa dialogo. »

« E che cosa succede poi? » domandò Valentina, uno strano sapore in bocca.

Gimenez si strinse nelle spalle. « Il dialogo, per quello che capiamo, apre scenari pazzeschi. L'aspirante omicida viene invogliato a uccidere. A uccidere per il solo desiderio di farlo. Solo perché è *possibile* farlo. »

« Stanno arruolando degli assassini » disse lei, anche se le sembrava impossibile.

Castaldi annuì. « È quello che l'analisi di Carlos sembra indicare. E io sono d'accordo. »

Valentina era sconvolta. Era stata fatta salire a bordo di quella nave perché sapeva che davano la caccia alla sua torturatrice, Hannie Janssen. La Janssen era implicata in quella sorta di organizzazione che aveva favorito una serie di omicidi per assecondare uomini e donne che soddisfacevano la propria perversione attraverso il dolore altrui. Aveva però sempre pensato che quel fenomeno, per quanto terribile, fosse circoscritto. Che trovata Hannie avrebbero concluso la parte più importante del loro lavoro. Lei, soprattutto, avrebbe avuto quello che voleva. Invece adesso scopriva che quella rete sottile e micidiale si estendeva in modo capillare e spaventoso. Catturare Hannie Janssen sarebbe stato l'inizio, non la fine dell'indagine.

« I frammenti di conversazioni sono numerosi » disse Castaldi, « e dobbiamo ancora capire se c'è uno scopo ulteriore dietro questo disegno. Ma anche altro. »

Si chinò verso Gimenez e gli disse qualcosa. Lo spagnolo digitò rapidamente. Mosse il mouse verso un angolo della lunga lista di parole che continuava a scorrere verso l'alto. Il flusso si fermò. Una parte del testo fu evidenziata, ingrandita e collocata al centro del monitor.

Quando lessero ciò che apparve, Valentina ritrovò una vecchia sensazione che a volte tornava a galla dentro di lei, un misto di eccitazione e inquietudine. Era un modo in cui la paura si affacciava e la spingeva ad agire.

« È un frammento di dialogo tra due soggetti » confermò Castaldi. « Uno dei due potrebbe essere una sorta di reclutatore, uno scout. Si firma *Jerusalem.* Potrebbe far riferimento al nucleo che coordina la Geenna. L'altro è un soggetto di certo più complesso. Sembra uno psicotico puro, ma non abbiamo molti altri elementi. È intelligente, cauto. Chattano in inglese. Ma alcuni indicatori sintattici fanno pensare che l'interlocutore di Jerusalem sia italiano. Si fa chiamare Samael. Afferma di aver ucciso qualcuno. Ed è in procinto di uccidere ancora. »

5

« Isola dei Morti. Certo che è un nome suggestivo. Avete mandato Gabriele a curarsi in un posto così? In una... come hai detto che si chiamano? »

Marta accennò un sorriso nonostante tutto. « Strutture residenziali. 'Isola dei Morti' è il nome che danno alla zona. In realtà è un posto molto bello. La clinica si chiama Villa Cassiopea. »

« Perché fin lassù? »

Lei si strinse nelle spalle, come se avesse già sviscerato l'argomento. « Non è poi tanto lontano da Padova. E ci avevano assicurato che era una struttura all'avanguardia. Soprattutto per il tipo di problema di Gabriele. È stato il dottor Mercuri a occuparsene. Ha contattato direttamente Villa Cassiopea e ha organizzato il ricovero di mio fratello... Sembra ci fosse una lunga lista d'attesa. »

Loris Manna annuì. Far parte dell'estesa famiglia della polizia qualche volta poteva essere d'aiuto. Solo che chiamare quel luogo « struttura residenziale » gli sembrava un po' eufemistico. Era a tutti gli effetti una clinica psichiatrica, per quanto imbellettata per rendere il ricovero più attraente. O soltanto sopportabile. Immaginò che fosse una delle conseguenze della legge che aveva ormai da decenni abolito gli ospedali psichiatrici.

Dovrò farci un salto, pensò. Non che ci fosse una ragione impellente. Era solo che sentiva di doverlo fare. Così come continuava ad avvertire che c'era qualcosa di stonato in tutta quella storia. Gabriele che vedeva fantasmi. Che si metteva in viaggio per tornare a Molveno, che faceva centinaia di chilometri per ritrovarsi da solo in quel maledetto edificio. Gabriele che si sparava. Niente aveva un senso. O forse sì, ed era soltanto lui che non riusciva ad accettarlo.

Il problema era che Loris aveva sempre avuto un cattivo rapporto con le malattie mentali. Forse anche grazie alla fortuna di non averci mai avuto a che fare; nessun amico, fino a ora, nessun familiare o conoscente che fosse affetto da una sindrome psichica. A lui i « matti » mettevano soggezione. Anzi, si trattava di un vero e proprio disagio. Sfiorarli, a volte, per strada, quando li potevi riconoscere dalle loro espressioni distorte, dal modo in cui si muovevano o interagivano con gli altri, gli provocava la tentazione di allontanarsi bruscamente, di sfuggirne la prossimità. Qualcosa dentro di lui lo voleva convincere che la malattia mentale fosse contagiosa. Nel breve periodo in cui aveva lavorato alle volanti, a Roma, gli era capitato spesso di incontrare persone affette da patologie psichiatriche. E ogni volta aveva dovuto sforzarsi di nascondere la propria immotivata avversione, della quale si vergognava ma che non riusciva a controllare. E adesso Gabriele era diventato uno di loro. Un folle. Un emarginato.

Si trovavano a casa di Gabriele, un bilocale su due piani dalle parti della stazione ferroviaria di Padova Centrale. Loris aveva chiesto a Marta di dare un'occhiata e non aveva dovuto neanche spiegarle perché. Sembrava fidarsi ciecamente di lui, forse grazie a quanto il fratello le aveva raccontato.

La ragazza aveva voluto accompagnarlo nella sua ispezione.

Il fratello le aveva dato una copia delle chiavi e lei vi rientrava adesso, per la prima volta, dopo l'accaduto. Nessuno aveva avuto accesso al piccolo appartamento da quando Gabriele, due sere prima, era uscito, si era messo alla guida della sua utilitaria e aveva percorso più di duecento chilometri per andare a spararsi un colpo di pistola nei sotterranei dell'ex Sanatorio Sant'Andrea. Il tentativo di suicidio era così evidente che non era sembrato necessario un sopralluogo in casa della vittima. Loris la pensava diversamente. C'erano cose che non quadravano.

Ad esempio, la scomparsa del cellulare. Sì, qualcuno dei paramedici poteva averlo preso. E magari averlo distrattamente lasciato sull'ambulanza. O in ospedale a Trento. E poi qualche manina troppo lunga aveva fatto il resto. Ma Loris aveva domandato in giro, era persino andato alla Squadra mobile, dai colleghi che erano partiti per andare a cercare l'amico. Nessuno aveva visto quel telefono. Loris aveva tentato di tracciarlo – non era stato difficile anche se forse non del tutto legale – solo per scoprire che risultava spento. Anche il tentativo di riattivarlo a distanza, un trucchetto che aveva imparato sul campo, non era servito. Ovunque fosse, il dispositivo era stato separato dalla batteria. E Gabriele, l'unico, alla fine, che poteva aiutarlo a capire, in quel momento non poteva rispondere alle sue domande. Forse non lo avrebbe fatto mai più.

«Avevi detto che mi avresti fatto leggere qualcosa sulla situazione di Gabriele» disse, guardandosi intorno.

Marta annuì. «Aspetta» rispose, poi imboccò le scale che portavano al piano superiore. Quando riapparve, gli consegnò un'ampia cartella di plastica verde. Loris ne sfilò i documenti che attestavano la malattia di Gabriele, diagnosi e relazioni dettagliate.

Lesse con cautela e attenzione. Vinse la naturale ritrosia. Si confrontò con espressioni che non aveva mai sentito. «'Paramnesia reduplicativa... con sintomi ridondanti della sindrome di Fregoli.' Che cazzo...» A poco a poco iniziò a capire. Davanti a lui, nero su bianco, si svolgeva il resoconto dell'inferno in cui Gabriele aveva trascorso gli ultimi mesi. Loris sollevò lo sguardo dagli incartamenti e incrociò quello di Marta. «Raccontami tutto» le disse.

Al suo risveglio dall'incidente stradale, nonostante il quadro clinico apparisse tutto sommato regolare, Gabriele non sembrava rientrato del tutto in sé. Veniva colto da attacchi di panico con sintomi paranoici. Non riusciva a dormire e spesso la notte urlava. La prima volta che Marta era riuscita a fargli una visita, il fratello s'era rannicchiato contro la testiera del letto e l'aveva supplicata di andare via, come se non la riconoscesse. Aveva paura che lei potesse fargli del male.

Gabriele si arrese ai suoi incubi.

Un giorno, Marta lo trovò sereno e per un momento s'illuse. Il fratello stava divorando la colazione che un'infermiera gli aveva appena portato. S'interruppe solo per dirle: « Fai i miei complimenti a tutti. Non sono arrabbiato. Davvero. Capisco anche il motivo per cui hanno creato questa illusione. Non è un problema ».

Lei era perplessa. « Di cosa stai parlando? »

« Marta, io non ho paura. Non più adesso. Sono solo... curioso. Come fanno a rendere tutto così autentico? »

Qualcosa nel cuore della sorella si spezzò. In quelle poche parole avvertì tutto il carico della follia di Gabriele. Ne restò atterrita e lo implorò tra le lacrime: « Non capisco cosa stai dicendo... non so cosa vuoi sapere... »

Gabriele tentò di consolarla. « Dai, non fare la sciocca » disse con un sorriso. « Lo so come stanno le cose. Lo so benissimo. Non siamo a Padova, non più... siamo ancora lassù, fra la neve. Riconosco le mura di Sant'Andrea, e quell'odore che non se ne va mai... anche se avete tentato di nasconderlo. Lo conoscerò bene questo posto, ci ho ammazzato due persone qui dentro! Mi chiedo solo come ci siate riusciti. E a questo punto potreste anche smetterla di recitare. Capisco le buone intenzioni, ma non funziona. » Poi aggiunse, ammiccando: « Sono uno sbirro, non ce la farete mai a fregarmi! »

« Non era sempre così » precisò Marta, mentre Loris, incredulo, la ascoltava e intanto continuava a leggere le relazioni dei medici. « E non era... farneticante, come potrebbe sembrare dal mio racconto. Era sempre lucido, in realtà. E a volte riuscivamo persino a parlare del più e del meno. Però poi, all'improvviso, ti sorrideva e diceva: 'Guarda che lo so che non mi sono mai mosso da qui. So bene dove siamo'. Era convinto di essere sempre là, a Molveno.»

«Qui parla di 'Sindrome del falso riconoscimento'» disse Loris.

«È una malattia molto rara» spiegò Marta. «Il paziente crede di essere in un altro posto, spesso un luogo legato al suo passato. E chi è vittima di questo delirio può arrivare a credere che il posto in cui si trova sia addirittura un duplicato del luogo originale oppure di trovarsi contemporaneamente in due posti diversi. Per Gabriele, l'ospedale di Padova si sovrapponeva all'edificio in cui si era svolta la notte più drammatica della sua vita. Però, nonostante la gravità del caso, lo psichiatra diceva anche che Gabriele poteva guarire con un'adeguata terapia farmacologica unita al supporto psicologico di uno specialista.»

«Ed è andata così?» domandò Loris, mettendo da parte i documenti. «La terapia ha funzionato?»

«All'inizio sembrava di sì. Ma poi le cose sono precipitate un'altra volta.»

Il primo segno del tracollo si era manifestato proprio quando lo psicologo della polizia, il dottor Mercuri, era andato a visitarlo.

Doveva essere una semplice visita di routine. L'amministrazione aveva ormai fatto il possibile per Gabriele. Un suo rientro in servizio, in quelle condizioni, sembrava improbabile. Lo specialista doveva solo certificare la sua inidoneità ma, essendosi affezionato al ragazzo, disse a Marta che ci teneva ad aggiornarlo di persona sul suo stato di salute e che voleva salutarlo prima di congedarsi. Quando Mercuri entrò nella stanza, Gabriele alzò gli occhi su di lui. E in quel momento il suo solito sorriso di circostanza si spense. Gabriele iniziò a urlare. Fra le frasi sconnesse, ce ne fu una che Marta non avrebbe mai dimenticato.

«Io ti ho ammazzato!» gridava con tutto il fiato. «Io ti ho ammazzato!»

Ci volle più di un'ora per sedarlo. E a quel punto Mercuri decise che non lo avrebbe abbandonato.

6

L'ambiente superiore del piccolo appartamento era più in linea con l'indole del Gabriele Piovesan che Loris conosceva. Era come se il piano terra fosse stato lasciato in un anonimato volontario, una camera di compensazione per chi fosse andato a trovarlo o per lui stesso che, in quella prima porzione di casa, poteva lasciar decantare le energie negative. Una volta salite quelle scale, invece, Gabriele trovava il proprio regno, creato a propria immagine.

C'erano una stanza ampia, con il soffitto leggermente spiovente su un lato, e un bagno. Due pareti erano abbellite da una libreria di castagno che traboccava di libri. Pochi romanzi, molte biografie e testi storici. Una parte era dedicata a testi d'arte. Loris non poté non rabbrividire scorgendo almeno tre volumi dedicati a Caravaggio, il pittore maledetto cui si erano ispirati gli assassini dell'indagine di Padova. Un'altra parete era invasa da decine di fotografie incorniciate. Quasi tutte in bianco e nero. C'erano dettagli di strade, e scorci suggestivi, e rettangoli di cielo incolore incastrati tra i tetti di una città a tratti difficile da riconoscere ma che doveva essere Padova. Due soli poster a colori spiccavano dietro una consolle con computer e stampante: uno era un primo piano di Marilyn Monroe, lo sguardo rivolto oltre lo spettatore, gli occhi già pieni del suo futuro. L'altro rappresentava la cima di una montagna, una vetta che Loris pensava di conoscere ma che al momento non ricordava. C'erano una nube grigia che avvolgeva le pareti scoscese e un punto nero che forse era un solitario scalatore colto a metà della salita. Non c'era attinenza tra i due poster. Eppure in entrambi Loris colse una sorta di profonda malinconia.

Nessuna foto, invece, di Gabriele in divisa o di qualche ragazza. In quella stanza non c'era spazio per ciò che il ragazzo faceva fuori da lì. Solo l'essenza, niente altro.

Marta restò dietro di lui, mentre Loris si guardava intorno, cercando di carpire qualcosa in più del luogo mentale in cui il suo amico era precipitato.

«Avrei dovuto restare con lui» mormorò lei. «Non dovevo fidarmi.»

Loris non l'ascoltava più. Aveva attraversato la stanza e adesso guardava fuori dalla finestra triangolare che si affacciava sulla strada. Calava il primo buio, e la città si animava di luci.

Si voltò verso la postazione digitale di Gabriele. Il ragazzo s'era trattato bene. Un desktop di ultima generazione, come la stampante. Un router per la connessione internet di ottima qualità. Loris si sentiva piacevolmente responsabile di quelle scelte. Gabriele, che già masticava un po' di informatica, s'era appassionato ancora di più all'epoca della loro conoscenza.

«Posso?» domandò a Marta, lanciandole un'occhiata. Lei si limitò ad abbassare il mento.

Loris si sedette alla postazione e accese l'iMac Apple. Superare lo sbarramento della password gli richiese qualche minuto, poi riuscì ad accedere. Si aspettava di trovare i file delle foto artistiche con cui Gabriele aveva tappezzato la casa. La stampante che prese a lampeggiare era l'ideale per la fotografia digitale. Sullo schermo invece, oltre alle icone dei programmi più diffusi, non c'era quasi nulla.

A parte una cartella che risvegliò in Loris un ricordo malsano. Un fremito. Che quasi gli fece tremare la mano mentre la apriva.

GEENNA.

La cartella conteneva due soli documenti di testo. Il primo riportava una semplice descrizione, forse presa da Wikipedia. «Geenna, *nome derivante dal luogo chiamato valle di Hinnom. Secondo la Bibbia è la valle in cui veniva praticato il culto pagano del dio Moloch a cui, dopo essere stati sgozzati, sarebbero stati offerti in olocausto i bambini, bruciandoli. È un luogo simbolico dai molti significati. Nel Talmud, la valle è il luogo della distruzione dei malvagi nel giorno della risurrezione dei morti. Storicamente la valle di Hinnom serviva come immondezzaio di Gerusalemme.*»

Non c'era altro. Se non il ricordo di quando Loris e Fabio Costa indagavano sul gruppo occulto cui sembravano appartenere gli autori dei delitti ispirati a Caravaggio. Il nome che girava tra quegli psicopatici amanti del dark web era quello: « Geenna ».

Aprì il secondo file. Era molto più lungo. Lo scorse velocemente. Ancora una volta non poté evitare di rabbrividire. Ecco a cosa serviva quel computer potente. Ecco cosa faceva Gabriele nella solitudine della sua camera.

Il documento era composto da decine di conversazioni. La maggior parte in inglese. Gli pseudonimi dietro i quali i partecipanti a quelle chat si nascondevano erano altrettanto emblematici. Gabriele le aveva copiate in un unico file, ma l'origine sembrava comune a tutte. Erano frammenti di dialoghi via internet in cui probabilmente lui s'era inserito. E provenivano dal dark web. Lo stesso spazio in cui si muovevano gli assassini a cui avevano dato la caccia due anni prima. Dove stabilivano la sorte delle loro vittime.

Loris decise di stampare quel materiale ed esaminarlo con calma più tardi. Una spia rossa l'avvertì che era rimasto un documento in coda. Sembrava un file contenuto solo nella memoria della stampante e quindi probabilmente cancellato dall'hard disk del computer. Lo stava quasi per resettare, con un gesto automatico. Si fermò in tempo.

Avviò il tasto start.

Un rettangolo in bianco e nero uscì dalla stampante. Una foto. Probabilmente una di quelle che ritraevano Padova nei suoi lati più nascosti.

Quando Loris la prese in mano, invece, capì che si trattava di tutt'altro. Sembrava uno scatto fatto per errore col cellulare. Non c'era molta luce, né attenzione all'inquadratura. E il soggetto non appariva così interessante.

Riprendeva dall'alto un angolo di strada che Loris riconobbe subito. S'era affacciato su quello scorcio di via solo pochi minuti prima. Gabriele aveva scattato la foto dalla finestra del suo appartamento. La data riportata alla base del frame lo colpì. Era il giorno della scomparsa dell'amico. Forse quella era l'ultima foto che Gabriele Piovesan aveva scattato prima di uscire di casa per andare incontro alla morte.

Si spostò alla finestra. Sollevò la foto e fece coincidere l'immagine con ciò che vedeva là fuori. Sì. Era stata scattata dal punto in cui si trovava lui. Riprendeva lo stesso pezzo di strada. Con la scarsa illuminazione di una sera d'inverno. E c'era un uomo, al centro dell'inquadratura, che guardava all'insù. Verso Gabriele. Verso Loris, in quel momento.

Guardava. E aspettava.

7

Conversazioni con il soggetto B – Registrazione dello 08.02.2020, ore 19.00 – Frammento n. 2020/143/B.03. Progressivo 5

– Non lo so più, dottore. Non so se lavorare in polizia sia ancora una mia priorità. Francamente ho qualche dubbio, adesso.

– Be', credo che sia del tutto legittimo. Soprattutto dopo quello che ci siamo detti. Ma, Gabriele, devo essere sincero con lei. Non è mio compito determinare se la sua aspirazione sia legittima o meno. Io devo solo accompagnarla verso la direzione che lei deciderà di imboccare in completa autonomia. La scelta rimarrà sempre sua.

– E allora perché tutti mi guardano, mi controllano, si preoccupano per me...

– Chi...?

– I colleghi. Mi stanno intorno. A volte mi aspetto quasi che mi chiedano l'autografo. Ma io sono sempre quello di prima. Quello che secondo loro ha ancora le valigie alla stazione. Non è neanche un anno che vesto la divisa...

– Ma ha avuto un'esperienza forte, potente sia nel bene che nel male. Questo non può certo negarlo.

– Lo so...

– E gli amici?

– Amici non ne ho. Non in polizia.

– Nessuno?

– Nessuno. Neanche... no, ma guardi, va bene così. Non importa.

– Neanche...? Stava per nominare qualcuno?

– No.

– Ne è sicuro? Neanche i colleghi con cui ha affrontato quest'ultima indagine? Le sono stati vicini?

(*Il soggetto resta in silenzio.*)

– Quel Loris, per esempio... l'esperto dei computer... e il dottor Costa. Fabio Costa. È un bravo poliziotto, dicono.

– Io sono solo.

– E la dottoressa Valentina Medici?

– Non ho più sentito la dottoressa Medici. Lei sa come sta?

– Non posso risponderle, Gabriele. Ma lei può contattarla. Forse farebbe bene a entrambi.

(*Il soggetto resta in silenzio.*)

– Perché pensa che i suoi vecchi colleghi non possano aiutarla?

– Perché non può nessuno. Non loro, di certo.

– Perché? La condivisione può facilitare il processo di rielaborazione dell'accaduto. Lo dico sulla base di una lunga esperienza.

– Lei ha avuto a che fare con storie come la mia? Mi scusi, ma non lo credo possibile.

– A cosa non crede?

– Che lei abbia conosciuto qualcuno come me.

– Cosa le fa pensare di essere così speciale, Gabriele? Che nessuno possa mai essere passato attraverso un'esperienza come la sua?

– Il punto non è quello che ho passato, dottore.

– E qual è il punto, allora?

– Il punto è che niente è passato. È tutto presente. Il presente non appartiene ai vivi, appartiene ai morti. Non lo vede?

– Ciò che le è accaduto appartiene al passato, Gabriele. Lei ha un presente e un futuro da vivere. Non crede?

– No. Anche il futuro appartiene ai morti.

– Perché? Mi aiuti a capire, Gabriele.

– Perché io devo morire, dottore. Io devo ancora morire.

PARTE IV
IL FILO ROSSO

« La bellezza non è una qualità delle cose in sé. Essa esiste soltanto nella mente che le contempla. E ogni mente percepisce una bellezza diversa. »

David Hume, *La regola del gusto*

1

La stazione è piena di vita nonostante l'ora. Le luci e il movimento animeranno la zona fino all'alba. In realtà non si fermeranno mai. Porta Nuova è il Golden Gate di Torino. E a te, tassista in servizio tutta la notte, piace così. Del tuo lavoro odi veramente soltanto le attese, soprattutto quando il turno ti porta nelle zone più periferiche. Ma il servizio alla stazione non concede pause. E la notte scorre veloce. E poi quelle luci ti ammaliano. Succede spesso. Guardi i lampioni che si accendono. I vetri del loggiato centrale che risplendono. Il colonnato che si anima di colori e che ti appare come un'opera d'arte in movimento.

Anche stasera sei così preso da quello spettacolo che quasi non ti accorgi del cliente che è scivolato sul sedile posteriore con un frettoloso « buonasera ». In realtà avrebbe dovuto prendere il taxi in attesa davanti a te. Ma il collega non ha nemmeno tempo di protestare che anche sulla sua macchina sale un passeggero e tu puoi mantenere il tuo.

« Buonasera » rispondi, svegliandoti da quel sogno a occhi aperti. « Dove? » domandi. Il tuo mantra dell'accoglienza.

Nello specchietto retrovisore lo sguardo del cliente fissa qualcosa in fondo alla strada. « Lei parta... poi le dico. » Ha una voce bassa, quasi indistinguibile, e per un momento avverti un brivido. Capita, a volte. Una sensazione di disagio. Fai un mestiere difficile e a volte rischioso, chi lo può negare? E anche se non hai mai sperimentato episodi spiacevoli come è accaduto ad altri colleghi, ci sono clienti che non ti piacciono. Così, senza una ragione. In quei casi ti disponi in modalità allarme. La mano pronta a scattare verso la bomboletta di capsicum nascosta nel vano portaoggetti sotto il cambio. È solo prudenza, ti ripeti. Forse un pizzico di paura. E un'indicazione generica come quella che ti ha appena dato l'uomo non è poi così infrequente. A volte hai scarrozzato persone per mezza città prima di capire dove volessero andare. Una volta hai anche dovuto « inseguire quella macchina », come in un film, ricordi? Solo che la cliente che te lo ha chiesto piangeva come una fontana e non era difficile immaginare chi volesse pedinare.

Immetti l'auto nel poco traffico che a quell'ora scorre lungo corso Vittorio Emanuele e segui le luci dei lampioni. Il cliente rimane in silenzio e tu ti lasci presto alle spalle i portici, poi le vetrine accese dei negozi ai lati del controviale. Al terzo incrocio il cliente si rianima.

« Svolti qui a destra, per favore. »

Hai appena il tempo di girare e lanci un'occhiata al passeggero. « Mi avverta prima, però. »

« Ha ragione, scusi. »

La sensazione strana, quella lieve pressione sul cuore come se avessi dimenticato qualcosa d'importante, si riaffaccia. Forse è il timbro di voce del cliente. Forse quel suo sguardo perso come se non sapesse bene dove andare. Non ti guarda eppure ti senti osservato.

« È diretto al Valentino? » domandi.

« Ci siamo quasi » dice l'uomo.

Ci siamo quasi? Dove?

Costeggi i palazzi moderni che proseguono fino alle Molinette e che poi scompariranno, oltre il Po, sostituiti dai boschi intorno alla città. Adesso, però, il profilo del parco del Valentino scorre alla tua sinistra, oltre il controviale sul quale procedono solo poche auto e un tram.

« Sì » dice a un tratto l'uomo, come ricordando la tua richiesta, « al parco del Valentino va bene. Può fare inversione alla prossima? »

Avrebbe dovuto dirtelo prima. Ma in quel momento l'unico desiderio è scaricare il passeggero. Continua a non piacerti. E anche se l'aspetto, per quello che scorgi nella penombra del sedile posteriore, è innocuo, c'è qualcosa che ti infastidisce. È come trattenere il fiato e non vedere l'ora di poter respirare di nuovo.

Incroci la prima svolta a sinistra che ti permette di tornare indietro, controlli che non sopraggiungano altri mezzi. Aspetti che transiti quel tram sferragliante, e poi attraversi il grande viale. Adesso il profilo degli alberi e dei prati bui del Valentino si è spostato alla tua destra. Le luci di un locale si stanno spegnendo. Il buio diventerà padrone ma la notte finirà presto.

«Può fermare qui, grazie» dice lo sconosciuto.

Non c'è nulla, lì. Soltanto la macchia di vegetazione particolarmente scura ai lati della strada. E un'auto parcheggiata più avanti. Un fuoristrada, noti. Nero.

Accosti dietro il Suv. Stai per dire qualcosa, anche se non sai ancora cosa.

Ma il buio che alberga fuori si riversa improvvisamente nella tua auto e spegne l'ultimo tuo pensiero.

2

Buio. Luce. Buio. Luce. Luce forte. Luce fortissima.

Apri e chiudi gli occhi, rimpiangendo subito l'oscurità che ti ha cullato fino a quel momento. Sai che l'assenza di luce è innaturale, ma tutto lo splendore che adesso ti abbaglia ti fa male. Un male mentale. Un male fisico.

Nel cervello che fatica a svegliarsi si formulano domande che, lo sai all'istante, saranno senza risposta. Dove sono? Cosa mi è successo? Perché sono qui? Cosa c'è qui?

In realtà solo a quell'ultimo quesito è necessario dare una risposta. Il resto lo sai già. Il tuo cliente, per qualche ragione che al momento non vuoi neanche considerare, ti ha drogato e trasportato in questo luogo. Il fuoristrada nero c'entra qualcosa, ci scommetti.

Quindi l'unica domanda vera è: *in che razza di posto mi hai portato, bastardo psicopatico?*

E poi anche: *perché io?*

Sembra uno scantinato, per quello che riesci a vedere. Sei seduto su una sedia in metallo e sei legato allo schienale. Le tue braccia sono fissate con corde robuste e la tua testa è piegata all'indietro in modo innaturale. Ci metti un po' a capire che hai la fronte stretta da una striscia, forse di cuoio, che ti fissa la testa allo schienale. Il dolore ti fa intuire che sei in quella posizione da diverse ore. La fascia stringe e ti tira la pelle della fronte, tanto che è difficile chiudere le palpebre. E forse è questo lo scopo.

« Sei sveglio? » La voce viene dalle tue spalle. E il tono, il timbro sono quelli che ti hanno messo in allarme prima. Quanto tempo è passato?

Per una volta, pensi, avresti dovuto fidarti delle tue sensazioni. Usare quel capsicum.

Dovresti parlare. Dovresti chiedere perché. Dovresti implorare lo sconosciuto di non fare quello che sta per fare. Ma non ne hai la forza. È come se già sapessi che sarà tutto inutile. Per una specie di inspiegabile e definitiva epifania, sai già che questa è l'ultima parte della tua vita.

Lo senti avvicinarsi. Ne avverti il calore dietro la nuca. Cerchi di divincolarti, ma è inutile, come temevi. Il tocco lieve sul tuo braccio. Una puntura. E poi una sensazione di benessere defluisce in tutto il tuo corpo.

« Questo aiuta » dice l'uomo alle tue spalle.

La luce irrompe di fronte a te. Una luce fatta di colori, e suoni. Immagini che invadono i tuoi occhi e ogni molecola del tuo corpo.

Si scatena l'inferno.

Che però ha l'aspetto e il suono del paradiso.

3

@Jerusalem: *Non è la prima volta, vero?*

@Samael: *È importante?*

@Jerusalem: *È solo per capire.*

@Samael: *È da un po' che porto la mia parola nel mondo, se è questo che intendi.*

@Jerusalem: *La tua « parola »? Interessante. Posso chiederti cos'hai provato?*

@Samael: *È una domanda troppo diretta. Perché dovrei dirlo a te? E non so se questo è il luogo adatto per parlarne.*

@Jerusalem: *È il luogo migliore per parlarne. Perché altrimenti saresti arrivato sin qui?*

@Samael: *Per curiosità.*

@Jerusalem: *Anche io sono qui per curiosità. Per questo te lo chiedo. Siamo davvero interessati.*

@Samael: *Siamo?*

@Jerusalem: *Siamo tanti.*

@Samael: *Capisco. Ma la mia domanda resta. Perché dovrei condividere una cosa così personale con voi?*

@Jerusalem: *Perché noi siamo disposti ad ascoltarti. Noi non giudichiamo.*

@Samael: *Il giudizio è di Dio, vero? Spetta solo a lui.*

@Jerusalem: *Se è questo che credi...*

@Samael: *Non mi interessa il giudizio di Dio e nemmeno il vostro.*

@Jerusalem: *Allora perché stiamo intrattenendo questa conversazione?*

@Samael: *Forse perché siete disposti ad ascoltarmi. Lo hai detto tu. E questo sollecita anche la mia parte narcisista, lo ammetto.*

@Jerusalem: *Quindi sai che nessun altro può capire quello che stai facendo.*

@Samael: *Su questo ho dei dubbi. Per quello che so di voi siamo molto diversi... Ammetto però che questa mia attitudine è stata una scoperta felice.*

@Jerusalem: *Cosa intendi dire?*

@Samael: *Io vi darò un cuore nuovo, metterò dentro di voi uno spirito nuovo, io vi toglierò il vostro cuore di pietra e vi darò un cuore di carne.*

@Jerusalem: *Che cos'è?*

@Samael: *Ezechiele, capitolo 36, versetto 26.*

@Jerusalem: *Hai detto che non sei credente.*

@Samael: *Non c'è bisogno di esserlo per citare la Bibbia.*

@Jerusalem: *E cosa vuol dire questo brano, allora?*

@Samael: *Che io sono la salvezza.*

@Jerusalem: *Molto impegnativo come programma. Dunque intendi continuare?*

@Samael: *Sì. Continuerò quello che ho iniziato.*

@Jerusalem: *Bene. Questo è molto... interessante. Come procederai?*

@Samael: *Pazienza... Lo saprete.*

@Jerusalem: *Sì, immaginiamo di sì.*

@Samael: *Stavolta la bellezza mi guiderà. Voi sapete cos'è la bellezza?*

@Jerusalem: *Oh sì, molto bene. Ha guidato anche noi in passato.*

@Samael: *Ah. Caravaggio. Sì, ho letto tutto. E allora non vi sarà difficile capire.*

@Jerusalem: *Capire è il nostro primo scopo. Ma è solo l'inizio del nostro viaggio, Samael.*

Il frammento s'interrompeva in quel punto. Erano stati ricostruiti e repertati altri due brani di conversazione. Facevano tutti parte, in origine, di una cartella presente nel computer trovato all'Alhambra con il titolo «Samael», il nickname con cui l'interlocutore interagiva con «Jerusalem». Jerusalem era di certo un appartenente alla Geenna. Lo pseudo era in sintonia con tutta quella paccottiglia biblica. La Geenna si trova fisicamente alle porte di Gerusalemme. Castaldi insisteva con l'ipotesi che Jerusalem potesse essere la stessa Hannie Janssen, anche se non c'erano prove certe che il portatile ritrovato fosse davvero suo. Anche Valentina sentiva che quello era il computer usato da Hannie, ma non era convinta che la donna fosse Jerusalem. Non le sembrava il suo stile. Chiunque fosse il misterioso interlocutore, comunque, stava mantenendo un contatto con una personalità certamente psicotica di nome Samael così come qualcuno, una volta, aveva mantenuto i contatti con i responsabili degli omicidi ispirati a Caravaggio. Quello era il loro *modus operandi*.

«Cosa ne pensi?» domandò Valentina a Carlos Gimenez. Lo spagnolo esaminò ancora una volta le parole della chat.

«Sono sempre più convinto che stiano cercando dei loro simili per innescare una sorta di reazione a catena. Abbiamo altri frammenti che lo indicano... Fanno una specie di pesca a strascico nel dark web, individuano dei soggetti promettenti e li sottopongono a una sorta di psicoterapia al contrario. Rafforzano i traumi psichici invece di risolverli, esaltano i desideri repressi, facilitano il passaggio dalla fase fantastica a quella reale. Il rapporto con Samael è emblematico, anche se in questo caso il soggetto sfugge un po' al loro disegno... »

« In che senso? »

« Samael sembra essere dotato di una certa cultura, a differenza di altri con cui la Geenna è entrata in contatto. Usa un linguaggio elaborato, si mostra diffidente, attento, e mantiene sempre il controllo della conversazione. Forse anche per questo loro sono così interessati. »

« E quei riferimenti biblici? »

« Sono certamente significativi, sia per Jerusalem sia per lo stesso Samael, ma per ragioni diverse. Per la Geenna è una ricerca di simbolismi in comune col soggetto, lo fanno per irretirlo. Per Samael sembra qualcosa legato alla sua natura, forse al suo passato. Ma devo ancora lavorarci su. Ci sono altri frammenti di conversazioni con Jerusalem che dobbiamo estrapolare dalla memoria del computer. Ne avrò il testo entro oggi... »

Valentina guardò Castaldi che era rimasto in silenzio, annuendo di tanto in tanto. « Hai detto che ci sono anche frammenti di conversazione tra Jerusalem e altri soggetti » gli disse. « Perché questo Samael è più importante? »

« Per quello che ha detto Carlos. E anche perché siamo risaliti alla sorgente di questa chat: è di una settimana fa... E da quanto si intuisce non solo Samael dice di essere già passato all'azione, ma anche che è in procinto di ripetersi. »

Gimenez indicò un paio di frasi per corroborare le parole di Castaldi. « Qui » fece notare, « quando dice 'è da un po' che porto la mia parola nel mondo', e naturalmente quando aggiunge che 'continuerò quello che ho iniziato'... »

« Però non sappiamo se parli di un omicidio. »

« Carlos pensa di sì, e io concordo » disse Castaldi.

Valentina non era convinta. Si domandò se manteneva un certo distacco da quell'ipotesi perché la sua priorità era un'altra.

Richiamò Castaldi da parte con un cenno. I due si spostarono in un angolo della stanza, mentre Gimenez tornava al loro lavoro.

« Vorrei incontrare Suzanne » disse Valentina a bassa voce. « Da sola. »

Castaldi la fissò senza mutare espressione. « Preferirei di no. Per adesso. »

« Perché? »

« Perché è pericoloso. Non sappiamo nulla di lei e c'è già una specialista che se ne sta occupando. La tua presenza potrebbe interrompere un percorso delicato. Posso chiederti io perché? »

Valentina aveva già pensato a una risposta plausibile. E in parte vera.

« Se è stata sotto l'influenza di Hannie Janssen, come io penso, è importante capire il motivo. E io sono ancora la più qualificata in questo senso. »

Castaldi scosse la testa. « Ho bisogno di te su altri fronti... »

« Questo è l'unico fronte! Hannie era in quell'albergo. Io lo so. Eravamo a un passo dal prenderla. E Suzanne è probabilmente il suo errore fatale... quella ragazzina sa molte cose... »

« E ha sofferto tanto » obiettò lui.

Gli occhi di Valentina dicevano più delle sue parole.

« Sì » confermò. « E nessuno lo sa meglio di me. »

4

« Suzanne è pronta. » La specialista che si occupava della ragazza si chiamava Valeria Halmagnus. In quel momento la guardava con severità sulla porta. Valentina chiuse il laptop e si alzò. L'altra s'inoltrò lungo il corridoio verso le stanze degli ospiti. Mentre la seguiva, Valentina ne avvertiva l'ostilità. Secondo le disposizioni, nessuno poteva visitare la ragazza senza l'autorizzazione del giudice, e i contatti con Suzanne erano limitati a un paio di membri del personale della clinica oltre alla psicoterapeuta. La visita di Valentina, autorizzata da Castaldi, doveva rimanere un'eccezione. Non soltanto a causa delle rigide norme che regolavano l'accesso a quel luogo segreto di protezione e cura a disposizione delle donne colpite da violenza o delle vittime della tratta di esseri umani. Ma anche per via delle condizioni di Suzanne, che continuava a essere un enigma. Era in buone condizioni fisiche, reattiva dal punto di vista psicologico. Ma qualcosa le impediva di comunicare. L'aspetto positivo era che l'intera struttura s'era chiusa a protezione della ragazza. L'insofferenza della psicologa che la stava conducendo da lei era da interpretare come la volontà di proteggere Suzanne. O almeno era quello che sperava Valentina.

Valeria Halmagnus si fermò davanti a una porta bianca. Nessuna indicazione. Nessun sistema di protezione visibile. Ma in fondo al corridoio sedeva un uomo, che non le abbandonava con gli occhi.

La porta si aprì.

Suzanne era seduta a gambe incrociate sul letto disfatto, con un braccio appoggiato alla spalliera. Dava la schiena all'entrata e fissava una tv accesa su un programma di cartoni animati. Sullo schermo un cane umanizzato nell'espressione di terrore stava fuggendo da un'orda di zombie. L'audio era così basso che non si sentiva quasi niente.

Indossava una maglietta bianca e jeans chiari. Era scalza e i capelli biondissimi erano legati in una coda che la faceva sembrare ancora più piccola.

Ai piedi del letto una comoda poltroncina fucsia era rivolta verso il televisore. Suzanne però sembrava preferire il materasso e le lenzuola ammonticchiate intorno a lei.

Non si voltò quando Valentina fece ingresso nella stanza. Che in effetti sembrava più la cameretta di una bambina di dieci anni che di un'adolescente di quattordici. Pareti pastello, ogni lato un colore diverso. Azzurro, rosa, giallo, lilla pallido. Una finestra che dava sul parco, ma con sbarre che impedivano di affacciarsi. Una piccola libreria, una scrivania viola, due armadi gemelli color lavanda, un grande specchio a parete e un divano che faceva pendant con la poltrona inutilizzata.

Tutto molto bello. Molto colorato. Molto falso.

Qualcuno le aveva spiegato quella tecnica. Non sapevano da cosa fossero composte la memoria e l'esperienza di Suzanne. In teoria avrebbero dovuto ospitarla in un ambiente il più possibile anodino per poi riempirlo pian piano con ciò che la ragazza avrebbe fatto intendere di prediligere. Uno spazio grigio da colorare e animare, un po' alla volta. Ma Suzanne quasi non parlava. Non comunicava. Rispondeva soltanto ad alcune domande. Lo spazio che la circondava rischiava di restare grigio e anonimo per molto tempo, quindi avevano cambiato strategia. Avevano predisposto quella stanza, colorata e luminosa come quella di una bambina più piccola, sperando che Suzanne li avrebbe aiutati a modificarla, pian piano, con ciò che più si confaceva alla sua personalità. Avrebbe mostrato, alla fine, la sua vera età, e l'ambiente sarebbe cambiato insieme a lei, come succede a tutte le bambine e i bambini, ma molto più velocemente. Nel frattempo avrebbero tentato di evitare che vivesse in una sorta di bolla impersonale che rischiava di far somigliare il suo mondo a una prigione. Cosa che, in fondo, era.

Valentina non sapeva quanto quel metodo sarebbe servito. Nessuno di loro sapeva veramente come e con quali modelli si fosse formata Suzanne. Forse, se avessero scavato nella sua mente, avrebbero dovuto dipingere quel luogo di un nero accecante.

Valentina sperava solo che non fosse così.

Si fermò sulla soglia, mentre la Halmagnus richiudeva delicatamente la porta. Nell'aria solo il brusio inafferrabile dell'audio della tv. La testa bionda della ragazza non si mosse, come se non si fosse accorta del loro ingresso.

« Suzanne? » la chiamò, a voce bassa, per non spaventarla.

La ragazzina voltò appena il capo e la guardò per un attimo da sopra la spalla. Poi tornò a fissare lo schermo. In silenzio.

Valentina attese. Poi si avvicinò.

All'improvviso s'era accorta di non saper cosa dire o cosa fare. Non aveva uno straccio di strategia. In passato aveva affrontato colloqui anche drammatici con rapinatori, assassini, pedofili, uomini e donne che avevano commesso atrocità o ne erano state vittime. Non aveva mai perduto la testa o l'anima. Anzi, aveva scoperto che proprio nell'incontro con il dolore, la rabbia, la follia e la disperazione riusciva a dare il meglio di sé. In quelle occasioni, scattava qualcosa in lei, una sorta di empatia intuitiva. Sapeva come arrivare al cuore di quelle persone. Anche quando il loro cuore era già marcio o avvizzito dal male che vi aveva abitato.

Ma adesso era diverso. Adesso non sapeva cosa fare.

Perché era lì? Per confrontare la sua esperienza con quella di Suzanne? Perché davvero pensava che la ragazzina avesse subito quello che aveva subito lei? Solo che Valentina aveva vissuto un incubo durato dieci giorni, mentre stando ai video ritrovati Suzanne era cresciuta nelle mani di quegli psicopatici. Anni. Tutta la sua breve vita. *E quindi, cosa mai poteva accomunarle?*

«Tu sei quella che mi ha trovato» disse all'improvviso Suzanne, senza voltarsi.

Valentina sussultò. Avevano ragione. La ragazza parlava con una pronuncia quasi perfetta. Un leggero accento gutturale di fondo.

«Sì. Sono io» rispose Valentina.

La ragazza continuò a guardare la tv. Adesso il botolo dalla faccia umana abbracciava una vecchina mentre il mondo, fuori dalla loro casetta, veniva infestato da creature demoniache.

«Mi stavi cercando?» disse ancora Suzanne.

La domanda la sorprese. Decise di essere onesta, per quanto la situazione lo concedesse.

«Cercavo la donna che era con te. La cerco ancora.»

Le spalle della ragazza si irrigidirono. O forse fu una sua sensazione. Suzanne si voltò verso di lei. Non ruotò più solo la testa, ma l'intero corpo, mettendosi di traverso sulle lenzuola immacolate, raccogliendo le ginocchia sotto di sé. La fissò. Aveva occhi chiarissimi, una pagliuzza d'oro in entrambe le iridi, e labbra piene, brillanti sulla pelle chiara. Sarebbe diventata una bellissima ragazza se l'universo glielo avesse permesso.

«Tu sai di chi parlo, vero?» azzardò Valentina.

Suzanne piegò la testa di lato. «Chi sei *davvero* tu?» le chiese, con la curiosità di una bambina.

Valentina la raggiunse, piano. Si fermò contro il bordo del letto. Le coperte erano colorate come il resto della stanza. Da vicino, gli occhi di Suzanne erano luminosi. Ma la sua espressione non mutava.

«Io sono Valentina Medici... E vorrei poterti aiutare.»

«Valentina.» Suzanne pronunciò il suo nome senza alcuna inflessione. E una sensazione precisa passò nella testa della poliziotta. Non era la prima volta che quella ragazza pronunciava o sentiva pronunciare il suo nome. C'era familiarità nella naturalezza con cui lo aveva ripetuto.

«Tu sai chi sono?» le domandò, sinceramente sorpresa.

«Valentina» ripeté la ragazza, come se cercasse di ricordare qualcosa legato al suo nome. Poi, senza preavviso, tornò a guardare la televisione. Indifferente. Di nuovo distante.

Valentina sollevò il braccio destro, stese la mano, le sfiorò il collo. Nella sua mente, nello stesso istante, qualcun altro allungò le mani dietro di lei. Con lo stesso gesto. Le toccò il collo, poi scese fino alla spalla destra. Non erano dita, quelle che la accarezzavano nei suoi ricordi. Era la punta di un bisturi. La lama già scura del sangue che cominciò a scendere dalla sottile ferita che s'era aperta. Giù, giù, fino al profilo del seno nudo e ancora più in basso, lungo il fianco. Un sottile filo rosso che si allargava sempre di più.

Strinse i denti, Valentina, mordendosi la lingua per non urlare, allora come adesso nel silenzio raggelato del ricordo.

Fu Suzanne a urlare, al posto suo, lacerando il silenzio ovattato nella stanza.

Valentina fece un passo indietro, sorpresa. La ragazza si buttò contro la testiera del letto, continuando a gridare, rannicchiandosi fra le lenzuola annodate e coprendosi il volto con le mani. Le unghie scavavano solchi nella pelle diafana.

Valentina non ebbe neanche il tempo di provare a calmarla, che qualcuno entrò nella stanza e la allontanò bruscamente. Ebbe la visione della psicologa che si chinava su Suzanne, e la ragazza, il volto trasfigurato dal terrore, che continuava a scalciare e a urlare e a graffiare sé stessa e l'aria.

Poi, mentre un inserviente spingeva Valentina verso la porta e qualcosa in lei spingeva per impedirlo, perché non voleva uscire senza aver capito cosa stesse accadendo, Suzanne si immobilizzò, la guardò dritto negli occhi e le sue grida scomposte cessarono. La fissò. Senza neanche sbattere le palpebre.

Lo scatto che fece sorprese tutti, la Halmagnus e l'infermiere che stavano cercando di contenerla. Suzanne saltò giù dal letto e corse con i piedi nudi verso Valentina. La abbracciò, stretta, mentre la poliziotta restava raggelata, immobile.

Qualcuno urlò, mentre la bocca di Suzanne si avvicinava al suo orecchio destro. Ne sentì l'alito, come una brezza calda. Fra le grida il sussurro della bambina quasi si perse. Ma Valentina fu certa di ciò che aveva udito.

« *Valentina... i morti non hanno niente da perdere...* »

Poi gliela strapparono da dosso. La trascinarono verso il letto disfatto. Ma gli occhi di lei, quelle pagliuzze d'oro e turchese, continuarono a fissarla e le sue labbra si muovevano ancora. Adesso silenziose. Ma sempre col suo nome sulla bocca, chiarissimo anche in quell'assenza di suoni.

Valentina.

5

Quando il cellulare squillò, le rimbombavano ancora nelle orecchie le grida strazianti di Suzanne. Negli occhi si riverberavano le labbra che scandivano il suo nome. E nella testa vorticava quella frase che adesso non era più certa di aver udito davvero. *I morti non hanno niente da perdere.*

Valentina era in macchina, ferma nel parcheggio del rifugio in cui la ragazza era stata nascosta. L'ombra dei platani oscurava il cielo già poco incline al sole. Lei teneva gli occhi chiusi e respirava piano. Aveva bisogno di riprendersi. Di capire.

Castaldi al telefono sembrava non sapere nulla. Non lo avevano ancora informato che Valentina aveva appena suscitato la prima autentica reazione della ragazza misteriosa. Una reazione che assomigliava tanto a una crisi isterica, per la verità.

« Dove sei? » le chiese.

Valentina decise di dirgli tutto subito. Era giusto così, dato che Castaldi s'era preso la responsabilità di consentirle quella visita. Il francese rimase in silenzio qualche secondo.

« Vedremo cosa ne uscirà » disse poi. « Forse una scossa è quello che ci voleva. »

Era generoso. Ma in quel momento i pensieri di Valentina andavano in altre direzioni. « François... sembrava che conoscesse il mio nome... che lo conoscesse bene. »

« Adesso non saltare a conclusioni... l'hai solo spaventata. »

Ma Valentina era sicura che Suzanne avesse già sentito e pronunciato il suo nome, più volte. Le venne in mente l'espressione di Jacobs. L'aveva guardata. Aveva sorriso, e si era ucciso davanti a lei.

Valentina, sussurrava Suzanne.

Come Jacobs, anche lei l'aveva riconosciuta. Non solo. Sembrava volerle comunicare una sorta di messaggio. Ma perché? Hannie era sempre al centro dei pensieri di Valentina. Possibile che funzionasse anche al contrario? Che Valentina fosse per quel gruppo di psicopatici quello che loro erano per lei? Un'ossessione?

« C'è un motivo per cui ti ho chiamata » disse Castaldi, interrompendo i suoi pensieri. Valentina aveva già ricevuto telefonate come quella. Era come se sapesse cosa il suo capo stava per dirle.

« Carlos aveva ragione. È come dicevano in quella chat. »

« Di che cosa parli? »

« Samael ha appena firmato un omicidio, Valentina. Devi tornare in Italia. »

6

La postazione di Loris Manna allo SCO era una sorta di *sancta sanctorum* a cui anche i superiori avevano timore ad avvicinarsi. Comprendeva metà di una vasta stanza che l'ispettore tecnico divideva con un collega spesso assente in missione, perciò Loris non aveva remore a superare i confini e a debordare in ogni angolo raggiungibile. L'ambiente rispecchiava la sua esuberante personalità. Così, accanto a tre computer di ultima generazione e a cinque schermi di diverse dimensioni campeggiavano fotografie, poster, piantine di marijuana rigorosamente prive di principio attivo, come stava scritto su un cartellino, soprammobili disparati come una testa di aborigeno australiano con la bocca spalancata in cui Loris conservava delle caramelle, simboli della Roma, un manifesto del Gay Village del Testaccio... E tantissimi libri. Biografie di personaggi storici, volumi d'arte, manuali di ingegneria informatica, testi dedicati a qualunque altro argomento gli fosse tornato utile sul lavoro. C'era pure un testo esoterico chiamato *Necronomicon* e nessuno osava chiedergli a cosa gli fosse servito. Era tutto accumulato su un paio di scrivanie e su ogni ripiano libero. E a chi si chiedeva come facesse a lavorare in mezzo a tanto casino bastava guardarlo mentre andava a caccia di un indizio, di un'anomalia, di qualsiasi elemento necessario a catturare la preda.

Come in quel momento.

Era appena tornato dal viaggio a Padova, erano le nove di sera e allo SCO c'erano soltanto un paio di funzionari di turno e qualche collega che non poteva o non voleva mollare il fascicolo che stava trattando. Nell'intero edificio non erano accese più di tre o quattro luci. Loris non era neanche passato da casa e la stanchezza cominciava a farsi sentire. Ma aveva riportato su un hard disk esterno tutto il contenuto del computer di Gabriele Piovesan e voleva metterlo al sicuro. E poi aveva la copia di quella foto che l'amico aveva scattato prima di andare a spararsi un colpo in testa fra le Dolomiti. Una foto in *limine vitae*, avrebbe potuto dire. E perciò sicuramente importante.

Il problema era che non possedeva il file originale. Dovette lavorare sulla stampata.

Mentre scannerizzava l'immagine per poi passarla ai software di elaborazione e correzione, ebbe ancora una volta l'impressione che il tempo fosse passato invano. Che fossero tutti ancora lassù, nella neve, a cercare tracce di sangue e di morte. Era una sensazione spiacevole ma che al tempo stesso lo riconnetteva ai suoi amici di allora. Gabriele. Fabio. E Valentina.

Ma doveva darsi da fare. S'era ripromesso di analizzare tutti i dati raccolti da Gabriele: le chat a cui aveva partecipato come una sorta di folle infiltrato, i documenti raccolti che parlavano di quella maledetta Geenna. Sì. Sembrava proprio di ricominciare da capo.

La prima cosa però era svelare il mistero di quella foto, che forse mistero non era. Un semplice scatto dalla sua finestra a un uomo che sostava nel buio. Probabilmente solo il frutto della paranoia. Una coincidenza senza significato. A causa della malattia, Gabriele vedeva mostri nascosti sotto l'aspetto di chiunque.

Ma quando sullo schermo apparve la versione migliorata dell'immagine, il suo cuore perse un battito. Un altro battito andato dopo tutti quelli che aveva sacrificato negli ultimi mesi.

Nonostante il ritocco di contrasto e luminosità, l'uomo restava nel cono d'ombra tra la rarefatta luce di un lampione e la strada buia. Il suo volto sarebbe rimasto sconosciuto.

Ma alle sue spalle, a pochi centimetri, quasi vi fosse stato appoggiato poco prima, spiccava l'angolo anteriore di una grossa macchina nera parcheggiata lungo il marciapiede. La luce all'interno dell'abitacolo era accesa e questo lasciava intendere che la portiera fosse ancora aperta o che fosse stata chiusa da pochi istanti. Era l'auto di quell'uomo?

Era un modello di Suv che Loris conosceva bene. Una Porsche Cayenne color antracite. Sembrava proprio l'auto che lui, Fabio Costa e Gabriele avevano seguito molto tempo prima e che li aveva condotti da Padova a Molveno, nel ventre di quell'edificio in cui qualcuno aveva esposto i corpi di decine di vittime del caso Caravaggio.

Il proprietario dell'auto era l'uomo che Gabriele aveva ucciso sparandogli in testa e salvando così la vita a Fabio. L'uomo che, secondo i deliri di Gabriele, era tornato dalla tomba e lo stava perseguitando.

Ma naturalmente non era possibile. L'ombra che guardava verso la finestra non poteva essere la sua. Era un'altra di quelle maledette coincidenze che, a differenza di quanto si pensi, gravano sempre sui fatti oscuri.

Loris isolò un dettaglio. Lo corresse. Lo rese leggibile. Era il particolare della targa anteriore della Porsche. Se ne leggevano le due lettere iniziali e i tre numeri. FZ 553. Loris aprì la bocca. La richiuse. Cercò di calmare il tumulto che lo agitava. Senza alzarsi, scivolò con la sedia fino a un'altra tastiera. Aprì un paio di database. ACI e il Sistema Investigativo. Veloce, quasi frenetico. Digitò la targa parziale. Il risultato arrivò in un secondo, in entrambe le finestre. La targa era proprio quella che ricordava. Apparteneva alla Porsche Cayenne che loro avevano seguito due anni prima. Era l'auto degli assassini che li aveva condotti a Sant'Andrea.

7

L'aspetto positivo di lavorare per un organismo investigativo internazionale è l'accesso a mezzi e tecnologie con budget praticamente illimitato. Da quando Castaldi l'aveva informata che doveva partire per l'Italia erano trascorse meno di quattro ore. Il volo privato che li aveva condotti dall'aeroporto di Amsterdam a Torino era durato circa un'ora e mezzo. Meno di quanto stessero impiegando per raggiungere il centro città e la scena del crimine con l'auto messa a disposizione dalla questura. Sull'Alfa che si districava nel traffico della mattina c'erano solo Valentina e Castaldi. Il capo voleva toccare con mano la situazione. Era la prima volta che intervenivano sul luogo di un omicidio presumibilmente legato alla Geenna e Castaldi, come responsabile dell'AWF « Hinnom Valley », desiderava avere chiaro ogni dettaglio.

Arrivarono a destinazione. La zona era stata transennata e almeno quattro auto con i lampeggianti in funzione delimitavano gli accessi. La folla di curiosi faceva da consueto sfondo.

Li avevano informati che il corpo della vittima era stato portato via da poco ma la scena era ancora calda. Intatta di colori e odori e della solita atmosfera di morte.

Valentina non conosceva bene Torino, ma le spiegarono che la zona dove si trovavano era quella di Borgo San Paolo. La strada che imboccarono era corso Racconigi, un vialone costellato di alti palazzi costruiti negli anni Cinquanta. Migliaia di finestre che si affacciavano le une sulle altre. Un quartiere dormitorio, vicino eppure idealmente lontanissimo dal centro monumentale della città.

Quando scesero e si presentarono davanti al nastro bianco e rosso, Castaldi la precedette e parlò con un uomo in borghese, probabilmente un funzionario della Mobile. Il volto dell'uomo era segnato dall'insofferenza mentre faceva la telefonata di controllo. Pochi minuti dopo, seppur con riluttanza, li fece passare. L'Europol non può contare su alcun potere giurisdizionale sulla scena del crimine di un Paese membro. Ma evidentemente l'influenza di Castaldi era notevole. I poliziotti che incrociarono li guardarono con fastidio o indifferenza, ma non li intralciarono. Il collega che li condusse lungo una rampa in discesa verso i locali interrati, invece, si soffermò a osservare Valentina. Forse s'erano incontrati in passato.

Si trovavano nell'ampio sotterraneo di un palazzo di sette piani che ospitava box auto di differenti dimensioni. Il garage utilizzato dall'assassino era situato alla fine dell'ultima rampa. Davanti alla porta basculante in metallo, adesso aperta, c'erano una macchia d'olio e impronte di pneumatici, ma potevano essere tracce vecchie di mesi. Un uomo della Scientifica in tuta bianca stava comunque prelevando i residui con un raschietto.

Gli altri addetti al Gabinetto provinciale della polizia scientifica erano all'interno, intenti a scattare fotografie e a effettuare i rilevamenti.

Valentina entrò seguendo Castaldi e trattenne d'istinto il respiro. Comprese immediatamente che si trovavano di fronte a un assassino organizzato, meticoloso e in possesso di grandi risorse. E folle oltre misura.

L'ambiente era rettangolare, grande almeno una quarantina di metri quadrati, e completamente insonorizzato. Pannelli in fibra ricoprivano le pareti in cemento. A intervalli di una decina di centimetri l'uno dall'altro, erano stati posizionati nove schermi ultrapiatti di grande formato, tre per ogni parete a eccezione di quella d'accesso. Erano ancora tutti in funzione, anche se qualcuno doveva aver ridotto al minimo il volume. Al di sopra degli schermi erano appese dieci casse acustiche collegate a un amplificatore posto vicino all'entrata. Valentina non se ne intendeva, ma la consolle che governava quell'impianto sembrava particolarmente costosa. Un dato che si annotò subito.

Chiunque avesse organizzato quella messinscena aveva grandi disponibilità economiche.

Ma lo spettacolo vero era ciò che stava passando sui nove schermi la cui luce si riversava sugli uomini della Scientifica e sulle loro tute bianche che, come tanti specchi in movimento, rendevano la scena ancora più stroboscopica.

Su ogni monitor scorrevano immagini diverse, un'esplosione di colori ad alta definizione e un vertiginoso montaggio che riempiva la vista, ipnotizzava e frastornava. La maggior parte delle riprese aveva per oggetto quadri e affreschi che con un sapiente gioco di zoom inondavano gli schermi da cui sembravano protendersi. Alcuni erano dipinti famosi, altri meno, capolavori di autori classici o di pittori contemporanei. Ma, nella loro enorme diversità, erano tutti bellissimi. Apparivano, scomparivano, si alternavano paesaggi, nature morte, ritratti, quadri astratti, figure in movimento di Raffaello, Leonardo, Mantegna, Picasso, Fontana, Pollock. S'intrecciavano i colori di Chagall, Monet, Van Gogh, Modigliani. Si sovrapponevano Dalí e De Chirico. Ingrandivano e fagocitavano lo spazio Kandinskij e Klimt. Naturalmente anche Caravaggio. Ai dipinti si alternavano facciate policrome di chiese maestose, curve architettoniche di monumenti, statue classiche e moderne. E, a tratti, suggestivi paesaggi naturali. Una valle verdissima, un tramonto infuocato, una montagna sacra. Sembrava il montaggio di un documentario senza costrutto e ragione. Tutto bello e magnifico. Le mille declinazioni della bellezza che scorrevano e scorrevano senza sosta.

«Continua così da ore... e non so per quanto altro tempo è stato programmato questo sistema. Abbiamo ritenuto opportuno non spegnerlo.» A parlare era stato il funzionario che li aveva fatti accedere. Era accanto a loro e guardava come fosse ancora la sua prima volta quello spettacolo digitale, andando da uno schermo all'altro, la bocca semiaperta, un misto di meraviglia e di orrore negli occhi. Come Castaldi e Valentina, entrambi senza fiato ad ammirare lo spettacolo che sembrava non avere inizio né fine.

«Un'autentica tortura» disse ancora il poliziotto in borghese. «Anche se la causa di morte non è chiara.»

« Lo è, invece » disse Valentina, continuando a guardarsi intorno. Sì, le era stato chiaro da subito. « È morto proprio così, di bellezza. Atrocemente e ferocemente torturato dalla bellezza. »

8

La sedia su cui Dario Carboni, quarantotto anni, di professione tassista, aveva concluso la sua vita, si trovava al centro preciso della stanza delle torture, incardinata nel pavimento tramite grossi bulloni, con le corde e le cinghie che lo avevano legato che adesso penzolavano inerti come i resti di un serpente. Una fascia di cuoio, fissata sullo schienale all'altezza della testa, era servita a costringere il poveretto a mantenere lo sguardo in linea con gli schermi. Non doveva sfuggire allo spettacolo allestito per lui. La seduta dava le spalle all'unica parete senza schermi e altoparlanti. Su quel tratto di muro, coperto di pannelli grigi insonorizzati, proprio al di sopra della porta, campeggiava una scritta.

Samael è stato qui.
Ha trasportato onde di luce cosmica nel pozzo arido della mia anima.
Ha acceso desideri elettrici dentro i miei occhi.
Ha riempito le mie orecchie con il canto delle stelle.
Ha incendiato di bellezza i miei sogni.
Nell'estasi mi ha concesso di annegare.

La scritta era il motivo per cui Castaldi aveva organizzato quel viaggio improvviso a Torino.

Nella segnalazione che l'Europol aveva inviato all'Italia come ad altri Paesi europei, paventando la possibilità che uno o più assassini seriali avrebbero potuto entrare in azione, erano stati inseriti alcuni alert. Uno di questi si riferiva al nome « Samael » associato a qualunque episodio di violenza. Spesso quel tipo di segnalazioni galleggiava inutilmente sulla scrivania di qualche funzionario del dipartimento prima che ci si decidesse a prenderle sul serio. Stavolta grazie al cielo non era andata così. Il commissario di turno della questura di Torino che aveva ricevuto la prima comunicazione sull'omicidio del tassista contenente gli elementi essenziali raccolti sulla scena, tra cui la frase criptica e il nome «Samael» dipinti sulla parete, aveva fatto scattare il campanello d'allarme. Memore dell'avviso del gruppo di Castaldi, aveva informato il centro elaborazione dati, come da prassi, e l'unità Europol di Roma con un messaggio urgente. La sua tempestività aveva permesso alla squadra di Valentina di attivarsi subito e di imbarcarsi sull'aereo prima ancora che la scena del crimine venisse sigillata.

Samael aveva colpito. O forse no. Poteva trattarsi di una strana coincidenza. Quella scritta era così ermetica da lasciare spazio a ogni sorta di dubbio.

Valentina continuava a osservarla come se da quelle parole dipinte con vernice nera potesse stillare una soluzione. Qualcosa che li mettesse sulla strada giusta. Che giustificasse il loro precipitarsi laggiù, a bordo di un lussuoso aereo privato, piombando sulla scena del crimine come se i colleghi della Mobile non potessero cavarsela da soli.

Ha incendiato di bellezza i miei sogni.

Nell'estasi mi ha concesso di annegare.

Le diceva qualcosa. Ma cosa?

Certo la bellezza aveva un senso. Dario Carboni era davvero morto per tutta quella bellezza che continuava a scorrere sugli schermi? Era possibile una cosa del genere? Immagini e suoni prolungati possono di certo condurre al delirio. Ma alla morte? Valentina non ne aveva idea. Era comunque davvero un modo contorto di attuare un intento omicida.

Il funzionario della polizia torinese si chiamava Solinas. Spiegò che non c'erano solo le immagini, contenute in un capace hard disk che le inviava in *loop* ai vari schermi, così da creare una continuità infinita e debordante, ma anche la musica.

«Una colonna sonora» disse. «Musica classica, sinfonie...» Indicò l'amplificatore e le casse collegate. «Quando siamo arrivati suonava a tutto volume. Un frastuono insopportabile, nonostante la bellezza della musica.»

La bellezza. Ancora. Quello che aveva detto il collega era importante. Aveva trovato insopportabile il volume per pochi minuti. Figurarsi per ore. Quello sì che poteva uccidere.

Era stata proprio la musica a far scoprire il delitto. La segnalazione era giunta da alcuni abitanti della zona. Nonostante l'insonorizzazione, il volume era talmente alto che in parte era filtrato. Da più di due giorni gli inquilini del palazzo sentivano quel suono continuo e attutito diffondersi per le scale e gli ambienti soprastanti. Persino per le strade. Lo avevano udito anche alcuni netturbini, la mattina presto, quando il fragore del traffico non aveva ancora iniziato a mascherarlo. Sembrava una musica proveniente dal sottosuolo. Non si arrestava mai. Avevano chiamato il Comune, i vigili del fuoco e la polizia come se si fosse trattato di una fuga di gas. Da dove diavolo provenivano quelle note misteriose?

Dopo varie ricerche, individuata la fonte del suono, quando le forze dell'ordine erano riuscite a entrare nel garage, Dario Carboni era una statua di pietra al centro della scena. Aveva perduto sangue dalle orecchie e dagli occhi, diventati grigi per la contrazione del vitreo: due cerotti medici impedivano alle palpebre di abbassarsi e il liquido tra la retina e il cristallino s'era completamente asciugato. La testa era stata legata allo schienale della sedia con una cinghia di cuoio che, per i disperati tentativi di sottrarsi a quella tortura acustica e visiva, aveva lacerato la fronte della vittima fino all'osso.

«Ma forse è morto per i tagli alle vene» aggiunse Solinas. «Aveva profonde incisioni su entrambi i polsi e ha perduto molto sangue. Dovremo comunque aspettare i risultati dell'autopsia.»

Tagli alle vene, rifletteva Valentina, che certo non si era inflitto da solo. Anche se forse lo avrebbe voluto, pur di sottrarsi a tutta quella «bellezza».

«A quando risale il decesso?» domandò Castaldi che, con il forte accento francese, fece sollevare un sopracciglio al funzionario torinese. Solinas probabilmente si chiedeva chi diavolo fossero quegli sconosciuti imposti dall'alto sulla sua scena del crimine. E continuava a lanciare occhiate a Valentina.

«Il medico non s'è sbilanciato troppo» rispose comunque. «Dalle sei alle dodici ore fa. Se facciamo i conti con quello che hanno detto i vicini, il poveraccio potrebbe essere rimasto in balia di questa tortura per almeno quarantotto ore.»

Valentina ascoltava ogni parola pronunciata dal collega, ma la sua mente percorreva altri sentieri. All'improvviso tutto le sembrò soffocante e superfluo allo stesso tempo. Si accorse di non aver nessun interesse a immergersi in quell'indagine. Un altro pazzo in giro per il mondo a fare del male? Altro orrore dispensato senza alcuna pietà per la vittima di turno? E allora? Lei aveva già dato.

Non si accorse che Castaldi aveva congedato il giovane funzionario e le si era avvicinato.

«Cosa c'è?» le domandò.

«Nulla. Perché?»

L'uomo si strinse nelle spalle. «Che idea ti sei fatta?»

«Nessuna, François. Francamente non capisco neanche perché ci siamo precipitati qui.»

Lui la guardò.

«Io ho molta fiducia in te.»

Non era una risposta. Valentina si voltò verso di lui. Per dirgli che non era la prima volta che utilizzava quel frusto argomento ma che alla fine lei non la voleva, la sua fiducia, se serviva a condurla in territori in cui era già stata. Che non era entrata nell'Europol per inseguire un altro folle psicopatico assetato di sangue e di dolore. Che non voleva fare un salto nel passato.

Castaldi però s'era già rivolto a Solinas.

«Qui non c'è altro per noi, adesso» disse il francese. «Ci manderete comunque una copia di tutto... referti, testimonianze, i primi accertamenti. Noi ci organizzeremo, ma non tema, non intralceremo le vostre indagini.»

Il poliziotto italiano assunse un'espressione perplessa. Forse stava per ribattere che non prendeva ordini da un francese piovuto dall'Europol senza mandato. Ma alla fine assentì.

«Come intendi procedere?» domandò Valentina, mentre si allontanavano. Si sentiva fremere all'idea di essere lontana dall'Aja. Voleva tornare al più presto da Suzanne e a inseguire Hannie.

Castaldi si fermò e la guardò negli occhi. « Tu resterai qui, Valentina. Gli altri stanno per raggiungerti. »

« Cosa vuoi dire? Cosa c'entro io con tutto questo? »

Lo sguardo del suo capo si fece leggermente più affilato. Castaldi era una persona affabile, ma nascondeva una determinazione a volte feroce. Non era la prima volta che lei se ne sentiva intimorita.

« Questo omicidio è la prima prova concreta che la Geenna sta reclutando potenziali assassini. È la prova che cercavamo. Samael è stato reclutato da Jerusalem, e sono convinto che Jerusalem sia la tua Hannie Janssen. Direi che tu c'entri eccome. »

Valentina aprì la bocca per ribattere. Ma non disse nulla. Sarebbe stato inutile. Castaldi aveva deciso. E non avrebbe cambiato idea.

Annuì, si voltò e raggiunse l'uscita. Si sentiva fremere. Si sentiva in trappola.

Mentre era sulle scale, il funzionario che li aveva accolti le si avvicinò. Valentina gli lesse negli occhi quello che stava per dirle.

« Sei tu, vero? » Arrossì. « Sei la collega che ha risolto il caso Caravaggio. Ti ho già vista da qualche parte, forse quando il capo della polizia ti ha premiato... » Sorrise. Ma era imbarazzato. « Sei stata molto coraggiosa. Volevo dirtelo. »

Valentina non gli rispose e uscì alla luce del sole.

9

Conversazioni con il soggetto A – Registrazione del 18.02.2020, ore 21.00 – Frammento nr. 2020/143/A.23. Progressivo 3

– A cosa pensava in quei momenti?

(*Il soggetto resta in silenzio.*)

– C'è stato un pensiero più forte degli altri? Più tenace? Qualcosa a cui si è aggrappata?

– Un uomo. Il volto di un uomo.

– Vuole dirmi di chi si tratta?

– È importante?

– Forse condividendolo può aiutarmi a comprendere.

– Il mio collega. Se non fosse stato per lui sarei morta, sarei diventata l'ultima vittima di quegli psicopatici.

– Questo però è successo dopo, lei non poteva saperlo mentre era prigioniera.

(*Il soggetto resta in silenzio.*)

– In realtà, prima di salvarmi Fabio Costa mi ha abbandonata. Mi ha condotto fino alle porte di quell'inferno e poi mi ha lasciata da sola. Mi ha tradito.

– Eppure si è aggrappata a lui mentre era prigioniera, ha detto. Cosa provava?

– Rabbia. Sapevo che non l'avrei mai perdonato. Ma avevo bisogno di lui. Forse... Forse l'ho odiato tanto quanto l'ho amato.

– E poi l'ha fatto? L'ha perdonato?

(*Il soggetto resta in silenzio.*)

– Lei conosce Fabio Costa, dottore?

– Ne ho sentito parlare. So che ha lasciato la polizia.

– Si è occupato anche di lui?

– Sa che non posso...

– Non può dirmelo, lo so. Ma posso immaginare la risposta: non gliel'hanno permesso, vero?

– Sa che non posso risponderle. Risponda lei alla mia domanda, Valentina. L'ha perdonato?

(*Il soggetto resta in silenzio. Alla fine, interrompo la seduta.*)

PARTE V
IL VIAGGIO E IL SUO INIZIO

« *I'm scared, so scared.* »
John Lennon, *Scared*, 1974

1

L'aula era pretenziosa e barocca. Con la forma ad anfiteatro e le finte colonne doriche d'anello superiore, era più un pugno al buongusto che un luogo capace di evocare la mistica dello studio e della conoscenza accademica. Ma era quello che passava il convento, anzi quello che passava la scuola privata che era magniloquente sin dal nome: Istituto di scienze superiori criminali comparate Cesare Lombroso.

Fabio Costa detestava tutto di quell'intestazione, compreso il nome di Lombroso. In tutta la sua carriera aveva scoperto una sola verità: il male si nasconde più frequentemente proprio dietro la bellezza e l'innocenza, non dietro una fronte aggrottata o uno sguardo vitreo.

Ma lavorare in quella scuola preparatoria per magistrati, forze dell'ordine e investigatori privati, era tutto ciò che gli era rimasto. Insegnare. O almeno provare a farlo.

Era stato un poliziotto, un tempo. Uno bravo, così dicevano. Poi tutto era precipitato. Non per la prima volta. Non per l'ultima. E adesso stava finalmente risalendo la china. Era come un vecchio guerriero costretto a radunare le forze rimaste. Le raccoglie, le stringe, le conta, e scopre che sono solo macerie di poco valore. Ma non può che sfruttare ciò che ha, per quanto po co sia.

Il suo corso parauniversitario, se non altro, era il più gremito. Forse era per il tema: psicopatologia criminale e comportamenti deviati. I posti a sedere lungo il ventaglio che dalla sua cattedra saliva a raggiera fino a quella fila di imbarazzanti colonne erano completamente occupati. E c'erano liste d'attesa per l'iscrizione.

Si procedeva ormai verso la fine del programma, anche in vista dei concorsi pubblici in magistratura o in polizia che molti studenti intendevano affrontare. La maggior parte dei suoi allievi, però, aveva altri progetti. Molti vagheggiavano una fumosa carriera da criminologi. Alcuni sognavano un futuro da scrittori di noir. E qualcuno partecipava per semplice curiosità. Era un corso a pagamento e la retta non era bassissima, eppure era così.

Quel pomeriggio la lezione verteva sulla classificazione dei serial killer stilata da Ronald e Stephen Holmes. Costa in realtà aveva sempre diffidato delle generalizzazioni e aveva incontrato più volte assassini difficili da incasellare in una griglia precisa. Però il tema suscitava sempre grande interesse.

La lezione proseguì senza intoppi per più di un'ora. E terminò con l'esame dell'ultimo tipo di casistica: l'omicida « ossessionato dal controllo », una delle figure più potenti e argute che i profiler dell'FBI avevano individuato dopo aver intervistato centinaia di assassini seriali. Mentre ne illustrava le caratteristiche e descriveva le tecniche da adottare in presenza di questo tipo di predatore, Costa sentiva vibrare dentro di sé il ricordo della sua ultima caccia all'uomo. Per questa ragione, era la parte del programma che più detestava.

« A differenza di altri tipi di assassini seriali » concluse rapidamente, « il killer che gode del dominio della sua vittima non ha confini geografici, si sposta dove è necessario. Non solo per contrastare le indagini della polizia. Semplicemente perché può. Ed è tutta lì la cifra delle sue pulsioni, e in fin dei conti anche la sua debolezza. Uccide perché può farlo. E questa sicurezza lo porta spesso a commettere gli errori che permettono di catturarlo. »

Il suo tono e l'atto di chiudere i libri che aveva davanti avrebbero dovuto indicare che la lezione era finita, ma uno studente in prima fila alzò la mano.

« È il tipo di serial killer che ha incontrato anche lei, vero, professore? »

Aveva sperato invano che la curiosità morbosa sulla sua vicenda si esaurisse, fagocitata dal trascorrere del tempo. Costa continuò a sistemare i suoi libri. « Ho incontrato molti assassini... Come ho detto all'inizio, la classificazione dei fratelli Holmes può essere utile ma non è esaustiva. Nulla lo è in questo campo. Adesso, se permettete... »

Lo studente non mollò la presa. « Professore, allora quanto è stata utile la sua conoscenza della criminologia quando ha partecipato alle indagini sugli omicidi ispirati a Caravaggio... e dopo quei fatti, la sua percezione dell'utilità di queste teorie è rimasta uguale? »

Il ragazzo aveva negli occhi la scintilla che Costa ormai conosceva bene. La sua domanda non riguardava la materia che insegnava, né il piano di studi. Riguardava direttamente lui e la vicenda che ormai era patrimonio dell'intero Paese.

Le domande come quella arrivavano sempre prima o poi. A volte si vestivano di una formula diversa, più o meno gentile, e la loro vera natura veniva dissimulata. Ma arrivavano.

Cos'hai provato a confrontarti con quei mostri? È stato difficile uscirne vivi? Cosa ti ha lasciato dentro immergerti in quella melma? Che cosa hai visto?

Non c'era altra curiosità che quella. E chissenefrega del corso di criminologia del pluripremiato ex poliziotto Fabio Costa, già vicequestore al Servizio centrale operativo, una vita a stanare assassini, seriali o no, e poi una fine miserrima. La gente voleva storie di sangue. Racconti sull'abisso e su come era e su chi vi era precipitato dentro. Niente fronzoli. Niente spiegazioni accademiche. Ogni domanda, apparentemente ingenua, ne sottendeva un'altra più pericolosa.

Anche io potrei farlo? Potrei guardare là dentro?

In genere, Costa non rispondeva o stigmatizzava quella curiosità con una risposta caustica. Stavolta qualcosa lo spinse a comportarsi diversamente. Fu a causa del volto di un uomo in ultima fila, che era entrato da poco e si era seduto ad ascoltarlo. E a guardarlo.

Rispose allo studente, ma si rivolse all'uomo lassù.

« Lei vuol sapere se le conoscenze che questa scuola, i suoi insegnanti, io, riusciremo a offrirle serviranno nella sua futura vita professionale? Vuol sapere se serve studiare per affrontare e sconfiggere uno di quegli esseri che generano sofferenza e rapiscono e uccidono? Giusto? »

Lo studente accennò un assenso spaurito. Nessuno nell'aula si mosse, nessuno parlò, nessuno distolse lo sguardo.

« Niente ti può preparare a quello che stai cercando. E lo stai cercando solo perché non hai davvero idea di cosa sia. Vuoi frasi fatte, frasi da film. Vuoi sapere se conoscere tante cose in teoria mi ha aiutato a sopravvivere. Ma è una domanda mal posta.»

Il ragazzo, impallidito, scosse la testa. Costa continuò a fissare più in alto.

«Ci sono abissi da cui non si esce. Mai. E ci sono risposte che nessuno di voi vorrebbe sentire. Anche se qualcuno è convinto che a lui certe cose non potrebbero mai accadere.»

Li guardò, passando in rassegna un volto dopo l'altro.

«La lezione adesso è finita.»

Gli studenti sciamarono dalla sala più silenziosamente del solito. L'uomo in ultima fila scese e gli si avvicinò.

«Ciao, Fabio» disse Loris Manna con un sorriso macchiato da una tristezza che Costa trovò più spaventosa del male che aveva appena evocato.

2

Avevano perso ogni contatto da tempo. Dopo gli eventi di Padova, Costa era stato proposto per la destituzione dalla polizia. Tutti all'interno del dipartimento sapevano che lui era stato determinante non solo per la soluzione finale del caso ma soprattutto per Valentina Medici, sopravvissuta grazie alla caparbietà e alla risolutezza di quell'uomo che non s'era mai arreso. Ma, formalmente, il vicequestore Fabio Costa aveva commesso una serie infinita di insubordinazioni e irregolarità, oltre a qualche reato minore. La proposta di cacciarlo, in realtà, era soltanto una bieca formalità. L'intenzione dei vertici era, alla fine, di perdonarlo dimostrando indulgenza, per poi tornare a seppellirlo in qualche posto di polizia di provincia. Uno come Costa era meglio tenerselo accanto, buono, piuttosto che saperlo altrove senza controllo.

Costa li aveva tolti dall'impaccio. E li aveva anche rassicurati. S'era prosciolto. Non aveva più intenzione di proseguire nella sua carriera. Un'ombra aveva iniziato a camminare accanto a lui e a proiettarsi su tutti quelli che gli stavano vicino. Lasciare la polizia era la decisione più ragionevole. Nessun rimpianto, per quanto fosse doloroso.

In un momento in cui il futuro gli si presentava incerto e nebuloso, l'offerta di andare a insegnare criminologia era stata un'occasione che non aveva dovuto valutare troppo a lungo. Doveva trovarsi un'occupazione e quella sembrava una soluzione accettabile. Ma soprattutto aveva finalmente l'opportunità di tornare a Roma e di restarci. Dopo anni di separazione e incomprensioni, aveva riallacciato i rapporti con il figlio. Lorenzo aveva vent'anni e, anche se non aveva ancora perdonato al padre quello che aveva fatto a lui e alla madre Marisa, dopo il suo ritorno c'era stato qualche timido passo di riavvicinamento. Lorenzo era l'unica luce ancora accesa nella fredda caverna che era diventata la sua vita, e stavolta non avrebbe permesso che quella fiamma, per quanto tenue, tornasse a spegnersi.

Loris Manna era uno dei pochi amici rimasti accanto a lui nei momenti più difficili. Il loro rapporto era nato e s'era saldato durante la precedente indagine e Loris era l'unico del dipartimento di cui Costa si fidasse. Ed era anche il solo collegamento con Valentina. L'unico ad aver intravisto quello che era accaduto tra loro due.

Valentina.

Il ricordo dell'ultima volta in cui l'aveva vista era un film indelebile che continuava a scorrere nella sua mente, seppur sempre più scolorito e vacuo. Tutto il terrore provato la notte in cui era riuscito a trovarla e a salvarla da una morte orribile era scomparso quando aveva capito che era viva. Nei pochi momenti prima dell'arrivo dei soccorsi, Valentina aveva aperto gli occhi e lo aveva guardato, sotto la pioggia torrenziale. « Fabio... » aveva mormorato.

Fabio.

Era stata l'ultima parola che le aveva sentito dire di persona.

Valentina era stata ricoverata in una struttura protetta dove aveva ricevuto ogni cura nel fisico e nella psiche. Fabio aveva appreso dai verbali quello che Valentina aveva subito durante la prigionia. E ogni sentimento che provava per lei s'era intensificato, insieme a un senso di colpa che lo aveva portato quasi alla follia.

Quando aveva chiesto di poterla vedere, giorni dopo, gli era stato opposto un rifiuto netto. Motivi di salute. E di riservatezza. Lo psicologo del dipartimento che l'aveva in cura era stato categorico. Fabio Costa e ciò che lui aveva rappresentato in quella terribile indagine potevano soltanto ritardare la guarigione. O comprometterla per sempre. Doveva aspettare.

Costa aveva compreso le ragioni. Ma aveva chiesto che fosse lei stessa a rifiutare la sua presenza.

Valentina lo fece con una telefonata.

Durò meno di cinque minuti. Fabio quasi non aprì bocca. E lei parlò piano, una parola alla volta.

« Quello che mi hanno fatto mi ha segnata. Forse è per questo che in ciò che provo per te c'è qualcosa che mi annichilisce. Vorrei non ci fosse. Ma c'è. » L'ultima frase era giunta dopo una pausa che gli era sembrata lunghissima. « Io non voglio arrivare a odiarti. »

Non la sentì più. Infilò quell'addio nel lungo conto che sapeva di dover pagare. Aveva già causato la morte o la sofferenza di troppe persone che lo amavano.

Col tempo si allontanò anche dai pochi amici che ancora gli restavano. Persino da Loris.

Per questo restò sorpreso di vederlo tra i suoi studenti, nell'aula magna. E spaventato. Qualcosa, in quella presenza improvvisa, gli disse che non era tutto finito.

3

Raggiunsero un bar vicino alla scuola, in piazza Santi Apostoli, nel cuore più luminoso di Roma. E di luce in quel pomeriggio ce n'era anche troppa. Eppure Loris, mentre sedeva al tavolino, non riusciva a riscaldarsi, forse per colpa di quello che Fabio aveva detto durante la lezione.

Una sagoma scura seguiva il suo amico e non era possibile, almeno per lui che lo conosceva, non vederla. Era un'ombra raggelante che si adagiava dietro gli occhi dell'ex poliziotto e li velava, inquietando chi gli stava di fronte. Un'ombra che lo circondava, come un'aura maledetta, gravando su ogni gesto, ogni parola. Loris aveva già conosciuto la dannazione di Fabio Costa, aveva assaggiato la sua disperazione quando temevano che Valentina fosse morta. E poi quando l'amico s'era convinto che tutti quelli che amava rischiassero la vita per colpa sua. Conosceva bene i sensi di colpa che lo rendevano scontroso e ostile. Un po' erano anche i suoi. E adesso che era lì, a chiedere il suo aiuto, si rendeva conto che Fabio aveva sempre avuto ragione. La sofferenza lo tallonava come un amante e contagiava tutti quelli che gli stavano vicini.

Però Loris aveva bisogno di lui. Ne aveva bisogno Gabriele Piovesan. E Loris pensava che Fabio glielo dovesse.

Passarono i primi dieci minuti a raccontarsi la loro vita negli ultimi dieci mesi. Nulla che entrambi non sapessero, ma sentivano tutti e due, ognuno per ragioni diverse, che bisognava essere cauti. Qualunque fosse il motivo del loro incontro. Parlarono anche del suo nuovo rapporto con Lorenzo e della paura di poterlo perdere un'altra volta.

Poi Loris decise che era meglio andare dritti al punto.

« Hai saputo di Gabriele, immagino. »

L'espressione di Costa gli fece capire che non lo sapeva ma che in qualche modo si stava aspettando cattive notizie.

« Che cosa gli è successo? »

« Si è sparato alla testa, pochi giorni fa. » Lo disse con una certa cattiveria e se ne rese conto. Sapeva che voler condividere il senso di colpa con Fabio era sbagliato, ma non era riuscito a trattenersi. Il dolore che vide negli occhi dell'amico lo fece sentire ancora peggio. « È vivo ma è messo male, anche se i medici non disperano di salvarlo » aggiunse per mitigare la notizia.

Costa restò in silenzio.

« È in coma farmacologico » proseguì Loris. « Il proiettile s'è fermato nella testa, in una zona inoperabile. Se si spostasse... se dovesse incidere un vaso sanguigno, causerebbe un'emorragia fatale. »

« Che possibilità reali ha? »

« Nessuno si sbilancia. Potrebbe vivere così per anni o morire stanotte. »

Loris si sporse verso di lui, ma l'arrivo del cameriere con i caffè lo indusse a ritrarsi. Attese che restassero di nuovo soli, poi tornò a chinarsi verso l'amico che era rimasto a guardare nel vuoto.

« Fabio, ci sono delle cose che non tornano. Per questo ho bisogno di te. »

Costa riemerse dai suoi pensieri e lo guardò. E Loris si sorprese a scoprire che in quegli occhi non era visibile, come aveva sperato, la reazione che aveva visto tante volte animarsi davanti a un indizio, a un minuscolo elemento che li avrebbe portati lontano. Lo sguardo dell'amico restava confuso, spento.

« Di cosa parli? » gli domandò Costa.

Loris gli spiegò della sindrome di cui Gabriele soffriva. Era convinto che l'uomo che aveva ucciso fosse tornato dalla tomba per perseguitarlo. E poi gli raccontò delle allucinazioni che lo avevano portato a Molveno, dove s'era sparato in testa. Ma gli elencò anche i particolari che non lo convincevano. Il cellulare scomparso, le ricerche di Gabriele su quel gruppo di psicopatici che avevano causato tante morti, la foto dell'uomo che forse lo pedinava. E quella macchina, la Porsche Cayenne che loro conoscevano bene. Costa stesso, insieme a Gabriele Piovesan, vi aveva installato un GPS che poi li aveva condotti fino alla tana di quei demoni. La targa non mentiva. Era la stessa ed era stata parcheggiata sotto casa di Gabriele la notte in cui lui era scomparso.

Costa lo ascoltava, ma era come se non fosse lì. Per un momento, Loris pensò che assumesse psicofarmaci. Si aspettava rabbia, sorpresa, disperazione. Non quella totale assenza di emozioni.

« Hai sentito quello che ti ho detto? » domandò.

« Sì. E mi dispiace... Ma non capisco dove vuoi arrivare. Che cosa pensi che ci sia sotto? »

« Quella macchina nella foto... Te la ricordi la Porsche, no? »

« Certo. Hai controllato che fine ha fatto? »

« È andata all'asta dopo la chiusura dell'inchiesta, ma non sono riuscito a rintracciare chi l'ha acquistata. »

« Com'è possibile? »

Loris allargò le braccia, frustrato. « I colleghi di Padova non mi hanno aiutato granché... sarà che questa storia di Piovesan la trattano come si tratterebbe un parente scomodo. Dicono che all'ufficio aste del Tribunale c'è un gran casino e ancora devono registrare l'atto... insomma, non mi hanno saputo dire niente.» Lo fissò. «Bisognerebbe andare sul posto.»

«A fare che? A inseguire le allucinazioni di quel povero ragazzo? Sono davvero addolorato per Gabriele. Ma non vedo cosa si possa fare...»

«Fabio...»

«Sono contento di averti rivisto» disse Costa. «Telefonerò alla sorella di Gabriele.» Sembrò mettere una pietra su quel discorso.

Loris si lasciò andare contro lo schienale della sedia. Assaggiò il caffè che era diventato gelido.

«C'è un'altra cosa» disse Loris. Nonostante tutto, non poteva tacere su quell'altra novità.

L'altro s'irrigidì. Forse si aspettava quel momento dall'inizio.

«Le ricerche di Gabriele non sono del tutto campate in aria» proseguì Loris. «Tutta quella roba sulla Geenna, una nebulosa criminale che vaga per l'Europa... Sembravano deliri, ma ho pensato di parlarne comunque a qualcuno che se ne sta occupando da un po'.»

Una scheggia di sole catturò un riflesso nello sguardo di Fabio Costa. Loris gli vide aggrottare la fronte.

«Ho chiamato Valentina» disse Loris. «Sai che adesso lavora all'Europol?»

Costa non reagì.

«Volevo il suo parere. E ho scoperto che si stanno occupando proprio della Geenna. In questo preciso momento. È una strana coincidenza anche questa, non ti pare?»

L'altro non cambiò espressione. Ma il raggio di sole si spostò dal suo viso, scivolò via con il tramonto, oltre la facciata dei palazzi e della basilica dei XII Apostoli che troneggiava alle loro spalle. Costa tornò a essere avvolto dall'ombra che lo seguiva e che coincise con il progressivo oscurarsi del sole. Solo che adesso sembrava molto più scura e densa.

«Valentina m'è sembrata incuriosita. E mi ha detto che c'è

stato un omicidio probabilmente legato alla Geenna, qui, in Italia. A Torino per la precisione... Fabio, Padova è stato solo l'inizio. Forse è questo che aveva scoperto Gabriele. Forse non è finita come pensavamo.»

Costa scosse il capo, come per un'idea fastidiosa. «Cosa stai cercando di dirmi?»

«Davvero non lo capisci?»

«Dovrei?»

«Certo! Non è finita e mentre tu tieni le tue lezioni, Valentina è là fuori a combattere!»

Stavolta Costa sembrò accusare il colpo. Sbatté le palpebre come per una raffica di vento in faccia.

Loris abbassò il tono. «Valentina mi ha chiesto di raggiungerla. Hanno stabilito una specie di base temporanea a Torino.»

«Lei lo sa che sei venuto da me?»

«No.»

«Puoi evitare di dirle che mi hai incontrato?»

«Perché?»

«Perché te lo chiedo io.»

«Non glielo dirò. Ma non è per questo che sono venuto.»

«Perché sei venuto, Loris? Cosa vuoi da me? Hai già lei che se ne occupa.»

Ecco, quella era la questione.

«Non lo so più.» Loris si guardò intorno. La prima sera romana scaldava sempre i cuori, con le sue luci e i silenzi che rendevano ogni angolo ancora più bello. Ma intorno a loro quella pozza di oscurità sembrava ristagnare.

«Forse è solo che ho bisogno di te» si decise a dire. «Voglio capire cosa è successo a Gabriele. Pensavo fossi la persona giusta per aiutarmi.»

Restarono in silenzio. Poi Costa, all'improvviso, si alzò. Loris restò seduto, a guardarlo, scosso.

«Tu conosci già la mia risposta, vero, Loris?»

Loris annuì. «Adesso sì.»

Fabio gli toccò un braccio. Esitò. Forse voleva aggiungere una parola. Ma si voltò e andò via. L'ombra che aveva oscurato la piazza, per una strana coincidenza, svanì con lui.

4

@Samael: *Continuate a chiedermi il perché. È importante?*

@Jerusalem: *Non è la nostra priorità. Ma se vuoi parlarne...*

@Samael: *Mi state offrendo una sorta di terapia?*

@Jerusalem: *Solo quattro chiacchiere tra chi condivide gli stessi interessi.*

@Samael: *Credete davvero di condividere qualcosa... con me?*

@Jerusalem: *Sì.*

@Samael: *E cosa?*

@Jerusalem: *Il piacere di... creare.*

@Samael: *No. Il punto non è la creazione. È il desiderio.*

@Jerusalem: *Il tuo desiderio?*

@Samael: *Non capite. Il desiderio riguarda tutti. I carnefici e le vittime.*

@Jerusalem: *Ma tu sei il carnefice, no? Il tuo desiderio è uccidere.*

@Samael: *No. No. I carnefici si tramutano in vittime e le vittime in carnefici. La domanda non è chi sono io, ma chi sono loro, e cosa posso fare io per loro.*

@Jerusalem: *Chi sono loro?*

@Samael: *Quelli che hanno bisogno di me.*

@Jerusalem: *E tu li aiuti?*

@Samael: *Voi avete mai ucciso?*

@Jerusalem: *Non stiamo parlando di noi. Ma di te.*

@Samael: *È un profilo quello che cercate?*

@Jerusalem: *Vogliamo soltanto che tu ti senta a tuo agio.*

@Samael: *Sembrate proprio convinti delle assurdità che scrivete. Però voglio essere sincero. Tanto non capirete comunque.*

@Jerusalem: *Potremmo sorprenderti.*

@Samael: *Ne dubito. Io sono davvero Samael. Sono davvero l'angelo che divide i buoni dai cattivi. Non ho bisogno della vostra comprensione, ma vi dirò comunque perché lo faccio, perché l'ho fatto, e perché lo farò.*

@Jerusalem: *Ti ascoltiamo, Samael.*

@Samael: *La pazzia di Dio è più saggia degli uomini e Dio ha scelto le cose pazze del mondo per svergognare i sapienti. Ecco quello che io voglio. Ecco quello che io farò.*

5

La sede ufficiale dell'Europol, in Italia, è a Roma. Ma Castaldi ragionava fuori dagli schemi consueti. Aveva deciso che la loro base temporanea dovesse essere proprio lì, a Torino, dove Samael aveva compiuto il suo primo omicidio. In realtà non sapevano nulla di lui. Se fosse un territoriale o meno. Se Torino sarebbe diventata la sua zona di azione oppure avrebbe colpito altrove. E soprattutto se avrebbe ucciso ancora. Cosa su cui il poliziotto francese era pronto a scommettere, tanto che voleva giocare d'anticipo. Restare sul posto gli era sembrata l'idea giusta.

Avevano quindi chiesto e ottenuto dal ministero di occupare un piccolo spazio messo a disposizione dalla questura torinese, due stanze all'ultimo piano del palazzo ottocentesco di corso Vinzaglio. Poco più di un sottotetto che Castaldi aveva fatto attrezzare velocemente prima di ripartire per l'Olanda.

La squadra di Valentina era composta da tre agenti dell'Europol oltre a lei. Due di loro facevano da ufficiali di collegamento ed erano impegnati a lavorare a stretto contatto con i colleghi della Mobile. Il loro compito più arduo era guadagnarsi la fiducia degli sbirri torinesi. Il flusso ufficiale di informazioni investigative era apparentemente completo, ma spesso i risultati si trovano nelle pieghe più nascoste di un'indagine, e per averli bisogna essere sul campo. Insomma Castaldi, e Valentina era d'accordo con lui, non si fidava dei rapporti ufficiali che provenivano dagli investigatori della polizia e aveva fatto in modo che i suoi si inserissero nelle attività della Mobile.

Nello spazio all'ultimo piano, quindi, c'erano solo Valentina e il terzo agente dell'Europol, Carlos Gimenez.

Era da un po' che Valentina lo osservava. Castaldi lo teneva in gran considerazione e pertanto lei era orientata a seguire la stessa propensione. In realtà lo conosceva poco. L'unica cosa che sapeva era che tra lo spagnolo e il francese c'era un legame molto forte. Gimenez aveva il compito di mantenere un costante collegamento con la sede dell'Aja per essere aggiornato sui progressi dell'analisi del computer sequestrato alla Geenna. Aveva appena ricevuto altri frammenti del dialogo tra il misterioso Jerusalem e l'ancora più misterioso Samael, e li stava comparando con quanto stavano raccogliendo a Torino. Il materiale però era troppo esiguo ed ermetico perché qualcuno potesse già pensare di stilare un primo profilo dell'assassino. *Presunto seriale*, come non smetteva di ricordare Valentina, perché stavano indagando su un solo omicidio. Non era detto che ce ne sarebbero stati altri. Qualunque cosa ne pensasse Castaldi.

Lei, dal canto suo, s'era ritagliata uno spazio e un tempo per proseguire nella sua personalissima indagine. Aveva scelto una stanza solo per sé e passava la maggior parte della giornata a esaminare i video su Suzanne. Scorreva le immagini. Poi si fermava. Analizzava scenario e dettagli. Tornava indietro. Ricominciava. Non aveva intenzione di lasciare nulla al caso, anche se iniziava a stancarsi. Sapeva che molte indagini morivano così. Gli investigatori esauriscono le energie o si demoralizzano e iniziano a commettere errori, si affidano alla fretta, sorvolano sui particolari per arrivare prima possibile alla fine, qualunque essa sia. E smarriscono elementi importanti. Lei non avrebbe commesso questo errore.

E qualcosa trovò, anche se non capì subito cosa.

Stava visionando i primi due filmati per l'ennesima volta. Secondo la logica della loro numerazione si riferivano al primo e al terzo anno di vita di Suzanne. E si accorse che l'impressione secondo cui gli adulti che avevano cresciuto la bambina non comparissero mai nelle riprese era errata.

Lo stava vedendo adesso, e ne era sorpresa. Si trattava solo di pochissimi fotogrammi, un movimento fulmineo e confuso che alla prima visione le era sfuggito. Una veloce e traballante panoramica, probabilmente dovuta al fatto che l'operatore aveva acceso troppo presto la videocamera, riprendeva un riflesso in uno specchio. Qualcuno era entrato per errore in quella inquadratura.

Nella visione speculare Valentina vide la piccola Suzanne attaccata al seno di una donna che la stava allattando. Tre secondi, forse di meno, fuori fuoco. La donna non si vedeva in volto, si scorgeva parte del fianco e il braccio che sorreggeva la testa della bambina.

Valentina si attaccò subito al telefono e chiamò Castaldi. Lui la interruppe alle prime parole.

« Calma. Ce ne siamo accorti, i tecnici ci stanno lavorando. »

« Non me ne avevi parlato! »

« L'ho appena saputo. Valentina, io cerco di tenerti aggiornata ma dammi un po' di respiro! »

« È un dettaglio importante, François. Potrebbe significare che la madre, chiunque fosse, era al corrente di tutto. Forse non è un rapimento! »

« Non saltiamo alle conclusioni. Aspettiamo di aver visionato e scansionato tutto il materiale... Non ti fidi ancora? Non ci sfuggirà nulla. Stai tranquilla e occupati di Samael. »

Ma Samael, per come la vedeva lei, era solo un'astrazione, per ora. Era un pazzo criminale, come ce ne sono a migliaia nel mondo, e non sapevano neanche se avrebbe replicato l'orrore di Torino. Forse era già rintanato da qualche parte, terrorizzato per quello che aveva fatto. O ne era appagato e perciò non avrebbe ucciso più. Non era lui il problema. Il problema erano quelli che avevano armato la sua mano, sollecitandolo attraverso gli abissi tetri del dark web in cui s'era trovato a navigare. Il problema era Hannie Janssen. Trovare lei avrebbe risolto tutto. Ne era certa.

E soltanto io posso farlo.

Non lo avrebbe mai detto a François. Castaldi si fidava di lei ed era necessario ricambiare la sua fiducia. O almeno fargli credere che fosse così.

Una parte di lei si chiedeva se quello che stava cercando non fosse in realtà solo vendetta. Rivalsa.

No, non è così. Vorrei solo capire perché. Non è chiedere troppo, vero?

Perché io?

E perché Suzanne?

Forse era banale come sembrava. Lei era stata Suzanne e Suzanne adesso era lei. Svelare un mistero l'avrebbe aiutata a svelare l'altro. Non c'era niente di più semplice e di più fatale.

Diede un colpo di troppo ai tasti del computer. Il video era andato avanti. Adesso c'era una bambina di tre anni che giocava solitaria su un tappeto, nessun coetaneo in vista, nessun sorriso sul suo faccino grigio.

Devi fidarti, Valentina. Ci sono fior di analisti che stanno esaminando quei video.

S'interruppe. Restò a guardare il proprio volto riflesso e sovrapposto all'immagine di Suzanne congelata sul monitor. L'una il fantasma dell'altra. Ma capire chi fosse lo spettro era impossibile.

C'era qualcosa che l'aveva colpita e che non aveva ancora colto. Ma cosa?

Decise di ricominciare. Fece ripartire il video e tornò al frammento del film in cui Suzanne veniva allattata. Quei pochissimi secondi fuori fuoco e tremolanti su uno specchio che per definizione distorceva la realtà. Un dettaglio l'aveva messa in allarme da subito, ma non riusciva ancora a identificarlo.

Qualcuno bussò sullo stipite della porta spalancata, interrompendola, e Valentina alzò gli occhi, infastidita, per incontrare quelli brillanti, ma cauti, di Loris Manna.

6

Valentina lo accolse con un rapido abbraccio. Gli sorrise, ma senza alcun calore. E i suoi occhi sfuggivano, si posavano un attimo su di lui, correvano altrove.

Lo fece sedere su una poltroncina visibilmente spaiata dal resto dell'arredamento. « È quello che ci passa la questura » spiegò, come se quel dettaglio contasse qualcosa. Avevano lavorato insieme in condizioni peggiori. « Il resto – computer, stampanti, scanner, server – è a spese dell'Europol... e da questo punto di vista non ci facciamo mancare niente.»

Loris annuì, colpito. Ma ancora non capiva che cosa stesse accadendo.

Valentina era molto cambiata. Loris aveva seguito a distanza il suo percorso di riabilitazione, duro e doloroso. L'amica non aveva subito soltanto aggressioni fisiche durante la prigionia. Era stata torturata anche nella mente e nello spirito. Quando l'avevano sottratta all'orrore, oltre alle ferite visibili del corpo, ogni luce sembrava essere scomparsa dai suoi occhi colore del cielo. Ogni barlume di innocenza cancellato dalla sua anima. Ma s'era ripresa, seppure con grande fatica. E l'ultima volta che l'aveva vista aveva avuto l'impressione che la sua bellezza avesse trovato una nuova forma, più matura, ma anche più cupa.

Adesso, a distanza di quasi due anni, quell'asperità esteriore s'era rafforzata. E Loris non capiva se fosse un bene. I suoi capelli, una volta lunghi, ora le arrivavano alle spalle. E l'ovale del volto s'era asciugato e in parte indurito. Era quasi affascinato da quel mutamento. Anche se sapeva che non era frutto di una scelta.

«Grazie per il materiale che mi hai mandato» disse lei, con tono affettato, dopo essersi seduta dietro la sua scrivania. La distanza che pareva aver imposto tra loro non era solo fisica, e questo Loris lo percepiva chiaramente. «Ne faremo buon uso...» Poi abbassò per un momento la guardia. «Come sta Piovesan?»

Le ripeté quello che già le aveva detto al telefono e nella mail con la quale le aveva inviato la copia degli appunti del giovane poliziotto padovano. Pronunciare per l'ennesima volta quelle frasi non gli faceva più male. Era come recitare un copione, ormai. *Situazione disperata. Coma farmacologico. Inoperabile.* Ecco. Era soddisfatta? Fu contento di scorgere sul volto di lei l'ombra dell'angoscia, se non altro era una reazione normale. Ma poi Valentina tornò nel suo guscio. Come aveva fatto Fabio Costa.

«Mi dispiace. Telefonerò alla sorella, appena potrò.» Poi lo guardò, come a sfidarlo ad aggiungere qualcosa. Il capitolo Piovesan sembrava improvvisamente chiuso. Eppure lei doveva la vita a Gabriele, come a lui, del resto. E a Fabio Costa. E Gabriele, fra tutti loro, era l'anima più innocente e vulnerabile che era stata sacrificata sull'altare di quella sanguinosa caccia al mostro. In parte ne era responsabile anche lei. Ma adesso il vicequestore Valentina Medici consultava appunti e faceva domande, come se il passato non la toccasse più. E Loris sapeva che non poteva essere così.

« In realtà si tratta di materiale che già conoscevamo » stava dicendo lei. « Anche queste chat in cui Gabriele s'è intrufolato... peraltro senza autorizzazione... confermano ciò che sappiamo sulla Geenna. »

Peraltro senza autorizzazione? Come cazzo parlava la nuova Valentina? In burocratese?

« Autorizzazione o no, Gabriele ha fatto un gran lavoro » disse Loris, che cominciava a irritarsi. « Quella gente ha un programma, a quanto pare. Un programma letale. Forse è incappato in qualcosa di così grosso che alla fine... gli si è ritorto contro. »

« È proprio quello che intendevo. Gabriele ha rischiato troppo a immergersi nel fango del dark web. I nostri analisti vengono addestrati prima di confrontarsi con i mostri che navigano là dentro. E ricevono un costante supporto psicologico. Noi lo sappiamo bene quanto sia pericoloso, o non te lo ricordi? »

« Certo che sì. Ma Gabriele voleva solo fare quello che noi gli abbiamo insegnato... andare fino in fondo. »

« Ha commesso una leggerezza. E poi ha tentato di uccidersi. »

« E questo non ti spaventa? Non ti fa incazzare? »

« Conferma quello che ti ho detto. È stato imprudente. Troppo. »

« Io non penso che Gabriele abbia tentato di uccidersi. O meglio, se così è andata il motivo non può essere stato solo il suo stato di salute. No, io credo ci sia dell'altro. Ma non ho prove, non ho nulla, solo quelle sensazioni che... ricordi?... una volta provavi anche tu. Una di quelle idee che ti fanno andare avanti anche contro il parere di tutti. Per capire. Per non lasciare nulla al caso. E perché Gabriele è un mio amico. Un *nostro* amico. »

Eccola, ancora quell'espressione. Una smorfia che sembrava

la reazione a un morso. Forse solo rimpianto. Che però scomparve subito.

« Mi dispiace, Loris. So cosa vuoi dire. Ma le cose cambiano. Cambiamo noi. E non vedo come aiutare Gabriele, ormai. »

« Sei la seconda persona che me lo dice. »

Valentina arrossì. Ma non gli chiese a chi si riferisse: lo sapeva. Era bastato evocare Fabio Costa per ricacciarla dietro la sua trincea.

« Mi dispiace per lui, te l'ho detto » disse freddamente, e per un momento Loris non fu sicuro a chi si riferisse.

Loris la fissò. « Ma allora, se non vuoi aiutarmi, o non puoi farlo... perché mi hai *convocato*? » Sottolineò quel termine. In quel momento, tra di loro, non c'era alcuna amicizia da vantare. Nessun rapporto speciale.

« Perché sei il migliore. Ho bisogno di te per questa indagine. Ne ha bisogno l'Europol. »

« Io sono ancora in servizio allo SCO. E sono impantanato in mille incarichi. »

« Abbiamo già sistemato tutto. François Castaldi, che è a capo del progetto, ha già ottenuto la tua aggregazione a questa unità. Il direttore del Servizio non ha fatto obiezioni. La sede sarà comunque a Roma, ci fermeremo a Torino giusto il tempo di raccogliere ogni elemento utile su questo omicidio. »

« So a malapena di cosa si tratta. Non so neanche di che cosa vi state occupando. E, cazzo, avrei voluto essere interpellato prima! »

Si morse le labbra. Forse, con la « nuova » Valentina non era opportuno usare certi termini.

Lei si strinse nelle spalle. « Hai ragione, ma non ce n'è stato il tempo. È un'indagine ancora da costruire e io avevo bisogno di qualcuno su cui contare. E ho scelto te. »

« Quindi un mio eventuale rifiuto... »

« Non è contemplato, te l'ho detto. » Improvvisamente sorrise e Loris ritrovò un frammento della Valentina che aveva conosciuto. « Non sarà così male. E torniamo a fare squadra. Non è quello che volevi? »

« Io vorrei solo aiutare Gabriele. »

« Faremo anche quello. Ma adesso... »

Si alzò e gli porse la mano. Loris si alzò a sua volta, gliela strinse, e la sentì tremare.

« Grazie » aggiunse lei, semplicemente.

7

È astuto, intelligente, colto. Ma è anche divorato dal desiderio di lasciare un segno. È certamente un narcisista. Su questo dovremmo lavorare. Soddisfare i suoi desideri. Spingerlo dove vogliamo senza che se ne accorga. Non sarà facile anche perché Samael...

S'interrompeva così. Era uno dei frammenti di file che avevano recuperato dal computer trovato all'Alhambra. Un primo accenno di profilo che qualcuno della Geenna aveva tentato di stilare sul conto del misterioso Samael. Castaldi le aveva appena mandato un'email esauriente e poi l'aveva chiamata al telefono.

« Non abbiamo ancora abbastanza elementi, ma è un inizio, no? »

C'era qualcosa di sbagliato, ma lei non riusciva a capire come e dove si nascondesse l'errore. E l'entusiasmo di François le sembrava fuori luogo.

« Hai sentito quello che ho detto, Valentina? »

« Sì. Ma non sappiamo se Samael sia un seriale. Quello di Carboni è indubbiamente un omicidio bizzarro, complesso. Ma non indica necessariamente una psicopatia dell'assassino. Una grande fantasia, quello sì. »

In effetti dall'omicidio Carboni non era ancora emerso niente che suffragasse l'ipotesi di Castaldi. La vittimologia non aveva fornito elementi interessanti. Dario Carboni non aveva precedenti né scheletri nell'armadio. Il circuito dei suoi amici, familiari e conoscenti era stato messo sotto osservazione senza risultati. La scelta del tassista come vittima appariva assolutamente casuale. Sembrava che l'omicida fosse salito sul primo taxi che aveva trovato. E questo era uno dei dettagli che non combaciavano con il profilo di Samael stilato dai reclutatori della Geenna. Secondo quelle valutazioni, Samael era un potenziale serial killer organizzato. Non avrebbe mai scelto una vittima a caso. Invece, il povero Carboni sembrava essere stato catturato per pura sfortuna.

Anche l'allestimento della scena del crimine non si adattava a quella scelta. Il sofisticato sistema con cui la vittima era stata soggiogata e uccisa, l'installazione degli schermi e dell'impianto audio, la ricerca e la scelta delle immagini e dei video, tutto implicava un lavoro lungo, impegnativo e dispendioso. E il killer avrebbe scelto uno a caso? No. Non era possibile.

E poi perché l'arte? Perché torturare un poveraccio con immagini e suoni che altrimenti sarebbero stati bellissimi?

I primi esami avevano confermato che la morte era sopravvenuta per dissanguamento dovuto ai tagli ai polsi. Nell'organismo della vittima erano state trovate tracce di fenobarbital, un sedativo piuttosto potente, anche se il tossicologico doveva ancora essere completato. Ma nonostante le modalità, sapevano che era in quella messa in scena che si nascondeva la motivazione dell'assassino.

Ogni aspetto di quel delitto era contraddittorio. Ogni elemento preso separatamente sembrava esprimere un significato. Ma tutti insieme stridevano. La sedazione da una parte e la stimolazione uditivo-visiva dall'altra. Era come se a quella morte avessero partecipato diversi autori, ognuno spinto da pulsioni differenti, in contrasto l'una con l'altra.

« Pensi ancora che non sia la stessa persona? » domandò Castaldi, perplesso. « Chi ha ucciso Dario Carboni e ha scritto quella frase non è l'uomo che si fa chiamare Samael e che Jerusalem, chiunque sia, ha appena cooptato? »

« Sì, il nome Samael e quella strana poesia scritta sul muro danno da pensare. Ma non è detto. Non è detto che chi ha scritto quella frase sia davvero Samael... Forse sono più d'uno. Forse è qualcuno che come noi ha intercettato i dialoghi tra i due. Forse ci vogliono far credere che ci sia un Samael pronto a uccidere ancora. Forse è tutto un gioco. »

Valentina ci aveva riflettuto. Le sembrava giusto porre quel dubbio. La vicenda di Gabriele Piovesan che cercava di chattare con la Geenna era significativa: chiunque poteva millantare omicidi e orrori nel dark web. Samael poteva essere solo un grande bluff.

Ma se doveva essere sincera fino in fondo, almeno con se stessa, doveva ammettere che, in quel momento, quell'incertezza era ciò che desiderava. Sull'omicidio indagava la Mobile di Torino, una delle migliori d'Italia. E lei invece avrebbe dovuto occuparsi di Hannie Janssen, non di ogni delitto insoluto ascrivibile a qualsiasi pazzo potenzialmente pronto a diventare un serial killer. Prima avessero chiuso il loro lavoro lì, prima lei si sarebbe potuta dedicare a ciò che davvero le stava a cuore.

« Comunque sono qui per occuparmene » disse per assecondare Castaldi. Non era il momento di mettersi di traverso. « Ti terrò aggiornato. »

« Mi farò vivo anch'io appena avremo novità » disse lui.

Mentre chiudeva la comunicazione, Valentina osservò, attraverso la porta aperta, Loris Manna impegnato in una fitta discussione con Gimenez. I due avevano iniziato a studiarsi. Bene.

Era stata contenta di vedere Loris. Anche se quando l'aveva contattata per raccontarle quello che era accaduto a Gabriele Piovesan aveva avuto paura di perdere il controllo su tutto ciò che pensava di essersi lasciata alle spalle. Era vero che la sua nuova missione era legata a ciò che le era accaduto. Ma l'impegno con Castaldi doveva servire a sancire la fine di quell'episodio della sua vita, non a rievocare fantasmi. Come aveva detto lo psicologo della polizia durante uno dei loro incontri? *L'orrore che l'aveva colpita era stato un fenomeno circoscritto, con un inizio e una fine. E non si sarebbe ripetuto mai più.*

Le era dispiaciuto sapere di Gabriele. Ma era l'apparizione di Loris in quel momento che le aveva fatto intravedere una nuova opportunità. Intendeva portarlo con sé in Olanda e metterlo sulle tracce di Hannie. Sapeva che lui avrebbe potuto aiutarla davvero.

Loris era però anche l'ultimo legame con il passato. Non solo con il povero Gabriele. Ma soprattutto con Fabio Costa.

Il pensiero di Fabio la trafisse come non accadeva da mesi. Lo cacciò, con l'esperienza che aveva ormai acquisito. Fabio le aveva salvato la vita. Ma l'aveva anche abbandonata nel momento più difficile.

No, per Fabio adesso non era pronta. E forse non lo sarebbe più stata.

Vide Loris rispondere al telefono. Lo vide lanciare verso di lei uno sguardo che non lasciava spazio a dubbi su chi fosse all'altro capo della linea. Sì, le coincidenze cominciavano a essere inquietanti.

E il suo cuore iniziò a battere più forte.

8

La telefonata arrivò nel mezzo della conversazione con il ragazzo spagnolo. Si chiamava Gimenez ed era considerato una specie di piccolo genio della criminologia. E forse lo era. Ma gli sembrava davvero giovane e privo di esperienze operative. Gli ricordava una variante ispanica di Gabriele Piovesan. Anche se Loris non era sicuro che, in circostanze simili, avrebbe fatto quello che aveva fatto Gabriele. Prendere la pistola e uccidere per salvare un collega.

Gimenez era stato felice di aiutarlo a immergersi nella realtà di questa nuova indagine. Stavano esaminando in quel momento l'ultimo documento di quella specie di challenge tra Jerusalem e Samael ed entrambi erano stati colpiti da una frase di Samael. Avevano scoperto che si trattava di una citazione dalle *Lettere ai Corinzi* di San Paolo. «*La pazzia di Dio è più saggia degli uomini e Dio ha scelto le cose pazze del mondo per svergognare i sapienti.*»

Era la *Prima Lettera*, versetto 1:25. Samael aveva citato la Bibbia anche in un'altra occasione. Per Gimenez era la dimostrazione che aveva una cultura classica e di matrice religiosa piuttosto solida. Lo spagnolo stava esplorando ipotesi psicoanalitiche che a Loris sembravano però un po' forzate. E non aveva potuto evitare di chiedersi cosa ne avrebbe pensato Fabio Costa se fosse stato lì con loro.

Fu in quel momento che gli venne l'idea di contattarlo un'altra volta. Sapeva che se Valentina l'avesse scoperto si sarebbe incazzata di brutto. Ma voleva sentire l'opinione dell'amico, ne aveva bisogno. Scaricò velocemente i frammenti di chat che Gimenez gli aveva mostrato e li inviò a Fabio Costa, accompagnandoli con qualche informazione sulle circostanze in cui erano stati rinvenuti. E sul fatto che Valentina lo avesse imbarcato in quel nuovo viaggio nell'incubo.

Meno di un'ora dopo l'ex vicequestore lo stava chiamando.

Mentre rispondeva, Loris abbassò istintivamente la voce. Non era sicuro di quale sarebbe stata la reazione di Valentina a saperlo al telefono con Fabio.

« Li hai ricevuti? » domandò senza neanche salutare l'amico.

« Sì. Ma te l'ho detto, non so come aiutarti... »

Una grande rabbia lo invase. Ma che avevano tutti quanti? Sapeva che se Fabio Costa lo aveva richiamato dopo il suo messaggio, doveva aver catturato la sua attenzione. Eppure lo sentiva tentennare.

« Ma di che cazzo hai paura? » sbottò.

Costa rispose dopo una breve esitazione. « Non ho paura per me, Loris... Ma se proprio vuoi sapere cosa ne penso: voi avete un bel problema. » Gli sembrò stesse sviando il discorso.

« Certo che abbiamo un problema, altrimenti non ti avrei chiamato. È Samael. »

« Non solo. Jerusalem. Quelli che stanno dietro a questo pseudonimo. Quelli che stanno istigando Samael. State aprendo uno squarcio nell'inferno, Loris, lo sai, vero? »

« La qual cosa in passato non ci ha mai fermato, mi sembra. »

Costa continuava a intercalare dei silenzi sottolineati da un pesante respiro. Loris avrebbe voluto interpretarlo positivamente. Forse ci stava ripensando. O forse smaltiva una specie di ottundimento. Forse aveva bevuto?

« Credi davvero che con questa indagine potrai anche essere d'aiuto a Gabriele? » gli domandò Costa all'improvviso.

« Non lo so. In ogni caso sono incastrato qui, per adesso. E non posso muovermi come vorrei. » Fece una pausa. « Credo che Valentina stia cercando di fare la cosa giusta. Sai, la storia di Hannie Janssen... È solo che vorrei che anche tu fossi qui. »

Costa lo ascoltò in silenzio. Poi disse: « Fallo tu, Loris. Le basterai. Ma restale accanto. Aiutala... se è di questo che ha bisogno».

La voce era di nuovo decisa. Il nome di Valentina lo aveva reso sobrio di colpo.

«Lei non ha davvero bisogno di me» disse Loris, lanciando un'occhiata verso Valentina, seduta alla scrivania. La donna ricambiava il suo sguardo e sembrava quasi li stesse ascoltando. «Però è evidente che si sente perduta. Te l'ho detto, se tu venissi qui... »

«Lei mi vuole fuori dalla sua vita. E ha ragione.»

«Tu gliel'hai salvata, la vita...»

«Dopo avergliela rovinata. Dopo averla lasciata sola.»

«Fabio, io adesso vorrei e dovrei occuparmi di Gabriele. E invece sono qui, a Torino. Ma forse continuare le ricerche di Gabriele sulla Geenna da una postazione privilegiata come l'Europol mi aiuterà anche a capire cosa gli è accaduto davvero.»

«Sì, sì, ho capito» lo interruppe Costa. Restò in silenzio per altri lunghi istanti, tanto che Loris pensò quasi avesse interrotto la comunicazione. Poi, con un grande sforzo, la voce dell'amico tornò a sussurrare. «Tu occupati di lei, se puoi. Pensa a lavorare con Valentina. Fai quello che sai fare meglio.»

«D'accordo» disse. Stava per chiudere la comunicazione, ma la voce di Costa lo interruppe.

«Com'è che si chiama il luogo in cui Gabriele è stato ricoverato? Isola dei Morti, hai detto?»

9

Il paese si chiamava in realtà Moriago della Battaglia, un nome suggestivo dovuto ai combattimenti del 1918 lungo il fronte del Piave. Qualche decina di case sparse lungo una valle priva di asperità, a una trentina di chilometri da Treviso e a un centinaio da Padova. Tra l'ultima abitazione e l'alveo del fiume c'erano quattro chilometri di nulla, attraversati da una strada dritta e stretta, solo in parte asfaltata. A tratti, come altari preistorici, spuntavano residui e icone della Grande Guerra. Nel silenzio della campagna Fabio Costa avvertiva un costante spirare di vento, che da quelle parti dicevano trasportasse i lamenti delle migliaia di soldati falciati dalla guerra più di un secolo prima. La carne e le ossa dei caduti arricchivano quel lembo di terra e gli conferivano il nome.

Il complesso edilizio era recente. Era composto da una villa in stile classico, circondata da un vasto giardino con cipressi e alberi secolari, e da una costruzione più bassa e meno attraente che ospitava una palestra attrezzata, una piscina e un presidio medico all'avanguardia. Il nome Villa Cassiopea suonava strano per un luogo di cura, pensò Costa, ma forse nelle pieghe del personaggio mitologico si nascondevano simbolismi legati alla psichiatria che lui non conosceva.

Gabriele era rimasto lì per circa tre mesi. Sotto le fronde di quegli alberi aveva tentato di ricostituire la propria sanità fisica e mentale. Ne era uscito convinto di essere sulla strada della guarigione. Eppure qualcosa non aveva funzionato.

Prima di recarsi a Moriago, Costa passò da Padova. Tornare in quella città fu come toccare una superficie attraversata da una carica elettrica a basso voltaggio. Nessuna scossa micidiale, ma un'oscillazione metallica, profonda e continua che si insinuava nelle ossa. Padova era sempre splendida, a modo suo animata da colori magnifici e scintillanti chiaroscuri. Ma in quella città lui aveva lasciato da tempo la sua libbra di carne e la ferita non s'era mai rimarginata.

Prese alloggio in un albergo moderno, vicino all'aeroporto. Non come l'ultima volta. Niente portici o vicoli in cui l'oscurità potesse annidarsi. Era già stato difficile decidere di tornare in campo. Non se la sentiva di affrontare ancora tutto quel buio.

La sorella di Gabriele restò sorpresa e colpita dal fatto che dopo Loris anche Fabio Costa si stesse occupando del fratello. Ma non aveva in serbo nuove rivelazioni. E i referti medici parlavano un linguaggio a cui Costa era refrattario. Lui aveva bisogno di *capire* cosa fosse realmente successo a Gabriele. Quello che aveva provato il suo cuore. Quello che si era verificato nella sua testa e sotto la sua pelle. Cosa avevano visto i suoi occhi.

In questura, dove lo accolsero con la solita diffidenza riservata a un ex poliziotto, furono sbrigativi. L'agente Piovesan era stato trattato con tutte le attenzioni del caso. Mai sospeso dal servizio, nonostante la grave depressione che lo aveva colto, era stato posto in aspettativa per malattia. Avrebbero dovuto ritirargli cautelativamente la pistola, ma non lo avevano fatto e questa, con il senno di poi, non sembrava essere stata una decisione felice.

La sindrome che aveva colpito Piovesan era piuttosto rara e aveva bisogno di cure specifiche. Dopo l'incidente stradale, era stato lo psicologo inviato dal dipartimento a sollecitare il ricovero immediato del paziente, dato il peggioramento del quadro clinico. Lo specialista ministeriale era un direttore tecnico del Centro di Psicologia del Viminale, si chiamava Carlo Mercuri e Costa lo aveva già sentito nominare. Era lo stesso psicologo che si era occupato di Valentina e Costa sapeva che era considerato un bravo professionista. Grazie al suo interessamento, il ragazzo aveva potuto accedere a una delle cliniche considerate all'avanguardia per quel genere di psicopatologie. Non era neanche tanto lontana da casa.

E ora Costa si apprestava a visitarla.

Parcheggiò la vecchia Volvo nello spazio riservato ai visitatori, appena prima del grande cancello che introduceva al giardino e poi all'ingresso della struttura. Le due imponenti ante in ferro battuto erano spalancate e al di là si vedevano alcuni degli ospiti di Villa Cassiopea che passeggiavano per il parco o sedevano sulle panchine in pietra bianca. Un velo di nebbia che proveniva dalle sponde del Piave si diradava tra i viali e si avvinghiava alle radici degli alberi come alle caviglie degli uomini e delle donne che si trovavano lì, rendendo persone e cose stranamente evanescenti. Un silenzio surreale ma adatto al luogo donava pace ai tumulti interiori.

Mentre Costa attraversava quella specie di frammento di sogno, rifletté sul fatto che nessuno di quelli che incontrava si accordava con l'idea della follia che si crede alberghi in un ospedale psichiatrico. Nessun volto contratto o sguardo innaturale, di quelli che nelle vecchie fotografie di manicomi mettono a disagio. Nessuna postura o atteggiamento che facesse pensare alla malattia mentale. Nessuno, a parte qualche inserviente, indossava camici o abiti che riconducessero al ricovero o alla contenzione. E se c'erano eventuali visitatori, si confondevano del tutto con i pazienti. Naturalmente gli ospiti della struttura erano tutti consenzienti. La coercizione in psichiatria era ormai un ricordo del passato oppure una pratica adottata raramente e nei casi più pericolosi. Da poliziotto, Costa aveva assistito o addirittura collaborato ad alcuni Trattamenti sanitari obbligatori, spesso drammatici. Si arrivava al ricovero coatto solo in situazioni estreme e non era mai una scelta facile.

L'uomo che gli stava andando incontro lo sollevò dalle sue riflessioni con un sorriso aperto e una cordialità che Costa trovò subito contagiosa e in sintonia con ciò che stava ammirando. Aveva i capelli rossi e gli occhi verde chiaro e indossava un camice, per quanto non proprio immacolato.

«Scommetto che lei è il dottor Costa» disse con una voce baritonale, e subito gli catturò la mano che strinse con una presa poderosa.

Costa si trovò a sorridere in risposta. «Il dottor Bresci, immagino.»

«Immagina bene. Che facciamo, ci diamo del tu così evitiamo formalità e acrobazie dialettiche?»

Costa fu lieto di acconsentire. La disponibilità del medico gli faceva comodo, almeno forse non avrebbe dovuto faticare troppo per superare il solito, granitico segreto professionale.

«Così tu hai lavorato con Gabriele Piovesan, eh?» gli domandò Bresci continuando a camminare.

«Sono soprattutto un suo amico» rispose Costa studiando da vicino il medico. S'era documentato e sapeva che Francesco Bresci, neuropsichiatra, era considerato una sorta di luminare nel suo campo. Dirigeva quella clinica da diversi anni ed era un punto di riferimento per molti malati affetti da patologie rare.

«E vorresti informazioni... riservate sul tuo amico.» Bresci gli sorrise con aria complice. Forse lo stava solo mettendo alla prova.

«Sai che ha tentato di uccidersi, vero?» rispose Costa.

Il sorriso di Bresci si spense, ma non la luce nel suo sguardo.

« Certo. Mi sono occupato personalmente di Gabriele. Ero quello che si dice il suo *Case Manager*. E non mi nasconderò dicendo che il suo gesto è stato del tutto imprevedibile. Se ho qualche responsabilità nella terapia che gli avevo assegnato devo capirlo io per primo. » Si fermò e fissò Costa. « È per questo che ho accettato di vederti. » Poi riprese a camminare.

Lo accompagnò attraverso sale e corridoi che mantenevano lo stile finto neoclassico dell'esterno. Niente faceva pensare che quella struttura ospitasse malati mentali, alcuni anche potenzialmente pericolosi per se stessi e per gli altri. Il silenzio era rotto unicamente dall'eco dei loro passi sul pavimento in marmo, e incontrarono solo un paio di persone: un inserviente che trasportava un carrello di vivande verso un ascensore e forse l'unica persona in cui Costa ravvisò i segni della malattia. Era una donna, vestiva di nero, e stava immobile, in piedi accanto a un tavolo rotondo su cui campeggiavano fiori freschi. La donna accarezzava alcuni gerani e sembrava sussurrasse loro qualcosa. Teneva gli occhi chiusi e ogni tanto scuoteva il capo come per scacciare brutti pensieri.

Quando le passarono accanto, Bresci allungò una mano e le carezzò un braccio. Lei non sembrò avvertire il tocco e continuò a parlare con i fiori.

Dopo un ultimo corridoio arrivarono davanti a una porta scura che il medico aprì con una chiave.

« Questo è il settore amministrativo » spiegò, entrando in un piccolo studio dall'aspetto confortevole. « Le stanze dei pazienti sono al secondo e al terzo piano. »

Costa si accomodò su una delle due poltroncine davanti a una scrivania ingombra di carte e fascicoli. Bresci sedette sull'altra, annullando in quel modo ogni distanza formale tra di loro. Continuava a mantenere un comportamento cordiale e Costa ebbe il dubbio che avesse frainteso il motivo della sua presenza.

« La mia è una visita totalmente ufficiosa » chiarì. « Non vorrei che ti facessi idee sbagliate. Non ho alcuna delega d'indagine. Io e Gabriele abbiamo vissuto una complicata vicenda professionale e adesso vorrei capire cosa gli è accaduto. »

Bresci annuì. « Conosco la vostra storia. Tu sei il vicequestore che lo ha coinvolto in quel terribile caso... »

Costa s'irrigidì. « Gabriele ha accettato volontariamente di... »

« Ehi, non fraintendermi, non intendevo criticare. Lui parlava molto bene sia di te che degli altri colleghi. Diceva che con voi per la prima volta s'era sentito un vero poliziotto. »

« Mi ha salvato la vita. »

« So anche questo » disse Bresci, con un tono grave. « Gabriele era orgoglioso di quello che aveva fatto... ma ne era anche terrorizzato. »

« Cosa gli è successo? » ripeté Costa. « Perché è arrivato al punto di spararsi? »

Bresci aveva smesso di sorridere.

« La storia di Gabriele è complicata » disse. « E devo dire che ha sorpreso anche me... una cosa del genere non m'era mai successa. »

10

« Gabriele accettò di essere ricoverato a novembre scorso... ricordo che lo accompagnò uno psicologo della polizia. »

Bresci parlava piano, ma la sua voce era tuonante di natura. Costa pensò che lo avrebbe udito anche dal corridoio.

« Il suo caso mi ha subito colpito. Le cause della sua patologia erano interessanti. Immagino tu sappia di cosa soffriva. »

« Ho letto e sentito tanti paroloni » rispose Costa. « Ma il Gabriele che ricordo io è molto meno fragile di quello che può apparire. »

« Ah, lo so. Ma ciò che gli è capitato non ha nulla a che vedere con la resistenza fisica o mentale. A seguito dell'incidente d'auto Gabriele ha subito una lesione del lobo frontale destro. Un trauma che da solo già basterebbe a spiegare la sua sindrome da misidentificazione, anche se sicuramente sono intervenute delle concause neurologiche... Forse anche prima dell'incidente. »

« Quindi stai parlando di un danno fisico? »

« Anche, sì. Per farla breve, si crea una specie di disconnessione tra diverse strutture del cervello, ad esempio tra la zona corticale e il talamo, che impedisce al soggetto di contestualizzare correttamente un ricordo. Si ingenera un totale scollamento tra la realtà e la riproduzione mnemonica della realtà. È come se tu stessi rivedendo lo stesso film per la decima volta e non ti accorgessi che è stato montato alla rovescia. Ma Gabriele era stato già traumatizzato prima del suo incidente stradale. Il conflitto a fuoco, l'uccisione di quelle persone... insomma, tu lo sai meglio di me... »

« È per questo che Gabriele credeva di essere ancora a Molveno? Non riesco a capire. Come poteva pensare di essere in due posti contemporaneamente. È... folle. »

« Già, la follia. Siamo qui per questo, no? Ma è un termine così fuorviante. »

« Sì, scusami, hai ragione. »

« Quando è arrivato da noi, la diagnosi che lo accompagnava era di paramnesia reduplicativa... sì, anche questo è un parolone, ma è abbastanza preciso. Gabriele in pratica era convinto che questa struttura fosse situata non qui ma fra le Dolomiti, e avesse preso il posto di un luogo chiamato Sant'Andrea. Era la stessa cosa che aveva pensato dell'ospedale di Padova, dove era stato ricoverato dopo l'incidente. Naturalmente questa falsa percezione faceva a pugni con la sua razionalità. Gabriele se ne rendeva conto, a un certo livello. Eppure continuava a credere che dietro queste pareti si nascondessero quelle di Sant'Andrea. »

Lo stomaco di Costa si contrasse. Per un momento fu ancora laggiù, nell'ex sanatorio che sorgeva tra le montagne come una carie tra denti bianchissimi. Ma la sua era solo una sensazione passeggera. Piovesan invece s'era talmente immerso in quell'incubo da trasformarlo in realtà.

« Non è tutto qui, vero? »

« No, e questa è stata una delle sorprese. Ha iniziato a vedere qualcuno che non poteva esserci. E da cui si sentiva perseguitato. »

Costa assentì, senza riuscire a parlare. Vedeva davanti a sé l'uomo che aveva tentato di ucciderlo. Vedeva la testa dell'aguzzino che esplodeva. E vedeva Gabriele impietrito, con la pistola ancora calda in mano.

« Però è proprio questo l'aspetto più spiazzante... » proseguì Bresci. « Le sindromi da misidentificazione spesso si sommano, si confondono. Ma in lui la falsa identificazione del luogo si intrecciava in modo complesso e contraddittorio con la falsa identificazione di un fantomatico persecutore. Gabriele a un certo punto ci ha detto che quell'uomo era venuto a trovarlo sotto le spoglie di uno dei nostri medici. Diceva che il travestimento era perfetto ma lui se n'era accorto lo stesso. Era terrorizzato. »

« Ma com'è possibile? »

« Viene chiamata anche sindrome di Fregoli. Il soggetto si convince che qualcuno si stia spacciando per un conoscente, o un familiare, o chiunque altro. Anche il postino. E la persona che secondo la sua percezione si traveste per poterlo avvicinare è spesso qualcuno che ha intenzione di nuocere. »

Le parole di Bresci provocavano connessioni inaspettate nella mente di Costa. Si sentiva come se si stesse immergendo in un mondo nuovo, alieno. Era stimolante ma anche difficile.

« La cosa strana e contraddittoria è che questa patologia è praticamente l'antitesi della paramnesia » continuò Bresci. « Vedi, nella paramnesia c'è una specie di ipoidentificazione del luogo in cui ci si trova, una sottrazione della realtà. Ma nella sindrome di Fregoli avviene il contrario: una iperidentificazione del soggetto sospetto. In neuropsichiatria questa differenza è sostanziale... Insomma era un caso difficile, ma da queste parti siamo abituati alle sfide. »

Costa ripensò all'andamento della malattia di Gabriele.

« Hai detto che questo è stato l'aspetto più spiazzante. Ma voi l'avete curato, no? Ne era uscito, o così lui pensava. »

Bresci sorrise, impacciato. « Non posso entrare nel dettaglio, perdonami. Tieni presente che ogni caso deve essere affrontato in modo diverso. Dobbiamo capire, ad esempio, se è meglio un approccio neurologico o psichiatrico. Ma con Gabriele non è stato necessario... quando ha cominciato la terapia da noi, ha iniziato a modificare il suo atteggiamento. È stato tutto molto rapido... A parte un paio di crisi come quella che ti ho descritto. »

« Vuoi dire che è guarito quasi subito? »

« Oh, non è così semplice. Una sindrome come quella di Gabriele può esaurirsi in breve tempo ma può anche evolvere in direzioni imprevedibili. Può modificarsi in un comportamento psicotico permanente o portare alla demenza. Però Gabriele sapeva tenere sotto controllo la sua condizione... Insomma, razionalmente sapeva che non era Sant'Andrea, sapeva che non era possibile che l'uomo che aveva ucciso venisse a trovarlo di tanto in tanto, ma al tempo stesso non riusciva a togliersi dalla mente quella convinzione. Abbiamo lavorato su questa dicotomia e i miglioramenti si sono visti subito. »

« Avete usato psicofarmaci? »

« Il minimo necessario per il percorso psichiatrico. »

C'era qualcosa che mancava nelle parole del medico. Costa ne era sicuro. Bresci voleva dirgli qualcos'altro, era evidente, ma sembrava tentennare.

« Ma insomma, quando lo avete mandato a casa... era tornato in possesso delle sue facoltà, o no? »

Lo psichiatra restò in silenzio qualche secondo. « Non li mandiamo a casa noi. Sono loro che decidono quando è il momento di tornare nel mondo reale. »

« Sì, certo, ma forse hai capito cosa volevo dire. »

« Sì, quando Gabriele è tornato a Padova la sua sindrome era sotto controllo. Non userei il termine 'guarito', ma di sicuro stava meglio. »

« Ma allora perché... Perché ha tentato di uccidersi? »

L'espressione di Bresci era grave. « Il sistema funziona. I pazienti come Gabriele vengono inseriti in un programma terapeutico e non vengono mai abbandonati. C'è un piano di assistenza individuale da seguire. Io ne ero il responsabile principale, come ti ho detto. Gabriele era sottoposto a visite e controlli settimanali. Un medico dell'Unità sanitaria di Padova che ha accesso a tutti i nostri dati per via telematica si occupava personalmente di lui ed era in costante contatto con me. La terapia funzionava. Gabriele non aveva più avuto crisi psicotiche. »

« E poi? » lo anticipò Costa.

« Poi, un giorno, è tornato. Mi è venuto a trovare. »

« Qui? Per un controllo? Ma quando? La sorella non mi ha detto nulla... »

« Non era in programma una visita da noi prima di altri sei mesi. A marzo di quest'anno, però, me lo son visto apparire davanti. Era sconvolto. »

Ecco quello che Bresci esitava a dire. La terapia non aveva funzionato. Gabriele era ricaduto nelle sue allucinazioni e aveva cercato aiuto. E loro forse si erano fatti da parte.

Bresci gli lesse nel pensiero. « Non è come pensi. Abbiamo subito attivato le strutture sanitarie locali di Padova. Ma non è servito a nulla. »

« Insomma ci era ricaduto... »

Bresci sbatté le palpebre. « Sì. Ma in un modo inaspettato e totale... Non ho mai visto una cosa simile. »

« Si può sapere di che stai parlando? »

« Gabriele quel giorno mi ha detto che l'uomo aveva ripreso a perseguitarlo. E giurava che stavolta non era una sua allucinazione. Lui credeva davvero che fosse uscito dalla tomba e lo stesse braccando. Diceva che era per via di certe ricerche che stava conducendo e che avrebbero permesso di scoprire non so quale complotto criminale. Quell'uomo, benché morto, era al servizio di forze malefiche e lui voleva fermarlo. Gabriele mi ha detto che a volte quello... spettro... lo chiamava al telefono. E, quando ho cercato di farlo ragionare, mi ha fatto ascoltare la registrazione di una telefonata che aveva ricevuto quel giorno stesso... »

Costa lo fissò. « Vuoi dire che hai sentito la voce di un'allucinazione? »

Bresci batté le palpebre, nervosamente. « Ho sentito una voce, sì, ma non so chi fosse. Ho pensato subito a una messinscena, ma una simulazione avrebbe smentito la malattia di Gabriele, e invece io sono certo che soffrisse davvero di una complicata sindrome psichica. Gabriele non è un impostore, insomma. E comunque, la voce non era la sua. »

« Cosa diceva? »

« Ricordo che la registrazione era disturbata, piena di scariche elettriche. Ma era agghiacciante, e lo è ancor di più adesso, visti gli eventi. »

Bresci all'improvviso non gli sembrò più il luminare sicuro di sé che cerca di consolare i dolenti. Aveva perduto ogni certezza. Si tormentava le mani.

« L'uomo al telefono diceva a Gabriele che gli rimanevano soltanto due giorni di vita. Perché lui sarebbe venuto a cercarlo. » Fece una pausa. « Due giorni dopo mi hanno telefonato per dirmi che Gabriele si era sparato. »

11

È la notte che aspettavi. Illuminata da una luna rossa. E, come ogni volta, il sangue corre e arroventa tutti gli angoli del tuo corpo e l'eccitazione della caccia acceca e silenzia ogni altra sensazione. Persino l'odore del mondo intorno a te cambia. Mentre entri nel locale, una parte della tua mente coglie l'ironia di questa situazione e l'accetta come una conseguenza della tua condizione. Non ti fa più paura. Anzi, sai che con questo rito periodico metterai a tacere gli altri istinti, quelli più bestiali e incontrollabili.

Ma l'altra parte della tua mente sta già affilando gli strumenti che utilizzerà per individuare e catturare la preda. Come le altre volte. Predisponi i tuoi sensi, pronti a selezionare il segnale più impercettibile.

Sei fortunato. Eccolo. Lo individui quasi subito.

Siede all'angolo estremo del bancone, illuminato soltanto dalle luci cremisi che piovono dall'alto e che giocano con il suo volto e con la postura. Appare distratto, ma la linea del collo e il modo in cui volge solo in parte la testa verso il centro della sala lo mostrano più vigile di quello che sembra. È un modo di restare sottotraccia che non ti sfugge. Non potresti non accorgertene. Sei in modalità di caccia e nessuno potrebbe evitare la tua attenzione. Non certo l'uomo che beve da solo.

Il Marilyn di Marina di Carrara è come al solito moderatamente affollato per essere una sera feriale. È l'unico locale LGBTQ+ che gode di una buona reputazione lungo tutta la costa. Vengono persino da Firenze per gustare i cocktail di Marcello e la fauna abituale è accettabile. Solo gente che vuole divertirsi, in santa pace e in cupa armonia.

È anche il luogo ideale per cacciare, stasera. Senza chiasso. Senza clamore. Nessuno se ne accorgerà, finché non sarà troppo tardi. Nessuno ti vedrà mentre cali nel suo bicchiere un pizzico di GHB. Come le altre volte.

Ti avvicini, lentamente, studiando la situazione, ondeggiando quasi inconsapevole a tempo di musica. *I'm Good*, un vecchio pezzo di David Guetta riadattato qualche milione di volte ma che trovi appropriato. Sì, io sto bene. Tu un po' meno, dopo che ti avrò assaggiato. Poi ti siedi al suo fianco. E lo sguardo limpido e forse un po' addolorato dell'uomo ti infonde altra energia.

È quello giusto.

« Ciao » gli dici. Lui risponde. Gli offri da bere.

Mezz'ora dopo siete nella tua Mercedes, che hai parcheggiato come sempre lontana dalle luci dell'insegna. L'uomo ciondola e batte ripetutamente la nuca contro il poggiatesta, come se faticasse a restare sveglio.

Lo porterai a casa. E gli farai certe cose che invadono la tua mente. Cose che fanno ribollire il tuo sangue.

L'uomo adesso ti guarda. Forse si chiede come sia arrivato nella tua auto. Negli occhi un po' di paura. Quanto basta ad aumentare la tua eccitazione.

« Non mi hai detto ancora come ti chiami » osservi, scoprendo la dentatura in una parvenza di sorriso. In realtà un ghigno. Non che sapere il suo nome farà la differenza. È ormai una preda senza speranza. E quindi anche senza nome.

L'uomo pare risvegliarsi. Forse è la paura. Ti fissa, come se ti vedesse per la prima volta. Avrebbe bisogno di un'altra dose di GHB, giusto per andare sul sicuro.

Ma l'altro cambia espressione. Il velo che gli oscura lo sguardo cade. E rivela qualcosa che non ti eri aspettato. E tu hai una vera epifania. Soltanto in quest'istante capisci di non aver mai avuto scelta. Di non essere mai stato il cacciatore. E di non avere davanti una preda.

« Samael » dice lo sconosciuto con voce chiara e limpida. « Puoi chiamarmi Samael. »

12

Odore di nafta. Di grasso. E di qualcos'altro. Qualcosa che non sapeva decifrare. Un puzzo come di selvaggina andata a male. E poi il sentore acido della sua urina. Gli bagnava i pantaloni ed era colata lungo le gambe fino ai piedi nudi.

Aprì gli occhi. Dov'era adesso? Non era ancora finita? Cosa voleva ancora Samael da lui? Aveva detto di chiamarsi così. E poi niente altro. Scalciò, mentre la disperazione lo gonfiava, graffiava nella testa e dentro lo stomaco, esplodeva e lo annichiliva. Scalciò, ma era inutile, e lo sapeva. Le catene che lo avevano accompagnato negli ultimi giorni erano sempre ai suoi polsi e alle sue caviglie. Anche nell'oscurità glielo diceva il dolore delle ferite da sfregamento. Quello sferragliare osceno e terribile.

Ma non era più in casa, era nell'interno di un furgone. Lo avvertì sobbalzare un'ultima volta e poi fermarsi. Lo spostamento doveva essere avvenuto nelle ultime ore. Sentiva ancora in bocca il sapore amaro dei narcotizzanti. E il cervello schizzava verso direzioni spaventose.

Il portellone si aprì e anche la pallida luce di un crepuscolo lunare che inondò l'interno del mezzo fu feroce. Mattia si sentì ancora più nudo di come era. Si sentì perduto. La luna, una volta sua amica, lo osservava beffarda.

Samael apparve in quel controluce argentato. Era impossibile non notare che era luna piena. E Mattia capì che anche quella scelta era dedicata a lui.

« Che cosa vuoi da me? » domandò rantolando. Gli aveva ripetuto quella domanda cento volte negli ultimi giorni. E non c'era mai stata risposta.

Stavolta però Samael disse qualcosa. All'inizio Mattia non capì. Troppo silenzio nelle orecchie le aveva come anestetizzate.

Samael ripeté: « Ti libero ».

L'anima di Mattia si sollevò nella speranza e nell'incredulità. *Ti libero.*

Lui si chinò sulle sue caviglie. Mattia sentì, più che vedere, l'armeggiare delle sue dita. Il suono del ferro che sfilava via. Poi un *clic* più elettronico. Abbassò lo sguardo sui propri piedi nudi e insanguinati. Sì, lo aveva liberato dalle catene. Ma alla caviglia destra adesso lampeggiava un pigolio rosso fuoco che lo riempì di angoscia.

Ti libero.

Ma non era vero.

« Che cos'è? » biascicò. Ma lo sapeva cos'era e a cosa serviva quel dispositivo. Tutto nelle ultime ore aveva suggerito quel finale.

« Ti libero » ripeté Samael, con voce sussurrata e pungente nello stesso tempo. Una voce innaturale che arrivava sino dentro i gangli esausti del suo cervello. « Adesso scendi. »

« No... ti prego... »

« Scendi. » Non alzò la voce. Ma il fucile che imbracciava era convincente.

Mattia calcolò le sue possibilità. Era esausto. Dolorante. E la sua mente vacillava tra gli incubi e la paura. Il sapore ferroso del sangue nelle sue vene arrivava in gola attraverso la pelle, la carne e le ossa. Ciò che c'era più di ferino in lui era ormai sveglio e anelava la falsa libertà che Samael gli stava promettendo.

« Io non sono così... » implorò. « Io non sono un animale! »

Samael, impassibile, manteneva il fucile diretto verso il basso, ma le dita sul grilletto. « Scendi e prenditi la tua libertà. »

Una parte di Mattia avrebbe voluto morire subito. Un'altra agognava quell'ultima fuga.

Scese dal furgone, barcollante. Il suolo freddo sotto le piante dei piedi fu come una scossa.

Intravide le luci di un paese, là in fondo, e non lontano scorse un bosco. Sopra, la luna. Enorme e indifferente.

« Corri » disse ancora il suo aguzzino. « Riprendi la tua natura. Corri. »

Mattia lo guardò un'ultima volta. Ringhiò di rabbia e paura. E forse di riconoscenza.

Poi si scagliò verso quella lontana, irraggiungibile macchia di alberi. Illuminato dall'ultima luce lunare della sua vita.

13

« Concordo con Carlos. Il nome Samael non è casuale. Bisogna capire perché si fa chiamare così. » Loris Manna continuava a smanettare sul computer mentre parlava.

« Tutto qui? » domandò Valentina, con un tono ironico che gli fece sollevare un sopracciglio. « Non mi pare una grande scoperta. »

Era ormai sera inoltrata, ma nessuno tornava a casa. Non lo facevano quasi mai prima che diventasse davvero notte anche là, a Torino, all'ultimo piano del palazzo in cui a quell'ora restavano accese solo le luci dei loro uffici e della sala operativa che funzionava ventiquattro ore su ventiquattro. Non c'era molto su cui lavorare, per la verità, ma ogni notizia, ogni elemento filtrato dalle indagini ufficiali della Mobile sul delitto Carboni loro lo dissezionavano, lo analizzavano, lo passavano al filtro dei database dell'Europol e poi ricominciavano da capo, e da capo ancora. Un metodo che Valentina e Loris avevano già condiviso. Un metodo che a lei era stato insegnato sul campo da un grande poliziotto. L'uomo che lei aveva cancellato dalla propria vita.

« Per quello che vale » intervenne Gimenez, « ho esaminato il tutto dal punto di vista mitografico. Nella tradizione biblica e in particolare in quella ebraica, Samael è un arcangelo. Per alcuni è l'angelo della morte, perché giudica per conto di Dio. È detto anche l'accusatore, il distruttore, il seduttore... E infatti è anche associato a Satana. Anzi, dal terzo secolo dopo Cristo in poi il suo nome si sovrappone a quello del principe delle tenebre. »

« Non hai detto che era un arcangelo? »

« Anche Lucifero lo era. Ma c'è una cosa più interessante...

Pare che Samael fosse un fiero difensore del libero arbitrio degli uomini. Per questo motivo si è messo spesso in contrasto con Dio. Insomma, difendeva i mortali anche e soprattutto quando facevano il male. Per questo Mosè lo accecò.»

«Interessante.» Fu Castaldi a parlare. Apparve alle loro spalle con lo sguardo puntato sullo schermo dove Loris e Gimenez avevano condensato le loro indagini. «Forse è proprio questa faccenda del libero arbitrio che dobbiamo considerare...»

Il capo del progetto Geenna era arrivato quella mattina dall'Olanda. Non aveva spiegato perché avesse lasciato la sede dell'Europol senza preavviso.

«Sì, forse» disse Loris che non aveva mai sollevato gli occhi dallo schermo.

«Ma non sappiamo cosa c'entri questo nome biblico con il suo profilo» intervenne ancora Gimenez. «Nel suo delitto c'è qualcosa che non riesco a capire. In realtà non ci vedo molta religione dentro... anzi. La religione mi pare solo un pretesto.»

«Se ha scelto questo nome, c'è una ragione precisa» osservò Castaldi. «È un simbolo. Un archetipo. Dobbiamo solo decifrarlo.» Si chinò a leggere quello che avevano trovato in rete. Un testo talmudico tradotto in inglese che scorreva sullo schermo insieme a una serie di simboli arcani.

«Questa però è robaccia» disse Castaldi.

Loris si strinse nelle spalle. «Probabilmente sì. Ma la rete non fa distinzioni... e non possiamo lasciare nulla al caso.»

Mentre parlavano, Carlos Gimenez si sollevò le maniche della felpa.

«Hai un tatuaggio» disse Valentina. «Non lo avevo mai notato.»

Gimenez si guardò il polso come se lo scoprisse in quel momento anche lui. Una S orizzontale come una tilde. Arrossì senza ragione. «Il ricordo di una ragazza.»

Valentina continuò a fissare la S tatuata. Anche Suzanne aveva un tatuaggio sul braccio, il suo nome.

Qualcosa le scattò in mente. Fu come un lampo di comprensione. Una scossa che quasi la stordì.

Adesso ti farò un po' male.

La voce gutturale la riempiva di veleno. Annunciava la sofferenza.

Solo un po' male.

La donna allungava la mano verso di lei. E Valentina non poteva far altro che aspettare il dolore. Il tormento. L'atrocità.

La mano della donna sempre più vicina. Il bisturi. Il polso.

« Oh, mio Dio » mormorò Valentina.

« Cosa c'è? » Castaldi la guardò preoccupato. Anche Loris e Gimenez si voltarono.

« Mio Dio » ripeté Valentina. « È lei. È sempre stata lei. »

Corse alla sua scrivania mentre i tre uomini continuavano a guardarla senza capire.

Accese il portatile. Non si sedette neanche. Cercò il file giusto. Lo avviò.

Il video numero 1 che testimoniava la strana e solitaria infanzia di Suzanne iniziò a girare sullo schermo. Lei cercò l'icona dello scorrimento veloce. Fece avanzare le immagini fino al punto che cercava. Eccoli i tre secondi mossi e quasi invisibili nascosti nelle decine di ore di registrazione. Dopo un paio di tentativi riuscì a isolare il frame che le interessava. Lo schermo restituì un'immagine ondeggiante e fuori fuoco. Ma adesso lei sapeva cosa cercare. Il tatuaggio sul polso di Carlos Gimenez aveva fatto scattare in lei un'associazione di idee a cui non era più abituata.

Era quello il dettaglio che l'aveva inquietata, ma che non riusciva a cristallizzare. Il braccio della donna che allattava la piccola Suzanne, ripreso attraverso uno specchio per un errore dell'operatore. Sul polso c'era un tatuaggio che Valentina conosceva. Una piccola rosa dei venti, scolorita e rattrappita dalla pelle invecchiata della sua proprietaria. Una donna che in quel video era più giovane, perciò l'inchiostro sulla sua carne spiccava ancora nitido e leggibile.

Sì, aveva già visto molte volte quel tatuaggio. Sul polso di Hannie Janssen mentre la torturava e le diceva: « Ti farò un po' male ».

14

C'era qualcosa che Loris non riusciva a capire in Valentina. A parte l'ossessione per Hannie Janssen, che almeno era giustificata, gli sembrava che l'amica non mettesse più nel lavoro la passione che in altri tempi aveva fatto la differenza. Valentina Medici aveva dimostrato anche a dispetto di se stessa di essere una grande investigatrice, capace di fare squadra e puntare a obiettivi precisi. L'unica cosa che adesso Loris riusciva a intravedere in lei era invece una volontà vendicatrice. E solitaria. Questa nuova Valentina lo spaventava.

Oltre a ciò, il lavoro che Loris aveva di fronte era immane, come sempre.

Dal momento stesso in cui era entrato nella piccola squadra, Loris aveva iniziato a esaminare tutto ciò che avevano raccolto su Samael, che era molto poco, sulla Geenna e infine sull'omicidio di Dario Carboni. Un paio di programmi che aveva progettato lui stesso lo aiutarono, anche se non poteva contare su server abbastanza potenti. Se fosse stato a Roma avrebbe utilizzato il suo « Dio », un connubio di Big Data e Intelligenza Artificiale che gli consentiva di esplorare il web, ogni repository, criptato o meno, ogni social media esistente al mondo, analizzando, comparando e scartando migliaia di terabyte di informazioni nel giro di pochi attimi per offrirgli la ricerca più completa possibile. Ma lì a Torino doveva arrangiarsi con le macchine che l'Europol aveva messo a loro disposizione.

Fatta partire la scansione delle query che aveva impostato, si dedicò ad alcune idee che aveva avuto.

La prima riguardava quello che sapevano di Samael. Il dettaglio che lo aveva colpito più di ogni altro nel modo cruento in cui Dario Carboni era stato ucciso era quella strana poesia – se di poesia si poteva trattare – scritta sul muro. Alcune parole gli erano ormai rimaste impresse.

Samael è stato qui.
Ha trasportato onde di luce cosmica nel pozzo arido della mia anima.

Ha acceso desideri elettrici dentro i miei occhi.
Ha riempito le mie orecchie con il canto delle stelle.
Ha incendiato di bellezza i miei sogni.
Nell'estasi mi ha concesso di annegare.

Nessuno di loro ne aveva decifrato il vero significato. Certo, aveva a che fare con la « bellezza » che aveva sopraffatto la vittima e che l'aveva accompagnata alla morte. Era come se l'assassino avesse voluto creare una nemesi. Ribaltare il concetto di bello. Ciò che dovrebbe infondere armonia e meraviglia suscita orrore e morte.

Ma non era tutto lì. C'era qualcosa di autoindulgente in quelle parole. Era come se il loro autore fosse orgoglioso di ciò che aveva fatto e pretendesse perfino il plauso della sua vittima.

Elucubrazioni da profiler, se ne rendeva conto. Roba da lasciare al giovane Gimenez che continuava a spremersi il cervello sul profilo del killer. Gli piaceva quel ragazzo. Era discreto, forse troppo, restava sempre ai margini, non invadeva mai il campo degli altri. Ma era in gamba. Il tipo di persona che Loris apprezzava di più. Anche se ogni volta che con lui affrontava qualche argomento un po' più personale, sembrava ritrarsi.

Lui intanto aveva scandagliato ricorrenze, *modus operandi*, cronache prese dai social media e tutto ciò che aveva potuto trovare negli archivi di polizia. Aveva attinto anche al più recente sistema di gestione delle indagini introdotto dal dipartimento: l'MIPG Web. Un programma con cui, almeno in teoria, tutti gli uffici investigativi di polizia, carabinieri e guardia di finanza mettevano a fattore comune non solo brevi stringhe di dati e cifre, ma interi verbali, rapporti, appunti investigativi e tutto ciò che veniva digitato quando si svolgevano indagini, dal loro avvio alle informative finali all'autorità giudiziaria. Era un sistema ancora recente e non tutti i poliziotti usavano parte del loro tempo per alimentarlo. Ma tendeva ad arricchirsi giorno per giorno. E poteva rivelarsi utile.

Loris era così abituato ai vicoli ciechi dell'attività investigativa che quasi non si accorse dell'annotazione che lampeggiava sul suo schermo. Il sistema aveva trovato una corrispondenza.

Si trattava di una segnalazione proveniente da un commissariato di Roma. Loris vi cliccò sopra, convinto che si sarebbe trovato davanti a qualche piccola rapina a un supermarket o a una farmacia o a un paio di ubriachi fermati dalla volante di zona, in cui magari uno degli identificati si chiamava Samael. Era un nome molto diffuso tra i nigeriani.

Quando lesse la relazione inserita dall'ispettore Gaja Giannini dell'Ottavo distretto di Roma, Loris ebbe un brivido. E quando lo schermo gli mostrò alcune foto scattate dalla collega sulla scena di un omicidio, la sua mente era già schizzata.

Samael era davvero un assassino seriale. E l'omicidio di Dario Carboni non era stato il primo.

15

Conversazioni con il soggetto A – Registrazione del 23.2.2020, ore 16.00 – Frammento nr. 2020/143/A.25. Progressivo 5

– Come si sente? Se dovesse indicare qualche giovamento in seguito alle nostre conversazioni, cosa direbbe?

– Tu che idea ti sei fatto?

– Mi pare che abbiamo fatto un buon lavoro.

– Pensi che sia una brava poliziotta?

– Non è mai stato questo il punto.

– E qual era, allora?

– Quanto influirà sulla tua professione ciò che t'è accaduto, ad esempio. Non per l'amministrazione… ma per te.

– Il dipartimento ha già deciso per me, lo so io e lo sai anche tu. Mi parcheggeranno da qualche parte. È inevitabile. Non importa. Forse lascerò la polizia. Ma non è questo il problema.

– E qual è il problema, Valentina?

– Il problema riguarda quelli là fuori. Le future vittime, gli innocenti che stanno per incontrare il male vero. Io adesso so che quello che mi è capitato appartiene al passato. Ma chi mi ha fatto del male non appartiene al passato. Lei è ancora là fuori, sono tutti ancora là fuori. E io cosa farò? Continuerò la mia vita facendo finta di niente?

– Non si tratta di questo, si tratta di affrontare le cose nella giusta prospettiva. Dipende tutto da noi. Da te.

– Da me? Hai ascoltato davvero quello che ti ho raccontato?

– Nessuno può cambiare quei momenti, ma...

– Vedi, è proprio questo! Tu sei uno psicologo. Tu insegni agli altri ad affrontare le loro paure, i loro incubi. I loro traumi. Ti ho descritto le ferite, le unghie e i denti, le privazioni, le umiliazioni. Ti ho mostrato ogni mia cicatrice. Perché tu capissi davvero. E mi aiutassi. E ti ringrazio. Ma alla fine l'unica risposta possibile è che nessuno può cambiare il passato. Nessuno può farci niente. Io non posso farci niente.

– E come pensi di andare avanti allora?

– Se non volessi? Se io non volessi andare avanti?

16

Valentina era nel suo ufficio con François Castaldi, che aveva appena ricevuto una notizia importante dall'Aja. I due la stavano commentando e sul volto di entrambi la luce era cupa.

Gli analisti dell'Europol confermavano che l'intuizione di Valentina era giusta. La donna che allattava la piccola Suzanne nel video poteva essere Hannie Janssen, i software di analisi facciale avevano dato una risposta positiva all'ottanta per cento. La conclusione più immediata era che Hannie fosse la madre di Suzanne. La scoperta li aveva messi in agitazione, Castaldi per primo e poi Valentina. Hannie madre. Hannie che mette al mondo una bambina, che se ne prende cura, che la ama. No, c'era qualcosa di profondamente incongruente. Non solo perché Hannie Janssen era una pericolosa psicopatica responsabile della morte di chissà quante persone. Non solo perché Hannie Janssen era al vertice della Geenna. Non solo perché era la donna che l'aveva torturata per giorni e aveva tentato di uccidere lei e i suoi amici. Ma perché, molto più semplicemente, Hannie Janssen non aveva un'anima. Valentina non era mai stata particolarmente religiosa. Non credeva nella vita ultraterrena o in dimensioni diverse da quella in cui tutti viviamo. Ma aveva sempre sentito che gli uomini e le donne si dividono tra chi è dotato di un'anima e chi semplicemente non ce l'ha. Hannie Janssen era un involucro vuoto, racchiuso in un carapace fatto di odio e di disprezzo per gli altri.

Eppure Hannie era madre. La domanda terribile e angosciante che Valentina si poneva era perché. Perché mettere al mondo una figlia. Per farne cosa? Per *farle* cosa?

La conferma definitiva arrivò poche ore dopo. Il confronto del DNA di Suzanne con quello dei capelli di Hannie Janssen repertati due anni prima a Padova non lasciava dubbi.

« È una scoperta importante » disse Castaldi. « Adesso dobbiamo solo capire dove ci porterà. »

« Suzanne » disse Valentina. « Devo tornare a parlarle. »

« No, tu mi servi qui. » Il tono di Castaldi era dolce e duro allo stesso tempo. « Se sono venuto a Torino è perché credo che questa sia l'indagine più importante. Sono convinto che attraverso Samael arriveremo fino ad Hannie e agli altri membri della Geenna. »

« Non è così! L'omicidio del tassista non porta a niente. E i colleghi di Torino sono in gamba, non hanno bisogno di noi... »

« Hanno bisogno di te. »

« Non è la mia caccia, questa » disse lei più sommessamente.

Loris Manna la contraddisse solo qualche istante dopo, entrando nella stanza.

« Venite subito a guardare » disse. Scortò Castaldi e Valentina fino al monitor di uno dei suoi computer e indicò la traccia che aveva scovato. Era il resoconto di un omicidio inserito nel sistema MIPG Web della polizia di Stato. Valentina ricordava vagamente di aver letto qualcosa in proposito.

In una zona periferica di Roma Sud, un senzatetto era stato arso vivo su una graticola. Il corpo era stato in parte smembrato. Gli investigatori non avevano mai ritrovato le gambe e le braccia.

« Io però non vedo alcuna attinenza con l'omicidio del tassista » osservò Castaldi.

« A parte questo dettaglio » disse uno stanco ma trionfante Loris.

Alla relazione inserita dall'ispettore capo Gaja Giannini erano state allegate fotografie della catapecchia nella campagna romana in cui il vecchio, tale Lorenzo Cipriani, era stato straziato. Muri cadenti, sporcizia, siringhe conficcate a terra, graffiti e scritte sulle pareti. Oscenità. Bestemmie. Invocazioni a Satana. E una frase, scritta con una vernice nera.

Samael è stato qui.
Ha beatificato le piaghe della mia carne.
Ha illuminato le stimmate della mia sofferenza.
Ha magnificato i segni del mio martirio.
Ha offerto il mio corpo in sacrificio per voi.
Su questo altare mi ha acceso di luce eterna.

Non ci fu bisogno di commentare. Valentina incrociò lo sguardo trionfante di Castaldi e capì all'istante che Hannie Janssen avrebbe dovuto attendere.

Partirono per Roma quella sera stessa.

17

Il rapporto di Fabio Costa con il cibo era stato sempre impostato su una sorta di patteggiamento. Si nutriva solo perché doveva, anche se sapeva apprezzare un buon pasto. L'abitudine ad accontentarsi era nata quando faceva il poliziotto. Certo, quei tempi erano finiti. Le lunghe notti senza sonno, le giornate che scorrevano veloci e si accavallavano quando si dava la caccia a un criminale, le attese snervanti e le scoperte improvvise. E poi l'angoscia di arrivare sempre troppo tardi. Un turbinio che faceva dimenticare sia l'ora di pranzo sia quella di cena. Ma a un certo punto le energie si esaurivano e nutrirsi diventava una necessità non più differibile.

Così, per la prima volta da quando era tornato a Padova, Costa si sedette al tavolo di un ristorante, una trattoria vicino all'albergo. Era affamato e pregò il cameriere di portargli il primo piatto disponibile nel più breve tempo possibile. Poi sistemò sulla tovaglia il laptop e lo accese.

Inviò un messaggio al figlio, che non sentiva da giorni e con cui non voleva perdere il fragile contatto che aveva riallacciato. La risposta miracolosamente arrivò subito e lo tranquillizzò. Poi, mentre attendeva il cibo, riepilogò le cose che *non* aveva scoperto sul conto di Gabriele.

La chiacchierata con Bresci era stata illuminante sotto molti aspetti, ma non aveva risolto misteri. Semmai li aveva infittiti. Nonostante la strana telefonata registrata di cui lo psicologo aveva memoria, nulla faceva pensare che Gabriele non l'avesse autoprodotta. Ma a quale scopo? Convincere il medico che ci fosse veramente qualcuno tornato dall'aldilà per tormentarlo? Bresci era convinto che Gabriele fosse davvero malato, non un simulatore, e Costa concordava. La malattia mentale che lo aveva aggredito era terribile e totalmente spiazzante. Confondere la realtà con quelle allucinazioni era indice di un disagio così profondo e devastante che Costa faceva fatica a immaginare un ritorno alla normalità per il suo amico. Ammesso che sopravvivesse alla pallottola che s'era sparato nel cervello.

Sparato. Loris era convinto, anche se non lo aveva detto apertamente, che non si fosse trattato di un tentativo di suicidio. Pensava che qualcuno avesse armato la mano di Gabriele. O che addirittura lo avesse attirato a Molveno per poi ucciderlo. Per averne le prove ci sarebbe voluta una perizia balistica, ma la procura, anche su sollecitazioni della polizia, aveva chiuso immediatamente il caso come tentato suicidio. Quindi su quel fronte nulla da fare.

Restava il punto della foto dell'uomo che, all'apparenza, era appostato sotto casa di Gabriele, accanto alla Porsche che loro ben conoscevano. Ma Costa aveva fatto altre ricerche. L'auto, come molte delle proprietà legate agli assassini che si ispiravano a Caravaggio, era stata sequestrata dall'autorità giudiziaria e, circa un anno prima, messa all'asta. Il Suv era stato acquistato da una società di leasing con sede a Venezia. Costa già immaginava la montagna di carte da esaminare per capire chi e quando avesse utilizzato l'auto nel periodo in cui Gabriele aveva scattato la foto. Nulla poi impediva che il nuovo proprietario della Porsche continuasse a circolare per Padova, che non era una metropoli, e trovare quell'auto parcheggiata sotto casa di Piovesan poteva essere stata una semplice coincidenza.

E se Costa aveva imparato una lezione nella sua carriera da sbirro, era che le coincidenze esistono davvero. Migliaia di romanzi gialli dicevano il contrario, e sbagliavano.

Il cameriere finalmente arrivò e gli mise di fronte una bollente scodella di pasta e fagioli. « Specialità della casa. » Costa sorrise dentro di sé. Il piatto, nella sua semplicità, era proprio quello di cui aveva bisogno.

Mentre affrontava la zuppa fumante, fece scorrere sullo schermo i file che aveva raccolto. Oltre agli appunti di Gabriele Piovesan sulla Geenna e alle sue cartelle mediche, c'erano i frammenti di chat di Samael e le foto che Loris Manna aveva scattato a Sant'Andrea, nel punto in cui il loro amico era stato trovato in fin di vita. Costa decise di riesaminarle, non senza un moto d'ansia. Rivedere quel luogo, anche se attraverso freddi scatti digitali, lo angosciava.

Riconobbe i soffitti sterminati, le colonne, i corridoi che collegavano una stanza all'altra. Una foto inquadrava gli ultimi scalini prima di accedere al sotterraneo. In un'altra si vedevano le chiazze del sangue di Gabriele, come melassa nera. Una colonna, in secondo piano, catturò la sua attenzione. All'epoca della loro indagine, su quei pilastri erano state affisse le foto delle vittime. E accanto a esse, alternate in un perfetto percorso celebrativo, c'erano le riproduzioni dei quadri che avevano ispirato la mattanza. Costa sapeva che ogni affissione era stata tolta, catalogata e sequestrata.

Eppure nella foto di Loris c'era qualcosa che non avrebbe dovuto esserci.

Ingrandì l'immagine. La colonna era in ombra e ripresa solo parzialmente. Ma c'era una macchia chiara che spiccava sulla superficie. Forse una dimenticanza della Scientifica, ma gli sembrava impossibile.

Era l'angolo di un quadro. Sembrava una riproduzione abbastanza fedele, probabilmente presa da un catalogo. Naturalmente era un Caravaggio e Costa lo riconobbe. Era uno dei dipinti più famosi del pittore milanese. Mostrava un cupido nudo, alle cui spalle si allargavano ali scure, che esibiva un sorriso carico di enigmi all'indirizzo degli osservatori. Nel tratto, nel magico chiaroscuro, tutta la perizia del Caravaggio. Il titolo dell'opera era *Amor vincit omnia* e Costa era certo celasse un messaggio. Che andava svelato.

Perché Costa ricordava a memoria tutti i dipinti a cui gli assassini s'erano ispirati. Aveva studiato a fondo, uno a uno, i quadri appesi lì sotto.

E quello non era nella lista. Non doveva proprio essere lì.

18

« Sono a Sant'Andrea. E comincio ad avere una strana sensazione. »

Il suo tono al telefono lo spaventò. Le parole. Il modo in cui le aveva tirate fuori, una dopo l'altra. Loris Manna non aveva mai visto o sentito Fabio Costa terrorizzato.

Superò la porta di vetro scorrevole e uscì all'aria aperta, aspirando quella miscela di promessa di alba e di gasolio. La stazione di servizio in cui la squadra si era fermata per un caffè e una pausa era quasi deserta, a parte due auto parcheggiate davanti, di cui una era la loro, e un paio di camion sul retro. Spirava una brezza pungente e ciò aumentò i brividi che attraversavano Loris.

« Sei andato a Sant'Andrea adesso? A quest'ora? » Era incredulo. Erano le quattro del mattino: che ci faceva Fabio nel cuore delle Dolomiti? Non doveva essere a Padova a cercare di capire cosa era accaduto a Gabriele?

Ma nella domanda era contenuta, fatalmente, la risposta. Anche Costa aveva sentito il bisogno di tornare a Molveno, dove Gabriele Piovesan si era quasi ucciso. Lì aveva avuto inizio ogni cosa.

« Sì » mormorò Costa, la voce quasi irriconoscibile, come se non volesse disturbare i fantasmi che infestavano l'ex sanatorio. « Non volevo aspettare. »

« Ma perché? È successo qualcosa? »

« Il quadro, Loris » lo interruppe Costa. « Il quadro che è affisso qui, su una delle colonne... È nella foto che hai scattato con il tuo cellulare. È proprio davanti al punto in cui Gabriele si è sparato. »

« Quale quadro? »

« Una riproduzione di Caravaggio. Era appesa a una colonna. »

« Sarà un residuo di quel maledetto museo degli orrori. »

« No, Loris. Non è così. » Costa fece una pausa. Loris lo sentiva respirare pesantemente al microfono. « Anche tu sei tornato qui. Hai sentito quello che sto sentendo io ora? »

Loris capì al volo cosa intendesse. Lo turbò che uno come Costa desse fiato a una sensazione inesplicabile.

« È un vecchio edificio. È normale sentire cose strane. »

Ma non era la spiegazione che Fabio cercava. Non era proprio una spiegazione.

« No » protestò infatti Costa. « Non è soltanto questo. » Tacque ancora. A lungo.

« Il quadro » lo incalzò Loris. « Cos'ha che non va? Cos'è che non ho notato? »

« È l'*Amor vincit omnia* di Caravaggio. »

Loris lo conosceva. Era una delle opere più controverse, al tempo stesso ironica e sensuale, religiosa soltanto nel contesto in cui era stata inserita, in realtà molto carnale. Il volto del cupido riproduceva uno degli amori proibiti di Caravaggio.

« Questo quadro, all'epoca, non c'era » aggiunse Costa.

« Che vuol dire non c'era? C'erano centinaia di immagini di Caravaggio appese un po' dappertutto in quel posto maledetto... come fai a essere sicuro che non c'era? »

« Ricordo tutto, Loris. Lo ricordo bene. Ma non è solo questo. »

« Allora cos'è? »

« Samael » disse semplicemente Costa.

I sensi di Loris si risvegliarono come quelli di un animale che fiuta il pericolo.

In quel momento dall'autogrill uscirono Valentina, Castaldi e il loro autista. La donna lo vide al telefono, intuì qualcosa dal suo sguardo e si avvicinò.

Erano partiti da Torino poche ore prima, veloci, impazienti. La destinazione era Roma.

« Loris, ci sei? » domandò Costa. « Hai capito cosa ho detto? »

Valentina era in piedi davanti a Loris. Lo fissava e lui pronunciò quelle sillabe silenziose ma chiare. *Fabio.*

Lei inspirò. Un refolo del vento gelido che spazzava l'autostrada deserta le sollevò un ciuffo dalla fronte. La fece sembrare una ragazzina irritata. Ma i suoi occhi restarono gelidi e tristi al tempo stesso.

« Devo parlargli » disse.

Loris annuì, cauto. « Fabio, c'è qui Valentina. Forse dovresti comunicare a lei la tua scoperta... »

Il silenzio all'altro capo durò solo un paio di secondi. « Passamela. »

Quando Valentina prese il cellulare, la voce di Fabio suonò squillante, forte e incoraggiante come era sempre stata. E perché avrebbe dovuto essere diversa? Lei impose al proprio cuore di non esplodere, di non farsi sentire. Ma fu inutile.

« Fabio. Come stai? »

« Sto bene. Grazie. » Un momento che le sembrò eterno. « Sono contento di sentirti. »

« Anch'io. » Un camion rombò sull'autostrada. Il rumore si confuse con un tuono lontano. Da qualche parte diluviava. « Dove sei adesso? »

« A Molveno, Valentina. »

« A Molveno. » Il nome al principio non le disse nulla. Lei non era mai arrivata lassù. Mentre loro la cercavano in quel posto maledetto, lei era prigioniera altrove.

Fabio non le diede il tempo di aggiungere altro. « C'è un quadro che non dovrebbe esserci. L'ho staccato. Dietro c'è una scritta, e un nome: Samael. »

Valentina trattenne il respiro. Castaldi la osservava come se si aspettasse una spiegazione.

« Cosa dice la scritta, Fabio? »

« Te la leggo: 'Samael è stato qui. Ha preso il cuore dei miei sogni e ne ha fatto tempesta. Ha preso il volto della mia preda e ne ha fatto dolore. S'è fatto carne delle mie visioni. S'è fatto ossa delle mie ossessioni. Nel rito della morte mi ha reso infinito'. »

19

Non era ancora pioggia, ma lo sarebbe diventata presto. Gaja Giannini presagiva un diluvio nero, fitto, che avrebbe lordato e mescolato tutti i colori. Immaginava una Roma grigia e sommersa. Come grigi e sommersi erano i suoi pensieri in quel momento.

Non era una donna pigra. Non era indolente. Ma quello che aveva sempre odiato delle operazioni di polizia era il fatto che si svolgessero all'alba. A volte prima. E lei l'alba amava osservarla da casa sua, dal terrazzo ingombro dei suoi gerani, tutte le mattine che poteva, con i suoi due gatti a sfiorarle le caviglie magre e tatuate. E una tazza di caffè americano, nero, bollente, a scaldarle le mani e il cuore, quello che le restava.

Invece oggi era giornata di tonnara. E anche se l'operazione era della Mobile, la base logistica era il commissariato Tor Carbone. Il *suo* commissariato. Nel *suo* territorio.

Non aveva partecipato personalmente agli arresti, ma s'era assicurata di essere in ufficio molto prima che le pattuglie rientrassero. C'erano le volanti da coordinare, le stanze per la redazione degli atti da assegnare e soprattutto bisognava controllare che nessuno facesse casino. Il dirigente, che s'era ben guardato dal farsi vedere, gliel'aveva raccomandato: nessun colpo di testa. Come se fosse facile farsi obbedire da quelli della Mobile, che ovunque andassero la facevano da padroni.

Portarono i primi ammanettati che non era ancora spuntato il sole e gli immancabili borbottii di quella nuvolaglia nera avevano iniziato a farsi sentire sopra le loro teste. Gli arrestati parevano gemelli, fotocopie gli uni degli altri com'erano fotocopie di un unico neurone quelle che giravano nelle loro teste rasate. I tatuaggi, i simboli, i giubbotti di pelle facevano il resto.

Man mano che arrivavano, legati a due poliziotti ciascuno, Gaja li smistava nelle stanze del commissariato. Voleva sbrigarsi prima che qualcuno si presentasse per un passaporto o per un foglio di soggiorno. Il distretto non disponeva di ingressi separati e presto la sala principale si sarebbe riempita di persone sbigottite da quell'andirivieni di manette ai polsi.

« Questo qui? » domandò un collega trascinandosi dietro un gigante di quasi due metri che continuava a sorridere come se quella pagliacciata non lo riguardasse. La poliziotta che stava al suo fianco e teneva la mano sulla catenella delle manette ai polsi del gorilla era giovane e sembrava la più smarrita di tutti.

« È uno dei più cattivi » aggiunse il capopattuglia facendole l'occhiolino. Gaja guardò il collega fisso negli occhi. Lo conosceva. Era molto più anziano di lei, anche se di grado inferiore. Sapeva che era uno un po' pesante di mano.

« Non voglio casini » gli sussurrò. « Non mi sporcare la stanza di sangue. »

Il veterano si rabbuiò, ma non disse nulla. Ma il gigante dietro di lui l'aveva sentita. « A chi dici? Parli del sangue mio? » e si mise a ridere, dando una gomitata alla poliziotta al suo fianco che sobbalzò, arrossì, ma non disse nulla.

Gaja lo fissò. « Niente casini » ripeté. « Vale anche per te, pezzo di merda. »

L'ammanettato fece un passo avanti e da come trascinò la giovane poliziotta le fece pensare che davvero stesse facendo un piacere a tutti tenendosi le manette ai polsi.

« E se vojo fa' casino chi me ferma? » abbaiò lui. « Tu? »

« Ehi, testa di cazzo, taci! » urlò il collega anziano.

Ma Gaja si irrigidì. « Non fare casini » era un avvertimento solo per gli altri. A lei si era già accesa la spia rossa che preavvertiva il sistema di un imminente crash.

Si avvicinò all'arrestato, senza curarsi del capopattuglia che tentava di mettersi tra di loro.

« Te lo ripeto » disse. « Niente casini. »

Lo skinhead sorrise ancora. « Niente sangue, tranquilla. Ma tu me lo fai un bel pompino con quelle labbra nere? »

Gaja calzava gli stivali buoni, quelli con cui a volte andava a cavallo. Fece scattare il piede destro e lo colpì ai testicoli. Una botta sola, secca. L'uomo impallidì. Aprì la bocca. La richiuse. Crollò sul pavimento a gambe incrociate, come una ballerina che avesse tentato un numero troppo difficile. E iniziò a ululare.

« Che cazzo, ispettore! » gridò il collega anziano chinandosi su di lui, ma solo per aiutare la giovane poliziotta che lo skin aveva trascinato a terra con sé. « Così me lo ammazzi... e che je dico poi al magistrato? » Ma si vedeva che la soluzione adottata da Gaja non gli era dispiaciuta del tutto.

Gaja Giannini si voltò per tornare al suo lavoro, indifferente, mentre gli altri trascinavano a fatica il gigante mugolante verso la stanza in cui avrebbero formalizzato l'ordine di custodia cautelare che lo attendeva.

Un uomo e una donna erano in piedi e la guardavano. Gaja controllò il rossore sul volto e si preparò a fare una sfuriata. Chi cazzo aveva fatto entrare degli estranei senza avvertirla? La donna si fece avanti e la anticipò.

« Ispettore Giannini? Sono la dottoressa Medici... e spero tanto che quella bestia non la denunci per aggressione. »

20

Nel suo ufficio, una piccola oasi rispetto a quello che stava accadendo nel resto del commissariato, il vicequestore Medici e l'ispettore tecnico Manna stavano esaminando il fascicolo che Gaja aveva messo a loro disposizione. Adesso che i due colleghi erano immersi nelle poche carte che era riuscita a raccogliere sull'omicidio Cipriani, a dispetto della Squadra mobile, poteva osservarli con calma. Soprattutto lei, Valentina Medici. Gaja sapeva bene chi fosse. Lo sapeva l'intero corpo di polizia.

Valentina, per quello che aveva letto e saputo, era l'incarnazione di quello che lei avrebbe voluto essere da sempre, se non fosse stata fregata dal suo carattere borderline e probabilmente da altri due o tre particolari che le differenziavano. Uno fra tutti l'avvenenza di quella donna. Accidenti se era bella. Lo aveva già notato dai servizi dei notiziari, all'epoca del killer di Caravaggio, e dalle foto che giravano nella rete intranet della polizia. Ma da vicino era ancora meglio. La sua bellezza non risiedeva soltanto nei lineamenti delicati, negli occhi accesi o in altri simili dettagli. Valentina esprimeva una specie di luminosità interiore che si sposava con l'aria cupa e ombrosa, investendo chi la guardava di un senso come di struggimento. Gaja non era lesbica, anche se in gioventù non s'era ritirata davanti a un paio di occasioni interessanti, ma accidenti, se avesse deciso mai di saltare la sponda lo avrebbe fatto solo per una come Valentina Medici.

E Valentina, come in risposta a un suo messaggio silenzioso, adesso la stava guardando. Gaja cercò per la seconda volta di controllare il proprio rossore – lei che non sarebbe arrossita neanche davanti a Gesù Cristo in persona – e, sperando che lo sguardo della funzionaria non fosse dedicato solo alla vistosa cicatrice sul volto, si impose un sorriso di circostanza.

L'uomo interruppe i suoi pensieri e attirò la sua attenzione. «Come è stato identificato, se era ridotto così? Non aveva neanche le mani per un confronto dattiloscopico.»

Gaja rispose senza smettere di osservare la funzionaria. «C'era la sua roba in un angolo, con tanto di documenti. In seguito è stato fatto un esame del volto tramite il SARI. Non era del tutto consumato dal fuoco e Cipriani una volta era stato fotosegnalato.»

«Ma è tutto qui?» domandò finalmente la Medici indicando le carte che aveva in mano. «Non c'è nulla che giustifichi questo spiegamento di forze.» E indicò con il mento fuori dalla stanza, dove la banda di naziskin veniva messa in ceppi.

Gaja decise di far colpo. In fondo era quello che pensava. «Loro non c'entrano niente. È un granchio della Mobile.»

«È sicura? Lei non ha partecipato alle indagini.»

«In effetti, no. Sa, quando scende in campo la Squadra mobile a noi poveri territoriali ci tagliano fuori. Per non parlare di quando arrivano quei geni dello SCO. Oddio, scusi!»

Valentina con sua sorpresa sorrise. «Non si preoccupi. Sono fuori dal servizio già da un po'...»

«Ah. E non è che l'abbiano trattata così bene, vero?»

Il vicequestore indurì lo sguardo e Gaja si morse la lingua.

«Perché pensa che non c'entrino niente quelli là fuori? Se il gip ha adottato le misure cautelari qualche elemento ci sarà» disse Valentina Medici.

Gaja saltò giù dal bordo della scrivania dove s'era appollaiata e si avvicinò. Manna le passò il fascicolo e, in qualche modo, la battuta.

«In realtà» spiegò Gaja, «i reati per i quali quegli stronzi vanno in galera sono un mucchio. Minacce, violenze, estorsioni, spaccio di droga eccetera eccetera. L'omicidio Cipriani l'hanno voluto inserire la Mobile e il pubblico ministero all'ultimo momento e, secondo me, un po' a cazzo. Posso?»

Valentina e l'altro fecero cenno di sì. Le piacevano quei due. Facevano coppia, era evidente. Nel senso professionale. Se non ricordava male c'era anche un ispettore tecnico nel gruppo che aveva scoperto gli omicidi ispirati a Caravaggio. Forse era lui. Un bel tipo comunque, con quell'aria da cyberpunk costretto a indossare la giacca.

«Avete visto le foto?» continuò, cercando delle carte nel fascicolo. «Bruciato vivo e poi smembrato con una cura maniacale. E non abbiamo ancora trovato braccia e gambe. Se non è un omicidio rituale questo...»

«Ne hai visti tanti?» domandò Manna.

Lei gli lanciò un'occhiata. «Mi sa più di te, collega di tastiera.» E prima che l'altro protestasse, tirò fuori il fascicolo dell'autopsia. «Questo me lo sono fatta mandare dal patologo, un amico mio, sennò non lo avreste mai trovato e quelli della Mobile sono un po' gelosi dei loro atti... La morte di Lorenzo Cipriani è stata rapida ma non si può dire indolore. Chi l'ha conciato così non s'è fatto molti problemi. Ma nel suo sangue hanno trovato una sostanza... sufentanil.»

«Stupefacenti» commentò Manna. «Non è insolito.»

«In realtà un potente narcotico usato soprattutto come anestetico. Nel sangue della vittima era in una percentuale piuttosto bassa, comunque. E non è fra le sostanze che spacciano qui intorno. »

Valentina e Loris ebbero la stessa idea. Il fenobarbital che era stato somministrato a Dario Carboni.

« E lei cosa ne pensa? » domandò il vicequestore Medici tornando a rivolgersi a Gaja.

Gaja si strinse nelle spalle come per stabilire una distanza dalle stesse cose che stava dicendo. « A me sembra un'esecuzione molto, molto preparata. Non è roba da incursione di un branco di neonazi. Questa è roba raffinata. Chi ha ucciso il vecchio Cipriani l'ha pensata molto bene... e per qualche ragione non voleva che soffrisse più del dovuto. »

« Hai detto che il tizio è stato bruciato vivo... » obiettò Manna. « E che nonostante l'insorgere abbastanza rapido della morte ha sofferto come un cane. »

Gaja si strinse un'altra volta nelle spalle. « Il sufentanil ha comunque attenuato il dolore... e di parecchio. »

« Quindi chi l'ha ucciso potrebbe avergli fatto ingerire un farmaco per anestetizzarlo? » domandò Valentina.

« Non credo che Cipriani l'abbia assunto volontariamente. Ha sofferto lo stesso, e tanto. Ma secondo il mio amico patologo molto meno di quanto sarebbe accaduto senza il sufentanil. »

La Medici e Manna si guardarono e Gaja percepì in entrambi la stessa scintilla. Un frammento di luce che sul momento non comprese appieno. E subito dopo decise che forse era meglio non capirlo mai. C'era qualcosa di macabro in quell'entusiasmo.

« Un assassino che tortura con il fuoco » stava dicendo Valentina Medici, « e che allo stesso tempo si preoccupa del dolore... »

« Un torturatore che ha pietà della sua vittima » mormorò Manna.

« Non ha molto senso, vero? » disse Gaja.

Valentina tornò a fissarla. « Invece ne ha. Ha senso, purtroppo. »

21

Il viaggio di ritorno fu lento e quasi piacevole, nonostante le circostanze. Costa guidava concentrato, l'occhio sulla strada illuminata dapprima solo dai suoi fari e poi, pian piano, da un'aurora che si preannunciava bianchissima. Intorno a lui la neve tendeva a diradarsi così come le fosche suggestioni dell'ex sanatorio. Là dentro, solo poche ore prima, avrebbe davvero potuto giurare di aver sentito la presenza opprimente delle vite che erano state falciate. Se c'era un luogo al mondo che avrebbe dovuto essere infestato da fantasmi inferociti, quello era proprio Sant'Andrea.

Ma adesso, nonostante la scoperta della scritta dietro il quadro di Caravaggio, su ogni pensiero, su ogni sensazione, si posava lieve e struggente l'idea di Valentina. La sua voce, i lineamenti del suo viso che si ricomponevano nel ricordo, l'odore che lui non aveva dimenticato. Tutto ciò che provava per lei e che d'un tratto annichiliva il resto.

Non andava bene. Costa lo aveva già sperimentato. La passione che li aveva travolti aveva anche rischiato di distruggerli.

Per questo Valentina lo aveva allontanato. Era l'unica cosa su cui Fabio era stato d'accordo. Per quanto ciò gli avesse spezzato l'anima.

Eppure adesso, averla sentita al telefono per quei pochi istanti aveva rimesso ogni considerazione in gioco. Fabio Costa non era mai stato allenato alla speranza. Ma il pensiero di lei, non poteva negarlo, sfuggiva anche a quella regola.

Forse fu la stanchezza a renderlo meno vigile. Forse l'immagine di lei che si sovrapponeva al ciglio della strada e alle prime luci dell'alba.

O forse fu l'auto che aveva alle spalle, i cui fanali si ingrandirono nello specchietto retrovisore e poi dentro i suoi occhi quando guardò e si accorse che la Porsche Cayenne era ormai a mezzo metro da lui, e accelerava, accelerava.

Costa strinse il volante e accese gli abbaglianti. Nel fascio accecante di luce intravide il manto stradale che curvava. Contro la parete di roccia alla sua sinistra uno spazio esiguo causato dalla leggera asimmetria della strada che s'allargava in modo quasi inavvertibile. Sterzò d'istinto, cambiando corsia e puntando verso il fianco della montagna. Se fosse sopraggiunta un'auto in senso contrario non avrebbe avuto scampo. Il cambio repentino di direzione fece sì che la macchina alle sue spalle lo superasse, scomparendo oltre la curva. La sua Volvo invece puntò dritta verso la parete rocciosa e Costa frenò con tutte le sue forze, bilanciando al contempo lo sterzo. L'auto slittò e si fermò a un soffio dall'impatto con la montagna. Fu un attimo. Aveva evitato a malapena un incidente fatale. Ma qualcosa era ancora acceso dentro di lui.

Ripartì, pensieri e una rabbia sorda che si mescolavano dentro la sua testa. Le luci rosse posteriori dell'altra auto sfilavano davanti a lui, apparendo e scomparendo oltre i tornanti.

Costa si mise all'inseguimento della Porsche.

22

La pioggia, fitta e gelida, accompagnò Valentina fino a casa.

Casa. Non metteva piede nel suo appartamento da mesi, da quando Castaldi l'aveva cooptata per l'Europol e lei, per l'ennesima volta, aveva ribaltato la propria vita. Nella centrifuga in cui aveva gettato tutte le sue certezze, non aveva mai sentito la mancanza di quel luogo. Forse perché non era mai stata un'amante della stabilità. O perché il suo lavoro era sempre venuto prima di ogni altra cosa. Due stanze, un terrazzo, qualche suppellettile non avevano mai significato molto per lei. Quella sera, però, far girare la chiave nella serratura, aprire la porta e venire investita da un tepore umido e da un odore vagamente familiare, riconoscere nella penombra la sagoma di mobili e oggetti che credeva di aver dimenticato, la fece sentire, per la prima volta da chissà quanto, normale. Felicemente banale. Un po' la spaventò.

Dopo l'incontro con Gaja Giannini, una poliziotta strana che però le aveva fatto un'ottima impressione, e dopo aver raccolto tutte le informazioni possibili sull'omicidio di Lorenzo Cipriani, lei e Manna avevano raggiunto Castaldi alla sede romana dell'Europol. Erano tutti e tre esausti e Castaldi aveva deciso di rinviare al giorno seguente la riunione di aggiornamento. In altre circostanze Valentina non sarebbe stata d'accordo. In un'indagine così complessa, ogni minuto poteva fare la differenza. Ma sapeva che se non avesse fatto ordine nella sua mente non sarebbe riuscita a combinare nulla di buono. Aveva lasciato l'ufficio con la sensazione di trascurare qualcosa di importante, ma forse era solo la sua fantasia che aveva bisogno di briglie nuove.

Mentre il ticchettio della pioggia sulle tapparelle faceva da rilassante sottofondo, trovò piacevole prepararsi un bagno caldo e stappare una bottiglia di Chardonnay che aveva sorprendentemente rinvenuto intatta nel frigorifero altrimenti vuoto. Per non collassare aveva scovato anche un pacchetto di cracker stantii che con il vino bianco formarono un pasto delizioso.

Si rilassava nell'acqua quasi bollente, galleggiava in una sacca di tiepida incoscienza, mentre il vino iniziava a fare effetto. Ma durò poco. Ombre pesanti, intrecciate come nella rete di un pescatore di pensieri, precipitarono su di lei, le avvolsero la mente, la ricondussero al largo, dove non si toccava il fondo.

In ogni cosa c'era lei, Hannie Janssen, la sua presenza e la sua assenza. Hannie che le diceva che le avrebbe fatto un po' male, solo un po'. Ed era una bugia, detta con aria estasiata.

Un dolore insopportabile la assalì, la trasformò, la rese un grumo di paura e disperazione. L'acqua nella vasca divenne soda caustica. La sua carne martoriata, i nervi che si raggrinzivano sotto la pelle, le ossa che vibravano sotto ogni colpo inferto... Valentina non era diventata altro che un oggetto. Un fantoccio colmo di sofferenza per il piacere di Hannie e dei suoi accoliti. Un corpo morto.

I morti non hanno niente da perdere.

Quella frase. Hannie la ripeteva in continuazione, nel suo italiano gutturale che rendeva le parole ancora più ipnotiche. « I morti non hanno niente da perdere. » Glielo diceva sorridendo. Valentina non capiva. Sentiva che non era semplicemente una minaccia. I morti non hanno niente da perdere. Glielo sussurrava dentro l'orecchio. Glielo urlava all'improvviso.

I morti non hanno niente da perdere.

« Io non sono morta! » le gridava lei di rimando.

E Hannie ripeteva: « I morti non hanno niente da perdere ».

Valentina si agitò, nell'acqua che si raffreddava e in quell'ondata di ricordi che, lo sapeva, prima o poi avrebbero trovato la strada per precipitarle addosso. Al volto della sua aguzzina e al sapore della sua sofferenza si mescolarono altre immagini.

Suzanne.

Il suo enigma la sconvolgeva. La somiglianza con la madre, adesso che avevano avuto la conferma, era raccapricciante e stimolante allo stesso tempo. Valentina non capiva perché Hannie avesse messo al mondo una figlia e quando tentava di trovarvi una ragione si aprivano davanti a lei scenari spaventosi. L'ossessione di Hannie per il dolore altrui escludeva di certo la maternità come atto di generosità.

E poi c'erano le morti di Lorenzo Cipriani e di Dario Carboni. E il volto spaurito di Gabriele Piovesan mentre si puntava la pistola al volto. O forse no. Forse qualcuno era veramente tornato dall'inferno per finire quello che aveva cominciato due anni prima. Un impostore, certo. Un maestro dei sogni. Ma perché? Perché coinvolgere Gabriele Piovesan in una storia come quella?

E Samael cosa c'entrava? Chi era Samael? Quale fattore scatenante l'aveva spinto a uccidere?

Era il tipo di domanda che Fabio Costa avrebbe posto a se stesso e a lei. Fabio le venne in mente quando ormai l'acqua era diventata gelida, come gelidi erano i pensieri che lo riguardavano.

Quando lo aveva sentito al telefono, quella mattina, un'innegabile ondata di sensazioni l'aveva investita. Dietro l'apparente normalità delle loro parole, al di là della notizia importante che Fabio stava fornendo, Valentina non aveva potuto far altro che immaginare il suo volto, l'espressione che tante volte l'aveva spiazzata, che l'aveva fatta innamorare.

Ma Fabio non apparteneva più alla sua vita. Forse un giorno? Era proprio questa possibilità che la atterriva.

Il cellulare squillò. Era per terra, accanto alla bottiglia di Chardonnay ormai vuota, e lo sforzo per allungare un braccio bagnato e raggiungerlo fu tale che per un momento decise di rinunciare. 'Fanculo chiunque la stesse disturbando in quel momento. Ma il suono persisteva. Accettò la chiamata senza nemmeno guardare il display: sapeva già che c'era proprio lui all'altro capo. Un'altra volta. Fabio.

Perché Fabio non voleva abbandonare la sua vita. Fabio non si sarebbe mai accontentato di diventare uno dei tanti volti che animavano i suoi incubi.

Invece era Loris Manna a chiamarla.

« Un incidente » disse Loris, trafelato. « Fabio ha avuto un incidente stradale. »

PARTE VI
SAMAEL È STATO QUI

« Se Satana potesse amare, smetterebbe di essere cattivo. »

Santa Teresa d'Avila

1

@Jerusalem: *Cosa stai cercando?*

@Samael: *Cosa cercate voi?*

@Jerusalem: *Cerchiamo te.*

@Samael: *Io non sono quello che volete.*

@Jerusalem: *Pensi davvero di sapere chi siamo e cosa vogliamo? Nessuno lo sa.*

@Samael: *Non ancora, forse.*

@Jerusalem: *Non ancora? È una minaccia?*

@ Samael: *Non mia. Ci sono persone che vi cercano.*

@Jerusalem: *Tu cosa sai di quelle persone?*

@Samael: *So che sono le stesse che presto cercheranno me, se già non lo stanno facendo. Io le sento. Le vedo.*

@Jerusalem: *E cosa farai, Samael?*

@Samael: *Non ne ho idea, lo ammetto. Sono all'inizio di una strada che mi attira molto, ma è impervia. E mi chiedevo se ci fossero altri come me. Altri in grado di apprezzare.*

@Jerusalem: *Apprezzare cosa? Te?*

@Samael: *Io dono la luce. Io rendo felici.*

@Jerusalem: *La felicità è un concetto relativo.*

@Samael: *Non la felicità che procuro io. È definitiva. È liberatoria. È conclusiva.*

@Jerusalem: *Non sembra che tu stia parlando della felicità. Ma della morte.*

@Samael: *Non sono forse la stessa cosa?*

2

Uno degli agenti addetti al controllo dei documenti alzò per pochi istanti lo sguardo dalla sua carta d'identità e gli lanciò un'occhiata. Era un assistente con un po' di anni sulle spalle, lo testimoniavano i capelli grigi e i tre « baffi » rossi sulle mostrine. Il poliziotto ritirò il suo documento e gli consegnò un « passi » rosso fiammante.

« Per Interpol ed Europol deve raggiungere la seconda palazzina, poi chieda alla segreteria... dottore. »

Il titolo pronunciato nonostante Costa non fosse più un poliziotto era una conferma: l'assistente l'aveva riconosciuto. Chissà, forse in passato s'erano incrociati e il vecchio sbirro era uno che non dimenticava chi aveva fatto parte della grande famiglia. O forse, come tanti altri, aveva letto di lui da qualche parte.

« La ringrazio » rispose Costa. Si applicò il cartellino con la scritta VISITATORE sul bavero e proseguì oltre uno dei sei tornelli, attraverso i quali continuavano a entrare e uscire decine di uomini e di donne. Nei tre grandi edifici ultramoderni, disposti lungo una S, lavoravano centinaia di persone, distribuite nei vari servizi interforze: Interpol, Europol, Direzione centrale antidroga. Insieme al gruppo di edifici destinati alla sola polizia di Stato, che sorgeva pochi chilometri più giù, sulla via Tuscolana, dove c'era la sede del Servizio centrale operativo, l'intero complesso veniva definito « Cittadella della Giustizia » ed era il fiore all'occhiello dell'Anticrimine italiana. Una volta, quando Costa lavorava allo SCO, bazzicava spesso i due presidi. Adesso era solo un « visitatore ». Mentre raggiungeva il settore dove era stata collocata la divisione italiana di Europol, si rese conto però che non gliene fregava più niente. E questa sua indifferenza lo sorprese e lo lasciò un po' sgomento.

Valentina lo stava aspettando e gli andò incontro. Portava i capelli corti, che così sembravano meno luminosi, e nei suoi occhi Costa vide un cambiamento profondo. Come poteva essere diversamente?

Ma era sempre lei. E qualcosa dentro di lui si agitò. Sapeva che avrebbe reagito vedendola, ma non sapeva come. Lo scoprì in quel momento. Fu come un moto improvviso in un mare placido. Onde di burrasca che trasportavano paure ed emozioni. Che travolgevano e sommergevano, là dove incontravano ostacoli, senza pietà.

« Ciao, Valentina » disse, restando immobile, il braccio sinistro fasciato e appeso al collo con un tutore.

Valentina si fermò a un metro da lui. Guardò il braccio ferito. Poi dentro i suoi occhi. Si avvicinò cauta, gli sfiorò la guancia con le labbra.

« Come stai? » gli chiese. Il calore del suo alito vicino alla bocca gli fermò il respiro.

« Bene » rispose, cercando di abbozzare un sorriso. « Non è la prima volta che tentano di uccidermi... »

« Non è una cosa da prendere sul ridere » disse lei. « Cosa è successo? »

Costa stava per rispondere quando alle spalle di lei comparve Loris Manna. I due esitarono solo un secondo, poi si abbracciarono.

« Ehi, fai piano! » esclamò Costa, toccandosi la fasciatura.

« Scusa! » Loris si ritrasse. Indicò il tutore. « Ti hanno conciato per bene. È davvero andata come mi hai raccontato? »

Costa scrollò le spalle. « Non lo so. In fondo ho fatto tutto da solo, andando a sbattere contro quella montagna. E il danno è stato minore del previsto. Poco più di una contusione. Ne parliamo tranquilli da qualche parte? »

Spiegò che forse era solo stato imprudente e aveva frainteso quello che era accaduto. Con ogni probabilità, l'auto che lo aveva coinvolto in quell'incidente era guidata da uno del posto che conosceva alla perfezione i tornanti e le curve cieche e correva come un matto senza badare alle distanze di sicurezza.

I soccorsi erano stati abbastanza tempestivi grazie all'allarme lanciato da un automobilista di passaggio che s'era fermato subito dopo. La macchina nera invece era scomparsa, il guidatore non s'era fermato.

Non aggiunse altro. Aveva ancora negli occhi le luci di posizione dell'auto che aveva tentato di buttarlo fuori strada che sfrecciavano via. Aveva ancora nella bocca il sapore della propria furia. Aveva ancora nella mente il ricordo di com'erano andate davvero le cose. Lui aveva inseguito quell'auto. Voleva raggiungerla, voleva spingere il suo aggressore oltre il ciglio di quei tornanti. Voleva ucciderlo. Voleva gioire, nel farlo.

S'era reso conto di colpo di ciò che stava facendo. Come un

fulmine inaspettato in un giorno sereno, la consapevolezza del limite che stava per oltrepassare lo aveva trafitto e lui d'istinto aveva sollevato le mani dal volante. Il risultato era stato l'impatto e quel braccio lussato.

Avrebbe potuto finire peggio. Avrebbe potuto davvero ammazzare il guidatore di quell'auto, chiunque fosse. E ancora adesso non sapeva cosa avrebbe provato.

Non raccontò nulla di tutto ciò a Valentina e Loris. Non poteva.

« In fondo, la cosa che mi dispiace di più è che la mia vecchia cara Volvo è irrecuperabile » concluse invece, con un lieve sorriso. Ma lo sguardo di Valentina non si ammorbidì e Costa capì che lei aveva percepito qualcosa.

« Sicuro che fosse la nostra Porsche? » domandò Loris.

Ci aveva pensato. Più volte. E la cosa che lo aveva spaventato era proprio che non ne era più sicuro. « Non lo so. Ho intravisto solo i fari e la maschera anteriore. Non ho visto la targa. Ho paura di essermi fatto suggestionare. »

« Tu che ti fai suggestionare? » Il tono dell'amico era di incredulità.

Erano seduti intorno a un tavolo rotondo su cui Loris aveva avuto l'accortezza di spargere tutte le carte e le foto relative ai casi su cui stavano lavorando. Costa lo trovò un tentativo un po' plateale di coinvolgerlo, ma in fondo ne fu rassicurato. Era come fare un balzo indietro di due anni. Lui, Valentina e Loris a spaccarsi la testa su collegamenti e ipotesi.

« Spiegami bene » disse Valentina. « Pensi davvero che fosse *quella* Porsche Cayenne? » Durante il breve racconto di Costa non aveva mai staccato i propri occhi, gelidi e penetranti, dai suoi. Costa non sapeva se esserne felice. Era lei, era sempre lei, e la sua era forse soltanto preoccupazione, ma qualcosa lo disturbava, come del rumore bianco su una frequenza da sempre limpida.

« Non lo so, Valentina. Ripeto, probabilmente è stato solo un pirata della strada. Forse un ubriaco... »

« Che ha saputo mantenere il controllo dell'auto fino a un centimetro dalla tua e poi s'è dileguato? » osservò Loris. « Non è plausibile. Ci deve essere un motivo. »

Valentina spostò finalmente lo sguardo sull'ispettore e Costa quasi si sentì sollevato. « E quale, Loris? » domandò la donna.

« Fabio stava indagando su quello che è successo a Gabriele » disse Loris, a denti stretti ma sostenendo il suo sguardo. « E anche su Samael, a questo punto. La frase che ha trovato dietro il quadro dimostra che è tutto collegato. »

Costa intervenne, con cautela. « Valentina, Loris ha ragione. » La fissava mentre parlava. « Mettiamo da parte il mio incidente. Il collegamento tra quello che è successo a Gabriele Piovesan e il vostro Samael è incontrovertibile. Ma tu già lo sai. »

Il colore sulle guance di Valentina s'era ravvivato. E Costa finalmente trovò familiare quello sguardo. Un misto di disperazione e orgoglio. Il timore di non farcela, sì, ma anche la determinazione. Rivedendolo, Costa sorrise, suo malgrado. Ma lei interpretò male la sua espressione.

« Perché diavolo sei venuto? » gli domandò all'improvviso. « Perché tornare? Non vedo come tu possa aiutarci. »

Costa strinse le labbra. Era un dubbio legittimo. Se l'era posto anche lui.

« L'ho voluto io, Valentina » intervenne Loris, spostando lo sguardo dall'una all'altro. « Fabio stava cercando di capire cosa fosse accaduto a Gabriele, tutto qui. »

Non aggiunse altro. Non sarebbe servito. Valentina continuava a guardare Fabio come se non riuscisse a sciogliere tutti i nodi. E Costa continuava a tacere.

« Perché sei tornato? » sussurrò ancora lei, fra le labbra. Poi si alzò e lasciò la stanza.

3

Lorenzo Cipriani aveva settantatré anni, e sembrava avesse vissuto sempre in strada. Gli archivi della polizia avevano sputato fuori vecchie denunce per atti osceni e accattonaggio, fatti che risalivano ai primi anni Settanta, quando Lorenzo aveva vent'anni. Veline battute a macchina e poi digitalizzate ma che, anche sullo schermo del computer, esibivano la trama dell'epoca in cui erano state scritte. Era tutto ciò che avevano. La vita di un disgraziato condensata in poche parole. Un senzatetto che viveva nei sottopassaggi della metropolitana, tra San Paolo e la Garbatella. Nessun legame o rapporto o circostanza che potesse essere frugata dagli investigatori per cercare un nesso con la sua orribile fine. E quindi sembrava proprio che, sì, potesse essere stato semplicemente la vittima di quell'orda di fanatici razzisti in cerca di feticci umani da immolare alla loro follia. Solo che la faccenda era sfuggita anche al loro controllo.

Però non quadrava. La cura con cui era stato legato alla graticola, l'uso di sufentanil come narcotizzante, l'assenza di tracce, tutto indicava una pianificazione e un'attuazione degne di una mente superiore a quella di un gruppo di naziskin di periferia. E soprattutto c'era la frase di Samael che scombinava ogni teoria.

Costa rifletteva su questi elementi, seduto allo stesso tavolo a cui lei lo aveva inchiodato con le sue parole solo un paio d'ore prima. Nessuno l'aveva più disturbato. Neanche Loris. Costa sospettava che sperasse in un ripensamento di Valentina, che a lui pareva improbabile. E che forse non sarebbe stato giusto.

Nessuno l'aveva invitato a partecipare a quell'indagine né lui aveva deciso di farlo. E a parte il piccolo dettaglio che Costa non era più in polizia, esistevano almeno un milione di ragioni che consigliavano di non coinvolgerlo.

Però Loris aveva insistito che lo aspettasse lì, a quel tavolo, per andare a pranzo insieme. E nel frattempo se voleva dare un'occhiata alle carte non avrebbe fatto male a nessuno. Neanche Valentina aveva avuto da obiettare, prima di sparire nei meandri degli uffici.

Così, quasi senza pensarci, Costa aveva letto tutto e aveva iniziato a farsi domande. Era un'attitudine che non poteva eliminare neanche volendolo. E poi c'erano altre ragioni.

La prima era che il dramma di Gabriele Piovesan faceva parte di quell'indagine, e il destino dell'amico lo aveva coinvolto in quella storia.

Poi c'era il fatto che, contrariamente a quanto aveva detto a Loris e Valentina, qualcuno aveva davvero tentato di ucciderlo.

Tenere a freno la furia che l'aveva posseduto stava consumando le sue energie nervose.

Infine, al di là di ogni ragionamento, c'era lo sguardo di Valentina che presagiva tempesta. Era lei, inconsapevolmente, a sospingerlo su quel piano inclinato.

A che scopo domandarsi se avrebbe potuto rendersi utile o no? Stava già scivolando nell'indagine. Era già coinvolto. C'era da capire soltanto cosa avrebbe dovuto fare.

Si guardò intorno. Loris era sempre intento a smanettare sulle sue tastiere. E di Valentina non c'era traccia.

Costa afferrò il giaccone e lasciò gli uffici dell'Europol.

4

Aspettava da più di un'ora, seduto nella Renault a noleggio. Erano le ventidue passate quando cominciò a vederli. Le luci gialle che indicavano l'ingresso alla metropolitana, colpite dalla fitta pioggerella, spandevano un manto offuscato tutt'intorno. Ma i clochard che arrivavano come ombre evanescenti, e rapidi s'infilavano in quel passaggio laterale, non gli sfuggirono. Apparivano, esausti dei loro viaggi nella città, e poi sparivano in uno striminzito spazio che a malapena s'intravedeva. Ne contò una decina prima di decidere di muoversi.

Scelse un anziano clochard che trascinava un trolley e che si attardò un po' più degli altri. Costa scese dalla Twingo e attraversò la strada a doppia corsia e la striscia di vegetazione centrale per raggiungere l'ingresso della Metro B di San Paolo. Il braccio continuava a dolergli ma stava migliorando. L'azione lo aiutava. Sentirsi di nuovo in campo lo aiutava.

Intravide il senzatetto che scompariva nel buio, più avanti, lungo una serpentina che costeggiava le scale che portavano ai binari, e s'immerse in quella umida oscurità.

Quando era arrivato sul posto, aveva esaminato la zona. Ai lati dell'ingresso principale si diramavano le entrate ai sotterranei. Da lì si accedeva alla zona che fiancheggiava la banchina della metro. Entrambi i passaggi erano ostruiti da grossi cancelli assicurati da catene e lucchetti, ma Costa non si meravigliò quando raggiunse il vecchio e lo vide armeggiare con la serratura. Nelle mani annerite stringeva una chiave che doveva essere l'ennesimo duplicato uguale a quelli che circolavano tra i senzatetto locali. Quando l'uomo lo vide arrivare sussultò e lasciò cadere la chiave a terra. Poi si appoggiò al cancello, le braccia aderenti alle sbarre, e lo guardò con terrore.

Costa si fermò e alzò una mano per indicare che non aveva armi. Si chinò e prelevò la piccola Yale dal fango nerastro e maleodorante che impregnava il terreno. La mostrò al vecchio, che tremava come una foglia. Poi la inserì nella serratura e fece scattare il grosso lucchetto.

« Non voglio farti del male » disse, restituendogli la chiave. « Voglio solo parlare... »

Il clochard scuoteva la grossa testa piena di capelli e anche la sua barba gialla tremolava. Ma fece sparire la Yale in una tasca del suo giaccone. « Io no » disse. « Io non voglio parlare. »

« Solo un'informazione. »

« Ti sei perso? »

Costa rifletté. « Sì, in un certo senso mi sono perso. »

L'uomo non tremava più. « Torna indietro allora. »

« Non posso. »

« E allora che cazzo vuoi? »

« Parlare. Con te o con qualcuno degli altri. »

Oltre il cancello, lungo il tunnel nero, intravide ombre in movimento. Il popolo di quell'universo senza colori. Poche ossa e un po' di carne a buon mercato.

« Nessuno parlerà con te. »

« Posso tentare? »

« Parla prima con me. »

« Il vecchio Lorenzo » provò Costa. « Lo conoscevi? »

L'uomo lo guardò da sotto in su, con una luce nuova negli occhi.

« San Lorenzo? »

« No. Lorenzo. Solo Lorenzo. È uno di voi. Era uno di voi. »

« Sì, sì. San Lorenzo! » E poi, cogliendo Costa di sorpresa, spiegò: « San Lorenzo, che morì sulla graticola per volere dell'imperatore Valeriano. Diedero le sue carni da mangiare ai poveri. Così anche in morte fu generoso nella sua carità». Rise con la sua chiostra di denti malandati. «Mi avrà ripetuto questo ritornello migliaia di volte.» Poi tornò serio, cupo. «San Lorenzo. Sì, lo conoscevo bene. Viveva qui, prima che lo ammazzassero.»

5

Una volta Costa aveva letto un racconto dell'orrore sui clochard romani. Era un testo spinto, spietato, che descriveva la comunità dei senzatetto che vive nei sotterranei delle vecchie stazioni o della metropolitana come una nazione occulta con regole e leggi non scritte, rigorose e spesso incomprensibili. In quel racconto, i clochard della capitale vivevano di cannibalismo a spese degli ignari passanti. Ma era solo un racconto dell'orrore.

Il mondo che Costa stava attraversando non aveva niente a che vedere con quella storia. Ma era di certo un mondo nascosto in cui erano percepibili le norme misteriose e imprescindibili che lo sorreggevano. Era abitato da esseri umani la cui diversità rispetto alla gente della superficie era dovuta a un sapiente adattamento a condizioni all'apparenza proibitive.

Il vecchio che lo accompagnava si faceva chiamare Nino e laggiù, tra i binari della metro e il mondo di sotto, era un po' il capobanda. Presentò Costa alla piccola folla che sopravviveva nell'oscurità e nell'immondizia. Una corte che si aprì al loro passaggio e si richiuse subito dopo, cosicché a un certo punto Costa non fu più sicuro di dove fosse l'entrata e se ci fosse un'uscita. Ma non ebbe mai paura. Qualcosa delle persone che lo circondavano gli rimase impigliato nell'anima.

Scoprì all'improvviso di sentirsi attratto da ciò che si nascondeva in quella vita all'apparenza miserrima. Era qualcosa di oscuro e definitivo, ma anche di puro e inesplorato. Era come scoprire che tutto ciò che aveva vissuto fino a quel momento era una finzione. Che la feroce lotta per la sopravvivenza che aveva davanti agli occhi costituiva invece la verità più assoluta. L'unica via d'uscita dall'abisso era lasciarsi sprofondare.

Quella percezione del mondo durò un istante. Ma lo lasciò sgomento. Una parte di Costa avrebbe voluto restare con loro. Non uscire più alla luce del sole di Roma. Attraversare per sempre la frattura che esisteva tra quell'universo e quello in cui adesso era tornato.

Non sapeva perché avesse provato quella sensazione. Ma era qualcosa che covava dentro di lui e che forse non conosceva ancora. Assomigliava all'estraniazione da sé che aveva provato quando l'auto nera aveva tentato di mandarlo a sbattere. Una ferocia lucida che non sapeva di coltivare. E per qualche minuto gli sembrò, comunque, una buona idea. Spaventosa ma buona.

Nino lo fece sedere accanto al suo giaciglio, un paravento di cartone e pile di riviste e giornali vecchi. E libri, incredibilmente, libri impilati con ardimento gli uni sugli altri. Il vecchio non era soltanto stracci e disperazione. Le parole di poco prima testimoniavano la sua cultura. Costa si chiese come riuscisse a leggere in quell'oscurità a malapena graffiata da qualche candela e qualche lampada elettrica.

«Vuoi sapere di san Lorenzo?» gli domandò Nino. Qualcuno s'era avvicinato e attendeva la sua storia.

«Sì, per piacere» disse Costa.

E Nino gli raccontò la storia di Lorenzo Cipriani, detto san Lorenzo.

6

«Era matto come un cavallo, quindi» commentò Loris, alla conclusione del racconto, stringendosi nel giaccone per ripararsi dal venticello freddo che dichiarava la ferma intenzione dell'inverno di non voler cedere il posto alla stagione più mite. Erano appoggiati a una spalletta del lungotevere, davanti allo splendore antico dell'Isola Tiberina, dopo che Costa aveva svegliato Loris con una telefonata improvvisa. Nonostante mancasse poco all'alba e spirasse quell'aria gelida, Costa aveva pure preteso che lasciassero il tepore della macchina per assaporare il tocco del primo mattino. Loris aveva pensato che fosse diventato un po' matto come i clochard che aveva appena visitato, ma lo aveva assecondato, anche se ora sognava solo di tornare sotto le coperte.

« Era affetto da una sindrome che credo si definisca 'del Messia' » disse Costa. « Comincio a farmi una certa cultura sull'argomento psichiatrico. »

« E questo come ci aiuta? »

« Ho una mezza idea. » Costa avvertiva qualcosa di molto simile all'eccitazione. Era una sensazione che aveva già provato, nell'altra vita. Spesso. E, con preoccupazione, si accorse che era ciò che più gli mancava.

« Spiegami » disse Loris.

Costa esitò. Era grato all'amico di averlo ascoltato nonostante fosse evidente che stava morendo di sonno e di freddo. Ma Costa non era sicuro che potesse capirlo fino in fondo. Lui era appena uscito dal mondo sottosopra in cui Nino, san Lorenzo e gli altri vivevano la loro vita nascosta. Almeno finché qualcuno non arrivava a legarti su una graticola e ti cuoceva a fuoco lento. E all'improvviso era chiaro che per arrivare alla fine di quella storia dovevano ancora una volta immergersi nel mare agitato che rende gli uomini prede o predatori. Che mescola il cuore e l'anima, che ti risucchia nel nero più profondo e spesso non ti fa tornare in superficie se non a un costo immenso.

Era questo che lo aveva risvegliato. Era sempre stato così. Era la consapevolezza, esile eppur potente, forse arrogante, di saper fare la differenza. Presuntuoso. Ma determinato.

Sul profilo rossiccio del Tevere passava lento un barcone. Non si vedeva il timoniere che lo governava. Era come se chi lo stava guidando lasciasse al fiume il compito di portare l'imbarcazione alla fine del viaggio. Per un momento Costa ebbe la tentazione di sollevare una mano per salutare il navigatore invisibile. Fu una strana sensazione. Ebbe l'impressione di esserci lui stesso, laggiù, dietro il timone. A ricambiare quello sguardo perplesso.

Decise tutto in un istante. E spiegò a Loris la sua idea.

L'amico lo ascoltò in silenzio. « Cosa ne penserà Valentina? » gli domandò poi.

« Non lo so » rispose Costa. E aggiunse: « E francamente non è importante. Non cambierebbe nulla ».

Loris non commentò. Macinava quello che Costa gli aveva appena detto e presto arrivò all'unica, vera implicazione. Fabio aveva fatto la sua scelta. Avrebbe indagato con o senza l'appoggio di Valentina e della squadra.

Il barcone sul fiume, nel frattempo, aveva attraccato a una sponda libera. Sano e salvo. Qualcuno aveva manovrato l'imbarcazione. Qualcuno era tornato al timone.

7

« Scusi, glielo devo chiedere... lei è fuori di testa? »

Era stata la prima domanda che le era venuta in mente quando lui aveva esposto la sua ipotesi.

Fabio Costa, ex vicequestore in quiescenza, uno degli idoli della sua carriera in polizia, era un bell'uomo, il fisico asciutto, gli occhi penetranti e tutto il resto dell'armamentario. E le vicende tragiche che aveva vissuto e che Gaja ben conosceva gli conferivano un'aria segnata che a lei non dispiaceva affatto. Anche il braccio fasciato che ne indicava una certa fragilità aumentava il suo fascino. E poi Fabio Costa era davvero una leggenda per chi aveva sempre coltivato la passione per la polizia investigativa.

Ma la sua richiesta sembrava un po' troppo folle persino a lei.

Come minimo questi mi ammazzeranno, continuava a ripetersi da quella mattina. Ma ormai aveva preso la sua decisione.

Era una situazione un po' complessa. C'entrava il fatto che quell'altro genio di Valentina Medici lo aveva indirizzato a lei. Che Gaja Giannini percepiva che quel gruppetto di pazzi era una delle migliori squadre investigative in circolazione. E che far parte di quella strana e inquietante indagine non le dispiaceva. Molto meglio che stare a guardare quelli della Mobile occuparsi di un omicidio di cui non avevano capito niente. Un omicidio consumato nel *suo* territorio.

Certo, avrebbe preferito non agire da sola. E Costa, a essere sinceri, si era proposto di accompagnarla.

« Potrebbe essere pericoloso. Anche se lei conosce il territorio e sa come muoversi, una mano forse le farebbe comodo. »

« Preferisco così » aveva ribattuto Gaja, a malincuore. « Con lei accanto nessuno si sbottonerebbe. E io so come prenderli, i miei polli... » O almeno lo sperava.

Il campo nomadi era in fondo a una lunga strada sterrata, piena di fango dopo le ultime piogge, ingombra di macerie e con muri di immondizia nera come catrame accatastati ai fianchi. Il filo di fumo che sorgeva, laggiù, era il segnale perenne della presenza dei rom. Conosceva molto bene quell'insediamento, l'ispettore Gaja Giannini. Vi era entrata almeno una ventina di volte, la metà per eseguire inutili perquisizioni, l'altra per raccogliere informazioni. Non era ben vista, come nessuno sbirro. Oltre al fatto che era una donna. Ma era tollerata, ed era già tanto.

Per quanto fosse bene accolta nel campo, tuttavia, la natura della sua ricerca era ai limiti della sopportazione per chiunque. Figurarsi per un popolo diffidente.

« Come cazzo posso chiedere una cosa del genere? » disse ad alta voce. « Penseranno che sono impazzita. E poi mi ammazzeranno. » Però ingranò la prima e affrontò l'ultimo chilometro prima di entrare nel regno dei rom di Roma Sud.

Mezz'ora dopo era seduta davanti a un fornello da campo su cui bolliva del caffè e reggeva in mano un bicchiere di grappa. O almeno sperava che fosse grappa. Si può distillare qualunque cosa e bastava guardarsi in giro per scoprirsi attorniati da una serie di preoccupanti possibilità, dai copertoni delle auto rubate a ratti di diversi colori e dimensioni. Erano soltanto le otto di mattina, e tutto, tutto sarebbe stato comunque fuori luogo in quel momento e in quel posto. Ma quel distillato le era stato offerto e non poteva rifiutare.

La bevanda le bruciò gola e intestino, ma aumentò la sua autostima. Anche Izet, il rom che le aveva offerto il bicchierino, apprezzò. Rise, le diede una manata sulla schiena e ingurgitò anche lui il distillato.

« Sei proprio una grande, Gajagiannini! » disse, senza tossire. La chiamavano così, « Gajagiannini », senza pausa.

« Cristo! Ma che mi hai fatto bere, Izet? »

« Tutta robba buona! Tutta robba sana! Che credi? »

« Credo che mi hai bucato lo stomaco, porca puttana! »

Izet si sganasciò e lei si accodò alla risata.

Lo zingaro era uno dei capi del campo. Nei suoi confronti Gaja vantava un paio di crediti, per dei piaceri che gli aveva fatto. Tipo ritardare l'arresto di un figlio giusto il tempo di farlo sposare con una ragazza venuta apposta da Zagabria. Izet le era stato riconoscente e adesso toccava a lei metterlo alla prova.

Mentre Izet rideva, scuotendo il pancione sotto una maglietta tanto sottile che non si capiva come non morisse di freddo ed esibendo la schiera di denti d'oro, Gaja decise di prenderla alla larga. Se l'ipotesi di Costa era vera, tutto doveva essere accaduto senza che neanche i rom del campo se ne accorgessero.

« Izet, ricordi quel vecchio che hanno ammazzato lo scorso mese? »

Lo sguardo dell'uomo si fece subito d'acciaio. Continuò a sorridere ma adesso sembrava uno squalo.

« Quale morto? Cerchi morti qui? »

« No, macché. Voi non c'azzeccate niente. È successo laggiù, verso l'acquedotto romano. »

Izet guardò l'orizzonte, velato da una foschia che non si capiva se fosse dovuta alla nebbia o al fumo acre che impregnava il campo.

La casupola in cui Lorenzo Cipriani era stato straziato era visibile da lì. Tra il vecchio edificio e l'insediamento rom c'erano due chilometri di campagna aperta. Lei ricordava ancora il filo di fumo all'orizzonte, segno della presenza degli zingari, mentre i resti carbonizzati del clochard si stavano spegnendo lentamente. Se l'ipotesi di Costa era corretta, quel campo rom era l'unico posto possibile.

Izet tolse la caffettiera dal fuoco e cominciò a versarlo. Un ragazzo si avvicinò per servirsi, insieme a una ragazza incinta. Salutarono Gaja con allegria. Eccola, la prova del loro amore.

Il figlio di Izet era rimasto comunque in carcere per meno di un mese.

« Sì, lo ricordo » disse alla fine Izet. « Una cosa brutta, fatta da gente brutta... » La fissò negli occhi. « Ma io non so nulla, mi dispiace. Se vuoi posso fare qualche domanda in giro. »

Gaja scosse la mano. « No, no, non è questo. Ricordi *quando* è successo? »

Izet parve sforzarsi di pensare. Poi s'illuminò. « Ma sì, ma sì. Era la sera in cui Romano si è sposato... ricordi, Romano? Una bella festa... Abbiamo cotto pecore e mangiato tanto! »

Il cuore di Gaja fece un salto. *Oh, cazzo*, pensò. *Stai a vedere...*

« Avete cotto la pecora » disse.

Izet le fece l'occhiolino. « Sì, be', anche qualche maialino... lo so, lo so, siamo musulmani, ma il maialino è buono... »

« Offerto da qualcuno, immagino. »

« Così mi offendi! Pensi che abbiamo rubato cibo? »

La guardò severamente. Gaja tacque. Izet riprese a ridere.

« Vabbe', a te lo posso dire... è vero, abbiamo rubato cibo. Ma la birra no! Quella la compriamo sempre... te lo giuro, Gajagiannini! »

Lei rifletteva. Forse Costa aveva sbagliato. Aveva esagerato.

« E poi, sì » continuò Izet, come ripensandoci, « qualcuno ci ha davvero offerto cibo. Come fai a saperlo? »

Il gelo la pervase. Non era quello che avrebbe voluto sentirgli dire. Era la prima volta che avrebbe preferito fare un buco nell'acqua. Sollevò lo sguardo su di lui, poi sul ragazzo e la ragazza che continuavano a bere il caffè e ad ascoltare le chiacchiere degli adulti.

« Chi? » domandò.

« Un gaggio, come te » rispose Izet. E all'improvviso si rabbuiò. I suoi denti dorati non baluginarono più al sole pallido di quella mattina. « Un gaggio che non avevo mai visto... Perché lo vuoi sapere? »

« Izet, è importante. Che vuol dire che vi ha offerto del cibo? »

« Be', eravamo ubriachi... sai come vanno le cose nel campo... si festeggia, si mangia, si beve, si canta, si balla... qualcuno scopa pure! » E tornò a ridere. Ma sembrava a disagio.

« Sì, sì, lo so... E poi? »

« E poi il gaggio arriva con la sua macchina, dice che ha portato altro cibo... »

« Che tipo di cibo? » lo stomaco di Gaja si rovesciava solo all'idea.

« Carne » disse Izet. « Carne di maiale... grossi pezzi di carne di maiale cotta alla brace. L'uomo l'ha cotta e ce l'ha offerta. E noi l'abbiamo mangiata. »

8

La conference call con le altre sedi dell'Europol durò pochi minuti. François Castaldi l'aveva indetta per fare il punto delle indagini sulla Geenna. S'era trattenuto a Roma e Valentina sospettava che l'avesse fatto per tenerla sotto controllo. Le indagini su Samael languivano e forse era anche per colpa sua.

Valentina e Loris Manna parteciparono alla riunione dall'ufficio di Castaldi, la cui faccia larga e i capelli costantemente in disordine dominavano in quel momento lo schermo. Ai lati, i riquadri con i volti dei responsabili Europol dei vari Paesi impegnati a riscontrare le informazioni recuperate dal computer sequestrato alla Geenna.

« L'esame dell'hard disk è terminato da tempo » annunciò il francese, « e ciascuno di voi ha avuto piena disponibilità dei dati. Avete novità? »

I colleghi esposero a turno i risultati delle rispettive indagini. In Belgio e in Grecia la polizia stava per disarticolare due diverse organizzazioni dedite allo sfruttamento della prostituzione minorile. E la Germania aveva avviato alcune promettenti intercettazioni telefoniche. I soggetti sotto controllo sembravano in procinto di compiere attentati, ma non di matrice religiosa. Proprio l'apparente mancanza di uno scopo faceva sospettare l'intromissione della Geenna. Tuttavia, non vi era una prova definitiva che collegasse tutti quei diversi progetti criminali. Anzi, qualche alto dirigente dell'Europol cominciava a insinuare che l'AWF « Hinnom Valley » fosse un grande flop. Castaldi era stato sicuramente un abile cacciatore di killer in Francia, ma l'ipotesi di un'organizzazione segreta con diramazioni in tutta Europa dedita agli omicidi seriali cominciava a perdere credibilità e soprattutto il costo delle indagini iniziava a pesare troppo sul budget dell'Agenzia. Per la prima volta si mormorava di un prossimo scioglimento del gruppo di François Castaldi e il francese stava facendo di tutto per evitarlo.

Alla fine della riunione, Castaldi pregò Valentina e Loris di rimanere nel suo ufficio ancora qualche minuto. Valentina aspettò di vedere scomparire l'ultima icona di collegamento e poi sbottò. « Accidenti, François! Non abbiamo niente in mano! E loro lo sanno. »

Castaldi la trafisse con gli occhi stanchi. Ma ebbe la forza di sorridere, accomodante. « Perché dici così, Valentina? Stiamo per compiere una serie di arresti... tutta gente che ha contatti importanti con la Geenna... »

« Tutta roba di terzo livello » replicò lei. « E lo sai. Nessun referente diretto dell'organizzazione. Solo contatti di contatti di contatti. Non stiamo neanche scalfendo la superficie. La Geenna è ancora un enigma, un forziere... »

« Stiamo facendo il possibile » disse Castaldi, con tono severo.

« Avevamo una possibilità e l'abbiamo sprecata. Jacobs era uno interno alla Geenna... e Hannie Janssen era lì, e ci è sfuggita. » Abbassò la voce. « *Mi* è sfuggita... »

Lo sguardo di Jacobs pochi istanti prima della morte e il suo sorriso le tornavano continuamente davanti agli occhi. Cosa voleva comunicarle? E Hannie... dov'era? Possibile che non si riuscisse a individuarla? E poi permaneva il mistero di Suzanne. Valentina doveva rivedere quella ragazza. Sapeva che in lei albergava un segreto.

« Sei ingiusta con te stessa » disse Castaldi, allungando una mano e sfiorandole il polso sul ripiano della scrivania. Lei non si ritrasse, ma continuò a fissare il vuoto, scura. « Stiamo tutti facendo il possibile. Tu per prima. Ma è una strada impervia, lo sapevi dall'inizio... »

Lo guardò. Capiva la sua posizione, ma era troppo delusa per farsi consolare. « Anche tu hai detto che non c'è materiale sufficiente da esaminare. I cosiddetti profili di potenziali assassini che la Geenna stava stilando si sono rivelati niente più che sporadici contatti con i folli e i mitomani che navigano nel dark web. » Tra cui bisognava annoverare anche Gabriele Piovesan.

« Se c'è un tentativo di reclutare serial killer » osservò Castaldi « è molto più sottile e sommerso di quello che possiamo sperare di ricavare da un computer per metà formattato. Dobbiamo procedere un passo alla volta. E sulla Janssen stiamo facendo progressi. »

Valentina scosse la testa. « Sapere che Suzanne è sua figlia è sicuramente importante... ma dove ci porta...? Cos'era, un errore di gioventù? Un terribile esperimento? Non ne sappiamo nulla! »

Castaldi consultò le carte che aveva di fronte. « Una cosa c'è, effettivamente. Una novità... » Sollevò la testa e la guardò. « È una cosa dell'ultimo momento. Ed è per questo che vi ho chiesto di trattenervi. Nei video con Suzanne non c'è solo Hannie... c'è un uomo. »

Un uomo? Valentina guardò le immagini che il francese stava proiettando sullo schermo.

« Appare solo in tre occasioni » spiegò Castaldi. « In una viene inquadrato perfettamente ed è quasi alla fine delle lunghe ore di registrazione. Ma quando l'abbiamo rilevato siamo ripartiti dall'inizio e siamo riusciti a isolare almeno altre due immagini... sfuocate, molto mosse, ma inequivocabili. »

Sul monitor apparvero tre fermoimmagine. Nel primo si vedeva un uomo vestito elegantemente, il volto non limpidissimo ma abbastanza da riconoscerlo se lo si fosse incontrato. Capelli brizzolati, mento volitivo, occhi scuri. Era in piedi su una porta. Sembrava si stesse affacciando per controllare. Nessun sorriso, nessuna espressione.

Nelle altre due immagini si indovinava forse lo stesso uomo ma non poteva esservi certezza. Erano solo pochi fotogrammi che gli analisti di Europol erano riusciti a individuare e a cristallizzare.

« L'immagine più chiara è tratta dal video numero 12 » spiegò Castaldi. « Compare in fondo. Probabilmente anche lui, come la Janssen che allatta, non doveva essere ripreso. Gli altri due fotogrammi li abbiamo scovati nei video numero 5 e 7.

Appare solo per un attimo in entrambi, durante due carrellate. Non è stato semplice isolare le immagini. »

Avrei dovuto trovarle io. Avevo i video. Avevo tutto per farlo. Era la mia ricerca!

« Quando l'avete scoperto? » domandò Valentina.

« Hanno trovato il fotogramma del video 7 solo oggi. Te ne avrei parlato subito, ma c'era prima la conferenza. »

« Devo tornare all'Aja » disse Valentina, sfidando con lo sguardo sia Castaldi sia Loris, che ascoltava in silenzio. « Subito. E lui viene con me. »

Loris aprì la bocca per dire la sua, ma Castaldi lo anticipò. « No, Valentina. Sei qui e sei a un passo dal trovare le risposte che ci servono. Non buttare tutto all'aria. »

« Io devo trovare quell'uomo. È importante. »

« Spiegami perché. »

« In quei video non appare nessuno se non Hannie e lui. Hannie è la madre di Suzanne, per quanto questo possa sembrare incredibile. Quell'uomo dev'essere il padre. »

« Stai correndo alle conclusioni » disse Loris.

Castaldi annuì. « Sì, Valentina, concordo. »

« Lui è importante! » Batté una mano sul tavolo.

Castaldi restò un momento in silenzio. Poi riprese, sospirando. « E infatti lo stanno già cercando. Utilizzeremo il nostro miglior programma di riconoscimento facciale... e sai su quale immenso database di immagini possiamo contare per i riscontri. I Paesi membri continuano a inviarci materiale di videosorveglianza legato a qualunque indagine... Non dovrei dirtelo, ma l'Unione europea ha avviato un'inchiesta, dicono che non possiamo sfruttare le immagini di milioni di persone che casualmente passano davanti a una telecamera. Dicono che il diritto alla privacy è più importante. Noi facciamo buon viso, ma ti assicuro che il materiale che abbiamo archiviato non verrà cancellato. Useremo quei video. Possiamo scandagliare tutta l'Europa. Troveremo quell'uomo. »

« Io devo essere lì » disse ancora Valentina. « Me l'hai promesso quando mi hai arruolata. Se quell'uomo può portarci alla Janssen io devo essere presente, devo essere là. »

Castaldi resistette per pochi istanti. Ma forse aveva già deciso. « Ok, torna pure. Torneremo insieme, anzi. Ma prima accertati che le indagini qui non si fermino. C'è un assassino in circolazione e noi abbiamo il dovere di non tirarci indietro. Nonostante quello che ne pensi tu. »

Valentina avvertì soltanto una punta della contrarietà di Castaldi. E nessun senso di colpa. Si preparava già ad abbandonare Samael e la sua follia omicida. Non era più cosa sua. Non lo era mai stata. Qualcun altro lo avrebbe fermato.

9

Erano state concesse a Loris un paio d'ore per sistemare gli affari in sospeso. Poi avrebbero preso l'aereo per l'Olanda.

Lui non aveva protestato, sapeva che sarebbe stato inutile. Valentina era preda della sua ossessione per Hannie Janssen. E non era detto che avesse torto. Gli omicidi di Samael sembravano in qualche modo ispirati dalla Geenna e colpire la radice di quell'albero del male forse era la mossa giusta. Solo che avrebbe voluto essere informato prima. E quel saltare da un fronte investigativo all'altro non gli pareva logico.

Inoltre aveva in corso un paio di ricerche. « Dio » stava operando per lui, ma anche « Dio » aveva bisogno di un aiuto ogni tanto. Loris aveva sempre una piccola valigia pronta per le evenienze come quella. Non aveva legami né persone da avvertire. Non aveva bisogno di altro per saltare su un aereo, qualunque fosse la destinazione. Decise quindi di impiegare il poco tempo prima della partenza per definire le ultime operazioni.

Stava lavorando sui termini « Samael » e « Geenna ». Il nome della Geenna era già emerso all'epoca delle indagini di due anni prima, ma ciò che rappresentava era sempre rimasto avvolto dalla nebbia.

Quello che Loris non riusciva ad accettare, in particolare, era l'idea che esistesse un gruppo di persone il cui unico scopo era produrre sofferenza e goderne. Nonostante i riscontri già ottenuti, gli sforzi fatti dalle polizie di mezza Europa e dal gruppo di Castaldi non avevano ancora permesso di stabilire la realtà di quell'ipotesi. Sì, c'erano psicopatici come Hannie Janssen che si nascondevano da qualche parte del vecchio continente e spesso apparivano nel *mare magnum* del dark web per istigare all'omicidio o eccitarsi con l'orrore di nefandezze di ogni genere. Ma una rete occulta e organizzata che gestiva una serie di attività criminali a scopo soltanto voluttuario? Era davvero possibile?

Loris stava scandagliando ogni rete, archivio e social media che « Dio » riusciva a scovare. Navigava tra gruppi di persone ossessionate da tradizioni bibliche ed esoterismo, tra folli adoratori di Satana ed esperti di culture antiche e spesso poco note. In qualche occasione, i deliri sfociavano nella realtà e si concretizzavano nell'uccisione di innocenti. A volte, incappava in vere e proprie storie di sangue. Omicidi consumati in nome di divinità estinte anche dalla memoria degli uomini. E talvolta il nome della Geenna spuntava qua e là.

Nella maggior parte dei casi, si trattava di fatti che nulla avevano a che fare con ciò che loro stavano cercando. Un uomo, in Ungheria, aveva bruciato vivi i membri della sua famiglia e quando era stato arrestato aveva dichiarato di averli sacrificati nello « stagno di fuoco della Geenna, dove Dio voleva che finissero gli empi ». Un gruppo di esaltati in Spagna evocava per i miscredenti la « morte seconda ». Ché la prima, quella che tocca a tutti, ha il pregio di essere sanata dalla resurrezione in Cristo. Ma la « morte seconda » è una morte eterna ed « essa avviene soltanto nel cuore della Geenna, dove il fuoco ti tormenta nei secoli dei secoli ». Su queste basi, gli assassini avevano ucciso alcune donne colpevoli di vivere non per Cristo ma a suo dispetto. Erano prostitute e senzatetto.

Questo era, in genere, il ciarpame che « Dio » restituiva a Loris. Episodi discontinui che non implicavano l'esistenza di un'organizzazione segreta e ramificata. Materiale inutile anche se istruttivo, perché insegnava che il Male percorre molte strade.

Ma quella sera, un nuovo match s'illuminò sullo schermo e quando Loris iniziò a leggere di cosa si trattava si dimenticò del trolley già pronto al suo fianco.

Il sistema che Loris aveva inventato era capace di pescare un trafiletto di giornale pubblicato in Bolivia e metterlo in relazione con un incidente automobilistico avvenuto a Dublino. E non operava solo nello spazio ma anche nel tempo. La linea rossa che « Dio » aveva disegnato sullo schermo era sorprendente e difficile da capire, ma era inequivocabile.

La storia raccontata da « Dio » partiva da un omicidio avvenuto a Firenze nel 1972. Ne parlavano alcuni articoli di giornale. A maggio di quell'anno, un uomo aveva compiuto una strage incomprensibile. L'assassino si chiamava Annibale Carracci, proprio come il famoso pittore, era un tipografo del quotidiano *La Nazione*, lo stesso giornale che aveva sparato la sua foto in prima pagina. Carracci aveva ucciso il proprio figlio, di quattro anni, e altri due bambini. Li aveva presi dall'asilo, anche per conto dei genitori degli altri, ma non li aveva mai portati a casa. Si era fermato, in auto, e li aveva strangolati uno a uno.

La notizia aveva fatto scalpore. Ma ancora più scalpore avevano fatto le sue dichiarazioni. Carracci aveva detto ai carabinieri, ai quali si era timidamente consegnato, che quegli omicidi gli erano stati ordinati. Gli aveva ingiunto di commetterli uno spirito di nome Dante che comunicava con lui tramite alcuni annunci pubblicati proprio sul quotidiano per cui lavorava lui. Gli investigatori erano stati scettici sin dall'inizio, convinti che quella mossa servisse a ottenere l'infermità mentale. Ma un motivo Carracci doveva pur averlo, fosse anche nascosto nelle pieghe della sua follia. Per obbligo d'ufficio, gli inquirenti fecero alcune ricerche e scoprirono che quegli annunci esistevano davvero. Ne scovarono cinque, tutti a firma di un anonimo Dante, ordinati al quotidiano *La Nazione* per posta. Si trattava di generici avvisi di messe in suffragio per questo o per quell'altro defunto, ma quasi tutti si concludevano con strane citazioni dalla Bibbia. Frasi del tipo: « E non temete quelli che uccidono il corpo, ma non possono uccidere l'anima; temete piuttosto colui che può far perire e l'anima e il corpo nella Geenna (Matteo, 10:28) » oppure « Ma la bestia fu presa e con lei fu preso il falso profeta... Tutti e due furono gettati vivi nello stagno ardente di fuoco e di zolfo (Apocalisse, 19:20) ». Carracci, che era addetto proprio alla composizione di annunci come quelli, aveva raccontato ai poliziotti che tutto era iniziato con delle lettere giunte a casa sua firmate da una sedicente « Geenna ». Lettere che, nonostante una serie di perquisizioni, non furono mai trovate.

L'assassino, condannato all'ergastolo, si tolse la vita in carcere, ma la sua vicenda era già scolorita sulle pagine dei giornali.

« Dio » però aveva rintracciato un trafiletto in cronaca, pubblicato durante il processo al mostro, che raccontava come gli inquirenti del caso Carracci – tanto per mettere a posto le carte – avessero scoperto che tutti gli annunci erano stati commissionati e pagati da un'agenzia funebre situata in Portogallo. La scoperta sembrava non avere rilevanza e l'indagine s'era conclusa lì.

Ma « Dio » aveva acquisito e processato il nome dell'agenzia riportato dal vecchio articolo fiorentino, la Funeraria Lisboa, e aveva continuato a tracciare il suo filo rosso.

Oltre a rilevare parecchi altri necrologi dello stesso tenore, pubblicati in un arco di almeno sei anni sui quotidiani di numerose testate europee, in cui il misterioso Dante invitava alla preghiera per una serie di defunti e concludeva con le sue invettive bibliche, il sistema aveva scoperto che la Funeraria Lisboa era emersa in un'indagine antidroga della polizia portoghese. Nell'agosto del 1978, la PSP – la Polícia de Segurança Pública – aveva sequestrato un ingente carico di cocaina occultato all'interno di alcune bare custodite nell'agenzia. Nel corso delle perquisizioni la polizia aveva rinvenuto sei donne seppellite in un cortile sul retro. Durante l'irruzione, era anche scoppiato un conflitto a fuoco, ed era stato ucciso l'unico uomo presente.

La foto del cadavere del criminale era apparsa su un quotidiano portoghese. L'identità dell'uomo non era stata scoperta, neanche dopo aver comparato le sue impronte digitali nelle banche dati europee.

Il programma di Loris aveva scansionato il viso dell'uomo ucciso in Portogallo e lo aveva comparato con ogni risorsa disponibile in rete attraverso il suo sistema di riconoscimento facciale. Il risultato aveva offerto varie opzioni, ma una aveva colpito l'intelligenza di « Dio », oltre a quella di Loris, che seguiva il ragionamento della propria creatura con crescente inquietudine.

La somiglianza più interessante si riferiva a quella di un volto anonimo e trascurabile, anche se non per « Dio ». La faccia incriminata appariva per pochi secondi durante un servizio televisivo della BBC, del 1958, vent'anni prima degli accadimenti di Lisbona. La trasmissione riguardava un fatto di sangue avvenuto in una cittadina chiamata Godalming, nel Surrey, circa sessanta chilometri a sudovest di Londra, e riguardava alcuni studenti della prestigiosa Charterhouse School. Quattro di loro erano stati uccisi a colpi di fucile all'uscita da un pub. L'autore della strage era un loro docente, che dopo averli ammazzati si era sparato l'ultimo colpo in faccia. I cadaveri erano ancora in strada, coperti da lenzuoli grigi. Dopo averli inquadrati a lungo, la telecamera si spostava sul volto dei curiosi assiepati sull'orlo del cordone di polizia.

« Dio » aveva bloccato l'immagine sul volto di un uomo e, nonostante la bassa qualità del filmato, il programma di riconoscimento aveva rilevato oltre il novanta per cento di somiglianza con il cadavere dell'impresa funebre in Portogallo.

L'uomo nelle riprese era l'unico tra i presenti che sorrideva ai cinque cadaveri davanti a sé.

Loris digitò un paio di comandi e il filo rosso riprese la sua corsa.

Un'altra foto. Un fotosegnalamento di Scotland Yard del 1960 riportato in un blog specializzato in cronache criminali. Un'immagine di due anni dopo la strage di Godalming. L'uomo sottoposto ai rilievi dattiloscopici si chiamava George Evans, aveva trent'anni ed era stato arrestato per una serie di reati legati a una setta di cui era il capo. Si facevano chiamare « Figli di Gheinòm ». Gheinòm, ricordò « Dio » a Loris, non era altro che il corrispondente talmudico della Geenna. Il gruppo si era distinto per alcuni riti durante i quali si faceva violenza sugli animali, si usavano droghe e infine, secondo le accuse, si praticava lo stupro di gruppo. L'indagine di Scotland Yard nasceva anche dal sospetto che i Figli di Gheinòm fossero implicati nella sparizione di alcune ragazze da diversi sobborghi di Londra. Il blog spiegava che poi quasi tutte le accuse erano cadute e dei membri della setta non si era sentito più parlare. Secondo i media dell'epoca, George Evans, dopo la scarcerazione, aveva fatto perdere le sue tracce.

Ma Evans, stando all'analisi di « Dio », era l'uomo che assisteva ridendo alla strage di Godalming. Lo stesso uomo che vent'anni dopo era stato ucciso a Lisbona in un luogo che custodiva il cadavere di sei donne. Lo stesso uomo, probabilmente, che inviava messaggi criptici a psicopatici sparsi per il mondo, come Annibale Carracci che aveva ucciso suo figlio e due altri bambini.

George Evans agiva sotto un nome biblico inconfondibile. Geenna.

« Dio » aspettava ulteriori istruzioni dal suo creatore. La frase che ora lampeggiava sul monitor era: « Continuare la ricerca? »

La mano di Loris tremava mentre cercava i tasti della risposta. E una parte di sé gli suggeriva di lasciar perdere. Scoprire che la Geenna non solo esisteva, ma forse, in qualche forma, era in azione da decenni, lo riempiva di terrore.

Fu il suono del cellulare a salvarlo dal dilemma. Era Costa. Lo informava che stava venendo da loro e che aveva importanti notizie.

10

E poi, alla fine, Fabio era là, ad aspettarla. A scuotere le sue certezze. In piedi, le mani nella tasca del giaccone, i capelli più arruffati del solito e un'espressione di disagio. La colpì un'altra volta e un'altra volta la sorprese. Era uno strano impasto di sentimenti quello che provava in quel momento. Un trasporto improvviso e struggente, il ricordo che avrebbe voluto eliminare dei baci che si erano scambiati. L'attesa di qualcosa di più che non era mai avvenuto. E poi paura. Repulsione. Rabbia. La certezza che se l'avesse fatto rientrare nella sua vita non sarebbe mai più potuta tornare indietro. E non voleva che accadesse.

Inoltre stavano per raggiungere l'aeroporto e volare alla sede centrale dell'Europol, dove l'apporto di Valentina e di Loris sarebbe stato più proficuo.

« Cosa ci fai ancora qui? » lo aggredì, in un modo sorprendente anche per lei. E la colpì lo sguardo ferito di lui. Aggiustò il tono. « Scusami, siamo di corsa e proprio non ho tempo per... »

« Valentina... » Loris la guardava. Erano sulla porta dell'ufficio di Castaldi dove lei e il capo avevano poco prima stabilito alcune priorità da soddisfare appena giunti all'Aja. Il francese era in piedi dietro di lei ad assistere alla scena. Loris e Fabio la stavano evidentemente attendendo.

« Forse un po' di tempo dovremmo trovarlo » continuò Loris. « Fabio ha importanti novità da riferirci. »

« Novità che ha riferito a te, scommetto. E quando? »

« Mi ha accennato qualcosa al telefono pochi minuti fa » rispose Loris, freddamente. « Non ho avuto modo di parlartene prima e lui era già qui. »

« Non funziona così, Loris. »

« Se è per questo, anche tu hai deciso di portarmi all'Aja di punto in bianco e non hai sentito il bisogno di chiedere il mio parere, o sbaglio? »

Lei stava per replicare ma Costa li interruppe. « Non te la prendere con Loris. È stata una mia iniziativa. »

Sulle labbra di Valentina iniziavano a formularsi diverse risposte che sapeva essere dettate solo dalla stanchezza e dall'irritazione. Fu Castaldi a interrompere quel silenzio forzato. Si fece avanti e offrì la mano a Costa che gliela strinse.

« Mi permetta, dottor Costa. Sono François Castaldi. Posso dirle che è un onore conoscere un grande collega? La sua fama è arrivata anche da noi. In Francia la chiamano *Le chasseur de monstres*. Il cacciatore di mostri. »

Fabio esibì una smorfia che forse avrebbe voluto essere un sorriso. « Molto meno mostri di quello che immagina... ma lei lo sa di certo. Anche io la conosco di fama. »

« Oh, io sono stato solo fortunato. » Il sorriso di Castaldi era aperto e contagioso. « Ma lei ha ragione. Se c'è una cosa che il nostro lavoro ci insegna è proprio questa. Non c'è nulla di mostruoso nella devianza. Nulla che non sia profondamente e terribilmente umano. Le fa ancora male? »

« Come? »

« Ho saputo del suo incidente. Ha passato un brutto quarto d'ora, mi dicono. »

Costa si guardò il braccio sinistro come se ricordasse solo in quel momento di aver subito una lussazione.

«In realtà non mi dà più fastidio... Non tanto, almeno...» Alzò gli occhi su Valentina. Abbozzò un altro sorriso sghembo.

«Perché sei qui?» Il tono di lei era adesso quieto, come spossato, ma la domanda non lasciava speranze. Voleva sbarazzarsi di lui al più presto.

«Avevo in testa un'idea e volevo sapere se era troppo audace. Sono un po' arrugginito.»

No, non lo è, pensò Valentina. E se era tornato ci doveva essere una ragione seria. Non poteva non ascoltarlo.

«È più una teoria, che una certezza» si schermì ancora Costa. «Ma penso dobbiate considerarla.»

Non poteva più dirgli di no. E non poteva nascondersi di essere curiosa di sapere cosa avesse scoperto. Fabio era pur sempre un bravo investigatore.

Valentina decise comunque di essere irremovibile.

«Avete un quarto d'ora. C'è un aereo che ci aspetta» concluse, guardando Loris.

Costa non perse tempo. Appena seduti intorno al tavolo, riassunse brevemente la sua richiesta all'ispettore Giannini e l'esito degli accertamenti della donna. Parlò in tono neutro, nonostante stesse riferendo una storia agghiacciante.

«Ti sei rivolto alla Giannini spacciando per *mia* la tua richiesta?» domandò Valentina, più sorpresa che irritata.

Costa sorrise spavaldo e lei riconobbe il Fabio di una volta.

«Tu non me lo avresti permesso» rispose lui. «E non avevo tempo per convincerti. O per convincere l'ispettore in altro modo. Quella ragazza stravede per te.»

«E anche per te, a quanto pare.»

Costa assunse un'aria incuriosita. Poi riprese a parlare. «L'ispettore Giannini è in gamba. Ha svolto il suo compito alla perfezione, e non era facile. A suo parere la mia ipotesi è fondata: subito dopo l'omicidio del vecchio Cipriani, qualcuno ha servito della carne agli abitanti del campo nomadi, non lontano dalla scena del crimine.» Fece una breve pausa. «Carne umana. È probabile che le braccia e le gambe di Lorenzo Cipriani siano state date in pasto a quei poveretti.» Avvertì l'orrore nelle espressioni e nei pensieri degli altri e proseguì. «I rom pensavano che fosse carne di maiale ed erano troppo ubriachi per accorgersi che qualcosa non andava, anche se il giorno dopo qualcuno si è sentito male. La Giannini naturalmente non gli ha confessato la nostra ipotesi ma lui c'è arrivato da solo. E ha detto che se avesse trovato quel gaggio lo avrebbe ammazzato. Ma erano troppo ubriachi anche per memorizzare i suoi lineamenti e non saprebbero riconoscerlo.»

«Cannibalismo...» disse Castaldi perplesso. «È insolito, sotto questa veste.»

«Cannibalismo indotto, per la precisione» disse Costa.

«E perché Samael lo avrebbe fatto?» domandò Castaldi, che sembrava particolarmente incuriosito. «Smembrarlo dopo averlo torturato in quel modo e poi farlo mangiare ai rom?»

«Forse odia gli zingari» ipotizzò sempre Loris.

Costa scosse il capo. «Gli zingari non c'entrano niente.»

«L'atto del cannibalismo in sé non è raro» continuava a riflettere a voce alta il francese. «Anzi, in un certo senso è l'espressione più completa del desiderio di dominare l'altro. Ci sono molti casi di assassini cannibali. Ma farlo mangiare ad altri...? Questo mi spiazza un po'.»

Costa annuì. «Sì. Ci ho pensato. Ho anche valutato l'ipotesi che fosse una specie di messaggio, come quando un omicida invia un feticcio a un investigatore o a un testimone qualunque. Ma non è così. Avremmo potuto non scoprirlo mai. No, io penso che l'idea dell'assassino sia stata un'altra. Voi sapevate che Cipriani credeva di essere san Lorenzo?»

Valentina e Castaldi si scambiarono un'occhiata sorpresa.

«Lorenzo Cipriani era affetto da una sindrome chiamata 'del Messia'» proseguì Costa. «Non è inconsueta, pare. Anzi, è alla base dello stereotipo del matto che si crede Napoleone. Lui pensava di essere san Lorenzo. Avrebbe forse potuto credersi Gesù o qualche altro santo. Ma si chiamava Lorenzo di nome e pensava di essere il martire Lorenzo ucciso dall'imperatore romano Valeriano nell'anno 258. Era l'arcidiacono di papa Sisto II. Fu ucciso la notte del 10 agosto... Esatto, la notte di san Lorenzo, la notte delle stelle cadenti. La sua morte è avvolta nel mistero e la leggenda si confonde con la realtà. Probabilmente fu davvero bruciato su una graticola, come il nostro Lorenzo Cipriani. Ma poiché si occupava di sfamare i poveri per conto del pontefice, i suoi aguzzini, secondo la tradizione, lo avrebbero smembrato. La sua carne fu data in pasto alla plebe... come ultimo, supremo scherno nei confronti dei cristiani. » Fece una pausa. « Quando ho appreso questo particolare, mi sono fatto un paio di domande. E ho inviato la povera Gaja Giannini a cercare conferme. »

« E questo cosa vuol dire secondo lei? Tutto questo cosa c'entra con...? » domandò Castaldi.

Ma Valentina guardava Costa sotto un'altra luce. All'improvviso aveva le idee chiare. Aveva capito cosa Samael stesse davvero facendo.

Costa glielo confermò, fissandola, sapendo che lei aveva già compreso.

« Non sappiamo con esattezza come faccia Samael a individuare le sue vittime. Ma, almeno nel caso del povero Lorenzo, mi sembra che sia tutto abbastanza chiaro, per quanto raccapricciante. »

« È così » ammise Valentina, con lo sguardo perso dietro a quel ragionamento. « L'assassino ha voluto dedicare al vecchio senzatetto la fine che il suo disagio psichico prevedeva. Ha voluto mettere in scena la storia completa. »

Costa concluse per lei. « Non solo lo ha bruciato vivo. S'è premurato di dare la sua carne da mangiare agli inconsapevoli rom, così come con le carni di san Lorenzo fu sfamato il popolo romano diciotto secoli fa. »

11

Maledizione, maledizione, maledizione.

Seduta al buio, accanto al portatile da cui proveniva l'unica debole fonte di luminosità, Valentina guardava fuori dalla finestra i campi che si alternavano alle strade consolari, le luci provenienti dal centro di Roma, lontano, il cielo perennemente carico di minacce. Era più o meno la stessa visione di cui aveva goduto dal suo ufficio allo SCO, una vita prima. In quel momento avrebbe potuto credere che non fosse accaduto nulla, che tutto quel tempo non fosse trascorso, che lei stesse ancora svolgendo il suo lavoro al Servizio, che non ci fossero stati tanti morti, che non avesse conosciuto il dolore atroce, che non avesse conosciuto Fabio. Avrebbe potuto quasi pensare di avere ancora una possibilità di scegliere e di cancellare tutto. Fabio compreso.

Maledizione.

Lo scenario presentato da Costa aveva rimesso tutto in discussione. In fondo lui era così che faceva. Quando i giochi sembravano fatti o languivano, sparigliava, costringeva a ricominciare da capo.

Maledizione.

Avrebbe potuto ignorarlo. Avrebbe potuto confermare quel volo per l'Aja. Avrebbe potuto tornare a occuparsi dell'unica indagine che le premeva, quella su Hannie e i suoi aguzzini. Invece Costa le aveva ricordato che aveva un compito, lì, a Roma.

Maledizione, maledizione, e ancora maledizione.

Sentì bussare. Si morse le labbra prima di dire: « Avanti! » La porta si aprì per un terzo, facendo entrare una scheggia della luce al neon ancora accesa nelle altre stanze, nonostante l'ora tarda, insieme alla testa di Loris Manna.

« Posso? » domandò.

Valentina annuì.

Loris si accomodò davanti alla scrivania. Aveva in mano dei fogli.

Valentina gli indicò il telefono come se lui potesse sapere che lo aveva usato pochi attimi prima. « Ho appena annullato la missione all'Europol » disse. « Resto qui. E naturalmente anche tu. E... scusami. » Loris non fece commenti. « Va tutto bene? » gli chiese. Le sembrava particolarmente scuro in volto.

« Solo... pensavo a Gabriele. »

« C'è qualche novità? »

« Ancora niente. Stamattina mi ha chiamato Marta, la sorella. Aveva appena ricevuto la visita di Mercuri... »

« Cosa voleva? » gli domandò.

Loris si strinse nelle spalle. « Routine, credo. Le ha offerto ancora una volta l'aiuto dell'amministrazione. Marta mi ha detto che le è sempre sembrato una brava persona. Ha chiesto di noi, di te in particolare. »

« Davvero? »

Non se ne stupiva, in fondo. Carlo Mercuri l'aveva condotta a confrontarsi con quello che le era accaduto. Era stato doloroso, ma liberatorio. Valentina sentiva di avere un debito nei suoi confronti.

« Di cosa volevi parlarmi? »

Lo sguardo di Loris si rianimò. « Ho fatto un po' di ricerche supplementari » disse, agitando i fogli che aveva in mano. « Dopo le scoperte di Fabio... ho riguardato il caso con occhi nuovi. »

Lei non commentò. Sapeva che ai risultati di Fabio sarebbero dovuti arrivare loro. Anzi, lei. Come era già accaduto, Fabio Costa la stava mettendo sulla strada giusta. Che lei lo volesse o no. Forse era questo che le faceva paura. La prima volta che lo aveva seguito aveva pagato un prezzo atroce.

« Spiegami » disse.

« Per prima cosa: è vero, Lorenzo Cipriani era affetto da gravi disturbi psichiatrici. È stato ricoverato in quello che una volta era il manicomio di Roma, Santa Maria della Pietà, per più di venti anni, dal 1976 al 1999, quando l'ospedale ha chiuso definitivamente a seguito della legge Basaglia. Dopodiché, come accaduto a tanti malati, s'è trovato per strada, senza casa, senza assistenza, senza niente. »

« Non era seguito dai servizi sanitari? »

« Una delle regole del rapporto con i malati mentali è la volontarietà. Se non sono violenti con se stessi e con gli altri nessuno se ne occupa, anche se rifiutano le cure. » Consultò gli appunti. « Ogni tanto veniva raccolto dalla strada a un passo dal coma etilico e ospitato per qualche giorno in un reparto specializzato... ma accadeva raramente. La maggior parte della sua vita, Lorenzo l'ha passata per strada... »

« A parte quei vent'anni... »

« Sì, ma è roba troppo vecchia. Se dobbiamo cercare un collegamento con il suo assassino dobbiamo guardare più vicino. »

« Sono d'accordo. » Ma in realtà non sapevano ancora niente.

« C'è però un'altra cosa... » disse Loris. « Stavo cercando

qualcosa che legasse l'omicidio Cipriani a quello di Dario Carboni. Oltre alla scritta lasciata da Samael sulla scena del crimine, intendo. In verità è stato Carlos che mi ci ha condotto. Quel ragazzo è capace di sezionare un microbo. Ha osservato che comunque la malattia mentale di Cipriani è un'informazione peculiare da cui partire. E, insomma, qualcosa forse abbiamo trovato. Anche Carboni sembra abbia avuto dei trascorsi psichiatrici... »

Valentina si sporse verso di lui.

« Un paio d'anni fa è stato ricoverato presso una clinica psichiatrica in un paesino di nome Cuorgnè, vicino a Torino. Risulta da un accertamento della Mobile... »

« Com'è possibile che ci sia sfuggito? »

« Quando ho chiamato il collega di riferimento a Torino, s'è scusato mille volte. Non ci avevano trasmesso un paio di verbali, secondo loro non contavano. Elementi residuali, ha detto il coglione. Comunque, a parte questo dettaglio, non c'era altro. Non sappiamo neanche per quale malattia era stato ricoverato Carboni... sai, la privacy. »

Valentina scosse la testa. Non le andava di recriminare. Adesso era il momento di muoversi. C'era una fragile schiarita.

« La malattia mentale... » disse ad alta voce. « Certo, sì. Potrebbe essere la costante. »

« Comincio a pensarlo anch'io » confermò Loris. Sembrò sul punto di aggiungere qualcosa. Osservava gli appunti che aveva in mano, come indeciso. Poi li richiuse e la guardò.

Valentina non ci fece caso. Elencava mentalmente. Cipriani, Carboni e anche il povero Piovesan. Tutti in qualche modo legati dalla sofferenza per sindromi psichiatriche. Un filo esile univa le loro storie. Finalmente c'era qualcosa. E se doveva rinunciare alla ricerca di Hannie Janssen, almeno avrebbe seguito le tracce di Samael e della sua follia omicida. Forse aveva ragione Castaldi, erano due facce della stessa indagine.

« Cuorgnè? » domandò a Loris.

« Cuorgnè. Una piccola clinica. Non sappiamo altro. »

« Lo scopriremo. Ripartiamo da Carboni. »

12

Si chiamava Franco Riccio, era un collega di Dario Carboni. Anche lui originario del Sud, conosceva Torino e le sue strade e le amava soprattutto di notte. Sembrava strano per un tassista apprezzare la città dopo il tramonto, quando tutto diventa più pericoloso e sfuggente. Ma era così. Ed era un piacere che condivideva con Dario. Ecco perché s'era sentito offeso con la città e la sua oscurità, quando proprio la notte che amavano s'era portata via il suo amico.

Loris lo andò a trovare sul posto di lavoro, nel parcheggio dei taxi della stazione di Porta Nuova, lungo via Sacchi. Valentina aveva preferito così. Convocare Riccio in questura avrebbe fatto perdere troppo tempo e confidava nella spontaneità di un colloquio informale. Per questo aveva mandato Loris a Torino, in aereo. In fondo lui era abituato agli spostamenti improvvisi e contava di risolvere tutto in una giornata.

L'ispettore tecnico attese un'ora buona prima di vedere arrivare il taxi giusto. Convinse Riccio a saltare un paio di corse per parlare con lui, in cambio di un caffè e di un piattino di bignole.

« Certo che mi ricordo quando ho capito che Dario aveva qualche problema » disse Riccio alcuni minuti dopo, con la bocca piena di crema pasticcera. « Ma che c'entra con la sua morte? »

« È per farci un'idea generale. Le indagini funzionano così. »

« Dev'essere forte fare il suo mestiere, eh? Io seguo tutte le serie poliziesche. »

« È un lavoro come un altro. E non creda molto a quello che vede in tv. »

Riccio si strinse nelle spalle. Poi cominciò la sua storia.

« È successo due o tre anni fa. Era luglio... un caldo infernale. Insieme a Dario organizzavamo spesso visite della città per ospiti stranieri, anche se era un servizio che per legge non avremmo potuto fare. Non siamo NCC. Quel giorno avevamo concordato con dei giapponesi una puntata a Palazzo reale. Io e Dario ci saremmo occupati del trasporto al museo e una guida turistica che conosciamo avrebbe scarrozzato i giapponesi nella Galleria sabauda.»

Lo sguardo di Riccio si velò per un momento.

«Quando siamo arrivati davanti a Palazzo reale» proseguì con un tono più sommesso, «e abbiamo scaricato gli otto giapponesi, Dario all'improvviso ha deciso di seguirli all'interno. Per dare un'occhiata, ha detto. Invece di passare un paio d'ore ad ascoltare la radio in auto aveva deciso di acculturarsi un po'. Io l'ho preso pure in giro. A me l'arte non dice proprio niente. E poi avevo scaricato l'ultimo film della Marvel...»

«Cos'è successo?» domandò Loris, che aveva fretta di arrivare al punto.

«Mezz'ora dopo la guida turistica è uscita correndo come una matta, e mi ha detto che Dario s'era sentito male, all'interno del palazzo, e avevano già chiamato un'ambulanza. Mi sono precipitato dentro e... be', glielo dico, me la sono fatta sotto...»

Adesso gli occhi di Riccio non erano soltanto velati. Esprimevano paura, angoscia, e qualcosa che Loris non capiva bene. Era il ricordo, certo. E forse altro.

«Cosa era accaduto al suo amico?»

«Dario era in una delle sale centrali, a terra, sotto un dipinto enorme. Era sdraiato a pancia in su e aveva la schiena piegata come se fosse stato attraversato da una scossa elettrica... Una scossa da un milione di volt, se lo segni questo perché non saprei descriverlo altrimenti. Gli occhi gli si erano rovesciati all'indietro, si vedeva solo il bianco... le dita erano contratte in un pugno talmente stretto che le unghie facevano sanguinare i palmi. E dalla bocca usciva una schiuma bianca e rossa. Gesù, per un momento ho pensato fosse morto. Sembrava uno dei quei film horror che piacciono tanto a mia moglie.»

Poi, raccontò, Dario s'era messo a rantolare e, grazie a Dio, un attimo dopo erano arrivati i paramedici. Negli occhi di Riccio, terrorizzato, erano rimasti la figura agonizzante dell'amico e quel quadro enorme che incombeva su di lui.

«La mattina dopo ho saputo che Dario stava abbastanza bene e che probabilmente aveva avuto un esaurimento nervoso. Lo avevano ricoverato da qualche parte per accertamenti.» Appuntò lo sguardo, adesso di nuovo senza ombre, in quello di

Loris. «Ma quello che ho visto là, sul pavimento in marmo, non era uno che avesse avuto un esaurimento nervoso. Quello era un indemoniato!»

Un mese dopo, Dario era tornato in servizio. Riccio gli aveva domandato come si sentisse ma, dato che l'amico non ne aveva fatto cenno, non aveva avuto il coraggio di chiedergli cosa gli avessero diagnosticato. Sulla questione era calato un velo di imbarazzo. Ma nell'ambiente dei tassisti si diceva che fosse impazzito e che lo avessero addirittura ricoverato in manicomio. E da allora Riccio lo aveva sorpreso più di una volta a ingoiare delle pillole blu. Il rapporto tra di loro era cambiato. Dario Carboni era diventato più cupo, meno amichevole. Ma è la vita. Ed era tutto qui. Non c'era altro da aggiungere. Letto, confermato e sottoscritto, aggiunse Riccio con una battuta e con quello che doveva essere un sorriso complice e risultò soltanto triste.

Ma naturalmente non era tutto lì.

I colleghi della Mobile di Torino avevano già accertato il soggiorno di Carboni presso la clinica Stella Maris di Cuorgnè per una settimana, dal 2 al 10 agosto 2019, anche se non avevano dato importanza all'informazione. Sapevano dal referto del pronto soccorso che l'uomo era stato dapprima ricoverato in ospedale per una crisi epilettica e spasmi convulsivi di probabile origine neurologica. Successivamente, su richiesta dello stesso paziente, era stato organizzato il suo trasferimento alla Stella Maris, una clinica specializzata in malattie mentali. Ma oltre a questo non erano andati. Carboni non aveva parenti a cui poter chiedere altri dettagli. La ghigliottina della privacy aveva sbarrato le porte alle domande dei poliziotti, nonostante il paziente fosse deceduto. E in casa sua non era stato trovato nulla che documentasse quel ricovero improvviso. Per avere maggiori informazioni, era stato richiesto all'autorità giudiziaria un provvedimento di esibizione documentale da opporre all'ospedale, ma l'istanza sembrava fosse andata persa o più semplicemente dalla procura non ritenevano che quel ricovero, lontano nel tempo, avesse a che fare con la morte violenta di Carboni.

Loris tornò a Roma senza ben sapere che valore dare a quello che aveva scoperto. Valentina sembrò invece molto incuriosita.

Gli chiese di parlarne con Gimenez e vedere di tirarci fuori qualcosa.

« È la strada giusta, lo sento. »

E le percezioni di Valentina erano spesso azzeccate. Ma nessuno immaginava quanto.

13

Il mattino seguente, provando un inevitabile senso di colpa nei confronti di Valentina, Loris si incontrò con Costa e lo informò delle ultime novità sul caso Carboni. Aveva fiducia nella donna, ma sentiva che in quella storia c'era bisogno di Fabio.

« Sono d'accordo con lei » disse Costa alla fine del racconto. « Questo è il percorso corretto da seguire. La malattia mentale è l'unico collegamento tra i tre omicidi. »

« A me pare ancora poco » obiettò Loris. « C'è qualcosa che continua a sfuggirci. »

« Certo. Dobbiamo capire ancora molte cose. Ma non è solo questo. In quest'indagine c'è qualcosa che ci riguarda da vicino, Loris. Riguarda te, me... E Valentina. »

« Sì, è quello che pensavo. C'è Gabriele che ci lega a quello che è successo... »

« Non solo. Ho l'impressione che ci sia molto altro. Non mi farò da parte. Non posso. Anche se Valentina rifiuterà ancora il mio aiuto. »

« Sì, ma intanto ci siamo incagliati con questa storia delle malattie. C'è il muro invalicabile della riservatezza medica. Anche a Torino la procura, come al solito, non ci aiuta. »

Ma Fabio aveva già una mezza idea di come indagare sulla malattia di Dario Carboni.

Francesco Bresci rispose al primo squillo.

« Dottor Costa! Come stai? A che devo il disturbo? » La sua voce era allegra con una venatura di cautela.

« Ciao, Francesco. Sei in vivavoce, sono qui con un collega

mio e di Gabriele. Si chiama Loris Manna e avremmo bisogno della tua consulenza. »

Il silenzio dall'altra parte fu eloquente. Bresci s'era mostrato amichevole durante il loro primo incontro, ma forse Costa ne stava approfittando. Domandò con cautela: « Riguarda le indagini su Gabriele? »

« Anche, Francesco. Ma la questione è più complessa... sembra che Piovesan sia davvero incappato in qualcosa che non riusciamo a capire. Magari tu ci puoi illuminare. »

Il medico sospirò. « Spara pure. La colpa è mia che sono troppo generoso. »

Descrissero quello che avevano saputo sulla crisi di Carboni alla pinacoteca torinese e del suo ricovero in una struttura residenziale, proprio come Piovesan.

« Naturalmente, ti dico tutto questo in piena confidenza... stiamo anche infrangendo un paio di regole deontologiche per non parlare della rivelazione del segreto d'ufficio... »

Bresci aveva ruminato al microfono durante tutto il racconto.

« Sì, non ti preoccupare. Sono una tomba. E vedrò di informarmi su questo Carboni e sul suo ricovero. » Fece una pausa. « Ditemi una cosa... la crisi che lo ha colpito è avvenuta all'interno della pinacoteca? »

Costa e Manna si guardarono. « In una sala » rispose Loris.

« Non in un bagno o in qualche ambiente annesso... In una sala, al cospetto di quadri o opere d'arte, vero? »

« Che intendi dire? » domandò Costa che si stava facendo un'idea. Aveva letto qualcosa da qualche parte.

« Non è che sapete precisamente davanti a quale quadro è insorta la crisi? »

Un'altra occhiata. « Aspetta un attimo » disse Loris. Affrontò la tastiera del computer davanti a lui. Aveva trascritto il racconto di Riccio e ricordava di aver chiesto al tassista amico di Carboni di indicare con una certa precisione la sala in cui era caduto in terra, in preda alla crisi.

Sullo schermo che Loris aveva davanti fece scorrere planimetrie, sezioni di un edificio, e poi immagini. Le stanze della Galleria sabauda spostate da qualche anno nella così detta Manica nuova dell'immaginifico Palazzo reale, i suoi corridoi, gli ambienti superbi e i dipinti antichi. Volti e suggestioni di secoli prima che gli ricordarono un'altra indagine, altri quadri, capolavori insanguinati, e lo fecero rabbrividire come sempre. Poi sul monitor si fermò l'immagine di un solo dipinto. Una Madonna in piedi con il capo basso, un angelo gentile che accennava un inchino di fronte a lei, tendaggi rossi, un letto, una finestra aperta da cui entravano un raggio di sole e una colomba. Un disegno finissimo, colori tenui e un gioco di luce e ombre che a entrambi ricordò Caravaggio.

« È successo qui, credo. Davanti a Orazio Gentileschi » Loris lesse ad alta voce. « L'*Annunciazione*. Un quadro immenso, tre metri per due. »

Bresci era rimasto in silenzio. Sentivano il rumore di tasti di computer.

« Eccolo » annunciò poi. « L'ho cercato su internet. » Ancora silenzio. Poi, quasi in un sussurro. « Potrei sbagliarmi. Ma da quello che ho capito siete a caccia di sindromi rare. E di fronte a un'opera di queste dimensioni e di questa potenza e in considerazione del tipo di crisi che ha colpito il vostro uomo, insomma, ci sono buone possibilità che si sia trattato di quella che viene comunemente chiamata sindrome di Stendhal. Di fronte a tanta bellezza la sua mente e il suo cuore non hanno retto. Certo, potrei usare qualche parolone e darvi spiegazioni più tecniche. Ma in sintesi credo che sia questo ciò che lo ha quasi ucciso. »

Costa e Loris tacevano. Bresci aveva colpito nel segno. In un modo che neanche lui poteva immaginare.

« È davvero possibile una cosa del genere? » osservò Costa.

« Temo proprio di sì » confermò Bresci.

« Questo spiega tanto... » mormorò Loris, sbalordito.

Costa annuì. Sì, Dario Carboni era affetto da una sindrome rara quanto quella da cui era colpito Gabriele Piovesan o lo stesso Lorenzo Cipriani. Nel caso di Carboni era la bellezza. La bellezza che lo aveva alla fine ucciso davvero, in uno scantinato della periferia della città che aveva tanto amato.

Samael l'aveva scritto.

Ha incendiato di bellezza i miei sogni.
Nell'estasi mi ha concesso di annegare.

14

Supplemento a conversazioni con il soggetto A – Registrazione del 6.5.2020, ore 15.00, fascicolo 2020/143

– È un piacere sapere che la nostra terapia ha funzionato. È passato un po' di tempo. Stai bene?

– Sto... meglio. Per questo ho voluto rivederti.

– Per ringraziarmi? Scherzo, naturalmente.

– Be', sì, anche quello. Ma anche perché ho bisogno di un consiglio... e dato che in questo momento sei probabilmente la persona che mi conosce meglio... Stai registrando?

– È un problema?

– Niente affatto. Ma non sono qui per un supplemento di terapia.

– E dunque cosa volevi chiedermi?

– Mi è stato proposto un nuovo incarico.

– È una cosa che ti piacerebbe fare?

– Non lo so...

– Ma ti lusinga il fatto che qualcuno abbia bisogno di te?

– Non è questo. È che pensavo di lasciare... di mollare tutto...

– È una scelta soltanto tua. Ma hai detto che questo mestiere è tutta la tua vita. Forse dovresti riconsiderare le tue priorità.

– Ricordi quello che ti ho detto a proposito dei morti... della mia morte?

– Ricordo bene, Valentina. « I morti non hanno nulla da perdere. » Una considerazione un po' nichilista, ma faceva parte del tuo percorso.

– Forse non sono morta, dopotutto.

– Mi sembri più viva che mai. E l'incarico di cui parlavi...?

(*Il soggetto resta in silenzio.*)

– Di che si tratta, Valentina?

– L'Europol ha avviato una task force per indagare su una sorta di organizzazione criminale europea. Potrei dare la caccia a quella donna.

– Ed è questo che ti spinge? Un senso di rivalsa o di giustizia? O è vendetta?

– Voglio solo essere sicura di non essermi persa del tutto. Forse è una buona occasione per ricominciare.

– Allora hai già deciso. Se è quello che vuoi, fallo.

– Tutto qui? Niente psicoterapia? Solo: fallo?

– Non posso darti consigli. Posso solo accompagnarti e aiutarti a capire se quello che tu hai già deciso è la cosa migliore da fare. Almeno dal punto di vista delle motivazioni. Vuoi tornare a indagare su assassini seriali? È il tuo lavoro. Dunque: fallo.

– Non vuoi sapere esattamente quale sarà il mio compito?

– Sono molto curioso, in realtà. Sono pur sempre uno sbirro, come te. Ma non importa quello che io desidero... Fai ancora quei sogni? Sogni ancora quella donna?

– Sempre.

– Capisco.

– Dimmi che andrà tutto bene, ti prego.

– Andrà tutto bene. Te lo prometto.

15

« La sindrome di Stendhal è un'affezione psicotica che colpisce alcune persone davanti alla visione di opere d'arte, specie quando queste sono molte e concentrate in un solo luogo, come in un museo. Provoca vertigini, confusione, allucinazioni, e un aumento tachicardico che in alcuni rarissimi casi ha condotto alla morte. Se ne dà generalmente una spiegazione psicoanalitica. Per alcuni neuropsichiatri non è neanche una vera sindrome, piuttosto un disturbo momentaneo e compulsivo. Si guarisce, in genere. E qualcuno neanche crede che esista. Ah... anche la musica può ingenerare questo tipo di dissociazione... »

Nella mente di Valentina le parole di Loris suonavano ancora un po' vuote. La teoria che gli omicidi di Samael potessero in qualche modo ricondursi alle malattie psichiche delle sue vittime aveva fascino, lei stessa li aveva spinti su quella strada. La conferma dell'affezione di cui soffriva Carboni era venuta dall'amico di Fabio, Francesco Bresci, che aveva anche curato Piovesan. Valentina però era convinta che mancasse ancora un elemento determinante, un profilo a cui potessero attenersi.

Carlos Gimenez l'aveva timidamente informata di aver quasi concluso una prima valutazione della personalità dell'omicida. Stava confrontando le informazioni relative ai delitti con i frammenti delle conversazioni tra Samael e Jerusalem. Ma aveva bisogno di tempo per inserire nel profilo la questione delle sindromi.

Intanto, se la teoria era giusta, voleva dire che Samael, chiunque fosse, sapeva bazzicare nell'ambito delle conoscenze psichiatriche. Anzi, che ne fosse in qualche modo ossessionato. E s'imponeva la domanda di come potesse avere accesso alle informazioni sui pazienti psichiatrici, se perfino la polizia trovava difficoltà a superare gli ostacoli della riservatezza che la legge e la burocrazia imponevano quando si indagava sullo stato di salute dei cittadini. Era più facile accedere a un conto in banca che a una cartella clinica.

Mentre usciva dall'ufficio e l'aria pungente della città le risvegliava i sensi, lo squillo della telefonata interruppe bruscamente i suoi pensieri. Era la terza volta che provava ad andare a casa, per una doccia e qualche ora di sonno, e c'era sempre qualcuno o qualcosa che glielo impediva. Ma quando guardò il nome sul display, aspettandosi ancora Loris o qualcuno dei ragazzi della squadra, si accorse che si trattava dell'unico a cui non aveva voluto pensare.

Fabio.

Strinse il cellulare tra le dita. Sembrava semplice. Doveva solo dirgli di scomparire. Non aveva bisogno di lui. Non più, almeno. Non ora. Quello che in quel momento sapeva di dover cercare era un posto sicuro in cui rifugiarsi, magari per qualche ora. Il tempo di distendere le pieghe dei propri pensieri. E forse sapeva come fare.

Era dal giorno prima che quell'idea le danzava in testa. Forse assurda, inopportuna. Ma quando l'aveva cacciata era tornata, una, due, tre volte. E le idee così testarde non possono essere ignorate.

Il cellulare smise di suonare in quel momento. Fabio non aveva atteso poi molto che lei rispondesse.

Non mise il telefonino in tasca. Cercò invece un numero che aveva registrato tempo prima e che non pensava che avrebbe più utilizzato. Lo compose in apnea, senza darsi il tempo di cambiare idea.

Carlo Mercuri rispose quasi immediatamente.

« Ho bisogno ancora di te » gli disse.

16

Il gocciolio. Lento, costante, metallico. Provocava brividi gelidi fin dentro le ossa. Una goccia alla volta. Proveniva da qualche infiltrazione nella roccia. Valentina lo avvertiva accanto all'orecchio destro. Ma il suono riverberava in tutta la cripta, che lo amplificava e lo rendeva la colonna sonora delle lunghe ore trascorse ad attendere il rito del dolore.

Quando s'era risvegliata dal lungo sonno in cui l'avevano gettata, causato dall'abbraccio di un uomo che non aveva mai visto e che l'aveva sorpresa mentre usciva dal piccolo albergo in cui alloggiava, nella notte padovana, aveva creduto che l'avessero sepolta viva. Il loculo in cui era stesa, nuda e intirizzita, aveva fondo e pareti di pietra che si chiudevano su di lei. Non poteva muoversi. Il terrore che l'aveva assalita, e che si rinnovava adesso nel ricordo, le aveva messo un'indicibile vergogna. Aveva perduto ogni atomo della sua dignità di essere umano, ogni molecola della donna che credeva di essere. Aveva pianto, s'era disperata, aveva sentito l'urina scorrere tra le cosce e stagnare ai suoi piedi, aveva artigliato le pareti che la circondavano e la stringevano in quell'abbraccio umiliante, e aveva implorato, aveva pregato chiunque l'avesse rinchiusa là dentro di liberarla da quell'agonia disumanizzante.

Il resto era stato anche più doloroso e indimenticabile. Come quando l'avevano tratta dall'antico sepolcro in cui l'avevano tenuta chiusa per ore e l'avevano affidata alle cure di Hannie Janssen. Che continuava a ripeterle «*farà un po' male*» e non era vero perché era tanto, tanto doloroso. Così doloroso che a un certo punto Valentina le aveva chiesto di ucciderla. L'aveva implorata.

Ti prego, uccidimi. Non ti costa nulla.

Ma Hannie Janssen non lo aveva fatto. E anche quel rifiuto era stato orribile.

Era durato giorni. E altri giorni ancora.

Eppure, a distanza di tanto tempo, il ricordo peggiore, quello che non riusciva ad affrontare, riguardava le prime, spaventose ore in cui aveva perduto la dignità. Quando aveva creduto che sarebbe morta in quella tomba putrida. Quando s'era già ridotta a una carcassa di carne disperata, maleodorante e piangente.

Era anche l'unica fase della sua prigionia che non aveva mai raccontato a nessuno. Non ne aveva parlato ai colleghi che avevano ricostruito i giorni della sua prigionia e neanche a Carlo Mercuri.

E adesso Mercuri la osservava con occhi penetranti, benché sereni, attraverso il vapore di due consommé fumanti.

Avevano deciso di uscire a cena quella sera stessa, anche se Valentina avvertiva la stanchezza e la voglia di staccare tutto e spegnere la luce era ancora forte. Ma era stata lei a chiamarlo, e Carlo era inaspettatamente a Roma. Anzi, quando gli aveva telefonato stava uscendo dall'ufficio come lei. La distanza era facilmente colmabile e avevano optato per una trattoria senza pretese a metà strada tra i loro uffici.

Rivederlo non sollecitò ricordi sgradevoli, come aveva temuto. Anzi, scoprì con sorpresa che l'unica cosa che quell'appuntamento le offriva era una serata tranquilla, forse persino piacevole.

All'inizio parlarono di lavoro, con la superficialità di due persone che non si conoscono abbastanza. Valentina apprese che Mercuri era suo coetaneo ed era entrato nel dipartimento di polizia appena laureato, a ventisei anni, come lei. Era stato subito assegnato al Servizio centrale operativo di Sanità, in particolare al Centro di neurologia e psichiatria che da qualche anno stava diventando il fiore all'occhiello dell'applicazione dell'analisi psicologica a tutti i settori della polizia. Lei lo aveva sempre creduto più anziano. Durante le sedute di due anni prima le aveva dato l'impressione di una grande maturità. Forse per la spiccata capacità di scavare nel suo inconscio.

« Sai, c'è una cosa che non ti ho mai detto » le confessò, mentre si ripuliva le labbra con un gesto appena accennato. « In parte non potevo, dato il rapporto terapeuta-paziente... Insomma, tu sei stata il mio primo incarico importante. Mi hai cambiato la vita. Professionale, s'intende. »

Valentina notò che era molto attento a scegliere le parole. Gentile. E definì le loro sedute « incontro », come se allora lei non fosse un grumo di nervi e ossessioni che lui aveva dovuto sciogliere per contratto e i loro colloqui fossero stati davvero solo chiacchierate amichevoli. Lo apprezzò.

« Davvero è stato così importante, per te? »

« Non sai quanto. »

Valentina in fondo non faticava a crederlo. Il Centro di neurologia e psicologia medica era dotato di una dozzina di tecnici psicologi, più altri sette sul territorio, dislocati in varie questure. Erano pochi e, come lei quando era allo SCO, venivano sballottati in giro per il Paese secondo le emergenze del momento. In passato il compito degli psicologi in polizia riguardava solo i test psico-attitudinali e, in alcune occasioni, le perizie per valutare se un collega dovesse essere destituito per motivi di disagio psichico. Col tempo il loro compito s'era affinato. Adesso, sempre più spesso, gli specialisti venivano chiamati ad analizzare la mente di poliziotti traumatizzati perché coinvolti in conflitti a fuoco. Sbirri che avevano ucciso. Agenti che avevano visto morire un compagno in servizio. E soprattutto colleghi che indagavano nel campo della pedopornografia e loro malgrado erano stati testimoni dell'indicibile. Non era un compito facile, quello di Carlo Mercuri e dei suoi colleghi. Ma era prezioso.

Mercuri era stato particolarmente attento con lei, anche dopo la conclusione della terapia. L'aveva seguita quando lei ne aveva avuto bisogno. L'aveva anche aiutata a chiarirsi le idee quando Castaldi le aveva offerto il posto all'Europol.

« Sai, quando ho saputo che avevi deciso di mollare tutto mi sono sentito in parte responsabile. Il mio compito non era farti tornare al lavoro, ma solo darti una mano a capire te stessa. Però sentivo che se tu avessi lasciato la polizia sarebbe stata una grave perdita... per l'amministrazione, ma soprattutto per te. »

« Be', non l'ho fatto. È di questo che sei davvero responsabile! » Rise e lui annuì.

« So che il lavoro che stai conducendo all'Europol è importante. Se pensi di aver accettato quell'incarico anche un po' per merito mio, bene, ne sono davvero contento. » Centellinò il vino, come perso in qualche pensiero. « Sai, non tutti si rendono conto che ogni terapia psicologica funziona in entrambi i sensi. Non c'è nulla di più gratificante per uno che fa il mio lavoro che sapere che un suo paziente non solo sta meglio, ma contribuisce a rendere il mondo un posto migliore... e tu lo fai, Valentina. » La fissò. « Ogni giorno. »

Tacque, un leggero rossore sul volto forse dovuto al vino. Valentina fu colpita da quella sincerità. Forse non se l'aspettava da un professionista. Carlo Mercuri le sembrava molto diverso, adesso che il distacco tra terapeuta e paziente era caduto. Sembrava sapere e capire molte, molte cose di lei.

Poi lui volle chiederglielo. Anche se, da gentiluomo, aspettò la fine della loro cena.

« Vuoi parlarne adesso? » le domandò. « Del perché avresti bisogno di me? »

Lei scrollò il capo. « No. Non lo so, cioè. Forse avevo solo voglia di staccare. »

Carlo Mercuri la osservò.

« Non hai bisogno di scuse. E poi non siamo più analista e paziente. »

« È vero... » Si trovò ancora una volta a ridere senza sapere perché.

Lui accompagnò con gentilezza la sua risata e questo le piacque. Anzi, doveva ammettere che le piaceva lui. Forse perché aveva anche ceduto a un paio di bicchieri di vino che adesso la predisponevano ad ascoltare qualsiasi cosa lo psicologo volesse dirle. Ascoltarlo era leggermente inebriante. Una serata perfetta, se solo fosse riuscita a non pensare al suo incarico. Non era ancora abbastanza ubriaca, e decise che avrebbe dovuto darsi da fare di più.

Per amor del cielo, stasera vorrei davvero staccare. Almeno per un momento.

Le sarebbe persino piaciuto che lui la corteggiasse un po', che si spingesse più in là. Così, tanto per provare ad assaggiare una normalità a cui ormai aveva rinunciato da secoli.

« Hai problemi con il lavoro? » le domandò Mercuri all'improvviso. E questo rovinò tutto.

« Oh, no... ti prego. Voglio una serata senza pensieri! »

« Ma lo è. E ti ripeto che siamo qui come amici, non per un supplemento di terapia. Però mi hai chiamato tu, Valentina, e scusami, ma non credo sia stato solo per una cena... C'è qualcosa di cui vuoi parlare, immagino... »

« Parlare di che? Adesso voglio solo bere. » Per dimostrarglielo si versò altro vino. E lo versò anche a lui. Che stava facendo? Non voleva sedurlo ma...

Mercuri si assestò sulla sua sedia. « Lo sai che, dopo aver lavorato con te, mi sono occupato anche di un tuo collaboratore. L'agente Gabriele Piovesan, di Padova. Lo ricordi, vero? »

Valentina smise di sorseggiare il vino e posò il calice. Era un rosso robusto proveniente da una cantina importante. Che però non le era andato ancora alla testa. Peccato.

Guardò Mercuri. Le voleva parlare di Piovesan? Perché voleva demolire quella serata? Non capiva.

« Sì, so che hai sezionato anche il suo cervello » disse, freddamente.

« Io non seziono cervelli! » protestò Mercuri, ridendo.

« Ma se lo stai facendo anche adesso... con me » e lo fissò. Qualcosa era cambiato. All'improvviso. « Perché mi parli di Piovesan? »

« Sono andato a trovarlo, qualche giorno fa. »

« Sì, l'ho saputo. Che c'entra con noi? »

« Il dipartimento all'epoca mi aveva confezionato il pacchetto completo. Tutti quelli che erano usciti dall'indagine sugli omicidi ispirati ai quadri di Caravaggio dovevano essere analizzati e aiutati. »

Non capiva dove volesse andare a parare. « Ma ti sei occupato solo di me e Piovesan. »

« Sì. Costa rifiutò e comunque era già segnato. Non lo avrebbero aiutato. C'era un altro tuo collaboratore, un ispettore tecnico. Ma il colloquio preventivo con un mio collega escluse la necessità di terapia. Restavate soltanto voi. Qualcuno ai piani alti del ministero voleva uscirne più rapidamente possibile. Era una storia ancora piena di ombre, tu lo sai.»

«Sì, immagino che il dipartimento volesse lavarsene le mani.» Ne aveva avuto più di una prova, allora.

«Be', in effetti...» confermò Mercuri. «Ma con Piovesan è stato più difficile. La consapevolezza di aver ucciso qualcuno era superiore alle sue capacità di accettazione. Non era preparato. Aveva bisogno di contestualizzare, per questo aveva idealizzato e ingrandito l'appartenenza dei vostri aguzzini a una sorta di organizzazione criminale estesa e imprendibile. Una specie di anonima del male che poteva arrivare dappertutto e a tutti. Anche dopo la morte...»

Sì. La Geenna faceva questo effetto. Una forma evanescente ma invasiva del male. Inafferrabile eppure vera.

«Perché mi stai dicendo queste cose?» Non era per quello che l'aveva chiamato. O forse sì? Forse Mercuri lo aveva capito prima di lei.

«Perché me ne hai parlato anche tu, ricordi?» disse lui. «Quando sei tornata da me perché eri stata contattata dall'Europol. Mi hai detto che il tuo lavoro sarebbe consistito proprio nell'affrontare quella minaccia che per Piovesan era diventata un'ossessione. Mi ha sconvolto questa cosa...»

«Perché?» Ma adesso immaginava il motivo.

«Perché improvvisamente ho capito che Piovesan parlava di qualcosa di reale. Sicuramente declinato in una forma psicotica, ma comunque basata su fatti concreti. Non dava la caccia a fantasmi, ma a persone reali. Pericolose. E io non lo avevo capito.» Scosse il capo, a disagio. «Con Gabriele Piovesan penso davvero di aver fallito. Non basta monitorare il disagio psicologico di chi ha subito un trauma, è mio compito anche evitare che si trasformi in un disturbo più grave. E se le premesse sono, come è stato per me, la mancanza di fiducia, non si può andare da nessuna parte. Piovesan mi è scivolato dalle mani, e a un certo punto ho potuto solo consigliare un suo ricovero.»

«Sì. Ma perché lo dici *a me*?»

« Perché so che sei amica di Piovesan. E voglio capire se posso rimediare. »

« Non credo. Anch'io non ho fatto nulla per aiutarlo. E adesso non ne ho più la possibilità... »

Mercuri la guardò. Non c'era più allegria nel suo sguardo. Solo una calma mortale. « Sì, il suo tentativo di suicidio. Un altro mio fallimento, a quanto pare. »

Lei non seppe cosa commentare e restò in silenzio. All'improvviso voleva solo andare via.

« Credi che quello che gli è successo sia stato causato dal serial killer che chiamate Samael? » domandò Mercuri.

Valentina s'irrigidì. Lo fissò, glaciale. « Tu cosa ne sai? » Era incredula. L'idea di una fuga di notizie l'aveva raggelata.

Mercuri tornò a sorridere, imbarazzato. « Non mi fraintendere. Non voglio intromettermi nelle tue indagini... »

« Chi cazzo ti ha fatto quel nome? »

L'imbarazzo dello psicologo era adesso evidente. Le sue mani erano sul tavolo come se vi si ancorasse. « Valentina, lo sai come vanno queste cose. Nel dipartimento gira da tempo... insomma, né tu né quelli della tua squadra siete proprio personaggi anonimi. Chiunque vi conosce nella polizia. E anche fuori dall'ambiente. E quando la famosa Valentina Medici torna a Roma a capo di un gruppo dell'Europol e si mette a indagare su due omicidi... be', pensi davvero che la notizia resti riservata? »

Lei rifletteva rapidamente. Il fumo dell'alcol era all'improvviso scomparso. « Mi devo aspettare una fuga di notizie verso la stampa? » gli chiese, fissandolo.

Mercuri batté le palpebre come se non avesse capito.

« Cosa ne so io? »

« Perché mi stai dicendo questo? » Perché Mercuri si stava intromettendo nella sua indagine? Cosa sapeva? Che cosa voleva da lei?

Lo psicologo si sporse e mise una mano sulla sua. Valentina avrebbe voluto sottrarsi, ma Mercuri esprimeva un calore vero, autentico, e nonostante all'improvviso lo stesse vedendo come una minaccia, c'era ancora qualcosa che la spingeva a fidarsi di lui.

« Non ti arrabbiare, ti prego » le disse. « Sei tu che mi hai chiamato e lo so perché. Non mi fraintendere, ne sono felice. Ma so che hai bisogno di aiuto. Vi state addentrando in un ginepraio che ha a che fare con la vostra indagine passata. È normale che questo risvegli le tue paure, Valentina. Ti sto dicendo soltanto che io sono qui. Ci sono, se vuoi. Posso aiutarti... »

« Come? »

« Se è necessario posso richiedere un mandato completo dalla mia direzione. In casi come questo non hanno problemi... »

« Il dipartimento? »

« Se vuoi. Posso anche darti una mano ufficiosamente. Se Piovesan è stato davvero una vittima di questo Samael, forse la mia conoscenza professionale della psiche di quel ragazzo potrebbe aiutare. »

« Abbiamo già chi se ne occupa. Non capisco, che cosa vorresti propormi? Una consulenza? »

« Perché no? Potrei darvi un appoggio psicologico serio e professionale. Ho abbastanza esperienza di psicologia criminale per dare un contributo... »

Quasi le veniva ancora da ridere. Anche se sentiva l'irritazione salirle alla gola. « Vuoi fare il *profiler*? » gli domandò, incredula.

« Ho anche un master in psicodinamica criminale... ma non è questo il punto. »

« Il *profiler*! » Un altro. Ce n'erano un po' troppi in quella storia. Gimenez, l'amico psichiatra di Fabio e adesso Mercuri, detective della mente. « Non credo che sia una buona idea... Forse ho sbagliato a chiamarti. »

Mercuri sorrise e si lasciò andare contro lo schienale. « Okay. Era un'idea. » Prese il suo bicchiere e anche lui finì il vino rosso. Sembrava di nuovo rilassato. « Tutto cancellato, quindi? Ripartiamo da zero? »

Il telefono di Valentina vibrò. E a quell'ora poteva essere soltanto una notizia grave. Nel bene o nel male. O ancora Fabio. Il pensiero di lui la mise a disagio. Si sentì quasi di averlo tradito. Ma era assurdo. Però rispondergli mentre era davanti a Carlo Mercuri la imbarazzava.

Ma era Loris.

« Ce n'è un altro, Valentina » esordì. E per un istante lei si sentì confusa. Si aspettava quasi che continuasse dicendo che un altro sosia di un quadro di Caravaggio era stato rapito e probabilmente sarebbe stato ucciso. Ma il tempo continuava a correre in avanti, nonostante tutto. E se l'ansia e la consapevolezza di essere sempre un passo indietro erano le stesse, gli omicidi e il loro autore erano cambiati.

« È ancora Samael » precisò infatti Loris.

PARTE VII
LA PAZZIA DI DIO

« Perirà la sapienza dei suoi sapienti, si eclisserà l'intelligenza dei suoi intelligenti. »

Isaia, 29:14

1

Le montagne incombevano ancora. Profili taglienti, versanti scoscesi in parte presi a morsi dall'uomo cosicché lasciavano intravedere i riflessi bianchi del marmo. Ombre che si stagliavano fino alla costa, sulle spiagge dove il mare era aspro d'inverno e dolce d'estate. Le montagne incombevano. Sempre.

La zona era chiamata « La Brugiana », un nome spigoloso come il dialetto di quelle parti. Lassù, sull'altopiano di faggeti, a metà strada tra una di quelle cime e uno dei molti paesi disseminati a valle, era stato rinvenuto il corpo di Mattia De Pascalis. Vi era incappato uno dei tanti cercatori di funghi che considerava tutta sua quell'area di ricerca e che da quel giorno non vi tornò più. Conosceva troppo bene il meccanismo con cui i porcini si nutrono di ciò che la terra offre, cadaveri compresi.

Le foto scattate dalla Scientifica erano nitide. De Pascalis aveva cinquant'anni e un fisico asciutto, da sportivo. Lo si notava ancora nonostante nelle immagini sembrasse in parte assorbito dalle sclerofille verdissime e ostili che lo accoglievano. Giaceva nudo ai piedi di un nocciolo selvatico ed era morto da almeno una settimana. Un po' la decomposizione un po' i morsi dei piccoli animali avevano reso difficile la sua identificazione. Ci erano arrivati grazie a uno screening delle scomparse più recenti e poi al riconoscimento del corpo da parte di un cugino.

I tre fori di proiettile, uno nel cranio e due alla schiena, avevano permesso di ipotizzare, ancor prima dell'autopsia, la causa della morte.

Le stranezze cominciavano proprio lì.

Le tre ogive estratte risultarono formate da una miscela di piombo e argento. L'esperto balistico chiamato a fornire una spiegazione aveva detto che spiegazioni non c'erano. Si trattava di un calibro 30-30, con palle da 150 grani, utilizzate probabilmente da una carabina a canna rigata, di quelle per la caccia al cinghiale. Ma nessun cacciatore avrebbe utilizzato una lega del genere. A parte il problema di calcolare con precisione il peso specifico necessario, non esisteva ragione alcuna per utilizzare l'argento. Erano pallottole che non avrebbero dovuto esistere.

Ma la curiosità era un'altra.

Il corpo era rimasto supino nel letto di foglie e neanche gli animali o l'inclemenza del tempo lo avevano spostato dalla posizione originaria. Nonostante le ipostasi e la decomposizione che ne aveva reso la superficie spugnosa, era sufficientemente intatto. Ma quando il cadavere venne accuratamente lavato, il patologo rilevò un taglio verticale di circa dieci centimetri praticato dallo sterno in giù. Dentro il cadavere, nello spazio tra la terza e la quarta costola all'altezza del polmone destro, infilata con quella che il medico giudicò una forza brutale e decisa, c'era una tavoletta di legno, non più grande del palmo di una mano. Quando la ripulirono dal sangue che la ricopriva, scoprirono l'incisione di una frase.

Era il motivo per cui la squadra di Valentina era stata convocata.

Samael è stato qui.
Ha scrutato negli occhi il leviatano in me.
Ha ascoltato il suono della mia ferocia.
Ha sollevato il giogo della mia potenza.
Ha sciolto la catena che mi rendeva prigioniero.
E sotto questo cielo mi ha reso furia.

« Sorprendente, vero? »

L'addetto alla Scientifica della questura di Massa Carrara stava mostrando loro le foto scattate durante il sopralluogo e poi in sede di esame autoptico. Ma il centro della loro attenzione era naturalmente quel rettangolo di legno su cui con precisione degna di un artigiano era stata incisa la frase di Samael. La tavoletta era adesso posata su un ripiano del laboratorio di analisi, protetta da un involucro di plastica trasparente, attraverso il quale le parole rilucevano sotto i neon e sembravano ancora tinte nel sangue di Mattia De Pascalis. Il tecnico che se n'era occupato aveva detto che era fatta di mogano, un legno pregiato, e l'incisione era stata praticata tramite pirografia.

« Non abbiamo rilevato nessuna impronta » disse l'ispettore della Squadra mobile che l'aveva accompagnata nei laboratori della Scientifica. Si chiamava Paolo Buratti, aveva l'aspetto di uno studente fuori corso, con gli occhiali tondi e una calvizie incipiente. Sapeva chi era e cosa aveva fatto Valentina Medici, lei se ne accorse da come la scrutava.

Quando Loris Manna l'aveva informata che l'alert su Samael era stato raccolto dalla questura apuana e associato alla scoperta di un cadavere, la mente di Valentina s'era in qualche modo schiarita. Era stato come il colpo dello starter in una gara d'atletica. All'improvviso non avvertiva più l'ansia di un'indagine che la costringeva a stare lontano da Suzanne e dal suo enigma. E neanche la paura di non uscirne. A un tratto sapeva cosa doveva fare.

Aveva deciso di andare a Carrara a indagare sulla terza vittima ufficiale di Samael (si ostinava a tenere fuori Gabriele Piovesan da quel terribile elenco), accompagnata dal solo autista. Loris sarebbe rimasto a coordinare il lavoro della squadra a Roma. Ne era di certo in grado.

Aveva chiesto a Carlos Gimenez di accompagnarla. Le sembrava che lo spagnolo si stesse ritirando in un bozzolo tutto suo. Stilare un profilo psicologico accurato richiedeva tempo ed energia e soprattutto un certo isolamento. E infatti lui le chiese di restare ancora un po' in disparte, e lei accettò la sua decisione.

Fabio invece non faceva proprio parte dell'equazione. Era stata chiara. Non poteva e non voleva coinvolgerlo.

Aveva scoperto di aver bisogno di indagare da sola, per ritrovare la Valentina di un tempo.

Alle prime luci del giorno successivo alla telefonata di Loris, dopo un viaggio notturno in auto di circa quattro ore, senza alcuna sosta, era già a Carrara. Le Alpi apuane, che sembravano voler inghiottire da un momento all'altro il litorale, le trasmisero una certa inquietudine. Capì subito perché. La zona di caccia di Samael era terribilmente vasta, eppure sembrava conoscerne ogni anfratto. Il che era praticamente impossibile. A meno che non avesse pianificato tutto. Ma anche questo era quanto meno sorprendente.

« Qual è lo scenario più plausibile? » domandò al collega della Mobile.

« L'unico che ci viene in mente è piuttosto difficile da digerire... » disse l'ispettore Buratti, continuando a guardare le foto in cui spiccava il bianco sporco del corpo di De Pascalis, « e non so appunto come farlo digerire al sostituto procuratore. Ma non c'è dubbio che De Pascalis sia stato inseguito e stanato proprio come un cinghiale... mi perdoni il paragone. A parte il calibro adeguato, ci sono tracce della sua corsa attraverso il campo che costeggia una strada sterrata là vicino. E i colpi di fucile sono stati sparati a una certa distanza. »

« Cacciato come un animale... » mormorò Valentina.

« Sì. E c'è dell'altro... »

« Cos'altro? Cosa mi nasconde? » chiese Valentina, dura.

Buratti sembrava ancora incredulo all'idea che un assassino seriale avesse insanguinato la sua terra, incontaminata e selvaggia ma così lontana da storie come quelle su cui indagava Valentina Medici. Di solito da quelle parti avevano a che fare con un consistente traffico di stupefacenti e qualche rapina ogni tanto. I rari omicidi erano quasi tutti passionali. Mattanze occasionali.

« Ispettore? » ripeté Valentina.

« Deve venire con me, dottoressa. »

« Dove? »

« A casa della vittima. Altrimenti non mi crederebbe mai. »

2

Da quando la madre era morta, l'anno prima, Mattia De Pascalis viveva da solo in una villetta a due piani a Marina di Carrara, a pochi metri dal confine con la provincia della Spezia. Ogni mattina al risveglio poteva ammirare il mare e, alle spalle, l'ombra rigogliosa di Monte Marcello dove, da secoli, gli amanti andavano a rifugiarsi. Aveva smesso da qualche tempo di lavorare come consulente finanziario. Dicevano sfruttasse un'ingente vincita al gioco o un'eredità non ben definita. Insomma campava di rendita. Ma non aveva amici né legami quotidiani, tanto che la sua scomparsa era stata denunciata venti giorni prima dal medico di famiglia con cui De Pascalis aveva un appuntamento che aveva saltato, risultando poi irraggiungibile.

« Forse abbiamo individuato giorno e luogo della sparizione » spiegò l'ispettore Buratti. « Le sue tracce si perdono dalla notte del 25 marzo, all'interno di un locale gay non lontano da qui, a Marina di Carrara. Stiamo acquisendo tutte le immagini delle telecamere, sperando che non le abbiano già cancellate. »

In effetti erano passate più di due settimane. Si trattava di capire se la morte fosse sopravvenuta la stessa notte o qualche giorno dopo.

« È questo il punto » disse l'ispettore, mentre scostava il nastro con cui la villetta di De Pascalis era stata sigillata dopo i sopralluoghi della Scientifica e apriva una porta di un verde brillante.

L'interno dell'abitazione non presentava all'apparenza alcuna anomalia. Quando entrarono, però, Valentina fu aggredita da un odore intenso. Puzza di chiuso e di cibo andato a male.

Penombra, mobili di buon pregio forse un po' datati, polvere ma non disordine, tende colorate e chiuse su finestre altrettanto sbarrate. Al piano superiore due stanze da letto, un altro bagno e una stanza relax che De Pascalis aveva arredato con attrezzi da ginnastica.

« Ma è qui sotto che deve vedere. »

Buratti la precedette lungo una scala che scendeva al livello inferiore della casa. Da quelle parti era praticamente d'obbligo avere una taverna per trascorrere le serate con amici: stile rustico, una tv, un impianto stereo, un salotto comodo.

Nel caso di Mattia De Pascalis, la taverna aveva avuto di certo tutt'altra funzione.

Era un locale rettangolare di circa venti metri quadrati, illuminato da freddi neon al soffitto coperti da grate. Due finestrelle lungo una parete si affacciavano all'altezza del giardino esterno e su un lato era stato installato un lavandino e ricavata una piccola cucina. Generalmente quegli ambienti venivano resi più accoglienti da un arredamento in mattoni rustici o da un pavimento in parquet. Lì era tutto in cemento a vista. Nessun orpello.

Tutto era funzionale alla grande gabbia al centro del pavimento.

Era dotata di sbarre del diametro di almeno cinque centimetri, infisse nella pietra del pavimento e che arrivavano fino al soffitto. C'era un'unica entrata, un cancello dotato di una serratura e corredato, come surplus, di una grossa catena con lucchetto. Non era più ampia di una decina di metri quadrati e al suo interno c'era soltanto un lettino da campo accanto al quale pendevano inerti altre catene.

L'odore lì era più forte. Era denso. Aveva qualcosa di selvatico e putrescente allo stesso tempo. E Valentina capì presto a cosa era dovuto.

Accanto al lettino da campo, sul pavimento, c'erano degli avanzi: ossa e tranci di carne che adesso brulicavano di larve.

Buratti tossì, portandosi una mano al naso.

Valentina lo guardò. « Cosa vuol dirmi, ispettore? »

« Noi pensiamo che De Pascalis sia stato tenuto prigioniero qui prima di essere portato a morire su quel monte, nella Brugiana. E quella carne cruda è stata probabilmente la sua ultima cena. »

3

« Licantropia clinica » disse Loris, al telefono. « O cinantropia, se il soggetto si crede un cane invece che un lupo. Dipende molto dall'ambiente culturale... in Cina, ad esempio, chi è colpito da questa sindrome tende a credersi un cane, in Russia un orso... ormai sono un esperto. »

Nonostante il tentativo di ironizzare, Valentina percepiva con nettezza la frustrazione di Loris. La stessa che provava lei. Era come avanzare in una stanza buia. A tratti, una lama di luce rischiarava un profilo, un dettaglio. Ma poi tutto si confondeva e bisognava ricominciare a procedere a tentoni.

Era sdraiata, il cellulare collegato agli auricolari, distesa sul letto matrimoniale di una stanza di un Holiday Inn che sorgeva a due passi dall'autostrada, circondato da un grande giardino e protetto da una barriera di cipressi che là fuori, nella notte, apparivano più tristi che lugubri. Aveva le finestre rivolte a est, così che, pur avvertendo l'odore del mare in tempesta, poteva ammirare solo le sagome scure delle montagne. C'erano poche luci, lassù, perché ampie zone di quei monti erano deserte. Mattia De Pascalis era stato inseguito e abbattuto come una bestia lungo uno di quei crinali. Una zona che il suo assassino doveva conoscere molto bene. Non c'era modo, altrimenti, di uscirne.

Loris continuava a leggerle i suoi appunti. « La sindrome di cui soffriva De Pascalis è caratterizzata dalla convinzione di subire una trasformazione somatica. In alcuni casi è stata riscontrata persino un'anomala crescita della peluria per una sorta di adeguamento del corpo ai deliri della mente. Licantropia clinica è il nome volgare; è detta 'teriantropia'. Chi ne è affetto si crede una sorta di non-umano in continuo cambiamento. Sembra un mito ma in realtà è una condizione terribile e abbastanza diffusa. Ci sono stati serial killer che hanno sofferto di questa psicosi. »

« Un lupo mannaro. Riesco a malapena a crederci. » Ma le pallottole con cui era stato ucciso contenevano argento.

« Il mito spesso sorge da una realtà che vogliamo nascondere » commentò Loris.

« Ma De Pascalis non è l'assassino, è la vittima. »

Loris tacque.

Valentina gli aveva inviato tutti i dati messi a disposizione dalla polizia di Carrara. I colleghi territoriali in quel caso erano stati rapidi ed efficienti. Non avevano ancora redatto un'informativa definitiva per la procura ma intanto le avevano dato accesso a tutto quello che avevano: le foto, i documenti che avevano trovato e poi una striminzita lista di contatti presi dalle agende e dal telefono della vittima, oltreché acquisiti a seguito di una serie di rapidi interrogatori. Il fatto era che pochi conoscevano davvero Mattia De Pascalis. Anche se qualcosa di interessante era emerso.

I poliziotti avevano scoperto che De Pascalis frequentava certi locali notturni della costa. In alcuni di essi erano stati denunciati episodi di violenza sessuale legati all'uso di sostanze psicotrope, come inibitori della volontà quali il GHB. Stando a una soffiata, De Pascalis nel giro era conosciuto proprio come uno sospettato di utilizzare queste droghe per procacciarsi rapporti non consenzienti. Nessuno lo aveva mai segnalato, però durante la perquisizione in casa quelli della Mobile avevano in effetti trovato alcune boccette risultate poi contenere proprio la cosiddetta « droga dello stupro ». Insomma, il « lupo mannaro » andava a caccia armato di stupefacenti invece che di artigli.

Su richiesta di Valentina, inoltre, i colleghi avevano parlato ancora con il vecchio medico di famiglia che aveva in cura Mattia e che aveva segnalato la sua scomparsa. Che aveva raccontato una storia interessante.

Figlio unico e molto presto orfano di padre, Mattia aveva sempre vissuto all'ombra della madre, Margherita Basteri, una donna colta e piena di impegni che però non gli aveva mai fatto mancare il suo affetto. A diciannove anni, De Pascalis aveva iniziato a soffrire di crisi epilettiche via via più frequenti. La madre non aveva badato a spese per curarlo e, per qualche anno, la situazione era sembrata migliorare. Poi, una decina di anni prima, quando Mattia aveva ormai raggiunto la quarantina, le crisi erano tornate. Ed erano peggiorate. Violente, pericolose. La madre s'era rivolta ai migliori psichiatri, che avevano confermato la diagnosi neurologica. La sindrome di Mattia, dovuta probabilmente a una minuscola lesione congenita del lobo frontale, era associata a una devastante psicopatia che lo induceva in certi momenti a credersi un animale. Un lupo.

L'unica cura sembrava essere un ricovero a lunga degenza associato a psicofarmaci e terapia elettroconvulsiva.

Margherita inorridì all'idea di sottoporre il figlio a elettroshock e, nonostante l'età avanzata, decise di curarlo da sola.

La gabbia in ferro installata nella taverna della villa era stata la risposta della donna alle crisi violente del figlio. Il medico di famiglia inizialmente non aveva approvato. Poi però, di fronte alla determinazione e alla disperazione di Margherita, aveva acconsentito a seguire l'andamento della malattia mantenendo però contatti costanti con i presidi sanitari psichiatrici locali. Era pronto a intervenire, se fosse stato necessario, anche contro il parere della madre di Mattia.

Ogni volta che De Pascalis avvertiva l'aura di una crisi in arrivo, spesso in coincidenza con il plenilunio, proprio come narra la mitologia del licantropo, la madre lo rinchiudeva nella sua prigione privata. Lo vegliava, piangendo e pregando, fino a che le convulsioni cessavano e Mattia poteva tornare alla luce del sole. L'uomo si sottoponeva volontariamente alla contenzione. Sapeva di essere un lupo mannaro e voleva essere trattato come tale. Nelle pieghe fredde dei rapporti di polizia sembrava emergere anche una sorta di autocompiacimento. Valentina si stupì di trovare quella considerazione nella relazione di un agente. Evidentemente quella storia aveva suggestioni che neanche uno sbirro navigato poteva evitare di commentare.

L'insolita strategia di cura parve funzionare e, con gli anni, le crisi diminuirono fino a sparire del tutto.

La recente morte della madre sembrava non aver cambiato nulla. Per quello che il suo medico sapeva, Mattia De Pascalis non aveva più sofferto di allucinazioni. La gabbia era rimasta come un metallico, arrugginito monito nella taverna di casa.

Eppure Samael aveva appreso delle condizioni di Mattia. E le aveva usate per progettare la sua fine. Come era entrato in possesso delle informazioni necessarie?

« C'è anche l'aspetto religioso » le disse Loris. « Ti passo Gimenez che sembra esaltato dall'ultima poesia di Samael. »

In realtà, al telefono, Carlos Gimenez le parve più inquieto che eccitato. « Buonasera, dottoressa » esordì col suo italiano musicale. « In realtà questo aspetto era già emerso, come sa. Ma adesso direi che è un punto centrale nell'immaginazione dell'*offender.* » Lo spagnolo utilizzava i termini tecnici imparati nei corsi di criminologia ma non era un vezzo.

« Cosa mi dici della frase incisa sulla tavoletta? »

« Credo che riecheggi l'*Apocalisse* di Giovanni... in particolare il capitolo 13... 'La bestia selvaggia che io vidi era simile a un leopardo.' Di certo Samael la lega al concetto di bestialità ferina, ma nella versione biblica il senso è del tutto diverso. Lì si parla della bestia che sorge dall'oceano e che anticipa l'Armageddon. Qui l'omicida sembra esaltare la parte animale della sua vittima, come per renderla consapevole della sua condizione e, come dice alla fine, liberarla.»

«E questo che cosa comporta?»

Gimenez esitò. «Credo intanto che indichi una conoscenza parziale dei testi sacri... O meglio, un tentativo di manipolarli a suo piacimento per conferire un crisma sacrale alle proprie imprese. Però devo ancora lavorarci...» Sembrava volersi scusare.

«Grazie, Carlos, ottimo lavoro. Ripassami Loris, per favore.»

Attese che il collega prendesse la comunicazione. «Scandaglia la vita di De Pascalis. Hai la sua mail, il contenuto del suo cellulare, hai tutto quello che ti serve. E poi ricominciamo. Rivediamo gli altri omicidi.»

«Va bene.»

«Ci vediamo domani. A Roma» concluse Valentina.

Ma era un po' che nessuno dei suoi progetti si realizzava.

4

Il Marilyn era il locale di riferimento della comunità LGBTQ+ della Versilia e della costa ligure, ma era frequentato anche da un folto pubblico eterosessuale perché offriva buona musica, buoni cocktail e riservatezza a volontà. Era anche dotato di tre dark room per le occasioni speciali.

Mattia De Pascalis non era un cliente assiduo, ma un paio di barman lo avevano riconosciuto dalle foto che la polizia aveva mostrato. Generoso con le mance e discreto. No, non ricordavano la sera in cui era scomparso. Il 25 marzo? Una domenica. Troppi avventori. Troppa confusione.

Ma Loris aveva i video. I colleghi della Mobile erano stati fortunati ad acquisirli. Un giorno ancora e sarebbero stati sovrascritti e perduti per sempre. I poliziotti avevano estratto alcuni fotogrammi che probabilmente ritraevano l'assassino.

Nelle inquadrature, però, l'uomo non offriva mai lo sguardo all'occhio delle telecamere, come se sapesse dove fossero posizionate. Questo implicava che aveva fatto dei sopralluoghi in passato. Ma le registrazioni delle settimane precedenti erano ormai state cancellate.

Loris però aveva i suoi sistemi.

Passò la traccia digitale a « Dio » che, nell'immaginazione di Loris, parve felice di mettersi al lavoro. Spacchettò i cinque diversi video provenienti da altrettante telecamere, individuò e marcò De Pascalis e il suo assassino, li seguì nei diversi spostamenti e attraverso un montaggio accurato confezionò un unico filmato cronologico. Il risultato era per certi versi sorprendente. Sembrava che l'occhio attento di un regista avesse seguito la parabola di Mattia De Pascalis dal momento in cui era entrato nel locale all'attimo in cui ne era uscito. E quella nuova progressione di immagini apriva uno scenario che la visione dei singoli filmati non aveva fornito.

La prima cosa che Loris capì era che De Pascalis era andato al Marilyn per cercare una preda. L'atteggiamento non permetteva equivoci. Entrava, si fermava sulla soglia, si guardava intorno. Lo zoom ad alta definizione che le telecamere eseguivano random e che « Dio » aveva estratto e inserito al punto giusto ne esaltò i lineamenti e l'espressione. Mattia aveva occhi famelici. La malattia non era mai scomparsa, come aveva invece fatto credere a tutti. Aveva solo trovato modi meno eclatanti di manifestarsi. Mattia De Pascalis non aveva mai smesso di essere un licantropo. Il lupo non se n'era mai andato e adesso stava annusando l'aria per individuare l'oggetto del suo desiderio.

A un tratto, nel filmato, un accenno di sorriso si disegnò sulle sue labbra. Si mosse verso un punto preciso della sala affollata.

Il montaggio di « Dio » aveva individuato e inquadrato l'uomo a cui puntava. La sequenza cronologica delle riprese aveva però esaltato il suo comportamento già prima che Mattia facesse il suo ingresso e ne aveva svelato le intenzioni. Vestito di nero e con una sciarpa grigia al collo, lo sconosciuto era seduto al bancone del lounge bar, dava le spalle alla porta e nulla all'apparenza poteva aver attratto l'attenzione di De Pascalis se non la sua postura, forse il fatto che bevesse da solo. Ma prima che lo sguardo del licantropo arrivasse a lui, l'uomo aveva voltato la testa, apparentemente con casualità, verso il nuovo arrivato. Era stato un gesto rapido, semplice, e ancora una volta la telecamera non era riuscita a inquadrarne che una porzione del profilo, troppo poco per darlo in pasto ai software di riconoscimento, sufficiente solo per dire che non portava barba e baffi. Ma quel movimento aveva un significato. Non era stato casuale: lo sconosciuto sapeva che De Pascalis sarebbe entrato da quella porta. *Lo attendeva.*

Loris si concentrò, perplesso.

Mentre De Pascalis si faceva strada tra chi ballava e chi si limitava a ondeggiare con un bicchiere in mano, in un momento in cui si distraeva per evitare una coppia di donne che danzavano baciandosi, lo sconosciuto scomparve. Fu abile ma ancora una volta il montaggio ne rese esplicite le intenzioni: aveva aspettato che De Pascalis si voltasse per alzarsi e dileguarsi rapidamente.

Quando Mattia giunse al bancone, si guardò intorno smarrito. La sua preda era sparita. Il cacciatore era rimasto a bocca asciutta.

Un attimo dopo, l'uomo riapparve alle sue spalle, lo sfiorò con apparente casualità, e proseguì verso un angolo del locale. De Pascalis sogghignò – anche stavolta l'inquadratura fu perfetta – e poi si mise al suo inseguimento.

Nell'ultima scena del film montato da « Dio », circa venti minuti dopo, i due si toccavano appena ma si muovevano chiaramente insieme. Nel lasso di tempo in cui s'erano sottratti all'occhio elettronico della sorveglianza era avvenuto l'approccio che, a questo punto, Loris era certo fosse stato favorito dallo sconosciuto più che da Mattia De Pascalis.

Raggiunsero insieme l'uscita e si dileguarono nella notte.

Per tutta la durata di quella strana danza, lo sconosciuto aveva evitato le videocamere.

Loris Manna rifletté. I colleghi della Mobile non si erano accorti di ciò che era accaduto veramente. A loro forse non sarebbe importato. Che De Pascalis avesse rimorchiato il suo assassino o che fosse avvenuto il contrario, all'apparenza non cambiava nulla. Ma quello che Loris e « Dio » avevano scoperto era tanto sorprendente quanto importante.

Mattia De Pascalis era convinto di essere il predatore in quella notturna ricerca di una potenziale vittima, che fosse oggetto del suo appetito sessuale o carne per altri desideri. E forse col tempo avrebbero scoperto che anche lui aveva pulsioni omicide. Che qualcuno non era tornato da quel gioco di droga e seduzione. Che il licantropo aveva soltanto finto di non esistere più. Solo che in quell'occasione non s'era accorto di essere la vittima. Era caduto in una trappola mortale nel momento stesso in cui aveva messo piede al Marilyn.

Quando Loris prese il cellulare in mano per avvertire Valentina, si accorse che lo schermo s'era acceso e lo smartphone aveva iniziato a vibrare. Forse lo cercavano da un po', mentre era immerso in quel video terrificante, e non se n'era accorto.

Il nome che apparve in rubrica gli fece saltare lo stomaco in gola. Marta Piovesan lo stava chiamando. E lui ebbe la visione di Gabriele e dei suoi occhi ormai senza vita.

5

Tornare a Roma divenne un'opzione impraticabile. Forse Valentina avrebbe dovuto rientrare lo stesso, il suo lavoro lo esigeva, ma non poteva. Gabriele Piovesan non meritava la sua indifferenza. Non un'altra volta.

E poi c'erano altre ragioni. Meno nobili, ma altrettanto importanti. Se Gabriele era il punto di contatto tra Samael e gli altri omicidi, forse custodiva almeno una risposta ai loro molti interrogativi.

Valentina lasciò Carrara ma, invece di dirigersi a sud, ordinò all'autista di procedere verso Padova. Quando vide i primi cartelli in autostrada e si rese conto che stava tornando davvero nella città in cui era stata sequestrata e torturata, un groviglio di emozioni le si annodò dentro. Forse la terapia di Carlo Mercuri non aveva funzionato fino in fondo. Valentina, e tutti loro, erano ancora imprigionati in quel gioco di enigmi e di morte, e pensare di esserne usciti era solo un altro inganno. Le luci e le ombre della città veneta glielo ricordarono.

Non era mai stata a casa di Gabriele e quando l'autista fermò l'auto accanto a un gruppo di palazzine moderne e anonime, per un momento pensò a un errore. Il suo ricordo di Padova era composto da un intrico di vicoli scuri e porticati in cui si annidavano presenze ostili.

Sulla porta di casa, una donna dal volto di bambina e due occhi grandi come quelli di Gabriele le aprì e le sorrise. « Lei è Valentina, vero? »

Annuì e la sorella di Piovesan l'abbracciò senza preavviso. Valentina restò sorpresa ma non si sciolse dalla stretta. I capelli della ragazza, che le arrivavano al mento, sapevano di shampoo alla pesca, e il viso premuto contro il suo collo aveva l'odore di pianti interminabili e della paura. La commosse e in qualche modo la tranquillizzò.

« Sono di là » disse la ragazza dopo essersi staccata dall'abbraccio, le gote rosse per l'imbarazzo. La fece entrare nella zona giorno, con un televisore troppo grande, un delizioso angolo cottura e un divano letto, che era stata trasformata in una stanza d'ospedale. Gabriele era sotto lenzuola immacolate e quando la vide entrare s'illuminò.

« Dottoressa! » Era il ragazzo che ricordava, solo molto più magro e di un pallore funebre. Aveva i capelli arruffati e dai riflessi grigi e occhi cerchiati. Sotto l'orbita destra un'applicazione vistosa macchiata del giallo della tintura di iodio copriva la cicatrice. L'aveva salutata con evidente fatica, e presto Valentina avrebbe percepito lo sforzo che il ragazzo stava facendo per tornare alla vita. Era l'immagine di un fragile miracolo.

Loris e Fabio l'avevano anticipata con il primo aereo disponibile. L'ispettore era accasciato su una sedia, i gomiti puntellati stancamente sulle ginocchia, e le rivolse uno sguardo allarmato. Fabio era in piedi, dall'altra parte di quel letto improvvisato, con l'espressione cupa, indecifrabile. Si prese solo un attimo per guardarla, e lei ricambiò.

« Lo hanno portato a casa oggi » spiegò Marta Piovesan, spingendola dolcemente verso il fratello. « Non me l'aspettavo così presto. Dicono che è in ripresa, ma il proiettile è sempre dentro. Ha una lunga e difficile convalescenza da affrontare.»

Valentina si stava accomodando sulla sedia messa a disposizione dalla ragazza, ma Gabriele le fece cenno con la mano di prendere posto accanto a lui, sul bordo del letto.

Lei gli sorrise e lo raggiunse. Gli prese la mano, aveva il palmo e le dita caldissime e asciutte. «Come ti senti?»

«Meglio» sussurrò, nel tentativo di far fluire le parole. «Mia sorella piange più adesso di prima. È solo che... devo imparare di nuovo. Anche a parlare... Ma mi sento bene.» Ogni frase era spezzettata dalla fatica. Un velo di sudore gli imperlava la fronte.

«Il ragazzo è un leone» disse Loris, continuando a fissarlo.

«Grazie di essere venuta» sussurrò ancora Gabriele. «Non c'era bisogno... ma mi fa piacere.»

«Non potevo non essere qui.»

«Gabriele ci stava raccontando quello che gli è successo» disse Fabio. «Quello che ricorda, in effetti. Che non è molto... ma può essere tanto.»

Valentina incrociò lo sguardo di Costa. Gabriele poteva essere l'unica vittima di Samael in vita. E per questo avrebbe potuto sciogliere molti dubbi. Evidentemente Fabio la pensava allo stesso modo e lei glielo stava leggendo in volto. Tuttavia, sotto l'espressione addolorata e cupa di Fabio, si agitava qualcos'altro. Qualcosa di simile agli occhi di una belva in gabbia.

«Per prima cosa» stava ripetendo Costa, fissandola senza indulgenza, «Gabriele ci ha raccontato che non ha mai voluto uccidersi...»

«È stato lui» disse il ragazzo, gli occhi sbarrati in un vuoto che nessuno di loro poteva comprendere. «Io non mi sono mai sparato. È stato lui. Lui mi ha ammazzato.»

6

Parlò lentamente, con uno sforzo che gonfiava i tendini del collo. Gli occhi sporgevano dalle orbite e il tremore delle labbra si accentuava. A volte sbagliava i termini. Era come se stesse imparando a comunicare di nuovo. Più di una volta Marta li pregò di smetterla, ché il fratello stava troppo male per sottoporsi a quella tortura, ma lui riusciva comunque a fulminarla con lo sguardo in un modo che lo faceva assomigliare al Gabriele che tutti loro avevano conosciuto. E alla fine disse ciò che aveva bisogno di raccontare. Ci mise un po', ma lo fece.

« Sapevo che quello che vedevo e toccavo non era davvero reale. Non solo perché me lo dicevano i medici. Ma quando lo guardavo... lo vedevo più chiaramente di quanto adesso veda voi... »

« Che cosa ricordi di preciso di quella sera? » intervenne Costa, lanciando un'occhiata a Loris. Avvertirono tutti il sospiro rumoroso di Marta.

Gabriele volse lo sguardo dall'uno all'altra, aggrottando la fronte. La ferita sotto l'occhio era circondata da un grumo nerastro che sarebbe rimasto visibile per molto tempo. Erano coscienti, lui per primo, che la minaccia di quel proiettile nel cranio era senza fine. Uno spostamento, lo sfregamento contro un'arteria e la sua lacerazione avrebbero significato la morte. Ma quello che lo tormentava, spiegò con fatica, non era la fragilità della sua condizione. Non aveva paura di morire. Aveva paura di non riuscire a capire cosa gli fosse accaduto. E perché.

Man mano che procedeva, però, la voce smetteva di spezzarsi e di perdersi e le parole iniziarono a uscire proprio come pallottole dalle sue labbra. Forti e chiare. Anche se era evidente il tormento che provava.

« Io so che non era reale » ripeté. « Non poteva esserlo, perché gli ho sparato, due anni fa, e l'ho ucciso. La sua testa è esplosa... Ma era *anche* vivo... »

« Non ne hai mai dubitato? » domandò Costa.

« Che fosse vivo sì. Che fosse lui no. Non poteva essere altri che lui. Anche se si nascondeva dietro un volto che a tratti era il suo e a tratti no. »

« Adesso sai che era solo il frutto della tua mente? »

Gabriele lo guardò con aria ferita.

« Lo so... adesso lo so... anche se... »

« E sei andato fino a Molveno perché te l'ha detto lui? »

« Mi ha detto che dovevo seguirlo... e sapevo che non potevo rifiutarmi. »

« Perché? » chiese Valentina. Il ragazzo la guardò con un sorriso triste.

« Perché se volevo guarire, se volevo uscire da quell'angoscia, dovevo fare quello che mi chiedeva. »

« Lo hai seguito? »

« Sì... sono andato con lui. Sono salito sulla sua auto... Ve la ricordate? Quando le abbiamo attaccato quel dispositivo GPS... quando l'abbiamo seguita, sulla neve, tra quelle montagne? Solo che stavolta ero a bordo... E lui guidava... senza parlarmi... senza più guardarmi... »

Costa e Valentina si scambiarono un'occhiata. Sapevano che Gabriele era andato a Molveno viaggiando con la sua auto, i poliziotti l'avevano ritrovata parcheggiata davanti all'ex sanatorio. Eppure nel suo ricordo era convinto di avere viaggiato a bordo della macchina che l'anno prima aveva seguito, da solo, lungo le strade innevate. Era la dimostrazione che la sua percezione era corrotta e che non potevano prendere per buone le sue informazioni. Costa scosse leggermente la testa.

Gabriele s'era interrotto, colto da un tremito. Marta si alzò, pronta a intervenire, ma lui la fermò con una mano.

« Cosa avete fatto quando siete arrivati a Sant'Andrea? » domandò Valentina, con cautela.

« Il ricordo mi si confonde... » Gabriele si toccò la fronte come se bastasse per schiarirla. « Non sono più sicuro. È come un film con dei tagli... chiazze di nero, di nulla... Un momento prima ero in auto, con lui, e guardavo la facciata di Sant'Andrea e mi dicevo che no, non ci sarei mai più entrato. Ma l'attimo dopo ero proprio dentro. E c'era lo stesso colore, lo stesso odore. » Si animò. « Lo ricorda, dottor Costa? »

Costa non diceva più nulla. Valentina a tratti tornava a guardarlo e notava solo la contrazione delle sue mascelle, la luce liquida nei suoi occhi neri. Una rabbia a stento trattenuta.

« Come un incubo » mormorò Loris, per tutti.

« Sì. L'ho pensato » annuì Gabriele. « Ho pensato che era colpa della mia malattia. Ma era così reale... »

« E... *lui*? »

« Era davanti a me, mi puntava contro la mia pistola... Non so come o quando me l'avesse presa. Mi ha detto qualcosa, non ricordo bene cosa... forse che in realtà ero già morto e che la mia vita era un inganno. Ha detto che avrebbe avverato i miei sogni... »

I sogni, pensò Valentina. I sogni ci agitano tutti.

I morti non hanno niente da perdere.

I morti non sognano più.

« E poi? » chiese Loris, che sembrava il più agitato tra tutti loro.

Piovesan sospirò. « Niente altro. » Si portò di nuovo una mano alla testa, adesso con una smorfia di dolore. La sorella gli fu subito accanto e lui stavolta non la respinse. Gli porse un bicchiere d'acqua e una pillola che il fratello ingollò tossendo.

Restarono in silenzio. Valentina pensava ancora che quella sorta di confessione in realtà fosse comunque un parto della sua malattia. Il falso ricordo del viaggio in macchina era significativo, nulla indicava che l'uomo di cui parlava Gabriele fosse reale. Anche se c'erano quella scritta, dietro il quadro di Caravaggio, e la firma di Samael. Anche se una foto ritraeva un uomo sotto la finestra di Gabriele. Anche se, anche se...

« Il tuo cellulare che fine ha fatto? » chiese Costa.

Gabriele lo guardò, ma aveva gli occhi velati. Era esausto.

« Il dottore dice che deve riposare » protestò debolmente Marta.

« Il mio cellulare... » disse Gabriele, la voce di nuovo impastata, come se stesse perdendo le ultime forze. Riaprì gli occhi. « Me lo ha preso lui, credo... »

« Perché? » domandò Valentina, all'improvviso colpita da un pensiero. Gabriele la mise a fuoco, stavolta senza sorridere. Era davvero senza più energie.

« Perché pensi ti abbia preso il cellulare? C'era qualcosa dentro? » insistette Valentina.

Gabriele sbatté le palpebre.

« Cosa c'era sul tuo cellulare, Gabriele? » chiese Costa.

Il ragazzo rispose con un tono all'improvviso più determinato, anche se con una nota di dolore.

« C'era tutto il mio lavoro... C'era la Geenna. »

7

La voce di Fabio Costa vibrava. Valentina poteva avvertirlo e questo la rendeva perplessa. Fabio sapeva mantenere la distanza necessaria tra le emozioni e le storie terribili che sentiva sul lavoro. La sua forza era sempre stata questa. Certo, Gabriele contava molto per lui e forse era normale che Fabio provasse quella rabbia sorda e cieca. Eppure qualcosa stonava. C'era una energia nuova in lui, Valentina la percepiva. E non era un'energia luminosa. Qualcosa di magmatico lo agitava.

«Non è un fantasma» stava dicendo Fabio. «Sappiamo quello che è, anche se non ne abbiamo le prove.»

«È Samael, vero?» domandò Loris.

«Probabilmente sì. Ed è inutile girarci intorno: Samael è il fantasma di Gabriele, e ha iniziato a perseguitarlo da quando la mente del ragazzo è diventata prigioniera delle sue allucinazioni, delle sue psicosi.»

«Ci sono aspetti però che non tornano» disse Valentina. Aveva la sensazione che Fabio avesse ragione. Ma non potevano ignorare che Gabriele fosse affetto da una sindrome psicotica e la sua storia presentava ancora delle lacune enormi. Il fatto che non ricordasse di essere andato a Sant'Andrea da solo era una di queste. «Finché non accertiamo se quest'uomo... chiunque sia... è il frutto di un'allucinazione o una persona in carne e ossa possiamo solo fare ipotesi.»

«Certo. Ma anche le ipotesi possono servire» disse Costa. Ancora quella vibrazione, bassa, che le parve a stento repressa. Valentina e Loris lo ascoltarono senza interromperlo.

«Proviamo a ricostruire. Bresci ha detto che quella di Gabriele era soprattutto una paramnesia reduplicativa... Una sindrome che si riferisce ai luoghi, non alle persone. Samael inizia a mostrarsi a Gabriele subito dopo il suo incidente stradale. Bresci è stato molto chiaro. La sindrome di Fregoli consiste esattamente in questo. Il persecutore di Gabriele non è reale, non corrisponde a un uomo in carne e ossa. È soltanto la proiezione della paura e soprattutto del rimorso che Gabriele ha coltivato dopo i fatti di Molveno. È una situazione quasi da manuale, secondo Bresci. Ma all'inizio è solo un'interferenza, probabilmente il parto della malattia di Gabriele. Poi però diventa un persecutore costante, perché – ed è questo il punto – Samael ne ha preso il posto. »

« Stai dicendo che Samael ha approfittato di una sindrome già esistente e l'ha... rinforzata? » disse Valentina.

« Pensaci. Il persecutore intensifica le sue visite solo dopo il ricovero a Villa Cassiopea. Gabriele ha addirittura una fase apparente di remissione, sembra guarito o comunque migliorato... e torna a casa. Eppure è in quel momento che la sindrome si ripresenta molto più intensamente. Stavolta il persecutore sembra incarnare tutti i suoi incubi. Gabriele inizia a vederlo dappertutto. L'altro gli telefona, lo aspetta sotto casa, si fa intravedere per strada, mentre Gabriele va a fare la spesa o quando va a trovare la sorella. È discreto, se ne avverte appena la presenza. Ma c'è. Gabriele lo scorge nelle vetrine dei negozi, lo percepisce quando svolta un angolo, lo avverte mentre sta entrando in casa. »

« È terribile » mormorò Loris, sconvolto. « Ma come ha fatto? »

« Deve essere molto abile per prendere il posto di un'allucinazione, e sa come farlo » spiegò Costa. « Ha un aspetto comune. Veste sempre uguale, con una sobria eleganza: una giacca nera, pantaloni scuri, occhiali da sole anche quando il sole non c'è. Cerca di assomigliare a qualcuno. Gabriele soffre pur sempre dei postumi della paramnesia. È una condizione molto particolare in cui si misconosce la realtà, ma soprattutto si confondono i volti, si sovrappongono gli uni agli altri. Samael quindi si traveste, adotta accorgimenti per assomigliare all'uomo che tormenta i sogni di Gabriele. Di certo si è documentato, ha raccolto informazioni. Probabilmente Gabriele lo conosce davvero, sotto un altro aspetto e con un altro nome. Ma ormai, ogni volta che lo vede, lo trasla automaticamente in un altro corpo, in un'altra identità. Perché Samael è abile e sa come cavalcare la malattia mentale di Piovesan. Samael fa con Gabriele quello che ha fatto con le altre vittime. È ciò che sa far meglio. Ingannare. Simulare. Gli fa credere che le sue allucinazioni siano reali. Che i suoi sogni, o i suoi incubi, non sono il frutto della sua mente in delirio. Che non è lui che è impazzito, sono tutti gli altri che non riescono a vedere la realtà. »

Fece una pausa, ma aveva già tutto in mente.

« Poi arriva il giorno in cui Samael decide di agire. Forse è stato tutto predisposto per quel momento. Gabriele, per qualche motivo che ancora non sappiamo, deve morire. Vittima della sua stessa allucinazione, certo. È come una catarsi, una purificazione. Deve tornare all'origine della sua sofferenza. Per salvarsi, deve essere lui stavolta la vittima, non il contrario. »

Indicò le finestre illuminate dell'abitazione di Piovesan. Parve a tutti di vedere Gabriele che si affacciava e guardava giù, verso il demone che lo stava perseguitando.

« Samael si presenta sotto casa di Gabriele » disse Costa. « E in un momento di ultima lucidità il ragazzo gli scatta una foto dalla finestra. Forse lo fa per dimostrare a se stesso che non è una sua allucinazione, forse lo fa per restare ancorato a un brandello di realtà. Lo fotografa un attimo prima che lo sconosciuto suoni al suo campanello. » Si fermò, raccolse gli ultimi pensieri e poi li guardò. « Forse l'altro usa una parola ricorrente. Una sorta di ipnosi. Forse il trucco è nella voce, non lo so. Quello che so è che, a questo punto, Gabriele è ormai in piena crisi allucinatoria. La sua sindrome s'è acuita, grazie alla manipolazione paziente e minuziosa messa in atto dal suo carnefice. Il ragazzo è cotto. È pronto per essere divorato. »

Divorato. Valentina rabbrividì. Divorato, come gli innocenti nella Geenna.

« Samael convince Gabriele a seguirlo. Probabilmente sfrutta il desiderio più profondo della sua vittima: tornare indietro, tornare al momento e al luogo in cui tutto è andato in frantumi. Tutti noi sogniamo di cancellare il passato e gli orrori che ha generato. Samael è un maestro dei sogni: lui può farlo. Può promettergli la *tabula rasa* delle sue paure e dei suoi incubi. »

« E Gabriele lo segue » disse Valentina.

« Sì, non importa come, non importa che Gabriele sia convinto di essere salito sulla macchina di quell'uomo. In qualche modo lui lo conduce lassù, a Sant'Andrea. Nello stesso punto in cui Gabriele ha concluso la sua disavventura di allora. »

« E lassù gli spara » disse Loris, da sempre convinto che le cose fossero andate così.

« E lassù gli spara » ripeté Costa. « Da vicino. A bruciapelo. Porta a compimento il sacrificio. Poi tenta di simulare il suicidio. È un rigurgito razionale. Forse lo fa quasi in automatico. E probabilmente non si accorge che Gabriele è ancora vivo. O forse non gliene importa niente. Ha fatto quello che doveva. Ha plasmato la sua realtà. È soddisfatto. Lascia Gabriele in un lago di sangue. »

8

Erano in strada, sotto l'abitazione dell'amico. Guardando in su notarono la sagoma di Marta dietro la finestra, come Samael doveva aver guardato verso Gabriele prima di trascinarlo di nuovo a Sant'Andrea. O almeno così era andata se la ricostruzione di Fabio Costa era esatta. E loro pensavano di sì.

C'era stato un prima e un dopo. L'allucinazione di Gabriele s'era trasformata in una creatura in carne e ossa che aveva tentato di ucciderlo. Dovevano solo capire come fosse accaduto. Rendere quell'equazione apparentemente impossibile una realtà riscontrabile. Smascherare l'inganno. E fermare un pericoloso assassino.

E c'era un altro punto di quella ricostruzione da cui non si poteva sfuggire.

« Il quadro » ricordò Loris.

« Sì » disse Costa. « Il quadro... bisogna che Gimenez approfondisca questo aspetto... il quadro di Caravaggio, posto in quel luogo, non serviva solo a nascondere la sua poesia... era un segnale per noi. »

« Il classico serial killer che vuol farsi catturare? » domandò ancora Loris.

« Non credo sia questo. Ma è certamente uno sfoggio della sua personalità... Lui sa chi siamo, sa cosa abbiamo fatto, e Gabriele è il nostro tallone di Achille. Samael ci sta sfidando. Quel dipinto è il modo migliore per farci capire che lui vuole noi.»

Marta si scostò dalla finestra. Poco dopo la luce dietro i vetri si spense.

Loris continuò a fissare il rettangolo da cui adesso filtrava il baluginio azzurro della televisione accesa. «Penso che stanotte resterò qui» disse. Li guardò. «Tornerò su e darò a Marta un po' di respiro.»

«Va bene» disse Valentina. «Ci aggiorniamo domani. Io tornerò a Roma ma tu... resta quanto vuoi.»

Fabio Costa, adesso in disparte, teneva le mani nelle tasche del giaccone e sembrava ancora assorto in uno dei suoi complicati pensieri. Loris fece per tornare su da Piovesan, poi si voltò.

«Che cosa vogliono davvero?» domandò, guardando ora l'una ora l'altro. «Sappiamo quello che fanno. E sappiamo perché lo fanno. Perché sono degli psicopatici che godono del dolore altrui. Ma non può essere solo questo lo scopo finale della Geenna.»

«Forse è una domanda mal posta» disse Costa. «La Geenna è formata da uomini e donne in carne e ossa. Sì, sono spinti da pulsioni terrificanti che fatichiamo a comprendere... e fanno pensare a qualcosa di irreale, di misterioso. Ma forse la realtà è più semplice, e non è solo questione di piacere. Fanno quello che fanno perché *possono*. In fondo sono loro stessi a dirlo. Il potere gli dà questa possibilità e loro la sfruttano. Non c'è nessun ostacolo materiale, finanziario, legislativo, giudiziario, non c'è niente che li possa separare dalle loro perversioni. Possono farlo, impunemente, e quindi lo fanno.»

Guardò Valentina e il pensiero di Hannie Janssen aleggiava tra di loro.

Loris annuì. Aveva ancora in mente la ricerca di «Dio» e la scoperta che tracce di quella fantomatica setta si perdevano nel tempo. L'Intelligenza artificiale messa a punto da Loris stava continuando a scavare nel passato. Aveva trovato tracce di omicidi seriali apparentemente ispirati all'inferno di Moloch che risalivano al 1939. E continuava ad andare indietro nel tempo. Non si fermava più. Era una cosa che lo faceva uscire di testa.

L'ispettore lanciò un'altra occhiata alla finestra di Piovesan, poi li salutò e rientrò nel palazzo.

Valentina e Fabio attesero che il portone si chiudesse dietro di lui. Si scambiarono uno sguardo, in un soffio d'imbarazzo.

« Ho l'autista che mi aspetta laggiù » disse lei. « Credo abbia trovato un albergo qui vicino. »

Lui si guardò intorno, come fiutando l'aria della sera inoltrata. « Io andrò a mangiare un boccone. » Poi tornò a fissarla. « Potresti farmi compagnia. »

Fu sorpresa di se stessa, ma non volle simulare un'esitazione. Aspettava qualcosa del genere. « Sì. Certo » rispose.

Trenta minuti dopo erano seduti a un tavolo in un ristorante quasi vuoto data l'ora tarda. Il cameriere che li aveva accolti aveva abbozzato un mezzo « saremmo quasi in chiusura » ma non aveva avuto il coraggio di cacciarli. E loro avevano promesso di accontentarsi di un piatto espresso, la cosa più rapida da preparare. Mentre li accompagnava al tavolo aveva chiesto se erano poliziotti. Perché sembravano proprio poliziotti e a lui i poliziotti piacevano. In altre circostanze si sarebbero allontanati a gambe levate. Ma in quel momento non volevano far altro che mandar giù qualcosa di caldo.

Si sedettero in attesa di essere serviti. Nessuno dei due all'inizio trovò le parole giuste. Forse, pensò Valentina, non ce n'erano. Però non staccarono gli occhi l'uno dall'altra. Almeno finché il cameriere non arrivò con le loro pietanze. Un'entrecôte di manzo e fagiolini di contorno che stimolò un appetito che fino a quel momento non sapevano di avere. Ordinarono anche una bottiglia di Barbera e all'improvviso trovarono entrambi la strada di un sorriso, come se il vino avesse avuto il potere di stemperare quell'indugio che non era di imbarazzo ma pieno di cautela. Furono accompagnati, durante il pasto, dal brusio dei pochi clienti che cominciavano a lasciare il locale.

Fu lei che a un tratto sentì l'urgenza di dire qualcosa. « Dove siamo, Fabio? » Era una domanda semplice e complicata allo stesso tempo.

Lui non le rispose.

« Dove siamo, noi due? » insistette lei. « Dove siamo arrivati? E come andremo avanti? »

« Stai parlando dell'indagine, vero? »

Ma sapeva che non era così. Erano arrivati a quel momento, con difficoltà e da strade diverse, e adesso era indispensabile essere onesti.

« Sai che non mi riferisco a questo... o comunque non solo. Sto parlando di noi. »

Fabio le stava lasciando l'iniziativa. Ma era sereno e lei capì che non era solo prudenza.

« Sì, l'avevo capito. »

« In fondo è sempre stato così, no? » disse lei. « Noi e le indagini che facciamo... Sono due piani molto intrecciati. E mi sono chiesta spesso quale fosse la parte più importante del nostro rapporto. Se l'una sopravvivrebbe senza l'altra. »

« Allora ce l'abbiamo, un rapporto! »

Lei lo guardò severamente.

« Scusa, hai ragione... Scherzo perché sono spaventato. »

« Spaventato? »

« Terrorizzato. »

Questo la spiazzava. « Lo sono anch'io » ammise. « Ma siamo qui. » Una pausa. « Insieme. »

Fabio annuì. « Sì. E nonostante le circostanze, nonostante Gabriele, ne sono felice. E mi sento in colpa. Ma il punto è un altro... » Guardò dentro il suo piatto, per la prima volta come se avesse avuto pudore a fissarla negli occhi. « Il punto è quello che vuoi tu, Valentina. Quello che pensi sia giusto per te. »

« Cosa intendi? » Ma forse lo sapeva. E lui aveva tentato di dirglielo molte volte. Ricordava la telefonata a cui non aveva risposto prima di andare a cena, solo due giorni prima, con un altro uomo.

Costa trasse un sospiro. « Ci siamo conosciuti in una situazione molto simile a questa » disse. « E nemmeno allora ho messo in discussione quello che ho scoperto di provare per te... Forse all'inizio l'ho combattuto, ma sapendo che avrei perso. Però non possiamo fuggire dalla verità: le circostanze che ci hanno avvicinato... Sono intrise di così tanta oscurità che ho paura possano avvelenare qualunque cosa possa esserci tra noi. »

« E questo che vuol dire? »

« Vuol dire che forse hai fatto bene ad allontanarmi da te.

Non mi è facile dirlo, Valentina, ma già una volta tutto questo... » e fece un ampio gesto con la mano, « tutto questo mi ha spinto a lasciarti andare. E ti ho quasi persa per sempre... » Qualcosa tremolò nei suoi occhi.

« Non è stata colpa tua » disse lei. E si rese conto di averlo compreso solo in quel momento. Anzi, all'improvviso era tutto così chiaro che ne restò travolta. « Quello che mi è accaduto è stato proprio perché non ho più seguito i tuoi consigli. » Proseguì, scegliendo con cura le parole. Finalmente sentiva di poterlo riconoscere. E di poterglielo dire. « È successo perché volevo dimostrarti che avevo ragione io e tu torto. È vero, Fabio, ti ho odiato, perché mi sono sentita abbandonata. Ti ho detestato per la tua vigliaccheria, perché hai mollato tutto nel momento in cui avevo bisogno di te. Ma in realtà ho sempre saputo di essere l'unica artefice delle mie scelte. » Lo guardò. « Sono stata ingiusta con te. »

Fabio scuoteva la testa. « Non devi... » iniziò a dire e Valentina lo interruppe.

« Io sono davvero morta, laggiù » gli confessò senza più esitazioni o tremori. « Forse è vero che da quella tomba non sono ancora uscita. E non fingerò che questo non mi abbia cambiato... che non *ci* abbia cambiato. È vero, è tutto nato da quell'oscurità che tentiamo di combattere ed è inutile far finta di niente. Ma sai una cosa? I morti non hanno più paura. Di nulla. » Ancora quel refrain che continuava a girare nella sua testa.

Fabio la osservava come se la vedesse solo in quell'istante.

« Non so se potrò aiutarti » le disse. « Non so se ne sono in grado. Forse non sono io che potrò accompagnarti alla fine di questa storia. »

Valentina guardò le sue mani. Le erano sempre piaciute. Fabio le teneva sul tavolo, le faceva venire in mente un bambino al suo banco di scuola.

« C'è un uomo, là fuori, che uccide e non credo che si fermerà tanto presto » disse lei. « Quell'uomo forse è il frutto di ciò che è accaduto due anni fa. E poi ci siamo noi, esattamente come allora. Fabio, probabilmente non siamo gli unici che possono fermarlo, ma abbiamo questa occasione. E le cose sono cambiate: stavolta sono io che chiedo a te cosa vuoi fare. La decisione in realtà è tua. Nel bene o nel male.»

Valentina scoprì di aver già deciso, forse in quel preciso istante. Voleva Fabio con sé. E non importava se quello che c'era tra loro era davvero amore. Non importava se da qualche parte, nel futuro, esistessero uno spazio e un tempo per loro due insieme. Adesso avevano un lavoro da fare.

Fabio ritirò le mani dal tavolo e continuò a fissarla, in silenzio. Lo prese come un assenso.

«Samael» disse allora lei. «Spiegami come dovremmo muoverci per prenderlo.»

9

Il video si fermò nell'attimo in cui Mattia De Pascalis e lo sconosciuto uscivano dal locale. Mattia era un passo avanti, quasi fuori, e l'altro s'era voltato verso l'interno per una frazione di secondo, forse per sincerarsi che nessuno li seguisse. L'inquadratura catturò giusto una porzione del suo profilo. Mento glabro, un berretto all'inglese. Un occhio scuro. Niente di più.

«È praticamente l'unico errore che ha compiuto. Se di errore si può parlare.»

Loris Manna indicò il fermoimmagine ingrandito sullo schermo. La luce grigia si rifletteva nella sala e sui volti dei presenti. «Ecco a voi Samael. O quello che se ne vede.»

«Ma non si vede nulla.» Era stata Valentina a parlare, ma non in tono d'accusa. Constatava semplicemente quello che tutti stavano osservando. Samael era in gamba. Sapeva come muoversi senza farsi identificare.

Era arrivato il momento di prendere qualche decisione. Erano tornati a Roma ancora più consapevoli che l'uomo che stavano cercando si muoveva sul territorio come un astuto cacciatore. E il suo territorio era immenso. La sua abilità feroce e sorprendente. Le sue disponibilità forse illimitate. Dopo tre omicidi erano ancora al punto di non poter far altro che aspettare la sua prossima mossa.

Castaldi era all'Aja, da cui ormai faceva avanti e indietro senza sosta. Le aveva appena telefonato preannunciandole importanti novità su Hannie Janssen, e per la prima volta Valentina non era stata sopraffatta dal solito senso di frustrazione e di ansia. Hannie poteva aspettare. Samael era diventato la sua priorità. Vedere Gabriele Piovesan affondato nel suo letto di smarrimento e dolore l'aveva scossa, le parole di Costa ancor di più.

La sagoma sfuocata di Samael, proiettata sullo schermo, sembrava scrutarli e schernirli. La osservò con attenzione. E per la millesima volta si domandò chi fosse quell'uomo e perché facesse quello che faceva.

« Carlos, è il momento » disse a voce alta, e Gimenez, seduto nell'angolo più lontano della stanza con il blocco di annotazioni in mano, raccolse l'invito.

Si esprimeva in buon italiano anche se l'accento spagnolo a volte rendeva troppo docili parole che avrebbero dovuto invece restituire l'orrore che li circondava.

« Non credo che quello che dirò vi sorprenderà » esordì. « Avete molta più esperienza sul campo di me... »

« Un punto di vista meno inquinato dall'esperienza è quello che forse ci vuole adesso » lo incoraggiò Costa. E guardò Valentina, cercandone l'approvazione.

Lei era contenta di averlo accanto a sé, doveva ammetterlo, ma ne era anche un po' spaventata. Fabio era davvero tornato l'uomo che aveva conosciuto? Sembrava di sì, ma a tratti continuava ad agitarsi qualcosa di ferino nei suoi occhi.

Gimenez, rinfrancato dalle parole dell'ex vicequestore, sbirciò gli appunti ma poi iniziò a parlare a braccio.

« Samael è di certo un serial killer organizzato » esordì. « L'età va dai trenta ai quarant'anni. È colto, curioso, vitale, animato. Svolge un'attività professionale importante e ben remunerata, che però non è la sua unica fonte di reddito. Le caratteristiche degli omicidi, anzi, suggeriscono che possa contare su un lascito o su un patrimonio familiare notevole. » Sollevò lo sguardo su tutti loro. « Non è un sociopatico, ha relazioni sociali apparentemente normali e di alto livello. Il suo comportamento violento è controllato e finalizzato ad alimentare un ego ipertrofico. Samael è un narcisista. I messaggi che lascia lo testimoniano. Non vuole farsi catturare, tutt'altro: vuole farsi notare. Vuole che il mondo apprezzi le sue opere... »

Valentina sentì una leggera stretta al cuore. Parlare di « opere » la riportò all'angoscia dei delitti su cui avevano indagato. Per associazioni di idee, ripensò alla considerazione fatta da Costa sul Caravaggio che non doveva esserci, la riproduzione di *Amor vincit omnia* che nascondeva l'ennesima poesia di Samael. La scelta di quel quadro sembrava avere un doppio significato. Chiamava a raccolta loro, proprio loro, ed evocava l'amore...

« Non c'è alcuna componente sessuale o erotica » proseguì Gimenez, « ma è evidente la volontà di soddisfare un'insopprimibile esigenza voluttuaria. Alla base delle sue azioni c'è un desiderio primario ben delineato. Comprenderlo ci condurrebbe a lui... Ma questa è un'osservazione banale, mi rendo conto. » S'interruppe e li guardò, arrossì leggermente e tornò ad affondare il naso nei suoi scritti. « La componente religiosa è evidente. Ma, come ho detto, credo che sia una specie di elaborazione fredda e impersonale del messaggio biblico. Indubbiamente ha ricevuto una forte educazione in senso religioso. Il nome Samael e le citazioni delle sacre scritture lo dimostrano. » Scorse alcuni dei suoi fogli, riempiti di una scrittura fine e precisa.

« Non è solo organizzato, è anche sofisticato. Ogni omicidio è studiato e programmato in ogni dettaglio, oltre che messo in atto con un enorme dispendio di energie e mezzi. Va del tutto contro il principio di economicità del delitto... »

« Stai dicendo che è difficile incasellarlo » lo interruppe Loris.

« In effetti non rientra in una sola delle categorie criminali psicodinamiche che conosciamo. L'aspetto che più mi colpisce è la maniacalità con cui opera. Segue un programma preciso fino all'ultimo particolare. Ha una lista della spesa, insomma, e vi si attiene con scrupolo. Quando prepara la scena di un omicidio ne ha un altro in attesa, sul quale probabilmente ha già cominciato a lavorare. E un altro ancora dopo. E questo lo rende, a suo modo... unico. »

« Unico? In che senso? » chiese ancora Loris.

« In genere un serial killer dopo un omicidio ha un tempo di latenza in attesa che il desiderio torni a stimolarlo. La durata del periodo tra un omicidio e l'altro è data dalla velocità con cui lo stimolo ossessivo compulsivo torna a rigenerarsi. Ma con Samael non funziona così. Ha già tutto in mente, dal primo all'ultimo atto della sua follia. Il che ci fa pensare che non si fermerà. La progressione è destinata ad aumentare... »

« È un comportamento inusuale... » disse Costa. « Non c'è tempo di decantazione, quindi. »

« No. È tuttavia possibile che, se e quando riterrà ultimato il proprio progetto, decida di fermarsi. A quel punto probabilmente scomparirebbe e non avremmo più l'opportunità di identificarlo... » Sollevò gli occhi. « Certo, questo non vuole dire che dobbiamo augurarci che continui a uccidere... »

Valentina era colpita. Il tempo tra un delitto e il successivo, che tende a restringersi, è una cartina di tornasole importante per gli investigatori, soprattutto perché permette di organizzarsi per la successiva azione. Ma nel caso di Samael, secondo Gimenez, questa pausa tra una vittima e l'altra non c'era. L'assassino aveva già un piano e poteva agire in contemporanea su più obiettivi. Tra l'altro spostandosi agevolmente tra Roma e Torino, la Toscana e il Veneto. Era un quadro terrificante. Samael non sembrava avere limiti né difetti.

« Ottimo lavoro » disse. « C'è altro? » Sperava di sì.

Gimenez arrossì un'altra volta. Riprese. « Un'ultima cosa in effetti c'è. La sua *calling card*, il suo biglietto da visita è all'apparenza incongruente. Il *modus operandi* cambia ogni volta anche se i messaggi che lascia sono omogenei. Sembra quasi un depistaggio. C'è insomma un'evidente contraddizione: la costruzione degli scenari in cui uccide le sue vittime, l'elaborazione complessa dei diversi modi in cui le conduce alla morte, tutto farebbe pensare a modalità di sadismo. Invece il sadismo è assente. Vuole che le sue vittime muoiano in un certo modo, secondo una precisa coreografia, vivendo la propria fine in tutti i dettagli che a noi sembrano più agghiaccianti. All'apparenza quindi è come se le volesse punire... Però tenta di alleviare il loro dolore, per quanto gli è concesso, perfino somministrando degli anestetici o dei sedativi. Tratta le vittime con gentilezza, non con sadismo. »

« Le salva » mormorò Valentina, come parlando a se stessa.

« Sì, esatto » disse Gimenez. « Uccide per liberare... In questa dicotomia c'è la chiave per capire tutto. »

Lorenzo Cipriani s'era creduto un martire bruciato e cannibalizzato e quella era stata la sua fine.

Dario Carboni era morto inondato dalla bellezza che lo aveva travolto e che era alla base della sindrome di cui era vittima.

Mattia De Pascalis s'era creduto un animale e come un animale era stato braccato e ucciso.

E poi c'era Gabriele. Il suo raro delirio. La percezione della presenza di un uomo che sapeva di aver ucciso. Da cui s'era sentito perseguitato. Un fantasma che, all'apparenza, aveva premuto il grilletto.

Uccide per liberare.

Il silenzio nella stanza era accompagnato soltanto dal brusio indefinito che filtrava dalla porta chiusa. Valentina ritrovò una sensazione già provata altre volte. Pensavano di combattere il male, quello più profondo e insondabile, che serpeggia in mezzo agli innocenti. Eppure non importava a nessuno. Agli innocenti per primi. Era come se tutti i loro sforzi fossero vani perché tanto, catturato un Samael, ce ne sarebbe stato un altro. E un altro ancora. L'immagine indecifrabile dell'uomo che stavano cercando che continuava a illuminarli dallo schermo bianco le dava ragione.

« Valentina? »

Costa la stava guardando. E come lui gli altri.

Anche Samael, dalla sua prigione bidimensionale, sembrava appuntare quei fori neri che aveva al posto degli occhi su di lei.

Allora? Qualche idea sul modo di prendermi?

« Ci sono due aspetti da considerare » disse d'un fiato. « Il primo è quello che Carlos ci ha appena esposto. I tempi e l'organizzazione degli omicidi. Ogni atto è il frutto di un'attenta pianificazione. Il lasso di tempo intercorso tra un delitto e l'altro non consentirebbe un'adeguata preparazione. Quindi è vero: tutto è già preorganizzato. Quando Samael uccide ha pianificato ogni mossa, il successivo omicidio e probabilmente anche quello dopo. Sì, segue una lista. Ed è di certo solo all'inizio... » Guardò Gimenez. « Ma non possiamo contare sul fatto che quella lista si dovrà pur esaurire, prima o poi. »

Lo spagnolo annuì. E anche Costa sembrava approvare quelle osservazioni. Come una volta, la incoraggiava silenziosamente a seguire il proprio istinto.

« Il secondo punto? » domandò Loris.

« Il secondo punto riguarda la vittimologia. Sono tutte persone affette da sindromi o affezioni psichiatriche rare. Non si conoscono tra loro ma sono legate dalle loro malattie. Samael si inserisce nella loro terapia, ma a modo suo. È come se volesse assecondare i loro deliri, metterli in atto, renderli veri e micidiali. »

« I loro sogni... » mormorò Costa.

Lei lo guardò. Sempre i sogni.

« Lo dice lui stesso » continuò l'ex poliziotto. « 'Ha incendiato di bellezza i miei sogni'... è Samael che li chiama così. Non incubi, non deliri. Sogni. »

« È vero » confermò Gimenez. « Samael applica il concetto dei sogni alle patologie da cui sono affette le sue vittime. È un realizzatore di sogni... o si sente tale. »

« Hai ragione tu, Valentina » aggiunse Costa. « Attraverso la concretizzazione dei loro sogni li salva... »

« E questo comporta una serie di considerazioni » disse Valentina. « La prima domanda, quella più difficile a cui rispondere, è 'Perché?' Ma c'è un altro aspetto che credo dovremmo considerare... »

« I tempi » la anticipò Fabio, in sintonia con lei.

Fissò Costa negli occhi. « Esatto. La cronologia degli omicidi non mi convince » disse. « Quando Samael incontra Gabriele non conosce ancora la Geenna. È lo stesso Piovesan che gliene rivela l'esistenza, tanto che Samael, incuriosito, gli porta via il telefono per capire di cosa il ragazzo stia parlando. Ma nei suoi dialoghi con Jerusalem, Samael lascia intendere di aver già ucciso, parla di un cammino di morte che ha intrapreso. »

Loris richiamò i testi delle conversazioni di Samael con Jerusalem sullo schermo.

Lesse ad alta voce: « 'Non è la prima volta, vero?...' E lui risponde... 'È da un po' che porto la mia parola nel mondo...'

Poi, più avanti... 'Posso chiederti cos'hai provato?' E la risposta è 'È una domanda troppo diretta. Perché dovrei dirlo a te? E non so se questo è il luogo adatto per parlarne...' » Li guardò. « È vero, Samael ha già ucciso o ha provato a farlo. Però i tempi coincidono sia con il ferimento di Gabriele sia con l'omicidio di Lorenzo Cipriani. »

« Non si riferisce a Gabriele » disse Valentina. « Samael deve aver saputo che Piovesan è sopravvissuto. E poi dice letteralmente: 'È da un po' che porto la mia parola nel mondo'... Non è nemmeno Cipriani, il primo. Sono convinta che esistano uno o più omicidi precedenti... »

« È così » disse Costa, e negli occhi brillava la certezza di quell'affermazione. « Non è Piovesan la sua prima preda, e nemmeno Lorenzo Cipriani. Il percorso di Samael era già iniziato prima. La causa scatenante è precedente. »

« Ma allora » concluse Valentina, « chi è stata la sua prima vittima? »

PARTE VIII
SOGNARE LA MORTE

« Sfuggenti e vaghi sono i confini che dividono la Vita dalla Morte. Chi può dire dove l'una termina e principia l'altra? »

Edgar Allan Poe, *La sepoltura prematura*

1

Erano ormai le dieci di sera quando Loris Manna tirò fuori una sorpresa dal suo solito cappello a cilindro. Il nome della probabile prima vittima di Samael. Prima di Gabriele Piovesan. Prima di Lorenzo Cipriani. Prima che il furore di quello strano animale si scatenasse.

Loris aveva anche scoperto il modo con cui Samael accedeva ai dati delle sue vittime.

« In Italia non c'è un database nazionale sulle malattie mentali, nonostante esista una legge che lo preveda » spiegò. « Il SISM, il Sistema informativo per la salute mentale, è attivo solo a livello regionale. Esistono quindi venti diversi database, alcuni più completi di altri... un caos in cui è difficile orientarsi. E devi avere le credenziali per farlo. »

« Quindi è uno psichiatra » dedusse Valentina. « O comunque un medico. »

« Non è così scontato. A quei database accede un mucchio di persone, alla faccia della privacy. E poi un hacker con media abilità potrebbe violare i vari sistemi. »

« Uno come te? » domandò Costa.

« Oh, per me è stato davvero uno scherzo. 'Dio' ha superato in pochi minuti i blocchi che uno smanettone avrebbe impiegato qualche ora a scardinare. Ma Samael può essere arrivato allo stesso risultato. Credo abbia i mezzi e il tempo per farlo. »

« Dicevi che hai trovato un nome? » chiese Valentina.

« Laura Rovnik » annunciò. « Quarantaquattro anni, di un paesino al confine con la Slovenia che si chiama Monrupino. Poco più di ottocento abitanti, un buco in cui si conoscono tutti... »

« Come ci sei arrivato? »

« Io e 'Dio' abbiamo hackerato tutti i sistemi informatici per la salute mentale e abbiamo estratto i nominativi di ogni paziente affetto da sindromi neurologiche, dalla semplice depressione a quelle più rare. Sono decine di migliaia, non sapete quanta sofferenza attraversa il Paese. Abbiamo eliminato i soggetti più anziani e quelli deceduti più di dieci anni fa. Poi abbiamo confrontato i dati praticamente con ogni database esistente. SDI del ministero dell'Interno, archivi, open source, social media... tutto... »

« Come quando cercavamo i sosia dei personaggi di Caravaggio » osservò Valentina.

« Stesso sistema. Abbiamo considerato omicidi irrisolti, aggressioni, sparizioni, allontanamenti. Ho scovato una dozzina di casi, ma la maggior parte troppo lontana nel tempo o con risvolti che non riguardano il nostro Samael. »

« E Laura Rovnik? »

« È il match più probabile. È scomparsa poco più di tre mesi fa, a gennaio. Denuncia della cugina, Rachele Martini, che vive a Trieste. Laura è semplicemente sparita da casa, di punto in bianco. Senza documenti, senza soldi... insomma, buio completo e improvviso. Le ricerche hanno escluso il suicidio, ma non si sono spinte oltre. Classico allontanamento volontario senza spiegazioni, perciò inutile fare indagini troppo approfondite. La Rovnik non era benestante anche se viveva con una discreta rendita familiare. Nessun amico. Non frequentava giri strani. »

« Una delle migliaia di sparizioni in Italia » commentò Costa. « Di che patologia soffriva? »

« È questo il punto. La cartella sanitaria digitale di Laura Rovnik è datata e incompleta. L'ho trovata nel sistema di archiviazione della regione Friuli-Venezia Giulia e segnala i termini dell'assistenza sanitaria, terapie e un piano di ospedalizzazione... ma non chiarisce la sua patologia. Si limita a un generico 'sindrome neurologica schizofrenica'. »

« Cos'è allora che ti ha colpito? » Valentina non poteva fare a meno di esercitare il suo scetticismo.

Loris si strinse nelle spalle. « Il suo file dice che nel 1996 Laura, su richiesta della sua famiglia, è stata ricoverata a Santa Maria della Pietà, qui a Roma. Lo stesso ospedale in cui ha passato parte della sua vita Lorenzo Cipriani... il nostro san Lorenzo. »

Quanti ospedali psichiatrici c'erano a quell'epoca ancora in funzione? E quante probabilità c'erano che due persone affette da sindromi neurologiche s'incrociassero nei loro percorsi ospedalieri? Probabilmente non poche. Anche se una era nata e vissuta a Roma e l'altra al confine con la Slovenia.

« È poco » mormorò Valentina.

« È poco » ripeté Costa, « ma è tutto quello che abbiamo. E molto più di quello che qualche volta abbiamo avuto in passato, ricordi? »

« E quindi? »

« E quindi affrontiamo la sparizione di Laura Rovnik. Tanto da qualche parte dobbiamo iniziare. »

In un'altra situazione, Valentina avrebbe affidato a qualcun altro il compito di approfondire. Ma quelle non erano circostanze consuete. E voleva che Loris e Carlos Gimenez restassero a fare il loro lavoro di cesello. Anche se forse il vero motivo per cui aveva fatto la scelta che stava per comunicare ai colleghi era un altro. Che non avrebbe mai confessato neanche a se stessa.

« Andiamo a Trieste. Io e Fabio. »

2

Partirono soltanto loro due. L'ipotesi che stavano vagliando era ancora fumosa e non era il caso di informare Castaldi prima di avere qualche certezza in più. E c'era anche un altro problema: Valentina non poteva svelare al suo capo la presenza di Fabio. In apparenza Castaldi lo ammirava, ma un poliziotto destituito con il passato ambiguo di Costa non poteva certo partecipare ufficialmente a un'indagine così delicata.

Però, in quella specie di missione esplorativa, Valentina aveva voluto che lui la accompagnasse. Aveva bisogno del suo punto di vista, della sua caparbietà, forse anche del suo conforto.

Costa si mise alla guida di una Jeep Renegade che Valentina aveva fatto prelevare dal parco macchine dell'Europol. Intendevano fare le sette ore di viaggio fino a Trieste senza interruzione. Poi bisognava considerare una ventina di chilometri nell'entroterra fino al paese chiamato Monrupino, o Rupin nel dialetto locale. Sarebbero arrivati alle prime luci del mattino.

Mentre Fabio guidava, nella notte, silenzioso e concentrato sulla strada che si faceva via via più deserta, Valentina ripassava nella mente l'ipotesi di Loris. Non era sicura che Laura fosse davvero la prima vittima di Samael, ma era stata lei a ipotizzare che avesse già ucciso ed era convinta che bisognasse verificare ogni teoria, come sempre. Ne avvertiva anche l'urgenza: dall'ultimo omicidio, quello di Mattia De Pascalis, erano passati già diversi giorni. Si aspettavano una nuova, spettacolare uccisione da un momento all'altro. Forse, la partenza immediata nel cuore della notte serviva solo a tamponare l'ansia che provavano. O forse no.

Fabio non parlava. L'unico suono tra di loro era quello della strada che scorreva. Neanche la radio accesa. Valentina ascoltò il sottofondo dei loro respiri, rilasciati quasi timidamente, e si lasciò andare contro lo schienale. Trovava piacevole quel silenzio ostentato. Osservò, nel buio dell'abitacolo, il suo compagno di viaggio. Nella sua espressione c'era ancora qualcosa di indecifrabile, che la metteva a disagio. Quanto avrebbe voluto che lui fosse semplicemente l'uomo che aveva conosciuto, con tutti i suoi difetti e i suoi traumi, ma anche con la sua limpida determinazione. Ma forse quell'uomo non esisteva più.

Pian piano si addormentò. Le parve a un tratto che Fabio avesse detto qualcosa. Le sembrarono parole d'amore. O di disperazione. Ne colse il ritmo, il suono, ma non il senso.

Avrebbe voluto aprire gli occhi e rispondere, ma scelse invece di cedere al sonno. Non sognò. O, se sognò, dimenticò tutto.

3

Un borgo carsico. Significava che sorgeva fra colline e altipiani che nascondevano profondità insondabili, cunicoli naturali scavati in una roccia antica e indifferente, un universo sotterraneo che si diceva ospitasse forme di vita sconosciute. Le basse montagne al confine non riuscivano ad arginare l'odore dell'Adriatico, non troppo lontano, e Rupin, come lo chiamavano i locali, era poco più di un gruppo di case sparse, dominate da un vecchio santuario alla Beata Vergine sulla collina più alta, e circondate dai resti isolati di un colossale muro di cinta medievale che adesso sembravano altari di pietra eretti in onore di qualche divinità del sottosuolo.

La villetta isolata in cui Laura Rovnik aveva vissuto fin dalla nascita era perfetta. Sorgeva al termine di una strada solo in parte asfaltata e nelle vicinanze c'era soltanto il rudere di un edificio che quelli del posto chiamavano Castelliere. Dicevano che di notte s'illuminava di luci spettrali, che era infestato dai morti.

Era perfetta, si ripeté Costa. Perfetta per un predatore come Samael, ideale per fare pratica indisturbato.

Lì, l'assassino aveva sperimentato per la prima volta il sapore della morte. Aveva capito, con sorpresa e delizia, che gli piaceva. E che niente gli impediva di assaporare di nuovo l'estasi dell'uccisione.

Come aveva detto in uno di quei folli dialoghi con il suo mentore psicopatico?

Sono all'inizio di una strada che mi attira molto, ma è impervia.

Al telefono la cugina di Laura, Rachele Martini, fu gentile ma espresse tutta la sua perplessità. Non era una stupida, e sapeva che la scomparsa della sua parente non poteva interessare a due investigatori venuti da Roma che lavoravano per conto di un ufficio che neanche aveva mai sentito nominare. Aveva capito che c'era dell'altro, ma non fece molte domande. Era preoccupata per Laura e decise di collaborare.

Adesso che erano arrivati, Rachele rimase davanti all'edificio in pietra, immobile, osservandolo come se non ricordasse il suo aspetto.

« L'ultima volta che ci sono entrata è stato a gennaio, quando ho deciso di venire a vedere che fine avesse fatto Laura. E prima di allora non ricordo quando è stato che ho fatto visita a mia cugina. » Lacrime silenziose iniziarono a rigarle le guance rubizze e piene. « Forse è colpa mia, se le è successo qualcosa. Forse dovevo starle più vicina. »

Né Costa né Valentina avevano la forza di sorreggere i sensi di colpa di quella donna o di confortarla. Non erano lì per questo e in fondo era vero, Laura Rovnik era stata lasciata sola da tanto tempo. Di certo da quando i suoi genitori erano morti in un incidente stradale, vent'anni prima. Laura aveva sempre potuto contare soltanto su di loro e sul loro amore, enorme sì ma purtroppo non eterno. E nella solitudine spesso maturano le tragedie. È la solitudine che attira i predatori perché ne garantisce l'azione indisturbata.

Durante il viaggio in auto insieme a loro, Rachele aveva spiegato di non aver mai saputo esattamente di cosa soffrisse la cugina. Laura era figlia degli ultimi discendenti di una vecchia nobiltà slavo-italiana, ritiratisi volontariamente in quel lembo di terra aspro, conteso tra due Paesi già dalla fine della seconda guerra mondiale e per questo in bilico su due mondi. Sin da piccola la cuginetta Laura, che Rachele vedeva soltanto durante le feste comandate quando la parte della famiglia italiana, che viveva a Trieste, si ricongiungeva con quella slovena, aveva avuto dei problemi mentali. Ma era una specie di segreto di famiglia che non bisognava divulgare. Così, quando le cugine erano rimaste entrambe sole, avevano continuato a frequentarsi con prudenza. La prima era presa dalla sua vita a Trieste, un impiego statale, un marito e tre figli. Laura era distante, era lassù, in quella casa considerata lussuosa per il luogo ma col tempo sempre più dimessa.

Rachele, pur provando un affetto sincero per la cugina, conosceva così poco della sua vita. Laura non aveva amici e frequentava raramente anche gli abitanti di quel piccolo borgo. Rachele sapeva che la cugina era stata anche ricoverata in qualche occasione. Ma con lei, nelle regolari conversazioni telefoniche, Laura non accennava mai ai suoi problemi mentali. Rivangavano il passato, i parenti morti, la vita di una volta. Ma non toccavano l'argomento della malattia.

Poi, a dicembre dell'anno precedente, Laura aveva saltato la prima telefonata programmata con la cugina. E la seconda. E la terza. E l'ultima volta che Rachele l'aveva cercata, il cellulare di Laura era risultato spento.

«Non mi sono preoccupata troppo. Laura era tutto fuorché

tecnologica. Lo smartphone glielo avevo regalato io. Avevo dovuto impostarglielo e spiegarle per bene come usarlo. Spesso dimenticava di caricarlo. Per questo, all'inizio, non ho avuto sospetti. »

Ma quando il tempo trascorso le era sembrato eccessivo anche per il carattere umbratile di Laura, Rachele aveva finalmente deciso di andare a cercarla. Era il 10 gennaio. La casa di Laura era chiusa ma Rachele aveva una seconda chiave. All'interno era tutto in ordine. Su un *etajere* all'ingresso era posato il portafogli con i documenti e la carta di credito. E il cellulare. Di Laura non c'erano altre tracce. Rachele ne aveva denunciato la scomparsa quel giorno stesso.

« Possiamo entrare adesso? » domandò Costa che continuava a guardarsi intorno.

Incrociò lo sguardo di Valentina e capì che era arrivata alla sua stessa conclusione. Erano nel posto giusto. Si trovavano nel luogo in cui Samael aveva agito la prima volta. Ne potevano quasi percepire la presenza.

Rachele si stava asciugando le lacrime. « Entriamo, ma devo avvertirvi che resterete sorpresi, come lo sono stata io. I carabinieri hanno detto che è una stranezza, che non significa nulla. Io però ho trovato tutto abbastanza inquietante. »

4

Carlos Gimenez proveniva dai famosi, e per alcuni famigerati, Mossos d'Esquadra, la polizia catalana nota più per la propria brutalità che non per le abilità investigative. Ma nel suo commissariato, a Barcellona, Gimenez s'era sempre distinto per correttezza e professionalità. Era intelligente e imparava in fretta. Per questo quando aveva fatto domanda per l'Europol, aveva già tutti i numeri per essere assunto. Vantava un master in criminologia e Castaldi aveva ben pensato di destinarlo al profiling.

A Loris Manna era simpatico. Aveva anche percepito che il rapporto tra lo spagnolo e Castaldi era stratificato, e che i due avevano condiviso qualche indagine importante che li aveva legati, così come la loro indagine precedente aveva unito Loris, Fabio e il povero Gabriele.

Adesso che Fabio e Valentina erano partiti, e che il flusso di informazioni dai teatri dei vari delitti compiuti da Samael s'era interrotto, Loris poté tornare a occuparsi di scomporre l'universo digitale in cui si trovava meglio che nel mondo reale e ricomporlo a suo piacimento in cerca di indizi. Gimenez, momentaneamente disoccupato in attesa di nuovi elementi da inserire nel profilo, voleva partecipare. Ma era proprio un disastro.

« Voglio risalire la corrente che ha spinto quei tre frammenti di conversazione tra Jerusalem e Samael sulle nostre sponde. Per vedere se la stessa corrente ci porta qualche altra primizia » spiegò per l'ennesima volta Loris.

Gimenez sorrideva. « Bell'immagine, sei un poeta. Ma non capisco proprio. »

« La tua intelligenza prettamente umanistica mi sconforta, Carlos. Ma ci sono abituato... ho conosciuto ottimi investigatori che confondevano bit con byte! »

Gimenez non capì la battuta e Loris ripartì da capo, cercando di usare termini ancora più semplici.

« Il dark web non è frequentato solo da criminali. Ci sono siti del tutto legali, come quello del *New York Times* o altri di giornalismo investigativo, che servono a garantire il massimo anonimato possibile alle fonti che, per esempio, volessero denunciare complotti governativi o cose del genere. Ma per navigare in questo mare senza incappare in spiacevoli incontri o in qualche curioso che come noi cerca di andare alla fonte, sia il reporter investigativo che il trafficante di droga devono usare qualche accorgimento... »

« Ma il dark web non è già criptato? Non basta questo a garantire l'anonimato? »

« Non è così semplice. Bisogna utilizzare dei programmi, come Tor, che già garantiscono una certa protezione perché occultano l'id del tuo computer, in pratica cancellano le tracce che portano al tuo indirizzo. Ma non è sufficiente. Più ti inoltri, più hai bisogno di nasconderti. I frammenti di conversazione recuperati dal computer trovato all'Alhambra sono certamente passati attraverso una darknet, cioè una rete definita da una connessione 'friend to friend' o 'peer-to-peer', che nasconde i dati che due o più utenti si stanno scambiando coprendoli con informazioni fittizie. È come una lettera nascosta in una busta senza mittente. Non puoi trovarla se non sai quale busta, tra i milioni di contenitori anonimi che stanno viaggiando, nasconde quella che ti interessa. E a volte le buste sono tante, una dentro l'altra dentro l'altra ancora... »

« Ma scommetto che tu quelle buste riesci a trovarle e aprirle. »

« A volte sì. Se sono fortunato. Ma sul dark web vengono utilizzate delle camere di compensazione virtuale. Si chiamano VPN, sono delle reti private a cui possono accedere solo gli utenti che posseggono le credenziali e le password. È così che Jerusalem e Samael possono parlare dei loro affari senza essere scoperti. E più le VPN sono sofisticate, più è difficile accedervi. »

Gimenez lo guardava ammirato. « Comincia a sembrarmi una *mission impossible.* »

« Non è impossibile, ma bisogna sapere dove cercare. Individuare la VPN che hanno utilizzato, intanto... Però mi stupisce che i cervelloni di Europol non ci abbiano neanche provato. »

« Non hanno Loris Manna con loro! »

Loris rifletté sulla battuta di Gimenez. Era vera solo in parte. Il dark web era ancora un territorio difficile da sondare e cambiava senza sosta. Attimo dopo attimo interveniva un mutamento, anche infinitesimale, che bastava a sconvolgere l'intero sistema e a farti ricominciare da capo. Però bisognava provarci.

Samael aveva aperto un canale preferenziale con un soggetto che secondo l'Europol faceva parte della Geenna. Non era plausibile che il rapporto tra loro si fosse interrotto. La conversazione sicuramente proseguiva, ma chissà a quale livello. Riuscire a intercettarla sembrava proprio una missione impossibile.

Loris Manna iniziò a lavorare. E come gli succedeva spesso, il mondo scomparve. Scomparve Gimenez, seduto accanto a lui, scomparve lo spazio fisico che occupava. C'erano soltanto lui e il suo « Dio ».

Scomparve anche Loris. Scomparve il suo corpo fisico. Ciò che restava di lui s'immerse. Fluì nelle profondità della rete e fluttuò finché non trovò quello che cercava.

Ma quello che trovò, invece di dargli sollievo, lo spaventò ancora di più.

5

Quando entrarono, il buio si precipitò su di loro come in una fuga di fantasmi neri e agitati. Per un istante furono pronti a fare un salto indietro. Poi capirono. E restarono disarmati.

Drappi di seta neri ricoprivano come sudari ogni angolo della casa: mobili, sedie, suppellettili, persino i quadri alle pareti. Pendevano su ogni oggetto, nell'intento di celarne l'aspetto e la forma più che di proteggerlo. Il vento freddo penetrato nella casa all'apertura della porta d'ingresso li aveva animati, gonfiandoli e agitandoli, tanto da dar l'impressione che una frotta di spettri avesse deciso di assalire gli intrusi per poi fuggire oltre le loro spalle. Anche l'oscurità, a volte, anela la luce del sole.

Fabio e Valentina restarono sulla soglia a elaborare quello che stavano vedendo. Dietro di loro, Rachele respirava rumorosamente. « Io non avevo idea. Non avevo proprio idea » mormorò.

Valentina non capì se si riferisse allo stato di salute mentale della cugina, che quello spettacolo dimostrava pericolosamente compromesso, o alla sofferenza che la solitudine doveva aver alimentato in Laura Rovnik.

« Sembra che abbia voluto nascondere tutto... » osservò Valentina.

« Per proteggersi » disse Fabio, entrando nella casa con più prudenza del necessario. « Ma proteggersi da cosa? »

Gli unici spazi liberi erano i pavimenti e i tratti di parete non adornati dai quadri. Laura Rovnik aveva disposto con cura maniacale i grandi teli neri uno per uno, facendo attenzione che nessuna parte di un mobile o di un vaso o di una lampada restasse scoperta. Ma poi era stata risucchiata da un'oscurità più densa di quella che lei stessa aveva ricreato nella sua casa.

« Dovremmo toglierli » disse Costa e guardò Rachele che era entrata in casa dopo di loro, anche lei con grande prudenza.

La donna annuì. « Certo... io l'ultima volta non ho avuto il coraggio di farlo. »

Valentina la capì. Quell'allestimento sembrava una specie di grido d'aiuto. Toglierli era come ammettere di non averlo saputo ascoltare. Era come mettere definitivamente la parola fine sul destino della poveretta.

Ma loro dovevano cercare prove.

Fecero alcune foto e Costa anche un breve video con il cellulare. Inviarono tutto a Loris e a Gimenez. Poi iniziarono a spogliare la casa, ammucchiando i teli in un angolo del salone. C'era da sorprendersi a pensare che gli agenti chiamati a indagare su quella scomparsa avessero trovato « normale » quella situazione. La fretta, la superficialità, e forse un po' di quel timore che proviamo tutti davanti a certe esternazioni di disagio mentale, dovevano averli convinti ad allontanarsi il più velocemente possibile da quella strana abitazione. Chissà cosa avevano scritto nella relazione di servizio.

Alla fine la casa, svestita di quei manti scuri, apparve più normale di come si aspettavano. Era ordinata, e pulita, compatibilmente con le settimane trascorse senza che nessuno se ne curasse. C'erano pochi soprammobili e qualche quadro, ognuno con un tema e uno stile diverso, quasi fossero stati messi insieme a caso, senza un criterio. I mobili erano di buona fattura ma vecchi. Non c'era alcun colore che animasse le stanze tetre e prive di luce. I tendaggi pesanti, anch'essi scuri, impedivano al sole di illuminare gli ambienti anche adesso che erano stati liberati dai teli.

Un altro particolare che li colpì fu il numero di crocifissi appesi alle pareti. Di foggia, materiale e grandezza diversi, occupavano gli spazi liberi tra un quadro e l'altro. Dominavano l'ambiente, rendendolo soffocante e suggestivo allo stesso tempo. Cristo e la sua morte declinati in ogni modo possibile.

Valentina e Fabio si voltarono insieme a guardare la donna che li aveva accompagnati. Non ebbe alcuna reazione. Quell'invasione di crocifissioni era normale, per lei. Si lasciò cadere su un piccolo divano sotto una finestra, in mano uno dei teli che aveva aiutato a togliere, arrotolato. Lo stringeva come per non volerlo vedere sfuggire.

Come passava il suo tempo, Laura Rovnik, in quella casa? Quei crocifissi? Li contemplava per ore, nella sua casa buia? Era quello un altro segno della sua psicosi?

« Possiamo dare un'occhiata in giro? » domandò Valentina.

Rachele non reagì. Sembrava spossata. I deliri della cugina, dimenticati per troppo tempo, adesso la sopraffacevano.

Costa salì al piano di sopra, mentre Valentina, da basso, apriva e chiudeva cassetti e sportelli. Ogni rumore s'amplificava negli ambienti quasi vuoti.

Il piano superiore constava di due stanze, un bagno e un balcone che si affacciava sulla valle. Anche lì i teli pesanti coprivano ogni cosa ma, dato l'arredamento più parco, non erano molti. Pochi mobili di pregio vecchi di decenni e qualche altro crocifisso.

In bagno, scostato l'ennesimo telo nero, Costa si ritrovò a contemplare la propria faccia nello specchio di un armadietto. Lo aprì e trovò ciò che si aspettava. Il mobile era colmo di farmaci. Lesse le etichette: Zyprexa, Arkolamyl, Efexor, Flaxyne, Depakin, Leponex, Dumirox, Maveral. Era in presenza della più vasta gamma di antipsicotici, antidepressivi e farmaci per il trattamento della schizofrenia che avesse mai visto. C'erano anche benzodiazepine e farmaci per il contrasto dell'epilessia e dei disturbi bipolari. Doveva trovare le prescrizioni, però, perché non aveva ancora capito di quale affezione soffrisse Laura.

Trovò la risposta nel comodino di noce scura accanto al grande letto. Quando sfilò il sudario che in questo caso era di un nero lucido, quasi luminoso, gli apparve una cartelletta rossa, segnata da una scrittura sottilissima e ormai sbiadita dal tempo. Era intestata « Laura – Documenti sanitari » e conteneva un centinaio di fogli, alcuni risalenti a molti anni prima, che Costa iniziò a leggere. Illustravano un lungo, tortuoso e sofferto percorso tra specialisti e ospedali. Un'intuizione gli disse che la scritta su quel raccoglitore non fosse stata apposta da Laura. Doveva essere stata sua madre a scrivere quelle poche lettere, segnate con l'inchiostro ma intrise della disperazione che i genitori dovevano aver provato per la malattia cronica della figlia. Quelle tre parole archiviavano ma non esprimevano a sufficienza il dolore che avrebbero dovuto descrivere. Laura, forse, non aveva mai trovato il coraggio di sostituire la vecchia cartella e aveva continuato a riempirla, anno dopo anno, con i nuovi passi del suo delirio.

Costa scese al piano terra. Valentina lo aspettava.

« So di cosa soffriva Laura » le disse Costa.

Guardò Rachele seduta sul vecchio divano e lei ricambiò il suo sguardo. Costa ebbe l'impressione che la cugina di Laura conoscesse bene la natura della sua psicosi, ma non aveva avuto il coraggio di confessarlo a loro. O forse a se stessa.

« Era convinta di essere morta » disse. « Vero? »

6

Valentina esaminava uno a uno i fogli estratti dalla cartella che conteneva l'altra vita di Laura Rovnik. Quella che non si poteva dire, che non si poteva confessare. Una vita di sofferenza, paura e angoscia iniziata più di trent'anni prima, quando Laura aveva tredici anni.

« Laura aveva una gemella, Luisa » disse Rachele Martini, seduta accanto a Valentina, anche lei rapita dalle parole aliene e dal sapore cattivo scritte su quei fogli ingialliti dal tempo. « È morta a dodici anni, per una disgrazia. È affogata in mare sotto gli occhi di mia zia e di mia cugina. Da allora, le condizioni di Laura hanno iniziato a essere al centro dei discorsi dei miei familiari. All'inizio solo qualche parola sussurrata tra parenti e amici. Pazza. La chiamavano pazza, e poi si ripulivano la bocca perché sapevano che stavano commettendo peccato. Dicevano che era una depressione insorta dopo la morte di Luisa, ma in realtà nessuno sapeva davvero che cosa avesse. Io non capivo ma mi adeguavo. Forse è per questo che i miei zii si sono allontanati da tutto e da tutti... pudore, vergogna, non lo so. Sono tornati qui, in questa casa, dove Laura era nata. E alla fine sono rimasta l'unica a mantenere un contatto con lei, soprattutto dopo la morte dei suoi... Sono l'unica che le era rimasta. »

« Quando ha scoperto di che cosa soffriva? » domandò Costa.

« Lo sospettavo, tutto qui. Mia madre mi aveva accennato qualcosa, ma era tutto così strano che... abbiamo fatto finta che non fosse reale. Non ne abbiamo parlato più. Solo adesso ne ho la certezza. Anche se non lo comprendo. »

Anche per Fabio e Valentina era difficile capire in cosa consistesse la sindrome di Laura. Il documento che aveva iniziato a fare un po' di luce era uno dei più vecchi fra quelli contenuti nella consunta cartella ed era proprio un certificato dell'ospedale di Santa Maria della Pietà, di Roma, dove i Rovnik avevano portato la figlia sedicenne per cercare di guarirla da quella che pensavano fosse una maledizione. Era il 1996, non l'Ottocento, ma quell'uomo e quella donna non si capacitavano di ciò che stava accadendo alla loro piccola. L'avevano affidata al manicomio spinti di certo più dalla disperazione che dalla speranza.

Probabilmente era andata meglio di quanto pensassero, perché sul foglio di dimissioni dell'ospedale psichiatrico, datato 1999, c'era scritto « sindrome depressivo maniacale con tratti cotardiani ». E in calce: « remissione quasi totale, si consiglia mantenimento della terapia farmacologica e costante e periodica osservazione da parte del medico curante ». La malattia di cui Laura soffriva era stata arginata, anche se non sconfitta.

Sindrome di Cotard.

Costa ricordava di aver letto qualcosa da qualche parte. Una rapida consultazione su internet lo aggiornò.

Si trattava di un delirio definito « di negazione ». Il paziente si convince di essere morto o di aver perduto tutti gli organi vitali. È una malattia rarissima, spesso associata alla schizofrenia, che insorge per via di traumi psicologici o di una disfunzione delle fibre che innervano il centro delle emozioni. Per alcuni psichiatri la sindrome di Cotard non è una malattia a sé ma solo il raggruppamento di una serie di sintomi derivati da altri disturbi neurocognitivi.

Pur avendo letto con attenzione le fonti, Costa ammise che ancora non ci capiva molto. Come poteva una persona credere di essere morta? E cosa implicava questa convinzione? Sempre in rete aveva trovato qualche esempio. Pazienti che si rifiutavano di mangiare o di lavarsi o di dormire, salvo poi cadere in una specie di deliquio da cui si risvegliavano soltanto con dosi massicce di psicofarmaci. O a seguito di terapia elettroconvulsiva. L'elettroshock.

Chissà se nel corso del suo ricovero a Santa Maria della Pietà la piccola Laura, che doveva essersi sentita abbandonata dai suoi genitori, aveva subito anche quell'aggressione. Il referto dell'ospedale non ne faceva cenno.

Tra i documenti che Valentina estraeva uno a uno, a un tratto apparvero un paio di fogli protocollo scritti a mano. « La grafia di Laura... » riconobbe la cugina con un sospiro.

Valentina lesse. S'incupì. « Dice: 'Non ho cervello, nervi, torace, stomaco o intestino. Tutto quello che m'è rimasto sono la pelle e le ossa'. E, qui, più avanti... 'Sono forse immortale ché soffro e mi consumo ma continuo a illudermi di respirare e i miei occhi continuano ad aprirsi? Forse potrei annientarmi del tutto... forse col fuoco...' » Tacque. Nella stanza adesso si udiva solo il respiro rotto di Rachele.

Bastò scambiarsi un'occhiata perché Valentina e Fabio condividessero lo stesso interrogativo: come aveva fatto Samael a venire a conoscenza di quella storia drammatica? E se era stato lui a far sparire Laura Rovnik, come aveva assecondato il delirio di quella poveretta? Aveva già dato ampiamente prova di una sfrenata e raccapricciante fantasia.

« Voglio sentire Bresci » decise Costa, d'impeto.

Mentre chiamava lo psichiatra che ormai aveva assunto il ruolo di consulente *de facto* nella sua ricerca tra le malattie mentali, avvertì lo sguardo di Rachele Martini su di sé. Parlavano di omicidi, e lei era ancora lì a domandarsi perché Laura fosse fuggita da casa.

Bresci rispose subito e non sembrò seccato.

« Cominciavi a mancarmi, Fabio. »

« Scusami, ma quest'indagine si sta facendo sempre più strana... e per capirci qualcosa ho bisogno di te. »

« Quindi sei ufficialmente tornato a fare il poliziotto? » Lo psichiatra sembrava stupito. In effetti perché non avrebbe dovuto esserlo? Lo stesso Costa non si capacitava della piega che aveva preso la sua vita. Andò con lo sguardo a Valentina. Seduta su quel divano stinto, studiava con una specie di ferocia i fogli che aveva davanti, quasi si aspettasse che la verità le saltasse all'improvviso addosso, con le sembianze di uno dei resoconti dell'inferno di Laura. E in quel momento Costa non poté non pensare, per la milionesima volta in quei giorni, quanto la volesse con sé. E quanto questo suo sentimento così viscerale fosse pericoloso e deviante.

Poi lei alzò gli occhi e cercò il suo sguardo, e qualcosa ne oscurò l'espressione.

« Comunque, spiegami » stava dicendo Bresci al cellulare. « Di che si tratta stavolta? »

« Una donna affetta dalla sindrome di Cotard... puoi dirmi nulla? »

Il silenzio all'altro capo durò solo un paio di secondi. « Cotard? Sei sicuro? È roba davvero rara. »

« Lo immagino. E anche piuttosto inquietante, da quello che ho capito. Ma questa donna è scomparsa. Ha avuto un passato di ricoveri e terapie piuttosto travagliato. Forse puoi aiutarci a ricostruirne il percorso sanitario. Dal 1996 al 1999 è stata ricoverata a Roma, all'ospedale psichiatrico di Santa Maria della Pietà. »

Valentina si era alzata. Aveva in mano un foglio e i suoi occhi andavano da quella carta a lui. Sembrava confusa, ma anche allarmata.

« Santa Maria della Pietà, dici? » Fabio ebbe l'impressione che Bresci stesse prendendo appunti.

« Sì. Si chiama Laura Rovnik. All'epoca delle dimissioni aveva diciannove anni. Oggi ne avrebbe quarantaquattro. »

Valentina lo fissava e scuoteva la testa. Il messaggio era chiaro e urgente. *Chiudi la telefonata. C'è qualcosa che non va.*

Costa la scrutò, perplesso.

« Ok, farò il possibile » disse Bresci. « Ti mando anche qualche appunto sulla Cotard, così vi fate un'idea più precisa. »

« Grazie » mormorò Costa. Ma non lo ascoltava più. Cosa stava accadendo? Perché Valentina era così agitata?

Bresci lo salutò e chiuse la comunicazione. Costa restò col cellulare all'orecchio a fissare Valentina.

« Cosa c'è? »

Lei gli porse il foglio che aveva in mano. Era un altro documento di dimissioni, stavolta recente: 13 dicembre 2021. Conteneva prescrizioni di farmaci, che erano tra quelli contenuti nell'armadietto del bagno di Laura Rovnik.

Il nome al piede del certificato lo fece sussultare.

Laura era stata una paziente di Villa Cassiopea.

Il medico che aveva firmato le dimissioni di Laura era Francesco Bresci.

7

Avevano preso alloggio in un albergo modesto ma dignitoso che aveva il pregio di affacciarsi d'angolo sul panorama più importante di Trieste, piazza Unità d'Italia. Così, dalle loro finestre, anche se in linea obliqua, potevano approfittare di uno scorcio del mare che quel giorno, a dispetto della fama della città e del suo vento, era placido e soleggiato.

Valentina stava ammirando l'infinita distesa azzurra che diventava scura verso l'orizzonte dove il sole, a differenza dei lidi occidentali a cui era abituata, sorgeva invece di tramontare. Era un capovolgimento totale del punto di vista e Valentina pensò che loro, in quel momento, dovevano fare proprio questo: rovesciare il punto di vista. Guardare il sole sorgere invece che tramontare. Come in fondo avevano fatto altre volte. Per cercare di afferrare le motivazioni di Samael dovevano prima capire se sul suo orizzonte il sole nasceva o moriva.

La chiamata di Castaldi che la interruppe era attesa, ma comunque la infastidì. Avrebbe voluto più tempo per riflettere.

« Cosa cazzo ci fa Costa con te a Trieste? »

Rimase sorpresa. Castaldi non s'era mai espresso in quel modo.

« Mi sta dando una mano. È un problema? » rispose con tono altrettanto affilato. Non gli chiese come l'avesse saputo. Probabilmente da Gimenez, anche se non aveva importanza.

François Castaldi ricalibrò l'approccio e Valentina ritrovò l'uomo ferreo ma gentile che conosceva.

« Dovevi avvertirmi, Valentina. Il nostro rapporto con le autorità di polizia italiane è già abbastanza fragile. Anche all'unità Europol di Roma non ci vedono con particolare favore in questo momento, lo sai. E Fabio Costa non è esattamente l'uomo più amato dal dipartimento. »

« Nessuno sa che Fabio è qui con me. A parte te, adesso. E la sua consulenza è a titolo amichevole... » Avvertì l'esitazione del francese a quella parola. Non c'era nulla di « amichevole » tra lei e Fabio. E Castaldi era abbastanza intelligente e informato per immaginare quanto fosse complesso il loro rapporto.

« Non voglio che lui ti distragga dal tuo compito o ti renda le cose meno facili. Non fare parola con la polizia locale della sua presenza. »

Valentina sospirò. Castaldi in fondo aveva ragione.

« Cos'è questa novità? » le domandò poi.

Valentina capì subito a cosa si riferiva. Immaginò che Gimenez gli avesse detto anche il resto. Lei e Fabio avevano informato soltanto Loris e lo spagnolo della loro decisione. Era una scelta azzardata, lo sapevano, ma era l'unica cosa da fare. Era soltanto difficile da spiegare a Castaldi. E sapeva che sarebbe stato ancora più difficile spiegarlo alla polizia e al magistrato di Trieste.

Ma ci doveva provare.

Castaldi la ascoltò e poi restò in silenzio per un po'. Alla fine disse: « Muoviti con grande attenzione, Valentina. Se questo diventa un passo falso, è finita ».

« Lo so. Ma non c'è altra strada, François. »

« È una tua idea, vero? Non di Costa? »

Avrebbe dovuto incazzarsi. Perfino Castaldi pensava che non fosse in grado di cavarsela da sola? Anche lui era come gli altri? Era una storia che aveva già vissuto. Eppure il francese aveva tanto insistito per averla nella sua squadra! Le dispiacque e ne restò delusa, ma si rendeva conto che anche lui doveva essere sotto pressione. Per questo non commentò.

« È una mia decisione » si limitò a dire.

« Va bene. Organizzo una riunione con il pm locale e la Squadra mobile. Ma mi raccomando: tieni Fabio Costa lontano da lì. E da te. »

Castaldi riattaccò senza salutare.

Quasi nello stesso istante sentì bussare alla sua porta. Quando lo fece entrare, Fabio era più scuro in volto che mai.

« Mi ha chiamato poco fa » esordì, e lei pensò che Castaldi avesse chiamato anche lui per intimargli di togliersi dai piedi. Ma non era così. « Francesco Bresci » aggiunse Costa, poi si sedette sul bordo del letto. Sembrava a disagio.

« È stata colpa mia » disse Costa, con il tono più scoraggiato che gli avesse mai sentito. « Sono stato precipitoso a telefonargli. »

Valentina si sedette accanto a lui. Quella vicinanza la turbò. L'ultima volta che s'erano ritrovati in una situazione simile erano stati a un passo dal lasciarsi tutto alle spalle. Dal far finta di essere solo due persone che si piacevano e che non dovevano occuparsi del buio là fuori.

« Non c'è nulla di irreparabile » gli disse. « E tu mi hai insegnato che le coincidenze, a differenza di quello che si crede, esistono eccome. Bresci può essere la coincidenza. »

« Una coincidenza un po' pesante. »

« L'aspetto positivo è che forse siamo sulla strada giusta. Laura Rovnik potrebbe essere legata a Lorenzo Cipriani, erano entrambi ricoverati a Santa Maria della Pietà. E sembra possa essere legata a Gabriele Piovesan perché erano a Villa Cassiopea nello stesso periodo... »

« Mi sono informato » disse Fabio. « Santa Maria della Pietà era uno dei manicomi italiani più grandi ed efficienti, e anche uno degli ultimi a essere chiusi per via della legge Basaglia, molto oltre il termine previsto. C'erano più di trenta padiglioni. Migliaia di pazienti, negli anni. Un viavai impressionante. Valentina, forse il nesso con Cipriani è davvero troppo debole. Potrebbero non essersi mai incontrati. »

« Ma qualcuno potrebbe avere incontrato loro. E comunque, il collegamento con Gabriele è più significativo e più recente » osservò lei. « Il periodo coincide e Villa Cassiopea non ha più di una trentina di ospiti, come mi hai detto. Cosa ti ha detto Bresci al telefono? »

« Quello che mi aspettavo. Laura Rovnik effettivamente è stata ospite da lui qualche mese fa. Ha detto che quando gli avevo fatto il suo nome nella sua mente era scattato un campanello. Ma non era sicuro e ha voluto controllare... Ha voluto prendere tempo, in altre parole. Laura lo aveva contattato alla fine dell'altr'anno, soffriva di depressione e schizofrenia e dopo qualche anno di remissione s'erano manifestati nuovamente alcuni sintomi. Aveva letto di Bresci e avevano concordato un breve ricovero per alcuni esami e una valutazione. In realtà, Bresci l'ha trovata in buone condizioni psichiche, malgrado l'anamnesi grave e duratura nel tempo. L'ha dimessa dopo tre giorni, prescrivendole una lieve terapia farmacologica.»

«E la sindrome di Cotard?»

«Ha detto che aveva sintomi cotardiani, ma la situazione di Laura era complessa e cronica. Avrebbe dovuto rivederla dopo sei mesi. Comunque mi ha promesso di fare qualche altra ricerca, soprattutto sul suo ricovero a Roma.»

«Ti è sembrato sincero?»

L'espressione di Costa era a metà tra l'afflizione e la rabbia. Se avesse aspettato a chiamare Bresci e Valentina avesse trovato prima quel documento di dimissioni, avrebbero potuto concordare una diversa strategia investigativa con lo psichiatra. Bresci a questo punto cominciava a diventare un sospettato.

«Non credo che lui sia Samael, se è questo che vuoi sapere» rispose Costa. «Ma ammettere da parte sua che Laura è stata sua paziente non vuol dire niente, non è sinonimo di sincerità. Sapeva che l'avremmo scoperto e forse ha solo messo le mani avanti. Vedremo.»

Intanto dovevano occuparsi di organizzare quello che avevano deciso di fare.

«Castaldi ci farà sapere...» disse Valentina. «Ma...»

Incredibilmente, Costa sorrise. «Scommetto che non mi vuole tra i piedi.»

Valentina arrossì. «Non vuole problemi con la polizia locale.»

«Lo capisco. E da sola te la caverai benissimo. Come sempre, del resto.»

La guardò. Sollevò una mano e le sfiorò la guancia. Fu un gesto improvviso e imprevedibile, probabilmente per entrambi. Lei avvertì il calore del suo palmo e il lieve tremito delle dita. Fu quello che la scosse di più. Fabio Costa tremava, come un bambino, e non faceva nulla per nascondere quell'emozione.

C'era qualcosa in quella carezza che lo rendeva disperato e stranamente fragile.

Valentina avrebbe voluto sollevare una mano e posarla su quella di lui, incoraggiarlo a non desistere, a proseguire. Voleva sentire il suo tocco scendere giù, lungo il collo, continuare a tremare tra i suoi seni. Proseguire oltre. Voleva che quel momento non terminasse.

Ma lui si ritrasse, all'improvviso. E lei riemerse da un'apnea di cui non s'era resa conto.

«Scusami» sussurrò lui e prima che Valentina potesse rispondere s'era già alzato. Il calore del suo corpo s'era dileguato. Come non ci fosse mai stato.

Sulla porta lui si fermò. «Se quello che pensiamo è successo davvero, ti aspetta un'esperienza terribile, Valentina» disse. «Hai bisogno di tutta la tua concentrazione. Mi spiace solo di non poterti stare accanto.»

Poi uscì dalla stanza, lasciandola ancora una volta da sola.

8

Il procuratore delegato aveva espresso forti dubbi ma soprattutto preteso ogni accorgimento per evitare una fuga di notizie. Ed era stato perentorio su un punto. «Agirete di notte, con rapidità e discrezione. Non voglio diventare lo zimbello dei media e soprattutto non voglio allarmare la cittadinanza.»

Erano stati tutti d'accordo, e se anche non fosse stato così gli ordini del magistrato non si discutono. Una lezione che Valentina conosceva molto bene. E poi nemmeno lei era sicura di ciò che avrebbero trovato.

Durante la breve riunione di quella sera nei locali della Squadra mobile di Trieste, aveva illustrato la loro teoria, incassando sguardi perplessi e scettici. Ma ci era abituata e ciò non influì sulla sua determinazione.

Però le mancava Fabio. O Loris. O uno qualunque dei suoi.

Oltre a lei, erano presenti soltanto due agenti della Mobile e un giovane commissario a cui evidentemente avevano mollato quella rogna, due colleghi della Scientifica che avrebbero documentato ogni passo dell'operazione e infine due tecnici del Comune di Monrupino che continuavano a guardarsi intorno senza capire per quale diavolo di motivo fossero stati convocati a quell'ora tarda. E in questura!

Poi, mentre si accingeva a spiegare cosa avrebbero dovuto fare, si affacciò alla porta il dirigente della Mobile. Era un suo collega di corso e, anche se non aveva intenzione di essere coinvolto in quella storia, era stato cordiale e disponibile. Le sorrise e la chiamò da parte.

«Ti affianco un'altra risorsa» le annunciò. «Ho dovuto avvertire lo SCO, sai come funziona, e dato che lui era qui per occuparsi di uno dei miei che deve essere riammesso in servizio, hanno preteso che ti coadiuvasse in questa roba qui.»

«Ma lui chi?» domandò Valentina, confusa, e poi lo vide apparire alle spalle del collega. Sembrava imbarazzato e a disagio, ma tentò anche lui un sorriso di circostanza.

«Carlo!»

Mercuri le porse la mano che lei strinse dopo un attimo di esitazione.

«Scusami, Valentina. Ti giuro che non ero qui per te e non l'ho chiesto io di affiancarti. È davvero una coincidenza...»

Come diceva Costa, le coincidenze esistono eccome, ma da un po' di tempo a quella parte sembrava che i fili che muovevano la vita di Valentina tendessero a intrecciarsi in un disegno un po' troppo arzigogolato e ricorrente. «Non capisco come puoi aiutarci in questa faccenda» disse lei, irritata suo malgrado. Carlo Mercuri le piaceva, lei stessa aveva avuto l'idea di chiedere il suo aiuto. Ma poi ci aveva ripensato. E comunque odiava le imposizioni dall'esterno.

«Senza offesa, Carlo, ma non ho bisogno di essere di nuovo psicanalizzata. Sto bene.» Li sfidò entrambi con lo sguardo.

Il collega della Mobile, imbarazzato e consapevole di non sapere nulla del rapporto che c'era tra i due, si dileguò abilmente con una scusa. Restò il solo Mercuri col suo disagio.

«Non metterti sulla difensiva» la implorò. «Te l'ho detto, fa parte dei miei compiti. Un supporto psicologico in un'indagine complessa come questa non può far male. E qualcuno al ministero ha visto la tua attività come un'occasione da sfruttare e... »

« Glielo hai suggerito tu! »

« Ma no... insomma, Valentina, sei tu che mi hai contattato l'ultima volta. Non posso fare più danni di quelli che tu hai già valutato, no? »

« Cazzate! »

Mercuri trasalì. « Come? »

« Cazzate. Sai qual è la verità che circola ai piani alti? Che io sia una poliziotta insubordinata che è stata rapita e torturata e alla fine salvata da uno sbirro reietto che nessuno vuole più nominare. Poi ecco che salto fuori con questa nuova storia di serial killer e qualcuno comincia a essere nervoso. Non sia mai che l'amministrazione faccia un'altra figura di merda come due anni fa. E così, quando chiediamo l'intervento della magistratura per un'operazione ufficiale e non possono più far finta di niente, mandano qualcuno a tenermi sotto controllo. Qualcuno che mi conosce bene. Qualcuno a cui ho confessato più di quello che avrei dovuto. Metti che io faccia qualche pazzia... Il termine pazzia l'ho usato a proposito. »

Il colore del volto di Mercuri tendeva al rosso acceso. « Così sei ingiusta. Non ho nessuna intenzione di controllarti e nessuno me l'ha chiesto. Magari qualcuno ha pensato che lo psicologo che ti ha aiutato a superare i tuoi traumi potesse esserti vicino durante la tua operazione, no? Che poi è ciò che hai pensato tu stessa la sera che ci siamo visti. Non sono tutti mostri al ministero! »

Valentina scosse il capo. Doveva ammettere che parlare con lui, durante quei lunghi momenti di dolore e ricordo, l'aveva aiutata. Mercuri era in gamba. Era stato lui stesso a spingerla in qualche modo ad accettare l'offerta di Castaldi. E le sembrava sincero, anche adesso. Forse era solo una pedina di un sistema marcio. E probabilmente non meritava la sua rabbia.

« Non sei tu che mi crei problemi » disse, abbassando il tono. « Ma non voglio finire in analisi un'altra volta, chiaro? So chi sono e non ho bisogno di te o dei tuoi consigli. Niente inconscio, stanotte. »

Mercuri annuì e il rossore lo abbandonò. Accennò addirittura a quel mezzo sorrisetto che lei aveva trovato persino attraente. Ma che in quel momento serviva solo a distrarla.

Gli voltò le spalle e tornò alla squadra che quella notte l'avrebbe affiancata.

Era già tardi e i volti dei presenti non esprimevano altro che la voglia di tornare a casa. Ma lei sapeva che il lavoro sarebbe stato lungo. E se avessero trovato quello che pensavano ancora più interminabile.

« Insomma, dottoressa » disse un agente della Mobile. « Che cos'è che dobbiamo fare stanotte? »

Non c'era altro modo di dirlo. « Scoperchiare una tomba. »

9

« La malattia di Cotard è l'affezione più romantica e orribile che possa esistere. Una volta si diceva nascesse dalla melanconia, uno stato di delirio che sembra appartenere più alla poesia che alla medicina. »

Il vocale di Francesco Bresci che Costa le aveva rigirato era colmo di un'attenzione che la colpì.

« È come se qualcosa si impadronisse pian piano del paziente » continuava il medico, « come se nel suo corpo intervenissero elementi sconosciuti, incomprensibili. L'ammalato sente affogare la propria personalità in una nuova coscienza, che non è più sua, ha la sensazione che le idee che lo muovono non siano volute da lui, e prendono il sopravvento. Così è costretto ad ascoltare queste percezioni che vengono da regioni per lui distantissime e quando sente che la sua personalità è del tutto scomparsa, pur ricordando di averne avuta una, inizia a negare se stesso. Dice che è morto, che non esiste più, anche se continua a respirare. E questo gli sembra strano, innaturale, tanto che l'unica spiegazione che può darsi è che è diventato immortale, o che qualcun altro si è sostituito al suo io e adesso lo possiede. »

La cappella gentilizia era l'unica in tutto il cimitero, composto altrimenti di lapidi semplici, la maggior parte interrate, cosicché era visibile appena oltrepassato il cancello d'ingresso. Sorgeva nella parte più alta del camposanto e sembrava vegliare il sonno di tutti gli altri morti.

Adesso che erano là, a Valentina sembrava impossibile che la notizia non trapelasse prima o poi. Già il loro arrivo con quattro macchine, nella notte altrimenti silenziosa di Monrupino, aveva causato l'accensione di varie luci dietro le finestre delle case circostanti. E anche il rumore prodotto dal grande cancello in ferro battuto, quando i tecnici del Comune lo avevano aperto, le era sembrato diffondersi per tutta la valle, fino al confine. Era come un annuncio pubblico. Sì, siamo qui, e stiamo per profanare una cappella di famiglia. Non temete. Esumiamo morti, è vero. Ma perché vegliamo sui viventi.

L'ipotesi sulla fine della donna scomparsa era quasi scontata e non per questo meno agghiacciante. Samael uccideva assecondando i deliri delle sue vittime, era assodato. Questa caratteristica era sorprendente per un assassino seriale e spalancava scenari inesplorati per ogni profilo psicologico. Ma soprattutto aveva indicato loro la strada per capire come ragionava.

Laura Rovnik era affetta da una malattia mentale che l'aveva convinta, almeno in passato, di essere morta. Cosa poteva fare per lei il gentile serial killer se non dimostrarle che lei aveva ragione ed era tutto il mondo esterno ad avere torto? Samael aveva dimostrato a Lorenzo Cipriani che era il vero san Lorenzo, bruciandolo vivo. Aveva immerso Dario Carboni nella bellezza che lo aveva inebriato e ucciso. Aveva liberato l'animale in De Pascalis e l'aveva abbattuto con una pallottola d'argento, come si fa con i lupi mannari. Così come aveva convinto Gabriele Piovesan che il suo persecutore era davvero tornato dall'inferno per ucciderlo ed era tanto reale da spararagli in un occhio.

Per lo stesso motivo, Samael doveva aver trattato Laura Rovnik così come si trattano i morti.

L'aveva sepolta.

Quando Rachele aveva detto loro che la famiglia Rovnik possedeva un sepolcro gentilizio nel cimitero di Monrupino, in cui riposavano i genitori e i nonni di Laura, Valentina e Fabio avevano subito capito cos'era accaduto.

La piccola cappella consisteva in un'edicola rettangolare, di marmo nero, sormontata da una croce d'argento e con una porta ad arco in vetro colorato e legno di frassino. A custodia un cancello in ferro battuto, con disegni di foglie e rami, chiuso con una catena e un lucchetto robusti.

«Nuovi» disse un agente della Mobile, sollevando il grosso lucchetto.

Valentina sospirò. Avvertiva un gran peso in petto. Era come se una mano le stesse stringendo i polmoni in una morsa. Ne sentiva chiaramente le dita, una a una. Aveva iniziato a provare quella spiacevole sensazione appena varcato il grande cancello del cimitero. Il buio, il fioco rischiarare delle lampade votive, le tombe antiche, tutto aveva contribuito a gettarla in uno spaventoso *déjà vu*. Anche la cripta in cui era stata segregata per dieci giorni aveva lampade votive e un cancello simile a quello.

Avvertì lo sguardo insistente di Mercuri addosso a lei. E si pentì di avergli consentito di partecipare a quella spedizione. Non era il momento di lasciarsi andare. E non voleva essere compatita.

La luce tenue della luna che li aveva accompagnati dal loro ingresso scomparve dietro una coltre scura. Fino ad allora non avevano avuto bisogno delle torce, che in quel momento accesero tutti insieme. Il fascio dei raggi improvviso animò la superficie della cappella e delle tombe circostanti. Valentina scorse le ombre lunghe e spigolose che, terrorizzate, correvano a rifugiarsi negli angoli bui e non seppe reprimere un brivido.

«Forza» disse Valentina. «Spezzate il lucchetto.»

Superarono il cancello che proteggeva i due mondi l'uno dall'altro, quello dei morti e quello dei vivi, ed entrarono nella tomba di famiglia dei Rovnik.

10

Valentina mise piede per prima nello spazio tra i sepolcri. Scese tre gradini perché la cripta era interrata di un paio di metri, e si trovò al centro di un angusto locale rettangolare. In fondo sorgeva un piccolo altare sovrastato da un crocifisso in argento e da un angelo in marmo, piangente. Una luce perpetua si riverberava sul marmo bianco che rivestiva l'interno della cappella. Ai due lati, lungo ognuna delle due pareti, tre sepolcri sovrapposti, tutti sigillati con una copertura di pregiato marmo rosa del Portogallo. Cinque erano occupati, dato che su ognuno di essi vi erano un nome e le date di nascita e di morte. In alto erano stati messi i nonni paterni di Laura, sotto i suoi genitori.

In uno dei sepolcri più bassi l'iscrizione non lasciava spazio a dubbi.

Luisa Rovnik, 20 gennaio 1973 – 12 settembre 1985. Requiescat in pacem.

La gemella di Laura, pensò Valentina, e non poté evitare una riflessione. Se quella bambina non fosse annegata, forse la sorella non avrebbe vissuto in quell'incubo. I genitori non l'avrebbero fatta ricoverare. E Samael non l'avrebbe scelta. La morte iniqua e inattesa, rifletté, ha sempre degli strascichi.

Restava un sepolcro, che avrebbe dovuto essere vuoto e che invece presentava, come gli altri, una copertura in marmo. Ma i bordi di quella tomba non erano sigillati come gli altri. E non recava le stesse iscrizioni con lettere in oro. Sulla sua superficie qualcuno aveva tracciato delle parole utilizzando un marker nero.

Valentina indirizzò il raggio della sua Mag-Lite verso la scritta, mentre il cuore accelerava e il battito faceva da sottofondo a quella scoperta.

Samael è stato qui.
Ha creduto in me perché ero morta.
Ha creduto in me perché ero viva.
In questo tempo non vivrò più.
In questo tempo non morirò più.
Mi ha condotto tra i vitigni e le radici della terra rossa.

E proprio in quel tempo Valentina seppe che lei e Fabio avevano avuto ragione. Seppe con certezza cosa avrebbero trovato sollevando il pesante coperchio di marmo di quella tomba che avrebbe dovuto essere vuota. E questa verità la travolse come uno tsunami. Annegò in ricordi neri e soffocanti. Li sostituì con la certezza del dolore. Perché lei era stata Laura Rovnik. Lei era *ancora* Laura.

La voce di Hannie Janssen la graffiò di nuovo. L'afferrò l'orrore di essere stata sepolta e dimenticata. La trafisse lo spasmo delle sue viscere che si contorcevano all'idea di una morte così atroce e il panico le chiudeva la gola, le strappava l'ultimo briciolo di umanità.

Urlò, ma dalla sua gola non uscì alcun suono. Aveva perduto tutto. La vista, la voce, il tatto. C'era soltanto quel marmo nero e gelido che si stringeva addosso a lei, schiacciandola.

« Valentina... Valentina... »

La voce di Fabio. Le soffiava in volto. La salvava.

« Valentina! »

Aprì gli occhi. O forse li aveva sempre tenuti aperti, senza vedere.

« Valentina, ti senti bene? »

Non era Fabio.

Carlo Mercuri sembrava sorreggerla mentre la guardava preoccupato. Gli altri stavano spostando lentamente il grande coperchio di marmo rosa.

« Sì, sto bene... credo... sì, sì » mormorò lei. Era in piedi contro la parete. Alle sue spalle riposava la madre di Laura, lo diceva l'iscrizione. La pietra era fredda.

Sembrava che solo Mercuri si fosse accorto del suo attacco di panico. Il calore della mano dello psicologo sul suo polso la portò alla realtà.

Gli altri continuavano a lavorare. La copertura del sepolcro con la scritta di Samael scricchiolò con un rumore sinistro mentre la spostavano, e l'odore li aggredì subito. Putrefazione. E un sentore di terra e ferro che proveniva dalle ossa ormai esposte di Laura Rovnik.

La trovarono così, immersa in ciò che restava di lei. Vestita di un abito nero e lungo, gioielli d'oro al collo, le scarpe di marca infilate ai piedi ormai raggrinziti e contorti. Le braccia erano sollevate e le mani, poca pelle marrone su ossa calcinate, erano appoggiate sul volto. Le dita infilate nei propri occhi, ormai decomposti, come se avesse tentato di strapparseli.

Compresero tutti cosa significava quella postura, che sapeva di un orrore indicibile, antico e profondo quanto il male che l'aveva causato.

Laura Rovnik era stata sepolta viva.

11

Quando Loris era nel vivo di un caso complesso come quello, tendeva a dimenticarsi di dormire. Non era solo per l'impegno che il lavoro pretendeva, era perché il suo cervello proprio non riusciva a spegnersi.

Era quasi l'alba, e nello stesso momento in cui Valentina e la sua squadra entravano nella cappella gentilizia della famiglia Rovnik, a centinaia di chilometri di distanza, Loris Manna era sveglio e scoperchiava altre cripte, di diversa ma non meno funebre natura. Scopriva nuovi segreti.

Aveva trovato tracce della Geenna in un passato in cui né lui né gli altri che condividevano quella cupa avventura erano ancora nati e questo aveva stimolato la sua curiosità ben oltre la necessità investigativa. Ma più s'immergeva, meno riusciva ad afferrare il vero significato di quelle scoperte. Aveva seguito le tracce a ritroso nel tempo fin dove «Dio» e gli archivi glielo permettevano. Sperava di arrivare al momento e al luogo in cui era nata la Geenna. Sperava di scoprire chi aveva dato il via a quell'incubo, e allo stesso tempo temeva quella scoperta.

Il termine Geenna a un certo punto si inabissava nel nulla del passato. Loris ebbe l'intuizione di far ripartire il programma dalla versione talmudica di quel nome: «Gheinòm», la parola che aveva caratterizzato le vicende criminali di George Evans, l'uomo che inviava ai giornali gli annunci firmati «Dante».

Scoprì che Gheinòm era anche il nome di una pseudosetta che aveva attecchito negli Stati Uniti tra il 1892 e il 1896. L'aveva fondata un uomo di nome Howard Phillip Agostino, figlio di emigranti italiani trasferitisi da Cinisi, in Sicilia, a Boston. Le cronache che « Dio » aveva disseppellito non dicevano se Agostino avesse avuto un'infanzia di abusi e privazioni, come quasi tutte quelle dei serial killer di cui si aveva notizia. Ma Loris pensava di sì. Non si spiegava altrimenti la sua attitudine a torturare e uccidere.

Agostino s'era distinto sin dalla giovane età per un certo ingegno e per la propensione alla truffa, tanto che a meno di trent'anni aveva accumulato un discreto patrimonio. Lo impiegò in un modo del tutto singolare. Fece costruire nel centro di Boston un palazzo di tre piani, realizzato secondo i suoi desideri in ogni particolare. Lo adibì ad abitazione, libreria e albergo. Per la sua singolare struttura, lo chiamavano il « Castello ».

In realtà, Agostino vi accoglieva esclusivamente gli uomini e le donne che abbracciavano la sua causa: la fede in Gheinòm.

Era infatti quello il nome dell'associazione che l'italo-americano aveva fondato e a cui i suoi ospiti aderivano. Si trattava di una confraternita ispirata a una sorta di mistica religiosa, con elementi di psicologia motivazionale che Agostino aveva tratto da alcune letture esoteriche e, a suo dire, da alcuni viaggi in Oriente, in realtà mai compiuti. Agostino proponeva una filosofia di vita che in quell'ultimo decennio dell'Ottocento sembrava audace e innovativa. I suoi annunci sui quotidiani locali, all'inizio, e poi su quelli nazionali erano tanto ambigui quanto densi di fascino per anime solitarie che cercavano un riscatto da una vita di fallimenti, incomprensioni e miserie. Gheinòm prometteva successo, pace e serenità. Risposero in tanti, uomini e donne, ricchi e poveri. Agostino trovava un posto per tutti, nella sua casa e nel suo cuore. Non specificava che la sua era una promessa di vera eternità.

Il « Castello » di Agostino era dotato di passaggi e camere segrete, botole che si aprivano su piscine sotterranee, intercapedini dietro ogni parete, scale e corridoi invisibili a tutti meno che al proprietario. In quel dedalo, Agostino iniziò a segregare, torturare e uccidere i suoi ospiti uno a uno. Li faceva sparire e riservava a ognuno un trattamento speciale. Disponeva di camere insonorizzate per evitare che le urla svegliassero gli altri ospiti. Raccontava poi che gli scomparsi erano in realtà passati a un livello superiore di consapevolezza ed esistenza. Un passaggio che sarebbe toccato a tutti, bastava aspettare il proprio turno.

Nessuno si accorse di nulla per almeno tre anni. A Boston, in pieno centro. Sotto gli occhi dell'intera città.

Ma un giorno, Agostino fu indagato per truffa, poiché non aveva terminato di pagare proprio l'impresa edilizia che aveva costruito il suo palazzo, e questo banale scivolone gli costò caro. La polizia effettuò alcuni sopralluoghi e scoperchiò ben presto l'inferno che Agostino aveva ricreato in terra, proprio come il nome biblico di Gheinòm evocava. Cominciarono a spuntare i primi corpi. Trovarono cadaveri murati, marciti nell'acqua che stagnava nelle fondamenta del palazzo, bruciati nelle grandi caldaie che funzionavano giorno e notte, fatti a pezzi e sepolti nelle vaste cantine. Gli investigatori, inorriditi, impiegarono settimane a smantellare quel posto e alla fine calcolarono che H.P. Agostino avesse ucciso almeno duecento persone, anche se trovarono i resti di solo una sessantina di esse. Uomini e donne di cui nessuno, a parte qualche sporadica eccezione, aveva denunciato la scomparsa.

L'assassino del « Castello » fu giustiziato il 7 maggio 1896. Al boia che lo aspettava, Agostino disse: « Prenditi il tuo tempo, vecchio. Non fare pasticci ». Probabilmente aveva intuito qualcosa. Il cappio che avrebbe dovuto spezzargli il collo era stato mal confezionato, forse volontariamente, e Agostino morì soffocato tra atroci dolori.

Ma la storia che « Dio » stava raccontando a Loris non aveva un lieto fine con la morte di Agostino.

Nella stanza in cui l'uomo viveva, un ambiente che gli inquirenti definirono « monacale », furono trovate alcune lettere, custodite gelosamente. Erano indirizzate a lui, provenivano da diverse parti del Paese ma erano tutte all'apparenza firmate dalla stessa mano. Il misterioso mittente si faceva chiamare Figlio di Gebus. In nessuna delle fonti che « Dio » aveva reperito si descriveva il contenuto di quelle lettere, a parte un accenno al fatto che gli investigatori che le lessero restarono sconvolti. Si diceva che traboccassero di atrocità e oscenità e che forse avevano suggerito ad Agostino alcune delle torture a cui aveva sottoposto le sue vittime. « Dio » ricordò a Loris che Gebus era il nome di un luogo situato sul Monte Sinai abitato, secondo la Bibbia, dalle tribù ebraiche prima della fondazione di Gerusalemme.

Era lì che era stata posta la Geenna, l'inferno del dio Moloch.

Ma c'era altro. « Dio » esaminò l'elenco delle presunte vittime del serial killer del Castello e lo comparò con altre notizie pescate in rete. Agostino aveva scelto i suoi ospiti tra persone che non lasciavano molte tracce, e i fatti erano parecchio lontani nel tempo. Ma qualcosa saltò fuori.

Si chiamava Adele Rochwater, e con un nome simile era difficile che il collegamento che aveva appena scovato potesse derivare da un'omonimia, per quanto il cuore di Loris lo sperasse. Adele aveva ventidue anni quando fu data per dispersa tra le duecento vittime di Agostino. Ne aveva esattamente dieci di più quando riapparve in Europa, in Italia, nel 1906. Ne dava notizia un trafiletto del *Corriere della Sera* del 15 marzo. All'epoca non venivano pubblicate foto sui giornali ma il sistema ne recuperò una da un archivio Alinari, un'immagine scattata con una delle prime reflex. Adele Rochwater, a differenza di molti ospiti di Agostino, apparteneva in realtà a una famiglia ricca. Veniva citata nella didascalia di accompagnamento alla foto dove appariva insieme a suo padre, sua madre, due sorelle e un fratello più piccoli di lei. Posavano tutti sulla scalinata di una chiesa, nessuno sorrideva e l'opaca emulsione dello scatto rendeva i loro occhi glauchi, i volti spettrali. Secondo il racconto del giornale, Adele e famiglia venivano dagli Stati Uniti e si stavano godendo un viaggio attraverso l'Europa. Il padre di Adele, Adam, era un noto imprenditore del legno e quella vacanza era il coronamento di un vecchio desiderio.

Adele uccise lui e il resto della famiglia mentre erano in un albergo di Roma, durante la prima tappa del loro tour. Li accoltellò nel sonno, uno a uno. La mattanza fu scoperta la mattina dalle cameriere. Adele dormiva nel suo letto, ricoperta del sangue dei suoi famigliari. Quando fu arrestata sembrò lucida e indifferente, almeno secondo il cronista dell'epoca. Disse che era « una cosa che andava fatta » e aggiunse che gliel'aveva suggerita in sogno « un amico di nome Manasse ». Il cronista riferì anche una circostanza mai confermata dalla polizia. Secondo una sua fonte, Adele possedeva un faldone di lettere a firma di questo Manasse in cui veniva esortata a compiere il volere di Dio.

Il « Dio » di Loris non mancò di segnalare che Manasse era uno dei re giudei che aveva coltivato il culto di Moloch nella valle di Hinnom.

Adele fu ritenuta pazza e fu rinchiusa nel manicomio criminale Santa Maria Maddalena di Aversa, dove Loris ipotizzò che avesse finito i suoi giorni.

Ma il nome « Gheinòm » rispuntò in relazione proprio a quel manicomio. Anche stavolta si trattava di un articolo di giornale. Nel 1916, a Caserta, un incendio in una casa popolare aveva sterminato diciotto persone, tra cui un intero nucleo famigliare, quello dei Ferrara. Una donna, sua madre e due figli piccoli, di quattro e otto anni. Si salvò soltanto il capofamiglia, Cosimo Ferrara, che fu trovato in piedi davanti al rogo, in stato confusionale. Due giorni dopo fu arrestato. Cosimo aveva appiccato l'incendio.

L'uomo non mostrò mai segni di pentimento. Aveva lavorato al manicomio criminale di Aversa come infermiere fino al mese prima, ma era stato licenziato. Cosimo aveva pensato che, senza il denaro per sopravvivere, lui e la sua famiglia sarebbero stati destinati all'inferno perché solo una vita da peccatori avrebbe potuto sostenerli. E lui non voleva peccare. Aveva preferito ucciderli lui, facendoli morire innocenti e in grazia di Dio, piuttosto che condannarli alla dannazione eterna.

Gli inquirenti vollero vederci chiaro e un solo trafiletto di stampa ne diede conto qualche settimana dopo. « Dio » lo recuperò stavolta dal database dell'Archivio di Stato della prefettura di Caserta. L'articolista si limitava a dire che Cosimo Ferrara era stato posseduto dal diavolo. E che il diavolo aveva un nome. Adele Rochwater.

Cosimo era uno dei suoi infermieri e la direzione del manicomio aveva scoperto che Adele e Cosimo erano diventati, nel tempo, troppo intimi e per questo motivo lo avevano licenziato.

Loris non trovò altre tracce del destino di Cosimo. Ma non dubitava che quella ricerca folle avrebbe potuto proseguire. La fascinazione del male aveva radici antichissime.

Con un brivido interruppe la ricerca. E fece una cosa che non aveva mai fatto prima: spense tutto. Staccò la spina a « Dio », che fu risucchiato nel buio della non esistenza. Un silenzio irreale calò nella stanza dove, fino a poco prima, ronzavano le ventole dei processori. Il sottofondo dell'intera esistenza di Loris, che restò a fissare il vuoto sugli schermi dei suoi computer.

12

Costa la stava aspettando nel ristorante dell'albergo. Molti tavoli erano occupati, soprattutto da stranieri, turisti che approfittavano della bassa stagione, e uomini e donne in viaggio d'affari. Lui sedeva in un tavolino d'angolo, alle spalle l'ampia vetrata che dava sulla grande piazza su cui adesso spirava il vento gelido ma familiare della città. Stava guardando qualcosa sul tablet, assorto. Una coppia era seduta a un tavolo vicino, e la donna aveva allungato il collo e lanciato un'occhiata allo schermo del dispositivo di Fabio. Mentre si avvicinava, Valentina la vide impallidire e poi sussurrare qualcosa al compagno. Si alzarono in fretta e allontanandosi quasi si scontrarono con lei. Prima di scomparire, guardarono Costa con un misto di irritazione e disgusto.

Quando si sedette accanto a lui, capì. Sul tablet scorrevano le immagini del cadavere di Laura Rovnik. Non era una bella vista neanche per gente abituata alla morte violenta come loro.

Doveva essere stata sepolta nella tomba di famiglia il giorno stesso della sua scomparsa, a gennaio. Più di quattro mesi prima. Il freddo aveva contribuito a rallentarne la decomposizione, che era comunque a uno stato avanzato. A causa del microclima della cripta, inoltre, era iniziato il processo di mummificazione. Ma i liquami non erano ancora stati assorbiti. Insomma, un pessimo spettacolo che Costa continuava a studiare, all'apparenza senza accorgersi dell'arrivo di Valentina o della fuga precipitosa dei suoi vicini di tavolo.

Valentina notò che il suo piatto era intatto. Carne e verdura dovevano essere diventate ormai freddissime. Immaginò che non fosse per il disgusto ma perché la mente dell'investigatore stava lavorando alla massima potenza.

Alla fine però lui distolse lo sguardo dal tablet e la fissò con un'espressione neutra. « Stanca? »

« Distrutta. »

« Affamata? »

« Non riuscirei a mangiare nulla. Ma un po' di quel vino lo apprezzerei. » Indicò la bottiglia di Merlot anch'essa aperta ma intatta sul tavolo. Fabio gliene versò un bicchiere. « Mangia almeno un pezzo di pane, o ti andrà alla testa. »

In realtà era quello che voleva. Era in piedi da più di ventiquattr'ore ed era sfinita. Ubriacarsi era un'opzione allettante. Magari dimenticare. L'oblio in quel momento la attirava, ma sapeva di dover restare concentrata. Il vino però era buono e per un attimo cercò di assaporarlo senza interferenze.

Costa forse lo intuì e non disse nulla per un po'. Attese che lei fosse di nuovo pronta.

Durante la notte e parte della mattina, che aveva trascorso in questura, l'aveva tenuto informato. Lo immaginava come un leone in gabbia, confinato in camera a esaminare per l'ennesima volta ogni elemento a loro disposizione. Un po' lo capiva e un po' lo invidiava. Il peso dell'attacco di panico che aveva avuto davanti a Mercuri era ancora addosso a lei.

L'esame esterno del corpo di Laura, secondo il medico legale che si era precipitato sul posto – insieme a un bel po' di polizia e, pian piano, a tutto il circo mediatico – aveva confermato che l'ipotesi della sepoltura da viva era plausibile, anche se avrebbero dovuto aspettare l'autopsia.

L'idea era che l'assassino l'avesse narcotizzata per agire indisturbato. Il cimitero era isolato e poco frequentato. Il rischio di essere sorpreso da qualcuno era prossimo allo zero. L'allestimento della scena era perfetto: la donna indossava le scarpe buone, un abito elegante e i gioielli di famiglia. Samael aveva curato ogni particolare, come sempre.

Dopo averla adagiata all'interno del sepolcro, il suo torturatore aveva rimesso al suo posto la grande lapide in marmo. Doveva essere stata una fatica notevole ma non impossibile. E non aveva avuto bisogno di sigillarla. Laura era minuta ed esile, non sarebbe mai riuscita a spostare la grossa lastra.

Samael l'aveva lasciata al buio, al freddo, forse ancora narcotizzata.

Ma a un certo punto doveva essersi svegliata.

« Non sono affatto sicuro che le abbia somministrato un narcotico » disse Costa.

« In che senso? Samael ne ha fatto uso in altre occasioni. Sufentanil, per esempio... »

« Sì, per alleviare la sofferenza o aumentare il potere ipnotico del delirio. Ma sono convinto che Laura Rovnik non sia stata sedata. Lui l'ha *convinta* a farsi seppellire viva. Samael non nega la malattia delle sue vittime, anzi, la asseconda e la porta all'estremo. Laura crede di essere morta? E lui l'accontenta. È un atto di cura. È un atto d'amore, perché l'amore vince tutto. »

« È terribile. »

« Ma non meno vero. »

« La manipola da maestro » osservò Valentina dopo un altro sorso di vino. « Non ha bisogno di costringerla, perché alla fine è lei a volerlo. Forse addirittura a chiederglielo... »

Costa annuì, continuando a guardare gli scatti effettuati dalla Scientifica. « Sì, lo vuole lei. Salvo poi accorgersi di cosa sta accadendo. Quando l'aria ti manca, quando il buio totale ti circonda, quando sai che non uscirai vivo da quel sepolcro... a un certo punto Laura è come se fosse guarita. La realtà ha raggiunto e annientato il suo delirio. E l'orrore ha preso il sopravvento... »

Era così. Valentina lo sapeva meglio di chiunque. Le mani che scandagliavano il buio, le unghie che si spezzavano contro la superficie di marmo della lapide. E le dita poi conficcate negli occhi, in un furore parossistico. S'era scarnificata, aveva scavato, cercando di fuggire prima possibile da quell'agonia.

Fabio la guardava, adesso in silenzio. Qualcosa doveva trasparire dal suo volto. Stavolta però Valentina era riuscita a mantenere il controllo. L'urlo che continuava a sentire era tutto dentro di lei.

Fece un respiro, svuotò il bicchiere e poi chiese: « Che razza di potere ha quell'uomo? »

« Una capacità seduttiva e manipolatoria quasi magnetica »

rispose Fabio. « Ha fatto credere a Gabriele di essere l'incarnazione di un uomo morto. Ha convinto Laura a farsi inumare da viva. Ha finto di essere la preda ideale per De Pascalis, salvo poi tramutarsi in cacciatore. Sì, possiede un enorme potere di convinzione, una qualità quasi soprannaturale. »

« Sembra che tu lo ammiri... »

L'espressione di Fabio era quasi trasognata. Ma non rispose alla sua provocazione. « Dell'iPod che ne pensi? » disse, invece.

La domanda la strappò dall'immagine dell'agonia di quella poveretta, così simile alla sua.

L'iPod era in effetti l'unico elemento incongruo. Al collo di Laura, oltre alla collana d'oro di famiglia, c'era un laccio di caucciù con appeso un iPod di ultima generazione. Non se n'erano accorti subito perché la donna, negli spasmi di quella morte atroce, lo aveva spostato facendolo finire sotto la schiena. Le cuffiette connesse erano ancora al loro posto, ai lati del cranio su cui la pelle s'era ritirata e ingiallita, ma erano nascoste dai capelli. Trovarono e repertarono tutto quando il medico legale spostò il cadavere. L'apparecchio doveva essere in funzione quando la tomba era stata richiusa ma la batteria s'era scaricata da tempo.

La cugina Rachele aveva in parte spiegato quella presenza. Era stata lei a regalare l'iPod alla cugina, l'anno prima. Sperava di risvegliare in lei l'antica passione per la musica classica. Rachele aveva riempito l'apparecchio con tutti i concerti che era riuscita a trovare. Aveva anche tentato di spiegare alla cugina come scaricare altri brani dalla rete, ma Laura era negata per ogni cosa che odorasse di tecnologia.

Però aveva gradito il regalo e aveva imparato a utilizzarne le funzioni base.

I poliziotti e il pm di Trieste erano sbalorditi. Ma per Fabio e Valentina quel gesto aveva perfettamente senso: Samael non infieriva sulle sue vittime.

« Voleva che la musica che amava la accompagnasse negli ultimi istanti di vita. È perfettamente in linea con il profilo di Samael » disse lei.

« Concordo » ribatté Fabio. « Se poi, come pensiamo, lei è

stata la prima... be', è come il primo amore, che colmiamo di attenzioni.»

Valentina rabbrividì a quella similitudine. Le sembrava tanto osceno quanto vero.

«Come procediamo adesso?» gli domandò. «Io dovrò fermarmi per un paio di giorni. Il magistrato vuole vederci chiaro e anche Castaldi è d'accordo. Dovrò curare l'informativa finale. Ma tu che farai?»

Costa spense il tablet. La guardò. «Bresci mi ha richiamato» disse.

«Cosa voleva?»

«Non so come interpretarlo. Sembra sincero e desideroso di aiutarci. Ma ho dei dubbi... Comunque, mi ha confermato che Laura Rovnik è stata ricoverata a Santa Maria della Pietà, a Roma, dal 1996 al 1999 e in particolare nel Padiglione XXXIII dell'ospedale, un settore dedicato proprio alle sindromi rare. Pare sia stato uno degli ultimi a essere dismesso e il 1999 è stato l'ultimo anno di esistenza del manicomio. Adesso c'è un museo e c'è anche un archivio. Sembra che sia intatto e che copra dal 1913, quando il manicomio è stato inaugurato, all'ultimo giorno di attività.»

La guardò e Valentina percepì in lui una nuova energia. Lo conosceva abbastanza da sapere che aveva un'idea in testa e una decisione già presa da comunicarle.

«Tu resta qui» le disse infatti. «Non puoi farne a meno. Devi insistere per il coordinamento con le altre procure. Io torno a Roma.»

«Vai a dare un'occhiata a quel posto, vero?»

«Volevo già farlo per avere maggiori informazioni su Lorenzo Cipriani. Dopo tutto è il luogo che lega due degli omicidi di Samael. E non ho bisogno di un mandato, in fondo è un museo aperto al pubblico, no?»

Valentina sorrise e in quell'istante capì che Fabio le sarebbe mancato. Anche in passato si erano divisi per seguire i diversi fronti dell'indagine. Stavolta però qualcosa la disturbava, qualcosa di incombente che, senza un reale motivo, le suggeriva che Fabio Costa era diventato un uomo pericoloso.

13

Valentina Medici aveva subito informato Loris Manna e Carlos Gimenez di quanto avevano trovato nel cimitero di Rupin. Gimenez scoprì rapidamente che anche stavolta l'epigramma funebre scritto da Samael per Laura Rovnik rimandava a un passo biblico. Vangelo di Giovanni, capitolo 11, versetti 25-26: « Chi crede in me, anche se muore vivrà; chiunque vive e crede in me, non morirà in eterno ». Era molto appropriato e confermava non solo l'ispirazione pseudoreligiosa di Samael ma anche la sua predisposizione narcisistica. Samael era convinto di avere una missione salvifica. E lo spagnolo era certo che cercasse approvazione, forse conforto persino da parte di chi gli dava la caccia. Questo voleva anche dire che Samael non guardava a se stesso come a un assassino. Gli omicidi erano solo una conseguenza, una sorta di nota a margine della sua impresa. Ma questo, si domandava Gimenez, come avrebbe potuto aiutarli?

Dato che Valentina era ancora a Trieste, il riferimento del profiler spagnolo era Loris Manna, a cui comunicava i suoi avanzamenti senza riuscire a trattenere l'entusiasmo per ogni nuova intuizione. Loris iniziava ad apprezzarlo, anche se, a volte, si chiedeva se non stesse proiettando su Gimenez una sorta di duplicato della sua amicizia con Gabriele Piovesan. I due non potevano essere più differenti, eppure qualcosa li accomunava. Forse erano solo le circostanze a essere terribilmente simili.

Come Loris, inoltre, Carlos Gimenez sembrava non staccare mai. Non tornava nella sua stanza d'albergo da almeno quarantotto ore e continuava a consumarsi gli occhi davanti allo schermo per esaminare i dati in suo possesso. Compreso quanto Loris aveva scoperto sulle origini della Geenna. Anche lui s'era stupito di quanto antico fosse il male che quel nome evocava. Loris aveva scorto nei suoi occhi un'inquietudine profonda e immaginava che la stessa agitazione trapelasse dal proprio sguardo.

Loris aveva deciso di smettere di scavare nel passato, perché temeva di esserne ossessionato e soprattutto perché aveva bisogno di « Dio » nel presente.

Così, quando dalle nebbie digitali sul suo schermo emerse una determinata sequenza di cifre e parole, il tecnico capì di aver trovato il flusso di informazioni che stava cercando. « Dio » era riuscito a scardinare la VPN, la stanza privata virtuale in cui avvenivano gli incontri tra Jerusalem e Samael.

Trattenne a stento un grido di esultanza, ma Carlos Gimenez, che alla fine era crollato a dormire su una poltroncina accanto alla sua postazione, dovette percepire l'entusiasmo del collega, perché si svegliò. Fece scivolare la poltrona fino ad affiancare Loris e si sporse a guardare il gioco luminoso sullo schermo.

« Che succede? » domandò con voce impastata.

« Ci sono » si limitò a dire Loris, concentrato. « Dio » operava in autonomia, ma il tocco del suo vero creatore a un certo punto era indispensabile. Soprattutto perché Loris non voleva unicamente entrare nella rete nascosta in cui il serial killer e i suoi interlocutori si scambiavano informazioni, ma voleva risalire al luogo fisico in cui quei dati venivano processati. Non era semplice, ma una VPN deve comunque viaggiare attraverso server dislocati fisicamente da qualche parte. Il numero e le qualità di quei server fanno la differenza e Loris sospettava che la Geenna disponesse di macchinari potenti e sofisticati.

« Io non vedo nulla » osservò Gimenez.

« Vedi, vedi, ma non puoi capire... » Loris continuò a seguire la traccia che aveva trovato.

E all'improvviso fu dentro.

Davanti ai loro occhi iniziò a scorrere una fitta conversazione via chat. C'erano anche gli scambi dei file recuperati nel computer ritrovato all'Alhambra. Roba ormai vecchia. Ma c'era altro.

Le parole fluirono rapide, rimbalzando dal dark web al computer di Loris Manna. « Dio » gli stava permettendo di dare un'occhiata. Poi, com'era iniziata, la sequenza s'interruppe.

Loris non si perse d'animo. Guardò i file di log che accompagnavano ogni sessione di dialogo tra i due partecipanti e notò con delusione che l'ultima conversazione era avvenuta poco meno di un mese prima. La stanza era stata apparentemente abbandonata da tutti.

Ma qualcosa non quadrava. Una piega anomala nel flusso di cifre. Come se ci fosse qualcos'altro nascosto là sotto.

Una busta dentro una busta dentro un'altra busta...

Analizzò ancora i dati. C'era una VPN all'interno di un'altra VPN. Una doppia protezione che dimostrava il livello di segretezza e di paranoia a cui operavano quelle persone.

Una volta trovato il passaggio segreto, bastava seguire la strada. Bastava bussare nel modo giusto, *toc toc*, e qualcuno gli avrebbe aperto.

Bussò e gli fu aperto.

Non ebbe tempo di congratularsi con se stesso. La nuova chat conteneva due soli messaggi.

Il primo era stato scritto da Jerusalem. Loris lo lesse con un senso crescente di oppressione.

I cacciatori sono a un passo dalla preda. Ma possiamo fermarli. Di' soltanto una parola e sarai salvato, Samael.

La risposta di Samael era recente. Secondo i log di file era arrivata poco più di ventiquattro ore prima.

Diceva: *Non posso e non voglio occuparmene. Non ne ho il tempo. Io stesso sono la mia salvezza. Voi fate quello che ritenete opportuno. Quello che adorate fare. Avete la mia benedizione, se è quello che volete.*

Ma lei non la toccate.

Lei è mia.

14

« Fabio? »

« Loris, sto tornando a Roma. Valentina ti ha aggiornato su Laura Rovnik, vero? »

« Sì, ma non è per questo che ti chiamo. »

La voce di Loris andava e veniva, ma Costa percepì la sua preoccupazione. Stava rientrando a casa, mentre Valentina era rimasta a Trieste. Il viaggio in Frecciarossa aveva avuto il potere di rilassarlo e gli aveva permesso di riflettere a fondo su quello che stava accadendo.

Loris non demordeva. « Ho bisogno di parlarti. Di persona. Fra quanto sarai qui? »

Costa consultò l'orologio. Erano quasi a Civitavecchia. « Ancora un'ora » disse.

« Bene. Dobbiamo vederci. Riguarda anche Valentina... Ma volevo prima parlarne con te. »

« In che senso riguarda lei? » Costa iniziava ad allarmarsi.

La linea cadde bruscamente. Il treno penetrò in una galleria e, per quello che ne sapeva Costa, da quel momento ce ne sarebbe stata una dietro l'altra. Difficilmente avrebbe potuto ricontattare Loris prima di arrivare a Roma.

L'amico sembrava davvero preoccupato. Era accaduto qualcosa. Qualcosa che riguardava Valentina.

Costa incollò la fronte al finestrino. Il buio della galleria gli permetteva di scorgere solo il riflesso del proprio volto e una porzione dello scompartimento alle sue spalle. Il vagone era vuoto, data l'ora. E questo era un bene. Ma qualcosa lo fece rabbrividire. Non riconobbe la propria faccia, in quello specchio evanescente, gli sembrò di non essere più se stesso. Un pensiero assurdo gli sbocciò nella mente. Anche lui era morto, come Laura Rovnik. Lo erano tutti. Solo che a differenza di Laura nessuno di loro era abbastanza onesto da riconoscerlo. Forse era proprio questa la differenza tra i normali e i matti. I folli sapevano guardare in faccia la realtà, quella vera. E Samael era l'angelo incaricato di aprire loro gli occhi.

Come aveva detto Valentina. *Io sono davvero morta, laggiù. I morti non hanno più paura. Di nulla.*

Rabbrividì. *Valentina lo sapeva. Samael lo sapeva.*

La fine della galleria stava per arrivare. Un lampo di luce preannunciò il ritorno all'aperto. Il riflesso nel vetro si animò e Costa scorse in un istante qualcosa alle sue spalle. *Qualcuno.*

Lo capì nel momento in cui la lama affondò nella sua carne. Era il riflesso di un coltello. E l'uomo che lo impugnava, alle sue spalle, lo stava usando per ucciderlo.

15

Valentina rispose al primo squillo, ma a Loris sembrò fosse trafelata, sbrigativa. In sottofondo un brusio.

« Valentina, ho novità. Preoccupanti. »

« Sono in riunione con un branco di idioti... non può aspettare? » sussurrò lei.

« No. Si tratta di un messaggio tra Samael e Jerusalem. L'ho intercettato da poco ma risale a qualche giorno fa. »

La sentì spostarsi e le voci di sottofondo scomparvero. « Dimmi. »

Le raccontò quello che aveva scoperto. Il messaggio della Geenna e poi la risposta di Samael. Quella frase che gli era rimasta conficcata nel cervello.

Voi fate quello che ritenete opportuno... Ma lei è mia.

Dopo averla letta sentì silenzio dall'altra parte. « Valentina? »

La voce di lei era ancora un sussurro. Cauta. « Penso parli di me. » Non c'era altra spiegazione anche se lo avrebbe voluto. Le venne in mente il quadro fatto ritrovare da Samael. L'amore vince sopra ogni cosa. Ma cosa aveva fatto lei per attirare quell'attenzione da parte sua? E, più ancora, l'attanagliava un'altra domanda. *Come* era arrivato a lei?

« Sì. È quello che penso anche io » disse Loris. « Parla di te, ne sono certo. E di noi... ma è a te che si riferisce quando dice 'lei è mia'. »

Valentina percepì la repulsione con cui Loris ripeteva quell'affermazione. Era agghiacciato.

« Jerusalem è al corrente dei nostri progressi... C'è stata una fuga di notizie, come minimo. Se non peggio. »

« Di cosa parli? »

« Io penso... Una talpa. »

Lei non rispose subito. Poi: « Hai avvertito Fabio? »

« Sì » rispose con cautela. Valentina capì. Erano preoccupati per lei.

« Loris, tieni gli occhi aperti. È ancora più importante intercettare Samael e Jerusalem, adesso. Io cerco di chiudere qui e ci aggiorniamo. »

Valentina concluse la telefonata e tornò nella stanza in cui un gruppo di uomini la stava aspettando. Confinò l'informazione di Loris in un angolo della sua mente. Per quanto fosse preoccupante, adesso doveva occuparsi di altro.

La riunione alla procura della Repubblica, con il pubblico ministero incaricato delle indagini, i vertici della Squadra mobile e un paio di funzionari dello SCO precipitatisi da Roma, era stata lunga e improduttiva, come si era aspettata. Il sostituto non era convinto dell'esistenza di un serial killer come Samael. Troppo fuori dagli schemi. Troppo strano. I colleghi facevano quadrato con il magistrato, anche perché erano palesemente prevenuti nei confronti di Valentina. Lei era ancora, per molti di loro, la bella poliziotta che aveva ceduto al fascino di quello sbirro reietto di Fabio Costa e ne aveva pagato il prezzo.

Samael è qualcosa che né io né voi abbiamo mai incontrato prima, avrebbe voluto dire. *Ma proprio per questo dobbiamo affrontarlo con una mentalità nuova.*

Aveva tentato di spiegarlo, ma aveva subito capito quanto fosse inutile. Alla fine il risultato fu quello che temeva: definirono le strategie da adottare senza consultarla e chiusero la riunione.

Valentina decise di abbandonare rapidamente il palazzo di giustizia. Avrebbe dovuto far da sola, come sempre. All'improvviso l'unico desiderio che provava era confrontarsi con Fabio. Soprattutto dopo quello che aveva scoperto Loris.

Lei è mia.

« Valentina! »

Sulle scale del palazzo di giustizia saliva Carlo Mercuri. Il vento gli scompigliava i capelli folti dal colore rosso scuro. Il suo sorriso era quello di sempre.

« Sapevo che ti avrei trovata qui » le disse, fermandola a metà della gradinata.

« Devo cominciare a considerarti un vero stalker? » disse. Ma gli sorrise, e lui arrossì, come al solito. Le piaceva e la incuriosiva quel fatto. Un uomo abituato a controllare e gestire la propria mente e quella altrui che non riusciva a evitare di imbarazzarsi.

« Stalker? No! Perché? Te l'ho detto, voglio solo dare una mano. »

« Ma sì, scherzo. Però, Carlo, sono davvero di corsa. »

« Sì, anch'io. Mi dirottano su Bologna. C'è stato un conflitto a fuoco, ieri, e due colleghi della volante sono rimasti feriti. Probabilmente non hanno davvero bisogno di uno come me... ma devo pur giustificare lo stipendio. »

Valentina lo osservò. « Non sei male, credimi. »

« Grazie. » Stavolta nessun rossore. « A proposito... Tu adesso stai bene? »

Qualcosa nel suo tono la mise sulla difensiva. « Perché me lo chiedi? »

Mercuri spostò il peso da un piede all'altro. « Ho visto quello che è successo al cimitero. Hai avuto un attacco di panico. Ed è comprensibile visto quello che stavamo facendo. »

« No, per piacere... »

« Non c'è nulla di male, credimi. Se ne vuoi parlare... »

« Smettila! » Era per quel motivo che non voleva Mercuri nella squadra. Era un bravo psicologo e l'aveva aiutata. Ma a lui aveva confessato ogni dettaglio della sua prigionia. Aveva descritto le ferite e l'oltraggio che il suo corpo e la sua anima avevano subito a opera di quei mostri, non gli aveva nascosto nulla. E adesso se ne pentiva. Mercuri l'aveva vista davvero nuda e priva di difese. Non poteva sopportarlo.

« Perdonami » mormorò lui, e sembrava davvero dispiaciuto.

« Sì, ok, ma smettila e basta. Ti prego. Non sono più una tua paziente. »

Lui stava per aggiungere altro, ma lei gli voltò le spalle e affrontò le scale. Avvertì il suo silenzio dietro di sé, poi fu colpita da un pensiero. Si fermò, si voltò di nuovo.

« Però ho una cosa da chiederti » gli disse.

Mercuri si rianimò. « Dimmi pure. »

« Gabriele Piovesan. »

L'uomo la guardò senza capire.

« Ti sei occupato anche di lui, no? »

« Certo. Lo sai. »

« E sei stato tu ad aiutarlo... La sorella ci ha detto che grazie al tuo aiuto è stato accolto a Villa Cassiopea. »

« Sì. È un'ottima struttura residenziale ed è vicina a Padova. E poi il direttore sanitario è uno psichiatra di fama. »

« Bresci? »

« Francesco Bresci, sì. »

Adesso Mercuri era visibilmente nervoso. Per essere uno psicologo le sembrò piuttosto privo di difese. O forse era lei che gli faceva quell'effetto?

Valentina gli si avvicinò, annullando i due gradini che li dividevano. Avvertì l'odore del suo dopobarba. E lui probabilmente sentì il profumo di lei.

« Bresci è considerato un bravo psichiatra, vero? »

« Sì. Be', nel suo campo... »

« E il suo campo sono le sindromi rare? »

Mercuri annuì.

« Carlo, ho bisogno di sapere qualcosa di più su di lui. »

« Non capisco. Non avrete sospetti...? »

« Nessun sospetto. Ma Gabriele è stato nelle sue mani per tre mesi e vorrei saperne di più. »

Mercuri restò in silenzio per un attimo solo. « Ricevuto. M'informerò. »

Valentina sorrise. « Con discrezione. »

« Con discrezione. »

« E ricordati. Non sei più il mio terapista. » Gli diede di nuovo le spalle.

Lo lasciò sulle scale, attraversò il piazzale inondato dal sole limpido e freddo di Trieste. Aveva in mente di nuovo Fabio e quando le squillò il telefono rispose senza guardare, sicura che fosse lui. Avevano entrambi cose da raccontare.

La voce di Castaldi era gelida e la bloccò in mezzo alla strada. « L'abbiamo trovato e lo stiamo pedinando » le disse. « Credo che ci stia portando da lei. »

Valentina non ebbe bisogno di chiedergli a chi si riferisse.

Il volto inespressivo di Hannie Janssen danzava nella sua testa mentre le diceva con tutta la calma del mondo che quello che le stava facendo avrebbe fatto un po' male.

Solo un po'.

PARTE IX
HANNIE

« E vidi che quella donna era ebbra del sangue dei santi e del sangue dei martiri, e fui preso da grande stupore. Ma l'angelo mi disse: 'Perché ti meravigli? Io ti spiegherò il mistero della donna e della bestia che la porta...' »

Apocalisse, 17:6-7

1

C'era un'onda anomala, alta decine di metri. Era scura e avanzava dall'orizzonte. Man mano che si avvicinava diventava più gonfia e minacciosa. Loris la aspettava. Come ogni volta. E come ogni volta un terrore puro, paralizzante, s'impadroniva di lui.

Si svegliò nell'attimo in cui il colossale muro d'acqua iniziava ad abbattersi. Ma stavolta la sensazione che l'incubo ricorrente gli infondeva gli restò addosso, una patina d'inquietudine che non lo abbandonò neanche quando si rese conto che non stava dormendo nel letto di casa sua. Accadeva sempre più spesso, nelle ultime settimane, che si addormentasse sulla poltrona dell'ufficio. Grande e comoda, sì, ma quel giorno gelida.

Sollevò la testa e si guardò intorno. Nessuno tsunami spaventoso si profilava fuori dalla finestra, che gli mostrava il solito panorama per metà bucolico e per metà urbano. Doveva essere ancora presto perché le luci dei lampioni si spensero in quel preciso momento e lasciarono il posto al debole chiarore dell'alba.

Il primo pensiero fu richiamare Fabio. Ci aveva provato per gran parte della notte ma rispondeva sempre la segreteria. Ritentò, gli occhi ancora abbagliati dal sogno che lo aveva sommerso, ed ebbe come risposta un silenzio assoluto e di cattivo auspicio. Perché non s'era fatto sentire? Doveva essere arrivato a Roma da ore.

A proposito, si disse.

Si mise alla postazione di lavoro. Lo schermo era in modalità screensaver ma Loris sapeva che « Dio » aveva continuato a lavorare tutta la notte. Rintracciare la VPN della Geenna e decrittare quel messaggio minaccioso era stato importante. Riuscire a localizzare almeno un server utilizzato da quella banda di psicopatici sarebbe stato perfetto.

Quando toccò il mouse, la schermata che apparve lo fece esultare. Si sgranchì le dita e poi volò sulla tastiera, percorrendo il sentiero digitale fino alla fine.

Carlos Gimenez entrò in quel momento. A una prima occhiata anche lui sembrava aver dormito poco e male.

« Cosa succede? » domandò.

« Abbiamo un luogo. Forse anche un indirizzo. »

Lo spagnolo si avvicinò e Loris notò il piccolo trolley che Gimenez conduceva al seguito come un cagnolino riluttante. Sollevò un sopracciglio e l'altro annuì. « Stanotte mi ha chiamato Castaldi » spiegò. « Tu ronfavi sulla poltrona e non ho voluto disturbarti... Pare che abbiano avuto un riscontro importante in Germania. Sai l'uomo che appariva nei video di Suzanne? »

« Certo. »

« Hanno un nome e un cognome e lo stanno pedinando. Il capo pensa che ci condurrà da Hannie Janssen e ci vuole tutti là. »

« Tutti? »

« Castaldi non ha fatto il tuo nome » lo rassicurò Gimenez. « Credo che tu debba rimanere qui. »

Loris era contento di non essere coinvolto nella caccia a quella psicopatica. E Castaldi aveva ragione. Qualcuno doveva restare sul ponte a governare quella nave e lui era il più adatto.

« Immagino che Valentina sia stata informata » suppose.

« Credo che sia già partita » disse Gimenez. « Io ho un aereo tra due ore... »

Hannie Janssen. Pareva che tutto, alla fine, continuasse a girare intorno a lei. In verità, Loris non era mai stato ossessionato dall'eventualità che la catturassero. Ma Hannie era la mente, o una delle menti, della Geenna. Il suo arresto era il vero motivo per cui Valentina lo aveva reclutato. Capiva l'importanza di assicurare alla giustizia quella psicopatica. E immaginava lo stato d'animo di Valentina.

Però si presentava un problema più attuale: l'ultimo scambio di messaggi tra Jerusalem e Samael, in cui la Geenna si offriva volontaria per eliminare chi gli dava la caccia. E la risposta di Samael era eloquente.

Voi fate quello che ritenete opportuno. Quello che adorate fare. Ma lei non la toccate. Lei è mia.

Dunque, la Geenna si occuperà di sbarazzarsi di noi, pensò Loris. Ma non di Valentina: lei era riservata a Samael. Ma cosa voleva dire di preciso? Il senso della minaccia era tangibile e inafferrabile nello stesso tempo.

« Vedrai Castaldi, quindi » disse Loris, riflettendo.

« Sì, è lui che sta conducendo il pedinamento di quell'uomo. Hanno anche avviato delle intercettazioni telefoniche. »

« Devi parlargli dell'ultima chat tra Jerusalem e Samael. Di persona. Insisti, perché ho paura che Valentina prenda sottogamba la faccenda, ora che si sente a pochi passi da Hannie Janssen. » Ci pensò un attimo. Poi aggiunse: « Carlos, comunicalo solo a Castaldi. Soltanto a lui ».

« Pensi davvero a una... come dite voi? Una talpa? »

« Immagine scontata ma sì, temo una fuga di notizie. »

Gimenez annuì, con aria grave. Poi indicò lo schermo che aveva cambiato immagine davanti a loro. « Cos'è quello? »

Loris era trionfante.

« Quello che speravo. La geolocalizzazione dell'indirizzo IP del server che ha gestito la VPN della Geenna. Insomma, l'indirizzo di casa di chi ha scritto quel messaggio a Samael... »

La mappa che appariva sullo schermo si ingrandì e mise in evidenza un reticolo di strade, una città, un fiume che l'attraversava. Loris lesse le specifiche. « È una cittadina chiamata Bourges, nella regione della Loira. Molto a sud di Parigi. E c'è l'indirizzo. »

La soddisfazione di Loris Manna gli fece dimenticare, per un attimo, l'onda ciclopica che nel suo incubo si abbatteva su di lui e ciò che significava. L'inquietudine fuggì via. I presagi anche.

Avvertì il respiro pesante di Gimenez alle sue spalle, mentre controllava i dati che aveva appena scaricato. L'indirizzo associato all'IP era rue du Chemin Noir 6. Cercò su Google Maps e ottenne l'immagine di un condominio residenziale di tre piani.

« Puoi individuare anche l'appartamento in cui è collocato il server? » domandò lo spagnolo.

« Questo no, ma... Possiamo arrivare all'anagrafe cittadina e con un po' di fortuna ancora... » Digitò altri comandi. In un minuto ebbe la lista dei residenti al numero 6 di rue du Chemin Noir. Non era un elenco aggiornato, ma era qualcosa. Lesse ad alta voce i nomi che comparivano.

« Dovremo fare altri controlli incrociati » disse, « ma intanto bisogna comunicare anche questo a Castaldi e a Valentina. »

Non si voltò e non vide l'espressione di Gimenez. Non lo sentì trattenere il respiro.

« Sì » disse il profiler. « Dobbiamo farlo. »

2

Si chiamava Horace Weber, aveva cinquantaquattro anni, era nato in Renania ed era considerato una specie di genio dello showbusiness. Era un imprenditore con il pallino per lo spettacolo e aveva costruito un piccolo impero che contava anche un paio di case di produzione cinematografica, alcuni teatri e una piccola ma agguerrita rete televisiva. Era considerato un benefattore e un visionario e, a parte un vecchio guaio per un'accusa di evasione fiscale, era ritenuto irreprensibile.

Non era sposato e non aveva figli. Occasionalmente gli si attribuivano relazioni con donne o uomini, a seconda dei casi, sempre più giovani di lui. Weber non confermava né smentiva e continuava a farsi gli affari suoi. Che erano cospicui. Per i media era sempre disponibile ed era considerato, tutto sommato, un personaggio positivo.

Lo stavano « attenzionando » da un paio di giorni. La ricerca con i software per il riconoscimento facciale aveva offerto un risultato del 92 per cento, anche se i fotogrammi che lo ritraevano erano pochi e sfuocati e adesso Weber sfoggiava una folta barba brizzolata che rendeva incerto il riconoscimento.

Ma il match definitivo lo aveva dato l'esame del DNA.

Weber stava molto attento agli ambienti che frequentava e si circondava sempre di un paio di angeli custodi. Ma un agente di Castaldi, infiltrandosi tra i camerieri di un catering organizzato per l'inaugurazione di un nuovo teatro a Colonia, era riuscito a procurarsi una tazzina da cui l'uomo aveva appena bevuto un caffè.

La comparazione del suo DNA con quello di Suzanne non

lasciava dubbi: Weber era il padre biologico di Suzanne. Di conseguenza era ipotizzabile che avesse avuto, o avesse ancora, un rapporto diretto con Hannie Janssen.

Quando Castaldi le aveva telefonato chiedendole di raggiungerlo, l'identificazione dell'uomo era appena avvenuta.

« Samael resta la tua priorità in questo momento » le disse il suo capo. « È lui che sta uccidendo, non Hannie. Ma se siamo arrivati a lei, come spero, è anche merito tuo. » Le stava dicendo che avrebbe voluto che lei restasse in Italia, ma che non poteva impedirle di partecipare alla cattura della Janssen. E andava bene così.

Il livello successivo di indagine nei confronti dell'industriale tedesco era scattato da poco. L'Europol aveva coinvolto la Bundeskriminalamt, la polizia criminale federale, che aveva messo in campo una task force della sede di Meckenheim, nel *Land* in cui Weber viveva. I telefoni dell'uomo erano stati messi sotto controllo e c'era il progetto di ambientalizzare le due auto che utilizzava, oltre che la sua casa di Bonn. L'idea era monitorare con attenzione tutti i suoi contatti e gli spostamenti, sperando che frequentasse ancora Hannie. Era altamente probabile, a quel punto, che l'uomo facesse parte della Geenna, anche se era stato difficile, come al solito, convincere il procuratore federale dell'esistenza dell'organizzazione segreta.

Gli agenti dell'Europol in quel momento si trovavano a Troisdorf, una cittadina a metà strada tra Bonn e Colonia. Weber possedeva una residenza da quelle parti, una specie di casa coloniale in un sobborgo che si affacciava sul lago Rotter. L'edificio e il parco circostante erano sotto osservazione da quando l'uomo vi era giunto. Tre diversi equipaggi lo sorvegliavano. Weber non s'era mai mosso, ma la sera precedente aveva ricevuto una strana telefonata. Una voce di donna aveva detto una semplice frase prima di attaccare. « *Das Kind.* » Il bambino. La chiamata proveniva da una cabina telefonica a Berlino.

Weber era uscito subito dopo da casa, aveva preso una delle sue auto, una BMW Coupé, e senza scorta aveva lasciato la villa. Avevano faticato a pedinarlo. L'uomo sembrava aver deciso semplicemente di fare un giro turistico per la città. Aveva girovagato per un'ora tra i sobborghi e il centro finché non s'era fermato davanti a un ristorante italiano in un quartiere popolare. Weber vi si era trattenuto per mezz'ora, cenando da solo. Una coppia di poliziotti in borghese aveva preso un tavolo a due metri da lui. Quando Weber s'era alzato e s'era diretto sul retro, sicuro come se conoscesse perfettamente il ristorante, la poliziotta della coppia lo aveva seguito fingendo di dirigersi alla toilette. Weber era impegnato in una conversazione all'apparenza concitata tramite un telefono a muro installato accanto alla cucina. La donna gli era passata accanto, ma un cameriere l'aveva bloccata e indirizzata dall'altra parte della sala, dove si trovavano i gabinetti. Non era riuscita a sentire cosa Weber stesse dicendo. Poi l'uomo era tornato al tavolo, aveva finito di mangiare ed era tornato a casa. Quella sera stessa aveva annullato un importante appuntamento che aveva l'indomani.

Da quel momento, il dispositivo di sorveglianza era stato aumentato.

Castaldi stava dando le ultime istruzioni. Erano partiti da Bonn con quattro equipaggi dell'Europol e due equipaggi della polizia federale. Poca roba ma, come aveva spiegato il francese, era il massimo che aveva potuto ottenere.

Erano fermi a un paio di chilometri dalla villa sul lago ed era la prima volta che Valentina riusciva a incrociare lo sguardo del suo capo. Appena era atterrata all'aeroporto di Bonn, una macchina era venuta a prenderla e l'aveva portata sul luogo del briefing. Non aveva avuto neanche il tempo di cambiarsi e avrebbe voluto fare un milione di domande a Castaldi, soprattutto capire chi fosse davvero Horace Weber. Non conosceva neanche i luoghi in cui si stavano muovendo, stava agendo praticamente alla cieca. Ma si fidava di Castaldi e della sua capacità di pianificare un intervento come quello.

Accanto a Castaldi c'era Gimenez. Doveva essere arrivato da Roma poco prima di lei. Fu sorpresa di vederlo lì. Il ragazzo le parve soprappensiero, confuso. Per quanto ne sapeva lei, era stato in azione solamente quando Valentina l'aveva voluto all'Alhambra. Certo, all'epoca dei Mossos d'Esquadra, Gimenez doveva aver affrontato più volte la strada. La colpì il pensiero, in quel momento inopportuno, che lei non conosceva veramente il passato dello spagnolo. Fece anche per avvicinarsi, ma in quel momento Castaldi diede il via all'operazione.

« Forza, mettiamoci al lavoro! » incitò il francese. Mentre gli uomini e le donne si disponevano nelle varie autovetture, Castaldi prese Valentina da parte. « Lo so che è successo tutto molto in fretta » le disse, « ma appena possibile faremo il punto della situazione, io e te. »

Valentina annuì. « Pensi che ci porterà davvero fino a Hannie? » domandò.

« Lo scopriremo. » Le sorrise e raggiunse la sua auto, invitando Gimenez a seguirlo. Lo spagnolo fece un passo, poi si voltò verso Valentina. « Le devo parlare, dottoressa. È urgente » disse a mezza voce. Valentina non ebbe il tempo di replicare. Gimenez le lanciò un'altra occhiata, poi raggiunse Castaldi e salì sul sedile posteriore dell'auto.

Valentina salì a sua volta sull'Audi grigia a sua disposizione. Alla guida c'era un collega greco che non aveva mai visto prima. Le sembrò un tipo a posto anche se avrebbe preferito avere con sé qualcuno della sua squadra.

Forse era per quella sorta di improvvisazione che avvertiva un forte senso di disagio. Sì, doveva essere quello. Perché non credeva alle premonizioni. O ai cattivi presagi.

3

Durante la sosta al ristorante italiano della sera prima, erano riusciti ad applicare un GPS alla BMW del tedesco con la speranza che Weber utilizzasse ancora la stessa vettura. Furono sfortunati, perché alle diciannove di quella sera uscì guidando una meno appariscente Mercedes Classe A bianca. Poco prima, le sue due guardie del corpo avevano lasciato la villa. Castaldi era sempre più convinto che il tedesco dovesse incontrarsi con qualcuno, quella notte, e che non volesse testimoni. Purtroppo, alla sua partenza, scoprirono che aveva lasciato tutti i cellulari in casa. La geolocalizzazione degli apparecchi non mentiva. Anche quello era un segno evidente che non voleva essere rintracciato.

Weber si era allontanato dalla villa solo e senza scorta.

La squadra di Castaldi iniziò il pedinamento a vista. Non potevano stargli troppo addosso ma non potevano neanche rischiare di perderlo. Li coadiuvava un drone manovrato da uno degli equipaggi, ma anche quello poteva essere notato dall'uomo che stavano seguendo e pertanto lo avrebbero utilizzato come *extrema ratio*.

Dopo un'ora di giri a vuoto, come la sera precedente, Weber imboccò la strada provinciale che da Troisdorf conduceva a Colonia. Ai lati si alternavano per chilometri capannoni industriali dismessi e ampie porzioni di terreno boscoso. Il profilo degli alberi si scuriva man mano che la notte avanzava. Il sospettato guidava con prudenza e ogni tanto imboccava vie laterali per poi, dopo lunghi giri, tornare sulla strada principale. Era un pedinamento complicato ma Castaldi lo stava dirigendo via radio con abilità. Le sei auto si alternavano alle spalle della Mercedes e fortunatamente la strada non era illuminata da lampioni, pertanto sarebbe stato difficile per Weber riconoscere le diverse macchine alle sue spalle.

Quando arrivarono alle porte di Colonia, furono aggrediti dalle luci e dall'animazione della città. Il traffico, abbastanza sostenuto nonostante l'ora, li costrinse ad aumentare la distanza tra loro e la Mercedes bianca. Non potevano rischiare di trovarsi bloccati a un semaforo faccia a faccia con l'uomo che seguivano. Ma Weber sembrava tranquillo. Non ci furono più deviazioni improvvise o cambi di corsia. Non pareva più preoccupato di essere seguito.

Castaldi raccomandava continuamente, via radio, di fare attenzione, dava indicazioni precise, non perdeva mai la calma. Valentina avrebbe dovuto sentirsi rassicurata. Ma la strana sensazione provata all'inizio di quel viaggio s'era intensificata. Una sottile inquietudine, come una spina, l'aveva colta da quando era iniziata la processione dietro la Mercedes bianca. Era come un fastidio sordo che non comprendeva.

«Siamo nel quartiere di Ehrenfeld» annunciò Castaldi alla

radio. « Weber ha delle proprietà da queste parti, tra cui un teatro. Teniamo gli occhi aperti. »

Davanti a loro, scintillante delle luci della notte, spiccava un grattacielo colorato di rosso e di blu.

« Il grattacielo Hercules » disse il collega alla guida. Ma Valentina non lo ascoltava e neanche quell'edificio assurdo e brillante, anomalo quanto un clown a un funerale, la distrasse. La spina faceva male e premeva e premeva...

Fu la stessa Hannie a farle capire cosa stava accadendo. Hannie nella sua testa e nella sua anima. Hannie che le diceva che le avrebbe fatto un po' male. Hannie che alle sue urla di dolore rispondeva, senza cambiare espressione, che nessuno l'avrebbe sentita gridare. Erano nel luogo più sicuro del mondo, là dove non l'avrebbero mai cercata.

La cappella in cui era stata sepolta era stata già perquisita, rivoltata e alla fine sigillata dalla polizia. Sottoposta a sequestro, era stata presto dimenticata dagli investigatori. Ecco perché nessuno aveva pensato di cercare Valentina proprio là sotto.

Il pensiero fu così fulminante che Valentina quasi sobbalzò sul sedile.

« Chi è rimasto alla villa di Weber? » domandò in inglese al collega alla guida. L'uomo scosse le spalle. « Non lo so. »

Valentina prese il cellulare e chiamò Castaldi. Lei e il suo autista erano gli ultimi della fila che seguiva Weber.

« Sono a vista di Weber » rispose il francese sbrigativamente. « È urgente, Valentina? »

« Hai lasciato qualcuno a guardia della casa di Weber, a Troisdorf? »

Castaldi esitò un istante. « No. Non ce n'era bisogno. Perché? »

Non ce n'era bisogno? Castaldi poteva contare su poco personale, è vero, e Weber stava per incontrarsi con qualcuno, forse con Hannie. Quindi perché rinunciare a uomini preziosi per lasciarli a guardia di una casa vuota? Ma era comunque una procedura irregolare sguarnire un sito così importante.

Qualcosa urlava dentro di lei. E se si fossero sbagliati?

« Valentina? Cosa c'è? » Castaldi era freddo, teso sull'obiettivo del momento. Perdere Weber sarebbe stato fatale per l'intera indagine.

« Non è nulla » disse lei. E chiuse la comunicazione.

Guardò il suo autista. « Torniamo indietro subito » gli disse. Il greco ricambiò lo sguardo come se fosse impazzita.

« Torniamo a Troisdorf, adesso! »

« Ma... » Le lanciò un'altra occhiata. Valentina sapeva cosa si diceva di lei, all'Europol. Quell'italiana che non c'è più con la testa.

Qualcosa nell'espressione di lei dovette convincerlo. L'uomo si strinse nelle spalle e fece inversione.

4

C'era la villa, immersa nel buio, così come l'avevano lasciata. C'erano le fronde degli alberi nel parco di Weber, che adesso si muovevano allo spirare del vento freddo del Nord e che sotto la rada luce lunare sembravano animarsi di piccoli riflessi argentei. C'era il lago, ma era solo una macchia nera e indistinta oltre la vegetazione.

E poi c'era lei, inchiodata come un animale impietrito al centro di una strada, pronto a essere investito.

Quando la loro auto frenò, slittando leggermente sul piazzale di fronte al cancello della casa di Horace Weber, Valentina non perse tempo. La testa sgombra da ogni pensiero, finalmente, il corpo che agiva in automatico. Si ritrovò fuori dall'abitacolo, la Glock puntata contro la donna che stava salendo su un fuoristrada nero.

Hannie Janssen si immobilizzò, gli occhi brillanti nella notte come due diamanti gelidi e privi di anima, una mano sullo sportello già aperto.

Valentina urlò e solo vagamente si accorse che stava gridando in italiano. « Ferma! Non muoverti o ti ammazzo qui, *adesso*! »

Percepì il collega che scendeva dall'altro lato e puntava anch'egli l'arma contro la donna.

Per un lungo momento ogni cosa si fermò. Davanti alla sua pistola, sotto il suo tiro, Valentina aveva l'essere che aveva violentato il suo corpo, la sua mente e la sua anima per giorni interi. I suoi occhi inquadravano la donna che aveva partecipato all'omicidio di decine di innocenti. E sarebbe bastato un attimo, un movimento, un riflesso in quel buio perché Valentina liberasse se stessa e il mondo dalla presenza di quella creatura spaventosa e famelica. Solo un frammento di tempo. Una leggera pressione del dito sul grilletto.

Poi Hannie Janssen aprì lentamente le braccia. Le distese come un cristo sulla croce. Aprì e distese anche le dita delle mani come se stesse per spiccare il volo e là, nel cono di luce dei fari che ne esaltavano i movimenti, prese le sembianze di qualcosa di così oscuro e terribile che Valentina faticò a credere che fosse umano.

« Valentina... » sussurrò l'essere. E nel tono gutturale con cui pronunciò il suo nome non c'era paura, ma una trattenuta soddisfazione, un alito di trionfo come se tutto fosse previsto, come se lei fosse la cacciatrice e non la preda. Poi lentamente portò le mani davanti a sé, le congiunse e le protese verso di loro.

Il collega greco lanciò un'occhiata a Valentina che, senza distogliere lo sguardo e la mira da Hannie Janssen, gli fece cenno di sì.

Il poliziotto mise la pistola nella fondina, si avvicinò prudentemente a Hannie e altrettanto cautamente la ammanettò.

Solo allora Valentina esalò un respiro doloroso, ma non allentò un solo muscolo del corpo.

E Hannie Janssen, con sua sorpresa, per la prima volta abbandonò la sua espressione neutra. Le sorrise.

5

Era un sorriso in cui avrebbe potuto precipitare. Incagliarsi tra quelle labbra esangui, graffiarsi con quei denti affamati, ingoiata da uno stomaco e da un'anima che non avevano nulla di umano.

Fu lo squillo del cellulare a sottrarla a quella fascinazione di morte. Valentina rispose con una mano sola, senza distogliere lo sguardo da Hannie, pronta a fare fuoco, mentre il greco finiva di ammanettarla. Anzi, una parte di sé sperava che la donna si ribellasse.

« L'abbiamo presa, François » rispose, convinta che fosse il capo a chiamarla, magari per rimproverarla di essere scomparsa senza spiegazioni.

Invece era Loris. « L'avete presa? » urlò. « Dici davvero? L'avete presa... Hannie Fottuta Janssen? »

« Sì, Loris. In questo momento... » Abbassò la voce. « Loris, mi tremano le gambe... » sussurrò.

« Resisti, Valentina. Hai vinto. Non cedere ora. »

« Tu parlami. »

« Possiamo rimandare... »

« No. Dimmi tutto adesso. Devo sapere. »

« Ho passato a 'Dio' i video di Weber con Suzanne. Come sai, lui appare in tre frammenti. In uno si affaccia da una porta, ma la creatura che ha in braccio non è Suzanne. »

« Come sarebbe a dire che non è Suzanne? »

« Somiglia tantissimo a Suzanne, per questo nessuno s'è accorto della differenza. È stato 'Dio' a comparare quell'immagine con tutte le altre di Suzanne. E non corrisponde. La somiglianza è impressionante, ma questo è un maschio. Stessa età, ma sesso differente. »

« Un gemello... » mormorò Valentina, mentre Hannie veniva fatta salire sul sedile posteriore della loro auto e la guardava, non distoglieva gli occhi da lei e sembrava aver capito quello che Loris le stava svelando. Ma era impossibile, naturalmente.

« Un gemello » confermò Loris. « Suzanne ha un gemello. Ho controllato, appare solo in quel frame, con suo padre che lo tiene in braccio. »

La mente di Valentina tentò di elaborare il dato. Ma era stanca. Esausta.

« C'è un'altra cosa, Valentina. »

« Cosa? »

« Non te ne ha parlato Gimenez? Ho inviato un report anche a Castaldi e... » S'interruppe di colpo.

« Loris...? »

Ma l'amico sembrò non ascoltarla. « Oh, cazzo! »
« Loris? Cosa c'è? »
« Fabio... Devo lasciarti... ti chiamo dopo. »
Il segnale che la comunicazione era stata interrotta aumentò il gelo che Valentina già sentiva. E adesso, cos'altro era accaduto?

6

Un'altra volta. Un'altra stanza d'ospedale. Uguale a tutte le altre. Non che facesse differenza. Quando ti sei beccato una coltellata e ne sei uscito vivo per miracolo non ti stai a domandare che colore avranno le pareti che ti circonderanno o quanto comodo sarà il letto in cui ti sistemeranno. Infatti non erano queste le domande che Fabio Costa si poneva quando, come in un flashback, Loris piombò nella stanza con un'espressione furiosa. I capelli lunghi stavolta non erano trattenuti in un codino e lo facevano assomigliare alla *Medusa* di Caravaggio, anche se Costa non avrebbe mai citato davanti a lui né l'opera né il pittore.
« Sono stanco di venirvi a trovare tutti in ospedale! » esordì l'amico, con l'indice accusatore puntato su di lui. Poi abbassò il braccio e, sfiancato, si mise sulla sedia davanti al letto. Non c'era nessun altro nella stanza e nessuno si lamentò di quell'intrusione fuori orario. E data l'ora Costa immaginò che l'amico avesse insistito non poco per poter entrare in reparto.
« Sto bene, non ti preoccupare » lo rassicurò. Ma la smorfia che gli attraversò il volto raccontava un'altra storia.
« Sì, lo vedo. E mi hanno spiegato tutto... » Scosse ancora il capo.
Il reparto in cui Costa era stato ricoverato era situato nel grande complesso ospedaliero di San Giovanni, nel centro di Roma. Era stato fortunato. La ferita era profonda ma non aveva intaccato nessun organo vitale. Costa aveva perduto parecchio sangue ma non era mai stato in pericolo di vita. L'attentatore l'aveva sorpreso alle spalle con l'intento di ucciderlo. Aveva colpito con forza, mirando al polmone. Costa aveva colto un ri-

flesso nel vetro del vagone e s'era spostato istintivamente di lato. Il fendente era penetrato più in basso rispetto all'obiettivo dell'aggressore. Il dolore era stato lancinante e Costa s'era sentito scivolare subito nell'oscurità. Ma svenire in quel momento sarebbe stato fatale. Nel barlume di coscienza che si spegneva, aveva compreso che quella non era una semplice rapina.

« Come diavolo hai fatto a uscirne vivo? » domandò Loris.

Costa lo guardò. L'amico meritava una spiegazione. Ma come dirgli tutto? Come ammetterlo? Aveva difficoltà a confessare anche a se stesso quello che era accaduto. Avvertiva ancora la rabbia che si era scatenata dentro di lui, la coltre scura che aveva ammantato tutti i suoi pensieri.

« È stata solo fortuna » disse alla fine.

Loris lo osservò. Forse si accorse di qualcosa, ma non lo fece notare.

« Gli agenti della Polfer che ti hanno recuperato hanno detto che il tizio probabilmente s'è voluto ammazzare. Ma tu hai provato a inseguirlo! » Il tono era vagamente d'accusa.

Costa annuì. Non aveva mai perduto i sensi, gli spiegò, ma aveva ricordi confusi di ciò che era accaduto nei minuti successivi. L'aggressore probabilmente s'era convinto di averlo ucciso e si era allontanato lasciandolo nel suo sangue. Il convoglio s'era appena fermato nella stazione di Civitavecchia. Costa aveva udito le porte che si aprivano.

« Sarebbe fuggito, non potevo permetterglielo. Sono sceso anch'io... »

« Con quella ferita? Volevi morire? »

Costa sorrise debolmente. « Non ho riflettuto, hai ragione. Comunque non sono riuscito a raggiungerlo. In quel momento è arrivato un altro treno, sul binario accanto. Io non so se si sia voluto suicidare... ma quando mi ha visto inseguirlo ha tentato di attraversare e... »

Un Intercity che viaggiava verso nord lo aveva investito a centocinquanta chilometri all'ora. I poliziotti e i paramedici avevano dovuto lavorare tutta la notte per raccoglierne i resti. Avevano trovato anche il lungo coltello con cui Costa era stato ferito. E si erano accontentati della sua versione nonostante il magistrato di turno dovesse ancora sentirlo per avere una conferma ufficiale.

L'ex poliziotto era stato portato al pronto soccorso di Civitavecchia e, la mattina dopo, trasferito a Roma.

« Hai saputo qualcosa su di lui? » domandò a Loris.

« Poco o niente. Un cittadino svizzero di nome Alexander Reinholt. Nessun precedente in Italia, ma stanno ancora verificando con l'Interpol. Sembra fosse la prima volta che lasciava il suo Paese. » Lo guardò. « Immagino che una rapina si debba escludere. »

« Senza dubbio. »

Loris scosse la testa. « È stato come quel Jacobs, l'uomo che si è ucciso davanti a Valentina. »

« Sì, probabilmente erano entrambi membri dello stesso branco... » Costa esitava ancora a utilizzare il nome della Geenna. « Sai, pensavo che fosse una fissazione di Castaldi. Ma adesso... »

Quello era il vero nodo da sciogliere. Persino Samael aveva un motivo, per quanto aberrante, un fine. Ma loro... La follia sociopatica poteva bastare a spiegare un desiderio di uccidere fine a se stesso? Di distruggere qualunque cosa e chiunque, compresi se stessi? E fin dove si ramificava quel gruppo di pazzi, dove si nascondevano, che livello di potere avevano nella società?

« Hai avvertito Valentina? » domandò Costa, con una smorfia. Gli antidolorifici di cui l'avevano imbottito cominciavano a perdere il loro effetto, ma avvertiva la necessità di muoversi, di fare qualcosa.

« Oddio, non te l'ho ancora detto! » esclamò Loris, illuminandosi. « L'hanno presa, Fabio! Valentina ha arrestato Hannie Janssen! »

Costa chiuse gli occhi. Non se ne stupiva. La determinazione di Valentina era tale che prima o poi ci sarebbe riuscita. E quello era un risultato importante. Soprattutto perché, per Valentina, era una possibilità in più di guarigione.

« Non parlarle del mio ferimento » disse a Loris. « Non ora. Sarà sommersa di cose da fare, di emozioni da gestire. Aspettiamo. »

Loris non gli parve convinto. Ma annuì. « E per il resto? » gli domandò. « Il messaggio di Samael... la richiesta di intervenire contro di noi fatta a Jerusalem? Come ci muoviamo? »

Costa rifletté. Se erano arrivati a lui in così breve tempo, potevano colpire tutti loro e ovunque. Il fatto che l'aggressione fosse avvenuta durante il suo viaggio di ritorno da Trieste a Roma era preoccupante perché pochi erano al corrente dei suoi movimenti. Loris aveva ragione, forse qualcuno li informava.

Ma c'era un'altra cosa, in quel momento, che occupava il centro della sua mente. Quello che era accaduto davvero in quella stazione ferroviaria non lo aveva sorpreso, anzi era stata una sorta di epifania. Qualcosa che, non poteva negarlo, lo aveva fatto sentire meglio. Ma che doveva imparare a gestire.

E, soprattutto, non doveva far sapere nulla a Loris. E a nessun altro.

« Dovremmo riuscire a contrattaccare, Loris » disse. « Se loro sanno dove trovarci, dobbiamo anticiparli e trovarli prima noi, ma... »

Loris s'accese di nuovo e lo interruppe. « Giusto! Quasi mi dimenticavo... »

Gli spiegò che era riuscito a localizzare un server utilizzato dalla Geenna per comunicare in sicurezza con Samael. « È in Francia. Ho un indirizzo. Ma c'è un palazzo intero, per capire dove si trova il computer dovremmo perquisirlo, appartamento per appartamento... Non so. Comunque, ho inviato un'informativa a Castaldi e anche Valentina a quest'ora dovrebbe saperne qualcosa, anche se con l'arresto della Janssen immagino siano incasinati. »

Sì, questo aveva la priorità su tutto, pensò Costa, mentre le fitte alla schiena cominciavano a interferire con i suoi pensieri.

« Anche noi abbiamo da fare » disse. « Samael. »

Loris lo guardò. « Non penserai... »

Ma Costa stava già mettendo i piedi fuori dal letto. Trattenne una smorfia di dolore. « Devo uscire di qui » disse.

E le proteste dell'amico non servirono a niente. Era già fuggito da un ospedale, tanto tempo prima, per trovare e salvare la donna che amava. Non sarebbe morto neanche stavolta.

Ne era moderatamente sicuro.

7

Stavano rivoltando la grande villa fino all'ultimo metro quadrato, ma fino ad allora non avevano trovato nulla di interessante. Valentina osservava l'attività dall'esterno, respirando l'aria fredda del mattino. Il collega greco le si avvicinò.

« Questo posto è enorme » disse, « e ci vorrà un sacco di tempo. Per ora l'unica traccia della Janssen è un letto disfatto in una delle stanze più piccole. Sembra che abbia abbandonato la casa con una certa fretta. »

Valentina annuì. La sua ipotesi era che la donna avesse tentato di fuggire dopo essersi resa conto che la sorveglianza alla casa di Weber era stata allentata.

« Dovremo capire da quanto era qui » aggiunse il greco. « Aveva con sé soltanto una piccola borsa. »

« Era qui da prima che iniziassimo a sorvegliare la casa » disse Valentina. Era certa che Hannie si trovasse già a Troisdorf quando loro erano arrivati. Lei e Weber si erano accorti della sorveglianza, perciò Weber aveva attirato i poliziotti lontano da lì dandole una chance di fuggire. Se Valentina non fosse tornata indietro a cercarla, l'avrebbero mancata un'altra volta.

Mentre Valentina e il suo collega sorprendevano Hannie, quasi nello stesso momento Castaldi e gli agenti che erano con lui avevano fatto irruzione in un locale a Colonia, all'apparenza abbandonato, in cui Horace Weber s'era infilato poco prima. Si trattava di un vecchio teatro di posa che risultava appartenere a una delle tante società di cui l'uomo era proprietario. Avevano sorpreso il tedesco dietro le quinte polverose, in compagnia di un bambino. Non c'era alcun atteggiamento equivoco da parte di Weber, i due erano soltanto uno di fronte all'altro come se si fossero appena incontrati, ma l'uomo era stato comunque ammanettato e portato via, in attesa di valutarne l'incriminazione. Mentre lo trascinavano in auto e il bambino, frastornato, veniva preso in consegna e accudito dai poliziotti, Weber aveva urlato solo una frase: « Idioti! È mio figlio! »

All'esterno dell'edificio avevano fermato una donna alla guida di una macchina, mentre tentava di scappare. Era probabilmente la persona che aveva portato il piccolo all'incontro con Weber. Sia lei che l'uomo erano sotto custodia e gli agenti li stavano interrogando. C'erano un bel po' di domande a cui l'imprenditore avrebbe dovuto fornire una risposta, anche se i poliziotti si aspettavano la rapida discesa di uno stuolo di potenti avvocati pronti a dar battaglia.

Valentina, esausta, faticava a elaborare quello che era appena avvenuto. Albeggiava e le sembrò un modo limpido di iniziare una nuova giornata. Hannie era stata trovata. Hannie era stata portata via. Hannie era in manette. Questo solo contava.

Era stato Carlos Gimenez a informarla di quanto accaduto a Colonia.

« Qui abbiamo finito e stiamo per tornare indietro » le disse al telefono. « Lei tutto bene, dottoressa? La Janssen? »

« L'hanno portata via poco fa. Vi aspetto. »

« Bene... » Il ragazzo esitava. « Può dedicarmi due minuti quando saremo da lei? » le domandò.

« Non puoi anticiparmi qualcosa, Carlos? » All'improvviso Gimenez era diventato un piccolo mistero da svelare.

« No. Non per telefono » disse lui. « È... complicato. E delicato. »

Avvertì la preoccupazione nel tono dell'altro. Stava per insistere, ma Gimenez cambiò repentinamente tono. « Ecco il dottor Castaldi » disse con giovialità che le parve forzata. « Partiamo ora. » Poi chiuse la comunicazione.

Mezz'ora dopo, l'auto con Castaldi a bordo arrivò e frenò sollevando un polverone. La seguivano altre due vetture. Valentina intravide Gimenez a bordo di una delle macchine di scorta. Il ragazzo adesso sembrava evitare il suo sguardo.

Quando Castaldi scese sbattendo la portiera con collera, alcuni agenti impegnati nella perquisizione che entravano e uscivano attraverso il grande cancello di villa Weber si fermarono a guardarlo perplessi. Castaldi si diresse a grandi passi verso Valentina ed era palese quanto fosse furibondo. Anche lei restò colpita. Non lo aveva quasi mai visto perdere la calma.

« Cosa ti è saltato in testa di fare a modo tuo? Come ti è venuto in mente di tornare indietro senza dirmelo? » Non urlava, sibilava. Lanciò anche un paio di imprecazioni in francese che Valentina non riuscì a tradurre.

Lei lo affrontò, serena. Non aveva mai avuto paura dei rimproveri dei superiori e in fondo François aveva ragione. Ma nulla l'avrebbe più scalfita: aveva catturato una pluriomicida.

« Hai ragione » disse, sollevando le mani. « Ma avrei perduto troppo tempo a convincerti... Mi spiace, dovevo seguire... »

« Cosa? Cosa dovevi seguire? Il tuo istinto? Il tuo sesto senso? Valentina, hai rischiato di compromettere l'operazione. E soprattutto hai rischiato inutilmente la tua vita e quella del tuo collega! »

« Hannie era sola, François. »

« E come cazzo facevi a saperlo? E poi non è questo il punto... »

« Il punto è che l'abbiamo presa. Solo questo conta. »

Castaldi ammutolì. Si guardò intorno. I poliziotti ripresero immediatamente il loro lavoro. C'era una perquisizione da finire. Tornò a fissarla e la furia pian piano abbandonò i suoi occhi. Ma era ancora rosso per la rabbia.

« Sì, l'importante è quello. » Si passò una mano tra i capelli, catturò il solito ciuffo ribelle e lo mise a posto con un gesto che lei gli aveva visto fare molte volte. Evidentemente riuscì a placare almeno in parte l'irritazione.

« Ce l'abbiamo, François. Ho arrestato Hannie » disse Valentina.

Castaldi si animò e l'espressione sul suo volto si distese. « Sei contenta? Hai raggiunto il tuo obiettivo. »

Era da ore che Valentina ci pensava. Certo, era contenta. Ma non provava quello che aveva sperato di provare.

« In realtà il lavoro inizia adesso » disse.

Castaldi annuì. « Dobbiamo capire come Weber sia coinvolto. Il bambino che era con lui probabilmente è davvero suo figlio, ma faremo i controlli necessari. »

« Il fratello di Suzanne... » mormorò Valentina, colta dal pensiero della povera ragazza.

« Ho persino il dubbio che sia il suo gemello » osservò Castaldi.

« Perché? »

« La somiglianza è forte. L'età è quella. »

« Un gemello. Anche lui figlio di Hannie... » L'idea che non aveva ancora avuto il tempo di metabolizzare, nonostante la scoperta di Loris che glielo aveva anticipato, la allarmava. Le implicazioni erano sconvolgenti. Sì, c'era davvero tanto da scoprire.

« È ora che tu vada a riposare » le disse Castaldi.

Valentina iniziò a protestare. « Abbiamo appena iniziato. I ragazzi stanno rovesciando la casa, ma... »

« Per una volta, una volta soltanto, vuoi darmi retta? Non sei neanche passata in albergo da quando sei arrivata dall'Italia. Vatti a dare una rinfrescata e fatti qualche ora di sonno. Ci sarà tempo per raccogliere le idee. E poi dovrai tornare a Roma. »

Valentina sollevò la testa di scatto. Era vero, c'era l'indagine su Samael. Ma non era ancora pronta a lasciarsi Hannie Janssen alle spalle. Tutt'altro.

Fermò Castaldi con un braccio prima che lui si voltasse. « Hannie... che ne sarà di lei, adesso? »

« Ho già mandato un messaggio alla procura nazionale italiana. C'è una richiesta di estradizione pronta per lei per i fatti di Padova, ma ci vorrà tempo. La terremo in prigione qui, nell'attesa. »

« Dobbiamo interrogarla. Ora. Forse lei sa chi è Samael. »

Castaldi annuì. « Sì, concordo. »

« Voglio interrogarla io. »

Non le rispose subito. Poi, con cautela. « Vedremo... »

Era il massimo che poteva ottenere in quel momento. Lo salutò e tornò alla sua auto. Il collega greco l'aspettava, impaziente di andare a riposarsi in albergo.

Mentre si allontanava dalla villa in cui aveva catturato la sua nemesi e il sole finalmente spiccava alto sulla regione, incrociò, per un momento, lo sguardo di Gimenez che, durante il suo colloquio con Castaldi, era rimasto in disparte. Forse in attesa di parlarle. S'era completamente dimenticata di lui.

Ma adesso era davvero e all'improvviso troppo stanca. Esausta. Gli fece un cenno per intendere che si sarebbero sentiti per telefono. Le parve deluso e non rispose.

Poi Valentina si lasciò definitivamente alle spalle i segreti di Troisdorf.

PARTE X
GERICO

« Le mura del manicomio erano le mura di Gerico e una pozza di acqua infettata ci ha battezzati tutti. »

Alda Merini, *La Terra Santa*

1

La chiamavano « la città nella città ». La città dei pazzi nella città eterna. Santa Maria della Pietà era un complesso costruito ai primi del Novecento ma l'ospedale originario era in funzione già dal XVI secolo. Si estendeva per oltre 130 ettari e comprendeva quarantuno edifici ospedalieri collegati da strade asfaltate percorribili in auto. L'insieme era ingentilito, nelle intenzioni dei suoi creatori, dal grande parco dentro il quale i padiglioni erano stati collocati come le pedine di una gigantesca scacchiera. Non era solo un parco, ma un rigoglioso giardino botanico con centinaia di alberi di varie specie, siepi e cespugli di robinie, allori e ligustri.

Però quel giorno, forse per la mancanza di sole, forse per l'aspetto austero e a tratti sinistro di alcuni edifici, o per la particolare aura che gravava su ogni cosa, i blocchi cubici di mattoni e finestre dentro i quali avevano vissuto migliaia di malati di mente mettevano inquietudine. L'ospedale psichiatrico più antico del mondo in quel momento sembrò loro semplicemente spaventoso. Anche se la maggior parte dei padiglioni era stata ristrutturata e occupata da laboratori, ambulatori e uffici dell'ASL, restavano ancora alcuni edifici dalle finestre sigillate e le mura scrostate da cui sembravano provenire le urla e i lamenti dei poveri « matti ».

Gaja Giannini fermò la Hyundai rosso fegato davanti all'entrata di uno degli edifici che, come diceva la grande insegna, era il Padiglione VI e adesso ospitava la direzione del Museo Laboratorio della Mente. La donna si voltò verso il passeggero. « Sicuro che vuole che venga con lei? » gli domandò.

Costa annuì, continuando a guardare fuori. « Sei stata l'unica a capire che l'omicidio del vecchio Cipriani non era opera di una banda di coglioni neonazisti ma di un vero serial killer. Direi che te lo dovevo. »

Gaja ghignò. Aveva appena tagliato i capelli, che così erano ancora più corti del solito, quasi a zero sulla nuca e alle tempie, e con gli occhi bistrati di nero antracite assomigliava a tutto meno che a un ispettore di polizia. Era grata a Costa anche perché evidentemente non faceva caso all'aspetto dei suoi collaboratori.

«Non sarà solo che lei non è autorizzato a indagare e io le servo come copertura?» disse però, sapendo di essere sfrontata.

Costa abbandonò la contemplazione degli esterni dell'ex ospedale psichiatrico che continuavano a dargli i brividi e la guardò in tralice. «Anche» ammise.

«Viva la sincerità. Guardi che nemmeno io sono autorizzata, in teoria se ne occupa la Mobile. Io sono solo uno sbirro da commissariato di periferia.»

«Hai un tesserino e una placca. Tanto basta.»

Gaja d'altronde ci aveva già riflettuto quando, quella mattina presto, Costa s'era presentato in ufficio chiedendole di accompagnarlo a fare qualche domanda dalle parti di Monte Mario. Le era bastato poco per decidere di acconsentire. Non era solo per la soddisfazione di scoprire che aveva avuto ragione o perché le si offriva la possibilità di dare il suo contributo a un'indagine seria. O semplicemente perché si fidasse di un poliziotto famoso. Era anche per il fatto che Costa aveva su di lei un potere di fascinazione incredibile.

Scesero dall'auto. Costa zoppicava un po' e non poté evitare una smorfia di dolore.

«Non mi ha ancora detto cosa le è successo» disse la donna.

«Niente di che, un piccolo intervento» rispose Costa. Riuscì a camminare abbastanza spedito e si diresse verso il padiglione.

Gaja lo seguì. «Un piccolo intervento, come no. Ogni volta che la incontro c'ha un pezzo in meno. Nell'ultima occasione aveva un braccio fasciato... non è che sono io a portarle sfiga?»

Costa non le rispose e la precedette sulle scale che conducevano all'entrata del Museo.

«Come ci muoviamo?» domandò la donna.

Costa si strinse nelle spalle. «Improvvisiamo. Qualche volta è la cosa migliore da fare.»

Il Padiglione VI era diverso da tutti gli altri. Era stato dipinto all'esterno di un bel giallo ocra e arricchito da alcuni murales in bianco e nero, che andavano dalla base al tetto, e che ritraevano i volti ingigantiti della sofferenza mentale. Di fronte all'edificio, tra gli aceri e gli eucalipti sembrava volersi nascondere un altro dei vecchi padiglioni del manicomio, sulle cui pareti scolorite non c'erano disegni ma le ombre inquiete animate dalle fronde degli alberi. Là nessuno aveva usato l'arte per evocare quell'antica sofferenza. Bastava il monito delle finestre sprangate.

La direttrice del museo si chiamava Aurora Bendicenti, era una donna di mezz'età, dall'aspetto curato e dallo sguardo vivace, e li accolse con cordialità. Una chiamata di Gaja a un primario di psichiatria che aveva conosciuto per lavoro era stata utile a spianare la strada a quella visita improvvisata. La conferma, aveva detto Costa a Gaja, che la sua collaborazione era preziosa.

Prima di condurli nel suo ufficio, la donna li accompagnò in un rapido giro del museo. « In questo padiglione erano ricoverati i cosiddetti 'semiagitati', che come capirete non è una definizione strettamente psichiatrica. Il fatto è che per decenni i malati sono stati assegnati ai vari settori in base a criteri piuttosto empirici. Così avevamo il padiglione degli agitati, dei cronici, di quelli che avevano tentato la fuga o il suicidio, dei criminali, e poi dei bambini, delle donne lavoratrici e chi più ne ha più ne metta. »

Li condusse nelle varie stanze e, a tratti, le voci di pazienti, medici e infermieri si attivavano al loro passaggio. Il fruscio delle registrazioni, alcune delle quali risalenti anche a molti anni addietro, trasportava con sé l'evanescenza disturbata di un passato ancora troppo vicino, in cui elettroshock e contenzioni violente erano all'ordine del giorno.

« Tutto finì con la legge Basaglia del 1980 che come sapete aboliva gli ospedali psichiatrici e creava una rete di assistenza diffusa ai malati mentali. Anche se molti manicomi resistettero per anni. Come questo, in cui l'ultimo padiglione chiuse solo nel 1999. »

La direttrice s'era fermata davanti a una bacheca con una cinquantina di contenitori di ceramica per sostanze chimiche e prodotti galenici. Costa lesse le etichette con un senso crescente di disagio. Molti erano farmaci ormai proibiti. Tintura di belladonna, estratto fluido di noce vomica, liquore di Pearson, oleato di mercurio, laudano, stricnina, cianuro mercurico, tintura di giusquiamo, santonina, novocaina, mercurio cloroidrato, e l'elenco continuava. La fiera della psicosedazione. Se ne sentiva ancora l'odore.

La Bendicenti seguì il suo sguardo. « Sì, l'ospedale era autonomo in tutto. Oltre alla farmacia e al gabinetto galenico, c'erano una sala operatoria, ambulatori medici, e poi una lavanderia, la cucina, laboratori di vario genere. Nel progetto originario l'ospedale doveva occuparsi di circa mille pazienti... è arrivato a ospitarne più di tremila. Senza contare centinaia di addetti. »

« C'è qualcosa di cupo in tutto questo » osservò Costa. La donna non sembrò sorpresa.

« In realtà, Santa Maria della Pietà ha espresso anche la migliore medicina psichiatrica. Innovativa, compassionevole... Ma certo, la mentalità odierna non può accettare certi aspetti. » Fece una pausa. « Ma voi siete qui per altro, vero? Non vorrei avervi annoiato. »

« Assolutamente no » si affrettò a dire Gaja che aveva trovato interessante quel breve tour, anche se inquietante. Non era ancora sicura di cosa stessero cercando, ma aveva intuito che quel posto era cruciale per l'indagine. Ed era già abbastanza disturbante così.

« In cosa posso esservi utile, allora? » disse la Bendicenti che doveva aver colto qualcosa di nuovo nello sguardo di entrambi.

« Informazioni » disse Costa. « Quelle che può darci. »

« Il Museo della Mente conserva più di centocinquantamila cartelle cliniche, ma finora ne abbiamo inventariate solo settemila... E devo avvertirvi che sui pazienti ancora in vita esiste il diritto alla privacy. »

« Ci dirà quello che potrà. » Costa aveva previsto l'obiezione e aveva un paio di argomenti da utilizzare.

« Andiamo nel mio ufficio » decise la donna. La seguirono attraverso un corridoio illuminato da luci pastello. Lungo una parete erano stati appesi, grazie a dei cavi metallici, una barella con cinghie di contenzione, un apparecchio con valvole e indicatori che probabilmente era stato utilizzato per quella che veniva chiamata « terapia elettroconvulsiva » e una camicia di forza. Sulla parete opposta campeggiava una vetrata lunga un paio di metri che proteggeva quella che sembrava una porzione rettangolare di un muro esterno, asportata e collocata nella mostra. L'intera superficie di mattoni e intonaco era ricoperta di disegni, parole, frasi, fitti geroglifici creati con la punta di un coltello, forse, e a volte magari con le unghie. Un reticolo di memorie. Un diario di pietra.

Aveva ragione Mario Tobino, pensò Costa. Il dolore trasudava da quei muri.

L'ex poliziotto si costrinse a passare oltre. Gaja Giannini invece si fermò, rapita, a guardare quei segni della follia. Le faceva impressione immaginare i malati che passavano ore a inscrivere i loro pensieri sconnessi su quella superficie. Immaginava le fronti aggrottate, gli occhi neri di disperazione e le dita bianche che spezzavano unghie annerite per dare una forma visibile ai deliri invisibili della loro mente. E mentre cercava di decifrare qualche frase compiuta in quel guazzabuglio, il cuore le si fermò in petto. Aprì la bocca, ma non ne uscì suono.

Costa si accorse che Gaja non era più accanto a lui, si fermò e si voltò a guardarla. Gli occhi della ragazza andavano dal murales a lui e da lui al murales di nuovo. Era impallidita. Sembrava che volesse attirare la sua attenzione ma senza averne la forza.

Costa tornò sui suoi passi e guardò anche lui la parete.

Tra le parole graffiate, il disegno abbozzato di un uomo e quello surreale di una creatura che forse era un cane, o forse il parto fantastico di un'immaginazione senza confini, c'era un nome scritto in stampatello maiuscolo, che spiccava con la forza con cui era stato inciso.

Una firma.

SAMAEL.

2

« Conosce la storia di NOF4? » disse la Bendicenti. « Ne ha sentito parlare però, vero? A Volterra, dove sorgeva un famoso manicomio, ancora conservano porzioni del muro che Fernando

Nannetti, un paziente che si faceva chiamare NOF4, il suo nome 'spaziale', riempì con dei graffiti che riproducevano una specie di infinito e surreale racconto di fantascienza che qualcuno definì geniale. Utilizzò delle fibbie per cinture. Qualche volta le dita. Ci mise quarant'anni e riempì chilometri lineari del muro di cinta dell'ospedale psichiatrico in cui era ricoverato. Ci scrissero anche dei libri. Dissero che era un capolavoro della cosiddetta Art Brut. Qualcuno ci trovò significati di preveggenza. Be', non è un fatto raro che qualche paziente psichiatrico decida di scrivere sul muro i propri pensieri, poesie, racconti... a volte molto belli. E anche Santa Maria della Pietà ha avuto il suo Fernando Nannetti. Si faceva chiamare Samael. »

Erano seduti nella stanza che un tempo ospitava la farmacia dell'ospedale e che adesso, oltre a una piccola scrivania moderna, esibiva manifesti che si riferivano a conferenze e spettacoli sulla malattia mentale e a un paio di installazioni artistiche che avrebbero dovuto sottolineare un passato psichiatrico ormai obsoleto.

Costa ascoltava le parole della direttrice del museo e intanto la sua mente macinava pensieri e connessioni. Samael. Sembrava l'avessero finalmente trovato. Nel luogo più impensabile e allo stesso tempo scontato per una mente distorta come quella di uno psicopatico omicida. Ma Costa sapeva che non era così semplice. Non lo era mai.

« Chi è in realtà Samael? » domandò Gaja Giannini e lanciò un'occhiata a Costa come per scusarsi di aver anticipato la domanda più importante.

La donna si sfregò una tempia come per ricordare. Poi ebbe un'illuminazione. « Faccio prima a farvi parlare con qualcuno che l'ha conosciuto. »

Fece una rapida telefonata e pochi minuti dopo furono raggiunti dal custode che li aveva annunciati. Non era vecchio ma certamente anziano. Anziano nel senso di prudente, pensò Costa. Prudente nel modo con cui si pose davanti a loro con la testa leggermente china in avanti, prudente nel modo in cui teneva le mani nelle tasche del cardigan blu che gli cadeva addosso per colpa di un paio di taglie in più, prudente nella voce asciutta. Solo gli occhi erano febbrili.

« Adriano è un esperto di questo posto » lo presentò la direttrice. « Ha scritto anche un libro su Santa Maria della Pietà. Lo trovate in vendita all'entrata, se vi interessa. »

Costa e Gaja strinsero la mano a Adriano, che si sedette sull'ultima sedia libera.

« Era un infermiere, qui? » domandò la poliziotta.

« Veramente ero un *malatino.* »

« Un malatino? »

Intervenne di nuovo la Bendicenti. « Un *malatino* nel gergo del manicomio è un paziente psichiatrico che per le attitudini e in genere dopo una lunga degenza veniva chiamato a svolgere mansioni di custodia. Insomma aiutava infermieri e personale medico. »

« Aiutavo a pulire la merda degli altri pazienti » disse Adriano sempre col sorriso. « Sono stato ricoverato al Santa Maria all'età di tredici anni. Dicevano che ero schizofrenico, ma non ho ricordi della mia malattia. Sono rimasto qui fino alla chiusura, nel 1999. E ho pensato di restare a dare una mano. »

Quella di Adriano era una delle tante storie che la vita di un manicomio come il Santa Maria sfornava nel corso degli anni. Costa era incuriosito. E sentiva di avere di fronte qualcuno che avrebbe potuto aiutarli.

« Quindi lei conosceva Samael? » gli domandò a bruciapelo.

Qualcosa cambiò negli occhi dell'uomo. Non smisero di ardere ma adesso un riflesso s'era incuneato in quella fiamma. A Costa sembrò paura.

Adriano si voltò verso la direttrice, allarmato. « Devo rispondere? »

La donna sembrò sorpresa. « Certo, Adriano. I signori sono della polizia e stanno svolgendo un'indagine importante... e Samael appartiene al passato, non c'è niente di male a parlarne. »

« Non ne sono sicuro » rispose Adriano. « Ma va bene. Cosa volete sapere? »

Costa non rispose. E Adriano, che matto o non matto era uno sveglio, capì che era inutile fare melina.

« Si chiamava Valerio » disse. « Valerio Bruni. Era più grande di me e quando arrivai qui, nel 1978, era già in manicomio da tanti anni. »

« E adesso...? » anticipò ancora una volta la domanda Gaja, che non stava più nella pelle.

« È morto. Nel 1998, l'anno prima che il manicomio chiudesse. Nel grande incendio del Padiglione XXXIII. »

3

« Ogni padiglione era come un'isola. Una comunità a sé, un insieme chiuso in cui il primario operava senza interferenze e ingerenze. Ciascun padiglione aveva un numero e anche un nome in base a chi ospitava. Per esempio il più grande, il XXII, veniva detto il Bisonte e ospitava sia dementi senili sia gli schizofrenici. Il nostro padiglione invece lo chiamavano il Cerchio. Un luogo senza inizio né fine, da cui non era possibile uscire o entrare. »

« Chi era il primario del Padiglione XXXIII? » domandò Costa.

« Negli ultimi anni era diventato il regno del dottor Saverio Beltrami. Un luminare, dicevano, un genio della psichiatria moderna. Per noi era solo un uomo crudele. Forse eravamo noi che non capivamo niente, ma a me non è mai sembrato una brava persona. »

« Cosa c'entra questo con Valerio Bruni, con Samael? »

« Ci arrivo. Valerio era entrato a Santa Maria da piccolino. Non aveva più di una quindicina di anni... credo fosse il 1953. Allora occorreva poco per finire rinchiusi qui dentro. Bastava che un bambino fosse considerato 'difficile' ed era probabile che venisse ricoverato insieme agli altri. Senza distinzioni tra adulti e minori. Io sono finito qua dentro per un furto. Avevo solo tredici anni, perciò il giudice ha pensato bene di raddrizzarmi con una breve sosta al Santa Maria... » Fece una risata secca. « Ed eccomi ancora qui. I bambini subivano lo stesso trattamento degli altri. Non c'era nessuna differenza con i malati adulti, elettroshock compreso. Io non l'ho mai assaggiato, ringraziando il cielo, ma a Valerio ne hanno somministrato un bel po'. Ho visto gli effetti, e vi assicuro che non è piacevole. »

Fece una pausa, gli occhi adesso molto meno brillanti. « Valerio è cresciuto qui dentro, è passato da un padiglione all'altro finché non è arrivato al XXXIII. Era lì già molto prima che arrivasse Beltrami. »

Il sole calò fuori dalla finestra e per una strana coincidenza il volto di Adriano scomparve nel buio improvviso. Nessuno si mosse o accese la luce e lui continuò a parlare anche se non ne vedevano più la sagoma.

« Cosa faceva Beltrami? » chiese Gaja in un sussurro.

« Forse Beltrami non era tanto peggiore degli altri primari » rispose Adriano. « Ma per noi che avevamo a che fare con lui non era così. Era scostante, freddo, autoritario... e ha subito preso di mira Valerio. »

« Come mai, secondo lei? »

« Ve l'ho detto che Valerio sembrava un angelo? Questo posto abbrutisce tutti, sapete? I lineamenti, la postura, lo sguardo. Non era solo la malattia. Era proprio l'ospedale... Ma Valerio no. Certo, la tuta sempre macchiata e i capelli sempre spettinati e quell'espressione che la diceva lunga su quello che aveva passato non lo aiutavano. Ma si intuiva che era ancora bello come un angelo caduto dal cielo. Non esagero. E forse Beltrami lo detestava anche per questo, chissà. »

Costa se li figurava. Aveva nella mente le immagini e le riprese di documentari ambientati nei manicomi. E anche le foto che campeggiavano su quelle pareti erano esplicite. Era forse l'aspetto che più colpiva chi si accostava da spettatore alla malattia mentale. Era la diversità disegnata nella carne che spaventava, che metteva a disagio. La faccia aliena di chi viveva in quell'universo a parte.

« Ci racconti delle scritte » disse.

L'ex malatino annuì. « Valerio aveva da tempo la mania di incidere le pareti. Aveva iniziato con una porzione del muro esterno del padiglione. Nessuno ci passava mai e quindi a chi poteva dare fastidio? Valerio incideva la superficie e i mattoni con i manici delle forchette, con le fibbie delle cinture che rubava agli altri malati o con sassi appuntiti. E riempiva metri e metri di frasi senza senso. Diceva che gli venivano così, come i sogni. Gli incubi, direi io. »

« Che cosa scriveva, se lo ricorda? »

« Pensieri sconnessi, bizzarri, certi anche interessanti, all'apparenza profondi ma sempre senza capo né coda. Talvolta faceva disegni, creava strane figure geometriche. Niente di normale. Mai! Incideva frasi come 'losche femmine ululano alla nascita di Venere sopra l'orizzonte e muoiono l'istante dopo' o ancora 'demoni aztechi singhiozzano al passaggio del sangue infetto della solitudine'... queste sono le uniche due che ricordo a memoria, ma da qualche parte, nell'archivio, ci sono le foto di quei graffiti. Un giorno bisogna che qualcuno le pubblichi... Ci verrebbe un bel libro senza senso ma magari è arte, che ne so io? »

« Perché no? » disse Costa. « Cosa ne sappiamo noi? »

« Esatto! » Adriano sfoggiò un altro sorriso.

« E poi cos'è successo? »

« Che questa cosa gli ha preso la mano. Non smetteva mai. Valerio ha cominciato ad allargarsi, si è messo a incidere i muri esterni del padiglione e anche alcuni muri di cinta più distanti. È stato allora che ha iniziato a farsi chiamare Samael e a firmare le scritte e i disegni con questo nome. »

« Perché si faceva chiamare così? » chiese Gaja.

« Diceva che era il nome di un arcangelo potente che era disceso in lui. Nessuno si è stupito. Una sindrome in meno o una in più che differenza poteva fare qua dentro? Medici e infermieri lasciavano correre, Valerio era innocuo e poi erano i tempi della nuova psichiatria. Basaglia, ricordate? »

Un'altra pausa, e Costa si sorprese a pensare che Adriano fosse un vero e proprio menestrello, come quelli di una volta. Un uomo intelligente e istrionico che per decenni qualcuno aveva visto solo come un matto. E la storia che stava raccontando era incredibile.

« Poi è arrivato Beltrami, e la musica è cambiata » recitò infatti con enfasi. Guardò la direttrice e domandò: « Posso parlare di Beltrami? »

Lei fece un cenno d'assenso. Sembrava aver paura di interrompere quell'affabulazione.

« Beltrami era considerato un luminare. Ma aveva idee strane. E comportamenti strani. Si presentava la mattina presto e si fermava fino a notte, non come gli altri primari che a volte non si facevano vedere per giorni. Lui invece era sempre presente e si occupava personalmente di tutto e di tutti. Sembra una buona cosa, vero? »

« Scommetto che non era così » disse Gaja Giannini.

« No, non lo era affatto. »

« E cos'è che faceva? »

Il volto dell'uomo, pur nella penombra, sembrò accartocciarsi. Forse il ricordo cominciava a pesargli. « Restava sempre fino a tardi. E seguiva di persona tutte le terapie che prescriveva... Soprattutto quando metteva in scena lo sballo elettrico. È così che chiamavamo l'elettroshock. »

Fu evidente il brivido che lo attraversò. Costa ebbe l'impressione che fosse quello il punto nevralgico del suo racconto.

« È passato tanto tempo, non ha motivo di temere niente » provò a rassicurarlo Costa.

« Io non ho timore! » protestò. « Ma non mi piace sparlare, neanche dei morti. »

Costa si chinò leggermente verso di lui. « Si divertiva, vero? »

« Come? »

« Beltrami. Si divertiva ad assistere a quello sballo elettrico, alla terapia elettroconvulsiva... provava piacere. Non era per senso di responsabilità che assisteva a ogni trattamento. Era qualcos'altro. È così, vero? »

L'uomo restò un po' in silenzio. « Una volta ho sentito un medico sussurrare qualcosa... Diceva di aver visto il primario sorridere mentre un paziente si contorceva nella camicia di forza. Non so se era vero... ma non è una cosa normale. »

« No, non lo è. » Costa si stava facendo un'idea della natura di Saverio Beltrami.

« E poi Beltrami si portava appresso la famiglia! »

« La famiglia? » domandò Gaja Giannini.

« Sì. La moglie, Chiara, non ricordo il cognome, una donna molto distinta anche se sembrava sempre tanto triste... e il figlio. Il piccolo Fausto aveva otto o nove anni e suo padre se lo portava dietro per tutto il padiglione. Questa cosa è durata per un bel po'... finché non è successo il fattaccio, insomma. »

Tacque. E in quella semioscurità che la Bendicenti si ostinava a non diradare accendendo una lampada, la sua voce diede l'idea della sua espressione. Adriano, il malatino, tremava quasi quando riprese il racconto.

«Non so bene com'è andata all'inizio. So che Valerio aveva iniziato a esercitare sulla signora Chiara un certo fascino. Lei era un po' più giovane del marito e come ho detto era una donna distinta, elegante, come si dice... interessante.» Sospirò rumorosamente. «La signora accompagnava spesso il marito durante le sue visite al padiglione. Era gentile e piaceva a tutti. Aiutava a somministrare i pasti, faceva compagnia ai malati e alle malate, leggeva loro i libri. Ed era molto devota. Si fermava spesso a pregare nella cappella del manicomio.» Fece una pausa che Costa pensò fosse voluta. A effetto. «E Valerio le voleva più bene degli altri» disse. E aggiunse subito: «Ricambiato, probabilmente. Credo che lei fosse colpita dalle frasi che scriveva. Spesso le riportava su un suo quaderno. Le leggeva, ne parlava con lui. A volte lo leggeva anche a noialtri. Insomma, credo si fossero innamorati. Strano, eh? La moglie del primario con un pazzo».

«E Saverio Beltrami?» domandò Gaja.

«Alla fine se n'è accorto anche lui. Forse lo aveva sempre saputo e aveva lasciato correre... era davvero un uomo strano, ve l'ho detto. Una volta, ma io non c'ero e me l'hanno raccontato, li ha scoperti nel locale caldaie, nascosti, loro due soli. In realtà non stavano facendo nulla di male, credo. Lei gli leggeva le cose che aveva scritto su quella specie di diario e lui, Valerio, le ripeteva. Come si dice? Le declamava. Una cosa innocua... ma forse non erano innocue le frasi che recitavano... Samael a volte scriveva cose un po' spinte, capite? Comunque Beltrami si è arrabbiato di brutto. Senza urlare, non lo faceva mai, però ha detto qualcosa... Un infermiere era presente, aveva seguito il medico mentre si dirigeva verso il locale caldaie come se sapesse già cosa trovare... e quell'infermiere lo ha visto avvicinarsi alla coppia e dire qualcosa. Non ha sentito le parole del primario, ma giurava che la moglie era sbiancata all'istante.»

Il sole era tramontato. La direttrice del museo accese finalmente una lampada ma il chiarore giallastro non rischiarò davvero l'ambiente.

«Qualche giorno dopo, Beltrami è arrivato in reparto di prima mattina» proseguì il vecchio, «e di punto in bianco ha ordinato di sottoporre Valerio alla terapia elettroconvulsiva. Non ce n'era ragione. Lo sapevano anche i medici che lavoravano con lui. Ma nessuno ha osato opporsi. Neanche Valerio, per dire. Era come se si aspettasse quel trattamento. Quella stessa mattina lo hanno... sballato. Ne è uscito quasi catatonico. E quando sembrava che si fosse ripreso, Beltrami glielo ha fatto rifare. Sembrava volesse mandargli il cervello in pappa. E c'è riuscito. Valerio ha smesso di essere Samael, qualunque cosa significasse. Non scriveva più sui muri. Era grigio, come tutti gli altri. Aveva perduto anche la sua bellezza. Un paziente psichiatrico affetto da gravi turbe come ci si aspettava che fosse. Chiara Beltrami, dal canto suo, non ha battuto ciglio, almeno all'apparenza. Ha continuato a frequentare il padiglione e i suoi ospiti, si chiudeva sempre più spesso a pregare nella cappella, e non s'intratteneva più con Valerio. Anzi, i due sembravano ignorarsi. Lui chiuso nella sua malattia mentale, lei presa dai suoi impegni di crocerossina. Le cose sono tornate alla normalità per un paio di mesi. Poi è successo quel che è successo... »

Tacque. E lo fece così a lungo che Costa capì cosa stava accadendo. Adriano si era smarrito nei ricordi, non era più con loro, era tornato nel Padiglione XXXIII, dove annusava l'odore pungente della malattia. Costa aveva condotto altri interrogatori come quello. Aveva visto uomini e donne andare indietro nel tempo. Quello era il punto in cui bisognava lasciare che tutto scorresse.

« L'incendio, vero? » suggerì.

Adriano sollevò la testa. Ma continuò a guardare nel vuoto.

« Un'esplosione, in realtà. E subito dopo le fiamme che hanno distrutto parte del padiglione. Il fuoco è arrivato dal locale caldaie. E lì dentro sono morti tutti e due, insieme. Valerio e la signora Chiara. Avevano ricominciato a vedersi là dentro, da soli. La loro relazione non era mai finita, avevano soltanto adottato qualche stratagemma... Una suora mi ha raccontato che Valerio e la signora Chiara si chiudevano laggiù per pregare. »

« Pregare » disse Costa.

« Sì. »

« Qual è stata la causa dell'incendio? » domandò Gaja.

« Non si è mai saputo di preciso. Dicevano che era stato un

incidente. Un guasto del sistema di riscaldamento. Una fatalità, per molti. Qualcuno però mormorava che Beltrami sapesse che i due continuavano a vedersi... ma a quel punto erano solo illazioni, chiacchiere. »

Finalmente tornò a fissare Costa. Anche le emozioni sembrarono sparite quando terminò il suo racconto. « Era il 1998. L'ospedale ha chiuso l'anno dopo, come ho già detto. Il Padiglione XXXIII è stato uno degli ultimi a ospitare i suoi pazienti... »

« E Beltrami? » domandò Gaja Giannini, la voce quasi un sussurro. « Che fine ha fatto? »

Adriano si strinse nelle spalle.

4

« Perché non mi hai avvertita subito? »

Valentina era furiosa. Ma non con Loris: con se stessa. Ed era spaventata. Si sentiva responsabile del fatto che Fabio fosse stato aggredito sul treno di ritorno da Trieste. L'aveva riaccolto nell'indagine, forse nella sua vita, poi però era volata in Germania. Stavolta era stata lei ad abbandonarlo per inseguire i propri incubi.

« Come sta adesso? » domandò, cercando di contenere il tumulto interiore.

La voce di Loris Manna al telefono era concitata.

« È uscito dall'ospedale contro il parere dei medici. Lo sai com'è Fabio » rispose. « È quel messaggio, Valentina. È tutto lì. »

Loris aveva certamente ragione. Ma le implicazioni erano difficili da accettare.

« Non riesco a capire come faccia Jerusalem ad avere informazioni sulle nostre mosse » osservò. « Siamo riusciti a tenere lontana la stampa da questa storia, nessuno crede davvero che ci sia un serial killer in circolazione... »

« Eppure il messaggio che ho trovato è spiegabile solo in un modo » disse Loris. « C'è qualcuno che lo informa. L'aggressione a Fabio è stata troppo mirata e tempestiva. »

Valentina non riusciva ancora a crederci. Aveva sempre immaginato la Geenna come un'entità potente e inafferrabile. Ne aveva già assaggiato la violenza. Ma sembrava non ci fosse un limite a quella minaccia.

« Sei riuscito almeno a scoprire qualcosa sull'origine di quella chat? »

Lo sentì esitare. « Non lo sai? Ti ho anche mandato un messaggio... »

« Di che cosa stai parlando? » chiese Valentina, perplessa.

« Ho geolocalizzato il server che è stato utilizzato per gestire la chat con Samael... o almeno uno dei server... Ho un indirizzo preciso e anche un elenco dei residenti. Qualcuno di loro nasconde quel server. Ma... » Eccolo di nuovo quel tono esitante. « Valentina, ho inviato la comunicazione anche a Castaldi. Non ho utilizzato il canale ufficiale dell'Europol proprio per evitare fughe di notizie, ma lui è stato il primo che ho informato. Castaldi ha l'indirizzo e l'elenco. E anche Carlos lo sapeva, gli avevo chiesto di dirvelo di persona, lì in Germania! »

Gimenez non le aveva detto nulla, però era vero che aveva tentato di attirare la sua attenzione.

In ogni caso, Castaldi era stato informato e di certo se ne stava occupando.

« Mandami di nuovo tutto » decise. « Sentirò François e troveremo una soluzione... Qualcun altro ne è al corrente? »

« Ripeto, soltanto Gimenez. » Loris si concesse una pausa. « Tra l'altro, è da ieri che lo cerco al telefono. Sai che fine ha fatto? »

« Non ne ho idea. A questo punto devo parlargli anch'io. » Il volto dello spagnolo le tornò in mente. La sua espressione che adesso le sembrava confusa, preoccupata.

Salutò Loris e restò a fissare la parete della camera d'albergo. Una delle centinaia di pareti che aveva fissato negli ultimi anni.

Adesso che Hannie era stata catturata si sentiva svuotata. In realtà ancora non aveva metabolizzato quel risultato. La sua mente era improvvisamente *tabula rasa.*

Compose il numero di Castaldi. Il francese le rispose al primo squillo.

« Hai parlato con Gimenez? » gli domandò d'impeto.

Il francese sembrava distratto. « No. Non so neanche dove sia adesso. Sono impegnato, Valentina, di che si tratta? »

Gli disse di aver saputo che il server della Geenna si trovava in un condominio a Bourges, in Francia. Mentre parlava, però, continuava a provare inquietudine.

« Sì, ho ricevuto tutto da Manna » le confermò Castaldi. « Abbiamo informato la polizia francese... Valentina, cosa ti preoccupa? »

Che fine aveva fatto Carlos Gimenez? Perché non aveva avvertito François di quella scoperta? Di che cosa voleva parlarle in privato?

« Credo che sia successo qualcosa a Carlos, François. Qualcosa di oscuro. »

5

Era una brutta giornata. In tutti i sensi. Fuori aveva ripreso a piovere e dicevano che l'ultimo colpo di coda dell'inverno si stava per abbattere sul Paese. Dentro, nella sede italiana dell'Europol, gravava una cappa di sconforto e preoccupazione.

La notizia della scomparsa dell'agente Carlos Gimenez aveva preso tutti un po' alla sprovvista. Anche se lo spagnolo s'era fermato a Roma per meno di un paio di settimane, aveva conquistato i colleghi con la sua simpatia e la sua genuinità. E poi era comunque inquietante che un poliziotto dell'Europol si fosse volatilizzato, soprattutto durante un'indagine così complessa.

Quando avevano accertato che lo spagnolo non era mai rientrato nell'albergo di Bonn dove alloggiava la squadra per la cattura di Hannie Janssen, l'allarme era scattato. Ma le tracce di Gimenez si perdevano nel nulla. Non risultava aver preso un aereo per tornare all'Aja né era mai rientrato a casa sua.

Loris ne era rimasto colpito. Non solo perché negli ultimi giorni aveva stretto amicizia con Carlos. Ma anche perché la sua scomparsa coincideva con l'insorgere dei sospetti sulla presenza di una talpa all'interno dell'Europol. Non riteneva possibile che Carlos fosse la spia. Ma c'era qualcosa che gli sfuggiva.

Aveva deciso di acquisire i dati relativi al cellulare di Gimenez per esaminarli a modo suo. Se non lo avessero trovato i colleghi dell'Europol, ci avrebbe pensato lui.

Per adesso era tutto molto confuso.

Fabio Costa dal canto suo era solo concentrato sull'obiettivo della sua indagine: Samael.

Erano di nuovo nell'ufficio di Valentina, approfittando della sua assenza. E Costa aveva portato con sé quella ragazza, che sembrava così fuori posto, con l'aria all'apparenza svagata con cui si guardava intorno.

Loris non resistette. « C'è qualcosa che non ti quadra, ispettore? »

Gaja Giannini sogghignò. « No, collega tecnico, è che, sai... Io sono da Squadra mobile, noi siamo brutti, sporchi e cattivi e tutta questa lucida efficienza, sinceramente... » Accennò all'ambiente che li circondava, gli uomini in giacca e cravatta e le donne in tailleur che entravano e uscivano con aria indaffarata, le scrivanie che sembravano appena uscite dalla fabbrica, il silenzio ovattato. « Non ci sono abituata » concluse. « Ma tu sei a posto. Dico davvero. »

Loris annuì. Eccola, la sbirra da strada che pensa che tutto si risolva con un paio di inseguimenti, qualche perquisizione e una dose massiccia d'intercettazioni telefoniche. La riconosceva perché anche lui una volta era così.

Su uno dei grandi schermi di Loris c'era l'immagine del muro che Samael, alias Valerio Bruni, aveva inciso. I segni grafici e le strane parole che aveva scavato sulla parete di pietra e intonaco, adesso che esplodevano dai pixel luminosi del monitor, sembravano animarsi di vita propria.

Avevano trovato Samael.

Ma era il Samael sbagliato.

« Però questo è il Samael a cui il *nostro* Samael si ispira. » Le poesie funebri del Samael assassino seriale ricordavano l'ermetismo delle frasi incise su quel muro decenni prima.

La Bendicenti aveva acconsentito a lasciare loro un supporto magnetico sul quale erano registrati i nomi del personale che aveva lavorato all'ospedale nel corso dell'ultimo trentennio: medici, infermieri, suore, assistenti. Divisi per padiglioni e anni di permanenza. La direttrice aveva detto che in un'indagine così importante un po' di elasticità nella gestione della privacy era indispensabile. Ma, per legge, non aveva comunque potuto rilasciare la lista dei malati. Quindi, come al solito, adesso toccava alla magia di Loris chiudere il cerchio.

« Padiglione XXXIII, giusto? » disse Loris quando riuscì a entrare nell'archivio digitale della sanità mentale della Regione Lazio. « Stando ai dati, fino al 1998 è stato diretto da Saverio Beltrami. Nel 1996, quando la Rovnik vi fu ricoverata, risultavano in carico solo diciannove pazienti, tra cui il nostro Lorenzo Cipriani. »

« La Rovnik ci è restata per quasi due anni, è plausibile che i due si conoscessero. E forse è proprio lì che hanno incontrato il loro assassino. E Beltrami? »

Loris volò tra tasti e mouse, come al solito, ma stavolta Gaja lo anticipò. Stava esaminando su un altro computer i dati contenuti nella chiavetta usb che la Bendicenti aveva dato loro. « Il padiglione ha chiuso nel 1998, quando ci fu l'incendio » disse. « E Beltrami c'era eccome. »

L'ispettore non si accorse dell'occhiata che Loris le lanciò da oltre la spalla e continuò a far scorrere l'elenco sul suo monitor.

« Quindi quello che ha raccontato Adriano sembra vero » osservò Costa. « Loris, dobbiamo capire che fine ha fatto Saverio Beltrami dopo l'incendio. Oggi dovrebbe avere poco più di settant'anni... »

« Agli ordini. » Loris chiese subito al suo « Dio » di darsi da fare.

« Saverio Beltrami è morto » annunciò dopo qualche minuto.

Costa fece una smorfia. « Dove e come? »

« Ha avuto un incidente in montagna nel 2002. Leggo da un

quotidiano locale: 'Noto primario di psichiatria precipita dal monte Sagro, lascia il figlio minore'. E poi bla bla bla... »

« Dov'è il monte Sagro? »

Li raggiunse la voce di Gaja, alle loro spalle. « Sulle Alpi apuane. »

« Beltrami in effetti era originario di quelle parti » confermò Loris. « Un paesino montano nei dintorni di Carrara. »

« Carrara. Interessante... » disse Costa. Carrara era il luogo dell'omicidio De Pascalis.

« Anche questo è interessante... » intervenne Loris. « Dopo aver lasciato Santa Maria della Pietà, Beltrami ha girato un po' per l'Italia. Ha contribuito ad avviare alcune delle strutture residenziali per malati mentali spuntate dopo la legge Basaglia... Cliniche con al massimo una trentina di pazienti invece delle centinaia che affollavano i manicomi. »

« E lui ne ha approfittato... »

« Sì. Un benefattore. E indovina qual è una delle strutture che ha contribuito a creare? » Loris lo guardò negli occhi. « Villa Cassiopea a Moriago. La residenza dove è stato ricoverato Gabriele! »

« Villa Cassiopea. Quella in cui lavora Francesco Bresci » disse Fabio.

Continuava a pensare che le coincidenze capitavano, ma in quel caso... Bresci era stato oggettivamente reticente, aveva omesso di aver avuto la Rovnik come paziente, per poi ammetterlo solo quando non poteva farne a meno.

E c'era un mosaico che si formava davanti ai loro occhi: Carrara per l'omicidio De Pascalis, Moriago per l'attentato a Gabriele e Santa Maria della Pietà per gli omicidi Rovnik e Cipriani.

« Scusate, che nome avete appena fatto? » intervenne Gaja Giannini sollevando lo sguardo dal suo monitor. Aveva indossato un paio di occhialini rotondi che sparigliavano ancora una volta le carte del suo aspetto.

« Francesco Bresci. Perché? » domandò Costa.

« Perché nell'elenco che ci ha dato la direttrice del museo c'è un Francesco Bresci... » Si sistemò gli occhiali sul naso e lesse: « Dottor Francesco Bresci, assistente... ha lavorato a Santa Maria della Pietà per soli sei mesi, dalla fine del 1997 ai primi del

1998. E indovinate a quale padiglione dell'ospedale era stato assegnato? »

Né Costa né Loris avevano bisogno di dirlo.

Il Padiglione XXXIII.

6

Valentina lo aggredì, ma questa volta Fabio ne fu quasi contento. Nelle pieghe degli insulti con cui lo ricoprì era facile avvertire la preoccupazione e forse qualcos'altro.

« Perché non mi hai detto che ti hanno accoltellato? Perché devi fare sempre così? Perché mi nascondi le cose? Gesù, Fabio, c'è molto più da ricostruire tra noi due di quanto avessi immaginato se continui a nascondermi le cose! »

Quando la veemenza di Valentina scemò, lui cercò di replicare.

« Mi dispiace, ma sapevo che cosa stavi affrontando, non volevo e non potevo permetterti di perdere la concentrazione. So quanto fosse importante per te. »

Le aveva telefonato quella sera, appena rientrato a casa, per informarla delle novità emerse a Santa Maria della Pietà. Ma anche per sentirla e basta.

Aspettò che si fosse calmata, anche se l'irritazione continuava a vibrare nella sua voce.

« Adesso dimmi come stai » le domandò poi.

« Non importa come sto. L'importante è aver preso Hannie. »

D'accordo. Non voleva parlare delle sue emozioni. « Dove l'hanno portata? » chiese Costa.

« L'hanno messa in un carcere di massima sicurezza. Intanto le hanno notificato un primo mandato di cattura europeo. Poi vedremo. »

Sapevano che si trattava di una vicenda giudiziaria complessa. Ma se non altro il gruppo di Castaldi aveva fatto la sua bella figura nell'Europol. Fino a quel momento c'era stato chi ancora non credeva all'esistenza della Geenna.

« E l'uomo che la copriva? Il padre di Suzanne? »

Valentina sospirò. Sembrava esausta. « Anche lui è in carcere, ma ha avvocati importanti. Hanno già presentato una richiesta di arresti domiciliari e la sua posizione è tutta da verificare. E poi c'è il bambino... »

Sì, Costa capiva quanto quel dettaglio fosse importante. Se era davvero il fratello di Suzanne, come gli aveva anticipato Loris, c'erano da capire tante cose.

« Quando l'hanno preso » spiegò Valentina, « Weber ha urlato che era suo figlio. E dopo lo ha dimostrato... aveva con sé persino le pezze d'appoggio, come se si aspettasse quel controllo. Il bambino si chiama Herbert Mulligan e secondo Weber è il frutto di una sua relazione occasionale con un'attrice di cinema... quella che hanno fermato all'esterno del teatro. Secondo Weber non lo ha mai voluto riconoscere ma si è preso cura di lui e della madre... »

« Bugie, naturalmente » osservò Costa.

« Sì. Pensiamo che la storia dell'attrice sia una copertura » disse Valentina. « Il bambino assomiglia davvero tanto a Suzanne e anche l'età sarebbe compatibile con un gemello. Loris l'ha scoperto per primo. »

« Già, Loris. Ma perché mettere al mondo due gemelli e poi dividerli? Non ne comprendo la logica. »

« Nemmeno io. Sembra non ci sia nulla di logico in quello che fanno. »

Se il bambino era davvero un altro figlio di Hannie Janssen, era soltanto lei ad avere le risposte. Ma quella donna era un enigma, così come un enigma era lo scopo reale dell'organizzazione che chiamavano Geenna.

« Cosa ne pensi della scomparsa di Gimenez? » gli domandò poi lei. « Io non riesco a credere sia coinvolto in questa storia... »

« Anche a me sembrava a posto, per quel poco che l'ho conosciuto » mormorò Costa. « Ma Loris ha ragione, quel messaggio tra Jerusalem e Samael dimostra che sanno molte cose di noi. E dobbiamo considerare ogni possibilità, anche quella che la talpa sia proprio Gimenez. »

Il tono di Valentina, però, mutò leggermente. « Non so, non

mi convince. Quando l'ho visto, l'altra sera, mi sembrava strano. Nervoso. Ha cercato di parlarmi ma non c'è riuscito... Pensi che Loris possa saperne qualcosa? Hanno lavorato molto insieme nelle ultime settimane. »

« Devi chiedere a lui... » Costa esitò. Non disse a Valentina che una delle opzioni era anche che Gimenez fosse morto, forse ucciso proprio da qualcuno della Geenna. In fondo, lui stesso era stato quasi ammazzato. Il dolore che ancora lo faceva zoppicare ne era la testimonianza.

Poi decise di cambiare discorso. In fondo l'aveva chiamata per un motivo ben preciso.

« Ho delle novità importanti, Valentina. Abbiamo trovato Samael... ma non ti agitare perché in realtà la storia si è ingarbugliata un altro po'. »

Le raccontò della sua visita a Santa Maria della Pietà e della scoperta del Samael che scriveva sui muri.

La prima cosa che gli disse lo sorprese.

« Perché sei andato lì con l'ispettore Giannini? »

Per un momento Costa pensò di percepire una nota di gelosia. Impossibile.

« Conosce in parte l'indagine e si muove molto bene sul territorio » rispose. « E io, ti ricordo, non ho alcuna autorizzazione a indagare. »

« Pensi che Bresci sia coinvolto? » Valentina cambiò ancora una volta discorso. « Da quello che mi hai raccontato non sembra coincidere con il profilo di Samael. Anche se il fatto che sia uno psichiatra... »

« Non so più cosa pensare. Forse ho preso una bella cantonata con lui... »

Lei rimase un po' in silenzio. « Facciamo spesso sbagli. Tutti. »

« Guarda che non sono sorpreso di aver sbagliato una valutazione. Mi è capitato molto spesso. Ma Bresci sembrava sinceramente dispiaciuto per Gabriele. Non so... »

« Io ho chiesto informazioni su di lui a Mercuri. Te lo ricordi? Carlo Mercuri. Lo psicologo del dipartimento da cui mi mandarono in terapia... »

Era un argomento che con lei non avevano mai toccato. Dopo la liberazione di Valentina, tutto era precipitato e ancora adesso Costa non aveva idea di quello che lei aveva passato dopo essere tornata alla vita.

« Non l'ho mai conosciuto » disse. « Il dipartimento con me è stato molto più sbrigativo. Niente terapia. Ma ne ho sentito parlare. Dicono sia in gamba. »

« Lo è... » Sospirò. « E immagini quanto sia stato difficile avere a che fare con me? »

Costa rise. E si sorprese di poterlo ancora fare.

« Cosa ti ha detto su Bresci, il *tuo* Mercuri? » le domandò. E mentre aggiungeva quel « tuo », si accorse di essere forse lui quello impigliato nella trappola assurda della gelosia.

Lei non colse. « Non mi ha ancora detto nulla. Forse non c'è niente da dire... e non so neanche se Carlo abbia capito l'importanza della mia richiesta. »

Carlo. Lo chiamava per nome.

« Quando tornerai? » le domandò Costa.

Ancora quel silenzio trattenuto. « Abbiamo fatto mettere sotto controllo il palazzo in cui è conservato il server che Loris ha scovato... è in una cittadina nel centro della Francia. Se ne è occupato direttamente Castaldi, che naturalmente con la polizia francese ha un ottimo ascendente. E poi c'è Hannie. »

Costa capì al volo. « La vuoi interrogare tu? »

Stavolta Valentina non esitò a rispondere. « Devo. Devo incontrarla. Devo farle alcune domande... poi tornerò a casa e prenderemo Samael. Insieme. »

Sì, la capiva. Ma sapeva quanto sarebbe stato difficile. « Stai attenta, mi raccomando. Quella donna è una manipolatrice abile e pericolosa. »

« Lo so, Fabio. Io lo so bene... » Tacque.

« Hai ragione, scusami. È solo che ho paura per te. »

« Non averne. Me la cavo da sola. Tu cosa farai? »

Nemmeno Costa esitò a rispondere. « Bresci, di certo. Dobbiamo chiarire la sua posizione... ma prima c'è un'altra pista da seguire. E ho l'impressione che sia proprio la scintilla da cui questo fuoco è divampato. »

Anche Valentina doveva averlo pensato, perché pronunciò subito quel nome. « Beltrami. Pensi che parta tutto da lui, vero? »

« Il dottor Beltrami » confermò Costa. « È lo snodo che aspettavamo. »

« Bene. Solo... » Ancora quell'esitazione.

« Che cosa? »

« Dobbiamo fare presto, Fabio. Samael non ha più ucciso, a meno che non l'abbia fatto senza che a noi ne sia giunta notizia. Ma è evidente che non ha terminato la sua lista della spesa... e poi c'è quella storia del messaggio. Tu, Gimenez... »

« Mi guarderò le spalle e tu farai altrettanto. Mi manchi, Valentina. Torna prima che puoi. »

Lei restò in silenzio. Poi disse: « Mi guarderò le spalle anche io, Fabio ». E chiuse la comunicazione.

Costa restò nel freddo del suo appartamento a domandarsi che cosa stesse sfuggendo a tutti loro. Dove si fosse annidato l'errore che li avrebbe condotti alla rovina finale.

7

Hannie Janssen era stata raggiunta da due mandati di cattura europei, uno dall'Italia per i fatti di Padova, e uno dall'Olanda per un'indagine sulla tratta di esseri umani a seguito della liberazione della piccola Suzanne. Ma c'erano altre inchieste che la riguardavano e anche la Germania, dove era stata arrestata, aveva motivo di tenerla in custodia cautelare. Si profilava una guerra di competenze tra i vari Stati membri che avrebbe allungato le procedure di estradizione in uno o nell'altro Paese.

Nel frattempo, era stata rinchiusa nel penitenziario di massima sicurezza di Wittlich, non lontano da dove era stata catturata.

L'auto con a bordo Valentina e Castaldi era parcheggiata davanti al carcere. Le mura, con le loro inconsuete forme geometriche e i colori pastello con cui erano dipinte, a tutto facevano pensare meno che a una prigione moderna e inaccessibile.

« Sei sicura? » ripeté Castaldi per la terza o quarta volta.

Valentina sapeva che, dal punto di vista investigativo, quell'incontro non era affatto necessario. La Janssen s'era subito trincerata in un mutismo ostinato e sfrontato. Ne aveva il diritto. E niente faceva credere che accettasse di fornire informazioni in cambio di uno sconto di pena. Niente faceva sperare in un pentimento. Non c'era nulla da ottenere da un colloquio con lei.

La realtà era che Valentina doveva incontrarla. Guardarla negli occhi. Vederla soffrire.

Ti ho detto che farà un po' male, Valentina.

Mentivo.

Farà molto, molto male.

« Sei sicura? » Un'altra volta.

« Sono sicurissima. E voglio incontrarla da sola. »

Castaldi scosse il capo. « Il giudice è stato chiaro. Devo presenziare io. »

« Non si fidano di me? »

Sapeva che la sua storia con la Janssen era di dominio pubblico. Immaginava che qualunque giudice avesse dovuto decidere non avrebbe potuto non tener conto del suo rapporto con quella donna. E non considerare l'eventualità che la poliziotta volesse vendicarsi della prigioniera. Nessuno l'avrebbe detto ufficialmente, ma...

Castaldi non le rispose, infatti. Valentina annuì e scesero dall'auto.

Mentre sbrigavano le pratiche per l'ingresso, depositavano cellulari e armi e aspettavano che un agente dalla matricola venisse a prelevarli, Castaldi le appoggiò una mano sulla spalla.

« Non devi aver paura per me » gli disse lei, pur avendo apprezzato il gesto protettivo. « Non farò casini. »

« Lo so. » Poi qualcosa sembrò attraversargli la mente. « A proposito, non ho avuto tempo di parlartene oggi... »

Valentina lo guardò incuriosita. Una donna con i gradi da ufficiale si affacciò nella loro stanza. « Siete pronti? » domandò.

Castaldi annuì, distrattamente.

« Cosa mi stavi dicendo? » lo incalzò Valentina, mentre seguivano la donna lungo un corridoio senza finestre e con le pareti dipinte di colori pastello, come gli esterni del carcere. Rosso ocra e un giallo paglierino. Forse pensavano di rallegrare un ambiente refrattario alla felicità. Una sorta di concessione all'inclusività che però, in un luogo del genere, era quanto meno inconsueta.

« L'edificio in cui pensavamo fosse conservato il server della Geenna... » le mormorò Castaldi all'orecchio, senza fermarsi. « Lo abbiamo perquisito stamattina. Non c'era niente di niente. »

Valentina si fermò. Castaldi fece altri due passi, poi si accorse che lei era rimasta indietro e si voltò a guardarla.

« Come sarebbe, non c'era niente? » domandò lei.

Il francese si strinse nelle spalle. « Niente di niente. Hanno cercato in ogni appartamento. Ci abitano un paio di famiglie e una vecchia malata di Alzheimer con la sua badante. Nessun computer. Nessun segno di attività recente. Il tuo Loris deve essersi sbagliato. »

Quell'affermazione la lasciò sbigottita. Loris che sbagliava? Un ossimoro.

« Perché è stato perquisito? Avevamo detto di tenerlo sotto controllo. »

Castaldi si rabbuiò. « Hai ragione. I miei connazionali sono stati troppo precipitosi, anche se li capisco. Il sospetto di avere in casa un covo di quegli psicopatici li ha messi in agitazione. E comunque non potevamo farci nulla. Lo sai che la polizia di ogni Stato partner decide in autonomia. Noi possiamo solo consigliare... »

« È stato un errore » disse lei. Un errore grave. Cominciavano a essercene tanti in quella storia.

Avere individuato un locale con un server in uso alla Geenna sembrava una buona pista. Un'*ottima* pista. Perché diavolo avevano gettato tutto all'aria senza almeno qualche giorno di osservazione? Senza avvertirli?

« Un errore » ripeté.

« Be', veramente no » obiettò Castaldi. « Ti ho detto che non c'era nulla là dentro. Ci siamo risparmiati mesi di appostamenti inutili. »

« Avanti, prego! » La donna che li accompagnava reclamava la loro attenzione. Era ferma di fronte a una porta in metallo.

Hannie Janssen li stava aspettando.

Con il peggiore dei presentimenti, Valentina si mosse. Superò quell'ultima soglia, seguita da Castaldi.

Nella testa un refrain. Troppi errori. Castaldi non capiva. O non voleva capire.

8

Era seduta a un lungo tavolo a cui si aggrappava come fosse una naufraga in un mare in tempesta, e non sembrava più lei. La casacca amaranto da detenuta le cadeva addosso come una coperta vuota nascondendo le sue forme. I capelli, sempre ordinati e raccolti, erano diventati una ragnatela di fili grigi e scomposti, e le mani che teneva appoggiate sul ripiano erano gonfie e solcate da sottili vene viola. Spiccavano solo le unghie laccate di rosso fuoco che continuava a battere ritmicamente sulla copertura in formica del tavolo, come se fosse colta da un nervosismo che Valentina non pensava potesse appartenerle. Le manette ai polsi, che attraverso un foro sul ripiano erano assicurate a una sbarra piantata a terra, le impedivano di fare alcunché, se non perpetuare quel gesto ritmico. *Tic-tic, tic-tic, tic-tic.*

Quando entrarono, il rumore s'interruppe un attimo. Gli occhi di Hannie Janssen, chiari e sfuggenti come sempre, si posarono un secondo su di loro. Indugiarono su Valentina. Ignorarono Castaldi. Poi ripresero a scrutare il vuoto.

Tic-tic, tic-tic, tic-tic.

Valentina avvertì i battiti cardiaci sincronizzarsi con quel ritmico tamburellare e per un momento si convinse che quando Hannie avesse finito di muovere le sue dita, anche il suo cuore si sarebbe fermato. E il mostro seduto davanti a lei avrebbe completato la sua opera.

Castaldi ruppe l'incantesimo spostando una sedia dall'altra parte del tavolo, producendo un rumore infernale e sedendosi di fronte alla prigioniera. L'ufficiale di polizia penitenziaria che li aveva scortati restò accanto alla porta chiusa.

Anche Valentina si sedette davanti a Hannie. Adesso solo il tavolo le separava.

Furono attimi strani. Aveva condotto decine di interrogatori in carcere. E lo aveva fatto costringendosi a essere professionale al massimo. A volte s'era preparata con attenzione al confronto. Altre volte aveva improvvisato. Ma aveva sempre fatto in modo di condurre lei il colloquio, di chiunque si trattasse, di non farsi mai sopraffare da chi aveva di fronte.

Stavolta non sapeva da che parte cominciare. Non poteva guardare in faccia quella donna senza ripensare ossessivamente a ciò che le aveva fatto. Ed era sbagliato. Perché le sue emozioni avrebbero avuto il sopravvento e non sarebbe servito a nulla. Neanche a placare la sua rabbia.

Si promise di non farsi catturare da quel gioco, ma Hannie all'improvviso la guardò dritto negli occhi e Valentina seppe qual era l'unico sentimento che provava per lei. L'avrebbe uccisa in quell'istante se solo avesse potuto. Avrebbe allungato la mano, le avrebbe artigliato quella capigliatura fradicia, e le avrebbe sbattuto la testa sul tavolo fino ad ammazzarla. Ma quello che voleva non era importante. Non lo era mai stato. E, si ripeté, non avrebbe accettato di giocare al gioco imposto da quella donna.

« Perché siete qui? » domandò Hannie Janssen, in un inglese impeccabile benché sporcato da un'ombra del suo tedesco. Il pensiero di Valentina andò subito a Suzanne e al suo modo di parlare. Si rese conto di quanto le due si assomigliassero.

Fu il pensiero di quella ragazzina a indicarle una strada.

« Suzanne sta bene » disse, gelida. « Immagino tu volessi saperlo. »

Avvertì con chiarezza l'irritazione di François Castaldi, al suo fianco, e registrò nel contempo l'unica reazione di Hannie. Le palpebre batterono velocemente due o tre volte. Il ticchettio delle sue unghie si fermò, per un attimo. Poi riprese a un ritmo più elevato.

Le sue labbra si serrarono come se non ne potesse uscire più un suono. Bene.

« Hannie, hai capito cosa ho detto? »

Tic-tic, tic-tic, tic-tic.

« Se vuoi te la posso salutare. La vediamo spesso. Cresce, cambia. Senza di te, è vero. Ma forse è meglio. Anzi, è sicuramente meglio. Scommetto che su questo sarai d'accordo persino tu. »

Le labbra serrate tremolarono un solo momento mentre i suoi occhi restarono fissi su di lei.

Tic-tic.

Un solo sussurro, a malapena percettibile.

« Hai detto qualcosa, Hannie? »

Castaldi si mosse, accanto a lei. « Valentina... » mormorò.

Hannie continuò a muovere le labbra esangui, grigie come i suoi capelli, e stavolta Valentina percepì qualcosa.

« Ripetilo, Hannie. »

« È mia » disse la prigioniera. Poi più forte. « *È mia.* » Non c'era rabbia in quelle parole. Enunciava una verità di cui si sentiva sicura. Gliela gettava in faccia con noncuranza. E la cosa sembrò a Valentina ancora più orribile.

« *È mia qualunque cosa facciate.* »

« Non lo è » sibilò Valentina, allontanando bruscamente la mano di Castaldi che s'era posata sul suo braccio per contenerla. Non più per confortarla. Quel gesto la infastidì e la spinse ancora di più verso la rabbia sorda e cocente che aveva alimentato per anni. « Non lo è più. Non è tua. Non lo è mai stata. L'hai soltanto partorita, brutta stronza! »

« Valentina! » Il tono di Castaldi si fece autoritario. Ma Valentina adesso sapeva perché era lì. Hannie non avrebbe mai parlato. L'unica possibilità che avevano di scoprire qualcosa era provocarla. Aizzarla anche contro ogni regola del gioco. Perché la creatura che avevano davanti era esattamente come le era apparsa la notte in cui l'aveva arrestata. Un essere di un altro mondo, intriso di crudeltà e affamato di sangue. Hannie Janssen era l'oscurità fatta persona.

« Lasciami fare! » urlò Valentina a Castaldi, che tolse la mano e la guardò sbalordito. Ma poi la prigioniera sorprese entrambi.

Hannie iniziò a piangere. Eppure al tempo stesso sorrideva. Era diventata una maschera incomprensibile.

« È mia » ripeté, stavolta nella sua lingua ma Valentina la capì perfettamente. « È mia... » E poi iniziò a parlare in italiano, così che Valentina non potesse fraintendere le sue parole.

« Anche tu sei mia, Va-len-ti-na... » Lo scandì. Come lo aveva scandito Suzanne quando lei era andata a trovare la ragazza. Proprio come se lo avesse sentito ripetere alla madre chissà quante volte. Con quello stesso tono di possesso. Di odio. Il suo nome sulla bocca del mostro. *Sei mia.*

Hannie si sollevò, quel tanto che le manette le consentivano. « In realtà siete tutti quanti miei. Solo che non lo sapete. Non lo sapete ancora. Anche se scommetto che cominci a rendertene conto, vero, *Valentina*? »

Si allungò verso di lei. Castaldi si frappose tra le due, allargando le braccia, le mani che toccavano entrambe, anche se non era necessario, dato che Hannie era incatenata.

« *Valentina* » disse Hannie Janssen come in una sorta di cantilena. « *Cosa farai quando il dolore renderà tutto insopportabile? Ricordi? È iniziato tutto laggiù, con me, e non è ancora finita!* » E scoprì i denti bianchi e regolari.

Denti che Valentina non aveva mai dimenticato.

La memoria esplose. Un'altra volta. Ogni ferita, ogni morso dentro la propria carne, ogni cicatrice che Hannie Janssen le aveva inflitto si aprirono e buttarono sangue e siero. Ogni ora, ogni minuto, ogni secondo in cui era stata alla mercé di Hannie Janssen tornarono indietro, si fusero in un unico accecante momento di dolore estremo e le intorpidirono il cuore e il cervello. Ogni sofferenza si ripeté dal principio. Le lacrime le solcarono il volto. Ma non era dolore. Era rabbia.

Si gettò oltre il ripiano del tavolo che le separava. Per un attimo, uno soltanto, vide la sorpresa negli occhi di Hannie. E questo la fece sentire bene. Oh, quanto le piacque. E aumentò il suo desiderio.

Valentina avvertì Castaldi che si mosse dietro di lei. Sentì che la afferrava e urlava qualcosa. Ma non capì cosa. E non importava.

Nonostante François tentasse di tirarla indietro e le sue braccia provassero a intromettersi tra lei e Hannie, le mani di Valentina strinsero il collo della prigioniera. Sentì la carne, sentì il calore del suo sangue mentre le sue unghie penetravano quella pelle vecchia, sentì il palpitare delle vene. Il rantolo che Hannie Janssen emise le disse che sì, c'era riuscita, l'aveva uccisa.

Castaldi provò ancora a tirarla indietro e lei stavolta lo lasciò fare.

Fu allora che vide il coltello. Hannie lo impugnava con le mani improvvisamente libere dalle manette. E lo agitò verso di lei, cercando di colpirla.

Valentina arretrò, evitando la lama per un paio di centimetri. Poi, mentre Hannie tornava alla carica, finalmente il francese riuscì ad allontanarla dal tavolo. Si lasciò trasportare.

L'ufficiale scattò in avanti e afferrò Hannie Janssen per i capelli, tirandole indietro la testa. Il coltello cadde a terra con un suono cupo. E Hannie urlò. Sputò saliva e sangue e veleno. « Non mi puoi ammazzare, Valentina. *Sei ancora mia! Siete tutti miei. Siete miei e non lo sapete...* »

L'ufficiale la spinse allontanandola a forza dal tavolo, le manette dondolavano nel vuoto, aperte.

Castaldi spostò Valentina addosso al muro, proteggendola con il suo corpo. Poi le urla di altri agenti in arrivo, attirati dal frastuono.

Valentina guardò oltre le spalle del collega.

Il mostro era per terra, e si dimenava sotto la presa dell'ufficiale di polizia, e continuava a fissarla, inchiodata al pavimento. La bocca distorta e schiumante rigurgitava frasi, in lingue diverse, che volevano dire tutte la stessa cosa.

Sei mia, Valentina, lo sei sempre stata.

E quando dicevo che avrebbe fatto male non mi riferivo a quello che ti ho fatto in quella cripta.

Ma a quello che ti farò in futuro. A te e ai tuoi amici. A tutti.

I rinforzi irruppero. Le furono addosso. La fecero scomparire oltre un muro di schiene e di braccia robuste.

Castaldi la trascinò fuori. Ma prima che la porta si chiudesse Valentina la vide un'ultima volta. Accanto a Hannie c'era il coltello. Era una lama lunga e all'apparenza affilata. E non avrebbe dovuto esserci.

9

Loris non riusciva ancora a capacitarsi della scomparsa di Carlos Gimenez. Tutti ormai la ritenevano una fuga, ma lui voleva togliersi ogni dubbio, perché convivere con la consapevolezza di potersi essere sbagliato così tanto sul conto di quel ragazzo era dura. Bruciava.

Sapeva però di dover rimandare la soluzione di quel mistero: doveva occuparsi di Samael. E proprio per questo sentiva ancor di più la mancanza dello spagnolo. Con le sue intuizioni da profiler Carlos avrebbe potuto essere di grande aiuto. Soprattutto per comprendere la figura di Saverio Beltrami.

Le prime ricerche effettuate in rete da Loris non lasciavano spazio a dubbi. All'epoca del suo impiego presso Santa Maria della Pietà, il professor Saverio Beltrami era considerato un innovatore della psichiatria moderna. Aveva lavorato al fianco di Franco Basaglia e anche per questo motivo era stato inviato all'ospedale psichiatrico di Roma, incaricato, con altri colleghi, di traghettarlo fino alla chiusura e consentire ai pazienti di essere gradatamente dislocati sul territorio.

Beltrami appariva quindi come un medico moderno e apprezzato. Perché Costa s'era fatto un'idea diversa? C'entrava il racconto, tutto da verificare, del « malatino » Adriano, il custode del manicomio. Ma potevano basarsi soltanto sui ricordi di un ex paziente psichiatrico? Un matto, si disse Loris, consapevole della rozza semplificazione di quel pensiero. Stiamo dando retta al racconto di un matto. Tuttavia, in una storia in cui i matti venivano ammazzati ascoltarne uno poteva essere utile.

« Da dove comincio? » domandò Loris, frustrato, al mondo. Era la prima volta che neanche « Dio » avrebbe potuto aiutarlo. Il mondo non gli rispose, ma lo fece Gaja Giannini, la poliziotta che ormai Fabio sembrava aver arruolato.

« Io sto andando da quell'Adriano. Il matto » gli annunciò sulla porta del suo ufficio. Loris non s'era neanche accorto che era entrata. « Se vuoi venire con me... Magari scopri che a volte far domande alle persone è meglio che rivolgersi a una macchina. »

Non sorrideva, anzi gli masticava in faccia una gomma e Loris, se non fosse stato un uomo gentile e corretto, sarebbe stato quasi spinto a prenderla a schiaffi. Invece le disse di sì. Voleva proprio ascoltarlo, quel tizio, capire se nel suo racconto ci fosse un briciolo della verità che cercavano.

Afferrò al volo il giubbotto che aveva abbandonato su una sedia ormai da tre giorni e la seguì.

Mentre poco dopo tentava di mantenere l'equilibrio sul sedile e Gaja guidava con terrificante disinvoltura nel traffico romano, cercò di capire che cosa lei e Costa avevano percepito parlando con Adriano.

« Non lo so quello che pensa Fabio Costa » disse la donna, distogliendo pericolosamente gli occhi dalla strada per guardarlo. « Ma per me quello psichiatra illustre era più matto di Adriano. Si compiaceva delle sofferenze dei suoi pazienti. Secondo me era un vero psicopatico con il camice! »

« Da quello che ho trovato sembra invece che Beltrami fosse un innovatore, un luminare... »

« Eh, ma io te l'ho detto che non puoi risolvere tutto smanettando con il tuo computer. »

« Io non smanetto... »

« E poi stiamo tornando da quell'Adriano proprio per questo. Secondo Costa non ci ha detto tutto... »

La poliziotta aveva rintracciato l'uomo in una casa popolare sulla via Tuscolana, messagli a disposizione dal Comune. Viveva in una solitudine dignitosa, segno che il sistema, a volte, funzionava.

Quando bussarono alla sua porta, li fece entrare senza problemi. Sembrava contento di poter essere ancora d'aiuto. Loris lasciò che fosse Gaja a condurre il colloquio. Cominciava a pensare che Costa avesse ragione: la donna sapeva fare il suo lavoro.

Adriano però aggiunse pochi altri particolari al suo racconto.

« Non ero solo io a pensare che Beltrami abusasse del suo potere... » confermò. « Ho sentito con queste orecchie dottori o infermieri fare obiezioni al trattamento riservato ad alcuni pazienti. Persino una suora, una volta, ha tentato di protestare... e vi assicuro che le suore erano sempre dalla parte dei medici e non dei pazienti. »

« Quindi non solo Valerio, cioè Samael... » Gaja prendeva appunti su un taccuino sdrucito, alla vecchia maniera.

« No, certo, non è stato solo Samael a subire la terapia elettroconvulsiva. Ve l'ho detto, Beltrami ne abusava. Non erano solo gli schizofrenici convulsivi a subirne gli effetti, ma spesso anche pazienti che non avevano mai mostrato sintomi compatibili con quella terapia. »

« Come fa a essere certo di una cosa del genere? » domandò Loris. « Voglio dire... lei non è un medico... »

Il vecchio lo guardò come se si fosse accorto solo in quel momento che Gaja non era venuta da sola.

« Sono stato in manicomio per più di trentacinque anni » disse con un tono piatto che raggiunse Loris allo stomaco peggio che se lo avesse colpito. « Mi sono fatto una certa cultura. »

Loris avvertì lo sguardo di disapprovazione di Gaja e decise di non fiatare più. Forse aveva ragione lei. Era un po' arrugginito con gli esseri umani.

« Comunque » riprese il loro ospite, rivolgendosi ostentatamente alla donna, « era evidente quello che Beltrami faceva, nonostante lui tentasse di nasconderlo. Alla lunga e se le circostanze lo consentono, la trama di quello che sei si vede sempre. Alcuni medici erano così a disagio quando lui faceva quelle cose... ma solo uno, una volta, s'è ribellato. Un dottorino che fu allontanato dall'ospedale senza troppi scrupoli. Naturalmente sapevamo tutti che c'era lo zampino di Saverio Beltrami. »

Gaja guardò Loris come per invitarlo a fare qualche domanda. E Loris ne aveva una. Era da un po' che ci pensava.

« I famigliari di Beltrami... » disse. « Lei ha detto che il primario li portava spesso con sé. »

« Sì. La moglie e il figlio. »

« È una cosa davvero strana. In un ospedale psichiatrico... come reagiva il bambino a una cosa del genere? »

Adriano si strinse nelle spalle. « E che ne so io? So che Beltrami sembrava amare suo figlio. Ma spesso lo faceva assistere a quegli spettacoli. Diceva che era per il suo apprendimento. Lo faceva giocare con noi, e a me già questa cosa non piaceva. Aveva nove anni e passava i pomeriggi in mezzo a noi matti. Ma il padre sembrava compiacersene.» Scosse la testa, e a Loris parve più saggio di tante persone che conosceva. «Sì, se ne compiaceva. Ma la cosa peggiore era quando lo portava con sé ad assistere agli elettroshock. Come poteva fargli una cosa simile?»

«Lo faceva assistere?» domandò Loris. Era incredulo. Anzi spaventato.

Il vecchio non rispose.

«L'incendio del 1998» intervenne Gaja. «Parlaci di quello.»

Il custode la guardò. Poi raccontò che la commissione d'inchiesta era giunta alla conclusione che la caldaia era esplosa per cattiva manutenzione e che la presenza della signora Beltrami e di un paziente all'interno del locale non aveva influito sull'incidente. Non si accennò mai a eventuali responsabilità di Beltrami, anche se da quel momento in tutto il padiglione e successivamente in tutto l'ospedale iniziarono a circolare strane storie.

«Dicevano che era opera sua, che era un assassino. Ma nessuno lo diceva ad alta voce» spiegò Adriano.

Probabilmente non era stato lui, ma le voci giravano e forse anche per quella ragione presto Beltrami decise di lasciare il suo incarico.

Quando Gaja ringraziò Adriano e lei e Loris erano ormai sulla porta di casa, pronti per andarsene, Adriano le artigliò improvvisamente il braccio, fermandola. Loris osservò il vecchio, lo vide avvicinarsi al volto della ragazza, e per un momento fu certo di intravedere l'orrore che aveva provato per quasi tutta la vita. Fu come se, in quell'attimo, anche loro si trovassero nell'inferno del XXXIII padiglione. Avvertì l'odore dei disinfettanti e dell'urina, sentì i lamenti dei malati, le urla soffocate dagli ultimi letti, e guardò negli occhi senza paura ma anche senza speranza dei pazienti che si affollavano intorno a loro. Forse anche Gaja aveva provato quella sensazione, perché la vide immobilizzarsi e trattenere il respiro.

Il vecchio custode, senza lasciarle il braccio, domandò con voce spezzata dall'emozione: «È per san Lorenzo, vero?»

Loris e Gaja rimasero interdetti. «Come sai di Lorenzo...?» domandò lei.

Gli occhi del vecchio erano liquidi. «Lo conoscevo, che credi? Ci conoscevamo tutti. Lui, Samael, gli altri... Ho letto sul giornale di com'è morto, poveraccio. Ecco perché mi fate tutte queste domande, è stato lui, vero? »

« Lui chi? »

« Beltrami. Chi altri? »

« Saverio Beltrami è morto, Adriano. Tanti anni fa. »

L'ex malatino sorrise, e un po' della sua malattia si manifestò nella sua espressione. « Il diavolo non muore mai. Il diavolo dà la morte, non la subisce. »

10

« Beltrami è il nostro uomo, comunque la pensiamo » disse Loris, davanti ai suoi computer e agli schermi pieni di parole e immagini, e per un momento Gaja Giannini credette che fosse d'accordo con Adriano. Beltrami aveva sconfitto la morte e adesso il suo spettro dava la caccia ai suoi ex pazienti.

« Facci il punto » disse Costa.

Loris riassunse. « Beltrami lascia Santa Maria della Pietà alla fine del 1998. Ma cade in piedi. Anzi, forte del suo potere, e della sua vicinanza a Basaglia, contribuisce a fondare alcune residenze psichiatriche private. Indovinate alcune di queste strutture? »

« Di Villa Cassiopea a Moriago sappiamo già, no? » disse Costa. « La clinica in cui adesso opera Bresci... »

« Che probabilmente ha conosciuto Beltrami quando lavorava a Santa Maria della Pietà » aggiunse Gaja.

« Esatto » confermò Loris. « Ma non solo. Beltrami ha operato anche presso la clinica Stella Maris a Cuorgnè, un paesino nelle colline torinesi. »

Costa ricordò subito quel nome. « Cuorgnè. La clinica in cui è stato ricoverato Dario Carboni. »

Loris annuì, soddisfatto di sé e delle sue scoperte. « Non è tutto » aggiunse. « Sai di dove è originario Beltrami? Aulla, una cittadina in Lunigiana, non molto distante da Carrara. La stessa zona in cui, guarda caso, viveva Mattia De Pascalis... »

« Il licantropo » disse Fabio Costa. « E abbiamo chiuso il cerchio. »

« Quindi tutto ci porta a lui » ripeté Loris.

« Ma c'è il *piccolissimo* particolare che Beltrami è morto » osservò Gaja. « E pure un bel po' di tempo prima che Samael entrasse in azione. »

Il diavolo non muore mai.

Loris pensò che forse il vecchio pazzo di Santa Maria della Pietà ci aveva visto giusto. Lui stesso in quella maledetta ricerca sulle origini della Geenna aveva avuto la prova che un certo tipo di male sopravvive al tempo e alla mortalità degli uomini. Il male con cui avevano a che fare era antico. Forse con Saverio Beltrami era accaduta la stessa cosa. La follia sadica che lo animava era sopravvissuta alla sua morte. S'era tramandata.

E questo voleva dire una cosa sola.

Sollevò gli occhi, colto da quell'intuizione, e incontrò quelli di Costa. Fu certo che entrambi avevano avuto lo stesso pensiero. E probabilmente anche Gaja, perché la sentì esclamare: « Oh, cazzo...! »

All'improvviso sapevano cosa fare. E soprattutto chi cercare.

Costa lo espresse ad alta voce.

« Che fine ha fatto Fausto, il figlio di Beltrami? »

PARTE XI
IL DIAVOLO NON GIOCA DA SOLO

« Quando non è più possibile vedere, almeno è possibile sapere. »

René Daumal, *Il Monte Analogo*

1

« È sicuro che vivesse da queste parti? »

La salita era ripida e infida. Un viottolo in pietra che s'incurvava verso l'alto, come la scia lasciata da un serpente in cerca di rifugio. Neanche la luce del giorno riusciva a illuminare i vicoli tra le case in mattoni a vista, così vicine le une alle altre che le pareti sembravano serrarsi fino a inghiottirti. Di tanto in tanto, in uno scorcio tra le abitazioni, si stagliava la montagna. Le chiamavano le Piccole Dolomiti e incombevano come le sorelle maggiori, con le loro ombre e i loro orridi che strappavano il fiato.

Salivano a piedi e Costa, ancora un po' zoppicante, cominciava a risentirne. La ferita alla schiena mandava terribili fitte e se il dottore lo avesse visto inerpicarsi fin lassù l'avrebbe certamente rimproverato. Ma Costa sentiva di doversi occupare lui di quel sopralluogo.

Per questo era lì, anche se nemmeno ricordava il nome di quel paese, che non era un paese ma una frazione montana di un'altra frazione.

L'ispettore Buratti, che lo precedeva, si voltò verso di lui e sulla sua faccia Costa lesse tutto il rammarico di aver accettato di aiutarlo. Ma Costa era amico di Valentina Medici, e l'ispettore non aveva potuto dire di no. In fondo stavano lavorando sempre per la stessa indagine, anche se Paolo Buratti non era ancora riuscito ad afferrare quale fosse il collegamento tra l'omicidio di De Pascalis e il paese d'origine di un noto psichiatra morto da venti anni. Misteri delle geometrie investigative, a volte davvero complesse, che li avevano condotti nel centro della Lunigiana, terra ancora in parte selvaggia e gelosa, detta dei Cento Castelli, dove Beltrami, più di settant'anni prima, era nato e cresciuto.

« Siamo quasi arrivati... spero » disse Buratti, che sudava nonostante la temperatura ancora rigida. La cima della montagna che avevano davanti era imbiancata e avevano dovuto lasciare l'auto all'abbrivio della salita perché su quelle pietre i battistrada non erano mai passati e probabilmente mai lo avrebbero fatto. « Vuole una mano? » aggiunse, vedendolo affaticato.

Costa scosse la testa, inspirando a fondo.

L'ispettore ne approfittò. « Posso farle una domanda, dottor Costa? »

« Chiamami Fabio e dammi del tu, non sono più un funzionario. »

« Ok. Cosa pensi di trovare quassù? È un borgo quasi completamente dimenticato da Dio e dagli uomini. Ormai sono quasi tutti andati via, a valle, verso Aulla o Fivizzano... o a Carrara o in Liguria. Pure Beltrami ha lasciato questa terra ancora giovane. Da queste parti al massimo troveremo forse qualche fantasma. » Ridacchiò, pensando di essere stato spiritoso. L'espressione di Costa lo freddò.

« È proprio un fantasma che cerco » disse l'ex poliziotto raggiungendolo.

Buratti non proferì più parola finché non furono arrivati. La casa li aspettava oltre la collina più alta, al termine di una breve discesa sterrata che si diramava dalla strada principale e s'infilava nella vegetazione. L'edificio consisteva in due piani tirati su con la saggezza di chi una volta sapeva costruire le case, circondato da una schiera di alberi che si aprivano a ventaglio come a proteggerlo. Sembrava abbandonato da tempo o davvero abitato da spettri.

« Per quello che ne sappiamo, Saverio Beltrami è nato qui » disse Buratti, ansimando. « La casa risulta ancora di proprietà della sua famiglia. Ma credo che non ci abiti più nessuno. » L'ispettore guardava la costruzione con un misto di stanchezza e delusione. Costa invece la osservava sotto altri aspetti. Buratti aveva ragione. Beltrami aveva abbandonato da giovane quella provincia aspra e un po' disgraziata. Lo aveva fatto per affrontare prima i suoi studi e poi una brillante carriera da psichiatra che l'aveva portato in giro per l'Italia. Ma non era vero che avesse lasciato per sempre quel posto. Secondo Loris, vi era tornato per un breve periodo dopo essersi sposato e prima di trasferirsi a Roma. Al cospetto di quelle montagne era nato anche il suo unico figlio, Fausto. Dopo la morte della moglie si era di nuovo trasferito in quella casa, forse stavolta per restarvi per sempre insieme al bambino. Il legame di Beltrami con quella terra doveva essere molto più tenace di quanto sembrasse. E se loro avessero avuto il tempo e la pazienza di scavare, avrebbero forse individuato proprio là, sotto quelle cime innevate, l'origine della sua follia. Ma non era quello il loro compito, Beltrami ormai era morto. Ma il figlio?

« Praticamente svanito » aveva detto Loris. « Fausto ha vissuto con il padre ad Aulla dal 1998 al 2002, l'anno in cui Beltrami è morto. Una fine tragica, peraltro. Appassionato di alpinismo fin da bambino, il professore aveva l'abitudine di trascorrere ogni domenica a fare trekking. A volte portava Fausto con sé. Poi ho trovato questo titolo di giornale: MUORE NOTO PSICHIATRA. IL FIGLIO TORNA A CASA DA SOLO DOPO UNA NOTTE TRASCORSA ALL'ADDIACCIO. Quella mattina Beltrami aveva deciso di attraversare la sella tra il Monte Spallone e il monte Sagro. Circa milleottocento metri di altitudine. Nulla di impossibile, sentieri battuti, piste segnate. Tant'è che ha portato con sé il figlio dodicenne. Ma il vecchio Beltrami deve aver commesso un errore ed è precipitato in un canalone. Una caduta di quattrocento metri... Non ha avuto scampo. »

L'allarme era stato dato proprio dal piccolo Beltrami, che era riuscito a tornare al paese verso l'alba. Aveva dodici anni e dopo la morte del padre era rimasto definitivamente solo. Non aveva alcun parente in vita.

« Da questo momento, di Fausto Beltrami si sono via via perdute le tracce » aveva spiegato Loris. « È stato messo in un istituto e dichiarato adottabile. E, *incredibile dictu*, nonostante l'età ha trovato una famiglia che lo ha preso con sé. O almeno questo risulta. »

« E poi? » aveva domandato Costa.

« E poi più nulla. Scomparso anche dall'anagrafe. L'unica spiegazione è che abbia cambiato nome e cognome. E se avesse preso quello della famiglia adottiva sarà quasi impossibile risalire alla sua identità. In materia di adozioni la legge è piuttosto blindata. Altro che riservatezza o privacy... »

Un ragazzo di dodici anni che perde i genitori non li dimentica, rifletté Fabio. Pur crescendo in una famiglia adottiva, come poteva aver voluto cambiare nome? Perché non aveva mantenuto quello del padre?

La risposta era una sola: Fausto odiava suo padre. Voleva mettere la massima distanza tra sé e quel passato che, se il racconto del vecchio Adriano era corretto, non era stato privo di traumi e violenze.

Ecco perché sia la storia di Saverio che quella di Fausto Beltrami erano importanti. Beltrami era l'elemento comune agli omicidi di Samael, e suo figlio Fausto, per quello che ne sapevano, era l'unico testimone di quella connessione. Era necessario trovarlo.

Fabio Costa era ormai sicuro che si stessero avvicinando alla verità. Bastava ancora poco. E in quel momento fu sicuro che proprio in quella casa avrebbe trovato un'ombra di risposta.

Tanto che, quando l'uomo apparve sulla soglia e lo guardò negli occhi con un gesto di sfida, Costa pensò di aver trovato proprio lui: Samael in persona.

2

S'era addormentata. Forse perché doveva recuperare il sonno perso negli ultimi tre giorni. Forse perché era stremata. E quando una hostess la svegliò invitandola a prepararsi per l'atterraggio, Valentina emerse da un sogno nero e senza immagini, con ancora la sensazione di stare affogando.

Aprì gli occhi e tutto precipitò verso la realtà. Compreso il ricordo degli ultimi avvenimenti.

L'urlo sussurrato di Hannie Janssen, mentre le guardie la portavano via.

Sei mia, Valentina, lo sei sempre stata.

E poi l'espressione di François Castaldi, a metà tra la rabbia e lo sbigottimento.

Quando aveva ripreso fiato, era riuscita persino a scusarsi con lui, anche se in quel momento non le importava del suo giudizio. Sentiva di aver fallito. Nonostante i progressi, le indagini, l'esperienza, il vicequestore Valentina Medici sentì in quel momento di essere rimasta ancora la sbirra di provincia che, per un caso fortuito, s'era trovata nel posto giusto al momento giusto, e che era stata scelta non per la sua abilità ma per la sua bellezza. Senza il suo aspetto non sarebbe andata da nessuna parte. E forse Hannie aveva percepito in lei l'insicurezza e la paura.

Cosa farai quando il dolore renderà tutto insopportabile?

Ma a spaventare Castaldi e, in parte, lei stessa era stata la sua reazione. Valentina s'era scagliata su Hannie con tutta l'intenzione di ucciderla. Come se non avesse più niente da perdere, e in fondo non era così?

I morti non hanno nulla da perdere.

Non aveva scusanti, nonostante ciò che quella donna le aveva fatto, nonostante l'odio cocente che provava. Aveva sfiorato il fango e ne era rimasta contaminata.

Ma c'era anche la questione delle manette aperte e quel coltello, spuntato chissà da dove. Al di là del fatto che lei e Castaldi volevano e dovevano capire come fosse potuto accadere, Valentina sapeva cosa aveva provato in quel momento. Era inutile nasconderselo. Aveva sperato di essere raggiunta dalla mano armata della donna. Aveva sperato di poterla affrontare senza la presenza di chi le aveva fermate. Perché solo così avrebbe finalmente saputo chi delle due sarebbe rimasta in piedi. Ucciderla o essere uccisa avrebbe comunque dato pace al suo tormento.

L'aria calda e assolata che Roma le soffiò in faccia quando scese dalla scaletta del suo volo, e che anticipava senza complimenti un'estate ormai prossima, invece di spazzare i suoi neri pensieri li addensò. Perché le suggerì che il tempo scorreva veloce. E nonostante il loro affanno l'intreccio in cui si trovavano impigliati non mostrava ancora una via d'uscita.

Stanca e distratta, Valentina riaccese lo smartphone e trovò subito un messaggio di Castaldi, che le chiedeva di richiamarlo.

« Hanno scarcerato Weber » le annunciò non appena rispose al telefono. « Non ci sono esigenze di natura cautelare... ma ce lo aspettavamo e siamo preparati. Non molleremo. »

Valentina non commentò, colta da una sorta di apatia. Non riusciva ancora a connettere.

« Valentina, ascolta. Non preoccuparti per quello che è successo ieri. In fondo, ciò che ti ha fatto quella donna... » Non proseguì la frase e Valentina gliene fu grata. « Occupati di Samael e lascia il resto a me. »

Un pensiero la colse solo in quel momento.

« Suzanne. Non dimenticare Suzanne. » Lo sguardo di Hannie quando aveva nominato la ragazza la diceva lunga. Suzanne restava un mistero, ma comunque andava protetta, ora più che mai.

« È tutto sotto controllo, Valentina. Non ti preoccupare. La psichiatra venuta da Bruxelles sta facendo un ottimo lavoro con lei. »

« Nonostante sia sotto massima sorveglianza, Hannie Janssen è ancora molto potente. Le manette aperte, il coltello... »

« Lo so » la interruppe Castaldi. « Fosse l'ultima cosa che faccio, rovescerò quel penitenziario da sotto a sopra. Troverò chi le ha passato quella lama. »

« Non è questo, François. Se avesse voluto uccidermi ci sarebbe riuscita. Io penso che Hannie abbia voluto dimostrarci di essere ancora al comando. La Geenna è stata solo scalfita. E Suzanne potrebbe essere raggiunta da qualcuno... »

« Rafforzerò la sorveglianza. E in proposito ho avuto un'idea... Ma te ne parlerò in un altro momento. Ora trovami Samael, Valentina. Mi fido di te. »

Castaldi le dimostrava ancora la sua fiducia. La rinfrancò.

Aveva concluso la sua conversazione con il francese ed era appena salita su un taxi quando lo smartphone vibrò. Un vocale, ricevuto mentre era al telefono con Castaldi. Per qualche motivo sentì il cuore battere un po' più forte e questa sensazione la sorprese.

Era Carlo Mercuri. Le venne in mente la sua zazzera rossiccia e lo sguardo febbrile. Quell'uomo suscitava la sua curiosità. Forse era un comune meccanismo di transfert fra paziente e analista. O forse era attratta da lui. Non sapeva cosa pensare, soprattutto adesso che aveva ritrovato Fabio Costa. Se qualcuno glielo avesse chiesto a bruciapelo, avrebbe detto che Mercuri la rilassava, mentre l'idea di Fabio ancora la tormentava.

Ma aveva davvero bisogno di tormenti, in quel momento?

Mise da parte l'idea di Fabio e ascoltò il vocale. Non era il messaggio personale che, da qualche parte dentro di sé, aveva sperato, ma catturò la sua attenzione.

« Buongiorno, Valentina. Mi avevi chiesto informazioni sul dottor Francesco Bresci. Be'... credo di avere delle novità. Mi chiami quando puoi? »

Lo skyline fulgido di sole dei grattacieli dell'EUR sfilò alle spalle del suo taxi, mentre Valentina richiamava Carlo Mercuri.

3

Doveva avere poco più di una quarantina d'anni e il fisico trascurato lo sottolineava senza pietà, con le spalle curve, il ventre prominente, i capelli forse troppo grigi. Ma il volto era quello di un bambino. Roseo, glabro, lo sguardo grande, gli occhi costantemente spalancati, solo a tratti disturbati da una scarica di battiti di ciglia.

« Cosa volete? » domandò con la ruvidezza tipica di chi abita alle pendici di certe montagne. Indossava una salopette macchiata e sandali aperti nonostante il freddo. E in mano stringeva una roncola. La lama arrugginita catturava riflessi bruniti.

« Se lascia andare quella, glielo diciamo » disse Costa, calmo, mentre intravedeva Buratti al suo fianco che apriva piano una falda del giaccone, facendo scivolare una mano verso la fondina.

L'uomo tentennò. Si guardò la mano che impugnava l'attrezzo. « Questa? » Tornò a fissarli. Poi qualcosa dovette accendersi nella sua mente perché posò la roncola su una sedia di vimini fuori dalla porta.

Costa notò che la sedia era rivolta sul versante est della montagna. L'alba doveva essere uno spettacolo sublime da quelle parti, con il sole che iniziava a irrorare la valle spuntando dal crinale più alto. In un istante, Costa immaginò l'uomo dal volto di bambino mettersi lì, la sera, a osservare il buio che ingoiava il bosco, e sedersi sempre lì la mattina a godersi l'aurora. In quel momento capì anche chi avevano di fronte. Non certo un assassino seriale. Forse davvero un fanciullino. Un uomo della montagna, che non capiva cosa volessero da lui quegli sconosciuti.

« Mi chiamo Fabio Costa » disse, « e sto cercando notizie sui Beltrami... Pensavamo che la loro casa fosse abbandonata. »

« Qui adesso ci abito io » rispose l'altro con un forte accento locale.

« È un bellissimo posto » disse Costa, guardandosi intorno. « Lei è un uomo fortunato. Posso sapere come si chiama? »

« Ricci Emanuele. Ma tutti mi chiamano Manu. »

Buratti aveva allontanato la mano dal calcio della Beretta e si fece avanti. « Ma questa era la casa dei Beltrami, vero? »

Ricci annuì. « Ma loro non ci sono più. Da tanti anni. Mi lasciano stare qui... » Improvvisamente si rabbuiò. « Non ci credete? Ho le carte che lo dimostrano! »

Costa allargò le braccia. « Ma certo che ci crediamo. E comunque volevamo solo sapere qualcosa sui Beltrami. »

« Perché? » La diffidenza non era svanita.

« Siamo della polizia. Ma non si spaventi. Nessuno ha fatto niente di male. È che dovremmo fare qualche domanda a Fausto Beltrami, ma non riusciamo a trovarlo... Lei lo conosce bene? » Costa gli sorrise ed Emanuele Ricci si sciolse un po'.

« Certo. Eravamo amici, io e Fausto. Amici amici. » Fece un gesto con le mani che sanciva una grande unione.

Costa fece un rapido calcolo. Se quell'uomo diceva il vero, aveva frequentato Fausto Beltrami prima della morte del padre, quando il ragazzo aveva dodici anni. Ma Manu doveva averne circa una ventina all'epoca.

« E Saverio Beltrami l'ha conosciuto? » Sulla faccia di Emanuele Ricci tornò il buio. E Costa ne approfittò. « Non doveva essere una bella persona, lo so. » Diede tempo all'altro di valutare il suo commento. Poi: « Ci fa vedere la casa? Per favore ».

Manu ci pensò. Era evidente che il sorriso e le maniere di Costa lo destabilizzavano. Non insistette sul motivo per cui erano in cerca di notizie sui Beltrami. E forse aveva voglia di parlarne. Si spostò per farli entrare.

L'interno dell'abitazione era pulito e ordinato. L'ambiente era semplice ma accogliente, con le mura di pietre a vista e il camino spartano in un angolo in cui si alimentava un fuoco vivace. Il mobilio era vecchio e le stampe alle pareti erano datate e scolorite. Un divano e due poltrone erano coperti da teli di cinz lisi.

Il padrone di casa restò in piedi in mezzo al tinello guardandoli, quasi non sapesse come comportarsi. Probabilmente non accoglieva molti visitatori. Mentre l'ispettore Buratti continuava a guardarsi intorno, aspettandosi una brutta sorpresa da un momento all'altro, Costa decise di sedersi sul divano senza invito.

Alla fine Ricci lo imitò, scegliendo una poltrona che, dato l'aspetto più consumato, doveva essere la sua preferita. Un estraneo che occupasse il suo divano doveva sembrargli un fatto inconsueto.

« Dunque, Manu, ho giusto un paio di domande, poi ce ne andiamo. Va bene? »

Manu annuì.

« Eri amico di Fausto Beltrami, dicevi. Lui non ha vissuto qui molti anni, però. »

« Due anni e nove mesi precisi. Poi lo hanno portato via. »

Combaciava. Beltrami padre aveva lasciato Roma prima dell'estate del 1998. Ed era morto in montagna il 12 febbraio 2002.

« Chi lo ha portato via? »

« Non lo so. Il suo babbo era morto. Caduto dallo Spallone, una brutta storia. Allora sono venuti a prenderlo e l'hanno mandato in orfanotrofio. O una cosa così. »

« Tu vivevi già qui? »

Scosse la testa piena di capelli. « Nooo. Io stavo con mamma, nella casa in cima alla salita. Venivo qui per giocare con Faustino. Era forte, Faustino. Mi piaceva. E io piacevo a lui. »

« Eravate amici. Vi volevate bene. »

Manu sollevò un sopracciglio. Non era del tutto ingenuo. In un paesino come quello le voci cattive viaggiavano veloci. Non bastava l'evidente fatica mentale con cui Manu affrontava la vita. Un ventenne e un dodicenne che passavano molto tempo insieme non potevano essere ben visti.

« Non facevamo nulla di male » disse infatti.

« Certo che no. Avevate tanto in comune, scommetto. Due veri amici. »

« Sì. Molto amici. »

« E con il babbo? Eri amico anche del suo babbo? »

Ancora quell'ombra sul volto. « Il suo babbo era un dottore della testa. Mi dava le medicine. Mia mamma diceva che era un santo. Che ci aiutava senza volere soldi. Ma era un santo solo per la mia mamma. »

« Tu non eri d'accordo, vero? »

« Mamma è morta. » Come se questo spiegasse tutto.

« E Fausto andava d'accordo con il suo babbo? »

Manu si incupì. « Il suo babbo è caduto dallo Spallone. Il suo babbo è morto. »

« Sì, Manu, l'hai già detto » intervenne Buratti, che era rimasto in piedi con aria insofferente. Costa gli scoccò uno sguardo di avvertimento.

« Sì, l'ho già detto » ammise l'uomo.

« Tu sai come è andata? »

Emanuele Ricci scattò in piedi, rosso in volto, improvvisamente alterato. « Non è stata colpa sua! Lui non c'entra niente! »

Buratti gli si avvicinò da dietro. « Ehi, stai calmino! »

Ricci si voltò verso di lui con una rapidità che sorprese il poliziotto. Sotto quella salopette stinta c'erano muscoli e nervi pronti a scattare. Non fece nulla, ma stringeva i pugni e sembrava sul punto di colpire il poliziotto. Buratti arretrò di un passo.

« Manu! » lo avvertì Costa, alzandosi pur con qualche fatica. La ferita alla schiena gli doleva. « Guardami, per piacere... »

Ricci continuò ad aprire e chiudere i pugni, fissando il poliziotto davanti a sé come un toro studia il drappo rosso. Buratti incrociò lo sguardo di Costa e non si mosse.

« Manu. »

L'uomo si voltò verso di lui, lentamente.

Costa improvvisò. « Lo sappiamo che Fausto non c'entra niente. Suo padre è morto per un incidente. Queste montagne sono pericolose se non le sai rispettare. E Fausto era solo un bambino, come poteva essere colpa sua? Certo che non c'entrava niente, povero Fausto. Era tuo amico e lo siete ancora, scommetto. Anche dopo che l'hanno portato via. Perché gli amici veri restano amici per sempre, no? »

L'uomo aveva cominciato a rilassarsi. Il rossore scomparve dal suo volto e all'improvviso tornò quello di prima. Sorrise anche a Buratti, che invece continuava a fissarlo con diffidenza.

« Lo portava sempre con sé » disse, tornando a crollare sulla poltrona preferita. « Al dottore piaceva andare in montagna. Sapeva anche arrampicare. Ma non lo faceva quando Fausto lo accompagnava. Si limitavano a prendere i sentieri, anche quelli difficili. Ma nessuna arrampicata. »

« Forse aveva paura che fosse pericoloso per suo figlio. »

« Fausto era bravo. »

« Ma gli piaceva? Andare in montagna? »

« Non so. Non andavo mai con loro. Mamma non voleva. »

« E dopo l'incidente... che accadde? »

« Fausto è tornato a casa da solo. Era ancora buio quando è arrivato da me, a casa nostra, cioè. La mia mamma lo ha fatto entrare, e lui non ha detto nulla. Aveva solo fame. Soltanto dopo, quando ha finito la colazione, ha raccontato del suo babbo. Ha detto che era scivolato giù, davanti a lui. Ha detto che lo aveva visto cadere... Il giorno dopo sono andati a cercarlo e lo hanno trovato in fondo a quel ghiaione. Faustino l'hanno portato via quel giorno stesso. »

« Non l'hai più visto? »

Ricci non rispose. Sembrò perdersi dentro qualche ricordo.

Costa non volle insistere. Guardò l'ambiente in cui Ricci s'era rintanato a vivere. Se non fosse stato per lui, la casa sarebbe diventata un rudere da chissà quanto tempo.

« Possiamo dare un'occhiata in giro? » domandò.

Emanuele Ricci si strinse nelle spalle. Di colpo era come se si fosse assentato. Non li degnò più di un'occhiata e restò in silenzio a osservare le fiamme che crepitavano nel suo camino.

Ispezionarono con rapidità i due piani della casa: non c'era nulla che ricordasse né il vecchio né il giovane Beltrami. Non c'erano libri o documenti. Nessuna foto o ritratto. Nessun segno di chi aveva abitato là venti anni prima.

Costa uscì e fece il giro dell'edificio. Una parte della casa restava sempre in ombra per via della folta vegetazione che la circondava e della montagna che incombeva come un monito. Più in fondo s'intravedeva una scarpata che s'infilava nella valle. Costa guardò attraverso gli alberi. Laggiù gli sembrò scintillasse un torrente.

Si voltò, osservò le finestre che si affacciavano su quel lato, la facciata della casa, scrostata e in parte con le pietre esposte. E nonostante l'ombra che tutto copriva, vide qualcosa nella parte bassa del muro esterno. Una striscia che andava da un angolo all'altro dell'edificio e che sembrava ricoperta da una ragnatela.

Si avvicinò e, quando la vista si fu abituata all'oscurità, emersero parole, disegni, geometrie. Qualcuno aveva inciso pietra e intonaco, centimetro per centimetro, palmo a palmo, fino a ricoprire tutto quel tratto di muro con un sudario di segni e messaggi. Come sulla parete del manicomio di Santa Maria della Pietà, solo che l'altezza di questo murales non superava il metro e mezzo.

Come se fosse stato realizzato da un bambino di dodici anni.

4

« Fausto Beltrami è Samael. »

La voce di Fabio Costa rimbombava attraverso il vivavoce del cellulare di Valentina. Entrambi avvertirono nello stomaco quel riverbero. Valentina era seduta alla sua scrivania mentre Loris era chino sul cellulare, come per strappare ogni alito dalle parole dell'amico. « Lo sapevo! » esclamò l'ispettore.

« Siamo usciti in questo momento dalla vecchia abitazione di Saverio Beltrami » disse Costa. « Sul retro della casa c'è un muro che il figlio dello psichiatra ha inciso, giorno dopo giorno, con frasi e disegni che ricordano molto i graffiti di Valerio Bruni a Santa Maria della Pietà. Il bambino che li ha fatti era Fausto

Beltrami all'età di dodici anni. Ha riprodotto quello che aveva visto a Roma... Ti mando le foto.»

Valentina cercò di mantenersi prudente. «Sei sicuro che sia lui, Fabio? Non possiamo sbagliare.»

«Ne sono sicuro, Valentina. Ha firmato col nome di Samael.»

Valentina cercava di calmare il tumulto del cuore come le aveva insegnato proprio Fabio. Quando si intuisce di essere a un passo dalla soluzione, tutto rischia di confondersi, una valutazione sbagliata rovina il lavoro fatto. Cercava di ragionare.

Le foto scattate da Costa con lo smartphone apparvero sullo schermo. Lo stile era inconfondibile. Sembrava davvero la prosecuzione del murales creato da Valerio Bruni più di venti anni prima. E c'era la firma, come aveva detto Costa.

Samael. Samael è stato qui.

«Perché un bambino di dodici anni arriva a fare una cosa del genere?» domandò lei. «Come è diventato il nostro Samael?» Gli omicidi. Le vittime scelte tra malati psichiatrici. La crudeltà e la fantasia. Ma conosceva la risposta, il profilo di Gimenez era corretto. Tutto combaciava. Era come vedere la genesi della follia che avrebbe portato Fausto Beltrami a uccidere.

«Saverio Beltrami era un sadico, godeva del dolore altrui e soprattutto del potere assoluto che esercitava sui pazienti, sottoponendoli all'elettroshock anche quando non era previsto» disse Costa. «Ma si inizia sempre da ciò che ci è attorno. Le sue prime vittime furono la moglie e il figlio. Quando sua moglie Chiara mostrò interesse per la personalità di Valerio Bruni, Beltrami sottopose il poveretto a elettroshock. E costrinse il piccolo Fausto ad assistere allo spettacolo. Il bambino è stato a lungo recipiente della sua crudeltà.»

«Forzato a frequentare il padiglione XXXIII» continuò Valentina, «e ad assistere a tutti quegli orrori...»

«Il primo dei quali, non dimenticarlo, è stata proprio l'ossessione di suo padre per la sofferenza mentale. Fausto non solo doveva assistere al dolore inflitto ai pazienti, ma al tempo stesso osservava il compiacimento sadico del padre...»

La voce di Costa, al telefonino, iniziò a frammentarsi. Stava tornando in città attraverso una strada montana piena di tornanti, dove il segnale scompariva facilmente.

« Qualcosa è scattato in Fausto. Io penso che l'incontro con Valerio Bruni sia stato il primo dilemma che si è presentato al bambino. Ha visto sua madre interessarsi a Valerio ed essere punita tramite Valerio stesso. Questo ha influenzato la vita futura di Fausto e... » Altre scariche. Le parole di Costa si interruppero, poi ripresero. « ... la gentilezza che Adriano ha descritto... Bruni doveva essere un personaggio affascinante, nonostante la malattia mentale... Il bimbo aveva capito che la madre s'era affezionata a lui... poi... » Si perse di nuovo.

Valentina terminò per lui. « L'incendio che ha ucciso la madre e Bruni, che sia stato voluto da Beltrami o meno, ha scavato il primo trauma in Fausto. Poi l'allontanamento da Roma e la vita in montagna con quel padre mostruoso... La riproduzione del muro con le frasi di Samael è stata la sua dichiarazione di sofferenza... Fausto non s'identificava con il padre, la sua mente aveva scelto l'immedesimazione con il primo Samael... »

La voce di Costa non riemergeva.

Loris scosse la testa. « Ma il padre, Saverio Beltrami, sarà pure stato un pazzo sadico ma era comunque un grande psichiatra. Com'è possibile che non si sia reso conto di quanto stava accadendo al figlio? L'avrà visto incidere quel muro... Come ha fatto a non capire che il bambino stava assumendo atteggiamenti sociopatici? »

« E cosa avrebbe dovuto fare? Fermarlo? Ucciderlo? » chiese Carlo Mercuri, emergendo dall'angolo in cui aveva ascoltato la conversazione con Costa. Teneva le mani nelle tasche del cappotto che non s'era tolto. E sembrava colpito dalle rivelazioni di Fabio Costa. Aveva uno sguardo quasi febbrile. Guardò Valentina come per chiederle il permesso di proseguire.

Lei assentì, contenta di avere a disposizione l'opinione esterna di qualcuno che non avesse partecipato all'indagine e potesse fornire un'analisi obiettiva.

Quando gli aveva telefonato dal taxi, aveva scoperto che Carlo era appena tornato da uno dei suoi viaggi e si trovava alla Direzione centrale della polizia criminale, nello stesso complesso in cui c'era la sede Europol dove lei si stava dirigendo. Lo aveva invitato, d'istinto, a incontrarla nel suo ufficio.

Loris stava proiettando su uno schermo grande le foto inviate da Costa. Mercuri si avvicinò a guardarle. Lesse una frase, ad alta voce. « *Giganti di luce sono venuti dalla luna per rapirmi. Mio padre non ha fatto nulla per difendermi. E io sono perduto nello spazio...* »

« Notevole per un bambino » osservò Loris. « E inquietante. »

« È così » disse Mercuri. « Saverio Beltrami doveva esserne orgoglioso. »

« Orgoglioso? » domandò Loris, guardandolo stranito. « Questa è una delle espressioni di odio più potenti che io abbia mai visto! »

« Sono d'accordo. E Saverio Beltrami lo capiva. Ma il suo scopo era proprio quello, no? Il piccolo Fausto è stato il prodotto perfetto della sua immaginazione. Non bramava semplicemente il potere di vita e di morte sui pazienti, o sulla moglie. E neanche sul figlio. Beltrami ha costruito, giorno per giorno, il futuro di Fausto. E Fausto è diventato esattamente ciò che voleva il padre. »

« È mostruoso » commentò Loris, rapito.

Mercuri si voltò verso Valentina, anche lei ipnotizzata dall'immagine di quei graffiti. Il segno infantile che a tratti si sublimava, diventando qualcosa di simile all'arte.

« Beltrami era un genio nel suo campo, lo sapevate? »

Valentina mosse la testa. Le parole di Mercuri erano entrate in lei e l'avevano scossa più di quanto si aspettasse.

« Un genio? » Loris esprimeva tutto il suo sarcasmo. « Un folle come altri mille che abbiamo incontrato. E il fatto che suo figlio sia diventato come e peggio di lui non cambia nulla. Non so come la pensa, dottor Mercuri, ma per me sono solo la feccia a cui diamo la caccia. E cioè il male, neanche tanto straordinario, sebbene a volte dotato di una bella fantasia. E Samael, o Fausto Beltrami, o come diavolo si faccia chiamare oggi non è né meglio né peggio di quello psicopatico che lei definisce genio. E stiamo per fermarlo... per sempre. » Poi si accorse che Valentina e Mercuri lo osservavano in silenzio, e sorrise, imbarazzato. « È solo la mia opinione, dottore, sia chiaro. E io sono solo un ispettore tecnico di polizia che certe sottigliezze, a volte, non le capisce proprio. »

5

Mercuri si congedò un paio d'ore dopo, richiamato in missione. Alcuni agenti erano stati feriti durante un servizio di ordine pubblico allo stadio, da qualche parte al Nord, e il dipartimento lo spediva, come al solito, a rappezzare l'animo e la testa di alcuni di loro. Promise che si sarebbe fatto sentire e domandò la cortesia di essere informato sugli sviluppi del caso. Valentina lo rassicurò e Loris non poté fare a meno di chiedersi quando lo psicologo fosse stato arruolato nella squadra. Si domandò cos'è che lo infastidisse dell'uomo. E si rispose subito. Era geloso per interposta persona. Teneva troppo a Valentina e a Fabio ed era certo che, se fossero riusciti a superare le loro incomprensioni, sarebbero stati felici insieme. Ma, in fondo, lui che ne sapeva?

Fabio Costa arrivò in serata. Era segnato dalla stanchezza come tutti loro. E zoppicava ancora più vistosamente. Dopo il ferimento alla schiena avrebbe dovuto passare settimane di convalescenza. Invece aveva viaggiato per centinaia di chilometri in auto e s'era inerpicato a piedi per una montagna.

Quando Valentina lo vide sulla porta dell'ufficio non resistette. Gli si gettò tra le braccia e lo strinse con forza. Lui restò quasi sorpreso. Poi si rilassò in quell'abbraccio. E la baciò.

Loris tossicchiò, imbarazzato, e i due si staccarono, ma i loro sguardi restarono agganciati per qualche secondo ancora.

« Ti fa male? » domandò lei.

« Adesso non più. »

« Stai mentendo. »

« Certo. »

« Dovremo raccontarci un po' di cose, non credi? »

Fabio la fissò per un istante. « Lo faremo. Ma adesso... »

« Lo so. Adesso non perdiamo tempo. »

Erano loro tre, come una volta.

« Di Gimenez nessuna notizia? » domandò Fabio.

« No. E sono preoccupato » disse Loris. « Non credo che sia lui a passare informazioni alla Geenna, ma... »

« Castaldi lo sta facendo cercare » lo interruppe Valentina. « Per l'Europol è una priorità, ovviamente. Ma adesso... » Indicò Loris con il mento.

Era il suo turno e Loris confermò che nemmeno « Dio » era riuscito a compiere il miracolo: Fausto Beltrami era svanito, inghiottito dalla vita e dalla burocrazia.

« Ho fatto ricerche in tutti gli archivi anagrafici » spiegò. « 'Dio' ha consultato e messo in correlazione date, nascite e morti in base all'età di Fausto e a tutti gli altri elementi che avevamo. Compresa la grande disponibilità economica di Samael, forse dovuta alla famiglia di adozione. Ma ho idea che Samael sia riuscito a cancellare tutte le tracce che collegano lui e la sua nuova identità a quella del piccolo Fausto. »

« Cambiare nome e cognome è una procedura che passa attraverso le prefetture » osservò Costa. « Neanche là sei riuscito a trovare qualcosa? »

« Le nostre prefetture hanno ancora archivi cartacei in molti, troppi casi. E bisogna inoltrare richieste su richieste, anche perché non sappiamo dove Fausto abbia cambiato la sua identità. Quindi ancora niente. »

« Questo è l'ultimo scoglio che dobbiamo superare » sottolineò Costa. « Sappiamo chi è. Sappiamo perché lo fa... »

« E sappiamo che non si fermerà » aggiunse Valentina. « E anzi, temo che ormai per lui sia tempo di colpire ancora. »

« Va bene, ragioniamo e azzardiamo qualche ipotesi » disse Costa. « Fausto cresce, cambia vita, e all'apparenza riesce a contenere il suo odio e le sue pulsioni. Che però restano dentro di lui, perché nessuna psicopatia scompare con il passare del tempo. Ma lui le controlla, dato che non ha mai ucciso nessuno, prima di Laura Rovnik. Se escludiamo la morte del padre, ma anche lì ci sono più ombre che certezze. »

« Ma come facciamo a essere sicuri? » obiettò Loris. « E se uccidesse da sempre e noi semplicemente non ce ne fossimo mai accorti? »

Rispose Valentina. « Le sue sono modalità omicidiarie molto precise. L'oggetto del suo desiderio non sono le vittime, ma le loro sindromi. Non punisce i malati, li asseconda. Non è un sadico, come il padre, è un buon samaritano. La morte è solo un effetto collaterale della sua missione. E lui vuole farci conoscere la sua storia, quelle poesie lo dichiarano apertamente. »

« Come il quadro di Caravaggio appeso a Sant'Andrea! » concordò Loris. « Lo aveva messo lì per noi. Sapeva che lo avremmo notato. »

« E immaginava che saremmo arrivati anche alla Rovnik » aggiunse Valentina. Sebbene fosse proprio questo il punto che la turbava. C'era qualcosa nell'omicidio di Laura Rovnik che le solleticava il cervello.

« Una questione fondamentale è proprio la tempistica » disse Costa. « La latenza della sua follia è durata anni ma la sua messa in atto è recente. Fausto Beltrami conduce la sua nuova vita dai dodici anni fino a ora senza scosse apparenti. Quanti anni ha? Trentadue? Ha trascorso venti anni in silenzio. È intelligente, è colto, è organizzato, è facoltoso. Probabilmente svolge una professione di prestigio, in contatto con le persone, conduce una vita all'apparenza normale. E poi un giorno tutto deflagra. Inizia a fantasticare di realizzare le psicosi dei malati. Poco importa se la conseguenza è la morte. E poi lo fa: uccide per la prima volta. Se è Laura Rovnik la prima vittima, cos'è che l'ha scatenato? Perché proprio lei? Dev'essere per forza qualcosa legato al padre e al suo ricordo. Laura è stata una paziente di Beltrami, a Roma. Lui la incontra, in qualche modo... »

« Però ci sono anche vittime che con il padre non hanno avuto niente a che fare... » disse Valentina.

« Forse rappresentano la prosecuzione della sua azione. Ci ha provato gusto e ha deciso di non fermarsi... Anche perché è probabile che molti dei vecchi malati curati da Beltrami siano ormai morti o semplicemente irrintracciabili. »

« No, quello che voglio dire è che se l'obiettivo primario di Samael era colpire il padre, le sue diagnosi, il suo modo di curare i pazienti... Allora cos'è che lo fa deviare e proseguire anche con vittime che suo padre non l'hanno mai conosciuto? Certo, ci prende gusto. Ma dopo la Rovnik, quand'è che *comincia* a prenderci gusto? Con san Lorenzo? Con Gabriele? »

« Gabriele era lì dove lui... » Costa e Valentina ci arrivarono nello stesso momento. Si guardarono.

« Gabriele è stato ricoverato all'Isola dei Morti nello stesso periodo di Laura Rovnik » disse Costa. « E Laura Rovnik sembra essere stata la prima vittima di Samael. Laura rappresenta la genesi di Samael. È lì che dev'essere intervenuto il fattore scatenante. Poi è toccata a Gabriele, solo perché Samael se l'è trovato sulla sua strada. »

« E quando è entrato in contatto con Gabriele » proseguì Valentina, « ha scoperto l'esistenza della Geenna, perché è stato lo stesso Gabriele a fornirgli quelle informazioni. Gli altri omicidi sono venuti dopo. Così come i suoi contatti con Jerusalem. »

« Stiamo parlando di un contatto fisico, vero? » domandò Loris. « Cioè... Samael è qualcuno che ha frequentato Villa Cassiopea e ha incrociato di persona sia Gabriele che Laura, giusto? »

« Un medico, o un infermiere » disse Valentina.

« O un ospite... magari un malato » osservò Loris.

« Possibile » disse Costa. « Questo tra l'altro spiegherebbe anche un coinvolgimento di Bresci... anche se non può essere lui Fausto Beltrami, l'età non corrisponde. Che ti ha detto Mercuri su di lui? »

Valentina non sapeva interpretare l'espressione di Fabio. Non sembrava provare particolare simpatia per Mercuri e lei si chiedeva se non c'entrasse un pizzico di gelosia.

« Nulla di che, alla fine » rispose. « Ha confermato che Bresci ha lavorato a Santa Maria della Pietà all'inizio della carriera e che ha fatto tirocinio proprio per Beltrami, nel suo padiglione. Ma ci è rimasto solo sei mesi e poi è stato allontanato... »

« Allontanato? »

« Su questo Mercuri è stato un po' vago, anche perché poi è arrivata la tua telefonata e tutto è cambiato. Ha solo detto che nel suo campo Bresci è in gamba ma un po' discusso. Appartiene a quella frangia della medicina che pratica la cosiddetta antipsichiatria. Un rivoluzionario, pare, ma anche un po' ambiguo. Parole di Carlo Mercuri. »

Adesso sì che lo sguardo di Fabio s'era affilato. E la guardò con una faccia nuova.

Loris interruppe quel gioco di sguardi e domande silenziose. « Insomma, è da Gabriele che dobbiamo cominciare? Magari se potesse scavare nella sua memoria... »

Costa scosse la testa, risvegliandosi da quella pausa. « No » disse, sicuro di sé. « È successo prima di Gabriele. Abbiamo perduto qualcosa nel corso delle indagini. Qualcosa ci è sfuggito. Dobbiamo semplicemente ricominciare da capo. »

« Come sempre » disse Valentina, e non poté fare a meno di sorridere.

« Immagino quale sia il punto d'inizio » disse Loris.

Costa non aveva dubbi. Nessuno di loro li aveva. « Il suo primo omicidio. Quello da cui tutto è iniziato. »

« Laura Rovnik » mormorò Valentina. « Un'altra volta. »

6

La ragazza aveva capelli neri e ricci, una cascata disordinata che le cadeva sulle spalle e davanti le ombreggiava gli occhi con una frangetta fuori moda ma che lui trovò irresistibile. La prima volta che la vide era in attesa dell'ascensore con dei libri sottobraccio.

Gabriele Piovesan le passò accanto, muovendosi piano come aveva imparato a fare nelle ultime settimane, da quando aveva ricominciato a uscire. Camminare e spostarsi con estrema calma, con eccessiva prudenza, era un modo per calmare anche il tumulto della sua testa e dei suoi sensi. Faticoso ma inevitabile. Fare le scale poi era una tortura. Marta avrebbe voluto evitarglielo, ma lui doveva pur provarci. Era un inizio, comunque. E anche la voglia di vivere, pian piano, sembrava stesse tornando.

« L'ascensore è rotto » le disse. « È così da un po'. »

La ragazza lo guardò, abbozzò un sorriso e un grazie, e affrontò le scale prima di lui. La superò di nuovo al terzo piano, davanti alla porta dell'appartamento in cui lei stava entrando.

Sapeva che era un locale affittato agli studenti dell'università. Lui continuò faticosamente fino al piano superiore, dove abitava.

La rivide tre giorni dopo, quando ebbe il coraggio di riaffrontare quelle scale maledette. Lei era sempre in jeans, polacchine e un giaccone che doveva aver superato il decennio. E ancora davanti a quell'ascensore, che fissava sconsolata. Stavolta non aveva libri ma tre grossi sacchetti della spesa.

Incrociarono gli sguardi e Gabriele si strinse nelle spalle. « Non lo ripareranno più. »

Lei esitò. Poi sollevò con fatica i sacchetti, due con una mano e il terzo con l'altra. Ma era squilibrata.

La cautela che i medici gli avevano imposto non solo a causa di quella maledetta pallottola che era rimasta conficcata nel suo cranio ma anche del suo stato di salute psichica avrebbe consigliato di evitare sforzi fisici e mentali. Ma la ragazza era in difficoltà. Ed era anche carina. E vivere comporta sempre dei rischi. Lui lo sapeva bene.

Le andò in soccorso. Lei arrossì, disse di no, disse di sì, e poi lui le portò due sacchetti fino al piano. Con cautela e cercando di nascondere la sofferenza di quello sforzo.

Alla fine lo ringraziò e lo salutò con un veloce bacio sulla guancia. Lo sorprese. Ma decise di non dare peso alla cosa. Doveva pensare a se stesso e alla sua ripresa. Non c'era di sicuro tempo e spazio per una studentessa universitaria che di lì a poco avrebbe senz'altro lasciato la camera che aveva affittato, visto che l'ascensore era sempre rotto e il vicino di casa esibiva un grosso cerotto sotto l'occhio destro e si muoveva in modo strano.

Invece la rivide, salendo e scendendo le scale, e lei gli disse di chiamarsi Regina, che veniva da un paesino della Puglia chiamato Mesagne e che era a Padova per studiare architettura. Non gli domandò cosa avesse fatto all'occhio e questo gli piacque. Ma soprattutto gli piacque lei e per la prima volta da mesi Gabriele si domandò se non fosse arrivato il momento di lasciarsi alle spalle tutto e ricominciare una vita normale. Non c'era nessuno a sconsigliarlo e non ne parlò neanche alla sorella. S'era sentito all'improvviso solo, dopo l'ultima visita di Valentina, Loris e Fabio Costa. Perché li aveva visti impegnati, tesi in quella caccia all'uomo in cui lui aveva avuto una parte minima. Erano passati i tempi della sua partecipazione a un'indagine. Non c'era più posto in quel mondo per lui. Forse non c'era mai stato. E magari era meglio così. Adesso doveva solo riannodare qualche filo, farsi coraggio, e sperare in bene.

Continuò a incrociare Regina. Scoprì che in quel momento le altre sue coinquiline erano tornate a casa per un periodo e lei era rimasta sola nel grande appartamento. Gli parve quasi un invito, ma non osò sperare e lasciò cadere la cosa.

Una sera, salendo ancora una volta insieme le due rampe di scale che conducevano all'appartamento dove Regina abitava, lui le chiese a bruciapelo se le andava di cenare insieme. Mentre lo faceva sentì lo stomaco in subbuglio e mai ebbe paura come in quel momento. Neanche la pistola puntata contro la sua testa da un morto vivente aveva prodotto un effetto simile.

Regina, con sua sorpresa, accettò. « Te l'avrei chiesto io, prima o poi » gli disse, scuotendo quella zazzera nera che lui cominciava ad adorare. Si diedero appuntamento per il giorno successivo, perché quella sera Regina aveva in programma una sessione di studio via Zoom con un'amica.

Gabriele tornò nel suo appartamento più leggero nella testa e nelle gambe. Sentiva che, finalmente, le cose stavano cambiando.

Anche Regina entrò nel suo appartamento, con apparente leggerezza. Non accese la luce e si richiuse la porta alle spalle. Davanti a lei si dipanavano un piccolo corridoio, un grande salone, una cucina e le porte di tre stanze da letto. Non c'erano mobili. Le pareti erano vuote. La luce di un lampione esterno illuminava a malapena una sedia, un tavolino e un computer portatile aperto e acceso.

Regina raggiunse il laptop, si sedette e scrisse un breve messaggio. Usò tutte le cautele che le avevano insegnato per evitare tracciamenti. Poi staccò e spense tutto. Si alzò, tornò all'uscio e si guardò intorno. Era tutto a posto. Uscì e si chiuse alle spalle la porta di quell'appartamento in cui né lei né altri studenti avevano mai abitato.

7

Alla fine, le due strane persone erano tornate. Rovistavano tra le cose di Laura e Rachele non s'era opposta, anche se adesso la loro presenza cominciava a darle un po' di nausea. Sì, facevano il loro lavoro, e sì, stavano dalla parte dei buoni, ma qualcosa li seguiva passo per passo. A volte, quando li guardava di sfuggita, le sembrava di scorgere accanto all'uno o all'altra una sagoma nera.

Erano arrivati che era giorno e ora cominciava a imbrunire.

« Ne avete ancora per tanto? » osò chiedere. « Ho una famiglia che mi aspetta per cena. »

L'uomo non diede segno di aver sentito, stava sfogliando i libri di Laura, uno a uno. La donna, che stava guardando in un cassetto, sollevò la testa. Le sorrise ma non c'era allegria.

« Ha ragione, Rachele. Abbiamo quasi finito. Solo un po' di pazienza. »

Certo. Averne di pazienza.

Rachele si sedette sul bordo del letto di Laura. Rabbrividì. Le sembrava di sentirne ancora il calore. Ma non era possibile. Laura era morta. Davvero. Quella suggestione non era più il frutto della sua orribile malattia. Laura era morta da sola in quella cripta maledetta. Le venne in mente che quei crocifissi appesi da ogni parte non l'avevano certo protetta.

Li osservò. L'uomo era meticoloso, prendeva un volume, lo apriva, faceva scorrere le pagine una a una, per non lasciare spazio all'errore. Chissà cosa cercava in quei libri. La donna era forse più istintiva. Si fermava a osservare un oggetto, una foto, un dettaglio. Poi afferrava un ritratto in una cornice, lo sollevava, vi guardava dietro. Persone strane, lo aveva ripetuto a se stessa una decina di volte.

L'uomo aveva fra le mani un libro che lei ricordava. Fu come un lampo al magnesio dentro la testa. Lo scatto fotografico di lei e Laura che da piccole si passavano quel volume.

« Quello era mio » disse, tanto per spezzare il silenzio. « Gliel'ho prestato tanto tempo fa... L'avevo dimenticato. »

Fabio Costa lo sollevò e glielo mostrò, come per rafforzare la sua memoria. *Cime tempestose*, di Emily Brontë.

« Laura era pure innamorata di Heathcliff... be', chi non lo era? » disse Rachele, poi però qualcosa di meno divertente le graffiò i pensieri. Rimase a guardare il vuoto. E quel poliziotto doveva essere davvero in gamba, perché incrociò la sua espressione e le si fece sotto.

« Le è venuto in mente qualcosa, vero? »

« Nulla di importante » disse.

« Lasci decidere a noi. »

Si convinse, anche se, mentre lo raccontava, le sembrava un episodio stupido e privo di significato.

« Laura era fissata con Heathcliff. Credo anzi che fosse l'unico romanzo che abbia mai letto. Diceva che Heathcliff era il suo fidanzato, e io ci scherzavo con lei. Ma questo capitava tanto tempo fa. Un gioco senza senso... »

Anche Valentina s'era avvicinata. Rachele coglieva gli sguardi tra i due, e le dispiaceva deluderli. Ma era davvero un nonnulla.

« Ma poi...? » la esortò Costa.

« Poi l'anno scorso, durante una telefonata... anzi, adesso che ci penso, durante la nostra ultima telefonata... Laura ha cominciato a dire che aveva incontrato il suo Heathcliff. Che s'era presentato sulla porta di casa sua. E che era davvero diventato il suo fidanzato, come aveva sempre sognato. Era una fantasia stupida, ma lei sembrava crederci davvero... »

« E lei cosa le ha detto? » L'uomo glielo domandò con calma, ma Rachele avvertì la vibrazione nel suo tono. Le cose scure che seguivano i due le parvero mettersi a scodinzolare.

« Ho pensato che la sua malattia stesse degenerando... Ho provato a sdrammatizzare. Che dovevo fare di fronte a una simile assurdità? Ci ho scherzato su... » Le vennero le lacrime agli occhi.

« Ma c'è qualcos'altro, vero? Un particolare che le è tornato in mente... »

Rachele esitò. Non perché non avesse compreso la domanda o non avesse già afferrato qual era il dettaglio che le era esploso in testa e che la metteva a disagio. Ma perché, se quello fosse stato un elemento importante, lei non lo aveva mai detto a nessuno. E forse, chissà, se lo avesse confessato prima avrebbe potuto salvare la vita di Laura.

Singhiozzò e le lacrime iniziarono a scorrere.

« Rachele? »

« Continuo a pensare che non sia nulla... ma Laura quando ha chiuso la comunicazione era arrabbiata. Mi ha detto che se non ci credevo mi avrebbe fatto cambiare idea. Non capivo a cosa si riferiva. E gliel'ho detto chiaro e tondo. »

« E Laura che cosa le ha risposto, Rachele? »

Li guardò entrambi e capì che avrebbe dovuto ricordare prima.

« Mi ha detto che non stava inventando nulla e che per convincermi avrebbe registrato la sua voce. Mi avrebbe fatto ascoltare la voce del suo Heathcliff. »

8

« '*Ma che uomo singolare! Non immaginava certo quale viva simpatia sentissi per lui quando vidi i suoi occhi neri ritrarsi così sospettosamente sotto le ciglia al mio avanzare a cavallo... Il signor Heathcliff, dissi...*' »

« Loris, il romanzo non c'entra. È lui, è Samael. »

Avvertirono il sospiro di Loris Manna al telefono messo in vivavoce. Lo sentirono anche digitare sulla tastiera. Appena lo avevano chiamato, Loris aveva scovato in rete una copia di *Cime tempestose*. Ne aveva letto l'incipit, nonostante Costa continuasse a dirgli che il romanzo della Brontë non c'entrava con la loro storia. L'ispettore tecnico aveva anche chiesto a « Dio » di cercare ogni riscontro possibile sul romanzo e sul personaggio di Heathcliff, ma al momento senza risultati apprezzabili. Nessun delitto coperto dalle nebbie della brughiera inglese.

Valentina e Fabio si trovavano ancora a casa di Laura Rovnik. Non avevano voluto perdere tempo e se Loris avesse trovato qualche riscontro forse avrebbero avuto bisogno di cercare ancora tra le cose appartenute alla donna. Rachele era tornata a casa. Le avrebbero riportato le chiavi il giorno seguente.

« Quindi Samael è anche in grado di assumere le sembianze di un personaggio di fantasia... » disse Loris.

Costa continuava a muoversi per la stanza. Era il suo modo di riflettere.

« Samael... o Fausto Beltrami... comunque si faccia chiamare, è molto abile. È un genio nel suo campo, a modo suo. »

Valentina sussultò. Fabio aveva usato le stesse parole di Carlo Mercuri. Lo psicologo, le sembrò di ricordare, si riferiva a Saverio Beltrami. Ma forse no, forse parlava proprio del serial killer? Quella strana sovrapposizione tra Fabio Costa e Carlo Mercuri la mise a disagio.

Il buio aveva invaso la casa, nessuno di loro aveva acceso la luce, e ora l'unica fonte di illuminazione era lo schermo dello smartphone di Valentina. Fabio era una voce e basta.

« Lo ha dimostrato molte volte, in fondo » continuò Costa. « Ha impersonato un morto per ingannare Gabriele, ha impersonato il personaggio di un romanzo d'altri tempi per sedurre Laura. S'è infiltrato nei suoi pensieri, nella sua vita, ha conquistato la sua fiducia, è riuscito a farle credere che lui potesse essere davvero il suo Heathcliff... Sfrutta la malattia delle sue vittime, è vero, ma lo fa con un'abilità impressionante. »

« Una specie di prestigiatore della mente? » domandò Loris.

« Sappiamo bene qual è il suo campo, Loris. È uno psicologo. Sa manipolare le persone. Forse uno psichiatra, come suo padre... »

« È pazzesco » mormorò Valentina. « Sappiamo chi è, conosciamo il suo vero nome, ma non riusciamo a scoprire dove si trovi o come si faccia chiamare ora... »

« Io ci sto ancora provando » protestò Loris. « Ma Fausto Beltrami sembra davvero scomparso nel nulla... »

Valentina guardò verso l'angolo buio in cui indovinava si trovasse Costa. « Fabio? »

L'uomo non rispose. Ma lo sentiva respirare. « Dobbiamo ricominciare da capo » disse a un tratto, senza emergere dalla sua oscurità.

« Ma è quello che stiamo facendo! Questa cosa di Heathcliff non ci serve a nulla! »

« Non è detto. E quando dico 'ricominciare da capo', intendo proprio dal primo momento... »

Valentina non era sicura di aver capito. « Quale? »

La sagoma di Fabio Costa si delineò, finalmente. Si avvicinò a lei, le si sedette accanto. « Dalla scena del crimine, Valentina. Dalla scoperta del corpo di Laura in quella tomba. Immagina di essere un poliziotto alle prime armi che giunge sul luogo di un delitto. Cosa vedi? Cosa è importante e cosa no? L'essenziale, Valentina. L'essenziale. »

All'improvviso capì cosa intendeva. E nello stesso momento scoprì cosa aveva avuto sotto gli occhi per tutto quel tempo e che non aveva considerato. Un dettaglio così fuori luogo e allo stesso tempo così importante che era stato davvero stupido lasciare andare.

« Laura aveva promesso di far sentire a Rachele la voce di Heathcliff » disse Valentina. Era un'affermazione stupida, se Heathcliff era solo un personaggio della sua fantasia. Aveva senso solo se Laura era convinta della sua esistenza. O se Heathcliff era un uomo reale. « Non vi ricorda qualcosa? »

« Gabriele » disse Loris. « Ha fatto ascoltare a Bresci una registrazione delle minacce del suo persecutore, giusto? »

« Anche in quel caso pensavano tutti che fosse un'allucinazione. E invece pure Heathcliff era un uomo in carne e ossa » disse Costa, rimettendosi in piedi.

« Ma abbiamo esaminato il cellulare di Laura. Non c'era niente! Se lo avesse davvero registrato... » disse Loris.

Valentina si rivolse a lui. « Loris, un iPod può funzionare come un registratore? Può registrare una voce in ambientale? »

Era quello il dettaglio che non le era mai tornato. Il particolare che sentiva sin dall'inizio li avrebbe aiutati. Laura era stata sepolta con l'iPod che Rachele le aveva regalato. Un tocco di gentilezza da parte di Samael.

Laura era tutto fuorché tecnologica. Lo smartphone glielo avevo regalato io. Avevo dovuto impostarglielo e spiegarle per bene come usarlo...

Magari la cugina le aveva anche insegnato a usarlo come registratore.

« L'iPod che c'era accanto al cadavere della Rovnik è stato esaminato fino all'ultimo file » rispose Loris. « Conteneva solo musica classica. »

« Ma nessuno ha controllato il cloud, vero? » domandò lei.

Costa annuì. Erano arrivati alla stessa conclusione.

Anche Loris tacque per qualche secondo. « Lo abbiamo fatto con il suo cellulare » rispose. « Era attivo ma non conteneva nulla che non fosse anche nella memoria fisica del telefono. »

« Ma anche un iPod si può collegare a un cloud, o no? » incalzò Valentina.

Loris rispose subito. « Si chiama iCloud, ma è la stessa cosa, è vero. Se attivato sull'iPod, funziona come il cloud di un telefono o di un sistema digitale... tutto quello che registri viene copiato in backup sul server di chi gestisce il sistema. » Fece una pausa. « E soprattutto può essere recuperato. »

« Dobbiamo chiedere alla cugina la password di accesso? » domandò Costa.

Loris rise. « State scherzando? Con chi credete di avere a che fare? Datemi qualche minuto. Vi richiamo io... »

Chiuse la comunicazione. Valentina e Fabio restarono in silenzio e al buio. Entrambi immersi nello stesso pensiero. Probabilmente non avrebbero trovato nulla. Il cloud dell'iPod di Laura avrebbe contenuto le stesse sinfonie che la sua memoria fisica aveva conservato. Ma se Laura invece avesse usato quell'apparecchio per registrare davvero la voce del suo assassino?

Loris Manna li chiamò venti minuti dopo.

La sua voce era stranamente calma, quasi gelida. « Vi ho appena inviato un file audio » disse. « Avevate ragione. Il cloud di quell'iPod contiene alcune registrazioni che non erano presenti sulla memoria fisica. » Avvertirono la sua esitazione per qualche istante. « Io credo che abbiamo la voce di Samael... ed è agghiacciante. E c'è un'altra cosa... » Fece una pausa. « Valentina, ascolta tutto e poi dimmi che ne pensi. »

9

All'inizio è un fruscio. Un frullare di ali. Un respiro pesante. Poi c'è il rumore di qualcosa che batte sul microfono. Un movimento, qualche colpo come se qualcosa si assestasse. E ancora il respiro ansimante.

« Amore... » Una parola sussurrata attraverso qualcosa che la copre, forse la stoffa, forse una mano sulle labbra. Una voce femminile. La voce di Laura Rovnik che implora e impasta quell'esortazione. « Amore... »

Qualcuno parla in sottofondo. Un tono calmo e frasi cadenzate ma incomprensibili. Ancora rumori striscianti. Lamenti soffocati e ancora « *amore... amore...* ».

E poi la voce in sottofondo si avvicina, cresce e finalmente esplode nel microfono.

« Non devi più aver paura... » dice la voce maschile che, per la distorsione, fagocita ogni altro rumore. « Ricordi? In questo tempo io non vivrò più senza di te. In questo tempo io non morirò più senza di te... » Sembra stia recitando. Una cantilena. Un tono quasi musicale.

La voce di Laura è più lontana o forse solo più debole. Si avverte a malapena. Forse dice « ... ma io ho paura... »

Samael è proprio con la bocca sopra il microfono dell'iPod. Probabilmente non si è accorto che sta registrando. « È quello che volevi e che ti ho promesso. I morti non hanno paura, amore mio. I morti non hanno niente da perdere. I morti sognano. » Qualcosa lo interrompe. Rumori forti, sempre più frenetici. Le ultime sue parole sono: « Ti accompagnerà la musica... E ora fai bei sogni, amore mio ». Poi il silenzio ronzante della tomba. Samael dev'essersi accorto della registrazione e la interrompe, per poi cancellarla dal dispositivo.

Valentina e Fabio guardavano il cellulare, ora silenzioso, dopo aver riprodotto il file inviato da Loris. Aveva ragione. Era atroce. Era ineluttabile. L'agonia di Laura Rovnik.

« Almeno abbiamo la sua voce » disse Costa. « Loris saprà

utilizzarla per cercarlo e... » La guardò. Valentina era pallida. Apriva e chiudeva le dita appoggiate sul tavolo. Le labbra le tremavano e lui non capiva se era per l'orrore che aveva provato o per qualcos'altro.

« Valentina? »

Lei sollevò gli occhi e li appuntò nei suoi. Tremava, tremavano le sue labbra mentre diceva: « Io l'ho riconosciuto, Fabio. *Io so chi è* ».

PARTE XII
IO SO CHI SEI

« Gli sembrava che tutta la verità fosse lì disseminata intorno a lui. Niente di quello che vedeva era privo di significato. »

Georges Simenon, *Il defunto signor Gallet*

1

« Il suo nome completo, all'anagrafe, era Fausto Carlo Beltrami, prima che lo cambiasse. » Loris continuava a sfornare dati mentre Fabio Costa e Valentina Medici erano in piedi, nella sala riunioni che la Squadra mobile di Trieste aveva messo a loro disposizione, e guardavano l'amico sullo schermo, in collegamento da Roma. Nessuno fiatava. Oltre a loro c'erano il magistrato incaricato delle indagini e un paio di funzionari di polizia. Castaldi aveva fatto sapere che stava arrivando in Italia. Una task force era stata già preallertata.

L'ispettore tecnico continuò a leggere i dati che stava via via raccogliendo.

« Adesso che sappiamo chi è, è stato più facile ricostruire all'indietro la sua storia. La famiglia che lo ha adottato non gli era estranea. Il padre adottivo era un collega di Beltrami. Sembra che Saverio Beltrami avesse previsto e sistemato la questione prima di morire, il che farebbe pensare che l'incidente sulle Alpi apuane sia stato un suicidio. La nuova famiglia del piccolo Fausto era originaria di Roma ed è là che il nostro è finito a vivere. Era gente molto facoltosa, il che spiega la disponibilità economica di Samael. I genitori adottivi non avevano altri eredi e sono morti rispettivamente sei e otto anni fa. A diciott'anni Fausto ha cambiato il cognome e tenuto il secondo nome, diventando così Carlo Mercuri. Ha studiato psicologia e, poco dopo la laurea con il massimo dei voti, è entrato in polizia. Questo più o meno è tutto. »

Ma naturalmente non lo era. La trasformazione di Fausto Beltrami in Carlo Mercuri e poi in Samael doveva essere stata una strada lunga e sconnessa. Che sembrava non essere ancora arrivata alla fine.

Mentre nella stanza ognuno diceva a gran voce la sua, Costa non aveva occhi che per Valentina. Da quando aveva riconosciuto quella voce s'era come pietrificata, e Fabio era preoccupato per lei.

« L'ho fatto entrare in casa nostra » aveva mormorato Valentina, dopo aver compreso quella sconvolgente verità. « L'ho fatto entrare nella mia mente. Mi ha violentato... ha violentato la mia anima. »

Costa comprendeva perfettamente cosa lei intendesse. Lui stesso era rimasto sconcertato nello scoprire che l'assassino a cui davano la caccia era sempre stato accanto a loro. Di più, aveva condiviso con loro informazioni e passi avanti. Anche se Costa non lo aveva mai incontrato, sentiva d'essere stato ingannato da quell'uomo come tutti loro. Li aveva raggirati, senza nemmeno troppi sforzi.

Ma Valentina aveva perduto più di tutti.

Carlo Mercuri aveva raccolto la sua sofferenza e aveva pazientemente scardinato le sue difese per andare alla radice dei traumi causati da Hannie Janssen. Ma così facendo aveva affondato in lei le sue, di radici, come una pianta malata. Non era diverso da quelli che l'avevano torturata. Anzi, si avvaleva di loro per spianare la strada ai suoi omicidi. Era il peggior mostro che Valentina potesse incontrare, pensò Fabio.

C'era ancora da capire come uno psicopatico di quel livello fosse potuto entrare in polizia. Il fatto che si fosse seduto per tanti anni tra di loro la diceva lunga sulla sua abilità mimetica, sulla disciplina e sul livello della sua intelligenza.

Ma adesso era il momento di fermarlo. Poi si sarebbero occupati dei perché e dei come.

Costa si avvicinò a Valentina, che stava riascoltando il file recuperato da Loris. Il volto dell'amico continuava a campeggiare sullo schermo. Loris era in attesa di istruzioni, ma nessuno si curava di lui. Il procuratore stava discutendo animatamente con i funzionari della Mobile. Aver scoperto l'identità di Samael non bastava, bisognava catturarlo.

« Valentina... » Costa le toccò il braccio e lei quasi sussultò. Lo guardò. Si sfilò gli auricolari.

In quel momento li raggiunse uno dei colleghi. Sembrava impacciato. Si rivolse direttamente a lei.

« Abbiamo bisogno di tutta la documentazione che avete raccolto » esordì. « Il procuratore sta andando in fibrillazione, bisogna chiudere il prima possibile questa cosa. »

Valentina annuì.

L'altro guardò lei e poi Costa. « Non me ne vogliate, ma... Dovreste lasciare fare a noi. Già la presenza del dottor Costa qui è abbastanza irrituale. » Tossì, sempre più imbarazzato.

« Fabio Costa è stato determinante *anche* in questa indagine » disse lei.

Il collega sollevò le spalle. « Non è solo Costa. Anche tu. Sei una funzionaria dell'Europol e questa è un'indagine criminale che non ha niente a che fare con voi. Insomma, la procura e anche i miei capi la pensano così. Dovete farvi da parte... grazie di tutto, ma adesso subentriamo noi. »

In un'altra epoca, Valentina avrebbe dato fuori di matto. Costa lo sapeva bene. Ma in quel momento lei non cambiò neanche espressione.

« Ti faccio avere tutto » disse. « Il tempo di raggiungere il mio computer e ti mando quello che abbiamo. »

Il collega la ringraziò e scomparve con evidente sollievo. C'era qualcosa di non detto nell'atteggiamento della procura e dei colleghi. Tutti sapevano che Valentina aveva coinvolto nell'indagine Mercuri, il killer, con cui si era consultata a più riprese. Qualcuno, da qualche parte, avrebbe addirittura potuto sospettare che lei fosse stata in qualche modo complice volontaria dei delitti di Samael.

Lo schermo su cui brillava la faccia incazzata di Loris venne spento senza tanti complimenti. Costa e Valentina furono accompagnati all'uscita. Prima di abbandonare la stanza, udirono distintamente uno dei poliziotti parlare al telefono ad alta voce. Stava girando le disposizioni del magistrato. Le perquisizioni a casa di Carlo Mercuri e nel suo ufficio a Roma stavano per scattare. Mancavano pochi minuti alla sua cattura.

2

Sarebbe stato un lungo viaggio anche senza la stanchezza e l'ansia che attanagliavano entrambi. Quasi settecento chilometri che Costa pensò avrebbero affrontato senza dirsi una parola. Valentina s'era accasciata sul sedile del passeggero e aveva subito chiuso gli occhi. Ma non dormiva, lui lo percepì. Aveva da combattere i suoi demoni. I sensi di colpa, forse, e una rabbia sorda che non riusciva a trovare una via di sfogo.

Erano partiti nel tardo pomeriggio e la telefonata di Gaja Giannini arrivò che era ormai notte, fra Bologna e Firenze. Quando Costa rispose mettendola in vivavoce, Valentina, al suo fianco, non reagì. Eppure era sveglia, lo vedeva da come stringeva le mani tra le ginocchia.

« Non abbiamo trovato niente. Tantomeno lui » esordì la voce di Gaja che rimbombò nell'abitacolo. « Credo sia stato avvertito. E ha avuto il tempo di fuggire. »

Quando Fabio e Valentina avevano lasciato la questura di Trieste, lui aveva fatto un paio di telefonate. Una a Loris, perché mantenesse aperti i contatti tra l'Europol e le squadre che stavano operando sul territorio. E una a un suo vecchio amico della Squadra mobile di Roma che gli doveva un paio di favori. La sua richiesta era tutto sommato innocua. Desiderava che l'ispettore Giannini del commissariato di Tor Carbone partecipasse all'irruzione che la Mobile stava per effettuare a casa di Carlo Mercuri. In fondo, l'omicidio di Lorenzo Cipriani rientrava nella giurisdizione del distretto della Giannini e non sarebbe sembrata strana la sua presenza sul posto.

Funzionò. Gaja li informò che Mercuri era scomparso e che sia a casa, un appartamento minuscolo nel quartiere di Monteverde, che nel suo ufficio alla Direzione di Sanità non era stato trovato nulla di compromettente. Anzi, a parte qualche documento e pochi oggetti personali, sembrava che lo psicologo non avesse una vita privata. La facciata della sua esistenza appariva anonima e priva di asperità come il suo aspetto.

Ma Costa sapeva che era impossibile. La personalità di Samael era esuberante ed esplosiva. E la vita di Carlo Mercuri e prima ancora di Fausto Beltrami era così piena di angoli e curve e nidi d'oscurità che era improbabile non trasparisse qualcosa. Inoltre, preparare la messa in scena di quegli omicidi richiedeva un'ingegnosità di cui si doveva trovare traccia.

Quindi Mercuri aveva un rifugio da qualche altra parte.

« Gaja, riesci a mandare tutto quello che hai in copia a Loris? Magari indaga sulle sue proprietà e tira fuori qualcosa... »

« C'è davvero poco. Appunti sul suo lavoro, documenti di routine, qualche foto trovata in fondo a un cassetto... »

« Le foto. Cosa ritraggono? »

« Sempre lui. Ma so a cosa pensate... non c'è nessuna immagine di quando era bambino. Nulla di compromettente. Sono tutte recenti. Con colleghi o sul luogo di lavoro. »

« Mandale lo stesso a Loris... e magari, se ce la fai, una copia pure a me. »

« Agli ordini, capo! » scherzò la Giannini. Parve aspettare ancora disposizioni. Poi disse: « Comunque vada e comunque sia andata, sono onorata di aver lavorato con tutti voi ». Chiuse la comunicazione.

Costa continuò a guidare, immerso nei suoi pensieri. Ci doveva essere un modo per scoprire dove si fosse nascosto Mercuri.

Sapeva che le cose non sarebbero state semplici. Forse Samael avrebbe chiesto alla Geenna di aiutarlo a scomparire, anche se Costa nutriva qualche dubbio in proposito. C'era qualcosa nelle conversazioni tra Samael e Jerusalem che non lo aveva mai convinto. La Geenna cercava proseliti in rete, ma Samael sfuggiva al loro controllo. Samael era un'anomalia. Lo dimostrava anche l'ultimo messaggio che Loris aveva trovato. La Geenna gli offriva la scelta di eliminare i suoi inseguitori, e l'accoltellamento di Fabio ne era la dimostrazione. Ma Samael non sembrava interessato.

Voi fate quello che ritenete opportuno. Quello che adorate fare. Ma lei non la toccate. Lei è mia.

L'unica cosa che gli importava era Valentina. C'era un abisso tra le sue motivazioni e quelle di quel gruppo di psicopatici. Samael aveva un suo progetto molto personale. Era un tipo di follia che Costa non aveva mai conosciuto. Sfuggiva a ogni canone e a ogni profilo consueto. E non si stava semplicemente nascondendo, lo sentiva. C'era qualcosa di terribilmente incompiuto in quella storia.

Guardò Valentina al suo fianco, alla fioca luce che si riverberava dai fari dell'auto. Sembrava dormisse, ma continuava a stringere e ad aprire i pugni, come se lottasse contro un pensiero cattivo, un brutto sogno. Era bella, ma non era mai stato quello il motivo per cui s'era innamorato di lei. Forse era stato perché aveva sempre saputo quanto fosse irraggiungibile per lui. Come in quel momento, così vicina eppure così distante da starci male.

Il cellulare lo avvisò di una serie di messaggi in arrivo su WhatsApp. Accostò in una piazzola di sosta dell'autostrada ed esaminò le foto che Gaja Giannini gli aveva inviato. Colleghi, uomini e donne che sorridevano fatui accanto a un radioso Carlo Mercuri in selfie anonimi che avrebbero potuto essere scattati ovunque.

Non c'era nulla che potesse aiutarli. Mercuri sembrava essere stato cauto anche nel lasciare eventuali tracce dietro di sé.

Guardò le ultime due foto, una più sfocata dell'altra. Ritraevano sempre lo psicologo, stavolta all'aperto, infagottato in un giaccone deforme. Sullo sfondo il profilo di una cresta montuosa. La passione del padre per la montagna s'era evidentemente trasmessa al figlio. In fondo era su un versante scosceso come quello in cui Saverio Beltrami aveva perduto la vita...

L'immagine si sovrappose ai suoi ricordi.

Non un versante come quello. Proprio *quel* versante.

Lo aveva visto di recente, e lo riconobbe.

« Forse so dove si nasconde » disse ad alta voce.

3

« Cosa stai facendo? »

Non erano molto lontani. E qualcosa gli diceva che toccava a loro intervenire. Non era la scelta più opportuna. Ma c'era un'urgenza in quello che aveva scoperto che lo spingeva a tagliare ogni scorciatoia possibile. Se avesse dovuto seguire la procedura avrebbero perso troppo tempo. Samael era in fuga e ogni minuto era prezioso.

E poi qualcos'altro lo spingeva ad agire così. Voleva offrire a

Valentina un'opportunità di uscire dalla bolla in cui s'era ritirata. Voleva scuoterla e spingerla ad agire.

Valentina avvertì il cambiamento e si sollevò a sedere.

« Cambio di destinazione » disse lui. « Penso di sapere dove si nasconda Samael e probabilmente da dove ha pianificato ogni sua mossa. Ma dobbiamo sbrigarci... »

Valentina non gli chiese neanche quale fosse stata la sua scoperta. Sembrava ostile a ogni novità. « Non è più nostro compito, Fabio. Noi siamo fuori. »

E lui non la guardò neanche. Continuò ad accelerare.

Al momento in cui Gaja gli aveva inviato la foto erano ormai arrivati nell'area metropolitana di Firenze. Carrara non era molto distante e a quell'ora e con lo scarso traffico contava di arrivare a destinazione in un tempo ragionevole. E comunque, bisognava essere pragmatici. Aveva telefonato al volo a quell'ispettore della Squadra mobile, Buratti. Era evidente che il poliziotto dormisse, ma come tutti gli sbirri della Mobile sapeva svegliarsi in pochi istanti. Seppur con qualche perplessità, aveva acconsentito a radunare una squadra al volo.

« Devo informare il magistrato di turno? » gli aveva chiesto.

Era un dubbio legittimo. « Faccia tutto quello che deve per pararsi il culo, ispettore. Dica al pm che due pazzi furiosi stanno andando a stanare un pericoloso serial killer e vedrà che otterrà una copertura, se non altro perché quello vorrà assicurarsi che non succeda un casino. L'autorizzerà, vedrà. »

Solo quando chiuse la comunicazione, Valentina si risvegliò. *Cosa stai facendo?* Già. Cosa stava facendo?

« Gaja Giannini mi ha inviato una foto » le spiegò. « È recente e si vede Mercuri e sullo sfondo una catena montuosa. Io la conosco. È alle spalle della casa natale di Beltrami. E il fatto che Mercuri sia là, da adulto, indica che non ha mai rotto veramente con il passato. »

« Quindi pensi di trovarlo lassù, dove sei già stato? » C'era scetticismo nella sua voce o era ancora ottenebrata dal senso di colpa che l'aveva avvolta.

« C'è un uomo che vive là » le spiegò. « Si chiama Emanuele Ricci ed era un amico d'infanzia di Fausto Beltrami. E adesso occupa la vecchia villetta in cui i Beltrami si erano rifugiati dopo aver lasciato Roma. Io ci sono stato, Valentina. E forse mi sono lasciato ingannare... come vedi non sei la sola ad aver commesso qualche errore.»

«Non è più nostro compito» ripeté lei, in modo meccanico.

«Noi lo prenderemo, Valentina. Perché se non lo faremo noi non lo farà nessuno...»

Lei restò in silenzio per un po'. Poi disse: «Sei cambiato, Fabio».

«In che cosa sarei cambiato?»

«Non lo so... ma è così. Lo sento.»

Non seppe cosa risponderle e non parlarono più per il resto del viaggio.

4

La casa sembrava abbandonata. Ma prima di entrare avevano fatto una rapida verifica. Il responsabile dell'azienda elettrica era stato buttato giù dal letto e aveva confermato un consumo costante di corrente, segno che qualcuno, là dentro, la stesse utilizzando in quel preciso momento. Eppure le luci erano spente e solo il chiarore spettrale della luna riusciva a sfrondare l'oscurità che galleggiava intorno all'edificio. Gli alberi che lo circondavano si agitavano nel vento e il lamento del loro stormire sembrava voler dare l'allarme a chi si nascondeva tra quelle pareti. Le montagne intorno erano solo giganti silenziosi e guardinghi. Ma anche loro erano dalla parte dei fuggiaschi, era del tutto evidente.

Quando furono tutti in posizione, l'ispettore che conduceva l'operazione diede il via. Due agenti utilizzarono un piccolo ariete per sfondare la porta di quercia. Sul frontale dell'attrezzo qualcuno aveva scritto a mano: *TOC TOC*.

Entrarono, gridando «Polizia!» ma sapevano che chiunque fosse acquattato in quell'ombra li stava già aspettando.

Valentina e Costa s'infilarono per ultimi. Alla fine, quella era stata l'unica richiesta di Buratti. Grazie, ma non stateci tra i piedi. « Sono io il responsabile. Se a uno di voi succede qualcosa, è a me che il magistrato fa il culo. »

Le luci delle Mag-Lite degli agenti furono sostituite dall'illuminazione interna. Il piano terra sembrava abbandonato. Sul tavolo, gli avanzi di una cena. Quella sciatteria contrastava con l'ordine maniacale che Costa aveva già notato nella sua prima visita. I poliziotti non trovarono nessuno neanche al piano superiore. Nemmeno Emanuele Ricci.

Mentre i colleghi continuavano la perquisizione, Buratti si avvicinò a Fabio e a Valentina. Non disse nulla ma li guardò confuso. Cos'era tutta quella storia? Aveva scomodato un magistrato e mezza Squadra mobile per niente?

« Non c'è un sottoscala? » domandò Costa. Aveva in mente la cupa cantina di De Pascalis. « Una taverna? Da queste parti ce l'hanno tutti, no? »

Buratti si strinse nelle spalle. « Non sembra. È tutto qui. » Nel suo sguardo si faceva strada il dubbio di aver dato retta alla persona sbagliata. Poi aggiunse: « Ma scommetto che lei non si accontenta, vero? »

Costa restò sorpreso da quell'affermazione. No, non era vero. Anche lui sapeva fermarsi. Solo che non era quello il momento.

Valentina lo osservò. « Ha vissuto qui, da bambino » gli disse. Non una domanda ma un'affermazione.

Costa annuì e lei iniziò a guardarsi intorno, ma con una scintilla nuova.

« E quel suo amico che dicevi? » gli domandò, sempre osservando gli agenti che si muovevano nella casa, il tavolo, quell'avanzo di cibo nel piatto, di certo dovuto a una fuga precipitosa. « Com'è che si chiama? »

Emanuele Ricci, pensò Costa. Ma disse: « Manu. Manu per gli amici. »

Manu così metodico, ordinato. Manu che, mentre lui e Buratti lo interrogavano, sedeva sulla poltrona lisa, la sua preferita, rivolta verso il camino ardente di brace e con gli alari lucidi.

La poltrona.

Era stata spostata. I mobili cambiano spesso posizione, per mille motivi: per spazzare il pavimento, per esempio. Per pulire il tappeto che è steso sotto. E che mostrava i segni delle zampe di quella poltrona, piccole cicatrici quadrate infossate nel tessuto. Manu, così metodico, ordinato, l'avrebbe rimessa al suo posto. Se ne avesse avuto il tempo.

Costa si inginocchiò accanto al tappeto. Un finto Bukara, scolorito ma senza un granello di polvere. Non è facile mantenere puliti i tappeti.

Sollevò un lembo.

Il riquadro di una botola a filo del pavimento dimostrò che anche i Beltrami amavano le taverne sotterranee.

5

Una volta aperta, la botola rigurgitò una luce azzurra, intensa, da cui saltò fuori un demone urlante.

La creatura artigliò l'agente che aveva scoperchiato il sottoscala e lo trascinò giù lungo i gradini, nel suo inferno, mentre quello cercava di divincolarsi. Udirono i corpi che cadevano e colpivano il suolo e il rumore preoccupante del mitra M12 che era sfuggito di mano al poliziotto.

Valentina si trovava accanto all'apertura e, prima che Costa potesse impedirglielo, vi s'infilò e scivolò giù. Costa sentì Buratti urlare qualcosa e altri agenti scesero dietro di lei.

Costa si sentì all'improvviso rabbioso e inutile. Non poté far altro che aspettare il proprio turno e seguirli, mentre lei era già laggiù e lui ancora una volta non era lì a proteggerla.

Solo quando arrivò in fondo, si accorse di aver trattenuto il respiro. Valentina era in piedi al centro di una vasta sala in cemento e puntava la pistola su Emanuele Ricci. Nel suo sguardo non esisteva altro che tutta la determinazione di cui era capace e Costa capì di essersi preoccupato invano.

L'uomo era immobile, appoggiato a una parete. Si massaggiava il petto, con una smorfia di dolore, senza distogliere lo sguardo rabbioso dagli occhi della donna che lo aveva atterrato. L'agente che Ricci aveva trascinato con sé era a terra, si teneva il braccio visibilmente rotto. L'M12, grazie al cielo, era finito lontano da entrambi. Il furore sul volto di Manu la diceva lunga e Costa avrebbe scommesso che se avesse raggiunto la mitraglietta l'avrebbe usata senza remore. Una raffica in quell'ambiente chiuso sarebbe stata micidiale.

Ma Valentina lo aveva neutralizzato. Ricci la fissava con odio, e il suo sguardo saettava da lei alla canna della sua Glock. Forse aveva valutato una reazione ma la luce cupa negli occhi della donna doveva averlo convinto a desistere. E anche Costa ne fu certo all'istante: se avesse reagito, Valentina avrebbe sparato. Senza alcuna esitazione.

Buratti urlò un paio di comandi secchi, e due suoi agenti si avvicinarono a Manu, uno da una parte e uno dall'altra. L'uomo ringhiò come avrebbe fatto un cane. O forse un lupo, visto il luogo in cui era nato e cresciuto.

« Non lo fare, Manu » intervenne Costa, avvicinandosi, con voce calma. « Non puoi vincere. »

Proprio come un cucciolo, Manu lo guardò, stringendo i denti. I due agenti lo ammanettarono e lo trascinarono via. Per un attimo, passando davanti a Costa, Manu li costrinse a fermarsi. Guardò la faccia di Fabio, quasi annusandolo, lo fissò negli occhi, e la sua espressione mutò. Si distese.

« Anche tu sei così. Per questo lo sai che lui non può fermarsi. »

« È soltanto un assassino, Manu. Niente altro. »

Gli occhi del lupo si dilatarono. « No » mormorò. « Tu sei uguale. Tu li salvi. Samael li salva. »

Poi il suo sussurro divenne un lamento ferino, un mugolio di frasi incomprensibili. O forse comprensibili soltanto a lui e al suo dio chiamato Samael. Lo portarono su per le scale e fuori da quella casa.

Costa si avvicinò a Valentina. Lei aveva abbassato l'arma e lo guardava con occhi all'improvviso smarriti. Qualche ora prima lei gli aveva detto che era cambiato. Aveva espresso quel pensiero con una sorta di triste consapevolezza. Perfino Manu aveva visto qualcosa di oscuro in lui. Costa non sapeva bene a cosa si riferissero. Ma se era cambiato lui, qualcosa era accaduto anche a Valentina. Ancora una volta avevano entrambi allungato la mano nell'abisso e qualcosa li aveva afferrati.

« Non dovevi rischiare in quel modo » le disse.

Lei però non lo stava più guardando. Scrutava intorno a sé. Non gli rispose.

Si dedicò anche lui a esaminare il rifugio segreto di Samael.

Era fuggito, ma aveva lasciato dietro di sé un bel po' di tracce. Si trattava solo di interpretarle.

6

Castaldi era irraggiungibile. Ed era un fatto strano. Valentina non ricordava un solo giorno in cui il francese si fosse reso irreperibile per più di trenta minuti. Anche dalla sede dell'Aja le avevano detto che non dava sue notizie dalla sera prima. Avrebbe dovuto prendere il primo aereo utile per venire in Italia a seguire la vicenda di Samael ma non risultava su nessun volo. Sembrava scomparso come Gimenez. E proprio adesso che Valentina aveva più bisogno di lui. Samael era in fuga e c'era necessità di una copertura immediata a livello internazionale. Oltreché dei buoni uffici di Castaldi per evitare, come stava già accadendo, che la estromettessero dalle indagini. Rabbrividì all'idea che François avesse fatto la fine di Carlos.

E se fossero morti entrambi?

La minaccia della Geenna era chiara, e la scomparsa di Castaldi rafforzava la sensazione che fossero tutti in pericolo.

Si guardò intorno, respirando l'aria fredda che veniva da nord, ammirando l'alba viola che inondava la valle, metro per metro, con la sua luce superba. Intanto, poliziotti stanchi entravano e uscivano dalla casa in cui Fausto Beltrami era nato, trasportando il materiale che avevano ritrovato all'interno dello scantinato in cui Samael aveva pianificato ogni sua mossa. Le sembrava impossibile che una bellezza incontaminata come quella che la circondava avesse fatto da sfondo ai deliri di uno psicopatico così spietato.

Eppure, lei stessa s'era fidata di lui. Gli aveva permesso di prenderli in giro. Mercuri aveva persino provato ad abbozzare un profilo di Samael, cioè di se stesso.

Valentina sapeva bene qual era la sua colpa: era attratta da lui. Lo era dal giorno in cui si era sentita tanto al sicuro con lui da riuscire a confidargli lettera per lettera l'orrore che aveva provato sulla propria pelle.

E lui aveva utilizzato quelle confidenze per manipolarla.

D'improvviso, Valentina coglieva tanti piccoli dettagli che le erano sfuggiti. Carlo aveva insistito per assistere all'esumazione del corpo di Laura Rovnik, per controllare da vicino i rilievi sulla scena del crimine ed eventualmente depistarli.

O forse per controllare... lei?

Ma lei non la toccate. Lei è mia.

Le loro deduzioni erano errate. Samael non aveva iniziato con Laura per poi casualmente incontrare Gabriele. Era esattamente il contrario: Mercuri si stava occupando di Piovesan e, quando lo aveva fatto ricoverare a Villa Cassiopea, aveva incontrato e riconosciuto Laura, un'ex paziente di suo padre. In quel momento, Samael era emerso dalla mente di Carlo e aveva iniziato a pianificare il massacro.

Ma Valentina sapeva anche che non tutto aveva avuto inizio da Gabriele Piovesan.

In realtà, tutto aveva avuto inizio da lei.

Le frasi che Samael aveva sussurrato all'orecchio di Laura Rovnik e che erano state catturate dall'iPod parlavano di lei.

I morti non hanno paura. I morti non hanno niente da perdere.

Valentina ci credeva allora e ci credeva anche adesso. E aveva usato proprio quelle parole rivolgendosi al suo terapeuta come lui le avrebbe rivolte, qualche tempo dopo, a Laura. Ma le sue sedute con Carlo Mercuri erano avvenute *prima* che Mercuri alias Samael incontrasse Laura Rovnik.

I morti sognano.

Samael lo diceva a Laura Rovnik, ma in realtà pensava a lei. Era a lei che si rivolgeva. Come se la morte di Laura e di tutti quelli che sarebbero seguiti altro non fosse che la prosecuzione della sua terapia.

Era stata lei, Valentina, a scatenarlo. Era stata lei a incarnare la motivazione delle sue uccisioni. Era lei il *trigger.* Lei aveva creato Samael.

Era stato tutto un inganno. Lei stessa era un inganno.

Buratti uscì in quel momento dalla casa. Si guardò intorno, la vide e la raggiunse.

« Abbiamo quasi finito » la informò, distraendola per un attimo dai suoi pensieri neri. « In effetti il Mercuri era qui fino a poco fa, l'ha confermato adesso Ricci. L'abbiamo perso per un soffio. Ma lo stiamo cercando. » Esitò. Aggiunse una frase inutile e probabilmente falsa. « Non può essere andato lontano. »

Valentina pensava che non sarebbe stato affatto facile rintracciarlo. Quell'assassino s'era già dimostrato abile e poi, in fondo, era un poliziotto anche lui. Li conosceva e sapeva come rendersi irreperibile.

Conosceva la strada per fottere tutti loro. Lo aveva già fatto.

« Avete inventariato quello che c'è là sotto? » domandò.

« C'è tanta roba. Due computer, hard disk esterni, una stampante laser e una stampante 3D ancora sigillata. E poi vari strumenti. Un pirografo che immagino abbia utilizzato per incidere quella frase sulla tavoletta che ha conficcato nel corpo di De Pascalis. E l'occorrente per fondere metalli e caricare cartucce. Dosatori, presse e una fornace portatile con tracce d'argento. Ah, anche un piccolo archivio ma pochi documenti cartacei. Qualche libro di psichiatria e niente altro. » Si passò una mano sugli occhi. Era esausto come tutti adesso che l'adrenalina stava defluendo. « Uno dei computer era acceso e connesso a una pagina internet » aggiunse. « Quelli della Scientifica non hanno toccato nulla per evitare la dispersione dei dati e si sono limitati a staccare le spine come da protocollo. Recupereranno tutto in laboratorio. »

« A quale pagina web era collegato? »

Buratti si strinse nelle spalle. « Ci ho dato un'occhiata ma non è che abbia capito molto. Era in inglese e sembrava una chat. Ho una foto, gliela faccio vedere. »

Tirò fuori lo smartphone e le mostrò una successione di immagini. La colpì una frase in inglese che tradusse al volo. « *Ognuno ha il suo compito. Occupatevi di chi continua a intral-*

ciare il mio cammino. Io penserò al resto. E finirò quello che ho iniziato. Nulla resterà in sospeso. Tutti saranno salvati.»

« Samael li salva » aveva detto Manu Ricci.

« Lei ci capisce qualcosa? » domandò Buratti. « Con chi sta dialogando? »

Gli restituì il telefono. Come spiegare a quel bravo sbirro che i delitti di Samael non si consumavano nel tempo e nello spazio che tutti loro conoscevano e che i suoi ragionamenti andavano ben oltre quelli di uno psicopatico omicida? Che probabilmente altre vite erano ancora in pericolo? Come parlargli della minaccia della Geenna? Buratti e molti altri investigatori che si stavano rompendo il collo su quel caso non erano preparati a una verità come quella.

Costa doveva aver colto la sua espressione allarmata perché le si avvicinò.

Buratti sorrise impacciato a tutti e due. « Ah, ecco... adesso che vi ho entrambi qui. Non so come dirvelo, ma il pm sta arrivando. Ed è stato molto chiaro: nessuna interferenza di forze esterne e sarà lui a decidere quali risorse utilizzare. Insomma... »

« Sei stato chiaro » disse Costa. « Non ti preoccupare. Ce ne andiamo. E grazie per la tua collaborazione. »

Si strinsero le mani, Buratti li fissò ancora per un attimo, poi diede loro le spalle e tornò al suo lavoro. Costa trascinò Valentina lontano dalla casa. Sembrava di nuovo agitato.

« Ho parlato adesso con Loris. C'è una novità... » le disse, spostandola quasi di peso lungo la salita che conduceva al paese. L'alba aveva rapidamente lasciato posto a un cielo insofferente e grigio e c'era già l'odore della nuova pioggia nell'aria.

« Anch'io ho una novità » disse lei. « Buratti mi ha mostrato uno screenshot dello schermo di uno dei computer di Carlo... di Samael. Un messaggio in chat per Jerusalem. Non so se l'abbia trasmesso o si sia interrotto per fuggire. »

« Cosa diceva? »

« Ha in programma altri omicidi e non vuole ostacoli. Chiede alla Geenna di eliminarci. È come abbiamo sempre pensato, la sua lista della spesa non è finita. »

Sostarono all'abbrivio della salita. Laggiù in fondo, la casetta a due piani in pietra e legno, brulicante di poliziotti, sembrò incendiarsi all'ultimo raggio di sole prima che una nuvolaglia nera coprisse tutto. Anche gli agenti al lavoro percepirono quel cambiamento improvviso perché si fermarono a scrutare il cielo.

Costa era rimasto pensieroso a guardare. « Dicevi di Loris? » gli domandò lei.

Sembrò ridestarsi. « Gli ho fornito alcune informazioni per connettersi ai pc di Samael da remoto, prima che quelli della Scientifica li disconnettessero » disse. « Sai quanto è bravo. Ha detto che gli sarebbero bastati la localizzazione geografica e il computer acceso per recuperare l'IP. Se è riuscito a collegarsi in tempo dovrebbe aver scaricato tutto ciò che c'era e adesso lo starà già analizzando... Lo so, è irrituale, ma non potevamo aspettare i tempi biblici della procura. Se in quei pc c'è un indizio per capire dove può essere andato Samael, Loris lo troverà. »

Mentre salivano verso il paese per recuperare l'auto, un ultimo pensiero la trafisse. Riguardava il momento e il luogo in cui tutto era cominciato.

« Gabriele... » disse.

« Ci stavo pensando anch'io » rispose Costa, aumentando il passo. « È l'unico che abbiamo lasciato scoperto. »

La pioggia, scrosciante, li colse un attimo prima che riuscissero a mettersi in salvo in macchina, e in pochi secondi li bagnò e li intirizzì.

7

Gabriele Piovesan rispose dopo una lunga serie di squilli. E soprattutto dopo uno o due bicchieri di vino di troppo. Era un po' che non beveva e avrebbe dovuto continuare ad astenersi, anche per via dei farmaci che assumeva ogni giorno. Ma per una volta aveva pensato semplicemente chissenefrega e s'era dedicato a quell'ottimo Cabernet. E adesso movimenti e percezioni erano in serio pericolo e chissà perché rispondere al cellulare gli faceva venire da ridere.

La voce di Valentina lo riportò rapidamente in sé. Anche se all'inizio non riusciva a capire cosa stesse dicendo.

« Lo abbiamo identificato. Sappiamo chi è Samael. »

Aveva una vaga idea di quello di cui parlava. Il nome Samael si stagliava con lucida potenza nella sua mente, ma qualcosa gli impediva di associarlo a se stesso o a qualche evento della sua vita. Sì, era stato male e non era ancora guarito. E non era solo per quel proiettile che riposava a due millimetri dal suo cervello. Era qualcosa che aveva a che fare con il suo passato. Con la morte. Con quella presenza che ancora sentiva accanto a sé, a volte, in certi lugubri e inspiegabili momenti.

« Aspetta, Valentina... non capisco... » E si accorse che le aveva dato del tu, e non era rispettoso. Non era appropriato. « No, mi scusi... volevo dire dottoressa... »

« Gabriele, stai bene? Ti sento strano. »

Cosa c'era di strano? A parte la leggerezza che gli accarezzava la mente, che però era dovuta al Cabernet rosso ciliegio appena bevuto.

« Capisci quello che sto dicendo? » continuò lei, e aveva un tono graffiato, allarmato, che lo mise in agitazione. « Tu lo conosci, Gabriele. Lo hai conosciuto... era lui che impersonava l'uomo che ti ha sparato. Ti ha ingannato dall'inizio. Ha ingannato tutti noi. »

« Aspetti un momento. » Qualcosa emergeva dalle nebbie dei suoi ricordi. Sì. C'era stato un uomo che lui vedeva, lo sentiva anche parlare, ma tutti gli dicevano che non esisteva. Eppure aveva preso la sua pistola e gli aveva sparato. Ecco. Adesso ricordava. « Aspetti, aspetti » ripeté biascicando, « cosa sta dicendo? »

Valentina Medici parlò con calma, scandendo le parole, e lui iniziò a capire.

« Gabriele, ascoltami bene: sei in pericolo. Stiamo venendo da te. Ti mando la foto dell'uomo che ha tentato di ucciderti. Guarda se lo riconosci. È abile. E sa ingannare. E finché non lo catturiamo devi tenere gli occhi aperti. Capisci quello che ti sto dicendo? »

Non sono un imbecille, avrebbe voluto risponderle. Ma si limitò a dire di sì. « Mi mandi quella foto. » E tutto gli sembrò assurdo e falso. Per un momento pensò che fosse la sua malattia a parlare. Che anche quella telefonata fosse una fantasia del suo cervello.

« Lo farò appena avremo terminato questa telefonata » disse lei. « Abbiamo già informato la Squadra mobile di Padova. Ti manderanno qualcuno. Non muoverti di casa e stai in guardia, ti prego. Non fidarti di nessuno. »

Non capiva bene tutte quelle attenzioni. Pensavano fosse un idiota? « Va bene » disse, perplesso. « Starò in guardia. »

Chiuse la comunicazione. Il senso di euforia era scomparso, ma non la confusione nella sua testa.

Il suono del telefonino lo avvisò che era arrivato un messaggio. Lo aprì e vide la foto di un uomo dai capelli rosso mogano e un sorriso accattivante.

Qualcosa si mosse dentro di lui. Forse il proiettile che un fantasma gli aveva sparato. Qualcosa si spostò e deflagrò in un dolore atroce.

Non era stato un fantasma. Il volto che lo guardava dallo schermo del suo smartphone era lo stesso volto che lo aveva rassicurato, un milione di anni prima, che gli aveva detto di non aver paura, che tutto sarebbe passato, che non gli sarebbe capitato nulla di male.

Ma la voce dell'angelo che lo stava salvando era la stessa del demone che aveva tentato di ucciderlo. La faccia dell'uno si sovrapponeva alla faccia dell'altro. Erano la stessa persona. E lui non lo aveva capito. Come se anche lui si fosse scisso in due. Un Gabriele che piangeva e chiedeva aiuto. E un Gabriele che combatteva i draghi e veniva sconfitto.

Tornò in salotto, quasi barcollando. Era come se un diluvio di ricordi, pensieri, immagini, sensazioni si stesse riversando su di lui, annegandolo.

« Che succede? » gli domandò la ragazza, alzandosi dal tavolo per avvicinarsi premurosa. Era così premurosa e gentile che per un attimo Gabriele Piovesan trovò in lei il conforto che cercava.

« Io... ho una storia da raccontarti » le disse. Perché voleva essere sincero. Perché voleva essere aiutato. Perché voleva essere amato.

Regina sorrise. E disse: « Sì, anch'io ho una confessione da farti ».

8

Valentina guardava Fabio, che guidava concentrato, e che sembrava essere l'unico a non aver perduto la direzione. Un uomo in cui lei aveva smesso di aver fiducia e che però non aveva mai mollato un istante e in qualche modo le era sempre rimasto accanto. Si vergognò di aver pensato che fosse cambiato. Che avesse qualcosa che non andava.

« Sei sicuro? » gli domandò, per l'ennesima volta.

Lui non smise di guardare la strada flagellata dalla pioggia che non li aveva abbandonati dalla partenza. « Non sono sicuro più di niente » rispose. « Ma a questo punto una meta vale l'altra. Quello che dobbiamo fare è non perdere il calore... »

« Il calore? »

« Sì. Quello che promana dalla strada che Samael sta seguendo. La sua pista, Valentina. La traccia dei suoi pensieri e delle sue azioni... E poi Gabriele lo impone. »

Capiva cosa intendeva. Ma le sembrava una risposta più irrazionale che logica.

Proprio in virtù di una direzione precisa che non esisteva e della necessità di fare qualcosa e in fretta, avevano deciso di raggiungere Piovesan. Era parte di quella storia e se dovevano seguire il calore di cui parlava Fabio, certo il loro amico da quel calore era stato sommerso.

Mercuri aveva fatto in modo che Gabriele venisse ricoverato nella struttura residenziale di Moriago, proprio in una delle cliniche che suo padre aveva contribuito a creare. Non sapevano se all'epoca avesse già deciso di iniziare la sua crociata di morte. Forse no. Probabilmente proprio tornare nel luogo in cui Saverio Beltrami aveva operato venti anni prima aveva risvegliato in lui qualcosa. E l'incontro, casuale o meno, con Laura Rovnik aveva innescato la scintilla fatale. Ma alla fine dei conti era stata Valentina ad aver predisposto la miccia nella mente di Samael. Ed era stato Gabriele, inconsapevole, ad accenderla.

E poi c'era stato qualcosa nella telefonata con l'amico a Padova che l'aveva messa in allarme. Gabriele non sembrava lucido e forse questo era dovuto agli psicofarmaci che assumeva.

Ma c'era qualcos'altro. Forse solo una suggestione, come la paura che un genitore prova quando il figlio tarda a rincasare. Nulla di concreto, di razionale. Soltanto l'espressione dell'amore che ci fa sempre soffrire. Loro amavano Gabriele. Perché se lo meritava. Perché era il più innocente e indifeso tra tutti loro. Perché sincerarsi che stesse bene li avrebbe aiutati ad andare avanti. Su questo erano stati subito d'accordo lei e Fabio.

La telefonata di Loris scombinò i loro piani. Valentina lo mise in vivavoce.

« Dove siete? » domandò lui.

« Sull'autostrada verso Padova. Avevamo intenzione di andare a trovare Gabriele... »

« Gabriele? » Il tono di Loris si fece allarmato. Valentina non gli voleva parlare della telefonata con l'amico.

« Solo per fargli qualche altra domanda... da qualche parte bisogna pur iniziare. »

« Mmh. Nel frattempo però sentirei Bresci, magari potete chiedergli di decifrare una cosa. Ho trovato un mucchio di roba interessante nel database di Mercuri. Ci sono cartelle cliniche e schede relative a molti malati psichici. Sembra proprio che collezionasse patologie... E ci sono tutti i file relativi ai suoi omicidi. Una programmazione maniacale, punto per punto, dalla scheda della vittima alla progettazione della messa in scena finale. Una fantasia perversa ma molto lucida, non c'è che dire. E poi, c'è tutta una parte dedicata alle sue ricerche sulla Geenna... ma di questo mi occuperò poi. Ho trovato qualcosa di prioritario, credo. »

« Cioè? » lo incitò Costa.

« L'ultimo file a cui stava lavorando... È stato in parte cancellato e non credo si possa recuperarlo del tutto, almeno non in tempi brevi. Ma qualcosa c'è. »

« Cosa? »

« Ho recuperato il messaggio che Samael ha intenzione di apporre alla sua prossima opera... »

« Leggilo » chiese Valentina, e il rumore della pioggia e quello del tergicristallo fecero da sfondo a quell'ultima, oscena poesia.

« *Samael è stato qui* » recitò la voce esitante di Loris. « *Ha disciolto le maschere nelle tenebre. Ha indossato il volto degli spettri.*

Ha strappato le ombre dal mio cuore. Ha insanguinato di promesse la mia pelle. Mi ha guidato nella verità e nella luce. »

In quelle parole si nascondeva forse l'identità della prossima vittima di Samael. Lo aveva anche scritto nell'ultimo messaggio alla Geenna. « *Io penserò al resto. E finirò quello che ho iniziato.* »

9

Erano fermi in un'area di sosta a pochi chilometri da Padova. Gabriele non aveva ancora chiamato per confermare o meno che la foto inviatagli da Valentina avesse sollecitato la sua memoria e l'urgenza di raggiungerlo stava diventando pressante.

La scoperta di Loris, però, aveva aumentato il loro senso del pericolo e sentivano che il tempo incombeva. Per questo avevano deciso di telefonare a Bresci.

Con lui, Costa andò subito al punto.

« Pensiamo che Samael sia Fausto Beltrami, il figlio di Saverio Beltrami, che tu probabilmente hai conosciuto. »

Bresci rimase in silenzio. Poi sussurrò: « Il piccolo Fausto? Non riesco a crederci... »

« Sì. E questo ci porta anche a un altro punto. Perché quando ti ho chiesto informazioni su Laura Rovnik non mi hai detto di aver lavorato a Santa Maria della Pietà? Peraltro, più o meno quando c'era anche Beltrami. »

Sembrò sorpreso. « Vuoi dire che sono un sospettato? »

Costa non gli rispose.

« Capisco le vostre perplessità » ammise poi Bresci. « Ma ti assicuro che non credevo che fosse importante. Ho lavorato a Roma per sei mesi, forse meno. E non è stata un'esperienza piacevole. E di Laura Rovnik non mi ricordavo proprio. »

« Ma di Beltrami sì. »

« Oh, di Beltrami certo che sì. »

« Spiegaci meglio. »

« Ero giovane e alle prime armi, e mi sono avvicinato a Beltrami con grande rispetto » raccontò Bresci. « Accidenti, ero contento di poter lavorare con lui. Ma poi ho capito che era un uomo... terribile. Si dichiarava un ammiratore di Basaglia e della sua modernità e invece faceva tutto il contrario. Beltrami era quasi brutale nel modo in cui trattava i suoi pazienti, a dispetto della sua adesione al programma di riforme psichiatriche. Alla fine ho dovuto andarmene, anche se sapevo che dal punto di vista professionale era una scelta suicida. Ma sai una cosa? » Il tono di Bresci era adesso limpido, orgoglioso. « Non mi sono mai pentito. Ho iniziato a praticare il rifiuto di ogni ingerenza fisica e farmacologica sui malati mentali. Ho vissuto meglio e ho fatto vivere meglio loro. Compresa Laura Rovnik. »

Costa ebbe un'illuminazione. « Eri tu, vero? »

« Che cosa? Chi? »

« Il medico che si è rifiutato di applicare la terapia elettroconvulsiva che Beltrami aveva ordinato di eseguire. » Costa aveva ricordato quell'episodio. Glielo aveva raccontato Adriano, l'ex malatino ora custode del Museo della Mente. Un dottorino s'era ribellato a Beltrami ed era stato cacciato. Quel medico era Bresci.

Lo psichiatra sembrò stupito che Costa lo sapesse. « Be', è stato il motivo ufficiale che ha permesso a Beltrami di allontanarmi dall'ospedale. Cominciavo a essere una spina nel fianco... ma tu come diavolo fai a saperlo? »

« Non capisco una cosa » insistette Costa, senza rispondere alla domanda. « Alla fine sei comunque andato a lavorare in una clinica fondata da Beltrami. »

Bresci scoppiò a ridere. « Meno male che ti sono simpatico! Fabio, quando sono arrivato qui Beltrami era morto da un pezzo. E nel frattempo, se permetti, avevo costruito la mia carriera, senza sconti o sotterfugi. E su Beltrami ormai si raccontavano le peggiori cose. I metodi di quell'uomo erano sbagliati per tutti, anche per chi pratica una psichiatria più interventista. »

Costa s'era ormai convinto. Bresci non c'entrava niente con gli omicidi di Samael. Certo, se fosse stato più sincero sin dall'inizio forse avrebbe consentito loro di arrivare più rapidamente alla soluzione. Anche se Costa, per esperienza, sapeva che le *sliding doors* non funzionano nelle indagini. Le cose avvengono quando devono avvenire. Non c'è ucronia che tenga.

Si scambiò un'occhiata d'intesa con Valentina, accanto a lui, e decise di raccontare allo psichiatra gli ultimi risvolti di quella vicenda, sperando in un aiuto. In fondo l'avevano chiamato per questo. Non omise nulla, soprattutto l'ultima poesia di Samael che presto avrebbe contrassegnato un altro cadavere.

Samael è stato qui. Ha disciolto le maschere nelle tenebre. Ha indossato il volto degli spettri.

Bresci restò in silenzio soltanto un attimo. La sua voce era quasi soffocata mentre diceva: « Mio Dio! So a che sindrome si riferisce. E forse so anche chi sarà la sua prossima vittima ».

10

Elisa Marsi era arrivata a ventisette anni vivendo una vita tutto sommato serena. Aveva un buon lavoro. Pochi amici ma cari. Da tre anni conviveva con Matteo che amava e da cui era riamata. Non c'erano figli in arrivo, per quanto entrambi li desiderassero, ma c'era tempo. Ogni dettaglio della vita di Elisa era correttamente incasellato in quel grandioso, imperscrutabile e spesso banale mosaico che si chiama esistenza.

Poi alcune tessere del mosaico andarono a farsi fottere.

Iniziò con dei mal di testa feroci. Seguirono attacchi di panico, aritmie cardiache fino a vere e proprie crisi epilettiche. Gli esami strumentali non restituirono alcun risultato utile alla diagnosi. Fu escluso un tumore. Non c'erano stati incidenti. Elisa non aveva battuto la testa e comunque nulla era risultato dagli accertamenti medici.

Poi avvenne qualcosa di ancor meno spiegabile. Elisa iniziò a provare una forte sensazione di disagio nei confronti di familiari e amici. Era come se faticasse a riconoscerli. Arrivò a diffidare della madre. A provare uno strano, profondo fastidio solo a starle vicino. Le sembrava spesso un'estranea. All'improvviso diffidò di tutti. Gli altri le nascondevano le cose. Mentivano. La ingannavano. Erano inspiegabilmente e terribilmente diversi.

La sua vita sociale si estinse in breve tempo. Si isolò sempre di più.

E presto la sua paranoia si indirizzò verso Matteo. Iniziò ad avere scatti d'ira nei suoi confronti. E nella sua mente maturò una convinzione che la portò in breve tempo a sviluppare un miscuglio di orrore e paura nei confronti del compagno.

Le visite neurologiche non portarono a risultati apprezzabili. Si passò alla psichiatria.

La prima cosa che disse al medico che la stava esaminando fu: « Credo che Matteo sia morto. L'uomo che mi accompagna non è lui... non è più lui ».

« Chi pensi che sia? »

« Non ne ho idea. Ma di certo non è lui. »

Fu ricoverata a Villa Cassiopea per tre mesi, e Bresci le diagnosticò la sindrome di Capgras. Una malattia rara, appartenente al gruppo delle cosiddette sindromi da misidentificazione. Chi ne è affetto si convince spesso che un amico, un parente, una persona cara sia stata sostituita da qualcun altro. Uno sconosciuto, l'uomo nero, un alieno o persino un automa. Chiunque sia, abita nel corpo di chi ci è vicino e dice di amarci. Oh, ma noi sappiamo che è un inganno.

Il problema è che questa affezione non si basa su un convincimento razionale e il paziente è spesso cosciente dell'assurdità delle sue affermazioni. Ma anche di fronte alla prova che si sta sbagliando, mantiene questa convinzione pazzesca. La percepisce così, lo sente, e tanto gli basta.

Bresci la prese in cura e cercò di spiegarglielo ed Elisa lo capì. Non era mica stupida. Ma questo non cambiò nulla. Non basta capire di avere una malattia perché la malattia scompaia.

« Il fatto è che noi riconosciamo le persone dal loro aspetto » le disse. « Se fossimo animali ciò avverrebbe attraverso l'olfatto, e qualche volta annusare qualcuno aiuta anche noi. Ma il nostro riconoscimento passa attraverso la semplice osservazione dei lineamenti di chi ci è vicino. Ora, nel nostro cervello esistono contemporaneamente due modi perché ciò avvenga, uno consapevole e l'altro no. Non entrerò in dettagli complessi, ti basti sapere che la parte della corteccia cerebrale che riconosce in automatico una faccia è la stessa che ci comunica le emozioni legate a quel riconoscimento. E questa piccola sezione di cervello può essere danneggiata fisicamente. Ora, è un'ipotesi, ma probabilmente è quello che accade quando tu guardi il volto di Matteo. La parte consapevole di te riconosce in lui l'uomo che ti è vicino da tanti anni, ma la parte che procede al riconoscimento inconsapevole, e che dovrebbe suscitarti i sentimenti di amore nei suoi confronti, è in realtà distaccata dal tuo sistema limbico, cioè dal serbatoio delle tue emozioni. In pratica questo essenziale tipo di riconoscimento non funziona più, non provi per Matteo quell'amore che prima era assoluto. In realtà non provi proprio nulla per lui. È diventato un estraneo. Questa dissociazione tra riconoscimento fisico e mancato riconoscimento affettivo fa sorgere in te la sensazione che Matteo non sia più Matteo. Da questo contrasto nascono i tuoi problemi. »

Sì, Elisa non era una stupida e aveva capito. Ma la cosa che le premeva sapere era se avrebbe potuto essere curata.

Francesco Bresci fu chiaro, sul punto. « Certo che sì. E io ti farò tornare a casa completamente guarita. »

La previsione si avverò, almeno in parte. La medicina fa miracoli. Ma per mantenerli vivi bisogna rinunciare a qualcosa.

Da un anno circa, Elisa aveva ripreso il percorso normale della sua esistenza. Con fatica ma anche con una buona dose di speranza. Dipendeva ormai da alcuni farmaci e aveva un lungo cammino terapeutico da affrontare. Ma le cose andavano abbastanza bene.

Lei e Matteo vivevano ancora insieme. E finalmente avevano iniziato a parlare di avere figli. Certo, ogni tanto quel pensiero nero come un cancro tornava ad affiorare. Adesso non era più un'ossessione, ma solo una puntura vaga e inconsistente. Ma se ci pensava, se consentiva a quel pizzicore nascosto di assumere una diversa importanza, il dubbio tornava. E la faccia di Matteo, così bella e luminosa, si trasformava in qualcosa di diverso. Una maschera. Un camuffamento.

Ma poi lei ne usciva. Combatteva quel prurito (aiutandosi con Zyprexa, Efexor e Depakin) e Matteo tornava a essere l'uomo che era. Il futuro padre del loro futuro bambino.

Ma gli eventi avevano in serbo qualcosa di sconvolgente, per lei.

Elisa lo scoprì quell'ultimo giorno di inverno che, come per fare un dispetto alla primavera, aveva deciso di rovesciare sulla città tutta la pioggia rimasta in magazzino. Così lei aveva rinunciato alla consueta passeggiata pomeridiana fino in centro. Peccato. Aspettava l'ultimo libro del suo autore preferito e Camilla e Luca, gli amici della libreria sotto la Torre, gliel'avevano messo da parte. Pertanto vibrava ancora d'impazienza e ogni tanto guardava in su, fuori dalla finestra, sperando che smettesse di diluviare. A Castelfranco Veneto erano abituati a pioggia e neve, ma questo non voleva dire che non meritassero anche loro il sole estivo.

Suonarono alla porta proprio nel momento in cui s'era affacciata per la decima volta, e quasi sussultò. Non aspettava nessuno, Matteo aveva avvertito che sarebbe tornato un po' più tardi del solito e quel tempaccio di certo non favoriva visite estemporanee.

Andò ad aprire, infastidita. Mentre si muoveva per casa, l'avviso di una nuova emicrania cominciò a dare i primi segnali che lei conosceva così bene e il suo pensiero corse all'antidolorifico che il medico le aveva prescritto. Lo avrebbe preso subito dopo essersi liberata dello scocciatore o della scocciatrice che continuava ad aggrapparsi al suo campanello. Una cosa alla volta, si disse. E con calma. Così le aveva insegnato Bresci.

Aprì la porta di casa e lo sconosciuto le sorrise. Ma non le sembrò ci fosse allegria o cordialità in quella specie di smorfia.

11

Era una villetta a due piani, in un quartiere tipicamente residenziale che non aveva certo il fascino antico del centro del paese. Ma offriva tranquillità e un certo isolamento. Dal loro punto di vista, era il luogo più pericoloso in cui Elisa Marsi potesse vivere.

Quando fermarono l'auto a pochi metri dall'ingresso, uno scroscio violento si abbatté su di loro. Oltre i finestrini la barriera d'acqua era scura e impenetrabile, nemmeno i lampioni accesi miglioravano la situazione. Valentina fece per aprire la portiera e scendere, ma Costa la fermò con una mano.

« Cautela » le disse.

Ma il tempo della cautela le sembrava finito. Se Samael era arrivato prima di loro, era troppo tardi per Elisa Marsi. Se invece erano arrivati in tempo, forse avrebbero avuto una possibilità di catturare Carlo Mercuri. In entrambi i casi dovevano essere veloci e audaci, non cauti.

Valentina scese e affrontò la pioggia battente e gelida. Estrasse l'arma e, tenendola contro la gamba, corse fino alla porta della villetta. Una sola luce trapelava da una finestra, al piano terra. Se c'era Elisa, là dietro, o un assassino in attesa, lo avrebbero scoperto presto.

Fabio le fu subito accanto, fradicio come lei, lo sguardo che vagava intorno, pronto a cogliere qualunque movimento, nonostante il temporale che si impastava con il buio della prima sera e confondeva tutto.

Lei lo guardò. Lui le fece un cenno con la testa e lei si spostò al lato destro della porta, sollevando la pistola.

Costa si attaccò al campanello, spostandosi verso il lato sinistro. Quando sentirono il rumore del chiavistello che scivolava di lato, capirono che avrebbe aperto la donna.

Elisa Marsi vide Fabio Costa e qualcosa passò sul suo viso. Perplessità. Un velo di paura.

Valentina nascose la pistola dietro la schiena e si fece vedere. Fabio intanto stava sorridendo alla padrona di casa, rassicurante, ma non era mai stato bravo in quello.

Valentina si fece avanti. Forse il fatto che fosse una donna la tranquillizzò.

Le mostrò il suo tesserino. « Elisa Marsi? Sono il vicequestore Medici della polizia e abbiamo bisogno di parlarle. » Fece una pausa. « È una faccenda complicata. »

Elisa soppesò quelle parole. Una smorfia leggera le attraversò il volto. Poi si fece da parte e li lasciò entrare.

12

Fu la spiegazione più difficile che Valentina avesse mai dovuto offrire. Non solo perché doveva invadere senza tanti complimenti la privacy di quella ragazza e parlare della malattia di cui soffriva, scardinando il suo pudore e forse anche la vergogna che non avrebbe dovuto esistere ma che, ormai lo sapeva, accompagnava la sofferenza psichica. Ma perché doveva anche dirle che, a causa di quell'affezione, un mostro era sulle sue tracce. Che qualcuno che lei non conosceva voleva ucciderla. E che per farlo avrebbe coinvolto il suo fidanzato.

Elisa tutto sommato reagì bene. Non era molto più giovane di Valentina, anche se la vita l'aveva segnata. Era bella, la pelle bianchissima in contrasto con i capelli corvini e lisci, gli occhi grandi e le labbra atteggiate a una perenne piega ironica. Durante il colloquio, non mutò espressione. Ma dietro quello sguardo fisso si agitava un mare in tempesta.

Quando Valentina giunse al punto, le diede il tempo di elaborare la notizia.

Costa intanto le aveva chiesto il permesso di dare un'occhiata in giro e, nonostante ogni tanto Elisa si voltasse verso di lui, forse pentita di tutta quella fiducia, l'uomo non tralasciava nessun particolare. Studiò gli ambienti e le scale che portavano ai piani superiori. Guardò le foto sui mobili e i quadri alle pareti.

Quando ebbe finito, fece un paio di telefonate. Poi tornò accanto alle due donne.

« Quando torna suo marito? » le domandò.

Elisa scosse il capo. « Non siamo sposati. Matteo arriverà a momenti, credo... »

« Ho informato la questura di Treviso. » Guardò Valentina che approvò con un cenno del capo. « Manderanno una pattuglia a sorvegliare la casa finché sarà necessario. »

« E quand'è che smetterà di essere necessario? » domandò lei.

« Presto » disse Valentina. « Contiamo di catturare quell'uomo quanto prima... »

« Voi siete sicuri che voglia uccidermi? » Pronunciò quella

parola senza tentennamenti e Valentina pensò che fosse davvero forte. « Voglio dire, non lo conosco neanche. Perché lo fa? »

Costa si chinò verso di lei. « Ecco, questo è un punto che dobbiamo capire. » Tirò fuori dalla tasca il cellulare e le mostrò la foto di Carlo Mercuri. « È uno psicologo. Forse vi siete incontrati a Villa Cassiopea. »

Elisa osservò la foto. Scosse la testa. « Non mi pare. E continuo a non capire. Perché io? »

« Non è lei, Elisa » disse Costa. « È quello che lei rappresenta. »

« Io non rappresento niente. Sono solo malata... » Per la prima volta le s'incrinò la voce. « Non l'ho voluto io. Non so neanche cosa mi è successo. »

« È stato il dottor Bresci a parlarci di lei. Dice che è una ragazza in gamba. »

Elisa sorrise a malapena. « Il dottor Bresci mi ha salvato la vita. Gli devo tutto. Mi ha accolto a Villa Cassiopea come in famiglia. E sapeva esattamente di cosa avevo bisogno. » Ricordare Bresci evidentemente le fece bene perché parve rilassarsi.

Valentina ebbe un'intuizione. I tempi corrispondevano. « Ha conosciuto un nostro collega? Gabriele Piovesan... è veneto, come lei. Ed era ricoverato in quella clinica nello stesso periodo. »

La ragazza si illuminò. « Gabriele! Certo... » Si rabbuiò di nuovo. « Soffriva di una malattia simile alla mia. Con il dottor Bresci abbiamo spesso fatto terapia insieme. Diceva che condividere le nostre esperienze ci avrebbe aiutato. Come sta il piccolo poliziotto coraggioso? »

Costa e Valentina non poterono fare a meno di sorridere. Era quello il sentimento che quel ragazzo suscitava nella gente. Il termine « piccolo » non era spregiativo, lo sapevano. Indicava la purezza, la limpidezza che Gabriele comunicava.

Il mondo è colmo di coincidenze. Spesso tristi, o drammatiche. E ormai non se ne stupivano più.

Nel momento in cui stavano evocando il loro amico, il cellulare di Fabio Costa squillò. Quando vide chi lo stava chiamando, in qualche modo capì. Forse anche quella precognizione aveva a che fare con le sincronicità della loro vita. Forse tutti loro erano sempre rimasti connessi. O forse semplicemente le cattive notizie sono sempre in agguato, e quando arrivano le riconosciamo subito.

Rispose al cellulare, e lo accolse il pianto disperato di Marta Piovesan.

13

Tra Castelfranco Veneto e Padova c'erano meno di trenta chilometri di superstrada. Fabio Costa li divorò guidando come un ossesso. Non sarebbe stato necessario. Gabriele ormai era morto e arrivare sul posto qualche minuto prima era inutile. Ma la distanza che ancora li separava dal luogo del suo omicidio era come la distanza che li separava dai loro sensi di colpa e dal loro dolore. Non sarebbe mai stata colmata, ma almeno l'avrebbero percorsa con furia e devozione. Il minimo che dovevano all'amico e ai loro cuori infranti.

Avevano già aspettato troppo. Dopo la chiamata di Marta, sia lui che Valentina avrebbero voluto precipitarsi in auto, ma avevano dovuto aspettare l'arrivo dei colleghi da Treviso che avrebbero sorvegliato Elisa Marsi. Alla notizia della morte di Piovesan, la ragazza aveva reagito con molta più angoscia di quando le avevano comunicato che un assassino seriale aveva intenzione di ucciderla. Forse, fino a quel momento, non aveva veramente capito cosa stesse accadendo. Ma quando aveva visto lo sgomento e il dolore sul volto dei due poliziotti, una diga dentro di lei era crollata. Aveva pianto. E quando li aveva accompagnati alla porta, perché la pattuglia era finalmente arrivata, aveva fatto quella domanda.

« È stato lui? È stato l'uomo che mi vuole morta a uccidere Gabriele? È così crudele? »

Costa aveva parlato brevemente con i due agenti in borghese appena arrivati e adesso aspettava Valentina con impazienza. Lei s'era attardata e non aveva potuto fare a meno di stringere il braccio di Elisa con un gesto che avrebbe dovuto infonderle coraggio ma che in realtà, se n'era resa conto, era una richiesta di conforto per se stessa.

« Non lo sappiamo ancora » le aveva detto. « Ma ti giuro che tutto questo avrà fine. In un modo o nell'altro. E tu non sarai più in pericolo. »

L'ultima immagine che Valentina portò via con sé era di Elisa sulla porta di casa e dell'auto dei colleghi parcheggiata davanti al vialetto d'ingresso. Si era domandata se avessero fatto tutto il possibile per metterla al sicuro. Con Gabriele evidentemente non c'erano riusciti.

Il viaggio fino a Padova fu silenzioso e rabbioso allo stesso tempo. E Valentina non osò guardare il suo compagno alla guida finché non furono giunti a destinazione. Ne aveva avuto un'immagine fugace mentre prendeva posto in auto. Il volto di Fabio Costa era impassibile. Le labbra erano strette e livide. Lacrime scure scendevano silenziose. E Valentina sentiva per la prima volta che la sua percezione del cambiamento di Fabio non era più un'ipotesi, un'idea. Costa era inferocito. Conteneva una furia che lei sentiva emanare dal suo corpo, lì accanto, come un'onda nera e inarrestabile. E anche nel dolore che provava per Gabriele si chiedeva dove l'avrebbe condotto quella rabbia senza barriere. In quale abisso l'avrebbe scagliato.

14

Un funzionario della Squadra mobile di Padova venne loro incontro e strinse la mano a entrambi, senza dire una parola. La morte di Gabriele Piovesan era terribile per ogni poliziotto di quella martoriata città.

L'appartamento sembrava intatto, proprio come lo ricordavano. Il letto ospedaliero che lo aveva ospitato nel salotto non c'era più, perché il ragazzo era tornato a dormire nella sua stanza al piano superiore. Un tentativo di riconquistare una normalità ormai compromessa. Vano, purtroppo, perché adesso Gabriele Piovesan, il piccolo poliziotto coraggioso, giaceva esanime nel proprio sangue, davanti al divano.

Sul tavolino basso davanti alla tv c'erano gli avanzi di una cena a due. Qualcosa di speciale, pareva, perché c'erano due bicchieri e una bottiglia quasi vuota di Cabernet.

« Lo stavamo portando via » disse sommesso il funzionario che li aveva accolti. La Scientifica doveva ormai aver concluso i rilievi sul corpo, così come il medico legale, e il pm ne aveva disposto la rimozione.

Il lenzuolo che lo ricopriva, anch'esso macchiato di sangue, fu tolto per consentire ai necrofori di afferrare il cadavere e spostarlo nella bara di zinco.

Valentina e Fabio poterono vederlo bene. Il sangue lo imbrattava ma il volto era rimasto intatto. Era lui. Le palpebre dovevano essergli state richiuse da una mano compassionevole, ma anche così era ancora evidente un'espressione di sorpresa. O forse era solo una loro impressione. La morte violenta non permette ai lineamenti di restare intatti. Tutto si livella in una sorta di plastificazione. Non c'è nulla di umano nel volto di un morto ammazzato.

Gabriele non era più quel corpo inerte. Gabriele era ancora il ragazzo che avevano conosciuto. Coraggioso, allegro, curioso. Con tanta vita ancora da consumare. Non era lì, questo era certo.

Scomparve per sempre alla loro vista, coperto dal lucido zinco, e fu portato via.

Entrambi avevano assistito a molte scene come quella. E nessuna vi assomigliava minimamente. Mai morte sembrò loro più iniqua. Mai l'ingiustizia avrebbe avuto altrettanto peso.

« Non so se vi hanno già informato » disse il funzionario, osservando anche lui il feretro che si allontanava. « È stato accoltellato. Una serie di colpi violenti e probabilmente inferti con rapidità e di sorpresa. Non ha avuto alcuna possibilità di reagire. Secondo il medico, chi lo ha ucciso sapeva dove e come colpire e lo ha fatto con una lama affilata e abbastanza lunga da non dargli scampo. Gli ha spaccato il cuore. » Fece una pausa, guardando le macchie di sangue sul pavimento che cominciavano a scurire. « Non dovrebbe aver avuto il tempo di soffrire. Non molto comunque. »

« Cosa sappiamo del suo... o della sua ospite? » domandò. La voce di Costa era incrinata. Valentina non lo aveva mai visto in quelle condizioni. La sua rabbia era sublimata in qualcosa di ancor più incandescente. Sembrava non riuscisse a trovare il necessario distacco per fare il suo mestiere. Eppure, non era la prima volta che perdeva qualcuno.

« Hai detto bene. Sappiamo solo che era una donna. C'è del rossetto su uno dei bicchieri e abbiamo rilevato capelli lunghi color mogano. E poi impronte a bizzeffe... Sembra non si sia curata molto di nascondere le tracce. »

« E allora? » Lo sguardo di Costa esigeva una risposta.

« E allora la troveremo. Scopriremo chi è. Ma tu sai che ci vuole il tempo necessario, Fabio. Non voglio casini. »

« Dobbiamo scambiarci informazioni » disse Valentina. « Gabriele Piovesan è stato ucciso in relazione a un'indagine che stiamo seguendo... »

Il poliziotto li fissò entrambi. « Lo so. Sentite, parliamoci chiaro. Vi ho fatto passare subito perché conosco Fabio Costa da tempo e so che posso fidarmi ciecamente di lui. E conosco anche lei, Valentina, e so del suo valore. E so anche quanto eravate legati a quel povero ragazzo. Ma Fabio non è più un poliziotto. E mi risulta che l'Europol si occupi di analisi, non di indagini sul campo. Stanno già confluendo qui colleghi da Trieste e da Roma per fare il punto sulla situazione... e insomma, più di quello che saprete qui, adesso, non avrete. » Fece una pausa e trasse un profondo respiro. « Ma se avete informazioni importanti da condividere ora, sono tutto orecchi. E vi prometto che nei limiti del possibile vi terrò informati... »

Durante il discorsetto, Costa aveva aperto e chiuso i pugni. Valentina sapeva che non poteva dar torto al collega. Lo capiva, ma il fatto che il corpo di Gabriele fosse stato portato via in quel momento, davanti a loro, non permetteva né a lei né a Fabio di ragionare con lucidità.

Udì Costa dire con rabbia: « Non è stato Samael... lui non agisce così ». Poi il cellulare di Valentina squillò. Il display indicava una chiamata da un numero nascosto.

Lei rispose in modo automatico. In quel momento avrebbe

voluto restare sola con i propri pensieri. Doveva raccogliere le idee. Doveva elaborare quello che era appena accaduto.

Non riconobbe subito la voce. Forse perché non se lo sarebbe mai aspettato.

« Valentina? » Una breve pausa. « So che mi state cercando. »

PARTE XIII
SIPARIO

«Pochissimi di noi sono ciò che sembrano.»
Agatha Christie, *L'uomo nella nebbia*

1

Costa era in piedi al centro della stanza. Il funzionario della Mobile gli stava dicendo qualcosa, ma lui aveva smesso di ascoltarlo. L'odore del sangue di Gabriele adesso gli sembrò più pungente, o forse solo in quel momento i suoi sensi s'erano risvegliati dall'intorpidimento che lo aveva pervaso. Ogni persona, ogni gesto nella stanza gli pareva frutto di una pessima sceneggiatura. Tutti lì a recitare. Valentina era al cellulare ed era più bella ma anche più pallida del solito. E lo guardava, lo implorava, e le sue labbra formulavano parole silenziose.

Capì immediatamente. Non servirono gli occhi sgranati di lei o i suoi messaggi in codice. Lo capì perché era logico. Anzi, era strano che Samael non li avesse ancora contattati. Non avesse contattato lei.

Le fece un cenno con il capo e sollevò il cellulare. Loris come sempre rispose al primo squillo. Aveva saputo di Gabriele, naturalmente.

« È colpa nostra, Fabio! Lo abbiamo lasciato solo! » lo aggredì, la voce infranta.

« Ascoltami. »

« Gabriele è morto, Fabio. » Le parole si spensero in un lamento animale.

« Non ora, Loris. *Ascoltami* » disse Fabio.

Loris tacque. E Costa gli spiegò che Valentina era al telefono con l'assassino.

2

« Perché mi chiami? » Non era la domanda giusta da fargli, lo sapeva. Ma era davvero interessata. Cosa voleva da lei? L'aveva ingannata e utilizzata per avere notizie sulle indagini e sul suo conto. Perché tormentarla ancora?

Il tono di Carlo Mercuri, di Samael, era divertito. E già questo la nauseava.

« Volevo sollevarti dai sensi di colpa. In fondo è sempre stato questo il mio compito. »

« Vuoi dire, oltre a uccidere persone innocenti? »

« Davvero è tutto qui quello che pensi? Secondo te sono uno di quei serial killer che tanto solleticano l'immaginazione becera di un pubblico senza stimoli? Questo va bene per la maggior parte delle persone. E anche per qualche poliziotto privo di fantasia. Ma tu, Valentina? »

Nella stanza piena di poliziotti, con il calore di Gabriele Piovesan ancora presente, con Fabio che la fissava a distanza, immobile ma attento, la voce di Samael e le sue parole sembravano l'eco di un incubo da cui non riusciva a svegliarsi. Ma alla rabbia e alla paura si sostituiva una certezza. Lo avrebbe fermato. E la sua telefonata avrebbe sancito la sua fine.

« Hai ucciso Gabriele Piovesan » disse con voce ferma. « E non ce n'era bisogno. Basta questo a definirti per quello che sei. Uno psicopatico da manuale. Forse anche meno. »

« Non l'ho ucciso io. E voi lo sapete bene! »

« Hai chiesto alla Geenna di eliminarlo? Così come hai chiesto di eliminare noi? »

« Non è così e non cadrò nella tua provocazione. Gabriele era rinato. *E soltanto per merito mio*. È quello che so fare, quello che *devo* fare. E tu dovresti capirlo meglio di chiunque altro. »

« Qualcuno ha ucciso il mio amico. » Si sentì gelida mentre lo ripeteva.

La voce di Mercuri assunse un leggero tono infantile. « Non avrei mai voluto la sua morte. Anche se la morte a volte è inevitabile. Ma lui no... lui era un sopravvissuto e perciò sacro! » Lo sentì respirare forte come per prendere fiato. « Ucciderli non è mai stato lo scopo... »

« A parte quando chiedi a qualcuno di eliminare gli ostacoli sulla tua strada. »

Esitò. « Un errore, lo ammetto. Mi stavate impedendo di fare ciò che dovevo... e loro insistevano... »

« Ti ascolti mentre parli? Sei uno psicologo... e per quanto tuo padre ti abbia torturato, avevi tutti gli strumenti per salvarti. Invece, hai fatto morire degli innocenti in modo atroce... »

« Taci! Valentina, taci! » urlò al telefono tanto da farle allontanare il cellulare dall'orecchio. Poi abbassò il tono. « Davvero non capisci? Di tutti quelli che avevano una possibilità di comprendere, tu eri la prima! Mi deludi. »

« Anche la tua delusione è da manuale. Sei banale. »

« Davvero? » La sua voce le sembrò all'improvviso sinuosa. Infida. « Mi dispiace, non hai afferrato il punto. »

« Non c'è un punto. »

« Oh sì che c'è. Sei tu, Valentina. »

« Io? Perché io? » E improvvisamente poté quasi presagire le parole che le stava per dire. Era la verità orribile sottesa a tutta quella storia. E lui gliela stava per far esplodere in faccia.

Il tono di Samael divenne piatto come un mare morto. « Davvero te lo chiedi? Sei sempre stata tu. Cercavate l'elemento scatenante, ci scommetto. Ogni bravo omicida seriale ha la sua epifania, questo insegna il manuale, no? Il momento in cui capisce che deve uccidere. E cosa ha fatto scattare la scintilla nel mio caso? Ve lo siete chiesto, lo so. Fa parte del vostro lavoro. Chissà cosa avete congetturato. Chissà dove siete andati a cercare la mia illuminazione. Mentre bastava che guardaste vicino a voi. Che vi guardaste negli occhi. »

Fece una pausa e, in quei pochi secondi, Valentina avvertì tutto l'orrore che la tirava giù, la rinchiudeva in quel posto buio e freddo che sperava di non dover più visitare.

« Ma tu l'avevi capito, vero? » riprese Samael. « Sì, scommetto di sì. La scintilla sei tu, Valentina. Sei sempre stata tu. Tu mi hai fatto capire cosa dovevo fare. »

3

Le mani di Loris tremavano mentre batteva sulla tastiera e cercava, scavava, esplorava connessioni e dati. Ma il velo sugli occhi e nella mente gli impediva quasi di pensare.

Gabriele era morto. E tutto era stato vano. Anche adesso, inchiodare quel figlio di puttana di Samael sarebbe stato giusto, anzi necessario, ma tardivo. Per due volte Gabriele aveva chiesto il loro aiuto. E per due volte l'avevano tradito.

Gabriele. Gimenez. Castaldi. E poi a chi altro sarebbe toccato? Valentina? Fabio?

No. Ecco cosa poteva fare. Tramutare il suo dolore in una lama.

Valentina stava parlando con l'omicida. Intercettarli non era possibile. Ma tracciarli sì.

Partì dallo smartphone di Valentina e dalla sua connessione con l'apparecchio di lui. Rilevò l'IMEI del cellulare che Samael stava utilizzando, il codice del telefono su cui aveva montato la SIM. Ma il bastardo era furbo. E doveva avere una buona conoscenza dell'informatica. Loris vide il codice IMEI variare sotto i suoi occhi. Una cosa all'apparenza impossibile. In due minuti di conversazione quel numeretto di sedici cifre cambiò tre volte. Era come se l'utenza passasse da un telefono all'altro, al volo, senza interrompere la conversazione.

Poi capì cosa stava accadendo. Samael non era collegato a un telefono ma a un server che traspondeva la chiamata a una serie di numeri cellulari diversi. Utenze telefoniche probabilmente in mano a ignari proprietari sparsi nel mondo. Il programma cercava tra un'infinità di numeri accessibili e quando ne trovava uno libero vi appoggiava la chiamata. E poi cambiava, dopo pochi secondi, rendendo impossibile rintracciare un'utenza fisica prima che fosse passato a un'altra.

Ma a un apparecchio il figlio di puttana si stava pur collegando, fosse un computer o qualche altro dispositivo. Bastava rintracciare il server di appoggio, da quello risalire all'IP che Samael stava usando e lo avrebbe localizzato.

Non era semplice e soprattutto ci voleva tempo. Se avesse chiuso la comunicazione troppo presto...

Non c'era un secondo da perdere.

Si tuffò in quel salto nel vuoto.

4

« Di che cazzo stai parlando? » Ma una parte di lei lo sapeva. Una parte di lei forse lo aveva anche previsto. Il suo dramma, la tortura che aveva subito, la caccia a quel mostro di Hannie Janssen, la Geenna e tutto quanto. Ogni parte di quella storia era legata indissolubilmente a Samael e alle sue azioni. Come poteva non averlo capito? L'unico elemento che le mancava in quell'assurda ricostruzione era il punto di contatto con lui. Il minimo comun denominatore. Il momento in cui quella serie di eventi, all'apparenza slegati ma in realtà intimamente connessi, aveva avuto origine.

Samael glielo spiegò con calma. Come se quella conversazione fosse l'apice di tutto ciò che aveva fatto fino a quel momento.

« Valentina, tra di noi c'è un legame molto speciale. Ed è inutile che tu lo neghi. Io sono il tuo terapista, io ti ho aiutato a uscire dalla tua gabbia, a me hai detto cose che non hai raccontato a nessuno. Non soltanto per merito mio, ma perché tu eri pronta a farlo. Lo sai che il rapporto tra terapista e paziente è osmotico? È un *do ut des*. E forse tu mi hai dato molto più di quanto io abbia dato a te. »

« Che cosa ti avrei dato? » sussurrò, allontanandosi da Fabio e dagli altri. Sapeva che doveva farlo parlare, ma non voleva sentire quello che aveva da dire. O sì?

« Tutto » rispose lui, con semplicità. « Mi hai raccontato quello che ti hanno fatto. Mi hai parlato delle torture, delle umiliazioni, delle manipolazioni, delle ferite. E scommetto che ti sei confidata solo con me. Neanche il tuo Fabio Costa sa esattamente quello che ti hanno fatto. Io invece sì. E mi hai detto che quell'inferno ti ha ucciso, ma ti ha anche fatto rinascere. » Si fermò, il suo respiro, forte, a fare da sottofondo. Poi disse: « È così che mi hai indicato la strada. Mi hai detto come avrei potuto rinascere anche io. Io e tutti i miei pazienti. Tutti quegli sfortunati che hanno avuto la sventura di trovarsi al di là di quel muro che chiamiamo sanità mentale ».

Un gelo enorme le calò sul cuore. Così enorme che lo sentì penetrare a fondo e anche superare le barriere del suo corpo. Si domandò come facessero gli altri a non vederlo mentre l'avvolgeva e si spandeva tutt'intorno. Un gelo che aveva artigli e braccia per sorreggerli e avvolgeva lei e tutto ciò che la circondava.

Carlo Mercuri, no, Samael, aveva ragione. Era stata quella la sua epifania nera. Valentina era uscita dall'abisso in cui era caduta ma qualcosa le era rimasto attaccato. E aveva potuto mostrargli la strada. Aveva acceso in lui la necessità di fare ciò che aveva fatto.

« I tuoi pazienti? » domandò, i denti che le battevano.

« I miei pazienti, certo. Come li avete catalogati? Come vittime? Banale. Ognuno di loro è stato un mio paziente. Alcuni li ho ereditati da mio padre. Altri li ho trovati sul mio cammino. Ho fatto per loro quello che andava fatto e che nessuno avrebbe avuto il coraggio di fare. Me ne sono stati riconoscenti. Lo so. »

« Come tu eri riconoscente verso tuo padre, *Fausto*? » reagì lei, con rabbia.

« Riconoscente? Io l'ho ucciso. Lui sì che l'ho ucciso, ma ero un bambino... non ero ancora imputabile, dottoressa Medici. Non sono punibile per quel piccolo, trascurabile episodio lontano nel tempo. » Un'altra pausa. « E dopo, come ti ho detto, non ho più ammazzato nessuno se non qualche involucro. Se la morte è venuta è stata solo una conseguenza. Realizzare i sogni, a volte, ha un prezzo. »

Lei aprì la bocca per replicare. Poi Fabio le fece un gesto e lei comprese.

Tienilo al telefono. Lo stiamo rintracciando.

Annuì. E riprese la sua ultima sessione di terapia con Carlo Mercuri.

5

Ce l'aveva. Un numero IP che identificava fisicamente il computer a cui Samael si stava collegando. Loris era moderatamente eccitato mentre lavorava. Avrebbe esultato se la morte di Gabriele non fosse ormai un punteruolo nel cuore che lo appesantiva e lo angosciava. Ma un ultimo sforzo ancora, e lo avrebbe vendicato.

Sì, pensò, io ucciderò quell'uomo. Qualunque cosa accada. Io lo ucciderò. O lo farò uccidere.

Ma dopo. Adesso doveva terminare quello che aveva iniziato.

Cercò la geolocalizzazione dell'IP. E fu fortunato. Non c'erano altri computer collegati alla rete nelle vicinanze, in quel momento. E quindi la sua individuazione era praticamente certa.

Quando tradusse le coordinate su una mappa geografica, però, raggelò. Avrebbe voluto sbagliare, ma quell'indirizzo...

Compose il numero di Fabio Costa e quando l'amico rispose, disse: «Abbiamo un problema».

6

«Taci? Non hai nulla da dire, Valentina?»

Nella sua voce adesso era tornata a insinuarsi l'ironia. Fu quello che la fece infuriare, più di tutto. Samael credeva nella propria superiorità sugli altri. E quella superbia lo rendeva indistinguibile da tutti gli psicopatici che uccidono nel mondo. Lo rendeva altrettanto feroce e ingiustificabile.

«No, qualcosa da dire l'avrei, brutto figlio di puttana. Ma non meriti la mia attenzione, le mie parole...»

«Oh, oh, siamo arrabbiate eh? Brava, butta fuori...»

«Sta' zitto, animale! Pensi di essere migliore degli altri? Migliore di quelli a cui hai chiesto di eliminare gli ostacoli sul tuo cammino, perché da solo non ci saresti riuscito? Chiami le persone che hai macellato 'pazienti' come se questo...»

«*Sono* pazienti! Io li ho salvati! Li ho resi vivi. Ho dimostrato che la pazzia non esiste, Valentina. È solo un altro modo di percepire la realtà. Io ho difeso il loro libero arbitrio, proprio come l'arcangelo Samael...»

«Ti sei solo voluto vendicare di tuo padre.»

«Non è vero!» urlò. «Mio padre non capiva un cazzo!»

« Sei soltanto un assassino che gioca con il dolore degli altri, Fausto. Come tuo padre Saverio... Ma molto peggio. Tutte le messinscene complicate e costose che ti sei potuto permettere solo perché avevi i soldi della tua famiglia d'adozione... come vedi, abbiamo fatto i compiti. Pensi davvero che quei poveracci che hai torturato le abbiano apprezzate? Pensi davvero che quelli che hai realizzato fossero veramente i loro sogni? Erano prigionieri di quegli incubi, non felici di provarli. E sono soltanto morti con la paura nel cuore. »

« Non è così. Non li hai visti mentre passavano oltre. Non sai nulla... »

« Non li ho visti? Ho visto Laura. L'ho vista, in quella tomba. Cosa le hai fatto? L'hai fatta innamorare? Le hai sussurrato nell'orecchio le parole che voleva sentirsi dire... e poi l'hai convinta a rendere reale la sua ossessione di morte... Bella forza. Come sei fottutamente narcisista. Non sei altro che un dongiovanni sanguinario e crudele. E la tua grande immaginazione è solo un aspetto della tua malattia. Perché tu sei il paziente zero, Fausto. E sei incurabile, ritengo. Sei un malato terminale... » Valentina si fermò, riprese fiato tremando, poi disse quello che davvero pensava. « Sai cosa devi fare. Applica a te stesso la tua terapia. Ucciditi, Carlo. Ucciditi e finisci nella tua miserevole gloria... anche se nessuno proverà pietà per te. »

Samael tacque. E lo fece così a lungo che Valentina temette di averlo perso. Eppure sentiva ancora il suo respiro, dall'altra parte.

Fabio intanto tornò accanto a lei. La guardò. C'era urgenza nei suoi occhi spiritati.

Samael tornò a parlare. « Valerio aveva scelto il nome Samael per una ragione che nessuno aveva capito. Forse neanche lui. Ma io sì. E anche mia madre. E voi avete fatto lo stesso errore. »

« Di cosa stai parlando? » Fabio le faceva cenno di tagliare, con furia. Dovevano averlo tracciato. Ma lei doveva sentire quello che aveva ancora da dire.

« Samael aveva dodici ali » disse Carlo Mercuri, scandendo bene le parole. « Una per ogni peccato che doveva punire. Ecco perché era chiamato l'angelo della morte. Io sono diventato lui perché nessun altro avrebbe potuto farlo. Io adesso sono Samael Ushiga, il Veleno di Dio.»

Lei stava per replicare e il suono della linea libera fu come uno schiaffo in faccia.

Costa non le diede tempo di raccontargli cosa le avesse detto. La strattonò e la trascinò con sé.

«Cosa succede?» gli chiese.

«Loris l'ha rintracciato» le urlò. «Samael è a Castelfranco. È a casa di Elisa Marsi!»

7

Le era rimasta una strana sensazione, dopo la visita di quei due poliziotti. Un saporaccio amaro. E non era solo la paura di un folle che voleva assassinarla, che comunque c'era e la teneva sveglia. Era qualcosa di più profondo, come se quella minaccia le avesse risvegliato un ricordo, un'emozione legata al passato. Un'emozione nera.

Matteo era arrivato e la prima cosa che le aveva chiesto era chi fossero quei due tizi fermi in auto, davanti al vialetto d'ingresso, e perché gli avessero chiesto i documenti. Elisa aveva dovuto spiegargli tutto. Con calma. Con pazienza. Matteo tendeva a irritarsi facilmente.

Lui aveva ascoltato con attenzione, poi l'aveva abbracciata. Ma già in quell'abbraccio lei aveva sentito un rintocco sbagliato. S'era spaventata. Quella brutta storia la stava rigettando nelle sue allucinazioni. Matteo all'improvviso non era più lui, era un estraneo. Di più. Era il responsabile di quella situazione.

Quando razionalizzò questi pensieri, il terrore salì ancora di più. Si vergognò di se stessa e si disse che no, non poteva perdere tutto ciò che aveva faticosamente riconquistato.

Con una scusa, andò in bagno e prese le pillole d'emergenza che le erano state prescritte.

Mentre le ingollava, sentì la voce di Matteo attraverso la porta. «Vado in taverna a lavorare un po'» le disse. «Anzi, magari prima porto un caffè a quelle due guardie là fuori... con questa pioggia anche se stanno in macchina avranno le ossa gelate.» Una pausa. «Ti amo, Elisa.» Udì i suoi passi che si allontanavano.

Elisa era contenta che Matteo avesse accettato quella situazione. E l'indomani avrebbero cercato di capire meglio. Aveva il numero di quella donna, quella poliziotta con il volto di una modella. Le istillava fiducia e l'avrebbe di certo chiamata.

Si lavò, indossò un pigiama fresco di bucato e s'infilò sotto le coperte. Sapeva già che non avrebbe dormito, ma non poteva prendere tranquillanti dopo aver assunto gli psicofarmaci. Provò a leggere un libro. Ma quando lo aprì, le parole sulle pagine le ballarono davanti agli occhi. Forse era più stanca di quanto avesse pensato.

Quel sapore amaro, quella specie di sensazione che tutto stesse marcendo, fuori e dentro di lei, era ancora presente. Più lontana, come un sogno che stesse dimenticando, ma c'era.

Forse avrebbe dovuto chiamare Matteo. Chiedergli di lasciar stare i suoi giochetti al computer. Faceva il grafico in ufficio tutto il giorno e a casa, la sera, poteva pur dedicarsi a lei, no?

Matteo, il cui abbraccio poco prima non aveva riconosciuto. Matteo che le aveva detto «ti amo» ma con una nota strana nella voce. Matteo che portava il caffè alle guardie là fuori.

Si addormentò senza accorgersene.

E quando si svegliò, era buio.

«Dormivi, amore?» le chiese il suo Matteo.

E le abbracciò le spalle.

8

Gli agenti di guardia davanti a casa di Elisa Marsi non rispondevano né alla radio né al telefono. E già questo era preoccupante.

Fabio Costa guidava con ancora più furia di quando avevano

raggiunto Padova per correre sul luogo in cui Gabriele Piovesan era stato ucciso. Ma stavolta parlava. Anzi, ringhiava.

« Siamo stati stupidi, stupidi! » ripeté per l'ennesima volta, battendo le mani sul volante.

Valentina era incollata al telefono. Avevano allertato la questura di Treviso e anche da Padova erano partiti due equipaggi del Nucleo anticrimine verso Castelfranco Veneto. Lei continuava a cercare di contattare Elisa Marsi, ma il telefono suonava a vuoto. Nessuno rispondeva.

La pioggia era stata sostituita dall'insorgere di una nebbia viscosa che, unita alle strade bagnate, rendeva una guida troppo veloce decisamente a rischio. Ma Costa non si risparmiava. Mentre continuava a imprecare.

« L'ha detto lui stesso, doveva finire quello che aveva iniziato » ripeté. « Non si sarebbe accontentato di sparire così. »

Valentina cercò di mitigare la sua rabbia. « Pensavamo che si riferisse a Gabriele. E abbiamo comunque messo in guardia Elisa, oltreché in sicurezza. »

« Bella sicurezza. Lui era già lì, Valentina. Ne sono certo. Mentre parlavamo con Elisa, lui s'era già intrufolato in casa sua... Forse ci ascoltava. Mi chiedo solo quale sarà la terapia che il dottor Samael applicherà alla sua ultima paziente. »

Era un pensiero atroce che anche Valentina s'era posta. Mentre correvano nella campagna veneta sperando di arrivare in tempo, non potevano non pensare quale perversa fantasia basata sulla sindrome di Capgras avrebbe attuato Samael per uccidere Elisa Marsi.

9

Matteo la stringeva da dietro. Elisa sentiva il corpo nudo del suo compagno aderire alla sua schiena. Poteva anche avvertire una timida erezione, il calore del suo fiato sul collo, l'odore speziato del suo sudore.

Era piacevole. Era come essere immersa in un mare nero e

accogliente, senza altri stimoli che quelli della pelle e del respiro. Era come stare in una di quelle camere di deprivazione sensoriale che una volta aveva sperimentato. C'era lei. Le sue sensazioni. E c'era Matteo. Il suo amore.

Poi, tutte quelle sensazioni cominciarono a gocciolare.

Piccole, umide, calde gocce sul collo, sulla sua gota arrossata dall'eccitazione. Sulla sua mano che stringeva il lenzuolo aspettando la penetrazione.

E poi cambiò anche l'odore. Non più la traspirazione della sua pelle infuocata, ma qualcosa di pungente. Di marcio. Come il ricordo che l'abbraccio di Matteo aveva evocato in lei qualche ora prima. La memoria di qualcosa di amaro e di sopito.

No.

Quello che la stava abbracciando non era Matteo. Non lo era mai stato. E quella non era una sua allucinazione.

O sì?

« Matteo... » sussurrò, perché non sapeva come chiamare l'estraneo. Glielo aveva detto anche il dottore. Chiamalo per nome, le aveva detto il dottor Bresci, anche se non pensi che sia lui. Chiamalo per nome e ti convincerai che invece è lui.

« Matteo... »

Ma non funzionava. Non adesso. Non più.

Quello non era Matteo.

Si voltò e lo vide in volto, nella penombra. Sì, erano i suoi lineamenti. Ma apparivano distorti, come liquefatti.

Gocce calde sul suo viso.

Lui disse: « Elisa... »

Lei urlò.

10

Arrivarono davanti alla casa di Elisa Marsi e Costa non riuscì a tenere in carreggiata l'ingombrante Jeep, che sbatté contro un muretto di cinta. Il rumore dell'urto si amplificò nella strada deserta invasa da una nebbia d'avorio.

Non se ne curarono. Valentina e Fabio scesero dall'auto e corsero verso la villetta, che sembrava immersa nel buio più totale.

L'auto di sorveglianza era ancora parcheggiata nel vialetto d'ingresso. Bastarono pochi istanti a Costa per sincerarsi delle condizioni dei due colleghi. Erano entrambi morti. Il sangue imbrattava i loro volti contratti nella sorpresa e nel terrore.

Un'altra auto sostava lungo il vialetto. Immaginarono che fosse quella del compagno di Elisa Marsi.

Entrambi ebbero una visione e se l'avessero condivisa avrebbero scoperto che era esattamente la stessa. Videro che cosa Samael aveva in mente di fare. E inorridirono.

Costa frugò nella giacca di uno degli agenti morti. Nella fondina trovò la Beretta d'ordinanza. Scambiò un'occhiata d'intesa con Valentina. Poi entrarono nella casa e nell'oscurità.

11

Elisa urlò e urlò ancora. Le mani dell'estraneo le schiacciarono le labbra. Lei sentì ancora l'odore del sangue mescolato a qualcos'altro. Tabacco? Alcol? L'afrore della carne. La *sua* carne.

« Elisa » ribadì l'uomo che la sovrastava. Ma la voce gli usciva impastata. Forse era per colpa della maschera sul volto. Una maschera molle e umida, deformata, come se fosse stata scaldata su una fiamma.

All'inizio aveva pensato semplicemente che avesse la faccia coperta di sangue. Poi qualcosa aveva attirato la sua attenzione. I lembi di pelle che si sollevavano, l'ombra di lineamenti che a stento riconosceva. La sensazione di liquefazione.

L'orrore la sopraffece. Sentì il vomito risalirle in gola, ma la mano di lui la soffocava.

Una parte di lei aveva capito cosa aveva fatto l'estraneo. La sua maschera non era fatta di gomma o silicone. Era pelle umana. Una pelle che lei aveva conosciuto, che aveva baciato, che aveva amato.

L'estraneo che le sussurrava amore aveva strappato la faccia di Matteo e l'aveva indossata come un indumento qualsiasi.

Lui era Matteo.

E Matteo era lui.

L'altra parte del suo cervello, quella che tentava disperatamente di mantenersi ancorata alla razionalità, fece l'unica cosa che aveva senso fare in quel momento. Si spense.

Elisa si abbandonò, incosciente, alle braccia di Samael. Il vomito le invase la trachea. E iniziò a morire.

Samael non se ne curò. Disse: « Avevi ragione, amore mio. Avevi ragione tu. Io non sono Matteo. E non sei tu il problema. Non lo sei mai stata ».

Poi sollevò il coltello, affilato e temprato perché aveva un duplice compito: l'aveva usato per sfilare la pelle dal volto di Matteo. E adesso era puntato alla tempia di Elisa.

« Una volta le chiamavano lobotomie » disse, ma lei non lo poteva sentire. « Al contrario di quello che si pensa, hanno risolto molti casi difficili. » Esitò. « Mio padre, almeno, ne era convinto. »

L'urlo alle sue spalle non fu del tutto inaspettato. Ma lo congelò.

Poi la nebbia che c'era fuori di lui gli entrò dentro. Ed esplose in un bagliore accecante.

12

Valentina urla ancora. Ha paura. Finalmente vede ciò che Fabio Costa è diventato. E ne è terrorizzata perché lo capisce, comprende quella furia, quella marea che rompe gli argini. Perché quella stessa furia è anche dentro di lei.

Fabio si è gettato su Samael, strappandolo dalle lenzuola intrise di sangue, sollevandolo dal corpo esanime di Elisa.

Ed Elisa forse è già morta. Forse anche lei, come le altre vittime dell'angelo di Dio, è già vittima della realizzazione dei suoi incubi.

E forse è proprio questa insopportabile ingiustizia a scatenare ancora di più la rabbia di Fabio. Un tempo era un poliziotto freddo e ragionevole, uno che aveva attraversato molti inferni e non s'era mai sporcato.

Adesso no. Adesso si macchia con il sangue dell'assassino. Lo scaglia sul pavimento e lo colpisce più e più volte. Il pugno chiuso, le nocche rosse e tumefatte, mentre la faccia di Samael diventa un grumo irriconoscibile.

Valentina urla ancora, ma Fabio no. Scatena la sua onda nera senza emettere un suono. C'è solo quel metodico colpire. Quella ferocia silenziosa e per questo ancora più terribile.

Alla fine qualcosa la scuote. Valentina lo raggiunge, stringe Fabio a sé, cerca di bloccarlo, gli grida: «Così lo uccidi! Non permetterglielo, non farlo!»

E dietro la maschera di sangue che ha sostituito quella più macabra del volto dell'uomo che ha appena ucciso, emerge il sorriso osceno di Samael.

13

Il funzionario della Mobile di Padova venne loro incontro. Si chiamava Fulcanelli, ricordò Costa a Valentina. Non perché fosse importante. Ma era stato gentile con loro nell'appartamento di Gabriele. E lo era tuttora. Forse perché aveva visto il loro dolore.

Per quello o per qualche altro motivo disse loro ciò che speravano. «Il pm sta arrivando per interrogarlo. Ma c'è ancora tempo. E dato che se non fosse stato per voi non lo avremmo mai preso...» Guardò Costa. «È un po' ammaccato ma il medico ha detto che non ha niente di rotto. Deve aver reagito quando gli siete piombati addosso, immagino. Non c'era modo di fermarlo senza usare un po' di forza.» Fece una pausa. «Immagino.»

Né Costa né Valentina dissero nulla e Fulcanelli annuì come se quel silenzio bastasse. Indicò la stanza alle sue spalle. Una porta in metallo, chiusa. Un agente di guardia. « Potete parlargli. Dieci minuti al massimo. Io non ne so nulla. Questo colloquio non c'è mai stato. » Prese ancora un respiro. « Un'altra cosa. Quel figlio di puttana ha ammazzato due dei nostri. Uno di loro aveva appena avuto un figlio. È una cosa che nessun poliziotto qui può dimenticare. Nessuno gli torcerà un capello... lo avete già fatto voi durante l'arresto e tanto ci deve bastare. Ma sia chiaro: non trattatelo come un caso psichiatrico. È soltanto una merda di assassino. »

Era corretto. E stava facendo loro un enorme piacere. Carlo Mercuri era stato sottoposto a fermo di polizia giudiziaria e adesso iniziava per lui il lungo percorso che lo avrebbe portato di fronte a un tribunale.

« La ragazza? » domandò all'improvviso Costa. « Elisa Marsi... come sta? »

Fulcanelli sorrise con amarezza. « L'avete salvata. Sta bene ma avrà bisogno di molto aiuto... quell'uomo ha letteralmente strappato la faccia del suo fidanzato, l'ha indossata e s'è infilato a letto con lei. Chiunque dopo un'esperienza del genere avrebbe bisogno di un grande sostegno psicologico. »

Tutti e tre pensarono proprio a Carlo Mercuri. Il suo lavoro avrebbe dovuto essere proprio quello. Aiutare la gente. Il pensiero di Costa allora andò a qualcun altro e si voltò.

Francesco Bresci li osservava a distanza, in fondo al corridoio animato da poliziotti che non si fermavano mai. Era arrivato qualche ora prima, dopo aver telefonato a Costa e aver saputo dalla sua voce ancora ansimante quello che era accaduto. Gli aveva detto che doveva essere lì. Per capire, come loro. Ed evidentemente s'era messo subito in viaggio. Adesso aveva le mani affondate nel giaccone e la faccia di chi, nonostante gli anni trascorsi a fare davvero quello che anche Mercuri avrebbe dovuto fare, aveva scoperto di non aver ancora visto abbastanza. Ma i suoi occhi erano rimasti profondi e buoni, solo in quel momento Fabio se ne rese davvero conto. Bresci era tutto ciò che Mercuri non era e non sarebbe mai stato. Lui davvero aiutava gli altri. E aveva aiutato anche loro. Sospettarlo era stato ingiusto, per quanto inevitabile.

Bresci dovette indovinare i suoi pensieri. Agganciò il suo

sguardo, sorrise, anche se con mestizia. Poi annuì, si voltò e se ne andò. Era probabile non si sarebbero più visti. Era giusto così.

Fabio tornò a rivolgersi a Fulcanelli. Lo ringraziò e quello senza aggiungere altro tornò a coordinare l'attività in corso. Subito dopo un arresto di quel genere ci sono un milione di cose da fare. E anche se era notte inoltrata, agenti, ispettori e funzionari si muovevano frenetici da una stanza all'altra.

Fabio fissò Valentina. Lei intuì cosa stava pensando. « Tu non entri con me, vero? »

« Samael è una faccenda tua. Lo è stato dall'inizio. È giusto così. E poi io non sono più un poliziotto. Se si venisse a sapere che un privato cittadino s'è chiuso in una stanza con un indagato... »

« E se si scoprisse che quel cittadino è il miglior cacciatore di mostri in circolazione? E che solo grazie a lui da stanotte saremo tutti un po' più al sicuro? »

Costa non sorrise come si sarebbe aspettata. Lei gli guardò le mani. Aveva le nocche spellate. Lui colse il suo sguardo ma non cercò di giustificarsi. « Ti aspetto fuori » disse. E si allontanò.

Valentina si voltò e si avvicinò alla porta in ferro. L'agente di guardia doveva aver ricevuto disposizioni precise. Non disse nulla, fece scorrere il catenaccio e aprì.

Lei scivolò dentro.

14

Ancora una volta. Ancora un colloquio. Suzanne, Hannie, Samael. E prima altri ancora. E chissà quanti dopo. Testimoni, vittime, dolenti, superstiti, carnefici. La sostanza non cambiava. In quegli incontri si consumava la vera essenza di un crimine e di ciò che intorno a quel crimine ruotava. Gli investigatori ascoltano. A volte parlano. Spesso pongono domande. E tutto ruota intorno a quel teatro. Le domande e le risposte sono lì. Devi solo coglierle. Recitare la tua parte. E cercare di capire.

È davvero tutto lì.

Carlo Mercuri sembrò sorpreso di vederla, ma ritrovò subito il controllo.

Era sdraiato su una panca senza materasso, con solo una coperta infeltrita a difenderlo dal freddo e dalla stanchezza, e quando lei entrò si tirò su di scatto, come se fosse stato sorpreso a fare qualcosa di riprovevole. Aveva il volto tumefatto, un occhio chiuso per un ematoma violaceo e una vistosa fasciatura alla testa. Si alzò, fronteggiandola. Era vestito come l'ultima volta che lo aveva visto. Giacca e pantaloni coordinati, senza cravatta, una camicia bianca adesso stazzonata e macchiata di sangue. Nonostante il viso stravolto per la violenza di Costa, sulla faccia aveva lo stesso sorriso e quegli occhi divertiti che l'avevano affascinata. Il sangue che lo imbrattava non era solo suo. C'era anche quello di un poveraccio la cui unica colpa era stata amare una donna afflitta da una rara sindrome psichiatrica.

Fu proprio quel pensiero a spingerla a dire: « Quindi non solo pazienti. Ammazzi anche persone che non c'entrano nulla col tuo delirio. Matteo. E quei due poliziotti. Sei quello che pensavo. Un miserabile assassino ».

Lui non mutò espressione. Ma era come se la scintilla di follia che lo marchiava fosse ora più visibile. Gli psicopatici più abili sanno dissimulare bene la loro vera natura. Ma non possono riuscirci per sempre.

« Potrei dirti che mi dispiace per loro » esordì Mercuri. « E un po' è così. Ma facevano parte della terapia. Strumenti che ho dovuto utilizzare e al momento opportuno togliere di mezzo. »

« È così che ti difenderai davanti ai giudici? »

« Ma scherzi, Valentina? Non ho nessuna intenzione di difendermi. Non sono mica un idiota. E bazzico poliziotti e aule di tribunale da qualche anno. Non ho alcuna possibilità... »

« E allora ammetterai cosa? Di essere malato? »

L'uomo scosse la testa, come incredulo. Tornò a sedersi sulla branda. Incrociò le mani davanti a sé. E la guardò.

« Cosa vuoi fare? » le domandò. « Scambiarci i ruoli? Tu adesso sei la mia terapista e io il tuo paziente? »

In quel momento Valentina comprese di non aver bisogno di sotterfugi. Aveva sempre saputo la verità: quell'uomo non era più colpevole di chiunque altro. Non più del padre del piccolo Fausto, che lo aveva reso quello che era. Non più di sua madre, che lo aveva intriso di un senso opprimente di religione e aveva di certo voltato la testa dall'altra parte. Non più di un povero malato di mente, come Valerio Bruni, in arte Samael, che aveva colpito la fantasia del bambino e plasmato, in qualche modo, il suo futuro. No. Non doveva assolvere se stessa più di quanto non dovesse assolvere un mondo che produce e poi scatena persone come Carlo Mercuri. Perché le cose semplicemente funzionano così.

E allora perché era lì, in quel momento?

Perché la caccia non era finita.

« Non m'interessa nulla di te o di ciò che credi di essere. E soprattutto non mi frega niente di quello che pensi di me. Come ti ho detto, sei solo un volgare assassino. E io ti ho fermato. »

« E allora? »

« E allora quello che voglio da te è altro. Informazioni. E le voglio in fretta. »

« Informazioni su cosa? O su chi? »

« La Geenna. Gabriele è morto per mano loro, e tu lo sai. Hai chiesto il loro aiuto. Ma mi hai detto che li disprezzi. Che li hai solo utilizzati... bene, allora dimmi quello che sai. »

« Perché dovrei farlo? »

« Perché io sono la tua paziente più importante. Abbiamo lasciato troppe cose in sospeso. E tu non vuoi e non puoi interrompere una terapia senza risultati. E poi mi hai messo tu su questa strada. »

Le dita delle sue mani si sciolsero dall'intreccio. L'uomo si appoggiò alla parete alle sue spalle. Le braccia restarono distese lungo le gambe.

« Questa sarà davvero la nostra ultima seduta, Valentina? »

« Sì. Quella definitiva. »

« Allora accomodati. E cominciamo. »

« Abbiamo solo pochi minuti. »

Mercuri accentuò il suo sorriso. « Basteranno. »

15

Partirono alle prime luci. Con la scusa, che uno oppose all'altra, di dover riposare, trascorsero le ultime ore della notte in una foresteria messa a disposizione della questura. E naturalmente non dormirono. Valentina però non avvertiva la stanchezza fisica. Provava, piuttosto, una grande spossatezza mentale, e quell'ipotermia di muscoli e pensieri che l'avvolgeva in un bozzolo pesante.

Fabio aveva voluto mettersi alla guida, come sempre, e lei lo aveva lasciato fare. Le aveva detto che guidare lo rilassava. Per quanto fosse possibile in quella situazione.

Fu un viaggio lungo sotto molti punti di vista. Più degli ultimi che avevano fatto insieme. Nessuno dei due aveva voglia di parlare. Aleggiava non solo la fine complicata di quella faccenda, ma soprattutto la morte di Gabriele. Valentina ne era rimasta angosciata, ma Fabio sembrava aver incassato quella tragedia ancora peggio di lei.

Le aveva chiesto una sola volta cosa Mercuri le avesse detto, in quei quindici minuti che aveva trascorso con lui. E lei aveva risposto vagamente. Recriminazioni, accuse e un'assurda difesa delle sue azioni, come illogiche sono le motivazioni di qualunque serial killer. Illogiche per gli altri, non per sé.

Costa sembrava aver accettato quella versione, e non era tornato sull'argomento. Ma lei sapeva che non era stupido. Sapeva che non le aveva creduto.

Perché non gli aveva detto la verità? Perché non gli aveva raccontato quello che Samael aveva sputato nel corso della loro ultima, grottesca seduta di psicoterapia? Le parole dell'assassino erano state inquietanti come un incubo senza fine.

« Mi piace pensare di vivere in un mondo in cui ci sei anche tu, Valentina » le aveva mormorato. « Perché non c'è tenebra senza luce. Ma questo lo sai. È così ovvio. È meno ovvio quello che le tenebre, in questo momento, stanno preparando. Io non posso farci niente ma tu forse sì. »

Quando lei gli aveva chiesto di cosa stesse parlando, i suoi occhi chiari s'erano come illuminati. Mercuri giocava. Continuava a giocare con lei.

« Sono dappertutto, Valentina. Anche molto vicino a te. Ma di più non so. Però so immaginare. So intuire. E intuisco qualcosa di potente. E di antico. E così oscuro che non ci crederesti. Non ci crederebbe nessuno. »

« Io ti credo » aveva detto lei.

« Ed è per questo che ti do la mia benedizione. Sei davvero guarita. E sei pronta. » Aveva chiuso gli occhi. E senza riaprirli le aveva detto le sue ultime parole. « In fondo, riconoscimelo, è anche per merito mio se adesso sei preparata a quello che accadrà. E forse sei l'unica a esserlo. »

Ultime parole che s'erano impresse a fondo nella sua mente e nella sua carne.

Sei l'unica.

Sono molto vicini a te.

Mentre le strade e i campi intorno e le montagne sullo sfondo s'illuminavano sempre di più di luce chiara e finalmente priva di interferenze, e Fabio guidava senza guardarla e senza parlare, la domanda che la tormentava era sempre la stessa. Perché non aveva detto tutto a Fabio? Perché tenere per sé una confessione così importante? Fabio non era più un poliziotto e non avrebbe mai potuto aiutarla. E certamente non era a lui che Samael si riferiva quando parlava di affiliati della Geenna molto vicini a lei. Ma un suo consiglio, il conforto della sua esperienza le avrebbero fatto comodo. Anche un breve suo sguardo adesso l'avrebbe riscaldata. E poi lui se lo meritava. Meritava di sapere che non era ancora finita.

Ma lui non guardava se non la strada. E lei sentiva che non poteva più contare su di lui e sul suo aiuto prezioso. Perché Fabio era cambiato. Lo aveva intuito da qualche tempo ma adesso lo sapeva con certezza. Aveva cominciato a cambiare già due anni prima, quando tutto era iniziato. E aveva continuato a trasformarsi in quelle ultime settimane. Forse la morte di Gabriele era stata l'ultima goccia. Il fattore scatenante. Ma c'era altro e lei non capiva. Non sapeva esattamente in cosa Fabio si fosse tramutato, ma non le piaceva, la metteva a disagio. Era come se fosse passato dall'altra parte. Valentina temeva che il buio che l'aveva sempre accompagnato avesse preso il sopravvento.

Per questo, pur con il dolore nel cuore, aveva deciso di tenerlo all'oscuro. Non vedeva altra possibilità.

Quando giunsero in vista della periferia di Roma, si accorse con orrore di provare sollievo. Presto si sarebbero salutati. E, per la prima volta, non vedeva l'ora di allontanarsi da lui. Perché non voleva precipitare laggiù dove adesso lui si trovava. L'immagine di lui che massacrava di pugni Samael era scolpita nella sua mente. Se non lo avesse fermato, Fabio lo avrebbe ucciso. E lei, dal canto suo, ne sarebbe stata felice.

Era per questo che doveva allontanarsi da lui. Per non esserne contaminata.

Costa parve intuire i suoi neri pensieri. Si voltò verso di lei. « È quasi finita, Valentina » disse. « È quasi finita. »

Poi tornò a concentrarsi sulla strada che cominciava a essere trafficata. Roma si riempiva e traboccava, come sempre.

Lei non smise di guardarlo. Volle riempirsi gli occhi e l'anima di lui. Per quell'ultima volta.

16

Loris abbracciò prima lei e poi lui. Aveva gli occhi cerchiati e puzzava di altre nottate buttate in ufficio senza andare a casa. La sua postazione, in genere caotica ma a modo suo ordinata, rifletteva il suo aspetto.

« Ho appena parlato con Marta. È distrutta... ma voleva ringraziarvi per tutto quello che avete fatto per Gabriele. » La voce gli si ruppe. « Non abbiamo fatto un cazzo. Non abbiamo capito niente. »

Costa scosse la testa. « Non è così, Loris. È che a volte bisogna rassegnarsi. Non si vincono tutte le battaglie. »

« Le battaglie? Gabriele era un nostro amico. Non era una battaglia. Era... era Gabriele. »

Costa non aggiunse altro.

Loris lo guardava con una strana espressione sul viso. Anche lui s'era accorto di quello che gli era successo? Vedeva l'ombra che era diventato?

« Io vado a casa » disse Costa. « Ho bisogno di una doccia e di radunare le idee. » Abbozzò un sorriso che gli venne male. Poi si voltò e li lasciò.

« Cosa gli prende? » domandò Loris, guardandolo allontanarsi.

Valentina non gli rispose. Cercò di sgombrare la mente ma era così stanca che non riusciva a pensare.

« Forse dovresti andare a casa anche tu » le disse Loris. « Mi sembri distrutta. »

« Lo sono. Ma prima... »

Valentina andò alla sua scrivania. Si sedette. Ma non riuscì a fare nulla di ciò che aveva in mente. Era spossata, senza forze. Le carte avrebbero dovuto aspettare.

Il telefono dell'ufficio squillò. A quell'ora poteva solo essere una comunicazione ufficiale e importante. Rispose, stavolta senza l'ansia di sapere di cosa si trattasse. Era svuotata.

Era il centralino che le passava il funzionario di turno all'Europol centrale, dall'Aja. Valentina parlò brevemente. Poi scattò in piedi. « Come è stato possibile? » urlò. « Come? »

Loris la raggiunse. La vide riattaccare la cornetta e lo guardò stravolta.

« Cos'è successo? » domandò lui, allarmato. Intuì. « Castaldi...? » Non osava dirlo. Ma dopo Gimenez e Gabriele Piovesan...

« Castaldi è ancora irreperibile » disse lei, gelida. « Ma c'è qualcos'altro. »

17

La sala colloqui di Wittlich era deserta in quel momento. Hannie Janssen l'aveva visitata solo tre volte. Una era stata quando Valentina era venuta a trovarla, nelle altre due occasioni aveva incontrato il magistrato che si occupava di lei, al quale la donna aveva sempre opposto un ostile silenzio. Si divertiva a vedere le espressioni di quelli che tentavano di scalfire il suo mutismo. Li riteneva patetici. Non avevano capito assolutamente nulla di chi avevano di fronte. E come avrebbero potuto? Lei era di un'altra razza. Aliena. Non c'era vocabolario o pensiero che potesse condividere con quelle creature. Capivano solo il sangue. E il dolore. Ma non ne comprendevano le ragioni.

Con Valentina no, le cose non stavano così. La poliziotta italiana era una delle poche persone ad aver intravisto la vera Hannie. Glielo aveva consentito lei stessa. Lei stessa aveva plasmato Valentina, quando aveva potuto occuparsene senza essere disturbata. Ricordava con nostalgia e precisione ogni istante del loro piccolo e breve *ménage*. A volte pensava che Valentina avrebbe dovuto esserle riconoscente. Ma no, non poteva arrivare a tanto. Non poteva pretendere anche questo da lei.

La porta si aprì e l'uomo entrò. Non c'erano guardie presenti e Hannie non era ammanettata come l'ultima volta. Segno della potenza di quell'uomo. La donna apprezzava. Era stato un buon alleato. Lo aveva capito dal primo giorno.

Lui si sedette e la guardò.

Hannie capì che era il momento. C'era un disegno, che lei stessa aveva tracciato tanti anni prima, e che adesso era giunto a un punto di svolta.

«Come?» domandò soltanto. Quello era un dettaglio che aveva lasciato a lui. Non che avesse importanza.

L'uomo tirò fuori qualcosa dalla tasca. Se ne infischiava delle telecamere perché probabilmente le aveva fatte disattivare. Oppure perché a quel punto non avrebbe fatto differenza. Lo ammirò anche per questo. E Hannie Janssen era una dai gusti difficili.

Le passò un piccolo bicchiere di vetro che lei infilò subito in una tasca della casacca. Un oggetto innocente. E tanto non l'avrebbero perquisita. L'uomo che aveva davanti era al di là di ogni sospetto.

Poi lui si sporse verso di lei. E le raccontò punto per punto quello che avrebbe fatto. Come erano d'accordo.

Hannie Janssen gongolò. Quella era musica per le sue orecchie. Era la favola della buonanotte che aveva sempre desiderato. Sì, era stata fortunata a incontrare quell'uomo.

Non c'era altro da dire. Si alzò e bussò alla porta. Le guardie vennero a prelevarla e lei non si voltò più verso di lui. Ognuno di loro aveva assolto al proprio compito.

Dopo un minuto di silenzio e di attesa, anche François Castaldi si alzò e andò via.

18

Era così. Ed era incredibile.

Ma era così.

Valentina fu presa da una smania che l'avrebbe abbattuta se non fosse stata calibrata con una rabbia affilata e gelida che cominciò a crescere in lei e alla fine la sostenne.

Mentre Loris la guardava a bocca aperta, chiamò la matricola del carcere di Wittlich in cui Hannie era rinchiusa. Parlò con il sovrintendente che le rispose. Fu determinata e, dato che l'interlocutore esitava, lo convinse a chiamare la sede dell'Europol per avere conferma delle sue credenziali. Dopo pochi minuti la richiamarono e le diedero la conferma.

Hannie Janssen si era uccisa.

Aveva frantumato un bicchiere e aveva ingerito i pezzi di vetro. Una morte orribile e lenta. Forse non iniqua, nel suo caso. E non si capiva come fosse entrata in possesso di quel bicchiere.

Poi l'operatore all'altro capo disse qualcosa che la gelò ancora di più.

« Non dovrei dirlo, ma... forse è stato per qualcosa che le ha detto il suo collega » disse il sovrintendente nel suo inglese gutturale. « È venuto a farle visita proprio poco prima che la detenuta si togliesse la vita. »

Valentina chiese conferma che il collega fosse dell'Europol. Avviò il vivavoce perché Loris ascoltasse.

« Maggiore François Castaldi » lesse il tedesco dal registro. « Sì, è il suo collega. »

Sono molto vicini a te, aveva detto Samael.

Tutto combaciava.

Guardò Loris, che era rimasto impietrito. « È assurdo » disse l'ispettore. « Tuttavia... »

Si voltò, corse al suo computer. Mentre riavviava il sistema, parlò concitato. « È da quando ho saputo che Gimenez è scomparso che ci penso! »

Valentina si mise alle sue spalle. Gimenez. Anche lei aveva avuto dei dubbi sulla sparizione dello spagnolo. All'improvviso, la luce che le si era accesa in testa era lugubre e terribile eppure illuminava tutti gli angoli che erano rimasti al buio. Castaldi! Era lui che passava le informazioni alla Geenna. E la cosa che la sconvolgeva era che questa notizia non l'aveva colta impreparata. Era come se l'avesse saputo. Bastava mettere tutti gli indizi in fila.

« Stavo pensando all'ultima volta che l'ho visto » disse Loris. « Quando ho scoperto il server a cui Jerusalem e Samael si appoggiavano per i loro messaggi, Gimenez era presente. Sembrava normale, ma quando è andato via ho percepito un certo nervosismo. Ho pensato fosse spaventato per la missione... catturare la Janssen. Non era proprio un operativo. »

« Voleva parlarmi, a Troisdorf » convenne lei. « Aveva qualcosa di importante da dirmi. »

« E non ha fatto in tempo. Può darsi che riguardasse quello che avevamo scoperto... e che per questo l'abbiano fatto sparire. » Il dubbio che Gimenez fosse in combutta con Castaldi era però concreto.

Loris richiamò i dati che riguardavano la localizzazione del server utilizzato dalla Geenna.

« La città si chiama Bourges, l'appartamento in cui avrebbe dovuto trovarsi il server era in un condominio di un quartiere residenziale... »

« In cui sono entrati e non hanno trovato nulla! »

« Perché Castaldi l'era venuto a sapere da me. E prima di far perquisire il posto, ha fatto sparire ogni traccia. »

« Ma questa è solo una supposizione. » Non riusciva ancora a crederci del tutto. Castaldi l'aveva arruolata, l'aveva messa sulle tracce di Hannie e poi di Samael. Perché, se era coinvolto?

« Non è solo un'ipotesi, guarda! » disse Loris qualche minuto dopo. « Ecco quello che ci era sfuggito! »

Stava scorrendo l'elenco degli inquilini di rue du Chemin Noir 6 a cui « Dio » aveva associato l'IP della Geenna. Quella lista era stata inviata sia a Valentina che a Castaldi, ma nessuno aveva incrociato i dati. Valentina non ne aveva avuto il tempo, era concentrata su Hannie Janssen e su Samael. Gimenez aveva visto quell'elenco. Forse c'era qualcosa che lo aveva colpito?

« Fra i residenti c'era una certa Christine Moreau, di novantadue anni » disse Loris indicando lo schermo. « Viveva da sola, sembra. Ma secondo 'Dio', Christine Moreau sei anni fa era stata coinvolta in un caso che ha sconvolto la Francia. Era la madre di Eugène Bertrand, il serial killer accusato di aver ucciso decine di ragazze e di averle seppellite nel giardino di casa... »

« Il caso risolto da Castaldi! » esclamò Valentina. « L'indagine che lo ha lanciato in orbita... »

« E che gli ha fatto raggiungere l'Europol e gli ha consentito di mettere in piedi la squadra. Gimenez è stato uno dei primi che Castaldi ha arruolato. E anche su questo dovremo indagare. Gimenez non era soltanto il giovane poliziotto che voleva fare il profiler. In Spagna faceva parte di un gruppo che non andava tanto per il sottile. Forse aveva qualcosa da nascondere e Castaldi lo aveva scoperto. »

Valentina ripensò al tatuaggio che lo spagnolo aveva sul polso sinistro. Una S rovesciata, nello stesso punto in cui anche Suzanne aveva un tatuaggio.

« Castaldi e Gimenez si conoscevano da tempo » disse Loris. « Forse il ragazzo sapeva tutto della storia su cui il capo aveva costruito la sua carriera... magari ricordava il nome della madre dell'assassino. E lo ha notato in questa lista. »

Valentina rifletteva con frenesia. Erano solo ipotesi, ma in quel momento assumevano una luce sinistra. « Ma non può essere bastato questo a metterlo in allarme! » disse.

« A meno che Gimenez non avesse già dei sospetti. Conosceva il passato di Castaldi e quindi anche il nome della madre di Bertrand. E magari sapeva che in quel condominio ce l'aveva messa lui. Una donna di novantadue anni a cui aveva arrestato il figlio qualche anno prima. Forse aveva pensato fosse un bel gesto da parte del poliziotto francese. Penso ammirasse Castaldi per questo. Ma quando ha scoperto che in quello stesso condominio c'era un server utilizzato dalla Geenna è giunto a una sola conclusione. Comunque, ci deve essere un legame tra i due che ancora non capiamo.»

«Bertrand s'era suicidato in carcere, mi pare.» Valentina ricordava qualcosa. Lo aveva letto e poi lo stesso Castaldi glielo aveva raccontato, con un tono di falsa modestia. Quell'idea la colpì come una mazzata.

«E se Bertrand fosse stato innocente? Se Castaldi lo avesse incastrato?»

Loris la guardò. Poi guardò lo schermo su cui quelle notizie si accavallavano. «E pensi che Gimenez lo sapesse? O lo sospettasse? Aspetta... dammi qualche minuto.»

Mentre il tecnico lavorava, la mente di Valentina correva lungo strade che non avrebbe voluto mai percorrere. Ecco perché François aveva fatto perquisire quel posto, di fatto bruciandolo. Le aveva detto che era stata la polizia francese a prendere quella decisione. Ma adesso Valentina sapeva che non era vero. Quando aveva appreso della scoperta di Loris, Castaldi aveva fatto svuotare l'appartamento e fatto sparire la vecchia Moreau. E poi aveva lasciato che la polizia irrompesse per chiudere quella storia.

Ma Valentina continuava a non capire perché avesse voluto che proprio lei partecipasse a quelle indagini. A meno che non volesse controllarla. Starle accanto per impedire che arrivasse da sola a Hannie Janssen. E la donna, in fondo, era stata catturata solo perché Valentina aveva disobbedito agli ordini del francese che stava conducendo l'intera squadra lontano dall'abitazione di Weber. E quando poi Valentina aveva preteso di interrogare Hannie in carcere, Castaldi era lì. E durante la colluttazione che ne era seguita lui si era messo in mezzo per dividerle. Era stato in quel momento, adesso Valentina ne era convinta, che Castaldi aveva passato il coltello ad Hannie Janssen. Come qualche ora prima le aveva passato quel bicchiere che poi lei aveva frantumato e ingerito. E anche l'irruzione all'Alhambra era stata un trucco? Hannie era già andata via e l'unica persona che avevano trovato era...

Suzanne! Il cuore le accelerò in petto.

Suzanne.

Loris la distrasse con un'esclamazione. «Oh, cazzo!»

Valentina si chinò a guardare. Loris s'era fatto mandare i tabulati del cellulare di Gimenez, dal giorno in cui aveva lasciato Roma a quando era scomparso. « Non li avevo ancora esaminati perché ero impegnato dietro a Samael... e i colleghi dell'Europol non ci hanno trovato nulla di strano... ma guarda qui! »

Indicò un numero di cellulare. Gimenez lo aveva contattato il giorno stesso che era partito da Roma. Una conversazione di pochi minuti. L'intestatario era un francese, tale Charles Dubois.

« Charles Dubois era un poliziotto » disse Loris che aveva già trovato quel nome in rete. « Un collega di François Castaldi al commissariato di Parigi. » Una foto appariva sullo schermo. Due uomini con la divisa della polizia francese. Sorridevano. Uno dei due era un Castaldi un po' più giovane. Il suo ciuffo ribelle era inconfondibile. L'altro doveva essere Dubois.

« Dubois era con Castaldi durante l'arresto di Eugène Bertrand. Gimenez doveva saperlo e lo ha contattato perché voleva togliersi il dubbio. Forse Dubois aveva informazioni preziose. »

« O forse Gimenez era coinvolto a un livello che ancora non conosciamo. Dobbiamo contattare subito questo Dubois! »

Loris scuoteva il capo. « È impossibile ormai. »

L'articolo di giornale che compariva sul suo monitor era un altro pugno allo stomaco.

Charles Dubois era stato trovato morto in casa sua qualche giorno prima. Si sospettava un suicidio.

19

Non ritrovò gli odori di casa. Forse lo avrebbero confortato. Ma in fondo Fabio Costa non sapeva neanche cosa fossero gli odori di casa.

Quello che trovò fu un appartamento buio e gelido come una grotta d'inverno. E odori no... ma qualcosa c'era. Qualcosa che lo mise in allarme.

Portò istintivamente la mano alla cintura, e quel gesto lo sorprese. Non era armato. Non lo era più da tempo. Era stata una sua scelta precisa. Avrebbe potuto chiedere un porto d'armi da privato, per difesa personale, con il suo passato non avrebbe avuto problemi. Ma non aveva voluto. E quel gesto istintivo, automatico, non se lo sarebbe mai aspettato. Eppure aveva cercato la pistola al fianco.

Perché c'era qualcosa che non andava.

Era una strana sensazione ed era iniziata quando Valentina era uscita dal colloquio con Carlo Mercuri. No, in effetti tutto era cominciato prima. Quel sentirsi inadeguato, fuori posto. Privo di strumenti. Indifeso. Ed era la prima volta che provava una sensazione del genere. Ma era da quando Valentina s'era chiusa alle spalle la porta della stanza in cui Samael era rinchiuso che quella sensazione s'era fatta concreta. L'aveva capito dagli occhi di lei, che sfuggivano. Sapeva che non gli aveva detto tutto. Valentina gli nascondeva qualcosa... Era terribile ma, lo comprese subito, inevitabile. Soprattutto dopo quello che lui aveva fatto.

Non c'era più ritorno, per lui.

Lo aveva capito con esattezza soltanto su quel Frecciarossa che lo riportava a casa.

Se lo vedeva ancora davanti quell'uomo, poco più di un ragazzo. Alexander Reinholt. Era morto travolto da un treno, ma non per un incidente. Non per distrazione.

Era stato Fabio a spingerlo sotto le sue ruote.

E non l'aveva fatto perché lo sconosciuto aveva tentato di ucciderlo, accoltellandolo alle spalle. Non perché Alexander Reinholt era uno di quelli che aspettavano nell'ombra gli ordini della Geenna e poi colpivano solo per il piacere di provocare dolore. Non perché quando Fabio s'era ripreso e lo aveva inseguito, lungo il convoglio e poi giù, fra le rotaie, nel buio che scintillava di una luna indifferente, il suo aggressore aveva cercato di nuovo di ferirlo con il coltello. Non era stato per difesa.

No. Era solo perché Fabio aveva provato un piacere rabbioso e lucido mentre lo colpiva e l'altro non tentava neanche di reagire. Quando quel treno era arrivato, e Fabio aveva capito che era solo in transito e non si sarebbe fermato, aveva dato una rapida occhiata intorno a sé per essere sicuro che nessuno avrebbe visto quello che stava per fare. Poi aveva afferrato il ragazzo, che era in ginocchio fra una traversina e l'altra, sanguinante ed esausto, il coltello, inutile, ancora in mano. Nei suoi occhi aveva visto, ancora una volta, il buio da cui nessuno torna. E lo aveva spinto verso le luci della locomotiva.

Ecco perché Valentina non si fidava più di lui. Perché qualcosa, in lui, s'era spezzato per sempre. E lei lo aveva percepito.

E forse l'universo stesso glielo stava confermando in quel momento. Qualcosa di altrettanto spietato si acquattava nel buio del suo appartamento. Lo aspettava. Lo bramava. Lo riconosceva come suo simile.

Forse era giunto il momento di quel confronto. Lo attendeva da tempo e non se n'era mai reso conto.

La mano corse all'interruttore della luce. Lo fece scattare. Non accadde nulla. Era logico. Chi era entrato in casa sua non poteva permettersi di essere illuminato. Le anime cattive preferiscono l'oscurità.

Avrebbe potuto fare un passo indietro, uscire dalla porta e fuggire. Ma non era una soluzione. Una volta, forse, quando il suo compito era combattere il male con le armi impari che le regole gli imponevano. Adesso non più.

Fece invece un passo avanti. Un'ombra si stagliò davanti a lui. Era seduta al centro del suo salotto. La visione lo investì con l'odore, che adesso riconobbe.

Benzina. Dovunque. Un accelerante.

Una fiamma scintillò, illuminando una faccia. Costa non ne fu sorpreso. Tutto s'incastrò alla perfezione.

« Sei in ritardo » disse l'uomo che attendeva nell'ombra.

Costa pensò che non valesse la pena di rispondere.

Il mondo avvampò.

20

E poi c'era Samael.

Samael era la variabile che nessuno aveva previsto. Neanche Castaldi o Hannie Janssen. Samael sfuggiva a qualunque tentativo di incasellare la sua follia in uno schema preordinato. E forse questo li aveva spaventati. O li aveva messi in agitazione. Per questo avevano avuto bisogno di Valentina e della sua squadra per scoprire chi fosse veramente.

Castaldi era quindi un membro della Geenna... da quando? Da quando aveva avuto successo con l'arresto di quel serial killer a Parigi anni prima?

« Ma perché Castaldi è scomparso? » stava chiedendo Loris. « Perché sparire adesso? »

« Perché sapeva che ormai il suo tempo era scaduto. Aveva esaurito il suo compito e adesso poteva o doveva togliersi la maschera. Forse non vedeva l'ora. Ha preso il posto che gli spettava. »

Ma c'era ancora qualcosa che li riguardava.

« L'incidente di Fabio... quello sulla strada da Molveno... » disse Loris. « E l'aggressione sul treno. Tutte scelte di Castaldi? »

Valentina rifletté sulla tempistica. « Quando Fabio ti ha chiamato mentre era a Sant'Andrea, Castaldi era presente alla telefonata e potrebbe aver avvertito qualcuno. Ma no, credo che fosse una cosa già preordinata. »

« Ma perché solo lui? Perché noi siamo ancora qui... »

Valentina lo guardava. « Io sono stata salvata da Samael. Aveva chiesto di non toccarmi e Jerusalem ha obbedito. Gimenez è scomparso. E tu, Loris... Probabilmente devono ancora finire quello che hanno iniziato. Fabio era un'altra variabile, un po' come Samael. Un elemento non previsto e per questo per loro più pericoloso di altri. »

Loris era come impietrito. « Siamo tutti ancora in pericolo, vero? Anche in questo momento. Quei bastardi non smetteranno finché... » Si interruppe.

Valentina osservava la sua espressione. Fu come accorgersi dell'incrinatura in un vetro. Sottile ma fatale. Ci arrivarono nello stesso istante.

Fabio!

21

Le luci dei girofari dei vigili del fuoco e delle auto della polizia erano visibili da lontano. Quelle girandole azzurre che graffiavano il cielo li gettarono nello sconforto e nella paura. Quando arrivarono sotto casa di Fabio Costa era già tardi.

Fabio abitava in un appartamento all'ultimo piano di un palazzotto della Montagnola che soltanto Loris aveva visitato. Lo individuò appena fermata l'auto. Era quello da cui continuavano a sprigionarsi fiamme altissime e virulente.

Valentina e Loris scesero dalla macchina come imbambolati. C'era una folla stranamente silenziosa. Erano tutti col naso all'insù ad ammirare lo spettacolo affascinante e atroce. Il fuoco stava consumando tutto.

Si avvicinarono, infilandosi tra le persone, cercando un varco e una spiegazione. Poi Valentina intercettò un agente che stava trincerando la zona con il nastro bianco e rosso. Si qualificò, indicò in alto. La voce le uscì strozzata, forse per il fumo acre che stava invadendo la strada.

« Cos'è successo? »

L'agente le dedicò un fugace saluto militare. « Non lo sappiamo ancora, dottoressa. Pare un incendio all'ultimo piano seguito da una forte esplosione... ma non c'è alcuna certezza. »

Fu Loris a chiederlo. « Vittime? »

Il collega parve intuire il loro interesse. Abbassò la voce. « Un corpo. Carbonizzato. Quello che ne resta, insomma. Molto poco. » Di fronte al loro silenzio non poté fare altro che voltarsi e tornare al suo lavoro.

« Fabio ha la pelle dura » sussurrò Loris.

Valentina non ribatté. Sì, il cuore le diceva che non poteva essere vero. Che Fabio non poteva essere morto. Lei aveva ancora tante cose da dirgli. Tante spiegazioni da dargli. E da pretendere. Ma la ragione sapeva che non poteva essere più così. Che il loro momento era trascorso. Che avevano entrambi perduto l'occasione più importante della loro vita.

Ti amo, mormorò tra le labbra.

Ci fu un movimento tra la folla. Vennero sospinti anche loro. Qualcuno stava uscendo dal palazzo. Necrofori che trasportavano un corpo coperto da un lenzuolo annerito e lacero.

Valentina guardò, come ipnotizzata. L'anima strozzata.

Qualcuno la urtò. Uno sfiorare di mani. Un odore.

Lei aprì la bocca, sopraffatta. Si voltò. L'uomo che l'aveva quasi investita si stava allontanando di spalle, facendosi largo tra la gente che spingeva e che voleva guardare, voleva assistere al passaggio della morte.

Lei continuò a fissare lo sconosciuto, vestito di un cappotto nero e lungo, le falde sollevate, che si confondeva adesso con gli altri, che spariva tra gli altri, come se volesse fuggire. Lo guardò con un senso di oppressione e disperata speranza. Ma senza la forza di inseguirlo.

Voltati, pensò. *Ti prego, voltati.*

Ma l'uomo non si voltò mai.

PARTE XIV
FINALE DI STAGIONE

«As they nibble the fruit of my flesh,
I feel no pain,
Only a magic,
That a name would stain.»

Genesis, *The Lamia*

1

Il ragazzo sembrava più giovane della sua età. A quindici anni molti suoi coetanei sono alti e hanno già sviluppato la maggior parte della massa muscolare di un adulto. Herbert invece non mostrava neanche i segni della prima peluria. Forse era per la sua pelle quasi diafana, per quei capelli biondissimi. E un'altra cosa che la disturbava era il suo silenzio ostinato. All'apparenza immotivato ma che certo nasceva da chissà quali traumi. Ci sarebbe stato ancora tanto da lavorare su di lui. Se glielo avessero affidato, naturalmente. Ma non ci contava.

La dottoressa Valeria Halmagnus aveva già depositato un'informativa piuttosto corposa su Suzanne. Non aveva avuto risposta dai vertici della polizia olandese né dal magistrato, ma non si stupiva. Sapeva quanto la burocrazia rallentasse i tempi, anche se quando si parla di bambini o di adolescenti l'urgenza dovrebbe essere la regola.

La rincuorava il fatto che Suzanne avesse raggiunto risultati notevoli, soprattutto in considerazione della sua condizione. Privata per anni di una normale vita di famiglia, relazionatasi soltanto con pochi adulti anaffettivi, sottoposta a evidenti privazioni emozionali, era già un miracolo che non fosse diventata un crogiuolo di nevrosi e patologie. Con malcelata soddisfazione, la dottoressa Halmagnus non negava a se stessa di aver avuto un ruolo importante in quella prima parte di guarigione. E si aspettava che qualcuno, da qualche parte, magari nei dintorni di Bruxelles, gliene avrebbe riconosciuto il merito.

Per questo era rimasta piuttosto seccata da quella novità imposta dall'alto. Far incontrare Suzanne con il fratello. Senza concordarlo con lei!

Non si conciliava con il percorso terapeutico di Suzanne e in ogni caso l'incontro avrebbe avuto bisogno di un'adeguata preparazione. Ma qualcuno aveva insistito. Sapeva che l'ordine veniva dal responsabile dell'Europol che si occupava del caso e questo l'aveva fatta infuriare. Era la solita ingerenza della polizia giudiziaria. I poliziotti volevano solo la verità mentre gli psicologi come lei sapevano che non esiste mai una sola verità. E che forzare certe situazioni è pericoloso.

Naturalmente aveva dovuto accettare l'imposizione, ma era stata irremovibile su un punto: lei doveva presenziare. Già qualche settimana prima, dopo la visita di quella poliziotta italiana, Suzanne aveva avuto un'improvvisa regressione. La dottoressa Halmagnus non voleva più rischiare.

E così eccolo, Herbert Mulligan, il gemello della piccola Suzanne. Gli esiti dell'esame del DNA erano stati categorici. Gemelli omozigoti. Era evidente al solo guardarli. Anche lui, come Suzanne, aveva il proprio nome tatuato sul polso sinistro, nella stessa grafia svolazzante. Una specie di sinistro marchio di fabbrica che investigatori e psicologi tentavano ancora di decifrare. L'unica differenza tra i due era che Suzanne appariva più robusta.

Il luogo dell'incontro non sarebbe stata la stanza di Suzanne, ormai arricchita di poster, foto, colori. C'era il rischio che lei percepisse quella presenza come un'invasione. La Halmagnus aveva scelto pertanto il più anonimo giardino sul retro della struttura.

Il ragazzo era arrivato con un'auto senza contrassegni e le era stato affidato da un accompagnatore che evidentemente non vedeva l'ora di scaricarlo per rilassarsi con una sigaretta.

La dottoressa stava accompagnando Herbert, tenendolo per mano, al suo appuntamento. Lui non aveva fatto alcuna domanda. Sembrava totalmente avulso da ciò che lo circondava.

Mentre si avvicinavano a Suzanne, seduta su una panchina a leggere uno dei libri che le avevano regalato, la mano del ragazzo strinse un po' più forte la sua. All'inizio, la donna non ci fece caso. In fondo finalmente Herbert mostrava un po' di emozione all'idea di quell'incontro.

Ma qualcosa la turbò.

Le passò per la testa quello che aveva letto sulla scheda che le avevano trasmesso. Poche note, per la verità. Herbert era cresciuto con una finta madre senza mai conoscere il padre, anche se dicevano che si trattasse del famoso Horace Weber. La donna, un'attricetta sempre al seguito di sgangherate compagnie teatrali, aveva offerto poco affetto a quel figlio non suo. Grazie al quale, però, secondo le indagini, riceveva mensilmente dal padre del ragazzo una certa somma. In qualche modo, la vicenda di Herbert era simile a quella di Suzanne.

Ma Herbert aveva vissuto nel mondo. E qualunque trauma avesse accompagnato la sua crescita, aveva avuto modo di concretizzarsi in emozioni ed evoluzioni psicologiche ben precise. In altri termini, Herbert conosceva il modo di difendersi, a differenza della sorella.

Questo pensiero la folgorò. Certo era azzardato pensarlo. Ma l'idea la colpì.

Suzanne li vide arrivare e si alzò in piedi, abbandonando il libro che aveva in mano.

« Stavi leggendo, Suzanne? » le domandò.

La ragazza sorrise, solare. « Ritagliavo. Parole. Frasi. »

« Bello. » Un'idea della psicologa, peraltro. La Halmagnus si fermò. Herbert al suo fianco fece un altro paio di passi finché la stretta di mano della donna non lo bloccò. Dal suo punto di vista, la psicologa non ne poteva vedere l'espressione. Ma qualcosa, nella postura del ragazzo, nel modo in cui continuava a tendere il braccio come per invitarla a proseguire, nella stretta da cui tentava di divincolarsi, aumentò il suo disagio. In fondo cosa sapeva di lui? Non le avevano detto nulla. Non sapevano nulla.

Le sovvenne che non si trattava solo di bambini problematici. Erano un fenomeno a margine di qualcosa di più grande e terribile. Non conosceva i dettagli, ma sapeva di cosa si parlava. Abusi a un livello inconcepibile.

All'improvviso ebbe paura per Suzanne. La mano di Herbert cominciava a scivolare via dalla sua.

La ragazza guardava il gemello con occhi pieni di curiosità.

« Lui è Herbert... » mormorò la Halmagnus. « Ti avevo parlato di lui... »

« Mio fratello! » disse Suzanne con entusiasmo. Gli mostrò le forbici e il libro. « Vuoi aiutarmi a ritagliare? »

Herbert annuì. Troppo entusiasmo.

La psicologa ebbe una visione abbacinante. C'era qualcosa che non funzionava. Qualcuno aveva commesso un terribile errore, da qualche parte.

« No! » disse.

Ma Herbert finalmente si sciolse con forza dalla sua stretta. Corse verso la sorella. Allungò le mani per afferrare quelle forbici che alla luce del sole sembravano brillare come fossero d'argento.

« Suzanne, attenta! » gridò la dottoressa Halmagnus.

Suzanne aprì la bocca, forse per urlare anche lei. Herbert le fu addosso.

E Suzanne, con un movimento rapido e armonioso, gli conficcò le forbici nell'orbita dell'occhio destro. Poi premette per affondarle fino al manico.

Il ragazzino crollò a terra senza un solo lamento.

La psicologa restò immobile. Raggelata. Una parte del suo cervello era affascinata dal movimento fluido con cui Suzanne aveva infilzato il suo gemello. Era stato tutto così veloce. Così sinuoso.

L'altra parte di lei, quella colta dall'orrore, cercò di spingerla ad agire.

Ma Suzanne era davvero brava. Determinata.

Mentre la ragazza le saltava al collo, e affondava le forbici adesso rosse di sangue dentro di lei, il cervello della dottoressa Halmagnus si complimentava ancora con se stesso. Se Suzanne era così reattiva, in fondo, il merito era anche suo.

2

Un'auto nera aspettava parcheggiata davanti al grande cancello aperto.

La ragazza uscì e la raggiunse.

Una portiera posteriore si aprì. La ragazza salì sull'auto. Si sedette e sporcò di sangue i sedili di pelle chiara, fino a quel momento immacolati. C'era un buon odore di pulito, all'interno.

François Castaldi guardò Suzanne. Poi quelle macchie di sangue brillante.

« Non importa » disse. « Le faremo pulire. »

L'auto nera partì e scomparve in fondo a una strada densa e carica di promesse, proprio come la notte che presto sarebbe arrivata.

NOTA DELL'AUTORE

Il mio rapporto con il disagio psichiatrico è stato difficile, complicato, e forse questo è uno dei motivi che mi hanno spinto a scrivere la storia che avete appena letto. I « matti », come li chiamava affettuosamente Mario Tobino, mi hanno fatto sempre un po' paura, forse per il timore irrazionale (e di cui mi vergogno) di esserne in qualche modo contaminato, forse perché ho sempre avvertito quanto sia facile scivolare oltre quel confine, fragile e incomprensibile, che separa quella che chiamiamo impropriamente « normalità » dalla follia e, soprattutto, dalla contenzione psichiatrica. Per non parlare di quanto mi angosci anche solo la vicinanza con il dolore e l'impotenza dei familiari e degli amici degli uomini e delle donne affetti da malattie mentali. E i bambini, poi!

Però, per necessità e scelta, ho operato per trentacinque anni in polizia. Mi sono sempre occupato di giudiziaria, e chi fa questo mestiere prima o poi, che lo voglia o no, ha a che fare con l'aspetto più terribile e oscuro delle sindromi psichiatriche: il loro rapporto con il delitto. Che per un poliziotto non vuol dire solo occuparsi dei drammi generati dalla pazzia, ma di tutta una serie di comportamenti che producono sofferenza e disperazione, anche in chi interviene dall'esterno. L'elenco è lungo: le aggressioni ai familiari e agli estranei, la demenza con cui non puoi ragionare, la sparizione improvvisa anche se prevedibile, la sedazione che rende le persone simili ad animali, le esplosioni di violenza incontrollate e incontrollabili. In certe situazioni, prima dell'intervento dei sanitari, sono gli operatori della sicurezza che devono contenere il « matto », che devono interagire con lui. Provarci. Senza strumenti, spesso senza preparazione adeguata. Non è facile. La maggior parte delle volte non è umanamente sopportabile.

È capitato anche a me. E tutte le volte che mentre facevo il mio dovere ho dovuto guardare dentro gli occhi di chi aveva visto sgretolarsi senza motivi apparenti l'universo della propria razionalità e che non riconosceva più, in me o negli altri, il proprio simile, il mio terrore di diventare così o di vedere diventare così le persone che amo mi travolgeva letteralmente. La compassione mi rendeva fragile, troppo per sopportarlo. Ma devi mantenerti professionale. Devi portare a termine il tuo compito ingrato. E quando devi contenere e rinchiudere tutta quella disperazione senza consapevolezza oltre le mura di un reparto psichiatrico, un po' di te resta là dentro, con loro. E non puoi farci niente. Di tutte le esperienze che ho vissuto da « sbirro », quella del Trattamento sanitario obbligatorio è sempre stata la più sconvolgente.

Utilizzare in questo romanzo il meccanismo follia-cura-delitto-redenzione mi ha permesso quindi non solo di costruire una storia che mi ha appassionato, perché spesso mi ha toccato personalmente, ma mi ha anche consentito di esorcizzare questo disagio di cui mi vergogno da sempre e mi ha aiutato ad approfondire quello che significa essere affetti da una sindrome psichiatrica. E soprattutto mi ha offerto la possibilità di studiare cosa ha significato, in un tempo non troppo lontano, essere « curato » per una malattia della mente. Non basterà certo un romanzo di genere per narrare le mostruosità che sono state compiute in nome di una certa psichiatria, e ci sono fior di libri che lo fanno molto meglio e con molta più consapevolezza, e per questo invito chiunque a fare come ho fatto io. Documentatevi. Non andatevi a leggere solo i testi scientifici, se lo volete, ma andatevi a guardare le testimonianze dirette dell'inferno degli ospedali psichiatrici prima di una riforma che, per quanto imperfetta, in parte ideologica e a volte ingenua, ha comunque messo l'accento su una cosa che dovrebbe importarci: la sofferenza dei malati di mente. Perché è anche *la nostra* sofferenza.

Cito solo un libro tra i tanti, che tra l'altro ho utilizzato molto per l'ambientazione e lo spirito di ciò che volevo descrivere, scritto da un ex infermiere dell'ospedale psichiatrico di Santa Maria della Pietà (che insieme abbiamo visitato nella storia che avete appena letto) e a cui si ispira uno dei miei personaggi: *Scene da un manicomio* di Bruno Tagliacozzi (psicoterapeuta) e

Adriano Pallotta (infermiere professionale), Edizioni Magi. Vi farà fare un viaggio straordinario.

E poi ho scoperto che esistono allucinazioni e deliri al limite dell'incredibile. Per esempio, la sindrome di Cotard, che è una delle più terribili, incredibili e suggestive che esistano, forse perché al di là della sofferenza di malati e familiari che non dobbiamo mai dimenticare, è una malattia che ha qualcosa di poetico, di esistenziale. Non per altro è stata oggetto di studio da parte del già citato psichiatra, poeta e scrittore Mario Tobino. Gran parte della descrizione della Cotard evocata dal personaggio di Francesco Bresci è tratta proprio da un articolo che Tobino scrisse nel 1940 per la *Rivista Sperimentale di Freniatria* (Vol. LXIV, nr. XVIII) dal titolo emblematico « La sindrome di Cotard o l'impossibilità del concetto ».

Infine un ultimo appunto. Il rapporto tra la malattia mentale e la psicopatia è ancora oggetto di studi e ricerche. E la psicopatia, come si sa, è argomento di thriller. L'orrore che uno scrittore descrive nei suoi testi è spesso frutto della sua fantasia e, anzi, più il male che descrive è originale più si pensa che le sue storie avranno successo. Ma sovente, come si dice, la realtà supera la fantasia. Quello che spesso faccio è andare a pescare tra le pieghe della storia del crimine. Per trovare spunti o solo perché, come dice qualcuno che mi conosce, sono anche io un po' « matto ». E così devo confessare che parte delle descrizioni di quanto commesso dai membri della Geenna nel corso dei secoli non è, come suol dirsi, tutta farina del mio sacco (e in questo Fabrizio Cocco, il mio editor, c'ha messo lo zampino che, nel caso specifico, profuma tanto di zolfo). Per onestà dirò dunque che la vicenda orribile e incredibile di Howard Phillip Agostino si ispira direttamente alle imprese di uno dei serial killer più feroci e prolifici del mondo, anche se forse meno conosciuto: Herman Webster Mudgett. Andate a rileggervi quello che si narra su di lui (se ne avete voglia e stomaco) e poi dormite tranquilli. Oppure no. Per me va bene lo stesso.

RINGRAZIAMENTI

Breve e conciso, ma non posso non ringraziare dal profondo del cuore:

Carmen Prestia, la mia agente, a cui dovete tutto quello che avete appena letto;

Stefano Mauri, il mio editore, e la meravigliosa Cristina Foschini, che mi hanno accolto nella loro famiglia;

Giuseppe Strazzeri, che mi ha indicato la via;

Fabrizio Cocco, il mio editor, che è sempre più spietato, generoso, fantastico;

Antonio Moro, Alessia Ugolotti e Riccardo Cammalleri, ineffabili;

tutta la squadra Longanesi, Raffaella Roncato, Diana Volontè ed Ernesto Fanfani che ci credono sempre e si danno tanto, tanto da fare, e poi Giulia Tonelli e Giulia Lombardi che si prendono cura di me;

gli editori e i traduttori degli altri Paesi che hanno reso la mia avventura europea;

Marco Vichi, un grande scrittore che mi ha onorato della sua attenzione;

Luigi De Pascalis, Nicola Verde, Gaja Cenciarelli, Andrea Cotti, Leonardo Gori, amici e scrittori che non sono mai mancati con i loro consigli e i loro incoraggiamenti;

Alessandro Castiglione, che mi legge sempre per primo;

i medici e amici Luigi Contardo, che mi ha spianato molte strade, e Francesco Bresci, di cui ho dato il nome a un personaggio fondamentale, che mi hanno impedito di commettere certi errori (e se errori ci sono è solo colpa mia);

Loredana e Giulio Bianchini, che mi hanno offerto suggerimenti preziosi;

mia moglie Debora, che mi sopporta con amore, e i miei figli, Lorenzo e Matteo, che sopporto con amore;

gli amici della Squadra mobile di Massa Carrara, i cui nomi

ogni tanto troverete nel romanzo, con cui ho iniziato una splendida avventura durata trentacinque anni;

tutti gli ex colleghi a cui i miei ultimi romanzi sono in qualche modo dedicati;

i lettori che mi hanno dato una chance e gli organizzatori di eventi, i recensori, gli autori di blog e pagine internet, i librai che mi hanno reso felice con il loro supporto e hanno permesso alla *Condanna dei viventi* di avere un seguito... sono così tanti che per nominarli ci vorrebbe un libro a parte, ma qualcuno lo troverete qua e là nelle pagine che ho scritto e in quelle che scriverò.

INDICE

MARCO DE FRANCHI

LA CONDANNA DEI VIVENTI

« Una calamita da cui è difficile staccarsi. »
Corriere della Sera

Valentina Medici, giovane commissario del Servizio Centrale Operativo, è alle prese con la sua prima vera indagine. Qualcosa di terribile sta accadendo, qualcosa che ha a che fare con la sparizione di due innocenti. Ma da sola non ce la può fare, ha bisogno di aiuto. L'unico a credere in lei è Fabio Costa, un poliziotto reietto e dal passato oscuro, spedito al confino in un piccolo commissariato di provincia. Mentre il numero delle vittime aumenta, e gli enigmi si fanno sempre più indecifrabili, Valentina capisce che l'artefice dei delitti risponde a un disegno superiore, un'ossessione morbosa: trasformare le proprie follie visionarie in violente realtà. In deliranti opere d'arte.

LONGANESI TEA

Questo libro è stampato col sole

Azienda carbon-free

Certificato PEFC
Questo prodotto è realizzato con materia prima da foreste gestite in maniera sostenibile e da fonti controllate
PEFC
PEFC/18-31-226
www.pefc.it

Fotocomposizione Editype S.r.l.
Agrate Brianza (MB)

Finito di stampare
nel mese di gennaio 2024
per conto della Longanesi & C.
da Grafica Veneta S.p.A., Trebaseleghe (PD)
Printed in Italy